Barbara Vine

Astas Tagebuch

Roman

Aus dem Englischen von Renate Orth-Guttmann

Diogenes

Titel der 1993 bei Viking, London,
erschienenen Originalausgabe: ›Asta's Book‹

Umschlagillustration: Elisabeth Vigée-Lebrun,
›Selbstbildnis mit Strohhut‹, 1782 (Ausschnitt)
© The National Gallery, London
Foto: The National Gallery

*Meinen Großeltern,
Anna Larsson und Mads Kruse,
zum Gedächtnis*

300/94/8/1
ISBN 3 257 06023 8

Vorbemerkung

Meine Großmutter war Romanschriftstellerin, ohne es zu wissen. Sie hatte keine Ahnung, wie man Schriftstellerin wird, und hätte sie es gewußt, hätte sie dieses Ziel für unerreichbar gehalten. Der Weg, den sie statt dessen einschlug, ist inzwischen hinlänglich bekannt.

Ins vorliegende Buch sind Schrift- und Erinnerungsstücke zu ihrem Leben eingegangen: die Tagebücher meiner Großmutter, ein Prozeßbericht und eine Gerichtsreportage, Briefe, Zeitungsartikel und eigene Erinnerungen. Es ist eine doppelte Kriminalgeschichte, die Suche einer Frau nach ihrer eigenen Identität und die nach einem verschwundenen Kind. Gleichzeitig ist es eine Entdeckungsreise und bezeugt die Macht des Zufalls.

Zuerst hatte ich gedacht, ich müßte sämtliche Tagebücher einbeziehen, aber das war unmöglich, es wäre ein Wälzer von einer Million Worten geworden. Die meisten meiner Leserinnen und Leser kennen ja Asta *auch schon, wenn man den Absatzzahlen glauben darf – manchmal habe ich den Eindruck, daß alle Welt* Asta *kennt –, besitzen vielleicht Band I bis Band IV (zumindest in der Taschenbuchausgabe), und da die von mir zitierten Abschnitte nur Auszüge sind, brauchen sie, wenn es ihnen um den größeren Zusammenhang geht, nur ihr Exemplar zur Hand zu nehmen. Ich mußte mich auf die für Swannys und für Ediths Geschichte wichtigen Abschnitte beschränken.*

Den wenigen meiner Leserinnen und Leser, die von den Tagebüchern bisher nur gehört haben oder sie vielleicht von einer Audiokassette oder aus dem Fernsehen kennen, sei hier gesagt, daß die Tagebücher sich über einen Zeitraum von zweiundsechzig Jahren erstrecken, daß die bisher gedruckten Aufzeichnungen von 1905 bis 1944 vier dicke Bände füllen und weitere geplant sind.

Es ist heutzutage große Mode, einen Film über die Produktion eines Films zu drehen und Fernsehdokumentationen über die Produktion einer Dokumentation. Dies ist ein Buch über die Entdeckung eines Tagebuches und über den langen Arm des Schicksals, der dafür sorgte, daß noch nach fast hundert Jahren Ränkeschmieden und gutgemeinte Täuschung nicht vergessen sind.

Ann Eastbrook
Hampstead, 1991

I

26. Juni 1905

> *Idag til Formiddag da jeg gik i Byen var der en Kone, som spurgte mig om der gik Isbjørne paa Gaderne i København.*

Als ich heute vormittag aus dem Haus ging, fragte mich eine Frau, ob in Kopenhagen Eisbären auf der Straße herumlaufen. Sie wohnt ein paar Häuser weiter und lauert hinter ihrem Gartentor den Passanten auf, um sie in ein Gespräch zu verwickeln. Mich hält sie für eine Barbarin und für schwachsinnig obendrein, weil ich keine Engländerin bin und nicht gut Englisch spreche und über manche Worte stolpere.

Die meisten hier sehen uns so. Nicht, daß es keine Ausländer gäbe (denn das sind wir für sie), sie sind es gewohnt, daß Leute aus ganz Europa bei ihnen herumlaufen, aber sie mögen uns nicht, keinen von uns. Wir leben wie die Tiere, sagen sie, und nehmen ihnen die Arbeit weg. Wie mag es dem kleinen Mogens in der Schule ergehen? Von selbst erzählt er nichts, und ich habe nicht gefragt, ich will es gar nicht wissen. Ich mag keine schlimmen Sachen mehr hören. Ich würde gern etwas Schönes hören, aber das ist ebenso schwer zu finden wie eine Blume auf diesen langen grauen Straßen. Ich mache die Augen zu und denke an den Hortensiavej, die Birken und die Schneebeeren.

Heute vormittag war ich bei Sonne und drückender Hitze – die Sonne ist nie angenehm in der Stadt – in dem Papierwarengeschäft Ecke Richmond Road und habe dieses Heft gekauft. Ich habe vorher geübt, was ich sagen und wie ich es sagen würde, und es muß wohl richtig gewesen sein, denn statt zu grinsen und sich mit der Hand hinter dem Ohr über den Ladentisch zu beugen, hat der Verkäufer nur genickt und mir zwei Sorten gezeigt, ein dickes Heft mit steifem schwarzen Deckel für Sixpence und ein billigeres mit Papiereinband und liniierten Seiten. Ich mußte das billige nehmen, weil ich es mir eigentlich nicht leisten kann, für so was Geld auszugeben. Wenn Rasmus kommt, wird er über jeden Penny Rechenschaft von mir verlangen, obgleich er selbst überhaupt nicht mit Geld umgehen kann.

Seit ich verheiratet bin, führe ich nicht mehr Tagebuch, aber als junges Mädchen hatte ich eins. Das letzte Wort darin habe ich zwei Tage vor der Hochzeit geschrieben, am Tag darauf habe ich kurz entschlossen alles verbrannt. In deinem neuen Leben, sagte ich mir, ist kein Platz fürs Schreiben, eine gute Ehefrau muß ganz für ihren Mann da sein und ihm ein behagliches Heim schaffen. So hatte ich es von allen Seiten gehört und glaubte es wohl auch selbst, ich dachte es mir sogar recht hübsch. Zu meiner Entschuldigung kann ich nur anführen, daß ich damals erst siebzehn war.

Jetzt, acht Jahre später, sehe ich vieles anders. Gejammer ist zwecklos, keiner hört es, und interessieren würde es erst recht keinen. Wenn ich mich über etwas beschweren will, werden diese Seiten dafür herhalten müssen.

Nachdem ich das Heft gekauft hatte, ging es mir komischerweise schon viel besser. Völlig grundlos hatte ich wieder Hoffnung. Ich sitze immer noch mutterseelenallein in der Lavender Grove, habe keinen Menschen, mit dem ich reden kann, bis auf Hansine – und da habe ich was Rechtes! –, muß dafür aber an zwei kleine Söhne, ein totes Kind und bald noch eines denken. Daran hat sich nichts geändert. Ebensowenig daran, daß ich meinen Mann seit fünf Monaten nicht mehr gesehen und seit zwei Monaten auch nichts mehr von ihm gehört habe. Dieses Heft macht die Last des Kindes, das mir anhängt wie ein praller Mehlsack, um nichts leichter. Leichter geworden ist nur die Last der Einsamkeit, die so mit das Fürchterlichste ist, was ich in diesem entsetzlich fremden Land ertragen muß. Durch das Heft hat sie etwas von ihrem Schrecken verloren. Heute abend, dachte ich, wenn Mogens und Knud schlafen, habe ich etwas zu tun, dann habe ich jemanden, mit dem ich reden kann. Statt über Rasmus nachzugrübeln und darüber, wie es möglich ist, daß man auf einen Menschen, den man nicht leiden mag, trotzdem eifersüchtig sein kann, statt mir Gedanken wegen der Jungen zu machen und wegen des Babys in meinem Bauch, werde ich wieder schreiben können.

Und hier sitze ich nun. Hansine hat mir die Zeitung gebracht. Ich habe ihr gesagt, daß ich Briefe schreibe, sie soll das Gaslicht nicht herunterdrehen, wie sie es sonst macht in der löblichen Absicht, sein Geld zu sparen. In Kopenhagen wäre es um zehn noch hell, aber hier wird es eine halbe Stunde früher dunkel. Seit der Sommersonnenwende hat mir Hansine das schon dreimal erzählt, so wie sie mit bäurischer Sturheit unentwegt wiederholt, daß die Tage jetzt kürzer werden. Sie fragte mich, ob ich von »Mr. Westerby« gehört hätte. Das fragt sie immer, obgleich sie ganz genau weiß, daß der Briefträger in die Nachbarhäuser rechts und links, nie aber zu uns kommt. Was kümmert es sie? Ich glaube, sie ist seinetwegen noch mehr in Sorge als ich – wenn das überhaupt geht. Wahrscheinlich glaubt sie, daß wir drei im Armenhaus landen und sie ihre Stellung verliert, wenn er nicht wiederkommt.

Als sie zum zweiten Mal hereinkam, wollte sie Tee für mich machen, aber ich habe sie zu Bett geschickt. Wenn kein Geld kommt, werden wir alle bald am Essen sparen müssen, dann wird sie vielleicht dünner. Die Ärmste, sie ist so dick und wird immer dicker. Ob es am Weißbrot liegt? Als wir nach England kamen, hatten wir noch nie Weißbrot gegessen. Die Jungen fanden es herrlich und aßen so viel, daß ihnen schlecht wurde. Jetzt haben wir den Roggenbrotschneider, Tante Frederikkes Hochzeitsgeschenk, weggestellt, ich glaube kaum, daß wir ihn je wieder benützen werden. Gestern habe ich den Schrank aufgemacht und ihn mir angesehen, er ist für mich zum Symbol für unser altes Leben geworden, und Tränen brannten mir in den Augen. Aber ich will nicht weinen. Zum letzten Mal habe ich geweint, als Mads gestorben ist, und es soll nie wieder vorkommen.

Das Zimmer, in dem ich sitze, der sogenannte Salon, wäre winzig, wenn ich nicht die Falttüren zum Eßzimmer offenlassen würde. Die Möbel unseres Vermieters sind alle häßlich, allenfalls der Spiegel ist eine Spur weniger häßlich, längliches Glas mit einem Mahagonirahmen, an dem sich geschnitzte Blüten und Blätter entlangranken. Ein Zweig mit geschnitzten Blättern ragt sogar in den Spiegel hinein, das fand der Künstler wohl besonders einfallsreich. Dieser Spiegel wirft mein Bild zurück, während ich an dem runden Tisch mit der Marmorplatte sitze – solche Tische mit einem Eisengestell habe ich durch die offene Tür in Wirtshäusern stehen sehen. Mein Sessel hat ein Stück braunroten Polsterstoff auf dem Sitz, um die abgewetzten Stellen zu kaschieren, an denen das Roßhaar durchkommt.

Die Vorhänge sind nicht vorgezogen. Manchmal fährt eine Kutsche vorbei oder in dieser tristen Gegend eher ein Pferdefuhrwerk, und manchmal höre ich, wie auf der holperigen Straße ein Pferd aus dem Tritt kommt. Rechter Hand sehe ich den Garten vor der Terrassentür, ein winziges Gärtchen mit Büschen, die sommers wie winters schwärzlichgrüne Blätter haben. Es ist eigentlich nur eine Miniaturausgabe von einem Haus, aber man hat ebenso viele Räume hineingezwängt wie in ein richtiges. In dieser Gegend ist alles abgenutzt und schäbig, und doch will man mehr sein, als man ist, und das ärgert mich.

Im Spiegel, im matten Gaslicht, sehe ich meine obere Körperhälfte, mein schmales Gesicht und das rötliche Haar, das sich aus den Haarnadeln gelöst hat und mir in Strähnen um die Wangen hängt. Du hast die blauesten Augen, die ich kenne, hat Rasmus vor der Hochzeit zu mir gesagt, als ich das mit den fünftausend Kronen noch nicht begriffen hatte. Aber vielleicht war es gar nicht als Kompliment gemeint. Blaue Augen sind nicht zwangsläufig auch schön, und meine schon gar nicht. Sie sind zu blau, zu grell, eher eine Pfauen-, eine Eisvogelfarbe. Genauso blau wie die Schmetterlingsflügelbrosche, die mir Tante Frederikke zum sechzehnten Geburtstag geschenkt hat.

Aber wer fragt schon nach den Augen einer alten Frau, so komme ich mir nämlich vor, auch wenn ich noch nicht mal fünfundzwanzig bin. Richtig, ich darf nicht vergessen, morgen die Brosche anzustecken. Ich trage sie gern, nicht weil sie hübsch wäre, das ist sie nämlich nicht, oder mir gut steht, was nicht der Fall ist, sondern… ja, vielleicht aus meiner Dickköpfigkeit und meinem Eigensinn heraus, wie Rasmus es nennen würde. Ich trage sie, damit die Leute denken: Weiß diese Person eigentlich, daß die Brosche genau die Farbe ihrer Augen hat? Und: Wer eine so häßliche Augenfarbe hat, täte besser daran, sie nicht noch extra zu betonen… Das gefällt mir, es macht mir Spaß, mir auszumalen, was die Leute von mir denken.

Die unerträgliche Sonne war vor einer halben Stunde untergegangen, dann kam die Dämmerung, und jetzt ist es draußen ziemlich dunkel und sehr still. Die Straßenlampen brennen, aber es ist noch immer warm und stickig. Viel ist es nicht, was ich am ersten Tag in mein schönes neues Heft geschrieben habe, und weil ich doch irgend etwas schreiben muß, will ich noch berichten, was ich von dem schrecklichen Schiffsunglück in der Zeitung gelesen habe. Ich habe es nur gelesen, weil die ›Georg Stage‹ ein dänisches Schulschiff war und der Unfall bei Kopenhagen passiert ist. Ein britischer Dampfer hat das Schiff in der Dunkelheit gerammt, zweiundzwanzig Seekadetten sind umgekommen. Ganz junge Burschen zwischen vierzehn und sechzehn. Aber ich glaube kaum, daß ich einen von ihnen oder ihre Eltern gekannt habe.

28. Juni 1905

Mein Kind soll am 31. Juli zur Welt kommen. Wann immer es kommt – hier steht es nun schwarz auf weiß, daß der 31. Juli der Tag ist, an dem sie erwartet wird. Jawohl, ich habe »sie« geschrieben. Das heißt das Schicksal versuchen, würde Hansine sagen. Zu meinem Glück kann sie nicht lesen. Sie tratscht mit den Leuten, die sie trifft, wenn sie einkaufen geht, sie spricht ein haarsträubendes Englisch, aber sie spricht es fließend und findet es überhaupt nicht schlimm, wenn sie sich lächerlich macht, im Gegensatz zu mir, deshalb komme ich wohl so langsam voran. Lesen aber kann sie in keiner Sprache. Sonst würde ich es nicht wagen, Dänisch zu schreiben, würde also ganz aufs Schreiben verzichten müssen, denn auf Englisch bringe ich keine Zeile zustande. »Sie«... – ich will ein Mädchen haben. Aussprechen würde ich das nie, und hier interessiert es sowieso keinen. Man stelle sich vor, ich würde so etwas zu der Frau sagen, die mich das mit den Eisbären gefragt hat...

Ich wollte – wenn es denn unbedingt wieder sein mußte – schon beim letzten Mal ein Mädchen haben, und statt dessen kam der arme kleine Mads. Einen Monat später war er tot. So, das steht nun also auch schwarz auf weiß da. Dieses Kind wünsche ich mir, und ich will, daß es eine Tochter wird. Selbst wenn Rasmus nie mehr auftaucht, selbst wenn es zum Schlimmsten kommt, wenn wir uns nach Korsør durchschlagen und uns auf Gnade und Barmherzigkeit Tante Frederikke und Farbror ausliefern müssen – ich will meine Tochter haben.

Wenn sie sich doch nur bewegen würde... Ich weiß, daß Babys in den letzten Wochen nicht mehr so viel zappeln, ich müßte es wissen, ich hatte schließlich schon drei. Wie war das eigentlich bei Mads? Hat er sich bis zum Schluß bewegt? Und die anderen beiden? Sind Mädchen anders, ist diese Ruhe, dieses Stillesein vielleicht ein Zeichen dafür, daß es ein Mädchen ist? Beim nächsten Mal – und bestimmt gibt es ein nächstes Mal, das bleibt uns Frauen nicht erspart – brauche ich nicht in meinem Gedächtnis zu kramen, denn nun habe ich ja mein Tagebuch, und es tut gut, diese Dinge aufzuschreiben.

2. Juli 1905

Ich schreibe nicht jeden Tag etwas in dieses Heft. Zum einen, um das Tagebuch vor Hansine geheimzuhalten – sie würde versuchen herauszubekommen, was ich da mache, und sich etwas ganz Blödsinniges denken, daß ich Briefe an einen Liebhaber verfasse vielleicht, das muß man sich mal vorstellen! –, zum anderen aber auch, weil ich nicht nur über die Ereignisse schreiben will, sondern auch über meine Gedanken. Und über Leute. Auch Geschichten kommen darin vor. Ich habe mir immer gern Geschichten erzählt, wahre und ausgedachte, und jetzt erzähle ich sie natürlich meinen Söhnen. Mir selbst erzähle ich bisweilen Geschichten, um besser einschlafen zu können, und tagsüber, um aus der Wirklichkeit wegzukommen, die ja alles andere als erfreulich ist.

Als junges Mädchen habe ich auch Geschichten in mein

Tagebuch geschrieben, mußte aber immer achtgeben, daß mir Mutter oder Vater nicht auf die Schliche kamen.

Ein absolut sicheres Versteck von fremden Blicken gibt es nicht. Aber eine Fremdsprache gibt Sicherheit, denn sie ist wie ein Code. Es klingt eigenartig, wenn ich Dänisch eine Fremdsprache nenne, aber für alle anderen hier ist es das ja. Gewiß, es muß hier auch Dänen geben, unseren Botschafter und den Konsul und solche Leute, und vielleicht Professoren in Oxford, und die Frau des Königs natürlich, die ist ja Dänin, und manchmal steht auch etwas über Dänemark in der Zeitung.

Daß unser dänischer Prinz vielleicht der erste König von Norwegen wird zum Beispiel, und auch über die ›Georg Stage‹ stand wieder etwas drin. Sie haben in Kopenhagen eine gerichtliche Untersuchung durchgeführt, aber der Gerichtspräsident soll befangen gewesen sein, das heißt nicht neutral, wie sich das gehört. Der Kapitän des britischen Schiffes ist zusammengebrochen, beteuert aber nach wie vor, daß er an dem Tod der dreiundzwanzig jungen Leute nicht schuld sei (inzwischen ist noch einer gestorben). König Edward hat kondoliert!

Noch wichtiger ist die Meldung über ein russisches Schiff, die ›Knjas Potemkin‹ alles habe ich leider nicht verstanden, wegen der vielen langen Wörter. Aus irgendeinem Grund haben die Bewohner von Odessa das Schiff daran gehindert, zu landen und Proviant an Bord zu nehmen oder so etwas, und da hat das Schiff seine Geschütze auf die Stadt gerichtet und sie beschossen. Diese Russen sind Barbaren, schlimmer als die Deutschen!

Ich habe eine Annonce für eine Cook-Gesellschaftsreise

nach Dänemark gesehen. Wenn ich nur mitfahren könnte! Wir kaufen dänischen Schinken, und eine dänische Firma bietet hier einen Brotaufstrich an, den sie Butterine nennen. Monsted heißt die Firma, schon wenn ich den Namen höre, bekomme ich Heimweh, er klingt so dänisch, so vertraut. – Aber daß ein Däne zu uns ins Haus kommt, ist unwahrscheinlich. Hansine kann nicht lesen, Mogens und Knud haben es noch nicht gelernt, und Rasmus ist wer weiß wo. Ich könnte hier sogar unanständige Geschichten aufschreiben, aber ich weiß keine.

Wenn ich nur schreiben würde, was ich mache, wäre das eine endlose Wiederholung. Meine Tage verlaufen alle gleich. Ich stehe früh auf, weil ich früh aufwache und, wenn ich dann noch liegenbliebe, doch nur grübeln würde, und mich sorge, weil das Kind in mir zu hoch sitzt. Bis ich aufgestanden bin, sind auch die Jungen wach, ich wasche ihnen Hände und Gesicht und ziehe sie an, und wir gehen nach unten, wo Hansine inzwischen Frühstück gemacht hat. Hansine hat natürlich Kaffee gekocht, und es gibt das Weißbrot, das Mr. Spenner, der Bäcker, bringt und das die Kinder so gern essen. Für Dänen ist Kaffeetrinken lebenswichtiger als Essen, und ich trinke drei Tassen. So haushälterisch ich sonst auch bin – von meinem Kaffee könnte ich keine einzige Tasse einsparen.

Hansine spricht neuerdings mit den Kindern englisch. Mogens kann es schon besser als sie, Kinder in seinem Alter lernen offenbar Sprachen sehr schnell, und er lacht über ihre Fehler, was sie kein bißchen stört, im Gegenteil, sie lacht mit ihm und macht Faxen. Und dann versucht sich Knud daran, und sie machen sich alle lächerlich, finden es aber offenbar furchtbar lustig, und ich bin böse, weil ich nicht mithalten kann. Um es ganz deutlich zu sagen: Ich bin eifersüchtig. Eifersüchtig, weil sie eine Frau ist und meine Söhne schließlich kleine Männer sind. Eine Tochter, das spüre ich, würde zu mir halten, sie wäre auf meiner Seite.

5. Juli 1905

Ich habe mir überlegt, ob ich Hansine verbieten soll, bei uns zu Hause englisch zu sprechen, vermutlich würde sie sich daran halten. Sie hat immer noch Respekt und ein bißchen Angst vor mir, allerdings nicht halb so viel Angst wie vor Rasmus. Aber mit Rücksicht auf Mogens und Knud werde ich es wohl doch nicht tun. Es ist wichtig, daß sie Englisch lernen, denn sie müssen hier zurechtkommen – vielleicht ihr ganzes Leben lang.

Hansine bringt Mogens zur Schule in die Gayhurst Road, zwei Straßen weiter. Er würde natürlich lieber allein gehen, und das soll er auch bald, aber jetzt noch nicht. Sie ist ziemlich brummig, denn wenn sie ihren Besucher im Haus hat, bekommt sie immer furchtbare Bauchschmerzen. Ich bleibe mit Knud zu Hause und nehme ihn auf den Schoß und erzähle ihm eine Geschichte. Früher habe ich beiden Kindern Andersen-Märchen erzählt, aber der Abschied von meiner Heimat Dänemark war auch ein Abschied von H. C. Andersen. Ich begriff mit einemmal, wie grausam manche dieser Märchen sind. »Das Mädchen, das auf das Brot trat« von der kleinen Inger, die aus lauter

Stolz auf ihre neuen Schuhe ihr ganzes Leben in der Brauerei der Moorfee unter der Erde verbringen mußte, war das Lieblingsmärchen meiner Mutter, aber ich fand es abscheulich. Auch »Das Feuerzeug« ist schlimm und »Das kleine Mädchen mit den Schwefelhölzern«, und deshalb erzähle ich jetzt den Kindern selbsterfundene Geschichten, im Augenblick eine Fortsetzungsgeschichte von Jeppe, einem kleinen Jungen mit einem Freund, der zaubern kann. Heute vormittag habe ich Knud erzählt, wie der Freund eines Nachts von allen Dächern Kopenhagens den Grünspan wegzaubert, und als Jeppe am nächsten Morgen aufwacht, erstrahlen sie in rotgoldenem Glanz.

Wenn Hansine zurückkommt, gehe ich aus dem Haus. Ich setze meinen Hut auf, ziehe mir den Kittel über meinen dicken Bauch und nehme ein Cape darüber und hoffe, daß keiner sieht, daß ich guter Hoffnung bin, aber natürlich sieht man es doch. Dann gehe ich spazieren. Einfach so. Die Lavender Grove und die Wilman Grove hinunter bis London Fields und zum Victoria Park, manchmal bis zu den Hackney Downs oder De Beauvoir Town, die ich nicht mal richtig aussprechen kann. Meist halte ich mich an die Straßen und sehe mir die Häuser an, die Kirchen, die berühmten Bauwerke, aber manchmal gehe ich auch über die Wiesen oder am Kanal entlang. Bei dieser Wärme brauche ich eigentlich kein Cape, aber ohne Cape wäre mir meine Unförmigkeit so peinlich, daß ich mich gar nicht aus dem Haus trauen würde.

Hansine macht Smørrebrød zum Mittagessen, aber ohne Roggenbrot schmeckt es nicht so recht. Ich würde am liebsten überhaupt nichts essen, aber ich zwinge mich, meiner kleinen Tochter zuliebe. Manchmal gehe ich nachmittags noch mal weg, sonst sitze ich im Wohnzimmer am Erkerfenster. Unser Haus in der Lavender Grove gehört zu einer Zeile von neun Häusern, die alle zusammenhängen. Es ist kein hübsches Haus, im Gegenteil, es ist eins der häßlichsten Häuser, die ich je gesehen habe, viel zu niedrig, aus grauem Backstein mit klobiger Steinmetzarbeit und Holzfenstern. Über der Haustür ist ein komisches kleines Frauengesicht aus Stein, das eine Krone trägt, und zwei ebensolche Gesichter sitzen über den beiden oberen Fenstern. Ich überlege oft, wer sie sind oder sein sollen, diese jungen Frauen mit den Kronen. Zum Glück gibt es dieses Erkerfenster hier und ein Stück Garten mit einer Hecke. Tüllgardinen kommen mir nicht an die Scheiben, da mag Hansine sagen, was sie will, denn dann könnte ich nicht hinaussehen, wenn ich hier sitze und nähe.

Das Nähen hat Mutter mir schon beigebracht, lange bevor ich in die Schule kam. Eine abscheuliche Tätigkeit, fand ich, und besonders abscheulich war der Fingerhut, zumal ich ihn auch noch zum Geburtstag geschenkt bekam, aber wenn ich mich mit der Nadel stach, war das noch ärger. Heute bin ich froh, daß ich es gelernt habe. Zumindest das kann ich besser als Hansine, die über meine zierlichen Stiche und die sorgfältigen Stopfstellen an den Sachen der Jungen staunt.

Manchmal holt sie Mogens von der Schule ab, und manchmal mache ich es. Heute ging sie, weil sie sowieso in der Mare Street war, um beim Tuchhändler Nähgarn für mich zu kaufen. Als sie zusammen ins Haus kamen, unterhielten sie sich auf Englisch. Hansine hatte viel zu erzählen, sie hatte ein richtiges Abenteuer erlebt. Als sie an London Fields vorbeiging, sah sie einen alten Mann aus einem Wirtshaus kommen und auf dem Gehsteig herumtorkeln. Sie trat zur Seite, um nicht von ihm über den Haufen gerannt zu werden, aber da prallte er gegen die Hauswand und stürzte bewußtlos zu Boden.

Sie bekam einen Riesenschrecken, kniete sich neben ihn und fühlte seinen Puls, und schon hatte sich ein Kreis von Schaulustigen um sie gebildet. Natürlich war weit und breit kein Polizist, kein Arzt zu sehen, die sind ja nie da, wenn man sie braucht. Sie hielt den Mann für tot. Dann trat eine junge Frau näher, schrie laut auf und erklärte, sie sei Dienstmagd in der Pension, in der er wohnte. Alle redeten durcheinander, ein paar Leute sagten, es käme wohl von der Hitze, aber die junge Frau sagte, nein, es käme vom Schnaps, der habe ihn jetzt das Leben gekostet. Hansine versprach, bei ihr zu bleiben, bis Hilfe eingetroffen war, und kam deshalb zu spät zur Schule.

»Hoffentlich hast du nicht mit Mogens darüber gesprochen«, sagte ich. »So ein alter Trunkenbold, der auf der Straße umfällt…« – »Natürlich nicht«, entgegnete sie, »was denken Sie denn von mir«, aber ich traue ihr nicht über den Weg. Frauen aus dieser Schicht finden solche Sachen ungeheuer spannend und können sie einfach nicht für sich behalten.

Sie solle still sein, sagte ich, aber sie redete unbekümmert weiter und breitete vor dem Großen sämtliche Einzelheiten aus. »Jetzt reicht's«, sagte ich und hielt mir die Ohren zu. – »Bestimmt steht es morgen in der Zeitung«, sagte sie und gab mir das Stichwort. »Nur könntest du damit nicht viel anfangen«, sagte ich, »selbst wenn es auf Dänisch wäre, wie?« Sie wurde rot wie eine Geranie und hielt mit beiden Händen ihren Bauch fest, der beinah so dick ist wie meiner, es ist ihr furchtbar peinlich, wenn jemand darauf anspielt, daß sie nicht lesen kann, aber ich drehte mich einfach um und ließ sie stehen. Nichts und niemand kümmert mich mehr – außer meiner Tochter natürlich, die jetzt bald zur Welt kommen wird.

6. Juli 1905

Mein Geburtstag. Fünfundzwanzig Jahre bin ich heute geworden, und niemand hat Notiz davon genommen. Von Dienstboten kann man das natürlich nicht erwarten, und die Kinder sind zu klein, aber eigentlich hatte ich doch gedacht, mein Mann hätte sich das Datum gemerkt. Dabei müßte ich ihn inzwischen kennen. Hoffnung ist ein großes Ärgernis. Ich weiß nicht, warum Kirchenleute sie einem immer als eine Tugend hinstellen, dabei wird sie doch nur enttäuscht. Wer alt ist, rechnet wahrscheinlich damit, daß keiner mehr an seinen Geburtstag denkt, es wäre einem vielleicht gar nicht mal recht, ihn zu begehen, aber als Fünfundzwanzigjährige sieht man das schon ein bißchen anders.

Den ganzen Tag habe ich mir ausgemalt, wie ich mein Vierteljahrhundert hätte feiern wollen. Ich habe mir einen Ehemann vorgestellt, der mir etwas Schönes schenkt, einen Pelzmantel oder einen Brillantring, und der mich abends groß zum Essen ausführt. Die Wirklichkeit sah, wie gewöhnlich, anders aus. Abends wieder mal *frikadeller*. Wir leben hauptsächlich von Fleischklopsen und Kartoffeln. Manchmal gibt es *røkaal,* mit Essig und Zucker angemacht, aber Hansine hat ihre liebe Not, auf dem Markt Rotkohl aufzutreiben. Ich hätte schrecklich gern *rullepølse*, aber dafür haben sie hier nicht die richtige Sorte Rindfleisch, und guten Fisch gibt es überhaupt nicht. Statt dessen kaufen wir Bratwürste, die kosten nur neun Pence das Pfund. Milch für die Jungen bekommt man für zwei Pence den halben Liter, und ich versuche, nicht daran zu denken, daß sie davon die Schwindsucht bekommen können. Stonors Molkerei lädt die Kunden ein, sich die Kuhställe anzuschauen, und Mogens und Knud möchten schrecklich gern hin, aber bisher waren wir noch nicht da.

Hansine bringt die Jungen zu Bett, und dann gehe ich nach oben und erzähle ihnen noch ein bißchen was von Jeppe und seinem zaubernden Freund. »Englische Jungs heißen nicht Jeppe!« sagte Mogens, und mir fiel nichts Besseres ein als: »Du bist aber kein englischer Junge.« »Doch, das bin ich«, sagte Mogens, »wenn wir hier wohnen bleiben«, und fragte, ob er sich einen anderen Namen zulegen dürfe. »Welchen denn?« fragte ich. »Die Kinder machen sich alle über meinen Namen lustig«, sagte er. »Ich möchte Jack heißen.«

Darüber mußte ich lachen. Jedenfalls tat ich so. Dabei hätte ich weinen mögen, so bange war mir. Ich sah schon alle zu Engländern werden und von mir abrücken, bis ich ganz allein war, die einzige Dänin in ganz England. Noch nie, seit wir Kopenhagen verlassen haben, hat mich das

Heimweh so geplagt wie heute abend. Ich sitze im Dämmerlicht hier am Tisch, aber ich sehe weder das Zimmer noch das, was vor dem Fenster ist, ich sehe nur Bilder aus der Vergangenheit. Die grünen Dächer meiner Stadt und den Kirchturm der Frelsers Kirke, die Buchenwälder von Sjælland, ich sehe uns bei Tante Frederikke im Garten Tee trinken. Warum ißt man in England nie draußen? Das Klima hier ist besser als bei uns, ein bißchen jedenfalls, aber sie sperren sich in den Häusern ein, während wir bei jeder Gelegenheit draußen in der Sonne und in der frischen Luft sind.

Ob ich mich Rasmus gegenüber falsch verhalten habe? Aber wir sind so viel umgezogen, ausgerechnet immer dann – so kommt es mir jedenfalls vor –, wenn ich in anderen Umständen war, immer auf der Suche nach dem großen Geschäft, einer Gelegenheit, sein Glück zu machen. Von Kopenhagen nach Stockholm, wo Knud zur Welt kam, von Stockholm zurück nach Kopenhagen, zu meinem geliebten weißen Häuschen im Hortensiavej, dem schönsten Zuhause, das ich je hatte und von dem ich mich trennen mußte, um hierherzukommen. London, ja, das ist das Wahre, London, der Mittelpunkt der Welt; und dann, wir waren gerade einen Monat hier, wollte er schon wieder weg, diesmal nach Amerika. Und da habe ich mich zu einem Nein durchgerungen. »Auch ein Wurm krümmt sich, wenn er getreten wird«, sagte ich. »Du hast mich zum letzten Mal zerdrückt.«

Dabei war ich eigentlich nie so recht ein Wurm. Zumindest habe ich mich immer meiner Haut gewehrt, hab es ihm, soweit es ging, mit gleicher Münze heimgezahlt. Von den Kindern mal abgesehen, denn wenn er mir zur Strafe viele Kinder macht – womit soll ich mich rächen? Er könne allein nach Amerika fahren, ohne mich, dann ginge ich zurück in unsere Heimat, und die Jungen könne er meinetwegen auch mitnehmen. Statt dessen ist er dann nach Dänemark gefahren, weil er sich »dringend um seine Geschäfte« kümmern mußte. Inzwischen wußte ich, daß ich mir wieder mal ein Kind hatte anhängen lassen.

Kein sehr genußreicher Geburtstag!

12. Juli 1905

Es gefällt mir überhaupt nicht hier, aber das ist nun mal mein Los. Wenn ich erst meine Tochter habe, wird bestimmt alles besser. Lange kann es jetzt nicht mehr dauern, höchstens noch zwei Wochen, denke ich. Heute abend spürte ich eine Bewegung, ganz schwach, aber doch beruhigend, obwohl sie immer noch sehr hoch sitzt und nicht auf dem Kopf steht, wie es sich eigentlich gehört, bereit zur Flucht in die Freiheit. Ich stelle mir vor, wie sie versucht freizukommen, wie ein mühseliges Anschwimmen gegen gewaltige Brecher, die sie immer wieder zurückwerfen. Und so kommen sie dann heraus, die Babys, schwimmend, gegen die Flut ankämpfend, und wenn sie endlich das Ufer erreicht haben, entfährt ihren Lungen ein Schrei der Erleichterung.

Ich muß durchhalten. Ich muß stark sein, was auch kommen mag. Manchmal denke ich an Karoline, die mein Vater in Kopenhagen einfach stehenließ, so daß sie sich allein bis zu seinem Haus durchschlagen mußte. Sie hat mir die Geschichte selbst erzählt, meine Mutter hätte es nie getan, es war im Grunde eine unschickliche Geschichte und deshalb nichts für mich, und mein Vater hatte die ganze Sache wahrscheinlich längst vergessen. Karoline aber hat sie nie vergessen, das Erlebnis quälte sie wie ein Spuk, sie träumte davon.

Mein Vater kam aus einem Ort bei Aarhus in Nordjütland nach Kopenhagen. Er heiratete meine Mutter, die eine halbe Schwedin war, und verdiente nicht schlecht im Grundstückhandel und beim An- und Verkauf von Möbeln, und eines Tages fand er, es sei an der Zeit, daß meine Mutter eine Hilfe fürs Haus bekam, und er ließ von dem Hof in der alten Heimat eine seiner Nichten kommen. Sie waren so arm dort und hatten so viele Kinder, daß sie gewiß froh waren, eins loszuwerden. Karoline war fünfzehn und mußte mit der Fähre über den Store Bældt und den Lille Bældt und dann noch ein Stück mit dem Zug fahren, ganz allein und ohne Hilfe. Sie war nie aus ihrem Dorf herausgekommen und konnte weder lesen noch schreiben. Sie war wie ein Stück Vieh, ein Lasttier.

Mein Vater holte sie vom Bahnhof ab. Es war ein langer Weg bis zu unserem Haus, mehrere Meilen, und sie war ein armes, tumbes Ding. Als sie sich erleichtern mußte, tat sie, was sie auf dem Land getan hatte, sie ging ein Stück zur Seite – in diesem Fall zum Rinnstein – hob ihre Röcke, hockte sich hin und machte ihr Geschäft auf der Straße. Mein Vater war so peinlich berührt, so aufgebracht, daß er mir nichts, dir nichts davonrannte. Er hatte vergessen oder verdrängt, daß man das dort, wo er herkam, so machte, er war inzwischen fast so was wie ein feiner Herr geworden, und er lief, ohne sich noch einmal umzusehen, durch die gewundenen Straßen und Gassen nach Hause.

Karoline mußte sehen, wie sie zurechtkam. Sie kannte keine Seele in der Stadt. Sie sprach einen Dialekt, den man in Kopenhagen nicht verstand, sie kannte unsere Adresse nicht, nur den Namen – Kastrup –, sie war noch nie in einer Stadt gewesen, nicht mal in Aarhus. Aber was sollte sie machen? Sie schaffte es. Um Mitternacht traf sie bei uns ein. Wie sie es anstellte, habe ich nie erfahren. »Ich hab hundert Leute gefragt«, sagte sie zu mir. »Ich hab jeden gefragt, dem ich begegnet bin.« Als sie ankam, mußte sie noch froh sein, daß mein Vater ihr nicht die Tür wies.

Sie blieb viele Jahre bei uns. Als ich sechzehn war und meine Mutter starb, ging es auch mit Karoline zu Ende, sie hatte ein grausames Krebsgeschwür, das ihr aus dem Rücken wuchs. Sie kann nicht älter als zwei- oder dreiunddreißig gewesen sein. Als sie mir die Geschichte erzählte, war sie schon krank, und ihr Beispiel hält mich aufrecht, wenn die Verzweiflung droht. Was Karoline konnte, sage ich mir, kann ich auch. Ich komme durch, ich schaffe es!

14. Juli 1905

Rasmus hat geschrieben und Geld geschickt. Hansine strahlte übers ganze Gesicht und war puterrot, als sie mir heute früh den Brief brachte. Sie kann, wie gesagt, nicht lesen, aber sie hatte seine Handschrift erkannt und die dänische Briefmarke.

»Liebste Asta« nennt er mich, und später »meine liebe Frau«. Geredet hat er noch nie so mit mir, das kannst du mir glauben. (Du? Wer um Himmels willen soll das denn sein? Spreche ich am Ende schon mit meinem Tagebuch?) Endlich ist Geld da, nachdem uns langsam schon die *frikadeller* zu teuer geworden waren und wir uns darauf eingestellt hatten, von Zwiebackbruch und Butterine zu leben.

Es war eine Zahlungsanweisung über 700 Kronen, das sind fast vierzig Pfund, mehr darf man nicht schicken. Ich ging damit zum Postamt in der Lansdowne Road, und dort zahlten sie mir das Geld anstandslos aus, ohne Fragen zu stellen oder meinen Akzent zu belächeln.

Wenigstens kann ich jetzt Stoff für Babysachen kaufen, das heißt, ich habe ihn schon gekauft, weißen Batist und Tüll und weiße Strickwolle aus dem großen Kaufhaus Matthew Rose in der Mare Street. Ich werde den Arzt zahlen können, wenn ich, was ich nicht hoffe, während der Geburt nach ihm schicken muß. Die anderen kamen schnell, besonders der arme kleine Mads, ohne Komplikationen, wenn auch unter großen Schmerzen. Wenn es Probleme gibt, muß wohl ein Arzt her, aber Hansine ist ja da und kann mir helfen, wie damals bei Mads. Sie weiß, wie man die Nachgeburt herausbringt und die Nabelschnur versorgt. (Nur gut, daß ich auf Dänisch schreibe. Wenn das jemand liest... Nicht auszudenken!)

Rasmus ist wieder in Aarhus, ich habe jetzt eine Adresse, an die ich schreiben kann, allerdings, meint er, würde er dort wohl nicht mehr lange bleiben. Ich habe keine Ahnung, was er treibt. Er ist das, was man wohl Ingenieur nennt, ich wüßte nicht, wie ich ihn sonst nennen sollte, so ganz genau weiß ich nämlich nicht, was er macht. Er war mal Schmied, das heißt, er kann ein Pferd beschlagen und kennt sich mit Tieren aus. Er prahlt damit, daß der bösartigste Hund Ruhe gibt, wenn er mit ihm spricht, und komischerweise stimmt das sogar. Er bringt alle Tiere dazu, daß sie ihn lieben. Nur schade, daß er bei seiner Frau offenbar weniger Glück hat.

Auch mit Holz kennt er sich aus. Er könnte sein Brot als Kunstschreiner verdienen, aber das will er nicht, das ist unter seiner Würde. Ihn zieht es zu den Motoren. Einmal hat er mir erzählt – sonst erzählt er mir kaum mal was, er redet überhaupt nicht viel mit mir –, daß er »Motorwagen nach England bringen« will. An sich gibt es die hier ja schon, man sieht sie häufig, sogar in unserer Gegend jeden Tag ein paar, aber er meint Motorwagen für alle. Man stelle sich vor, daß eines Tages jeder seinen eigenen Motorwagen hat! Und was wird dann aus den Pferden, fragte ich, und aus den Eisenbahnzügen und Omnibussen, aber darauf ist er mir die Antwort schuldig geblieben. Er antwortet nie auf die Fragen, die ich ihm stelle.

Eins ist sicher – in Aarhus gibt es keine Motorwagen. Ob er versucht, dort Geld aufzutreiben? Angeblich hat er einen reichen Onkel in Hjørring, am Ende der Welt, an dessen Existenz ich allerdings nicht so recht glaube. Ich muß wohl dankbar sein, daß Rasmus kein Mohammedaner ist, sonst fände er bestimmt dort oben im Norden noch eine zweite Frau mit einer Mitgift von fünftausend Kronen.

18. Juli 1905

Heute abend kam Hansine herein, blieb mitten im Wohnzimmer stehen und zupfte an ihrer Schürze herum. Ich war wohl durch das Geld milder gestimmt, denn ich sagte, sie sollte sich hinsetzen und ein bißchen mit mir reden. Als Kind habe ich mal ein Buch gelesen, eine Übersetzung aus dem Englischen ins Dänische, es handelte von einem Mann, der auf einer einsamen Insel gestrandet war. Wie es hieß, weiß ich nicht mehr, aber dieser Mann war sehr einsam, und als dann ein zweiter Mann auftauchte, war er überglücklich, Gesellschaft zu haben, mit jemandem reden zu können, und da machte es ihm auch nichts aus, daß es ein Mohr und ein Heide war. So ähnlich geht es mir mit Hansine. Ich habe sonst niemanden, abgesehen von einem siebenjährigen und einem fünfjährigen Sohn, und manchmal ist sogar das Gespräch mit einer ungebildeten Dienstmagd besser als das dumme Gerede und die ewige Fragerei der Kinder.

Hansine stotterte herum und drehte den Kopf hierhin und dahin, um mich nicht ansehen zu müssen. Unsere Karoline war dumm und unwissend, aber manchmal denke ich, daß sie gegen die hier das reinste Genie war. Schließlich fragte ich: »Komm schon, was hast du mir zu sagen?« Ich dachte mir inzwischen, entweder hat sie was zerschlagen – dabei haben wir eigentlich kein wertvolles Porzellan –, oder es geht um ihren Schatz in Kopenhagen. Aber es ging nur um den Alten, der neulich auf der Straße umgefallen ist.

Sie hat dicke Freundschaft mit dem Dienstmädchen aus

der Pension geschlossen, in der er wohnte, das sie »Miss Fisher« nennt, hat herausgebracht, wo diese Pension ist, in der Navarino Road nämlich, nördlich von London Fields, und ist hingegangen, um sich »nach dem armen alten Herrn« zu erkundigen. Er war noch auf der Fahrt ins Krankenhaus gestorben. Vielleicht interessierte sie sich für ihn, weil er auch Ausländer war. »Wie wir«, sagte sie, aber der Mann war Pole und hieß Dzerjinski. Wahrscheinlich war es doch die reine Neugier.

Miss Fisher ist in Stellung bei einem Ehepaar, das zwei Kinder hat, außerdem gibt es noch eine alte Schwiegermutter, Mieter haben sie jetzt, nachdem Dzerjinski weg ist, nicht mehr. Ihr Dienstherr habe ihr gekündigt, hat Miss Fisher unserer Hansine erzählt, aber »ihre Dienstherrin, Mrs. Hyde« habe die Kündigung zurückgenommen, weil »es genug für mich zu tun gibt« – das Baby hüten, putzen und kochen.

Ich wollte schon ungeduldig werden und fragen, was dieses Gefasel eigentlich soll, da kam sie endlich damit heraus, ob sie an ihrem freien Nachmittag Miss Fisher in die Küche zum Tee einladen dürfe. Ich dachte bei mir, wie schön es für sie sei, eine Freundin gefunden zu haben, während ich hier noch keine Seele kenne, aber ich sagte nur, ich hätte nichts dagegen, nur dürfe ihre Arbeit nicht liegenbleiben, und sie solle auch an meine Niederkunft denken.

Es ist gut für ihr Englisch, wenn sie eine Freundin hat, die nichts anderes spricht. »Bald werd ich besser daherschwatzen als wie Sie, Ma'm«, sagte sie mit ihrem blöden Grinsen und wurde wieder rot.

Ich habe sie zu Bett geschickt und schreibe jetzt alles auf. Die Kleine liegt schwer in meinem Leib und rührt sich nicht, und ich habe das seltsame und natürlich unsinnige Gefühl, daß sie sich mit dem Kopf zwischen meinen Rippen verklemmt hat. Zumindest aber weiß ich, was auf mich zukommt, wenn sie in der nächsten oder übernächsten Woche den Weg in die Freiheit antritt. Bei Mogens war ich ahnungslos, ja, schlimmer als ahnungslos. Ich dachte, er käme durch den Nabel heraus. Da ich nichts von der Nachgeburt wußte und wie ein Baby sich im Mutterleib ernährt, sagte ich mir, irgendeinen Zweck müsse der Nabel ja haben, und was lag näher, als daß er sich auftat und das Baby freigab? Es war ein großer Schock, als Mogens plötzlich unten zum Vorschein kam. Meine Mutter hatte mir erzählt, daß Adam keinen Nabel hatte und Eva auch nicht. Sie wurden nicht geboren, sondern von Gott erschaffen. Komischerweise hatte ich bis dahin nie so recht begriffen, was das bedeutet.

Jetzt bin ich müde, ich werde mich hinlegen.

21. Juli 1905

Es ist unerträglich heiß, und zwar in ganz Europa und Amerika, so heißt es. (Ich zwinge mich, jeden Tag Zeitung zu lesen, weil das gut für mein Englisch ist.) In New York sterben die Leute auf der Straße an Sonnenstich, und hier haben sich Kinder mit Speiseeis vergiftet. Ich habe Hansine verboten, den Kindern Eis zu kaufen.

Zwischen England und Deutschland und Dänemark

und Schweden gibt es ein großes Gezerre um die Frage, wer nun König von Norwegen werden soll, Prinz Karl von Dänemark oder Bernadotte. So habe ich es jedenfalls verstanden, auf Dänisch könnte ich der Sache besser folgen. Auch Kaiser Wilhelm hat sich eingemischt, das ist wieder mal typisch.

Ich habe einen langen Brief an meinen Mann geschrieben, deshalb hatte ich drei Tage keine Lust auf mein Tagebuch. Ich habe ihm auf vielen Seiten unbequeme Wahrheiten vorgehalten: Wie schrecklich es für mich ist, hier in dieser tristen Straße zu leben, wie feindselig mir alle begegnen mit ihren dummen Fragen, diese Mrs. Gibbons zum Beispiel mit ihren Eisbären, ich habe ihm von der Hitze erzählt und von meiner Angst vor dem Krieg. Wenn es Krieg mit Dänemark gäbe, vielleicht unter Beteiligung von Schweden, hätten die Ausländer es hier noch schwerer. Wie kann er uns monatelang in einem fremden Land allein lassen?

Ich habe ihm noch etwas geschrieben, was ich in der Zeitung gelesen habe, daß die Prinzessin von Wales am 13. Juli einen Sohn bekommen hat. So gut wie die habe ich es nicht. Ob er vergessen hat, daß ich dieses Kind erwarte, habe ich ihn gefragt, das jeden Tag zur Welt kommen kann. Soll ich das hier allein durchstehen? Und wenn ich nun sterbe? Hunderte von Frauen sterben täglich im Kindbett, natürlich nicht, wenn sie Prinzessin von Wales sind. Hansine erzählte mir, nachdem sie Mogens von der Schule abgeholt hatte, von einer Frau, die heute früh nach der Geburt von Zwillingen gestorben ist. Sie hat es von einer anderen Bekannten, einer sehr ordinären Person, die in einem der Elendsquartiere an der Wells Street wohnt. Sie hat noch fünf Kinder, alle unter sieben, der Vater ist krank und arbeitslos. Sei still, schrie ich sie an, erzähl mir nicht solche Sachen, bist du denn nicht gescheit, hast du denn gar kein Gefühl? Aber Rasmus habe ich es geschrieben, er soll es nur wissen. Warum soll ich mich allein damit plagen? Es ist auch sein Kind, und es ist seine Schuld, daß es existiert.

Wahrscheinlich wird er den Brief nie bekommen, inzwischen ist er bestimmt längst weitergezogen, um Geld aufzutreiben, eine Anleihe, oder um irgendwas mit Motorwagen zu machen. Ich habe ihn nicht »mein liebster Ehemann« genannt oder dergleichen, ich bin mehr für Ehrlichkeit. »Lieber Rasmus« habe ich geschrieben und zum Schluß, eigentlich mehr, um der Höflichkeit Genüge zu tun, »Deine Asta«.

26. Juli 1905

Heute habe ich einen langen Spaziergang gemacht. Ich ging langsam, meine schwere Last vor mir hertragend, viele Meilen weit, und kam über Ritson Road und Dalston Lane zurück. Ich wollte zu der lutherischen Kirche, auch wenn es eine deutsche ist und keine skandinavische, und habe dann einen kleinen Abstecher gemacht, um mir das Haus anzuschauen, in dem Hansines Freundin wohnt.

Warum hat Rasmus nicht so ein Haus für uns gemietet? Nicht, daß es besonders vornehm wäre, so was findet man gar nicht in dieser Gegend, aber es hat vier Etagen und ist schön geräumig, man merkt, daß es mal bessere Tage gesehen hat. Stufen führen zur Haustür hinauf, es gibt ein Vordach auf zwei Säulen, einen Vorgarten mit einem hübschen Zaun und viele Bäume. Navarino Road ist nicht so breit wie die Lavender Grove, sondern schmal und schattig, eine richtig schöne Straße.

Ich stand da und dachte gerade, daß man hier bestimmt höchstens zehn Pfund mehr Miete bezahlt als die 36 Pfund im Jahr, die Rasmus das Haus in der Lavender Grove kostet, als eine Frau mit einem kleinen Mädchen herauskam. Sie war ziemlich herausgeputzt und trug einen großen Federhut, aber ich hatte nur Augen für die Kleine, die noch kaum laufen konnte. Wie hübsch und blond und zierlich sie war, wie eine Fee. Ich könnte schwören, daß mein Kind sich bei diesem Gedanken bewegte, vielleicht streckte es dem anderen Kind grüßend die Hand entgegen.

Phantasiegespinste, ich weiß. Aber die Vorstellung heiterte mich auf und brachte mich wohlbehalten heim, ein großes plumpes Schiff, das wankend und schwankend in den Hafen einläuft. Mogens und Knud spielten auf dem Gehsteig mit den Reifen, die ich ihnen gekauft habe, nachdem mein großzügiger Ehemann uns wieder Geld geschickt hat. Wenn ich bei der Geburt meiner Tochter nichts für den Arzt auszugeben brauche, bekommt Knud einen Kreisel. Der Nachbarsjunge hat einen, warum also nicht auch mein Sohn?

Als ich das Haus erreichte, mußte ich mich plötzlich krümmen vor Schmerz. Jetzt ist es soweit, dachte ich, und weil ich nicht wollte, daß Hansine sofort ein großes Getue macht, Wasser aufsetzt und Bettücher über meine Schlafzimmertür hängt, ging ich erst mal nach oben, um meinen Hut abzunehmen, und hielt mich dort am Bettpfosten fest. Eine zweite Schmerzwelle kam, schwächer als die erste. Ich stand da, sah durchs Fenster auf meine Söhne herunter und dachte, daß im September nun auch Knud zur Schule kommt, und ich wußte nicht, ob ich mich darüber freuen oder traurig sein sollte.

Dann fiel mir ein, daß inzwischen meine Tochter auf der Welt sein würde, über einen Monat wäre sie dann schon alt, und ich würde froh sein, die Jungen aus dem Haus zu haben. Vielleicht, dachte ich, wird sie heute abend geboren. Ich blieb noch eine Weile stehen und legte mich schließlich aufs Bett, die Hände auf den großen, schweren Klumpen gepreßt, aber es kamen keine Wehen mehr, und ich begriff, daß dasselbe passiert war wie damals, als ich Mads erwartete. Falsche Wehen, die Stunden oder Tage vor den echten einsetzen. Vermutlich gibt es auch einen wissenschaftlichen Namen dafür, aber den kenne ich nicht. Letztes Jahr, im Februar, hatte ich sie am Mittwoch, und am Freitag kam dann Mads auf die Welt. Der arme Kleine, ich hatte ihn nicht gewollt und begriff erst nach seinem Tod, wie lieb ich ihn hatte.

Wenn nun dieses Kind, meine Tochter, wenn sie… Nein, das will ich nicht hinschreiben, daran will ich nicht mal denken. Oder ist es wie eine Rückversicherung, wenn ich es hinschreibe, eine Garantie, daß es nicht dazu kommt? Ich glaube nicht an solche Sachen. Ich bin nicht abergläubisch, und ich glaube nicht an GOTT, nein, er verdient keine Großbuchstaben, also noch mal, ich glaube nicht an Gott, es ist albern, jemanden zu verherrlichen, wenn man nicht an ihn glaubt. Das habe ich begriffen, als mein erstes Baby an der falschen Stelle herauskam und ich dachte, es würde mich zerreißen. Ich gehe nicht in die lutherische Kirche, sei sie nun deutsch oder dänisch oder sonstwas, und ich lasse mich auch nicht neu einsegnen nach dem Wochenbett, als ob es etwas Schmutziges wäre, ein Kind zu bekommen.

Einen Arzt will ich nur, wenn es unbedingt nötig ist. Hansine kennt sich ja aus. Wenn es Komplikationen gibt, kann sie ihn immer noch holen. Zu schade, daß Frauen nicht Arzt werden können! Es würde mir nichts ausmachen, wenn eine Frau in mein Schlafzimmer käme, in einem schmucken schwarzen Kleid, das Stethoskop umgehängt wie eine Halskette. Aber es schüttelt mich vor Ekel, wenn ich mir vorstelle, daß ein Mann mich so entblößt, so ausgeliefert sieht, mit diesem anstößig weit geöffneten Leib. Und ich glaube, die Männer amüsiert das noch, auch wenn es Ärzte sind. Dieses halbe Lächeln um ihre Lippen, hinter diskret vorgehaltener Hand… Wie albern die Weiber sind, denken sie wohl, schwache, törichte Geschöpfe, die so etwas mit sich machen lassen. Wie häßlich sie aussehen und wie dumm!

Schließlich ging ich wieder nach unten. Hansine rief die Jungen zum Abendessen ins Haus. Ich hatte keinen Appetit und brachte keinen Bissen hinunter. So war es jedesmal. Ein paar Tage vorher kann ich nicht mehr essen. Das Gespräch der Jungen drehte sich wieder mal um die Namen. Mogens hat sich in der Schule mit einem Jungen angefreundet, der zu Knud gesagt hat, eigentlich hieße er Canut – wie der König, der am Strand saß und den Wellen

Einhalt gebot, die Flut zurückweichen ließ oder etwas in der Art. Er wollte ihn in Zukunft Canut nennen, und alle anderen in der Schule würden es ihm nachtun, und dann würden die Jungen auf der Straße hinter ihm herrufen: »Canut, Canut, ist ein arger Tunichtgut.« Nicht genug damit, daß Mogens sich in Jack umtaufen will – jetzt verlangt auch noch Knud, daß wir ihn Kenneth nennen. In Mogens' Klasse gibt es offenbar vier Jungen, die Kenneth heißen. Da müßt ihr euren Vater fragen, habe ich gesagt und damit das Thema erst mal um viele Monate vertagt.

2

Für Skandinavier ist die Frage, wie man die Großeltern nennt, ein für allemal gelöst. Die Entscheidung, welche Großmutter mit Großmama und welche mit Oma anzureden ist, welcher Großvater der Großpapa und welcher der Opa sein soll, entfällt für sie ebenso wie die unbeholfene Formulierung »Opa Smith« oder »Opa Jones«. Die Mutter der Mutter ist schlicht und einfach Mormor, der Vater der Mutter Morfar, auf der väterlichen Seite sind die entsprechenden Benennungen Farmor und Farfar. Von Anfang an sprach ich von der Mutter meiner Mutter stets als Mormor, weil meine Mormor ihre Großmutter immer so genannt hatte. Zweifel kamen mir erst, nachdem ich zur Schule gekommen war und die anderen Kinder sich darüber lustig machten.

Später sprach ich dann meist von »meiner Großmutter« und im Zusammenhang mit Padanaram von »meinem Großvater«. Die früheren Bezeichnungen blieben dem Familiengebrauch und im Fall von Mormor der direkten Anrede vorbehalten. In diesem Buch werde ich sie manchmal Mormor und Morfar nennen, öfter allerdings ihre Vornamen, Asta und Rasmus, verwenden, denn dies ist nur zu einem kleinen Teil meine Geschichte. Ich bin nur Beobachterin, Schriftführerin, Zeitzeugin. Mormor und Morfar kommen hier nicht als meine Großeltern vor, sondern als sie selbst, die Einwanderer Asta und Rasmus

Westerby, die in wenig glücklicher Zeit aus Dänemark in ein insulares, fremdenfeindliches Land kamen, der Puppenhausbauer und seine Frau, die Tagebuchschreiberin und ihr Mann.

Dennoch ist es auch nicht ihre Geschichte, wenngleich sie wichtige Rollen darin spielen, ebensowenig die Geschichte meiner Mutter, für die das Puppenhaus gebaut wurde, oder die von Jack und Ken, die als Mogens und Knud zur Welt kamen, oder die der Nachkommen von Hansine Fink. Es ist die Geschichte von Swanny, der ältesten Tochter der Großeltern, Swanhild Asta Vibeke Kjær, geborene Westerby (oder auch nicht).

In unserer Gesellschaft der fast schon ausgestorbenen Großfamilien sieht man seine Vettern nur bei Beerdigungen, wo man sie meist nicht erkennt. So ging es mir 1988, als wir Tante Swanny zu Grabe trugen. Wer der Mann war, der sich in der Kirche neben mich setzte, wußte ich nur, weil er zielstrebig die erste Bank ansteuerte, was nur den Neffen der Verstorbenen zustand. Demnach mußte dies John Westerby sein. Oder sein Bruder Charles?

Ich hatte beide zum letztenmal bei der Beerdigung meiner Mutter vor zwanzig Jahren gesehen, und auch da nur kurz. Dringender geschäftlicher Verpflichtungen wegen hatten sie gleich wieder abreisen müssen. Dieser Mann sah kleiner aus, als ich ihn in Erinnerung hatte. Und er sah meinem Großvater Rasmus Westerby, den ich wie die Dänen Morfar genannt hatte, sehr ähnlich. Im Flüsterton klärte er mich auf: »Da kommt John.« Also war er Charles.

Mein zweiter Vetter – ich habe nur die beiden – war mit

der kompletten Familie angereist. Die Bank war gerade groß genug für uns alle, Charles, John, Johns Frau, Sohn, Tochter, Schwiegersohn und… ja, wahrscheinlich ein Enkelkind. Vorübergehend lenkte mich die Überlegung ab, wie dieser Sohn, diese Tochter heißen mochten, und ich war noch zu keinem Ergebnis gekommen, als ein Orgelvorspiel ertönte und sechs Mann langsam Swannys Sarg hereintrugen.

In der Kirche saßen an die hundert Leute. Sie sangen alle wacker mit, es war ein bekanntes Kirchenlied. Ich hatte mich nicht entscheiden können, weil meines Wissens Swanny keinen Lieblingschoral gehabt hatte, aber Mrs. Elkins wußte es besser. In jenen letzten schlimmen Monaten, als Swanny nicht »sie selbst« gewesen war, sondern »die andere«, sei sie oft herumgegangen und habe ›Abide with me‹ gesummt. Das also sangen wir jetzt aus vollem Hals zu Orgelmusik vom Band, denn Organisten sind heutzutage Mangelware.

Ich verließ die Kirche als erste. Für diese Dinge gibt es ein festes Protokoll, und Johns Sohn, der offenbar genau Bescheid wußte, ließ seine Familie stehen und schritt an meiner Seite. Sehr nett von dir, sagte ich halblaut, und er neigte gemessen den Kopf. Mir wollte nicht einfallen, wie er hieß, und erst recht nicht, was er machte oder wo er wohnte.

Die nicht geweinten Tränen brannten mir in den Augen. Ich würgte. Hätte ich mir in diesem Augenblick vorgestellt, wie sie summend und brabbelnd durchs Haus geschlurft war, hätte ich vermutlich angefangen zu heulen. Statt dessen zwang ich mich, während wir uns um das

Grab scharten und der Sarg in die Grube gesenkt wurde, daran zu denken, wie anders es hier ausgesehen hätte, wäre sie vor zehn Jahren gestorben, was sehr gut vorstellbar war, schließlich war sie damals schon über siebzig.

Ohne die Tagebücher wären all diese Menschen nicht da gewesen. Swanny Kjær (von den Medien unweigerlich falsch ausgesprochen) hätte ein zurückgezogenes Leben geführt, ein kaum bemerktes Ende gehabt. Wer wäre zur Beerdigung gekommen? Ich natürlich, John oder Charles – aber nicht beide –, Mr. Webber, ihr Anwalt, und ein, zwei Nachbarn aus der Willow Road. Harry Dukes Tochter und vielleicht deren Tochter. Mehr nicht. So aber waren sämtliche Medien da. Die Vertreter der Medien nannten sich Swannys Freunde und waren es vielleicht auch, all diese Verlagslektoren und PR-Menschen, eine ganze Meute von der BBC, ein Produzent und der Leiter der Features-Abteilung des Privatsenders, der die Serie gedreht hatte. Die Presse war mit Rekordern und Kameras angerückt, um ihre Blätter zu beliefern.

Was wäre gewesen, wenn all diese Leute sie in ihren letzten Tagen gesehen hätten? Welch aufregende Story in der Story: Swanny Kjær, zweigeteilt durch ein befremdliches Seelenleiden, immer weniger »sie selbst«, immer mehr von »der anderen« verdrängt. Viele der Jüngeren, denen 1905 genauso fern war wie 1880, verwechselten sie ohnehin mit ihrer Mutter. Für sie war Swanny nicht so sehr die Herausgeberin als die eigentliche Verfasserin der Tagebücher.

Die blassen, glatten Gesichter waren in Langeweile erstarrt, als wir über das feuchte Gras zu dem hygienisch mit Kunstrasen ausgeschlagenen Grab zogen. Nachdem der Sarg in die Grube gesenkt worden war, warf einer der dänischen Vettern, der den weiten Weg von Roskilde gemacht hatte, eine Handvoll Erde hinein. In der Frau nach ihm erkannte ich Margaret Hammonds Tochter, aber wer sich sonst noch die feinen Handschuhe mit feuchtem Londoner Lehm schmutzig machte, hätte ich nicht sagen können. Viele Damen waren eher für eine Hochzeit als für eine Beerdigung gekleidet. Die hohen Absätze sanken tief in den matschigen Boden ein. Als wir das Grab verließen, regnete es auf ihre Hüte.

Ich nahm Mr. Webber in meinem Wagen mit zur Willow Road, die übrigen Trauergäste – soweit sie eingeladen waren – folgten. Ich hatte Swannys Agentin dazugebeten und ihren Verleger und den Produzenten, hatte es aber nicht über mich gebracht, die ganze Rotte der PR-Damen und Sekretärinnen, die alle danach gierten, das Haus, in dem Swanny Kjær gewohnt hatte, von innen zu sehen, mit Bier und Kanapees zu bewirten.

Es ist ein hübsches Haus, ich hatte es immer gern, fand aber nie, daß es etwas Besonderes war, bis Torben mir sagte, daß es als eins der besten Londoner Beispiele der Dreißiger-Jahre-Architektur galt. Als sie einzogen, ein paar Jahre vor meiner Geburt, war es ganz neu gewesen. Ich schloß auf und trat über die Schwelle, dabei sah ich zu Mr. Webber hin, das heißt, ich versuchte seinen Blick aufzufangen, aber er mied den meinen. Sein Gesicht wirkte noch unbewegter als sonst. Ich überlegte, ob Anwälte nach der Beerdigung tatsächlich zur Verlesung des Testaments schreiten, oder ob so was nur in Krimis vorkommt.

Mrs. Elkins hatte für Häppchen gesorgt, Sandra, Swannys Sekretärin, war plötzlich wieder da und kümmerte sich um die Getränke. Räucherlachs, Weißwein und Mineralwasser – es ist überall dasselbe. Ich sah, daß auch die beiden Pflegerinnen, Carol und Clare, gekommen waren, und dann war der Verwandte, dessen Name mir nicht einfallen wollte, an meiner Seite und sagte, er erinnere sich an Swanny von der Beerdigung seines Großvaters her. Ihr Aussehen, ihre Größe und Schönheit hätten damals großen Eindruck auf ihn gemacht.

»Ich konnte nicht glauben, daß das meine Großtante sein sollte. Ich war erst zwölf, aber wie elegant sie war, um wieviel besser gekleidet als die anderen Frauen, das habe ich sofort gemerkt.«

»Sie unterschied sich von der übrigen Familie.«

»Ja, in vieler Beziehung«, sagte er.

Demnach wußte er es nicht. Sein Vater hatte es ihm nicht gesagt, weil dessen Vater *ihm* nichts gesagt hatte. Ich mußte daran denken, daß Ken es nie hatte glauben wollen.

Überraschend sagte er: »Man sollte denken, daß bei den vielen Kindern, die Asta und Rasmus hatten, zahlreiche Nachkommen da sein müßten, aber es gibt nur uns. Nur ich könnte den Namen weitertragen. Tante Swanny hatte keine Kinder, Charles hat keine – und du auch nicht, oder?«

»Ich war nie verheiratet«, sagte ich.

»Pardon.« Er lief dunkelrot an.

Daran – und an der Bemerkung, daß er bei Kens Tod erst zwölf gewesen war – konnte ich ermessen, wie jung er sein mußte. Allerdings kleidete er sich nicht danach. Wo sieht man heute noch einen Mann unter fünfzig mit steifem Kragen und dunklem Paletot? Sein Haar war sauber gescheitelt und hinten und an den Seiten kurz geschnitten. Gut und gern eine halbe Minute lag die Röte auf seinem Gesicht, und als sie verblaßt war, stand Mr. Webber wieder neben mir, der sich offenbar als mein Beschützer betrachtete.

Er blieb bis zuletzt, was mir erst auffiel, als das Haus leer war. Eine Frau mit großem schwarzen Hut hatte sich im Gehen erkundigt, ob weitere Tagebücher zu erwarten seien und ob ich sie herausgeben würde, und eine weniger gut informierte Dame mit grauer Pelzmütze stellte mir die (wohl schmeichelhaft gemeinte) Frage, ob ich Swannys Enkelin sei.

Mr. Webber und ich blieben allein inmitten von Swannys Sachen. Erstaunlich taktvoll, treffend formulierend wie immer, sagte er: »Wenn eine Berühmtheit stirbt, vergessen die Leute gern, daß die Hinterbliebenen unter Umständen ebenso tief um sie trauern wie in einer ähnlichen Situation die Angehörigen einer Unbekannten.«

Das habe er sehr schön gesagt, meinte ich.

»Sie glauben«, sagte er, »daß das grelle Licht, das unsere erhabenen Gestade überflutet, den Quell des Kummers hat versiegen lassen.«

Ich lächelte etwas unbestimmt, denn so hatte ich – vielleicht im Gegensatz zu anderen Leuten – Swanny nie gesehen. Dann setzten wir uns, er nahm seine Papiere aus der Aktentasche und eröffnete mir, daß sie mir alles hinterlassen hatte, was sie besaß.

Ich hätte, auch wenn das Testament noch bestätigt werden mußte, gleich dableiben können, aber ich fuhr nach Hause. Das, was ich gerade erfahren hatte, hätte mich sonst überwältigt und mich in einen dieser sonderbaren nervösen Zustände versetzt, bei denen man nicht still sitzen kann, sondern mit verkrampften Händen von Zimmer zu Zimmer läuft, das Bedürfnis hat, sich jemandem mitzuteilen, ohne zu wissen, wem.

Da war ich zu Hause besser aufgehoben. Ich setzte mich still hin und überlegte, warum ich nie mit dieser Möglichkeit gerechnet hatte, warum ich immer davon ausgegangen war, daß ich eine kleinere Summe bekommen und alles übrige an die Verwandtschaft in Roskilde gehen würde. An einer Stelle des Testaments war ich direkt angesprochen, Mr. Webber hatte sie mir vorgelesen: »... meiner Nichte Ann Eastbrook, weil sie Asta Westerbys Enkelin in weiblicher Linie und das einzige von ihr abstammende noch lebende weibliche Mitglied der Familie ist.« Weder er noch ich hatten diese Bemerkung kommentiert. Für mich bedeutete sie damals nur, daß Swanny ihre Mutter geliebt hatte, was ich schon wußte, und daß John und seine Kinder nicht bedacht worden waren, weil sie von Onkel Ken abstammten.

Ich würde reich sein. Meine Tätigkeit – ich recherchiere für Schriftsteller – war interessant, doch viel brachte sie nicht ein. Ich konnte in das Haus in der Willow Road ziehen. Ich konnte aufhören zu arbeiten, was in jenem Augenblick für mich allerdings schwer vorstellbar war. Ich würde über Geld und Aktien in Höhe von etwa einer halben Million Pfund verfügen. Noch über viele Jahre würden die Tantiemen fließen. Mein wäre das Himmelbett, das einmal Pauline Bonaparte gehört hatte (oder auch nicht), der schwarze Holztisch mit den geschnitzten Eichenblättern, die *Büste eines Mädchens,* die Ormulu-Uhr, die Weihnachtsteller von Bing & Grøndahl von 1899 bis 1986, die alle unterschiedlich und alle datiert waren, nur der erste, wertvollste von 1898 fehlte.

Das heißt, all das war mir mit Swannys Tod bereits zugefallen. Mir gehörten die drei weißen Vasen mit der Krone und dem königlichen Wappen von Dänemark, die Torbens Eltern zur Hochzeit bekommen hatten, eine limitierte Serie, die anläßlich der Krönung von Christian x. entstanden war. Mir gehörten das Flora-Danica-Speiseservice und das Karl-Larsson-Bild, das in Swannys Salon hing, auf dem Eltern und Kinder unter den Birken Tee trinken.

Mir gehörten auch die Tagebücher, veröffentlichte wie unveröffentlichte, bereits gedruckte und nur im Manuskript vorliegende, übersetzte wie unübersetzte. Die Tagebücher waren vermutlich das, was den meisten Leuten an meiner Stelle zuallererst in den Sinn gekommen wäre. Und wäre ich in Swannys Haus geblieben, hätte ich wohl auf den Gedanken kommen können, mich nach ihnen umzusehen. Da ich nicht wußte, wo Swanny die Originale verwahrt hatte, hätte ich nach ihnen suchen müssen und sie – zum allerersten Mal – allein ansehen und berühren dürfen.

Nach Mormors Tod oder auch noch vor fünfzehn Jahren wäre das eine völlig bedeutungslose Geste gewesen. Damals waren sie noch die Aufzeichnungen einer alten

Dame, die keinerlei schriftstellerischen Ehrgeiz hatte und allenfalls gern Geschichten erzählte. Inzwischen war mit diesen Heften eine Verwandlung vor sich gegangen – nicht nur inhaltlich, sondern auch von ihrem Material, ihrer Körperlichkeit her, der nun ein Hauch von Heiligkeit anhaftete, gleich einer Shakespeare-Erstausgabe oder einem Exemplar der Vulgata. Als ich jetzt an sie dachte, drängte es mich, sie mir anzusehen. Ich tat das Zweitbeste – ich ging zum Puppenhaus.

Zu meiner Wohnung gehörte ein zwei Treppenabsätze tiefer gelegenes separates Zimmer mit Sicherheitsschloß. Der Vorbesitzer hatte mit löblicher Offenheit zu mir gesagt, er persönlich habe mit diesem Zimmer nie etwas anfangen können. Als Gästezimmer war es nicht zu gebrauchen, weil der Gast für den Weg zum Badezimmer Morgenrock und Hausschuhe anziehen, die Tür aufmachen, eine Treppe hochsteigen und eine weitere Tür aufschließen mußte. Ich würde es gut gebrauchen können, hatte ich gesagt – und sofort an das Puppenhaus gedacht.

Ich war schon zwei oder drei Monate nicht mehr hier unten gewesen und hatte ein schlechtes Gewissen, als ich, ein Staubtuch in der Hand, die Tür aufschloß. Jetzt, in den ersten Frühjahrswochen, war es um diese Zeit schon ganz dunkel. Ich machte Licht und schloß die Tür, weil ich von der Treppe her nicht gesehen werden wollte. Der Raum war stickig, die Fenster waren geschlossen und die Rolläden heruntergelassen. Schwarzkörniger Staub lag auf den Fensterbrettern, aber nicht auf dem Puppenhaus. Ich dachte an Swanny, die zehn gewesen war, als Morfar es zu bauen angefangen hatte, und wie sie ihm, nachdem meine Mutter zu Bett geschickt worden war, bei der Arbeit zugesehen hatte, und ich überlegte – nicht zum erstenmal –, was ihr damals durch den Kopf gegangen sein mochte. War sie traurig gewesen? Hatte sie so etwas wie Zurücksetzung empfunden? Oder hatte sie sich gesagt, daß sie für derlei Dinge ohnehin zu alt war, und der kleinen Schwester die Freude gegönnt?

Ein Jahrzehnt davor setzte das Tagebuch ein, danach hatte es kaum einmal Unterbrechungen gegeben. Mormor hatte sich demnach hingesetzt und geschrieben, während Morfar Paneele in Miniformat schnitzte und winzige Kamine meißelte und Samtstücke als Teppiche verlegte. Ich machte die Rückfront auf und sah ins Wohnzimmer, den einzigen Raum, in dem sich Bücher befanden. Die in den beiden Bücherschränken mit den Glimmerscheiben, die wie richtiges Glas aussahen, waren nur auf Karton aufgemalte Buchrücken, aber auf dem Konsoltischchen lag ein richtiges Buch, ein winziges Ding, halb so groß wie eine Briefmarke, aber mit echten Seiten und echtem Ledereinband. Es war sehr raffiniert gemacht, aber wenn man genau hinsah, erkannte man den Trick. Er hatte ein zentimeterdickes Quadrat aus einem Schreibheft geschnitten – einem von Astas Schreibheften womöglich – und mit einem Streifen Glacéleder gebunden, der vielleicht von einem ihrer Handschuhe stammte. Ich konnte mir vorstellen, wie Asta mit ihm gezankt hatte. Sie hatte mit dem Puppenhaus nie etwas im Sinn gehabt.

Eigentlich hätten auf jenem Tisch die Tagebücher – Heft eins oder zwei oder fünf – liegen müssen. Die winzigen Seiten von Morfars Buch waren leer. Er war kein Büchermensch gewesen. Ich stand da, dachte daran, daß Swanny all diese kleinen Kunstwerke hatte entstehen sehen, und überlegte, ob es möglich wäre, eine Mini-Ausgabe der Tagebücher für das Puppenhaus machen zu lassen, ob sich so etwas lohnen würde oder nur eine Kinderei war, als oben in der Wohnung das Telefon läutete.

Der Anrufbeantworter war eingeschaltet, aber ich ging trotzdem hin. Bis ich die Rückseite des Puppenhauses zugeklappt, das Licht ausgemacht und hinter mir abgeschlossen hatte, war das Telefon verstummt. Ich hörte meine Stimme vom Band sagen, ich sei zur Zeit nicht erreichbar, und dann eine mir unbekannte Frauenstimme.

Die Features-Redakteurin einer Zeitschrift, die ich kaum dem Namen nach kannte, machte keine Umschweife. Was nach Swanny Kjærs Tod aus den Tagebüchern werden würde, wollte sie wissen. Sie habe gehört, daß nicht nur etliche Hefte noch unübersetzt, sondern Teile der frühen Tagebücher der Öffentlichkeit unterschlagen worden waren, und fragte, ob ich, als die neue Besitzerin, die Absicht hätte, sie herauszugeben. Sie würde morgen noch einmal anrufen.

Ich schaltete den Anrufbeantworter ab, und gleich darauf läutete das Telefon wieder. Es war Mrs. Elkins, die auch auf der Beerdigung gewesen war, mit der ich aber kaum ein Wort gewechselt hatte. Ob sie weiter in die Willow Road zum Putzen kommen sollte. Ja, bitte, sagte ich und hätte am liebsten in heller Panik aufgeschrien: Bitte lassen Sie mich nicht im Stich! Die Pflegerinnen wußten natürlich, daß ihre Dienste nicht mehr benötigt wurden, und irgendwann würde eine dicke Rechnung kommen. Bei diesem Gedanken hatte ich wieder deutlicher, als mir lieb war, Swannys Sterbelager vor Augen. Wie lange würde es dauern, bis ihr Anblick aus meinem Gedächtnis getilgt wäre, ihr Aufbäumen im Bett, ihr Aufschrei: »Niemand, niemand…«

Zunächst verdrängte ich diese Erinnerungen, indem ich mich auf ihren Grabstein konzentrierte. Ich setzte mich, zeichnete – dabei kann ich gar nicht zeichnen – einen Stein, schrieb eine Zeile von Eliot hinein: »Es gibt kein Ende, nur ein Weiterwerden«, die Daten – 1905–1988 – und ihren Namen: Swanny Kjær. Niemand hatte sie bei ihrem vollständigen Namen genannt bis auf Torben, und auch der nur selten. Ich war schon erwachsen, als ich erfuhr, wie sie wirklich hieß.

Wieder unterbrach mich das Telefon. Zunächst konnte ich die wohlklingende Stimme nicht unterbringen, und der Name Gordon sagte mir nichts. Doch als er meinte, wir hätten doch vor ein paar Stunden noch miteinander gesprochen, wußte ich, daß es der junge Mann mit dem dunklen Mantel war, der so sympathisch rot werden konnte. Er hatte kaum seinen Namen genannt, da fiel mir auch der seiner Schwester ein: Gail. Gordon und Gail…

»Mein Vetter zweiten Grades«, sagte ich.

Aber das ließ er nicht gelten. Ernsthaft, als handle es sich um eine äußerst schwerwiegende Angelegenheit, sagte er: »Nein, nein, dein Neffe zweiten Grades. Mein Vater war dein leiblicher Vetter.«

»Richtig. Und wenn du einen Sohn bekommst, wird der mal mein Vetter dritten Grades…«

»Ich werde keine Kinder haben. Ich bin schwul.«

Für einen jungen Mann, der so leicht errötete, sagte er das bemerkenswert beiläufig. Ebensogut hätte er sagen können, mir ist kalt, ich bin Engländer, ich bin Cricketspieler. Gut, dachte ich, wenn das heute so üblich ist, soll es mir recht sein.

»Was kann ich für dich tun, Gordon?«

»Ich bin Genealoge. Das heißt Amateurgenealoge. Familienforscher, um es allgemeinverständlich auszudrükken. Beruflich bin ich Banker. Ich mache Stammbäume auf Bestellung. Tausend Pfund pro Stück.«

Ich brauchte keinen Stammbaum, sagte ich lahm.

»So war das auch nicht gemeint. Ich mache gerade einen für mich, für die väterliche, die männliche Linie, und könnte dabei ein bißchen Hilfe gebrauchen. Ich würde dich auch nicht lange aufhalten. Im Sommerurlaub will ich in Dänemark die Spur unserer Vorfahren verfolgen, aber ich brauche ein paar Informationen...« Er zögerte. »...von jemandem vor Ort. Und wenn ich vielleicht einen Blick in die Tagebücher werfen dürfte...«

»Drei Bände liegen gedruckt vor. Bis 1934.«

»Die Originale, meine ich. Ich gehe immer am liebsten zurück zu den Quellen.«

»Sie sind auf Dänisch.«

»Ich habe ein dänisches Wörterbuch. Könnte ich irgendwann mal vorbeikommen?«

»Ja, irgendwann mal«, sagte ich.

Um allen weiteren Anfragen zunächst ein Ende zu machen, zog ich, statt auf den Antwortmodus umzustellen, kurzerhand die Schnur aus der Dose. Und dann kam mir die ganz und gar unsinnige Idee, daß sich jemand ausgerechnet diese Nacht aussuchen könnte, um die Tagebücher zu rauben. Als Swanny noch lebte, hatte ich an so etwas nie gedacht. Damals wäre es ein Kinderspiel gewesen, dort einzubrechen, Swanny und die Nachtschwester hätten, allein in diesem großen Haus, überhaupt nichts machen können. Jetzt, nach Swannys Tod, belastete mich die Vorstellung. Die Tagebücher schienen mir sehr wertvoll und gleichzeitig eine leichte Beute. Ich bereute es schon, daß ich nicht in der Willow Road geblieben war, um dort ein bißchen aufzupassen, und fürchtete um meine Nachtruhe.

Nervös wie ich war – was mir an sich gar nicht ähnlich sieht –, war ich plötzlich überzeugt davon, daß ich in dem Zimmer im Zwischengeschoß das Licht hatte brennen lassen und nicht abgeschlossen hatte. Ich ging noch einmal hinunter, und natürlich war abgeschlossen, und ich mußte noch einmal aufmachen, um mich davon zu überzeugen, daß das Licht aus war. Da stand Padanaram, das Puppenhaus, schön, stattlich und raumfüllend, und zeugte von längst dahingegangenen Handwerkskünsten und altmodischer Pracht.

Ich würde mir jemanden suchen müssen, dem man es schenken konnte. Während ich wieder nach oben ging, überlegte ich, ob das kleine Mädchen, das Kens Urenkelin und Gordons Nichte war, sich darüber freuen würde.

Die Journalistin meldete sich am nächsten Tag noch einmal. Ich sagte ihr, daß aus den Tagebüchern nichts der Öffentlichkeit unterschlagen worden war und daß ich zunächst noch keine konkreten Pläne hatte. Sie könne ja nächstes Jahr noch einmal anrufen. Damit mußte sie sich zufriedengeben.

Bis zum Mittag kamen noch zwei Anrufe, einer von einer Zeitschrift für Innenarchitektur, die ein Feature über das Haus in der Willow Road machen wollte, und ein zweiter von dem Herausgeber einer Sonntagsbeilage, der mich für ihre Serie »Zeitgenossen mit berühmten Großeltern« interviewen wollte. Meine Telefonnummer herauszubringen war nicht weiter schwierig, ich inserierte im *Author*, das brachte mein Beruf so mit sich.

Ich beschied beide Anfragen abschlägig und machte mich auf den Weg ins Zeitungsarchiv, um für einen Auftraggeber, der historische Kriminalromane schreibt, weiteres Material über Kensington um 1890 zu sammeln. Natürlich ließ ich den Anrufbeantworter weiterlaufen, ich brauchte schließlich die Aufträge – oder vielleicht auch nicht, dachte ich, als ich mit dem Bus zurückfuhr. Mußte ich jetzt, da ich Swannys Haus und Swannys Geld hatte, überhaupt noch arbeiten?

Zumindest für diesen Tag kamen solche Überlegungen zu spät. Ich fand eine Nachricht des *Hampstead and Highgate Express* vor. Und eine Nachricht von Cary Oliver.

»Hier Cary, Cary Oliver. Sei lieb und leg nicht auf, schalte das Ding nicht ab. Ich weiß, daß es unverschämt von mir ist, aber bitte, bitte, können wir nicht die Vergangenheit ruhen lassen? Ich sag dir, was ich will – ja, natürlich will ich was –, ich rufe wieder an. Es geht um die Tagebücher, aber das wirst du dir schon gedacht haben. Es ist eine verdammte Mutprobe, aber ich ruf dich an, bestimmt. Für den Fall, den sehr unwahrscheinlichen Fall, daß du Lust hättest zurückzurufen, geb ich dir meine Nummer.«

Sie nannte die Nummer, zweimal hintereinander, aber ich schrieb sie nicht auf.

3

Als ich sieben wurde, schenkte meine Mutter mir das Puppenhaus. Es war ein Geburtstagsgeschenk und war es auch wieder nicht. Das Puppenhaus hatte, solange ich denken konnte, fast ein ganzes Zimmer in unserem Haus eingenommen. Ich durfte es anschauen, aber nicht damit spielen, dazu sollte ich erst älter und vernünftiger werden.

Von meinem Geburtstag an sollte das Puppenhaus wirklich mir gehören, und ich würde damit anstellen können, was ich wollte. Wäre es bei diesem einen Präsent geblieben, wäre die Enttäuschung wohl trotzdem groß gewesen. Die Schlittschuhe waren das heißersehnte und mit Jubel begrüßte Hauptgeschenk. Es ist wohl wirklich so, wie es in der Bibel heißt: Hingehaltene Hoffnung bringt Herzeleid. Und dann führt sie zu Überdruß. Als das Puppenhaus endlich mein wurde, war ich des Wartens müde geworden.

Die Freude daran kam später, die Frage nach seiner Herkunft viel später. Damals wußte ich nur, daß mein Großvater das Puppenhaus gemacht hatte, ein Mann, von dem Freunde und Bekannte zu sagen pflegten, er könne einfach alles machen, alles bauen. Es war der Nachbau seines Hauses oder vielmehr des größten und schönsten seiner Häuser, in dem die Familie am längsten gelebt hatte. Es hieß Padanaram, und so nannten wir auch das Puppenhaus, ja, wir nannten es ausschließlich so, während das

Original wohl hin und wieder auch als »unser Haus« oder »Fars Haus« bezeichnet wurde. Lange dachte ich, es sei ein dänischer Name, den meine Großeltern dem Haus in einer gefühlvollen Anwandlung zur Erinnerung an einen geliebten Gegenstand oder Ort in der alten Heimat gegeben hatten. Meine Tante Swanny belehrte mich eines Besseren, als ich sie und meine Mutter fünf Jahre später nach der Bedeutung fragte.

»Wie kommst du darauf, daß es etwas Dänisches sein könnte?«

»Sie waren doch von dort«, sagte ich. »Da habe ich mir das so gedacht. Englisch ist es doch auch nicht, oder?«

Swanny und meine Mutter lachten sehr und versuchten Padanaram auf Dänisch auszusprechen, mit einem »d«, das wie ein englisches »th« klang, und einer gehauchten Betonung auf der letzten Silbe.

»Was bedeutet der Name denn nun wirklich?« fragte ich.

Sie wußten es nicht. Weshalb mußte er überhaupt etwas bedeuten?

»Das Haus hieß schon so, als Far es kaufte«, sagte Swanny. »Die Leute, von denen er es gekauft hat, dürften es so genannt haben.«

Keiner war neugierig genug gewesen, sich darum zu kümmern. In einem Wörterbuch der Ortsnamen, das ich aus ganz anderen Gründen durchsah, fand ich Padanaram, ein Dorf in Schottland. Der Name kommt aus der Genesis und bedeutet Mesopotamien, Land der zwei Ströme. Vielleicht nach einer freikirchlichen Kapelle, die dort mal gestanden hatte? Es gehört zu meinem Beruf, derlei Dingen auf den Grund zu gehen, und ich freute mich, daß ich meine Tante aufklären konnte. Deren Begeisterung hielt sich in Grenzen.

»Dann waren wohl die Erstbesitzer aus Schottland«, sagte sie nur und überlegte vergeblich, wie sie geheißen hatten.

Mein Padanaram, das vor mir meiner Mutter gehört hatte und für sie gemacht worden war, stand auf einem Eßzimmertisch, der nur wenig größer war als die Grundfläche des kleinen Hauses. Das in Highgate, östlich der Archway Road, gelegene Original hatte ich häufig gesehen, im Vorbeigehen oder vom Oberdeck eines Busses aus, natürlich aber nie betreten. Laut Swanny und meiner Mutter war mein Padanaram eine getreue Nachbildung. Von außen sah es tatsächlich genauso aus – ein Stuck- und Backsteinbau mit zwei großen Giebeln und vielen Sprossenfenstern. Über einer imposanten Haustür wölbte sich ein Portikus mit geschwungenem Dach, der dänische Einflüsse verriet. Zu Tausenden waren solche Häuser in den neunziger Jahren in den Vororten englischer Städte für ein wohlhabendes Bürgertum gebaut worden.

Morfar hatte die Wände mit Tapeten beklebt, die er nach dem Original gemalt hatte. Die Treppen waren aus echter Eiche und mit Schellackpolitur behandelt. Sie konnte sich noch erinnern, sagte Swanny, wie Morfar leinölgetränkte Wattebäusche in die Politur getaucht und stundenlang geduldig Achten gemalt hatte, um dem Holz zu diesem satten Glanz zu verhelfen. Die Teppiche entstanden aus Polsterstoffresten. Das Mauerwerk der Fassade hatte er mit Ölfarbe in Krapprot und Zinkweiß gestrichen, die Buntverglasung für die inneren und äußeren Fenster war aus Muranoglas.

»Mor hatte ein Dutzend Römer«, erzählte Swanny, »von denen einer kaputtging, wahrscheinlich ist er Hansine aus der Hand gefallen.«

»Hansine ging ständig irgendwas kaputt, und wenn dann Mor auch mal was passierte, schob sie die Schuld ihr in die Schuhe, weil Far so ein Haustyrann war.«

»Du könntest Mor ja mal darauf ansprechen, aber dann sagt sie bestimmt, sie hat es vergessen, stimmt's, Marie? Jedenfalls war das Glas kaputt, und Mor behauptete, nun sei das ganze Service hinüber, was mich nicht ganz überzeugt, denn wann hatten sie schon mal mehr als zehn Gäste, die alle Rheinwein tranken? Aber sie muß es wohl wirklich so gemeint haben, sonst hätte sie mehr Theater gemacht, als Far für die Buntglasfenster von Padanaram noch drei Römer zu Bruch gehen ließ.«

»Er hat Weingläser zerbrochen, um Buntglasfenster zu machen?« staunte ich.

»Frag mich nicht, ich weiß das nicht mehr«, sagte meine Mutter.

»Woher auch«, entgegnete Swanny. »Du durftest es ja nicht sehen, Marie, es war sein großes Geheimnis. Er setzte sich erst an die Arbeit, wenn du schlafen gegangen warst.«

»Ich weiß. Zwei Jahre lang mußte ich unmenschlich früh ins Bett.«

»So lange brauchte er eben. Mor machte die Möbel und die Vorhänge, und er baute das Haus. Zunächst hat er Skizzen angefertigt. Er habe zeichnen können wie Leonardo, sagt Mor, ganz erstaunlich eigentlich, denn sonst hatte sie ja nie ein gutes Wort für ihn. Erst wollte er das Haus maßstabgerecht bauen, aber das war zu schwierig und auch nicht nötig. Tagelang hat er nach all den Dingen gesucht, die er brauchte, den Teppichen zum Beispiel, und hat dazu schamlos Mors Sachen geplündert. Ich erinnere mich an eine Halskette, die sie sehr liebte, nur eine Imitation, aber die Brillanten wirkten ganz echt, es muß wohl eine sehr gute Imitation gewesen sein, die hat er zerlegt, um einen Kronleuchter zu machen. Sie selbst hatte nicht das mindeste Interesse an dem Vorhaben. Es gab oft schrecklichen Krach deswegen. Weißt du noch, wie sie aneinandergeraten sind, Marie?«

»Fürchterlich«, bekräftigte meine Mutter.

»Er hatte einen roten Römer zerschlagen und einen grünen und hatte es noch auf einen gelben abgesehen, aber da wurde Mor so wütend, daß sie das Glas nach ihm warf, und nun war es sowieso kaputt. Es sei geradezu lachhaft, eine Fünfjährige mit so einem Puppenhaus zu verwöhnen, einem ›Palast für eine Prinzessin‹, und ein alter Pappkarton hätte es auch getan.«

Ich war zwölf, als sie mir das erzählten, und Padanaram, mit dem ich drei oder vier Jahre ernsthaft gespielt hatte, war mittlerweile zu einem Museums- oder Ausstellungsstück geworden. Ich ließ meine Puppen nicht mehr im Haus ein- und ausgehen, sich in den verschiedenen Räumen zusammensetzen, aufstehen, sich hinlegen, Gäste bewirten. Die Abenteuer, die sie dort in meiner Phantasie erlebt hatten, waren verblaßt und reizlos geworden. Jetzt hielt ich in Padanaram streng auf Sauberkeit, die Verwüstungen der liederlichen letzten Jahre waren beseitigt, die Teppiche geflickt, die Polster mit Reiniger abgetupft, und besonders bevorzugte Freundinnen durften zusehen, wie sich die Rückfront in ihren Scharnieren öffnete, sie durften das Puppenhaus besichtigen, aber nichts anfassen.

Auf dem Höhepunkt dieser Phase stellte ich dann die Frage, und noch während ich sie aussprach, staunte ich, daß ich vorher nie darauf gekommen war. Wie war es möglich, daß ich nie danach gefragt hatte, obgleich ich Padanaram schon so lange besaß? Ich hatte eine Schulfreundin zum Tee mitgebracht, und ihr Staunen über Padanaram, ihre fast ehrfürchtige Bewunderung tat mir besonders wohl. Ich brachte sie bis zum Gartentor und ging dann ins Wohnzimmer, wo meine Mutter mit Swanny saß, die uns jeden Mittwochnachmittag besuchte.

Sie unterhielten sich auf Dänisch. Untereinander, mit Mormor und mit meinem Onkel Ken, mit dem sie allerdings selten zusammen waren, sprachen sie immer Dänisch. Dabei waren beide – im Gegensatz zu Ken – nicht in Dänemark, sondern in England zur Welt gekommen, Marie in dem Haus vor Padanaram, Swanny in der Lavender Grove in Hackney. Doch Dänisch war ihre erste Sprache, die sie buchstäblich auf den Knien ihrer Mutter gelernt hatten.

Auch heute wechselte Swanny unvermittelt ins Englische über, als ich hereinkam, und der leise, monotone, kehlig verschliffene Satz endete in einem anmutig fallenden Pentameter.

»Warum hat Morfar Padanaram für Mummy gemacht und nicht für dich?« fragte ich.

Noch beim Sprechen hatte ich plötzlich das Gefühl, einen Fehler gemacht, einen Fauxpas begangen zu haben. Ich hätte nicht fragen dürfen, die Frage würde sie in Verlegenheit bringen, ihnen Kummer machen. Aber nein – ich merkte sofort, daß ich nichts Taktloses gesagt, niemanden gekränkt hatte, es gab keine Unruhe, keinen raschen, warnenden, Verschwiegenheit heischenden Blick. Meine Mutter zuckte nur lächelnd die Schultern, Swanny sah belustigt drein und fand sich sogar zu einer Antwort bereit. Sie gab sich – wie auch Asta und meine Mutter – ungewöhnlich freimütig, war stets geneigt, ausführlichst über alles und jedes zu sprechen, ihren Gefühlen freien Lauf zu lassen, ihr Herz auszuschütten. Es ist dies die tückische Seite des Freimuts, die täuschend und letztlich aufreizender ist als echte Ehrlichkeit: die scheinbare, sich impulsiv und spontan gebende Naivität, unter der sich das leidenschaftliche Bemühen verbirgt, die Privatsphäre nicht preiszugeben.

Geradeheraus und fast heiter sagte Swanny: »Weil er mich nicht leiden konnte.«

Sofortiger Widerspruch meiner Mutter: »Das stimmt doch gar nicht, Swan!«

»Du hörst es nur nicht gern.«

»Natürlich höre ich es nicht gern, aber darum geht es nicht. Als du klein warst, wohnten Far und Mor in Stamford Hill, ich bin dort zur Welt gekommen. Kein Mensch hätte ein Puppenhaus machen wollen, das wie unser Haus in der Ravensdale Road aussah.«

»Wer sagt denn«, wandte Swanny ein, »daß man bei einem Puppenhaus immer das eigene kopieren muß? Man kann anderer Leute Häuser nachbauen oder sich eins ausdenken. Gib's doch zu, Marie: Er hat mich nie gemocht, hat kaum Notiz von mir genommen. Du warst die Tochter, auf die er gewartet hatte.«

Sie sah mich von der Seite an, mit einem charmanten, fast koketten Blick. »Dafür bin ich Mutters Liebling.« Pause. »Seit eh und je. Und daran wird sich auch nichts ändern.« Sie fing an zu lachen.

»Gott sei Dank«, sagte meine Mutter.

Die Ehe meiner Eltern war eine Muß-Ehe. 1940 war das noch eine Schande, obgleich die Alternative noch schlimmer war. Meine Mutter machte nie ein Geheimnis daraus, sie erzählte mir die Geschichte mit dem berühmt-berüchtigten Freimut der Westerbys. Sie hatten im August geheiratet, im Dezember kam ich zur Welt. Inzwischen war mein Vater, der acht Jahre älter war als sie, in seiner lodernden Spitfire über Kent verbrannt. Es war einer der letzten Tage der Luftschlacht um England. Auch Mormor und Swanny erzählten mir immer wieder die Geschichte von der übereilten Hochzeit. Nur Morfar war, wütend, empört, angewidert und in heller Entrüstung (seine eigenen Worte) dafür gewesen, sein Lieblingskind zu enterben. Dazu kam die absurde Drohung, ihr das Puppenhaus wegzunehmen. Padanaram, für sie gemacht, ihr ureigenster Besitz, einzigartiger Schatz des Kindes, sollte der auf Abwege geratenen jungen Frau genommen werden.

Für meinen Vater, einer gesellschaftlichen Elite zugehörig, bedeutete die Ehe mit Marie Westerby einen gewissen Abstieg. Sein Vater war ein kleiner Gutsherr in

Somerset, seine Mutter kam aus dem Adel. Doch dieses grauverhuschte Paar, dünn, sanftmütig und von unerschütterlicher Courtoisie, nahm die Witwe des Sohnes auf, als sei sie nicht Kellnerin in einer Offiziersmesse gewesen, sondern die Tochter eines benachbarten Grundbesitzers. Einmal im Jahr verbrachten wir eine Woche auf ihrem kleinen Landsitz bei Taunton. War ich wieder zu Hause, blieben mir nur ihre leisen Stimmen, eine fast überirdische Milde und eine Geistesabwesenheit in Erinnerung, die besonders bei Großvater Eastbrook so ausgeprägt war, daß ich meine Mutter fragte: Spricht der Opa im Schlaf?

Welch ein Unterschied zu den anderen Großeltern, die praktisch um die Ecke wohnten! 1905 waren sie nach Ostlondon gekommen und als echte Aufsteiger – ein Begriff, unter dem sie sich nichts hätten vorstellen können – alsbald nach Nordlondon, in ein größeres, besseres Haus umgezogen. Das Original-Padanaram stellte den Höhepunkt ihres gesellschaftlichen Aufstiegs dar. In der Wirtschaftskrise Anfang der dreißiger Jahre, als Morfars Firma in Konkurs ging, mußten sie in ein heruntergekommenes Zweifamilienhaus in einer Nebenstraße von Crouch Hill ziehen, das in der Familie nach der Hausnummer »die Achtundneunzig« hieß.

Es mag eine nachträgliche Einsicht sein, daß sie in meinen Augen nie so ganz respektierlich waren, und ganz gewiß ist es eine nachträgliche Einsicht, wenn ich sage, daß sie mir ein bißchen wie gealterte Hippies vorkamen, denn Hippies gab es in den fünfziger Jahren natürlich noch nicht.

Anders als meine Eastbrook-Großeltern waren sie

keine wackeren, zuverlässigen Durchschnittsbürger, sondern hatten sich bis ins hohe Alter etwas Kindhaft-Kapriziöses bewahrt. Morfar war ein jähzorniger, uneinsichtiger Greis, der ständig verlorenen Chancen nachtrauerte und die Schuld an seinen Verlusten immer auf andere schob.

Groß und stattlich, stets mit Bart (unter dem er das fliehende Kinn versteckte, wie seine Frau zu sagen pflegte), kam er regelmäßig am Sonntagnachmittag zu uns, um sich mit Mutters »Verlobtem« zu unterhalten. Meine Mutter hatte eine Reihe dieser Galane (nacheinander natürlich), von denen sie keinen heiratete oder vielleicht auch nur hätte heiraten wollen. Ich vermute, daß sie mit ihnen schlief, aber falls dies zutrifft, legte sie sich in meinem Beisein eine für sie sonst nicht typische Zurückhaltung auf. Kein Herrenbesuch blieb je über Nacht. Morfar fand großen Gefallen an einem von ihnen – es mag Nummer eins oder auch Nummer zwei gewesen sein – und konnte sonntags gut und gern zwei Stunden damit verbringen, ihm seine Lebensgeschichte zu erzählen.

Er hat nie gut Englisch gesprochen. Fließend natürlich, das ja, aber mit haarsträubender Grammatik, jeder Satz strotzte von Fehlern. Neun von zehn Wörtern sprach er falsch aus, besonders schwer tat er sich mit dem »d« am Ende eines Wortes und dem »b«, das bei ihm immer wie »w« klang. Beim Lesen merke ich, wie umbarmherzig sich das anhört, wie mitleidlos gegenüber den Schwächen eines alten Mannes, aber wer Morfar kannte, hat ihn bestimmt nicht als hilflosen Greis gesehen. Er war derart selbstbewußt, so überzeugt von seiner Überlegenheit, so dickhäutig, so sicher seiner sprachlichen Meisterschaft, daß er sich oft brüstete, er beherrsche das Dänische, Englische und Deutsche derart fließend, daß er zuweilen innehalten müsse, um zu überlegen, welcher Sprache er sich gerade bediente.

Er saß in unserem Wohnzimmer, trank stark gesüßten Tee und überschüttete Mutters Galan mit einem Schwall kummervoller oder entrüsteter Reminiszenzen, wobei er sich manchmal stark erregte und mit einer großen, schwieligen Faust auf unseren Couchtisch schlug. Jeder, so schien es, mit der er je Geschäfte gemacht hatte, hatte ihn beschwindelt – ein Wort, das er häufig benutzte und das sich bei ihm wie »be-sswindelt« anhörte. »Es hätte nicht ge-ssehen sollen«, sagte er und meinte damit, so etwas hätte nicht vorkommen dürfen, was sich von fast allen seinen geschäftlichen Transaktionen sagen ließ.

So etwas wie Freizeitkleidung kannte er nicht einmal in der sehr formellen Version jener Zeit, als Sportsakko und Flanellhose. Er trug stets einen Anzug, ein Hemd mit steifem weißen Kragen und eine gedeckte Krawatte, dazu im Winter einen grauen Filz- und im Sommer einen Strohhut. Und er kam unweigerlich in einem seiner alten Wagen, dem Morris 10 oder einem riesigen, unförmigen Fiat. Und immer allein.

Er und Mormor gingen selten gemeinsam aus. Bis ich die Tagebücher zu Gesicht bekam, hatte ich nur eine sehr unvollkommene Vorstellung von ihrem Eheleben. Gewiß, sie waren zusammengeblieben, aber das war damals auch bei denkbar schlecht harmonierenden Ehepartnern üblich. Mormor sagte zuweilen mit einem rauhen Lachen, sie brauche ein großes Haus, »um meinem Mann aus dem Weg gehen zu können«. Selbst mir gegenüber bezeichnete sie ihn immer als »mein Mann«, nie sagte sie »Morfar« oder »dein Großvater« oder »Rasmus«. In der »Achtundneunzig« dürfte sie kaum genug Ausweichmöglichkeiten gehabt haben, auch wenn das Haus vier Schlafräume hatte. Rückblickend überrascht es mich, daß sie bis zu seinem Tod ein gemeinsames Schlafzimmer hatten und in einem Bett schliefen.

Wenn sie ausging, dann ging sie allein. Auch zu uns kam sie stets ohne ihn. Daß sie noch so gut zu Fuß war, hätte der kleinen, mageren Frau mit dem kunstvoll frisierten weißen Haar niemand zugetraut. Sie ging meilenweit, so wie sie es immer gehalten hatte, streifte scheinbar ziellos durch die Straßen des Viertels und blieb nur hin und wieder stehen, um sich ein Haus anzusehen, über Gartenzäune zu schauen oder sich auf eine Bank zu setzen. Sie kleidete sich bis zu ihrem Tod mit 93 Jahren nach der Mode der zwanziger Jahre, ihrer Hoch- und Glanzzeit, in der es ihnen finanziell am besten gegangen war. Auf Fotos sieht man sie in einem Tweedmantel von Chantal, einem Lelong-Kleid, Gummimantel und Fliegermütze von Schiaparelli. In jenen Jahren hatte Morfar mit dem Verkauf seiner Cadillacs viel Geld verdient und war noch nicht »S-swindlern« in die Hände gefallen.

Vor allem aber erinnere ich mich an die gerade geschnittenen schwarzen oder dunkelblauen Hängerkleider mit gesticktem Einsatz im V-Ausschnitt und an die hochhackigen Schuhe mit doppeltem Fesselriemchen. Sie machte ihre langen Spaziergänge in diesen Schuhen, bis die

Absätze abgelaufen waren. Für den Abend und für Beerdigungen hatte sie einen schwarzen Wickelmantel aus Satin, der auf einen einzigen Jettknopf geschlossen wurde, und ein pfannkuchenförmiges Barett aus schwarzem Satin. Zum erstenmal sah ich sie mit dieser Kopfbedeckung, als sie nach Morfars Tod zu einem Familientreffen bei uns war.

Es war nicht ihre Art, lange um den heißen Brei herumzureden. »Jetzt muß ich entscheiden, zu wem von euch ich ziehen soll.«

Das klang, als läge die Entscheidung allein bei ihr. Welche Mutter, welcher Vater seit Lear hat wohl den Mut aufgebracht, es so ungeschminkt zu formulieren? Mormor las gern und viel, aber sie las Dickens, nicht Shakespeare. Wie König Lear hatte sie die Wahl zwischen drei Kindern, wobei allerdings eins ein Sohn war. Mormor musterte ihren Sohn und ihre jüngste Tochter mit ihrem über die Lippen huschenden Lächeln, mit jener sanften Süffisanz, die so typisch für sie war. Sie dürfte kaum ersthaft erwogen haben, in Kens düster-hochherrschaftliche Etagenwohnung an der Baker Street zu ziehen, zumal Kens Frau, eine füllige Schuldirektorstochter, sie entsetzlich anödete. Doch sie spannte die beiden noch ein paar Minuten auf die Folter, weidete sich an Maureens mißlungenem Versuch, einen herzlich-verständnisvollen Ausdruck auf ihr Gesicht zu zaubern, und nahm dann meine Mutter ins Visier.

»Viel Platz würde ich nicht brauchen, Marie.«

Während fast alle Bekannten meiner Mutter ihren Namen englisch – als Mary – oder französisiert als *Marie* aussprachen, behielten Mormor und Swanny die dänische Aussprache bei, ein *Mari-e,* das fast wie Maria klang, mit einem Rachen-R. In diesem Moment verschluckte Mormor ihr »r« noch stärker als sonst.

Meine Mutter sagte etwas kläglich, wir hätten ja leider wirklich keinen Platz. Das Haus war tatsächlich klein, aber wir hatten drei Schlafräume, und wenn sich das Problem der Unterbringung von Padanaram hätte lösen lassen, wäre das dritte Zimmer für Mormor frei gewesen. Meine Mutter und ich lebten von dem Einkommen, das mein Vater ihr hinterlassen hatte, der seinerseits das Kapital von seiner Großmutter geerbt hatte, dazu kamen ihre Witwenrente und ein großzügiger Zuschuß meines Eastbrook-Großvaters, der ihr durch sein Testament auch über seinen Tod hinaus erhalten blieb. Wir waren finanziell nicht schlecht gestellt.

Meine Mutter und Swanny fanden – beinahe das Gegenteil von dem, was man heute denkt –, Arbeit für verheiratete Frauen oder Witwen entwürdigend. Ich habe meine Mutter nie auch nur von der Möglichkeit sprechen hören, sich eine Stellung zu suchen. Sie hatte auch keine Liebhabereien außer der Lektüre von Frauenzeitschriften und leichten Romanen. Sie hielt unser Haus sauber und kochte recht gut. Soweit ich das beurteilen kann, war sie mit ihrem Schicksal zufrieden, eine ausgeglichene, liebevolle, heiter-warmherzige Frau. Nie habe ich sie weinen sehen. Viel Zeit widmete sie ihrer Garderobe und ihrem Aussehen. Sie ging gern einkaufen und zum Friseur. Wenn ich von der Schule kam, zog sie sich um, richtete ihre Haare, legte das damals so beliebte kunstreich-kleistrige Makeup auf, dann kam einer der Galane, oder wir gingen aus. Jahrelang gingen wir zweimal in der Woche ins Kino.

Was machte sie mit ihren sogenannten Verlobten? Meist unterhielten sie sich nur, manchmal legte sie eine Platte auf, und sie tanzten. Nie habe ich erlebt, daß sie sich geküßt oder – außer beim Tanz – berührt hätten. Zwei von ihnen hatten einen Wagen und fuhren mit uns spazieren. Bei diesen Fahrten und bei längeren Ausflügen am Samstag oder Sonntag war ich immer dabei, nur einmal in der Woche ging sie abends allein aus, und bis sie mich unbeaufsichtigt lassen konnte, kam dann Swanny zu uns. Inzwischen habe ich mir überlegt, ob das vielleicht der Tag war, an dem sie mit ihrem jeweiligen Verlobten schlief, aber vielleicht sehe ich das auch ganz falsch.

In dieser angenehm-unschuldigen Lebensführung gedachte meine Mutter sich durch Mormor nicht stören zu lassen. Mir fiel Swannys Antwort auf meine Frage nach dem Puppenhaus ein: »Dafür bin ich Mutters Liebling.« Und vielleicht hatten wir schon in den ersten Minuten dieses Auswahlverfahrens begriffen, daß es Swanny war, bei der Mormor nun bis an ihr Lebensende wohnen würde.

Dennoch mochte sie das spannende Spiel noch nicht aufgeben. Wenn sie ihre Töchter oder mich besonders liebevoll anreden wollte, setzte sie das dänische Adjektiv *lille* vor den Namen, was »klein« bedeutet, aber weit mehr umfassen kann als das englische Wort, es hat einen Beiklang von »lieb«, Zuneigung schwingt darin und Zärtlichkeit. Swanny – »*lille* Swanny…« – wurde am häufigsten damit bedacht. Jetzt sprach sie, was eher selten war, meine Mutter so an.

»Du könntest mir das Gästezimmer geben, *lille* Marie. Das alte Puppenhaus hat auch in der Garage Platz.«

»Da mußt du Ann fragen, du weißt ja, es gehört jetzt ihr.«

»Was will ein großes Mädchen von vierzehn Jahren mit solchem Kinderkram?« sagte Mormor ziemlich von oben herab. Die blanken, fast abstoßend türkisgrellen Augen blitzten. Wieder einmal gelang es ihr, uns alle gründlich zu schockieren. »Mein Mann ist tot. Da, wo er ist, kriegt er davon bestimmt nichts mit.«

Einen Monat später zog sie zu Swanny und Torben. Erst aber bot sie die »Achtundneunzig« zum Verkauf an und war das Haus schon wenige Tage später los. Hätte sie zeigen können, was in ihr steckte, wäre sie wahrscheinlich geschäftlich sehr viel erfolgreicher gewesen als Morfar. Niemand hätte sie »be-sswindelt«. Sie ließ sich von den geforderten 5000 Pfund nicht herunterhandeln, sondern blieb hart. Heute wäre das Haus vierzigmal soviel wert, aber für 1954 war es ein guter Preis.

Das Himmelbett, das vielleicht einmal Pauline Bonaparte gehört hatte, war eins von zwei Möbelstücken, die sie behielt und mit nach Hampstead nahm. Sie hatte eine wertvolle Einrichtung gehabt, denn Mormors Vater war Hausbesitzer in Kopenhagen gewesen, und wenn seine Mieter den Mietzins schuldig blieben, nahm er ihnen statt dessen Tische und Stühle weg, und davon hatte Morfar etliches an sich bringen können. All das aber wurde verkauft, und außer dem Bett, einem schweren dunklen geschnitzten Tisch und ihren alten Haute-Couture-Kleidern nahm Mormor nur ihre Fotoalben mit, die gesammelten Werke von Dickens in dänischer Übersetzung und die – mittlerweile neunundvierzig – Tagebuch-Kladden mit dem Bericht ihres Lebens, den sie als junge Frau begonnen hatte.

Jetzt, da die Tagebücher veröffentlicht sind, da *Asta* und ihre Fortsetzungen auf allen Bestsellerlisten stehen und es große Mode ist, sich darüber auszulassen, wie hinreißend oder wie kitschig sie sind, kann man eigentlich nur staunen, daß niemand aus der Familie sich auch nur im mindesten für das interessierte, was Mormor schrieb, ja, daß ihre Schreiberei nie sonderlich auffiel.

Von größter Offenheit bei Themen, die fast alle Frauen ihres Alters ängstlich verbergen, hielt sie die Sache als solche strikt geheim. Kam jemand ins Zimmer, während sie schrieb, ließ sie das Heft blitzschnell verschwinden. Wenn ich vorhin sagte, daß die Tagebücher zusammen mit dem Bett, den gesammelten Werken von Dickens und den Fotoalben bei Swanny ihren Einzug hielten, soll das nicht heißen, daß davon viel Wesens gemacht wurde. Daß Mormor die Tagebücher dabeigehabt haben muß, weiß ich nur deshalb, weil Swanny sie zwanzig Jahre später, nach Mormors Tod, bei sich im Haus gefunden hat.

In den fünfziger Jahren waren Einliegerwohnungen für Oma oder Opa noch nicht vorgesehen. Swannys Haus war ziemlich groß, man hätte dort gut eine kleine separate Wohnung abteilen können, aber Mormor lebte *en famille* mit Tochter und Schwiegersohn. Die beiden waren kinderlos, und so war sie fast wie das Kind im Haus, das heißt, sie nahm an ihrem Leben teil, soweit es ihr paßte. Sie aßen gemeinsam, saßen abends zusammen, und Mormor war regelmäßig dabei, wenn Gäste kamen. Doch sie ging nie zusammen mit Swanny irgendwohin, kam nie zusammen mit Swanny zu uns. Sie ging allein, oft auch mit Onkel Harry aus und blieb stundenlang weg, wie sie auch viele Stunden allein in ihrem Zimmer verbrachte.

Mormor war damals schon eine Greisin, und es blieb nicht aus, daß sie sich wiederholte. Interessant war, wie selten ihr das bei ihren Geschichten passierte. Manche gehörten inzwischen zur Familienmythologie wie die von der Magd Karoline aus Jütland und die von dem trunksüchtigen, aber ansonsten sehr sittenstrengen Onkel, der die Scheidung von Morfars Bruder mißbilligte und in einer Schenke in Nyhavn eine Flasche nach ihm warf. Immer wieder aber gelang es ihr, uns mit neuen Geschichten zu überraschen.

Meine Mutter und ich saßen mit ihr bei Swanny zusammen, als sie eine erzählte, die wir alle noch nicht kannten. Mormor war mittlerweile ein Jahr dort, und ihr fünfundsiebzigster Geburtstag stand bevor. Aus Rücksicht auf mich – im Dänischen habe ich es nie weit gebracht – sprach sie Englisch, stark akzentbehaftet, schleppend, aber Morfars Sprachkünsten himmelweit überlegen.

»Mein Mann hat mich wegen meiner Mitgift geheiratet. Keine sehr erfreuliche Vorstellung, was? Aber es macht mir nichts mehr aus, ich habe mich an den Gedanken gewöhnt.«

Sie sah nicht aus, als sei sie besonders unglücklich darüber. Sie sah aus wie immer – hellwach, durchtrieben, ihres eigenen Wertes wohl bewußt.

»Das höre ich zum erstenmal«, sagte Swanny.

»Ich habe euch eben nicht alles erzählt. Manches habe ich auch für mich behalten.« Sie bedachte mich mit einem spröden, bemühten Lächeln. Im Alter waren ihre Züge nicht erschlafft, sondern hatten sich verhärtet, das Fleisch war weitgehend geschwunden, geblieben war eine Maske aus Knochen und stark gerunzelter Haut, in der diese grellblauen Augen leuchteten. »Es tut uns Alten gut, wenn wir noch etwas zu erzählen haben, sonst müßten sich unsere armen Kinder ja mit uns zu Tode langweilen.«

Wie hoch die Mitgift denn gewesen sei, wollte meine Mutter wissen.

»Fünftausend Kronen«, sagte Mormor geradezu triumphierend.

»Nicht sehr üppig.« Das waren etwa zweihundertfünfzig Pfund.

»Vielleicht nicht für dich, *lille* Swanny, denn du hast einen reichen Mann und ein schönes Haus. Für *ihn* war es viel Geld. Er kam nach Kopenhagen, hörte von der Tochter des alten Kastrup, die fünftausend Kronen mit in die Ehe bringen würde, und schwuppdiwupp stand er vor der Tür und machte *lille* Asta schöne Augen.«

Es klang wie Ibsen. Mormors Geschichten hatten das oft so an sich. Und es klang ziemlich unwahrscheinlich. Ich merkte, daß Swanny und meine Mutter ihr kein Wort glaubten. Mormor zuckte die Schultern und betrachtete uns nacheinander aus blitzeblauen Augen.

»Ich war völlig ahnungslos. Er war groß, er sah gut aus. Das fliehende Kinn hatte er unter diesem braunen Bart versteckt.« Sie mußte plötzlich lachen, es klang hart und rauh. »Er war ein tüchtiger Ingenieur. Der kann alles, sagten die Leute. Er konnte auch ein dummes Mädchen dazu bringen, daß es sich in ihn verliebte. Für kurze Zeit jedenfalls.«

Eine große Enthüllung war es im Grunde nicht, und vielleicht war es ja sowieso nur eine Fiktion. Daß ein junger Mann sich eine Frau nahm, nur weil er auf die zweihundertfünfzig Pfund spekulierte, die sie mitbrachte, fand ich wenig überzeugend. Mir schien, daß die Geschichte von der gleichen Sorte war wie eine andere, die wir schon kannten und die sie jetzt wieder hervorholte, daß sie nämlich bei ihrer Schwangerschaft noch geglaubt hatte, die Kinder kämen aus dem Nabel.

»Stellt euch meine Überraschung vor, als der Kleine auf dem üblichen Wege zur Welt kam…«

All diese Geschichten stehen natürlich in den Tagebüchern, aber das wußten wir damals noch nicht. Es stimmt mich manchmal traurig, daß meine Mutter es nicht mehr erfahren hat, daß sie starb, ehe die Tagebücher gefunden wurden. Einige von Astas Geschichten ließen sich widerlegen. Die Anekdote, wie Hansine nach dem Abendessen im Beisein von Gästen fragt: »Sind wir heute vornehm, oder stapeln wir das Zeug aufeinander?« hatte, wie ich später feststellte, ihren Ursprung in einer *Punch*-Karikatur aus den zwanziger oder dreißiger Jahren. Die für seine Mutter so überraschende Geburt von Mads mochte auch so ein Phantasieprodukt sein, das zum Mythos geworden war. Viele ihrer Geschichten waren komisch, manche hatten auch bizarre oder groteske Züge. Die wichtigste Geschichte aus ihrer Vergangenheit hätte sie ohne böswillige Einmischung Dritter vielleicht nie erzählt, und als sie es tat, war es eher so etwas wie ein Befreiungsschlag. Wie hatte Mormor gesagt? Es tut uns Alten gut, wenn wir noch was zu erzählen haben, sonst müßten sich unsere armen Kinder mit uns zu Tode langweilen.

4

30. August 1905

> *Igaar var der Solformørkelse. Vi havde fortalt Drengene at det vilde blive mørkt – Lærerne giver dem ikke altid de rigtike Oplysninger – saa de var meget skuffede over at det var bare Tusmørke og at det ikke varede længe.*

Gestern war eine Sonnenfinsternis. Den Jungen hatten sie in der Schule erzählt, es würde dunkel werden – auf Lehrer ist eben auch nicht immer Verlaß –, und nun waren sie enttäuscht, als es nur dämmerte, und auch das nicht sehr lange.

In Rußland wird es immer schlimmer, jetzt gibt es auch noch Judenpogrome. In Berlin wütet die Cholera. Von meinem Mann habe ich, seit er das Geld geschickt hat, nichts mehr gehört, und das war vor Swanhilds Geburt. Aber es macht mir nichts, wir kommen gut allein zurecht, die Jungen und die Kleine und Hansine und ich. Ja, eigentlich kommen wir ohne ihn sehr viel besser zurande, und wenn uns nicht allmählich das Geld ausginge, brauchte er von mir aus gar nicht mehr wiederzukommen.

Schon deshalb, weil ihm der Name der Kleinen nicht recht sein wird. Es ist ein norwegischer Name, wird er sagen, was ja auch stimmt, aber warum auch nicht? Nur weil er all diese dummen Vorurteile hat und auf die Norweger herabsieht. Er wird sie wohl Vibeke nennen wollen nach seiner garstigen alten Mutter. Selbst wenn er mich zwingt, sie auf den Namen Vibeke oder Dagmar zu taufen, werde ich sie trotzdem Swanhild nennen. Und wenn ich sie an mich drücke und an die Brust lege, werde ich Swanny zu ihr sagen. Kein Mensch kann einen anderen daran hindern, jemanden so zu nennen, wie er will.

Schon als junges Mädchen, als ich die *Volsunga Saga* las, hat mir der Name so gut gefallen. Svanhild war die Tochter von Gudrun und Sigurd Fafnersbane. Als Gudrun ihren zweiten Mann Atle getötet hatte, versuchte sie sich zu ertränken, aber die Wellen trugen sie in ein Land, in dem König Jonakr regierte. Sie heiratete ihn, und Svanhild wuchs an seinem Hof auf, und später kam der mächtige König Jormunrek und warb um sie.

Er ließ seinen Sohn Randver in seinem Namen um Svanhild anhalten, und sie nahm seinen Antrag an, und Randver brachte sie auf seinem Schiff zurück in seine Heimat. Bikke aber, der ungetreue Diener, versuchte sie für sich zu gewinnen, und als sie ihn abwies, sagte er Jormunrek, sie habe ihn betrogen.

Jormunrek ließ seinen Sohn hängen, und auch Svanhild mußte sterben, wilde Pferde sollten sie zu Tode trampeln, die aber taten ihr nichts, solange sie ihre schönen Augen sahen. Da verband Bikke ihr die Augen, und nun waren die Pferde nicht mehr zu halten. Danach gab es noch mehr schreckliche Racheakte, und irgendwie war auch Wotan mit im Spiel. Und die Vorstellung, Schönheit könne wilde Tiere im Zaum halten, gefiel mir in meiner romantischen Jugend. Und es ist alles so altehrwürdig, vom Nebel ferner

Vergangenheit umwabert, wie Onkel Holger sagt, es ist ein Lieblingsspruch von ihm.

1. September 1905

Heute haben wir Swanhild auf der Küchenwaage gewogen, Hansine und ich. Die Waage gehört dem Vermieter und zeigt keine Kilogramm an, sondern *pounds* und *ounces*. Neun Pfund zwei Unzen... merkwürdig klingt das, ich kann mir nicht viel darunter vorstellen, aber offenbar ist alles in Ordnung, denn seit sie vor einem Monat in der Apotheke gewogen worden ist, hat sie tüchtig zugenommen. Ich bin stolz auf sie. Ich liebe sie.

Wie schön, das hinzuschreiben. Ich bin erst fünfundzwanzig, aber noch vor ein paar Wochen hätte ich nach bestem Wissen und Gewissen erklären müssen, daß ich keinen Menschen auf der Welt liebe. Deinen Mann wirst du lieben, hatte ich mir bei der Heirat gesagt, aber damit war es vorbei, noch ehe es angefangen hatte. In der ersten Nacht schon, als er mir so weh tat und ich dachte, er ist ein Wahnsinniger, der mir ans Leben will. Ich sorge mich um die Jungen, wenn sie krank oder zu weit weggelaufen sind, aber im Grunde liegt mir nichts an dem Zusammensein mit ihnen, eigentlich langweilen sie mich, und von Liebe kann da wohl keine Rede sein. Und mein Vater und Tante Frederikke sind einfach alte Leute, denen ein Stein vom Herzen gefallen war, als sie mich unter der Haube hatten.

Meine Schulfreundinnen habe ich aus den Augen verloren, das heißt, sie haben auch geheiratet. Wenn Frauen erst mal verheiratet sind, ist es mit der Freundschaft aus und vorbei. Mein Mann ist mein bester Freund, hat in der alten Heimat mal eine Frau zu mir gesagt, hat man so was schon gehört! Und so war ich denn zu dem Schluß gekommen, daß ich niemanden liebhatte, und der Gedanke machte mir ein bißchen angst. Es kam mir unrecht, fast wie eine Sünde vor, obgleich ich nichts dafür konnte. Es lag ja nicht an mir, so ist nun mal das Leben.

Ich hatte gerade das letzte Wort geschrieben, da fing Swanhild oben an zu weinen. Sie weint immer zur rechten Zeit, wenn meine Brüste, überschwer von Milch, mir zur Last werden.

Ich komme!

15. Oktober 1905

Der Prozeß gegen den Mann, der seine Frau in der Navarino Road ermordet hat, ist eröffnet. Hansine findet die Geschichte ungeheuer spannend. Sie hat gebettelt, ich soll ihr vorlesen, was darüber in der *Hackney and Kingsland Gazette* steht, aber ich denke nicht daran. Ich kannte diese Leute nicht und mag nichts über sie lesen. Und dann komme ich dazu, wie sie zu Mogens sagt, er soll es ihr vorlesen. Er kann alles lesen, Dänisch oder Englisch, er scheint ein gescheiter Junge zu werden, aber natürlich habe ich gesagt, das kommt überhaupt nicht in Frage. Ich habe ihr verboten, bei uns im Haus von dem Prozeß oder von diesen Leuten zu sprechen. Ich wurde so böse, daß sie es mit der Angst zu tun bekam, zumindest verstummte sie.

Wer weiß, vielleicht würde Rasmus mich auch umbringen, wenn er alles über mich wüßte. Wenn er wüßte, wie es in meinem Herzen aussieht. Denn da bin ich frei und ledig, kann machen, was ich will, und denken, was ich mag, und brauche mich nicht zu verstellen. Da gibt es keine lärmenden Schulbuben und kein brüllendes Baby – nicht, daß ich mich über Swanny beklage, sie ist mir das Liebste im Leben –, keine vernagelte, faselnde Magd und keinen Ehemann, der wer weiß wo herumzieht.

Immerhin scheint es ihm gutzugehen. Er hat wieder Geld geschickt, 500 Kronen, damit sind wir erst mal über den Berg und können die Miete zahlen und gutes Essen. Zu Weihnachten soll es eine fette Gans geben und einen *kransekage*. Sowie ich das Geld hatte, ging ich in das Kaufhaus von Matthew Rose und kaufte Stoff, um für Swanny zu nähen. Tagelang habe ich nichts mehr geschrieben, weil ich geheftet, Hohlsäume genäht und die langen Kleidchen gesmokt habe.

Heute nachmittag war Mrs. Gibbons da. Ich glaube, sie kommt nur, weil sie wissen will, ob ich wirklich einen Mann habe, ständig erkundigt sie sich nach ihm. Vor allem aber wollte sie wissen, wann Swanny getauft wird. Sie ist sehr gottesfürchtig (was sie nicht daran hindert, sich über meinen Akzent lustig zu machen) und steckt ständig mit dem Hilfspfarrer von St. Philip's zusammen.

Sie werde überhaupt nicht getauft, erwiderte ich. »Gott ist tot. Ich glaube nicht an Gott und an all das. Das haben sich nur die Pfaffen ausgedacht.«

»Also wirklich, meine Liebe, Sie schockieren mich!«

Sie sah überhaupt nicht schockiert aus, sondern schien

begierig auf eine Fortsetzung zu warten. Die sollte sie haben.

»Bei euresgleichen heißt es immer, daß Gott ein liebender Vater ist«, sagte ich, »aber selbst ein schlechter Vater würde nicht die Kinder seiner Tochter umbringen.«

Sie warf mir, die ich Swanny auf dem Schoß hielt, einen komischen Blick zu. Meine rechte Hand lag unter Swannys Kopf, und meine linke Hand ruhte auf ihrer Brust, und ich merkte, daß Mrs. Gibbons meine Hand anstarrte. Diese Person ist so einfältig, daß es zum Lachen ist. Dick ist sie und trägt ein Korsett, das ihre obere Körperhälfte nach oben und die untere nach unten drückt, so daß sie aussieht wie ein Paket, das man in der Mitte zu fest zusammengezurrt hat. Und dann wirkt ihr Kleid auch noch wie Packpapier, zerknittertes braunes Packpapier mit scharfen Kniffen wie an den Paketkanten.

Sie hob den Blick und sah dann sehr betont wieder auf meine Hand herunter.

»Sie tragen keinen Trauring, Mrs. Westerby.«

Abscheulich, wie sie meinen Namen ausspricht, aber das machen hier alle so, ich muß mich wohl daran gewöhnen. Ich zog die andere Hand unter Swannys flaumigem Kopf hervor und streckte sie ihr hin, so wie man einem Mann die Hand zum Kuß anbietet. Nicht, daß ich Männer kenne, die mir die Hand küssen würden!

»Er ist an Ihrer rechten Hand«, sagte sie. »Ist es der Ring Ihrer Mutter?«

»In Dänemark trägt man den Trauring an der rechten Hand«, sagte ich eisig.

Aber das konnte sie überhaupt nicht erschüttern. »Ich

an Ihrer Stelle würde ihn an die andere Hand stecken, die Leute reden sonst.«

An der Linken ist er mir zu groß. Die rechte Hand ist wohl immer etwas stärker als die linke. Trotzdem habe ich ihn umgesteckt, auch wenn er jetzt rutscht. Mir persönlich wär's egal, aber ich muß Rücksicht auf die Kinder nehmen, die Leute sollen nicht denken, ich wäre keine anständige Frau.

Ich habe das Geschriebene noch einmal durchgelesen und merke, daß eine Zeile dabei ist, die eigentlich nicht dastehen dürfte. Aber wer sollte sie lesen? Dänisch ist für die Leute hier genauso ein Kauderwelsch wie Hottentottisch.

23. Oktober 1905

Es ist Herbst geworden, das Laub verfärbt sich. Ich liebe die Bäume mit den fünffingrigen, leuchtendgoldenen Blättern und den Früchten, die wie stachlige Äpfel aussehen, auch wenn ich mich nach meinen Buchen sehne. Seit ich in England bin, habe ich keine einzige Buche gesehen.

Wieder war Mrs. Gibbons da mit ihren neugierigen, zudringlichen Fragen. Wie es kommt, daß wir einen englischen Namen haben, wo wir doch Dänen sind?

»Es ist kein englischer Name«, sagte ich. »Wir sagen *Vester-bü* und nicht *U-esterbie*.«

Sie stieß einen komischen kleinen Lacher aus, der wohl andeuten sollte, daß sie mir nicht glaubte. Merkwürdig, daß die gleichen Buchstaben in verschiedenen Sprachen anders ausgesprochen werden. Als ich nach London kam, wollte ich immer mal gern in den *Hi-the* Park und staunte sehr, als ich dann hörte, wie man *Hyde* ausspricht. Nur gut, daß ich in der Öffentlichkeit nie *Hi-the* gesagt habe!

Gestern war der Himmel blaßblau, doch heute liegt alles wieder im Nebel, in dickem, gelbem Nebel, den die Leute hier passenderweise Erbsensuppe nennen. Ich mußte an die Suppe aus gelben Erbsen und Schinkenknochen denken, die wir aus Schweden kennen, und sagte Hansine, sie sollte welche kochen. Die gab es dann zum Abendessen. Nur nicht für Swanny natürlich, die noch immer sehr gut von meiner Muttermilch lebt.

25. Oktober 1905

Gestern ein Brief von Tante Frederikke, der erste seit über zwei Monaten. Die Thorvaldsens haben einen Gedenkgottesdienst für Oluf abgehalten. Für einen Fünfzehnjährigen! Ziemlich überspannt, da muß ich ihr ausnahmsweise recht geben. Seine Leiche ist nie geborgen worden. Viele der Toten von der ›Georg Stage‹ hat man nie gefunden. Unvorstellbar, wie das wäre: Du hast ein Kind, und am nächsten Tag ist es nicht mehr da, dir ist nichts geblieben, nicht mal eine Leiche. Es kommt mir unrecht vor – auch wenn ich weiß, daß ich mit dieser Meinung ziemlich allein stehe –, Kinder auf den Seekrieg vorzubereiten, denn darauf läuft es doch hinaus, Vierzehn- und Fünfzehnjährige zu drillen, damit sie auf Schiffen Krieg führen können. Das ist womöglich noch schlimmer als das Drillen von sechzehnjährigen Mädchen, damit sie gute Ehefrauen werden.

Ich habe eine Entdeckung gemacht: Wenn man von etwas nicht träumen will, muß man abends vor dem Einschlafen ganz fest daran denken. Eigentlich müßte man dann ja erst recht davon träumen, aber genau das Gegenteil tritt ein. Und so zwang ich mich daran zu denken, daß man mir Swanny weggenommen und irgendwo versteckt hatte und mir nichts von ihr geblieben war, nicht mal ein Bild. Das wird nie geschehen, es kann gar nicht geschehen, trotzdem war mein Kissen plötzlich naß von Tränen. Aber es hat geholfen, ich träumte statt dessen, Rasmus wäre wieder da und wollte mit uns allen nach Australien auswandern, und ich hätte mich lammfromm seinen Wünschen gefügt. Träume haben wohl mit dem wirklichen Leben tatsächlich nicht viel zu tun.

Jetzt gibt es wieder die Kohlenfeuer im Kamin. Durch den Rauch aus den vielen Schornsteinen wird wahrscheinlich der Nebel noch schlimmer, aber ich habe es gern, wenn abends im Wohnzimmerkamin die rote Glut der Kohlen leuchtet und die hellen Flammen züngeln. Es ist nicht richtig kalt, nicht so wie in Stockholm. Was würde wohl Mrs. Gibbons sagen, wenn ich ihr erzählte, wie dort die Wölfe aus dem Gebirge kamen, wenn alles tief verschneit war? Sie heulten vor Hunger, und einmal fraßen sie mir nachts die Wäsche von der Leine. Sie würde mir wohl nicht glauben, oder aber sie würde fragen, ob auch die Eisbären gekommen sind.

2. November 1905

Ich schreibe oben im Zimmer der Jungen, hinter verschlossener Tür. Es ist bitter kalt, ich trage Fausthandschuhe, und meine Füße stecken in einem Fußwärmer von Tante Frederikke, den sie mir vor langer Zeit genäht hat. Ich könnte Hansine bitten anzuschüren, aber dann würde sie nur sagen, im Wohnzimmer brenne ein so schönes Feuer, daß es dort gemütlich warm sei, und so weiter.

Von nun an geht es wohl nicht mehr ohne Geheimniskrämerei. Ja, es ist fast zum Lachen: Ich muß meine Lieblingsbeschäftigung, die mir so sehr ans Herz gewachsen ist, ängstlich vor aller Augen verbergen wie andere Frauen eine heimliche Liebschaft. Dabei liebe ich nur mein Tagebuch! Aber das darf mein Mann ebensowenig merken, wie der Ehemann einer anderen Frau merken darf, daß er Nebenbuhler hat. Die sind ihre Leidenschaft – dies ist die meine. Schließlich können wir nicht alle gleich sein.

Swanny liegt, in Umschlagtücher gehüllt, auf meinem Schoß, auch wenn ich friere, fühlt mein Körper sich warm an, und deshalb ist ihr nicht kalt. Sie schläft fest, ist sauber und wohlriechend und voll guter Milch. Ihr Haar leuchtet so golden wie mein Trauring. Eine Kinderwange, heißt es, sei wie ein Rosenblatt, aber wer das sagt, hat sich das nur angelesen. Eine Kinderwange ist wie eine Pflaume, fest wie ihr Fruchtfleisch, weich und hart zugleich, glatt und kühl.

Gestern abend saß ich im Wohnzimmer, nicht über meinem Tagebuch, sondern über Knuds Matrosenanzug, an dem es wieder mal was zu flicken gab. Die Hosentaschen waren voller Zigarettenbildchen, die sie beide wie närrisch sammeln. »Schau dir das an, Knud«, sagte ich. »Stell dir vor, die wären am Montag in Mrs. Cleggs Waschtrog geraten.« Er antwortete nicht, er sah nicht mal auf. Er antwortet nicht mehr, hat er verkündet, wenn ich nicht Ken zu ihm sage. Wenn du nicht antwortest, kriegst du eine Schelle, die du nicht so schnell vergißt, sagte ich, und damit war natürlich der Krach da. Knud weigert sich, mit mir zu sprechen, wenn ich ihn nicht Ken nenne, und ich lehne es standhaft ab, ihn mit diesem Namen anzureden.

Was er braucht, ist eine feste väterliche Hand, dachte ich gerade – ganz zu schweigen von dem unerschöpflichen Nachschub an Zigarettenbildchen, zu dem Rasmus seinen Söhnen verhelfen würde, weil er so unmäßig raucht –, als es zweimal kräftig an der Haustür klopfte. Hansine ging hin, und ich hörte sie laut aufschreien. Es ist doch etwas Schönes, so gut gezogenes Dienstpersonal! Und dann flog die Wohnzimmertür auf, und da stand mein Mann.

Ich sprang auf, und die Nähsachen fielen auf den Boden. Keine Ankündigung, wochenlang kein Brief, und da kommt er plötzlich aus der Nacht hereingeschneit.

»Da bin ich«, sagte er.

»Endlich«, sagte ich.

»Du scheinst dich nicht übermäßig zu freuen.« Er betrachtete mich von oben bis unten. »Wenigstens einen Kuß könntest du mir geben.«

Ich hob ihm mein Gesicht entgegen, er küßte mich, und ich küßte ihn ebenfalls. Was sollte ich machen? Er sieht wirklich gut aus, das hatte ich schon halb vergessen, auch dieses kleine Erschauern in mir drin hatte ich vergessen. Es ist nicht Liebe, es ist mehr eine Art Hunger, ich weiß nicht, wie ich es nennen soll.

»Komm und sieh dir an, was ich mitgebracht habe«, sagte er, und ich Dumme dachte wirklich einen Augenblick, er meinte Geschenke für uns, vielleicht Spielzeug für Mogens und Knud. Und ich wünsche mir doch so sehr einen Pelzmantel, aber wahrscheinlich bekomme ich den nie. In diesem Moment dachte ich wirklich, er hätte mir vielleicht einen Pelzmantel mitgebracht.

Ich folgte ihm in die Diele, aber da war nichts. Er öffnete sperrangelweit die Haustür und deutete auf die Straße. Direkt vor unserem Haus ist eine Straßenlaterne, ich konnte es also gut erkennen. Außerdem hatte er daneben auf der Fahrbahn schon eine Öllampe aufgestellt, damit die Pferdefuhrwerke nicht dagegenstießen.

Ein Automobil. Ein großes Automobil mit Speichenrädern wie ein Fahrrad, nur vier davon. »Ein Hammel«, sagte er. »Aus Dänemark. Wunderschön, nicht?«

Draußen war es eiskalt, wir gingen wieder ins Haus, und er redete von Autos, noch ehe er den Mantel ausgezogen hatte. Er will sehen, daß er eins von der Sorte kriegen kann, die Oldsmobile heißen, eine amerikanische Maschine. Im letzten Jahr, sagte er, hätten sie fünftausend davon gebaut, da mußte ich lachen. Immer diese Übertreibungen! Fünftausend, sagte ich, da käme man ja auf der Straße gar nicht mehr vorwärts, Automobile nennt man sie drüben, und er weiß noch eine Menge anderer Namen, Benzinlokomotive und Petroleummotorwagen und Selbstbeweger, und dabei liegt auf seinem Gesicht ein ganz liebevoller Glanz. Wenn er mich anschaut, sieht er nie so aus.

Jetzt wird er gleich wieder mit dieser alten Idee kommen, dachte ich, daß wir unsere Zelte abbrechen und nach Amerika gehen sollen, in das Land der Dreizylinder-Sternmotoren, und nachdem er mir noch eine Menge dummes Zeug über die Gebrüder Duryea und einen gewissen James Ward Packard erzählt hatte, fragte ich, ob er seine Tochter sehen wolle.

»Bleibt mir ja wohl nichts anderes übrig«, sagte er. Charmant.

Sie hatte geschlafen, aber als wir hereinkamen, wurde sie wach und schlug die schönen dunkelblauen Augen auf.

»Na ja«, sagte er. »Wo hat sie denn diese Haarfarbe her?«

»Alle Dänen haben helle Haare«, sagte ich.

»Außer dir und mir«, sagte er mit einem komischen kleinen Lacher.

Ich weiß immer, wann er es ernst meint und wann er nur »Witze reißt«, wie er es nennt. In diesem Moment riß er Witze, es war keine richtige Anspielung.

»Sie heißt Swanhild«, sagte ich und sprach es englisch aus, weil ich weiß, daß er für alles Englische schwärmt.

»Wie nett von dir, daß du das ohne mich entschieden hast.«

Er sei ja nicht dagewesen, sagte ich, und wir zankten uns ein bißchen, es ist immer dasselbe. Aber er sagte nichts mehr davon, daß sie nicht wie wir aussah. So wie ich ihn kenne, weiß er genau, daß ich ihn nie betrügen würde, er weiß, daß es für mich so mit das Schlimmste ist, was eine

Frau tun könnte. Von uns Frauen verlangt keiner, daß wir stark und tapfer sind oder viel Geld verdienen wie die Männer, und auch wenn wir all das wären und könnten, zählt es nicht. Was zählt, ist die Reinheit. Nur dieses Wort drückt für mich so richtig aus, was ich meine. Darin liegt unsere Ehre, in der Reinheit, in untadeligem Verhalten und der Treue zum Ehemann. Nur daß einem das bei einem netten, liebevollen Mann entschieden leichter fallen würde, aber da kann man nichts machen.

6. November 1905

Als ich mit diesem Tagebuch anfing, hatte ich mir vorgenommen, nur die reine Wahrheit zu schreiben, aber inzwischen habe ich begriffen, daß das gar nicht geht, das könnte keiner. Ich kann einzig versuchen, ehrlich Auskunft über meine Gefühle zu geben, das sollte mir gelingen, über das, was ich empfinde, woran ich glaube. Mit den nackten Tatsachen komme ich nicht so gut zurecht und mag mich deswegen auch nicht mehr plagen. Ich brauche ja nicht gerade zu lügen, aber die ganze Wahrheit kann ich nicht schreiben.

Gestern war Guy Fawkes Day, der hier auch manchmal Freudenfeuertag heißt, und als ich das hörte, stellte ich mir so was wie einen vorgezogenen Nikolaustag vor, obgleich der ja einen Monat später ist. Aber die Engländer machen immer alles anders als andere Leute, und so hätte es mich eigentlich nicht wundern dürfen, als ich (von unserem Pfarrer) erfuhr, daß es am 5. November um einen Mann geht, der versucht hat, den König von England in die Luft zu sprengen, und dafür gehenkt worden ist. Aus unerfindlichen Gründen machen sie jetzt für diesen Tag immer eine große Puppe, die sie verbrennen. Warum sie die Puppe nicht aufhängen? Verbrennen ist wohl spannender.

Rasmus hat Feuerwerk für die Jungen gekauft, und wir haben ein Freudenfeuer gemacht, aber einen Guy Fawkes hatten wir nicht. Ich habe ihnen fürs nächste Jahr einen versprochen. Sie hängen an Rasmus wie die Kletten, sie lieben ihn wegen der Zigarettenbildchen und des Automobils, er ist der Größte, und um mich schert sich niemand mehr.

21. November 1905

Hurra! Prinz Karl von Dänemark ist zum König von Norwegen gewählt worden.

Zwei Tage hatte ich Angst, ich wäre wieder in anderen Umständen, aber zum Glück war es falscher Alarm. Kein Mann kann ermessen, wie das ist, dieses Warten und Hoffen, diese von Stunde zu Stunde, von Minute zu Minute wachsende Verzweiflung, und die Erleichterung, wenn man dann unwohl wird. Es hatte sich nur ein bißchen verzögert. Nichts anderes, was einem zustoßen kann, ist damit zu vergleichen. Zu erfahren, daß man ein Kind erwartet, ist für manche Frauen das Schlimmste und für andere das Schönste auf der Welt, jubelndes Glück oder ein vernichtender Schicksalsschlag, ein Mittelding gibt es nicht. Ich habe noch keine Frau sagen hören, sie wäre ziemlich froh oder ziemlich traurig, ein Baby zu bekommen. Nein, es ist höchste Lust oder – sehr viel öfter – tiefstes Leid.

Morgen hat Rasmus Geburtstag. Eigentlich wollte ich so tun, als hätte ich es vergessen, aber jetzt, wo alles wieder in Ordnung ist, werde ich ihm doch was schenken. Man stelle sich vor, daß man dem eigenen Mann was schenkt, weil er einem kein Kind gemacht hat.

5

Eine von Mormors Lieblingsgeschichten war die von Swannys junger Liebe, die sie als Romanze bezeichnete und von der sie voller Stolz sprach, denn ihre Töchter waren zwar beide »gut verheiratet«, wie sie es nannte, aber mein Vater hatte durch seinen frühen Tod meiner Mutter gewissermaßen einen Strich durch die Rechnung gemacht.

Obwohl sie Dänisch sprachen, als seien sie im Land aufgewachsen, lernten Swanny und meine Mutter Dänemark erst als Erwachsene kennen. Mormor schickte die damals neunzehnjährige Swanny, die den Tod ihres Lieblingsbruders im Ersten Weltkrieg nie ganz verwunden hatte, zu ihrem Vetter und seiner Frau, den Holbechs, Sohn und Schwiegertochter ihrer Tante Frederikke, nach Kopenhagen. Damals lebten sie auf großem Fuß in Padanaram und hatten reichlich Geld.

Torben Kjær ging es wie in dem Song aus der West Side Story: *You may see a stranger... across a crowded room.* Der junge Botschaftssekretär war auf Heimaturlaub aus Südamerika gekommen und zu der Hochzeit einer gewissen Dorte eingeladen worden, deren eine Brautjungfer Swanny war. Es muß bei ihm Liebe auf den ersten Blick gewesen sein. Zwei Tage später machte er Swanny einen Heiratsantrag und bat sie, ihn nach Südamerika zu begleiten, nach Quito oder Asunción oder wo immer er stationiert war.

Mormor erzählte diese Geschichte allen, die sie hören oder auch nicht hören wollten, auch im Beisein von Swanny und Torben, der inzwischen ein in Ehren ergrauter, überaus distinguierter Attaché an der dänischen Botschaft war. Er verzog keine Miene, schließlich gehörte es zu seinem Beruf, sich möglichst nichts anmerken zu lassen. Damals, als blonder, blauäugiger Zweiundzwanzigjähriger, hatte er allein nach Ecuador – oder wohin auch immer – zurückreisen müssen, denn Swanny war von seinem Antrag so überrumpelt, daß sie ihn nicht recht ernst genommen hatte, außerdem zog es sie nicht nach Südamerika.

»Aber meine Tochter Swanhild ging ihm nicht mehr aus dem Kopf«, pflegte Mormor zu sagen, »und er schrieb ihr jahrelang die bezauberndsten Liebesbriefe, das heißt, ich weiß, daß sie bezaubernd gewesen sein müssen, auch wenn ich sie natürlich nie gelesen habe. Der eigenen Mutter zeigt man solche Briefe nicht. Als er hierher versetzt wurde, haben sie dann geheiratet. Inzwischen waren zehn Jahre vergangen, das muß man sich mal vorstellen, aber ihm sei es nicht länger vorgekommen als ein Tag, sagte er. Na, ist das nicht romantisch?«

Wenn man Torben und Swanny jetzt sah, mochte man diese Geschichte kaum glauben. Sie waren beide von so zuvorkommender Verbindlichkeit, so gemessener Eleganz, ein abgeklärtes Paar in mittleren Jahren. Neben der würdevollen Swanny wirkte meine nur sechs Jahre jüngere Mutter wie ein Kind. Sie sahen sich nicht ähnlich, auch zwischen Swanny und Onkel Ken oder Swanny und Mormor gab es keine Ähnlichkeit. Aber das Aussehen der einzelnen Familienmitglieder war sowieso stark unterschiedlich. Meine Mutter war viel hübscher als Asta, hatte aber einen ähnlichen Körperbau. Ken sah ein bißchen aus wie einer der Onkel auf den alten Fotos, klein und gedrungen, aber mit klaren, scharfen Zügen, und sein jüngerer Sohn ähnelt ihm sehr, nur daß er viel größer ist. Alle hatten sie rötliches oder dunkelbraunes Haar, die Augenfarbe reichte von Katzenaugengrün bis zu einem hellen Blau, und alle neigten sie zu Sommersprossen und Sonnenbrand.

Swanny aber – ja, Swanny war der dänische Idealtyp. Oder vielleicht sollte ich sagen der nordische Idealtyp, größer noch als Morfar, und hellblond. Ihr bescherte die Sonne keine Sommersprossen, sondern eine kleidsame Bräune. Ihre Augen waren dunkelblau wie das Meer. Noch zu der Zeit, von der ich spreche, der Glanzzeit von Willow Road, dem Hampstead der sechziger Jahre, sah sie aus wie eine Wagner-Göttin, das Haar nicht mehr goldfarben, sondern silbrig, mit dem Profil einer Kaiserin auf alten Münzen.

Sie und Torben gaben oft Gesellschaften. Ich hätte damals nicht sagen können – und könnte es auch heute nicht –, ob er dazu als Diplomat verpflichtet war, oder ob sie einfach gern Gäste hatten, es mag beides dabei eine Rolle gespielt haben. Ich kam häufig dazu, weil ich ganz in der Nähe studierte und weil ich ein Auge auf einen von Torbens Assistenten geworfen hatte, der sich immer um die Getränke kümmern und die Konversation in Gang halten mußte. Später hatte auch er ein Auge auf mich geworfen, aber das ist eine andere Geschichte.

Mormor liebte diese Partys. Meine Mutter, die hin und wieder mit ihrem jeweiligen Galan hinging, pflegte zu sagen, daß Swanny und Torben es vermutlich lieber gesehen hätten, wenn Mormor auf ihrem Zimmer geblieben wäre oder sich zumindest frühzeitig zurückgezogen hätte, und daß sie wahrscheinlich nur nicht recht wußten, wie sie es ihr beibringen sollten, ohne sie zu kränken. »Ohne ihren Unwillen zu erregen«, verbesserte ich für mich, denn ich hatte nicht den Eindruck, daß Mormor besonders verletzlich oder dünnhäutig war. Schließlich war sie keine Tattergreisin, die in einer Ecke sitzt und auf Opfer wartet, denen sie von ihren Wehwehchen erzählen kann. Offenkundig hatten die beiden in Asta vielmehr eine Attraktion, eine Zugnummer gesehen. Manche Gäste kamen nur, weil sie wußten, daß Swannys Mutter da sein würde, und Swannys Mutter garantierte gute Unterhaltung.

Oft mögen sie jetzt daran denken, daß es die berühmte Asta Westerby aus *Asta* war, mit der sie bei den Gesellschaften in der Willow Road zusammenkamen und die ihnen all diese Geschichten erzählte, von denen man viele inzwischen in den Tagebüchern nachlesen kann. Hätten sie aufmerksamer zugehört, wären sie höflicher, beflissener gewesen, wenn sie das damals schon geahnt hätten? Wohl kaum. Man hatte Mormor ohnedies nie links liegenlassen, im Gegenteil, sie stand immer bei der einen oder anderen angeregt plaudernden Gruppe oder war sogar ihr Mittelpunkt.

Warum strengten diese Abende sie nicht an, wie man das von achtzigjährigen Damen mit Fug und Recht hätte erwarten dürfen? Warum hörte man von ihr nie um neun, sie zöge sich jetzt zurück? Das Wort Müdigkeit kam ihr nie über die Lippen, ihre Energie war unerschöpflich. Sie war winzig, der Körper wirkte zu klein im Verhältnis zu dem ziemlich großen Kopf. Vermutlich war ihr Körper geschrumpft und der Kopf nicht mit. Das Gesicht, inzwischen fast so weiß wie ihr Haar, war stark gepudert, ansonsten aber ungeschminkt. Sie roch intensiv nach *L'Aimant* von Coty, als hätte sie ihre Kleider damit getränkt. Oft trug sie eine Brosche, die Umweltschützern ein Dorn im Auge gewesen sein muß, einen in Glimmer und Gold gefaßten blauen Schmetterlingsflügel. Das Schmuckstück betonte die Farbe ihrer Augen, die eigentlich gar keine Betonung nötig hatten, so blank und leuchtend waren sie, und das Zusammenspiel von Augen und Brosche wirkte nicht schmeichelhaft, sondern fast ein bißchen beunruhigend.

Auffällig war, daß sie sich nie hinsetzte. Natürlich muß sie gelegentlich auch gesessen haben, und wenn ich mir Anlässe ins Gedächtnis rufe, bei denen wir zusammen waren, sehe ich sie zu einer bestimmten Zeit auf einem bestimmten Stuhl sitzen, aber sonst erinnere ich mich an sie immer nur stehend oder malerisch hingegossen wie Madame Récamier. Bei diesen Gesellschaften jedenfalls stand sie die ganze Zeit, und die Gäste hüteten sich, ihr einen Stuhl anzubieten.

»Warum? Haben Sie es satt, im Stehen mit mir zu sprechen?« fragte sie streng einen unglücklichen jungen Mann, der neu in diesem Kreis war.

Mit den dänischen Gästen sprach sie in ihrer Muttersprache, die inzwischen, wie einer von ihnen mir sagte, ebenso akzentbehaftet war wie ihr Englisch. Dieser Akzent verlieh ihren Geschichten – zumindest für mich – einen ganz besonderen Reiz. Inzwischen sind sie mir fast alle durch ihre Tagebücher vertraut, aber in der Realität wiederholte sie sich nur selten. Die Geschichte von der Magd Karoline, die sich zum Pinkeln auf die Straße setzte, hörte ich nur einmal von ihr, ebenso die von der großen Abendgesellschaft in Kopenhagen in den zwanziger Jahren, bei der sie und Morfar die einzigen nicht wenigstens einmal Geschiedenen waren.

Auf einer der Gesellschaften in der Willow Road hörte ich auch die Geschichte von der Cousine, die versehentlich ihren Liebhaber mit Giftpilzen umbrachte, und am gleichen Abend die von jener Verwandten, die sich ein Adoptivkind aus einem Waisenhaus in Odense holte, eine Geschichte, die im Hinblick auf das, was später geschah, nicht unwichtig ist. Ich muß dazu wohl sagen, daß ich nie so recht wußte, was sich wirklich so zugetragen hatte, und was Übertreibung und Schnörkel war. Mormor war, wie gesagt, eine echte Schriftstellerin, ihre Werke waren die im Lauf von sechzig Jahren entstandenen Tagebuchaufzeichnungen. Ich vermute, daß die Wahrheit mit ihren enttäuschenden Vielschichtigkeiten, ihrem Mangel an Dramatik und ihrer Verkettung von Pleiten, Pech und Pannen Asta einfach nicht befriedigte, ihr verbesserungswürdig erschien. Sie sorgte für Anfang, Mitte und Ende, bei ihr kam es zuverlässig zu einem Höhepunkt.

Mormor war ohne Geschwister aufgewachsen. Die folgende Geschichte hatte angeblich eine reiche Cousine aus der schwedischen Sippe erlebt. Die Frau war glücklich verheiratet, aber kinderlos, und nach einer gewissen Zeit entschlossen sie und ihr Mann sich zu einer Adoption, was damals völlig unkompliziert war. Laut Mormor suchte man sich einfach ein Kind aus und nahm es mit.

Sigrids Mann fuhr mit ihr zu einem Waisenhaus in Odense auf der Insel Fünen, dem Geburtsort von Hans Christian Andersen, dem Lieblingsschriftsteller von Mormors Mutter. (An dieser Stelle bemerkte Mormor, sie persönlich verabscheue Andersen, wobei sie gleichzeitig darauf hinwies, daß er trotzdem »der größte Kinderbuchautor der Welt« sei.) Die Vorsteherin des Waisenhauses brachte die stille Sigrid zu einem bestimmten Kind, einem kleinen Jungen, der so lieb war, daß sie ihn sofort ins Herz schloß. Er war, wie Mormor sagte, etwa ein Jahr alt.

»Meine Cousine liebte ihn von Anfang an«, sagte sie. »Die beiden nahmen ihn mit nach Hause und adoptierten ihn, und dann sagte der Mann ihr die Wahrheit. Es war sein Sohn von einer anderen Frau, die er auf Geschäftsreisen nach Odense kennengelernt hatte.« Und genüßlich setzte sie hinzu: »Von seiner Mätresse.« Es war dies für sie ein Wort mit zahlreichen sündig-glamourösen Beiklängen. »Er hatte die ganze Sache eingefädelt. Sigrid verzieh ihm und behielt den Jungen, der inzwischen auch schon ein alter Mann sein muß.« An dieser Stelle warf Mormor einem der Gäste einen blauen Zornesblick zu. »Ich hätte das nie getan. Unmöglich! Ich hätte den Jungen umgehend wieder zurückgeschickt.«

Natürlich ergab sich daraus eine Diskussion, und die Gäste sagten, was sie an Sigrids Stelle und anstelle von Sigrids Mann getan hätten.

»Aber Sie hätten sich von dem Kleinen inzwischen vielleicht nicht mehr trennen können«, wandte eine Frau ein.

»Ausgeschlossen«, sagte Mormor. »Nicht, nachdem ich wußte, wessen Kind er war und wie man mich getäuscht hatte.«

Und dann, mit entwaffnender Offenheit: »Ich tu mich nicht leicht mit dem Lieben.« Ihr Blick ging über die Gesichter hin bis zu den fernsten Winkeln des Raumes. »All das Getue um die Liebe ist doch nur dummes Zeug.«

Das war eine ihrer häufigsten Redensarten. Sentimentalität und Zärtlichkeit, Empfindsamkeit und zarte Scheu – alles dummes Zeug. Sie liebte das Dramatische, liebte alles Starke, Vitale. Viele ihrer Geschichten handelten von gewaltsamen Todesfällen. Nach dem großen Börsenkrach von 1929 hatte ein Vetter, der Bruder der bewußten Sigrid, sich erschossen, seine Witwe und vier Kinder blieben mittellos zurück. Ein entfernter Verwandter, der in den achtziger Jahren des vorigen Jahrhunderts nach Amerika ausgewandert war, erfuhr erst als alter Mann, nach seiner Rückkehr nach Dänemark, daß das Haus in der North Clark Street in Chicago, in dem er mit seiner Frau und seinen Kindern gewohnt hatte, genau dort stand, wo das Massaker vom Valentinstag sich abgespielt hatte.

Tagsüber streifte Mormor durch Hampstead und die weitläufige Parklandschaft der Hampstead Heath. Sie ging die Heath Street hinauf und hinunter, betrat die Geschäfte, um sich »nur mal umzusehen«. Sie sprach mit vielen Menschen und hielt das, was sie ihr erzählten, in ihren Tagebüchern fest, aber Freundschaften schloß sie nicht. Gleich Journalisten führte sie mit ihren Mitmenschen keine Gespräche, sie machte Interviews. Sie habe unter den Frauen keine gehabt, sagte meine Mutter, die ihr wirklich nahegestanden hätte, keine richtige Busenfreundin. Morfar hatte seine Geschäftsfreunde aus den alten Tagen in Chelsea, und deren Frauen kannte Mormor natürlich, sie hatte Bekannte in der Nachbarschaft von Padanaram und später in der »Achtundneunzig«. Nur einer sprach sie mit ihrem Vornamen an und sie ihn auch, und das war Harry Duke.

Er war eine überraschende Erscheinung in Mormors Leben, das reich an Überraschungen war. Ich sah ihn selten, wußte aber von klein auf, daß es ihn gab, und akzeptierte ihn wie ein Familienmitglied. Für mich wie auch für meine Mutter, für Swanny und wohl auch für Onkel Ken war er Onkel Harry. Was ich über ihn weiß, verdanke ich vor allem meiner Mutter. 1948 war er in den Ruhestand gegangen, vorher hatte er bei Thames Water, dem damaligen Metropolitan Water Board, im Büro gearbeitet. Er wohnte in Leyton, ging zu den Heimspielen von Leyton Orient und zu den Hunderennen, las aber auch gern und liebte das Theater. Mormor mochte voller Dünkel sein – nicht aber, wenn es um Onkel Harry ging. In ihrem Beisein durfte niemand etwas gegen ihn sagen.

Einmal nahm er sie sogar zu einem Hunderennen mit. Nur auf den Fußballplatz bekam er sie nie. Seine Frau starb ein paar Jahre vor Morfar, und danach nannten Swanny und meine Mutter ihn »Mors Freund«. Er war lieb und gütig, dabei aber kein Langweiler, sondern witzig und schlagfertig, und er betete Mormor an. Sie fuhren in seinem Wagen aus, gingen zusammen ins Museum und zu

Ausstellungen und tafelten ausgiebig miteinander. Beide hatten viel für Essen und Trinken übrig. Harry Duke war ein großer, gutaussehender Mann, der bei unserer letzten Begegnung – auf Morfars Beerdigung – noch seine eigenen Zähne und ziemlich viel Haare auf dem Kopf hatte. Vor allem aber besaß er das Victoria Cross. Es war ihm im Ersten Weltkrieg verliehen worden, weil er zahlreiche Verwundete und Sterbende aus dem Niemandsland gerettet hatte, unter anderem auch den einfachen Soldaten »Jack« Westerby.

Zu Hansine dagegen, die bis zu ihrer Heirat im Jahre 1920 Astas Mädchen für alles, ihre Hausskiavin gewesen war, gab es nur losen Kontakt. Hansine starb im gleichen Jahr wie Morfar, und zu der Tochter hatte Mormor offenbar überhaupt keine Verbindung mehr. Swanny erzählte mir, daß sie und Torben vorgeschlagen hatten, Hansine und ihren Mann Samuel Cropper 1947 zu Mormors und Morfars goldener Hochzeit einzuladen, aber davon hatte Mormor nichts wissen wollen.

»Ich würde sie allenfalls bitten auszuhelfen«, sagte sie unglaublicherweise, »aber wir feiern ja im Restaurant.«

Mormor sei froh gewesen, sagte Swanny, als Hansine sieben Jahre später gestorben war. Sie habe geradezu erleichtert gewirkt. Vielleicht nur deshalb, weil damit wieder jemand aus dem Weg war, der ihr hätte lästig fallen können, einer mehr, den man abstreichen konnte. Manchmal vergingen Wochen, ohne daß Mormor mit Harry zusammenkam oder auch nur mit ihm telefonierte. Sie blieb auch im Alter geradezu erschreckend selbstgenügsam. Als sie schon bei Swanny wohnte, sagte sie einmal zu mir, sie habe nicht mehr geweint, seit sie dreiundzwanzig war, als ihr kleiner Mads im Alter von einem Monat starb. Auch das war eine ihrer Geschichten, die allerdings nicht für die Öffentlichkeit bestimmt war. Sie hatten damit gerechnet, und sie saß an seinem Bett und hielt ihn in den Armen, als er starb. Das war in ihrem Haus in Kopenhagen, im Hortensiavej. Dann ging sie nach unten zu Morfar, sagte ihm, der Kleine sei tot, und fing an zu weinen. Er sah sie eine Weile stumm an, dann verließ er das Zimmer, und sie nahm sich vor, nie wieder eine Träne zu vergießen. Daran hat sie sich gehalten, auch wenn niemand zusah, auch als das Telegramm kam, in dem stand, daß Mogens gefallen war.

Dafür lachte sie recht oft, rauh und blechern oder leise und wissend oder mit einem dünnen Kicherlaut, sie lachte, wenn ihren Mitmenschen, aber auch – und das war einer ihrer liebenswerten Züge – wenn ihr selbst ein Mißgeschick widerfuhr. Selbst die Geschichte vom Tod des kleinen Mads und ihren unbeachteten Tränen hatte sie mit diesem rauhen, krächzenden Lachen beendet. Sie mochte einem als der Inbegriff der Diskretion erscheinen, verschwiegen wie ein Grab, eine Frau, die nicht mehr das Bedürfnis hat, anderen ihr Herz auszuschütten (wenn sie denn dieses Bedürfnis je gehabt hatte), und die ihre Vergangenheit und ihre Gefühle souverän beherrschte. Einen Schabernack hätte ich ihr zugetraut, nie aber gezielte Bosheit. Sie mag Swannys selbstlose Liebe ausgenutzt haben, liebte sie aber ihrerseits innig und war unbändig stolz auf sie.

Spätere Generationen waren auf andere Dinge stolz, da sie aber 1880 geboren war, lag es in der Natur der Sache, daß sie Genugtuung empfand, wenn der Sohn sich als Soldat oder im Beruf Verdienste erwarb, die Tochter sich durch Schönheit und gesellschaftliche Erfolge auszeichnete. Einer Tochter, die zur Schulleiterin von Girton ernannt oder mit dem Titel ›Dame of the British Empire‹ ausgezeichnet worden, aber unverheiratet geblieben wäre, hätte Asta sich vermutlich sogar geschämt. Swanny aber hatte all das – und mehr! – erreicht, was Asta sich für sie erträumt hatte. Daß ein Foto von Swanny im *Tatler* erschien, war für Asta die Krönung ihres gesellschaftlichen Ehrgeizes.

Stolzgeschwellt, sagte Swanny, habe sie Onkel Harry das Blatt gezeigt und dabei mit dem großen Kopf und den dünnen Beinchen ausgesehen wie eine kollernde kleine Taube.

Das bewußte Foto war anläßlich eines Staatsbesuches der Königin von Dänemark (vielleicht auch des Königs von Dänemark und seiner Gemahlin) in London entstanden, als sie sich zusammen mit dem Botschaftspersonal bei einer Abendgesellschaft den Fotographen präsentiert hatten. Torben in Frack und weißer Fliege sah sehr imposant und aristokratisch aus, Swanny strahlend schön in einem langen hellen Spitzenkleid mit Perlenschnüren um den Hals. Ihre Namen standen in der Bildunterschrift neben denen der gekrönten Häupter, des Botschafters und einer dänischen Historikerin, die eine Ehrung erhalten hatte.

Von Anfang an sah ich in diesem Foto die Ursache für Swannys spätere Leidensgeschichte. Swanny wollte nichts davon wissen und meine Mutter ebensowenig, aber weshalb hatte der Briefschreiber – oder die Briefschreiberin – so lange gewartet? Konnte es Zufall sein, daß in einer Woche das einzige Foto von Swanny erschien, das eine überregionale Zeitschrift je gebracht hatte, und in der nächsten der Brief eintraf?

Entweder hatte das Foto einen jähen Ausbruch von Neid und Groll bei dem Briefschreiber ausgelöst, oder es war der letzte Tropfen, der einen mit lebenslanger Bitternis gefüllten Krug zum Überlaufen brachte, wobei ich eher der zweiten Erklärung zuneige. Ich konnte mit gut vorstellen, daß der- oder diejenige aus der Entfernung jahrelang Swannys Werdegang beobachtet hatte, das eine oder andere Mal in der Willow Road gewesen war, um sich das Haus anzuschauen, und um vielleicht sogar das Kommen und Gehen der schönen Hausherrin zu beobachten. Das Foto im *Tatler* war wie ein Druck auf einen Knopf, der signalisierte: Die Zeit ist reif, jetzt schreib!

An jenem Tag erwartete man Gäste zum Mittagessen, nur Damen. Zwei Köchinnen und eine Bedienung waren bestellt, so daß Swanny kaum Arbeit hatte, aber aus irgendeinem Grund kam sie erst am späten Vormittag dazu, ihre Post zu öffnen.

Mormor war schon unten, hatte ihren Kaffee getrunken und sich in die Küche begeben, um dort nach dem Rechten zu sehen. Sie aß gern, blieb aber im wesentlichen der dänischen Küche treu. Für sie konnte es kaum etwas Besseres geben als Schweinebraten mit Rotkohl, Gänsebraten, Kaltschalen, *sildesalat* und *crystade,* auch wenn sie eine herzhafte englische Steak-and-Kidney-Pie, diese so typische englische Fleischpastete, nicht verschmähte.

Hätte zu dem Mahl, das Swanny für ihre zehn Damen geordert hatte, nicht auch Räucherfisch oder -fleisch gehört, sie hätte ihr Mißfallen (womöglich sogar bei Tisch) offen zum Ausdruck gebracht.

Damals benutzte Swanny nie Torbens Arbeitszimmer, sein Reich war für sie sakrosankt. Sie ging mit ihrer Post nach oben ins Schlafzimmer, an ihren kleinen Schreibsekretär. Das machte sie oft, schon um Mormors maßloser Neugier zu entgehen. (»Von wem ist denn der, *lille* Swanny? Die Schrift kenne ich doch. Ist das nicht eine dänische Briefmarke?«) Heute war sie Mormor los, denn die war vollauf damit beschäftigt, unten in die Töpfe zu gucken und am Räucherlachs zu schnuppern. Sie habe den Brief erst am Schluß geöffnet, sagte Swanny zu meiner Mutter und mir, die mit Druckbuchstaben geschriebene Adresse sei ihr nicht geheuer gewesen. Sie habe mit einem Bettelbrief gerechnet, so etwas bekamen sie und Torben öfter.

Als sie ihn gelesen hatte, glühte sie. Sie sah ihr Gesicht im Spiegel, es war dunkelrot. Ihr war, als müsse sie ersticken. Ein Fenster stand offen, sie hielt den Kopf hinaus und atmete tief durch. Dann las sie ihn noch einmal.

Auf dem Briefbogen stand – ohne Anschrift, ohne Datum, ohne Anrede:

SIE TRAGEN DIE NASE MÄCHTIG HOCH, ABER IHR VORNEHMES GETUE WIRD IHNEN SCHON VERGEHEN, WENN SIE ERST WISSEN, DASS SIE EIN NIEMAND SIND. SIE SIND NICHT DAS KIND IHRER MUTTER ODER IHRES VATERS. DIE HABEN SIE IRGENDWO AUFGELESEN, ALS

IHR EIGENES GESTORBEN IST. VIELLEICHT AUF EINER MÜLLKIPPE. ES WIRD ZEIT, DASS SIE DIE WAHRHEIT ERFAHREN.

Auch der Text war in Druckbuchstaben geschrieben, mit Tinte und mit einem Füller, auf blauem Basildon-Bond-Papier im Oktavformat mit passendem Umschlag, und der Umschlag war in Swannys Bezirk, London NW 3, abgestempelt.

Beim zweiten Lesen fing Swanny an zu zittern. Sie saß auf dem Stuhl vor dem Schreibsekretär, ihre Zähne schlugen aufeinander, und sie bebte am ganzen Körper. Nach einer Weile erhob sie sich, ging ins Badezimmer, ließ Wasser in ein Glas laufen. Es war Viertel nach zwölf, um halb eins erwartete sie ihre Gäste. Mit so einem Brief, sagte sie sich, kann man nur eins tun: ihn zerreißen und so schnell wie möglich vergessen.

Aber den Brief zu zerreißen war ihr rein physisch unmöglich. Es war schon schlimm genug, ihn anzufassen. Sie streckte eine zitternde Hand aus wie jemand, der sich dazu überwindet, den Gegenstand einer Phobie zu berühren, und zog sie sofort wieder zurück. Mit gesenktem Kopf, ohne hinzusehen, griff sie nach dem Blatt und steckte es rasch in ihre Handtasche. Nun war der Brief verschwunden, und sie atmete etwas freier, abschütteln aber ließ sich das Gelesene nicht mehr.

Noch ehe die erste ihrer Damen eintrifft, ist sie unten im Salon, und auch Mormor ist da. Mormor trägt eins ihrer schwarzen Hängerkleider, mit Fransen, sie hat die blaue

Brosche angesteckt, ein dünnes Haarnetz mit Glitzersteinchen über das kunstvoll verschlungene und aufgeplusterte Haar gezogen und äußert sich anerkennend über den *snaps*, den es zum ersten Gang geben soll, eine besonders gute Marke, findet sie, die Torben da aufgetan hat. Und sie fängt an, eine Geschichte über ihre eigene Mutter zu erzählen, die sie Swanny gegenüber »deine Mormor« nennt – keinen Tropfen hat sie getrunken, deine Mormor, nur *snaps*, aber für den war sie erstaunlich aufnahmefähig –, doch Swanny hört nur, daß diese Frau als ihre Großmutter bezeichnet wird, was sie möglicherweise nicht ist, was sie, wenn in dem Brief die Wahrheit steht, gar nicht sein kann.

Die Gäste kommen. Sie versammeln sich im Salon zum Aperitif und rauchen. In den sechziger Jahren dachte sich niemand etwas dabei, »leicht beschickert«, wie man damals sagte, heimzufahren. Alle trinken mehrere Glas Sherry oder Gin Tonic und rauchen Zigaretten mit hohem Teergehalt auf Lunge. Keinen stört es, wenn Swannys schöner Salon so verräuchert ist, daß der Karl Larsson an der Wand in waberndem Nebel verschwindet.

Swanny geht wie betäubt von einer Dame zur nächsten und wechselt mit jeder ein paar Worte, wie sich das für eine gute Gastgeberin gehört. Es fällt ihr schwer, den Blick von Mormor zu lassen, immer wieder muß sie zu ihr hinschauen wie ein Liebhaber, der die Augen nicht von der Geliebten wenden kann. Sie ist wie behext von ihrer Mutter.

Mormor ist wieder mal umlagert und führt das große Wort. In den hohen Absätzen wirkt sie nicht mehr winzig, sondern ist eine eindrucksvolle Persönlichkeit, eine Kraft, mit der man rechnen muß. Offenbar wollen alle hören, was sie zu sagen hat, auch Mrs. Jørgensen, die Professorin für Seegeschichte, Aase Jørgensen, die heute Swannys Ehrengast ist. Und Mormor erzählt von dem, was sich in der Welt zugetragen hat, als sie eine junge Frau in Hackney war, sie erzählt von dem Hin und Her, als es darum ging, wer König von Norwegen werden sollte, von der amerikanischen Zeppelinkatastrophe, von der ›Potemkin‹ im Hafen von Odessa.

»Meinen Sie den *Panzerkreuzer Potemkin?*« fragt jemand.

Swannys Gäste haben den Film gesehen, aber Mormor, die von dem Film nie auch nur gehört hat, sagt: »Ja, das war ein Schiff. 1905, in dem heißen Sommer...« und sie will noch mehr sagen, aber da tippt Swanny sie an und flüstert: »Kann ich dich einen Augenblick sprechen?«

Ausgerechnet jetzt? Sie habe nicht länger warten können, sagt Swanny, sie habe Folterqualen gelitten, sei schier erstickt. Das von dem Panzerkreuzer Potemkin hat sie noch mitbekommen, jetzt aber gibt es im ganzen Raum für sie nur noch die Mutter, Swanny sieht buchstäblich nur sie. Aber worauf hofft sie? Auf eine Erklärung? Hofft sie, daß das Gelesene kurzerhand als Unfug abgetan wird, über den es sich keine Sekunde nachzudenken lohnt? Sie weiß es nicht. Sie weiß nur, daß sie ihre Mutter hier herausbringen und sie fragen muß.

Warum? Warum nicht warten, bis die Gäste aus dem Haus sind? Auch Mormor scheint sich so etwas zu denken, denn sie sagt ungeduldig, es habe doch sicher Zeit, sie sei gerade dabei, Mrs. Jørgensen von der Beschießung

Odessas zu erzählen. Und zu Swannys peinlicher Verlegenheit fragt sie laut: »Guckt etwa mein Unterrock vor? Wolltest du mir das sagen?«

Swanny bringt sie nicht vom Fleck. Sie geht in die Küche, vorgeblich um zu fragen, ob man in zehn Minuten essen könne. Alles läuft nach Plan, es ist nichts mehr zu veranlassen. Sie tut etwas für sie ganz Untypisches, etwas, was sie, wie sie schwört, noch nie getan hat, sie gießt *snaps* in ein Sherryglas und schüttet ihn hinunter.

Natürlich muß sie zurück in den Salon. Ihre Mutter ist nicht mehr da. Sie sieht sich suchend um, aber es sind, sie mitgerechnet, nur elf Personen im Raum. Vielleicht ist sie draußen in der Diele, vielleicht hat sie sich erweichen lassen und sucht jetzt nach der Tochter, aber da kommt schon die Bedienung und meldet, es sei angerichtet, und sie muß ihre Gäste ins Speisezimmer geleiten. Mormor ist schon dort und zeigt Mrs. Jørgensen das Königlich Kopenhagener Porzellan, wertvolle Stücke in limitierter Auflage, und erzählt etwas von einer Porzellansammlerin, die einen gewissen Erik Holst geheiratet hat, der Marineoffizier war und als Kadett auf dem unglückseligen Schulschiff ›Georg Stage‹ angefangen hatte.

Hätte Swanny in jenem Augenblick mit ihrer Mutter unter vier Augen sprechen können, hätte sie die Frage gestellt. Doch als die Gäste fort sind, bringt sie es nicht mehr über sich. Jener erste *snaps* und der übrige Alkohol haben sie benebelt, sie hat nur noch den einen Wunsch, sich hinzulegen und zu schlafen – in der Hoffnung, im Schlaf Vergessen zu finden oder sich danach zumindest ein wenig besser zu fühlen.

So wurde es immer später an diesem Abend. Torben war, was selten vorkam, ein paar Stunden außer Haus. Mormor lag malerisch hingegossen auf dem Sofa, las *Der Raritätenladen* und zog sich zeitig auf ihr Zimmer zurück; es sei ein anstrengender Tag gewesen, sagte sie. Vermutlich brauchte sie ein, zwei Stunden Ruhe zum Tagebuchschreiben. Swanny plagten quälende Kopfschmerzen. Sie hatte den Brief nicht noch einmal angesehen. Er steckte in ihrer Handtasche, und die stand wie immer griffbereit auf dem Fußboden neben ihrem Sessel oder auf einem Sofakissen. Sie habe ständig auf die Handtasche gesehen, sagte sie, und an ihren Inhalt denken müssen. Ihr sei gewesen, als habe jemand eine Tüte mit Erbrochenem oder mit etwas Faulig-Verwesendem hineingesteckt, was sie früher oder später würde ausräumen müssen.

Lange vor Torbens Rückkehr nahm sie zwei Aspirin und legte sich hin. Sie und Torben hatten zwar ein gemeinsames Zimmer, seit jeher aber getrennte Betten. Sehr früh, um fünf oder noch eher, wachte sie auf und wäre am liebsten nach oben gegangen, um ihre Mutter wachzurütteln und zu sagen: Lies das und sag mir, ob es stimmt. Stimmt es? Sag mir, daß es nicht stimmt. Ich muß Bescheid wissen.

Aber sie unternahm nichts. Noch nicht.

6

Zufällig war ich zu Hause, als Swanny kam und von dem Brief erzählte. Es war ein ganz normaler Mittwochnachmittag. Swanny hatte bewußt keine bestimmte Zeit verabredet. Der Brief war an einem Freitag gekommen, aber sie wartete bis zum folgenden Mittwoch, ehe sie jemanden einweihte. Sie zwang sich zum Warten. Sie wollte, wie sie sagte, »die Geschichte nicht aufbauschen«. Sie hatte Torben den Brief nicht gezeigt und nichts zu Mormor gesagt, hatte auch meiner Mutter nicht vorher angekündigt, sie wolle etwas Bestimmtes mit ihr besprechen. Im Grunde wollte sie ja auch gar nicht darüber sprechen, wollte das alles am liebsten vergessen, aber das konnte sie nicht. Wer hätte es schon gekonnt...

Ihr silbrig leuchtendes Haar war immer wunderbar geschnitten, und gerade dadurch sah merkwürdigerweise die Farbe nicht natürlich aus, sondern so, als habe hier die Chemie nachgeholfen. Ihr dunkler Lippenstift wirkte phantastisch zu der immer leicht gebräunten Haut. An der linken Hand trug sie Torbens Ring – Platin und große, funkelnde Brillanten – und in den Ohrläppchen Brillantstecker, ideal für ein alterndes Gesicht, wie es bei Nancy Mitford heißt. So möchte ich in dem Alter auch einmal aussehen, hatte ich früher gedacht, aber jetzt, da es in zehn Jahren so weit wäre, möchte ich das nicht mehr. Natürlich nicht...

Greifzangengleich, nur mit den Fingerspitzen, holte sie den Brief aus der Tasche, aber die Geste hatte nichts Theatralisches oder Affektiertes, sondern war ein natürlicher Ausdruck des Abscheus. Meine Mutter bemühte sich um einen leichten Ton.

»So einen Schrieb habe ich noch nie gesehen.«

»Bitte mach dich nicht lustig, Marie, das ertrage ich nicht.«

»Hör mal, Swanny, du willst doch nicht etwa behaupten, daß du diesen Unsinn glaubst?«

Hilflos sah Swanny von meiner Mutter zu mir. Sie ließ die Hände sinken und verschränkte sie ineinander, als könnten sie sich sonst von selbst lösen und gen Himmel weisen. »Warum würde jemand so etwas behaupten, wenn es nicht wahr wäre? So was kann man doch nicht einfach erfinden.«

»Warum nicht? Es ist jemand, der neidisch auf dich ist.«

»Jemand, der dein Foto im *Tatler* gesehen hat«, sagte ich.

»Das kann nicht sein. Woher sollte diese Person wissen, wo ich wohne, was ich mache?«

»Entschuldige, Swanny, du sagst, ich soll mich nicht lustig machen, aber das ist doch nun wirklich lachhaft. Jeder andere würde so was keine Minute lang ernst nehmen. Ich an deiner Stelle hätte den Wisch sofort verbrannt.«

Swanny sagte sehr leise – und daran merkten wir, wie tief es sie getroffen, wie intensiv sie sich damit beschäftigt hatte: »Du hättest so einen Brief auch nicht bekommen. Du siehst genauso aus wie Mor.«

Jetzt lachte meine Mutter tatsächlich, aber es klang ein bißchen hohl. »Das Naheliegendste ist doch, sie zu fragen. Wenn du die Sache wirklich ernst nimmst, mußt du sie fragen.«

»Ich weiß.«

»Warum du es bisher noch nicht getan hast, ist mir sowieso ein Rätsel. Ich an deiner Stelle hätte sie sofort danach gefragt.«

»Sag nicht ständig ›ich an deiner Stelle‹, Marie.«

»Schon gut, entschuldige bitte. Frag sie geradeheraus, das hättest du schon am Freitag tun sollen.«

Swanny schüttelte ganz leicht den Kopf. »Ich hatte Angst«, sagte sie leise.

»Aber du mußt sie fragen. Unbedingt. Machst du dir wirklich Gedanken?«

»Ja, was glaubst denn du…«

»Natürlich mußt du sie fragen. Jetzt gleich. Sobald du nach Hause kommst. Zeig ihr den Brief. Bestimmt stellt sich heraus, daß dieser anonyme Schmierfink, dieses Schwein, dieser Spinner etwas ganz anderes gemeint hat.«

»Zum Beispiel?«

»Frag mich was Leichteres! Aber daß die ganze Geschichte Unsinn ist, liegt auf der Hand. Du bist Mors Liebling, das sagst du doch selber immer. Und sie erzählt es jedem, ohne zu bedenken, wen sie vielleicht damit kränkt. Könntest du dir vorstellen, daß sie dich adoptiert hat? Warum sollte sie? Sieh es doch auch mal so. Sie konnte selber Kinder kriegen, sie hat ständig welche gekriegt, jetzt noch jammert sie darüber, wie viele Kinder sie hatte, und macht Far dafür verantwortlich.«

»Du mußt sie fragen«, sagte ich.

»Ich weiß.«

»Soll ich es tun?« sagte meine Mutter.

Swanny hob die Schultern und schüttelte den Kopf.

»Es macht mir nichts aus. Wenn du willst, komme ich nachher mit und frage sie.«

Darauf konnte Swanny sich natürlich nicht einlassen. Meine Mutter hätte es getan. Hätte sie den Brief bekommen, hätte sie Asta sofort gefragt, vom Fleck weg. Ich hatte meine Mutter lieb und erinnere mich ihrer mit großer Zuneigung, sie war eine gute Mutter und ein ungewöhnlich selbstloser Mensch, aber weder mit besonderem Feingefühl noch mit viel Phantasie gesegnet. Feinfühligkeit und Zurückhaltung waren Swannys kennzeichnende Eigenschaften, sie war die Introvertierte, die Phantasievolle. Bei Asta selbst fanden sich merkwürdigerweise all diese gegensätzlichen Charakterzüge: Sie war empfindsam und taktlos, sanft und rücksichtslos, verletzlich und abgebrüht, schüchtern und aggressiv, ihre Tagebuchaufzeichnungen sind Belletristik und Sachbuch zugleich.

Meine Mutter konnte Swannys Ängste nicht nachvollziehen. Sie empfand nur Empörung über eine schimpfliche Tat, und sie spürte, daß Unheil im Anzug war. Die ganze Geschichte, fand sie, mußte durch eine Aussprache mit ihrer Mutter aus der Welt geschafft werden, und zwar sofort, noch ehe eine weitere Nacht vergangen war.

»Gut, ich frage sie«, sagte Swanny. »Ihr habt mich überzeugt.« Ich seufzte. Ihr Gesicht hatte jetzt diesen gehetzten Zug, den wir in Zukunft so oft an ihr sehen sollten. »Ihr wißt ja, ich mache nie viel Aufhebens um mein

Alter, ich bin ja auch noch nicht alt, achtundfünfzig ist schließlich kein Alter, aber ich bin zu alt, um so etwas durchzumachen. Wenn Halbwüchsige erfahren, daß sie adoptiert sind, gut und schön. Aber für einen erwachsenen Menschen von achtundfünfzig Jahren ist das nicht nur beängstigend, sondern grotesk.« Ihr Ton hatte sich nicht geändert und auch nicht ihr Ausdruck, dieser Ausdruck der Skepsis, der angestrengten Ironie, aber was sie sagte, bewegte uns nun doch sehr: »Ich kann doch nicht adoptiert sein, Marie, was meinst du? Das glaubst du doch nicht, Ann, oder? Es muß eine Lüge sein. Hätte ich den Brief doch nur nicht aufgemacht!«

Merkwürdigerweise wurde über die Angelegenheit nicht mehr gesprochen, als Swanny gegangen war. Meine Mutter sagte nur, die Person, die den Brief geschrieben hatte, habe offenbar geglaubt, was sie da schrieb, sich aber vermutlich auf eine von Astas Phantasiegeschichten gestützt; etliche von Astas Romanzen handelten ja von Findelkindern, sicher habe es unter ihren Zuhörern einige gegeben, die sie für bare Münze genommen hatten. Das sagte sie leichthin, alles herunterspielend, um eine ernsthafte Unterhaltung abzublocken, und wechselte das Thema. Dann kam ihr Verlobter – der »endgültige«, »irgendwann« einmal wollte sie ihn heiraten, vielleicht, damit dann doch noch alles seine Ordnung hatte –, und kurz darauf verabschiedete ich mich. Über Swanny fiel kein Wort mehr, und erst sehr viel später erfuhr ich, wie es weitergegangen war.

In einer von Astas Geschichten hätte es eine bewegte Szene mit einem Höhepunkt, einer Aussprache und letztlich einer Art Geständnis gegeben, aber Ort der Handlung war das wirkliche Leben, das Asta so gern ausschmückte und mit Schnörkeln versah. Nach zwei weiteren Tagen des Schwankens und Zögerns, sagte Swanny zu meiner Mutter, habe sie Asta darauf angesprochen. Als es soweit war, zitterte sie, ihr war übel. In der Nacht – der letzten Nacht der Ungewißheit, wie sie sich immer wieder sagte – hatte sie kaum geschlafen.

Am Morgen hätte sie es fast noch einmal hinausgeschoben. War nicht alles besser als die grausame Gewißheit? Aber konnte sie andererseits die Ungewißheit weiter ertragen? Sie war mit ihrer Mutter allein im Haus, die »Perle« kam nicht jeden Tag. Swanny erledigte das eine oder andere, sie polierte ihre Lieblingsmöbel, räumte in einem der großen Empfangsräume auf, nahm eine Lieferung Blumen entgegen und verteilte sie in den chinesischen Vasen. Es war mitten im Sommer, aber keineswegs hochsommerlich warm. Das Gras war sattgrün, die Bäume standen in vollem Laub, der Garten prangte in Blumenschmuck, aber der Himmel war bleigrau, die Luft kühl.

Asta war noch in ihrem Zimmer im dritten Stock. Sie kam häufig erst zum Vormittagskaffee herunter, den aber ließ sie nie aus und bemerkte dazu, Dänen könnten ohne Kaffee nicht leben. Swanny erging sich in wilden Phantasien. Asta war durchgebrannt und hatte Onkel Harry geheiratet. Asta war in der Nacht gestorben und lag tot in ihrem Zimmer. Dabei beschäftigte sie nicht der Gedanke, daß sie um ihre Mutter trauern, daß sie ihr fehlen würde, sondern daß sie nun nie mehr die Wahrheit erfahren könnte.

Gegen elf ließ sich die Anspannung kaum mehr ertragen. Wie dumm von mir, dachte sie. Eine Frau, die weit in der zweiten Lebenshälfte steht, dreht durch, weil sie eine Woche zuvor einen anonymen Brief bekommen hat, in dem ihr mitgeteilt wird, sie sei nicht das Kind ihrer Eltern. Den Brief selbst hatte sie immer wieder gelesen, schon längst verglich sie ihn nicht mehr mit einer Tüte Erbrochenem oder einer toten Ratte, er war ihr sehr vertraut, sie kannte ihn auswendig.

Zwei Minuten vor elf kam Asta herunter, mit Haarnetz, das Gesicht sorgfältig gepudert, in einem dunkelblauen Straßenkostüm, die Schmetterlingsflügelbrosche hielt ein marineblaues Halstuch zusammen. Astas Schmetterlingsflügelaugen sprühten blaues Feuer.

Für diese Gelegenheit hatte sie immer nur zwei Bemerkungen im Repertoire. Entweder brachte sie den Hinweis an, wie sehr die Dänen ihren Kaffee brauchen, oder sie fragte: »Rieche ich den guten Kaffee?«

Swanny servierte ihn. In Kürze war Astas dreiundachtzigster Geburtstag, sie wollte eine sogenannte Schokoladenparty geben, oder vielmehr Swanny sollte eine für sie geben – ich selbst war mal auf einer Schokoladenparty gewesen und hatte sie hinreißend gefunden. Heutzutage würde niemand mehr zu so einem Gelage einladen. Zu trinken gab es heiße süße Schokolade, in die man einen großen Klacks Schlagsahne gab, dazu wurde *kransekage* gereicht, ein sagenhafter Kuchen aus Mandelteig in Form einer vielschichtigen Krone. So war Astas Thema an diesem Vormittag, wen man einladen, was es noch zu essen geben sollte, und und und. Swanny fiel ihr ins Wort. Sie müsse etwas fragen, sagte sie so atemlos, daß selbst Asta spürte, etwas stimmte nicht. Was denn los sei, wollte sie wissen.

Und dann rückte Swanny damit heraus. Noch nie im Leben sei ihr eine Frage so schwergefallen, sagte sie, es habe sie fast umgebracht. Ihr Blutdruck schnellte hoch, der Kopf dröhnte, die Stimme krächzte.

Asta schwieg. Sie machte ein Gesicht, sagte Swanny später, wie jemand, den man bei etwas Verbotenem ertappt hat, ein Wie-komm-ich-da-bloß-wieder-raus-Gesicht, sie sah aus wie ein Kind, das der Mutter eine Praline stiebitzt hat. Ihre Augen bewegten sich, der blaue Blick ging nach oben, nach rechts, nach links. Sie wirkte bestürzt, in die Enge getrieben, sagte Swanny, und dann fing sie an zu lachen.

»Lach doch nicht«, stieß Swanny hervor. »Bitte lach nicht! Ich bin in einem schrecklichen Zustand, ganze Nächte habe ich wach gelegen. Aber wenn es eine Lüge ist, darfst du lachen. Ist es eine Lüge?«

Asta sagte natürlich das Schlimmste, was sie hätte sagen können. Das tat sie oft. »Wenn du es willst, *lille* Swanny. Wenn es dich glücklich macht, soll es eine Lüge sein. Was ist schon Wahrheit...«

»Moder«, sagte Swanny – daß sie Asta so förmlich anredete, kam sehr selten vor –, »ich muß es wissen. Bitte schau dir den Brief an.«

Asta nahm den Brief. Natürlich konnte sie ihn ohne Brille nicht lesen, und die mußte aus der Handtasche hervorgekramt, umständlich aus dem Etui genommen und auf die Nase gesetzt werden. Sie las den Brief, und dann tat sie etwas für Swanny Unfaßbares. Ehe Swanny sie daran hindern konnte, hatte sie das Blatt in zwei, in vier, in immer kleinere Stücke gerissen, bis es nur noch aus lauter kleinen Schnipseln bestand.

Swanny stieß einen Schrei aus und versuchte Asta die Schnipsel zu entreißen, aber die hielt gleich einem Kind auf dem Pausenhof, ein triumphierender Plagegeist, die Schnipsel hoch über ihren Kopf und schwenkte die Hand wie jemand, der heftig winkt. Sie schwenkte die Schnipsel durch die Luft und sagte mit hoher, belustigter Stimme: »Neinneinneinnein!«

»Warum hast du das getan? Gib her, ich muß den Brief haben, ich setze ihn wieder zusammen.«

Doch da hatte Asta schon nach dem Feuerzeug gegriffen und die Schnipsel im Aschbecher angezündet. Herausfordernd sah sie Swanny an und klopfte sich die Hände ab, als habe sie sich an dem Blatt Papier die Finger schmutzig gemacht.

»Für eine Frau in deinem Alter benimmst du dich erstaunlich kindisch, Swanny! Weißt du nicht, was man mit anonymen Briefen macht? Man verbrennt sie, das ist doch klar.«

»Warum hast du ihn verbrannt? Wie konntest du?«

»Weil er ins Feuer gehört, darum.«

»Wie konntest du? Wie konntest du nur…?«

Mormor ließ keine Verlegenheit erkennen, keine Beunruhigung oder Reue. Swanny sagte, sie habe das merkwürdige Gefühl gehabt, daß ihre Mutter keine Empfindungen mehr hatte, daß sie alle aufgebraucht waren, daß für sie nichts mehr wichtig war außer dem, was unserer

Meinung nach für alte Frauen nicht mehr von Belang sein kann: Zerstreuung, hübsche Kleider, Essen und Trinken, ein Mann zum Ausgehen.

Sie machte diese für sie so typische Bewegung, mit der sie eine Sache, eine Bemerkung abzutun pflegte – eine Kopfdrehung in die eine, eine Handbewegung in die andere Richtung, wie unbedeutend, sollte das wohl heißen, reine Zeitverschwendung. Swanny hatte ihren Kaffee nicht angerührt. Asta konnte Kaffee oder Tee fast kochend trinken, obschon eine ihrer Lieblingsgeschichten von einem Verwandten handelte, der sich dabei ein Loch in die Speiseröhre gebrannt hatte.

»Du mußt es mir sagen, Mutter«, sagte Swanny. »Ist es wahr?«

»Ich weiß wirklich nicht, worüber du dich so aufregst. Bin ich dir nicht eine gute Mutter gewesen? Warst du nicht immer mein Liebling? Lebe ich nicht hier bei dir? Weshalb willst du denn plötzlich an Dinge rühren, die nun wirklich Schnee von gestern sind?«

Natürlich wiederholte Swanny ihre Frage, und diesmal, sagte sie, sei ein verschlagener Ausdruck über das Gesicht ihrer Mutter gehuscht. Wie früher, wenn sie die Kinder angelogen hatte, die wußten dann immer genau Bescheid. Abends, wenn sie und ihr Vater fein angezogen ins Kinderzimmer kamen und auf die Frage »Geht ihr weg?« einfach »Natürlich nicht, wie kommt ihr denn darauf?« antworteten. Oder bei einem besonders erbitterten Streit der Eltern, bei dem es Beleidigungen und Vorwürfe hagelte: »Wünschtest du wirklich, du hättest Far nicht geheiratet?« – »Sei nicht albern, natürlich nicht.«

»Natürlich ist es nicht wahr, *lille* Swanny.«

»Aber warum… ich meine, warum schreibt mir dann jemand so einen Brief?«

»Bin ich der liebe Gott? Bin ich ein Irrenarzt? Woher soll ich wissen, welche Beweggründe Verrückte haben? Du solltest froh sein, daß jemand in diesem Haus Verstand genug hat, um zu wissen, daß man solche üblen Machwerke einfach verbrennt. Du solltest deiner guten Mutter dankbar sein.«

Asta wollte ausgehen. Sie hatte ihren Kaffee getrunken, hatte ihren Hut schon mit nach unten gebracht, und jetzt wollte sie aus dem Haus. Sie sagte nie, wohin sie ging oder wann sie zurückkommen würde, und bemerkte nur, sie würde die Einladungskarten für ihre Schokoladenparty mitbringen.

Als Swanny allein war, redete sie sich gut zu. Du mußt es glauben, sagte sie sich. Glauben und vergessen. Von der Existenz der Tagebücher wußte sie damals noch nichts, für sie waren das einfach irgendwelche dicken Bände, die Mor mitgebracht hatte. Sie vermutete wohl so etwas wie Fotoalben, wenn sie sich überhaupt darüber Gedanken machte. Hätte sie es gewußt, sagte sie mir Jahre später, hätte sie an jenem Tag, als Asta aus dem Haus war, alle durchgelesen, von vorn bis hinten. Ich muß es glauben, sagte sie laut in das leere Zimmer hinein, zu den Blumen und den Kaffeetassen.

Asta war keine typische alte Mutter, die bei der Tochter Unterschlupf gefunden hat, eher war Swanny die Mutter und Asta ihre halbwüchsige Tochter, einer schlimmen Tat verdächtigt, die sie nicht zugeben mochte. Und wie immer in solchen Situationen saß die Jüngere am längeren Hebel.

Am gleichen Abend, im Beisein von Torben, nach dem Abendessen, aber noch bei Tisch, verkündete Asta, sie habe ihnen etwas zu sagen. Es könne sein, daß sie sterben müsse. Sehr bald. Normalerweise könne sie noch lange leben, aber sie habe möglicherweise Krebs.

Alle waren in Sorge, voller Mitgefühl. Spätere Untersuchungen blieben ohne Befund, Asta hatte keinen Krebs, sie war kerngesund. Vielleicht hatte sie wirklich einen diesbezüglichen Verdacht gehabt, vielleicht war diese Ankündigung aber auch nur Effekthascherei, weil sie Wirbel und Aufregung liebte. An jenem Abend aber zog sie sich für ihre Verhältnisse früh zurück und bat Swanny, in ihr Zimmer zu kommen, wenn sie sich ausgezogen hatte. Das war ein äußerst ungewöhnlicher, wenn nicht beispielloser Vorgang. Vielleicht, sagte sich Swanny, wollte die Mutter ihr unter vier Augen von Symptomen berichten, die sie vor Torben nicht hatte ausbreiten wollen, obgleich solche Bedenken Asta sonst fremd waren. Statt dessen bekam Swanny jetzt die Antwort, um die Asta sich am Vormittag herumgedrückt hatte. Sie habe immer vorgehabt, es Swanny vor ihrem Tod zu sagen. Mit so einer Lüge auf der Seele zu sterben könne nicht recht sein.

Sie sah nicht schuldbewußt aus, sagte Swanny, sondern recht selbstzufrieden. Sie saß in einem Sessel neben dem Bett, in einem eisvogelblauen seidenen Morgenrock, den Onkel Kens Frau ihr zu Weihnachten geschenkt und in dem Swanny sie noch nie gesehen hatte, Mormor hatte sich seinerzeit äußerst abfällig darüber geäußert. Ihre

Augen waren wie Knöpfe, die mit dem gleichen Stoff bezogen waren.

»Du sollst jetzt alles wissen«, sagte sie. »Du bist nicht mein Kind, das heißt, ich habe dich nicht zur Welt gebracht. Ich habe dich adoptiert, als du ein paar Tage alt warst.«

Es dauerte eine Weile, bis Swanny den Schmerz spürte, und vielleicht konnte sie dank dieser Betäubung so ruhig fragen: »Wie die Leute in deiner Geschichte? In der Geschichte von dem Waisenhaus in Odense. Wart ihr das – du und Far?«

»Ja«, antwortete Asta prompt.

Natürlich wußte Swanny, daß es so nicht gewesen sein konnte. Es stimmte mit den Fakten nicht zusammen. Asta lebte, als sie geboren wurde, in London, sie, Swanny, war dort zur Welt gekommen, das stand in der Geburtsurkunde, während ihr Vater irgendwo in Dänemark war. Aber sie wollte es leidenschaftlich gern glauben, weil ihr dann Rasmus Westerby, auch wenn er sie nie geliebt hatte, als Vater erhalten blieb.

»Warum hast du mir das nicht gesagt, als ich jung war?«

Asta zuckte die Schultern. »Du warst mein Kind. Ich hatte vergessen, daß eine andere Frau dich geboren hat.«

»War Far mein Vater?«

»Viel Gutes läßt sich über meinen Mann nicht sagen, *lille* Swanny, aber seine Frau betrogen hätte er nie. So schlecht war er denn doch nicht, mich wundert, wie du auch nur auf diesen Gedanken kommen kannst.«

Sie habe aufgeschrien, sagte Swanny, aufgeschrien und die Hände über den Mund gelegt. »Es wundert dich! Es wundert dich! Du erzählst mir solche Sachen und wunderst dich über das, was ich sage.«

Asta war die Ruhe selbst. »Natürlich wundert es mich, wenn du so mit deiner Mutter sprichst.«

»Du bist nicht meine Mutter, das hast du eben selber gesagt. Stimmt das, oder stimmt es nicht?«

Wieder dieser eigenartige Blick, ein gleichmütiges Lächeln, das halb die begangene Unart eingestand. Wer Asta kannte, sah sie nach dieser Beschreibung deutlich vor sich.

»Habe ich ein Verbrechen begangen, *lille* Swanny? Ist dies ein polizeiliches Verhör?«

Swanny sagte, wie das Kind, das sie damals gewesen war: »Er hat das Puppenhaus nicht für mich gemacht.«

»Du bist ein kleines Dummchen. Komm und gib mir einen Kuß.«

Sie winkte Swanny zu sich und hob ihr die Wange entgegen. Am liebsten, sagte Swanny, hätte sie die zierliche Greisin gepackt und geschüttelt, ihr an die Kehle gegriffen, die Wahrheit aus ihr herausgefoltert, sag es mir, sag es mir. Sie gab ihr gehorsam einen Kuß und ging weg, um sich auszuweinen.

Torben fand sie in Tränen aufgelöst in ihrem Schlafzimmer und nahm sie tröstend in die Arme. Er glaubte, daß sie weinte, weil ihre Mutter nicht mehr lange zu leben hatte. Aber Asta lag nicht im Sterben, sie sollte noch elf Jahre auf dieser Welt weilen.

7

Wie es in diesen elf Jahren in der Sache weitergegangen war, erzählte Swanny mir nach dem Tod meiner Mutter, als wir einander nähergekommen waren. Nicht alles natürlich, das war wohl auch nicht zu erwarten, aber eben das, was ich ihrer Meinung nach wissen sollte.

Nach der ersten Konfrontation mit Asta beim Vormittagskaffee und der zweiten abends in Astas Zimmer dauerte es noch lange, bis sie etwas zu Torben sagte. Meine Mutter war ihre Vertraute, mit Asta darüber zu sprechen hatte Swanny ihr aber zunächst ausdrücklich verboten. Und weshalb hatte sie Torben nicht eingeweiht? Die Ehe galt als besonders glücklich, sie waren allem Anschein nach ein zärtliches, unzertrennliches Paar. Die Geschichte seiner langen, feurigen Werbung war wohlbekannt. Hin und wieder sah man, wie er ihr einen Verschwörerblick zuwarf, den sie unauffällig mit einem halben Lächeln beantwortete. Jederzeit konnten sie sich miteinander verständigen, auf dänisch, ihrer Sprache des Herzens. Und doch erzählte Swanny ihrem Mann lange nichts von Astas Geständnis.

Wenn sie zu meiner Mutter kam, war sie oft ganz durcheinander und hatte von schlaflosen Nächten dunkle Ringe unter den Augen, der Arzt hatte ihr sogar Beruhigungsmittel verschrieben. Sah Torben das nicht? Fielen ihm diese Veränderungen nicht auf? Oder hatte sie ihn belogen, die Symptome mit anderen Ursachen erklärt?

Nach seinem und Astas Tod gestand sie mir, daß sie Angst gehabt hatte, er könne schlecht von ihr denken. Seine Familie kam offenbar aus der Oberschicht, vielleicht sogar aus dem niederen Adel. Man stelle sich vor – nach dreißig Jahren Ehe fürchtete sie die Verachtung ihres Mannes, weil sie womöglich von geringer Herkunft war! Das Schlimmste, sagte sie, sei es gewesen, nicht zu wissen, wer sie war, denn inzwischen hatte ihre Mutter auf erneutes Drängen hin kategorisch erklärt, Swanny sei ebensowenig Rasmus' wie Astas Tochter. Hatte nicht Asta selbst in der Geschichte von dem Waisenhaus gesagt, sie an Stelle der unglücklichen Frau hätte den Jungen nicht behalten, sondern »umgehend zurückgeschickt«?

Daß seine Frau einen anonymen Brief erhalten hatte, schockierte Torben. Die Tatsache, daß dieses inzwischen in Rauch aufgegangene Schreiben anonym war, scheint ihn mehr erbittert zu haben als sein Inhalt.

»Mutter hat den Brief verbrannt.«

»Mit anderen Worten: Mutter hat ihn sich ausgedacht.«

»Nein, ich habe ihn bekommen, er war an mich gerichtet, und als ich ihn Mutter zum Lesen gab, hat sie ihn verbrannt.«

Torben tat die ganze Geschichte als blühenden Unsinn ab. Nicht in Bausch und Bogen, das war nicht seine Art, aber nachdem er ihr aufmerksam zugehört und inzwischen sicher auch begriffen hatte, wie verzweifelt sie war, nach reiflicher Abwägung und Überlegung sagte er, seiner Ansicht nach habe ihre Mutter die Geschichte erfunden.

»Aber der Brief, Torben.«

»Jaja, dieser berühmte Brief...«

Er lächelte leicht gequält und verdrehte die Augen. Sie wußte, was er meinte, sagte Swanny zu mir, was er sich dachte, aber nie ausgesprochen hätte. Sie wußte, wen er für den Absender des Briefes hielt. Für ihn ließ sich alles ganz einfach erklären. Asta war alt, Asta war senil. Jetzt, im letzten Jahrzehnt ihres Daseins, sah sie zurück auf ein ereignisloses Leben und versuchte, es im nachhinein mit einer Prise Dramatik zu würzen. Um das Gefühl zu haben, daß sie dieses Leben nicht sinnlos vertan hatte. Und diese Projizierung ihrer geheimen Wünsche auf die Vergangenheit hatte den großen Vorteil, daß niemand mehr am Leben war, der behaupten konnte, es habe sich anders verhalten.

Fehlte nur noch, so erklärte er, daß Asta behauptete, Swanny sei ihr Kind, aber nicht das Kind von Rasmus, sondern das eines Geliebten, es gab einen gewissen Typ von Frauen, die zu solchen Dingen neigten.

Sonderbarerweise tröstete dies Swanny eine Weile. Sie sagte sogar zu meiner Mutter, sie bedaure, daß sie nicht so vernünftig gewesen war, Torben schon längst alles zu sagen.

Doch auf die Eröffnung, Swanny sei das Kind von Astas Liebhaber, warteten sie vergeblich. Torben hatte offenbar nicht bedacht, daß es in Astas Generation nicht nur unmoralisch, sondern fast ein Verbrechen war, als verheiratete Frau einen Geliebten zu haben. Ihr Tagebuch macht deutlich, was sie von Frauen hielt, die »einen Fehltritt begangen« hatten, und wie sie von der »Ehre« der Frau dachte. Vielmehr hatte sie mittlerweile die Frage nach Swannys Herkunft verdrängt, ad acta gelegt. Sie mochte nicht mehr darüber sprechen, das Thema langweilte und irritierte sie, und das gab sie Swanny auch deutlich zu verstehen. »Schwamm drüber, *lille* Swanny«, war ihre häufigste Reaktion auf Swannys wiederholte Fragen, oder sie sagte ungeduldig: »Was ist das alles für dummes Zeug!«

In den Jahren nach ihrem Geständnis tat sie das Thema immer so schnell wie möglich ab. Wer fragte schon danach, was sich vor sechzig Jahren zugetragen hatte?

»Ich liebe dich, ich habe mich für dich entschieden, du hast ein gutes Leben gehabt und einen guten Mann – im Gegensatz zu mir (wie sie nie anzufügen vergaß), und es geht dir gut, es fehlt dir an nichts. Was soll das ständige Getue?«

»Ich habe ein Recht darauf zu erfahren, wer ich wirklich bin, Mutter.«

»Aber das habe ich dir doch gesagt. Wir haben dich adoptiert, dein Vater und ich. Wir wollten nach all den Jungen auch mal ein Mädchen haben. Wir haben dich aus einem Waisenhaus geholt. Bist du jetzt zufrieden? Ich weiß wirklich nicht, was mit dir los ist, *lille* Swanny. Dabei hätte ich viel mehr Grund zum Jammern und Klagen, ich habe schließlich meine Kinder verloren, eins nach dem anderen ist mir weggestorben. Beschwere ich mich etwa? Nein, du wirst mich nicht klagen hören. Ich mache das Beste aus allem, ich halte durch.«

Swanny fühlte sich nun sehr verlassen. Sie kam sich wie ausgestoßen vor. Ihre Mutter war trotz aller Liebesbeteuerungen nicht mehr ihre Mutter, war nie ihre Mutter gewesen. Ihre Geschwister waren nicht ihre Geschwister, sondern nur die Kinder, mit denen sie aufgewachsen war.

Etwa um diese Zeit, vielleicht ein Jahr nach der Enthüllung, begriff sie plötzlich, daß sie höchstwahrscheinlich nicht einmal aus Dänemark stammte. Daß ihr das wichtig war, merkte sie erst jetzt, da diese Herkunft in Frage gestellt war. Und dann geschah etwas ganz Merkwürdiges: Das Dänische wollte ihr nur noch stockend über die Lippen, sie kam sich vor wie eine Hochstaplerin, als habe sie sich einer Sprache bemächtigt, auf die sie kein Recht hatte. Sie war ohne jede Muttersprache. Und das Schlimmste dabei war die Lächerlichkeit, die all dem in ihrem Alter anhaftete; Kinder und Halbwüchsige kamen über so etwas eher hinweg.

Mit am schwersten traf es sie, daß sie bei ihrem Mann, der für sie immer der Fels in der Brandung gewesen war, an dem sie immer eine Stütze gehabt hatte, keinen Rückhalt fand, weil er es kategorisch ablehnte, die Sache ernst zu nehmen. Er reagierte nicht gereizt, aber mit größter Skepsis. Immer wieder sagte er, es sei ihm unbegreiflich, wie eine vernünftige, intelligente Frau all diesen Unfug habe schlucken können, den ihre senile Mutter da verzapft hatte. Er seinerseits habe nie daran geglaubt, nie sei ihm auch nur die Spur eines Zweifels gekommen, ja, er behauptete sogar, er könne eine deutliche Ähnlichkeit zwischen seiner Frau und bestimmten Personen auf den Fotos in Astas Familienalbum erkennen.

Warum aber hatte sie es dann gesagt? Das hat sie von Dickens, sagte Torben, sehr zufrieden mit dieser genialen Lösung. Mormor las ja tatsächlich fast ausschließlich und andauernd Dickens, und in dessen Romanen kommen häufig Kinder vor, die anderer Herkunft sind, als es zunächst den Anschein hat. Denk nur an Estella, denk an Esther Summerson, sagte der ebenfalls nicht unbelesene Torben. Asta ist senil, sie vermischt Dichtung und Wahrheit, Hirngespinste und Fakten. Und Swanny begriff – es war ihr bisher nie aufgefallen –, daß Torben ihre Mutter nicht mochte.

Asta hatte sich ihr Krebsleiden eingebildet, hatte es erfunden oder sich als Kriegslist einfallen lassen. Für eine Frau ihres Alters erfreute sie sich einer ungewöhnlich robusten Gesundheit. Es war meine Mutter, die Krebs bekam und daran starb.

Sie hatte heiraten wollen. Diesmal war sie nicht nur nominell verlobt. Mit George, ihrem letzten Bräutigam, wollte sie sich im August in Hampstead standesamtlich trauen lassen. Bis zur Karzinomatose, einer Krebsart, die den ganzen Körper erfaßt und sehr schnell zum Tode führt. Drei Wochen nach der Diagnose war alles vorbei.

Die Beerdigung fand in Golders Green statt, und Asta ging hin. Swanny hatte ihr abgeraten, aber sie kam in ihrer Standardausrüstung für Beerdigungen, dem Wickelmantel aus schwarzem Satin und dem Pfannkuchenbarett. Als wir nach der Trauerfeier vor den im Garten des Krematoriums ausgelegten Kränzen standen, machte sie laut und weithin hörbar eine ihrer vernichtenden Bemerkungen.

»Immer müssen meine Kinder sterben.«

Es stimmte. Erst der kleine Mads, dann das Kind, an dessen Stelle wohl Swanny getreten war, Mogens an der Somme, jetzt ihre Tochter Marie. Nur Knud, mein Onkel

Ken, war ihr noch geblieben – denn Swanny war ja nicht ihr Kind.

»Ach, Mor«, sagte Swanny matt.

»Aber es ist nicht mehr so schlimm wie früher. Mit dem Alter wird man härter, es bedeutet einem nicht mehr so viel. Mir sind keine Gefühle mehr geblieben.« Und unter unseren bestürzten, verblüfften Blicken griff Asta nach einem üppigen Rosenbukett, schnupperte an den Blüten und entfernte die daran befestigte Karte. »Die nehme ich mit, *lille* Swanny. Ich mag rote Rosen. Du vergißt oft, Blumen in mein Zimmer zu stellen.«

Sie nahm die Blumen dann wirklich mit. »Marie hat jetzt doch nichts mehr davon«, sagte sie, »Peter und Sheila, wer immer die sein mögen, hätten ihr lieber Blumen schenken sollen, als sie noch lebte.«

Ich fuhr mit George und seinem Sohn Daniel zu Swanny zurück, einem sehr gut aussehenden, schweigsamen Mann, der etwa so alt sein mochte wie ich und Psychiater war.

Heutzutage könnte Swanny mit ihren Identitätsproblemen in eine Beratungsstelle gehen, aber in den sechziger Jahren gab es so etwas noch nicht. Selbst ein Besuch beim Psychiater galt damals noch als gewagter Schritt. Aber als wir in der Willow Road ankamen, überlegte ich ernsthaft, ob ich nicht mit Daniel Blain darüber sprechen sollte. Er machte einen sympathischen Eindruck, nicht einer von denen, die jede Bewegung ihrer Mitmenschen mit Argusaugen beobachten, er war weder überheblich noch distanziert.

Bei der Beerdigung hatte er mich gefragt, wer Asta sei,

und sein Interesse an ihr auf recht ungewöhnliche Weise zu erkennen gegeben. Er drückte sich aus wie ein Mann, der eine schöne junge Frau näher kennenlernen möchte.

»Wer ist denn diese Frau?«

»Meine Großmutter.«

»Erstaunlich. Wenn mir diese Bemerkung trotz der traurigen Umstände erlaubt ist, sie sieht aus, als würde sie das Leben genießen.«

»Ich weiß nicht«, sagte ich wahrheitsgemäß.

Und nachdem er mir abermals – vielleicht hatte er das erste Mal schon wieder vergessen – sein Beileid ausgesprochen hatte: »Sie hätte ich gerne zur Stiefmutter gehabt.«

Irgend jemand muß ihn mit Asta bekannt gemacht haben, denn als ich in den Salon kam, unterhielten sie sich schon angeregt miteinander. Sie erzählte ihm die Geschichte von einem Bekannten ihres Vetters aus Schweden, der seine Mätresse ermordet hatte, um seiner Frau das gemeinsame Kind bringen zu können. Ich überlegte, ob Swanny Spekulationen über die Bedeutung auch dieser Geschichte für ihre Herkunft angestellt hatte, allerdings dürfte sie die Rolle des Mörders wohl kaum mit Far besetzt haben.

Ich unternahm dann doch nichts, damit Swanny zum Psychiater ging – weder zu Daniel Blain noch zu einem anderen. Der Tod meiner Mutter hatte sie tief getroffen, lenkte sie aber von ihren eigenen Kümmernissen ab. Und er sorgte dafür, daß wir einander näherkamen. Ihre Schwester Marie war ihre beste Freundin gewesen, und sie selbst hatte keine Kinder. So lag es nahe, daß ich für sie so etwas wie eine Tochter wurde.

Sie trauerte aufrichtig um ihre Schwester. Das Verhältnis zu Torben wurde wieder enger, denn er teilte ihren Kummer. Er hatte meine Mutter geliebt wie eine Schwester, aber ich trete ihm hoffentlich nicht zu nahe, wenn ich sage, daß sie – wenn es denn sein mußte – aus seiner Sicht zu keinem besseren Zeitpunkt hätte sterben können. Ihr Tod schenkte ihm seine Frau zurück und befreite sie zunächst von dem krankhaften Grübeln über ihre Herkunft.

Dabei war er nie so schlimm gewesen wie Onkel Ken, ein großmäuliger, gefühlloser Klotz, der bei jeder Frau zwischen fünfunddreißig und sechzig auch die kleinsten Abweichungen von der Normalität auf »die Wechseljahre« schob. Vor dem Tod meiner Mutter, ja, noch vor ihrer Krankheit hatte sich Swanny in ihrer nagenden Unruhe an Ken gewandt. Schließlich war er dabeigewesen, und zwar nicht als Baby, sondern als Fünfjähriger, als Schulkind.

Sie wußte, wie sie selbst als Fünfjährige gewesen war. Sie konnte sich an den Tod von Eduard VII. im Mai jenes Jahres erinnern und daß ihr Vater gesagt hatte, nun sei unsere dänische Königin Witwe. Sogar eine der von Asta heißgeliebten Klatschgeschichten hatte sie noch in Erinnerung, in der es hieß, Königin Alexandra trüge Brillanthalsbänder, um die Male an ihrem Hals zu verbergen, die der Würgegriff des Königs hinterlassen hatte. Ken müßte sich doch erinnern können, ob Asta ein Kind zur Welt gebracht, ob man es ihm gezeigt hatte, ob die Hebamme oder ein Arzt oder beide im Haus gewesen waren. Das war in einer jener eher hoffnungsvollen Phasen, in denen sie Torbens Meinung zuneigte und versuchte, die ganze Geschichte nicht zu glauben.

Ken konnte sich nicht erinnern. Er erklärte – voller Stolz, wie Swanny sagte –, er könne sich an nichts erinnern, was sich vor seinem sechsten Lebensjahr zugetragen hatte, er habe kaum mehr eine Erinnerung an das Haus in der Lavender Grove, aus dem sie ausgezogen waren, als er sechseinhalb gewesen war. Swanny war dagewesen, solange er denken konnte.

»In dem Alter«, sagte er zu Torben, dem er schnöderweise alles erzählte, was Swanny zu ihm gesagt hatte, »drehen die Frauen immer durch, das ist nun mal so. Und sie brauchen sieben Jahre, bis sie drüber weg sind. Mindestens.«

Ich habe mir inzwischen überlegt, ob Ken sich nicht erinnern konnte, weil er (wie Daniel vielleicht gesagt hätte) diese frühen Kinderjahre abgeblockt hatte, die in der Erinnerung zu schmerzlich gewesen wären. Es muß eine schlimme Zeit gewesen sein: das ständige Umherziehen von Ort zu Ort, von Land zu Land, die erbitterten Auseinandersetzungen der Eltern, der Tod eines kleinen Bruders, die Auswanderung nach England, eine neue Sprache, die Angst, der Vater habe sie womöglich für immer verlassen. Derlei Erfahrungen können durchaus dazu führen, daß die Vergangenheit verdrängt wird. Bald danach besserte sich dann die Lage. Das Jahr, in dem Swanny zur Welt kam, war für die Familie der absolute Tiefpunkt gewesen.

Es ist natürlich auch denkbar, daß er noch die eine oder andere Erinnerung hatte, aber zu stur war, um damit herauszurücken. Auch das wäre typisch. Man darf Frauen in ihren Phantasien nicht noch bestärken, Frauen sind »sowieso merkwürdige Geschöpfe«. Er sagte häufig, wie froh er sei, keine Tochter zu haben. Aber ich glaube doch, er wußte nicht mehr, als er sagte. Empfängnis, Schwangerschaft und Geburt waren Tatbestände, die man, als er klein war, sorgsam vor Kindern verbarg. Mor hatte sich ins Bett gelegt, und jemand brachte ihr ein Baby. So hatte man es ihm gesagt. Vielleicht stimmte es sogar.

Mormor empfand keine besondere Liebe zur Natur, ja sie nahm die Natur eigentlich kaum zur Kenntnis. Ein Garten war für sie ein Ort, in dem man saß, wenn die Sonne schien, und in dem man sich in einer Laube zum Essen setzte. Sie warf Swanny und Torben ständig vor, die beiden hätten nie geeignete Vorkehrungen getroffen, um draußen zu essen. Es gab keinen Tisch mit Stühlen unter einem Baum, keine Gartenmöbel mit Sonnenschirm, die im Frühling herausgetragen und in einem passenden Winkel zum Frühstücken oder für den Nachmittagstee aufgestellt wurden. Das beklagte sie oft und erzählte dann von Padanaram, wo man so »gemütlich« (eins ihrer Lieblingswörter) unter dem Maulbeerbaum hatte Tee trinken können. Es gibt ein Foto, das diese Bemerkung belegt: Asta schenkt aus einer großen silbernen Kanne Tee ein, Swanny sitzt neben ihr, meine Mutter auf Morfars Knien, die Jungen tragen Norfolk-Jacken, dahinter steht Hansine, zur Feier des Tages in Dienstmädchentracht und Häubchen, und strahlt übers ganze Gesicht.

Torben aß ungern im Freien, was Asta schier unbegreiflich war. Weil man in der Willow Road den Garten allenfalls auf einer harten Teakbank genießen konnte, hielt sich Mormor dort selten auf. Auch die Blumen waren nicht nach ihrem Geschmack. Sie bevorzugte Rosenknospen aus dem Blumengeschäft und duftende wächserne Exoten aus dem Gewächshaus. Swanny und Torben hatten einen Gärtner, der zwei- oder dreimal in der Woche kam. Schon damals, in den sechziger Jahren, durfte man sicher kein Feuer im Garten machen, selbst zu jener Zeit waren in London und den Vororten alle offenen Feuer verboten. Hin und wieder verbrannte der Gärtner aber schon mal Herbstlaub und Kehricht und war, wie Swanny sagte, sehr verwundert, als eines Nachmittags die »alte Dame« ankam und sich seine Schubkarre nahm. Falls er sie fragte, wozu sie die Schubkarre haben wollte, dürfte Mormor sich taub gestellt haben, das machte sie manchmal, wenn sie nicht antworten wollte, dabei hörte sie so gut wie ich. Und dann schob sie mit seiner Karre ab, im Laufschritt, sagte der Gärtner geradezu hochachtungsvoll.

Swanny war beim Friseur. Als sie zurückkam, wollte der Gärtner gerade gehen. Er erzählte, daß die »alte Dame« mit der Schubkarre voller Bücher und Papiere zurückgekommen war, aber inzwischen hatte er das Feuer gelöscht. Ob er in der folgenden Woche wieder ein Feuer machen würde, hatte sie ihn gefragt, aber er hatte gesagt, nein, erst wieder im nächsten Jahr.

Als Swanny ihre Mutter darauf ansprach, bekam sie eine nebulöse Antwort, wie sie sagte.

»Es war vertraulich, *lille* Swanny. Glaubst du, ich hätte sonst gewartet, bis du aus dem Haus bist?«

»Wenn du etwas zu verbrennen hast, Mor, kannst du es in den Küchenherd tun.«

»Ich hab's mir anders überlegt.«

Asta war keine Veränderung anzumerken, nachdem sie aufhörte, ein Tagebuch zu führen. Falls sie, wie ich glaube und wie die Tagebücher bezeugen, im Herbst 1967 damit aufgehört hat. Sie machte weiter ihre Spaziergänge, nahm an Swannys und Torbens Gesellschaften teil, erzählte ihre Geschichten, las allen, die es hören oder auch nicht hören wollten, ihrer Ansicht nach besonders scharfsinnige und beachtenswerte Passagen aus ihrem geliebten Dickens vor. Am liebsten waren ihr die Figuren, die mit ihr die wenigste Ähnlichkeit hatten: Amy Dorrit, Lizzie Hexham, Sidney Carton, Esther Summerson.

Ich kann mich nicht erinnern, zu ihren Lebzeiten in ihrem Zimmer im dritten Stock gewesen zu sein. Sie hatte es sich selbst ausgesucht, weigerte sich umzuziehen und stellte sich taub, wenn Swanny ihr vorhielt, die vielen Stufen seien zu anstrengend für sie. Und als Swanny fragte, was die Leute denn von einer Tochter denken sollten, die ihre weit über achtzigjährige Mutter drei Treppen zu ihrem Zimmer hochsteigen ließ, erwiderte Mormor mit einem ziemlich bitteren Lächeln: »Hast du denn immer noch nicht gelernt, *lille* Swanny, daß es gar keinen Sinn hat, sich den Kopf darüber zu zerbrechen, was die Leute denken? Irgendwas denken sie sich immer, da können wir machen, was wir wollen, und meist ist es das Falsche.«

Dort oben hatte sie ihren Dickens, ihre Fotos, ihre Kleider, und früher mußte sie dort auch die Tagebücher gehabt haben. Ihre Habseligkeiten lagen mehr oder weniger offen herum, sagte Swanny, auch ihre Garderobe, denn die Tür des Kleiderschranks war immer auf, »um Luft hereinzulassen«, nur die Tagebücher waren nirgends zu sehen.

Die Tagebücher hielten sich verborgen und warteten.

8

29. Juni 1910

Jeg voksede op med Had til Tyskerne – eller Prøsjerne og Østrigerne som vi dengang kaldte dem. Krigen mellem dem og Danmark eller skulde jeg sige Besættelsen af Danmark var forbi i 1864, længe før jeg blev født, men jeg skal aldrig glemme, hvad min Fader fortalte mig, hvordan vi maatte give Afkald paa en Del af vores Fædreland, det hele af Slesvig og Holsten, til Prøjsen.

Ich bin mit dem Haß auf die Deutschen groß geworden – oder auf die Preußen und Österreicher, wie wir sie damals nannten. Der Krieg zwischen ihnen und Dänemark, oder besser ihr Überfall auf Dänemark, war 1864 vorbei gewesen, lange vor meiner Geburt, aber ich werde nie vergessen, was mein Vater mir erzählte, daß wir einen Teil unseres Landes an Preußen abgeben mußten, ganz Schleswig und Holstein. Ein Onkel und eine Tante von ihm wohnten in Schleswig. Das Ärgste aber war, daß mein eigener Großvater, der Vater meiner Mutter, durch eine schwere Verletzung in diesem Krieg einen brandigen Fuß bekam, und eines Tages wurden die Schmerzen so unerträglich, daß er in die Scheune ging und sich erhängte. Meine Mutter fand ihn an einem Balken. Sie war erst sechzehn.

Deshalb hasse ich alle Teutonen. Immerzu wollen sie

anderen Völkern ihr Land wegnehmen. Letztes Jahr war es Bosnien-Herzegowina, und alles, was im Berliner Vertrag den Frieden gesichert hat, soll plötzlich nicht mehr gelten. So haben jedenfalls heute abend Rasmus und sein Freund und Teilhaber Mr. Housman gesagt. Stundenlang hatten sie das Thema Krieg beim Wickel, ich konnte es schon nicht mehr hören, aber sie wollten wohl auch mal von was anderem als von Motorwagen reden. Wenn Krieg kommt, sagte ich, sind wir nicht betroffen und Dänemark auch nicht.

»Weiber«, sagte Rasmus in seiner charmanten Art. »Was wißt denn ihr ss-on von dem?«

Ich sah, daß Mr. Housman ein Lächeln unterdrückte. Er legt immer die Hand vor den Mund, wenn Rasmus Wörter benutzt, die mit einem »sch« anfangen, oder sonst irgendwie Kauderwelsch redet.

»Europa ist ss-on fast in Krieg«, sagte Rasmus. »Und nicht nur die Österreich-Ungarn, der Frankreich auch und die Rußland, wart nur ab.«

Es ist nicht recht, wenn ich mich über ihn lustig mache, mein Englisch ist alles andere als perfekt. Ich bewundere und beneide die Kinder, die es so gut sprechen, alle drei. Nächstes Jahr werden wir zu viert sein, ich bin mir so gut wie sicher, und diesmal freue ich mich.

Das Kind, das ich empfing, nachdem mein Mann aus Dänemark gekommen war, habe ich ein Vierteljahr später verloren, und ich war traurig darüber. So traurig und verbittert, daß ich es nicht in mein Tagebuch geschrieben habe. Manches geht so tief, daß man es nicht mal aufschreiben kann. Seither – ich weiß nicht warum, »Liebe«

hat er mir genug gegeben – hat es mich nicht wieder erwischt. Bis jetzt. Es ist schon rätselhaft, was so in uns Frauen vorgeht.

11. Februar 1911

Ein zweites Mädchen. Wenn ich schon Kinder kriegen muß – und daran komme ich offenbar nicht vorbei –, sind mir Mädchen bedeutend lieber. Ich habe seit Monaten nicht mehr Tagebuch geführt, weil mich ständig diese Angst umtrieb, es könnte wieder ein Junge werden.

Gestern früh ist sie zur Welt gekommen. Die Geburt war kurz und unkompliziert, mit einer äußerst schmerzhaften letzten Wehe, wie ein Schwert, das einen in zwei Hälften spaltet, und dann war sie da. Nachdem ich geschlafen und mit Appetit gegessen hatte, setzte ich mich auf und dachte an den Unterschied zwischen dieser und der letzten Geburt. Es scheint tatsächlich aufwärtszugehen mit den Westerbys.

Ein recht nettes Haus und ein Mädchen namens Emily »fürs Grobe« als Hilfe für Hansine. Geld genug, um auf nichts verzichten zu müssen. Als Swanny zur Welt gekommen war, stellte mir Hansine einen großen Teller mit Würstchen und Kartoffeln aufs Bett, diesmal war es Lachs in *crystade* und hinterher Brathähnchen. Ich habe ein neues Nachthemd aus weißer Seide an, und an meinem Finger steckt der Ring, den mein Mann mir geschenkt hat, weil ich ihn so glücklich gemacht habe. Seine Worte!

Wir werden sie Marie nennen. Ausnahmsweise sind wir

uns darin einig, wenn auch aus unterschiedlichen Gründen. Mir gefällt der Name, es ist mein zweitliebster Mädchenname nach Swanhild, er klingt so hübsch. Rasmus gefällt er natürlich, weil es ihn auch im Englischen gibt. »Die Engländer können ihn aussprechen«, sagt er, das heißt, sie sagen Marie, wie bei Marie Lloyd, die wir auf der Bühne gesehen haben. Das konnte ich natürlich nicht unwidersprochen hinnehmen. »Na wenn schon! Die Franzosen können ihn auch aussprechen.« Aber im Augenblick nimmt er mir nichts übel. Ich bin perfekt, weil ich ihm eine Tochter geschenkt habe. Er tut gerade so, als wäre es seine erste!

3. März 1911

Heute war ich zum erstenmal seit Maries Geburt wieder draußen. Als »Dame« muß ich nach der Entbindung wochenlang im Bett liegen, obgleich mir überhaupt nichts fehlt.

Einfache Frauen sind schon am nächsten Tag wieder auf den Beinen und rackern. Ich kenne Fälle, in denen Dienstmädchen ihre Kinder heimlich in der Küche oder im Schuppen zur Welt gebracht und noch am gleichen Tag weitergearbeitet haben, als wäre nichts geschehen.

Es tat gut, an die frische Luft zu kommen, auch wenn Rasmus darauf bestand, mich in seiner pferdelosen Kutsche auszufahren. Natürlich darf ich das in seinem Beisein nicht sagen, es heißt »Motorwagen« oder »Automobil«, heute war es eins der amerikanischen Elektromobile, die so langsam sind, daß man, wenn man sich ein bißchen beeilt, nebenherlaufen kann.

Zum Glück habe ich schon jetzt, wenige Tage nach der Geburt, wieder meine alte Figur. Ich habe noch nie ein Korsett gebraucht, obgleich ich natürlich eins trage. Rasmus ist in schöne Kleider inzwischen fast so vernarrt wie in seine Motorwagen – wenn früher oder später die Leute den Spaß an seinen »Autos« verloren haben, sage ich immer, kann er eine Modehandlung aufmachen – und sieht es gern, wenn ich mich fein herausputze. Wahrscheinlich denkt er sich, daß es gut fürs Geschäft ist, wenn er Kunden, die ins Haus kommen, eine hübsche Frau vorzeigen kann. Damit will ich nicht sagen, daß ich hübsch wäre, aber inzwischen bin ich wohl das, was man eine elegante Erscheinung nennt.

Bei der Ausfahrt heute vormittag trug ich meinen beigefarbenen Pongémantel mit grünen Leinenrevers und den Hut mit dem Vogel drauf – was für einer es ist, weiß ich nicht, er hat schwarze und grüne Federn –, einen grünen Autoschleier und einen weißen Fuchsmuff, und während der ganzen Fahrt schlotterte ich vor Kälte.

Rasmus sah mich schlottern, und dann – ich wollte meinen Ohren nicht trauen – sagte er: »Paß auf, altes Mädchen, ich kauf dir einen Pelz.«

An dieses Versprechen soll er mir noch denken! Er bringt jetzt immer diese neue Zeitschrift aus Amerika mit, *Vogue* heißt sie, und in der habe ich meinen Pelzmantel gesehen, Persianerlamm mit weißem Fuchsbesatz, sehr aufwendig, den Leuten werden die Augen aus dem Kopf fallen, aber das ist mir gerade recht. Es geht mir wohl im

Grunde gar nicht um die Kleider wie manchen Frauen, mir macht es einfach Spaß, wenn die Leute mich und meine schönen Sachen anstarren und sich überlegen, wieviel das alles wohl gekostet hat und was mir einfällt, in so gewagtem Zeug herumzulaufen.

Mein Ring hat einen Smaragd, breit in 22karätiges Gold gefaßt, mit kleinen Brillanten, der angeblich 500 Pfund gekostet hat, aber Rasmus muß ja immer übertreiben. Ich habe den Ring schrecklich gern, aber ich würde ihn mit Freuden hergeben, wenn ich Rasmus dazu bewegen könnte, meine kleine Swanny gern zu haben. Ich würde ihn in den Lea werfen oder ihn Hansine schenken, aber natürlich weiß ich, daß das Leben sich auf so einen Tauschhandel nicht einläßt.

Seit wir Marie haben, ist es noch schlimmer geworden, jedenfalls kommt es mir so vor. Er ist zwar stolz darauf, Söhne zu haben, aber als sie klein waren, hat er sich kaum um sie gekümmert. Marie nimmt er auf den Arm und schleppt sie herum, er geht mit ihr auf den Hof und zeigt ihr die Motorwagen, die dort stehen. Sie ist drei Wochen alt, und er redet mit ihr über Pferdestärken und zuschaltbare Zylinder, als ob sie jedes Wort versteht.

Ich habe nichts dagegen, daß er sie liebhat, nein, ich bin ja froh, daß er endlich mal so was wie Liebe erkennen läßt. Sogar zu mir ist er zur Zeit lieb, aber diese Gefühle werden ebensowenig dauerhaft sein wie die Ford-Motorwagen, denen ich da noch größere Chancen einräume. Mit den Jungen steht er sich soweit ganz gut, er schreit sie nicht an oder dergleichen, aber er würde nie auf den Gedanken kommen, Cricket oder Fußball mit ihnen zu spielen, dabei würden sie sich darüber bestimmt sehr freuen. Mogens ist mit seinen dreizehn Jahren inzwischen fast so groß wie er und hat schon Flaum am Kinn, für ihn ist es wohl nicht mehr so wichtig, aber Swanny ist erst fünf und so ein liebes, sanftes kleines Ding. Und das hübscheste unserer Kinder. Marie wird ihr nie das Wasser reichen können, das sehe ich jetzt schon, so klein sie ist. Er stört sich an Swannys Aussehen, und ich weiß nicht, warum, es ist mir ein Rätsel. Ich habe mir einen Ruck gegeben und ihn gefragt, und zuerst hat er gesagt, das sei alles Unsinn, wie ich bloß auf so was käme, aber ich habe nicht lockergelassen. So ein bildschönes Kind, groß für ihr Alter, kerzengerade gewachsen, das meinem nahrhaften Essen und meiner Pflege alle Ehre macht, zarte, milchweiße Haut, goldleuchtendes Haar, sanfte meerblaue Augen – nicht meine grelle Farbe –, und er stört sich an ihrem Aussehen.

Endlich kam es: »Sie sieht so dänisch aus.«

»Was ist denn daran auszusetzen?«

Er lachte nur blöd, so reagiert er manchmal. Es ist wohl so, daß er mit aller Gewalt Engländer sein will, und das erwartet er auch von seinem »Anhang« (so bezeichnet er uns). Dabei ist das doch lächerlich. Sobald er den Mund aufmacht, merkt jeder, daß er Ausländer ist. Ich weiß, daß ich einen Akzent habe, den ich auch nicht verlieren werde, aber wenigstens sage ich nicht *ss-ön* und *Ss-ule* (oder nur ganz selten) und *Frosch-schäden*, wenn von Frostschäden die Rede ist.

Natürlich beteuerte er prompt, er hätte seine Kinder alle gleich lieb, aber das ist nur ein Lippenbekenntnis, bei mir verfängt das nicht. Ich könnte ihn umbringen, wenn sie zu ihm geht, ihm die kleine Hand aufs Knie legt und ihn etwas fragt und er sie wegschickt wie einen Hund, nein, unfreundlicher als einen Hund, denn zu Bjørn, unserer jungen dänischen Dogge, ist er viel netter.

Was gefällt ihm bloß nicht an ihr? Ich bekomme es mit der Angst zu tun, wenn ich darüber nachdenke, und deshalb lasse ich es lieber bleiben.

28. Juli 1911

Swannys Geburtstag. Sie ist sechs geworden. Wir haben ihr eine Puppe geschenkt, die so groß ist wie ein richtiges Baby, mit echtem Haar. Ich schreibe »wir«, aber natürlich habe ich sie ausgesucht und gekauft und ins Haus geschmuggelt. Rasmus kommt nur auf der Karte vor: Alles Liebe von Mor und Far.

Schon lange wollte ich mal etwas über Rasmus schreiben. Ich finde, er ist ein merkwürdiger Mensch, aber kann ich das eigentlich beurteilen? Ich kenne im Grunde nur diesen einen Mann, mit dem ich verheiratet bin, denn den eigenen Vater sieht eine Frau doch meist nur von seiner besten Seite oder von der, die sie sehen möchte. Vielleicht ist Rasmus nicht merkwürdiger als andere Männer auch.

Hinten in unserem Garten steht ein Schuppen, in dem hat er sich seine Werkstatt eingerichtet. Sie ist so groß, daß man ein ganzes Automobil hineinfahren kann, und dort bastelt er an seinen Wagen, stundenlang nimmt er Motoren auseinander und setzt sie wieder zusammen. Wenn er dann ins Haus kommt, riecht er nach Öl, da kann er sich waschen, soviel er will. Das Öl hat einen eigentümlich bitteren Geruch, so wie geschmolzenes Metall riechen mag, ein Geruch, von dem einem schwindlig werden könnte, wenn man ihn lange genug einatmet.

Er hat auch eine Werkbank und viele Werkzeuge, für Bjørn hat er eine Hundehütte mit einem Fenster an der Seite und einem schrägen Dach mit richtigen Ziegeln gebaut. Ich finde sie richtig schön, und das habe ich ihm auch gesagt, was ich sonst nach Möglichkeit vermeide, weil ihm Lob leicht zu Kopf steigt. Ständig denkt er sich etwas anderes aus, Glasblasen ist seine neueste Idee, und als nächstes wird er sich wohl in der Bildhauerei versuchen. Als wir heute ausfuhren – eigentlich, um Swanny eine Geburtstagsfreude zu machen, ich hatte die zappelnde Marie auf dem Schoß –, hielt er vor einem Hof, wo ein Steinmetz arbeitet. Gut und gern eine Stunde haben wir dagesessen und gewartet, während er diesem Mann zusah, der – ausgerechnet! – an einem Grabstein herumhämmerte, und das noch in South Mill Fields, der verkommensten, trostlosesten Ecke des ganzen Viertels.

Im Haus ist Rasmus so gut wie nie. Es scheint da eine Regel zu geben, daß Frauen ins Haus gehören und Männer nach draußen. Das ist schon komisch: Wir tun alle sehr empört und erhaben, weil die orientalischen Frauen im Harem gehalten werden, dabei ist es hier auch nicht sehr viel anders. Natürlich gehe ich auch mal weg, ich gehe spazieren, mache mich davon, ja, es ist wirklich wie eine Flucht, und so sieht es auch Rasmus, wenn er es überhaupt anspricht. »Wieder mal ausgeflogen, wie?« sagt er dann, oder: »Hast du nichts im Haus zu tun?«

Als er mit der Hundehütte für Bjørn fertig war, wollte er eine Arche Noah für die Jungen bauen. Ihn reizte wohl die Vorstellung, all diese kleinen Tiere zu schnitzen. Wenn ich ihn zwischen acht Uhr morgens und neun Uhr abends sprechen will, muß ich ihn bei seinen Verkaufsgesprächen stören oder in seiner Werkstatt heimsuchen. Gestern vormittag ging ich hin und fragte, ob er wüßte, wie alt seine Söhne wären.

»Mit einer so blödsinnigen Frage kommst du her und hältst mich von der Arbeit ab?« So liebreizend redet er mit mir.

»Ich möchte nur nicht, daß du deine Zeit sinnlos mit Kinderspielzeug vertust. Denn falls du es vergessen hast – Mogens ist dreizehn und Knud elf.«

Er läßt sich nicht gern etwas sagen, und deshalb wechselte er das Thema und fragte, warum ich sie nicht Jack und Ken nenne. Er ist so verliebt in England, daß es für ihn nur noch englische Namen gibt.

»Wenn du unbedingt etwas machen willst«, sagte ich, »warum machst du nicht ein Puppenhaus für Swanny?«

»Hast du nichts im Haus zu tun?« fragte er.

So sind unsere Gespräche. Beide stellen wir Fragen, beide bleiben wir die Antworten schuldig.

5. März 1912

Hansine hat einen Verehrer, was ich nie für möglich gehalten hätte, obgleich sie, wenn ich es recht bedenke, auch in Kopenhagen schon einen Schatz hatte. Heute vormittag fragte sie, ob sie was mit mir besprechen könnte. Es stellte sich heraus, daß sie jemanden zum Tee in unsere Küche bitten wollte.

Sie lädt sich immer mal wieder eine Bekannte ein, die irgendwo in Stellung ist, und deshalb fragte ich: »Arbeitet sie in unserer Straße, Hansine?« Sie wurde knallrot und spielte nach Art dieser Frauen mit ihrem Schürzenzipfel.

»Es ist keine Sie, sondern ein Er.«

Ich mußte lachen, hauptsächlich über ihre Ausdrucksweise, auf dänisch hört sich das nämlich sehr komisch an. Aber natürlich dachte sie, daß ich sie auslache, weil ich ihr vielleicht keinen Schatz zutraue, und war den Tränen nahe.

»Sei nicht albern«, sagte ich. »So habe ich es nicht gemeint, ich bin nur überrascht. Natürlich darfst du ihn zum Tee einladen. Wie heißt er denn?«

»Sam Cropper. Und er ist bei der Eisenbahn.«

Das mag sich für englische Ohren ganz normal anhören, aber auch das reizte meine Lachmuskeln. Meine Lippen zuckten, und das merkte sie natürlich. Sie hält mich für herzlos, das weiß ich, weil Swanny es mir vor ein paar Wochen erzählt hat.

Swanny nennt mich *lille Mor*, was mich sehr rührt. »*Lille Mor*, Hansine hat gesagt, du könntest manchmal sehr herzlos sein, und ich hab gesagt, gegenüber mir nie. Und das stimmt doch auch, nicht?«

»Das will ich hoffen, mein Kleines.«

Innerlich kochte ich. Am liebsten hätte ich Hansine kommen lassen und sie zur Rede gestellt, schließlich bin ich ihre Dienstherrin, und wenn sie so anfängt, kann sie gleich ihre Papiere mitnehmen. Doch natürlich ging ich nicht so weit, nicht unter den gegebenen Umständen. Wir kennen uns schon so lange, Hansine und ich, wir haben vieles zusammen durchgemacht. Wenn sie mich für herzlos hält, kann ich ihr nicht helfen. Manchmal bin ich es wohl auch. Die Welt ist nie sehr herzlich mit mir umgegangen, und wie man in den Wald hineinruft, so schallt es heraus.

Trotzdem überlegte ich unwillkürlich, was für ein Mann das sein mag, der Gefallen an ihr gefunden hat. Ihr Gesicht ist flach und breit, es erinnert mich an ein Stück Hammelrücken. Wenn man von einer Frau sagt, daß sie blond und blauäugig ist, denken die meisten Leute – besonders Männer –, sie müsse schön sein, und möchten sie gern kennenlernen. Aber das Gesicht ist wichtiger, finde ich. Hansine hat blonde Haare und blaue Augen, aber sie hat auch einen Mund wie eine Futterluke und eine Nase, in der das Regenwasser steht. Sie ist das, was man eine dralle Dirn nennt, das habe ich in einem Roman gelesen, den ich mir gekauft habe. Es ist kein besonders guter Roman, und ich will mich deshalb in der Stadtbücherei anmelden, damit ich mir gute Bücher ausleihen kann.

Sie holte Swanny von der Schule ab und brachte mir und den Mädchen um vier den Tee. Wenn wir zum Nachmittagstee im Salon sitzen, müssen wir eine Wolldecke über den Teppich legen, weil die kleine Marie von ihrem Kinderstuhl aus das Essen in weitem Bogen durch die Gegend schleudert und dabei kräht und mit dem Löffel fuchtelt. Allzu lange halte ich das nie aus, meist klingle ich dann nach Emily, die sie mitnimmt und anderswo abfüttert. Heute trug ich sie selbst hinaus.

Emily war weit und breit nicht zu sehen. Am Küchentisch saßen Hansine und ein großer, gutaussehender Mann, tranken Tee und aßen Kuchen, der viel verlockender aussah als der, den wir im Salon bekommen hatten. Hansine trug eine meiner abgelegten Seidenblusen, die Schürze hatte sie irgendwo versteckt. Komisch, daß gutaussehende Männer sich kaum mal gutaussehende Mädchen aussuchen, sondern sich lieber an die unscheinbaren halten. Schade drum, eigentlich. Dieser Cropper sieht aus wie ein berühmter Anwalt, ein gewisser Edward Marshall Hall, den ich mal auf einem Foto gesehen habe, viel zu selbstbewußt und distinguiert für einen gewöhnlichen Arbeiter. Was macht er wohl bei der Eisenbahn? Wenn er Dienstmann ist, kann er sich bestimmt kaum vor Frauen retten, denen er die Koffer tragen soll. Die beiden waren ganz verdattert, als sie mich sahen, was ja auch kein Wunder ist, und Hansine wurde womöglich noch röter.

»Wo ist Emily?« fragte ich auf englisch, und Hansine stotterte: »Da drin, Ma'am«, und deutete mit dem Daumen in Richtung Spülküche.

Dorthin hatten sie die arme Emily mit einem Becher Tee und einem Marmeladenbrot verbannt. Ich setzte ihr die kleine Marie auf den Schoß und rauschte durch die Küche ab. Sie machten große Augen und sagten keinen Mucks.

2. Juni 1913

Heute vormittag ein Brief meines Vetters Ejnar, der als Offizier in der dänischen Armee dient und mir mitteilt, daß Tante Frederikke tot ist. Eigentlich hätte er mir auch telegrafieren können, obgleich ich natürlich nicht zur Beerdigung gefahren wäre, es ist viel zu weit. Das letztemal habe ich Tante vor neun Jahren gesehen, und da verblassen die Erinnerungen doch sehr. Wenn ich es Rasmus erzähle, besteht er vielleicht darauf, daß ich Trauer trage, und ich mag nicht mitten im Sommer in Schwarz gehen, am besten sage ich es ihm gar nicht.

Ejnar schreibt, daß Tante Frederikke mir ihre gesammelten Werke von Charles Dickens in dänischer Übersetzung zugedacht hat, und die werde ich nicht ablehnen. Ich kann gut Englisch lesen, das muß ich ja wohl nach acht Jahren, bestimmt besser als viele, die in England geboren sind, Emily zum Beispiel, aber es wird mir nie so vertraut sein wie meine eigene Sprache. Wir haben wenig Bücher im Haus, das fällt mir jetzt erst auf. Außer mir liest keiner.

Für jemanden Trauer zu tragen, den man nicht liebhat, ist dummes Zeug, und Tante habe ich nicht liebgehabt, auch wenn sie ihrerseits behauptet hat, ich sei die Tochter gewesen, die sie nie hatte. In einer Beziehung, wo einer den anderen ständig plagt und tyrannisiert, hat die Liebe keine Chance. Ich kann mich nicht erinnern, daß meine Tante mal nicht an mir herumgekrittelt hätte – an meinem Aussehen, meinen Manieren, meiner Art zu reden, meiner Kleidung, meinem Geschmack, von meiner Tugend ganz zu schweigen. Dabei hatte ich damals gar keine klare Vorstellung davon, was das war. Ich war ein braves Mädchen, weil ich zu anderem keine Gelegenheit und auch nicht den Mut hatte.

Schluß damit, sonst werde ich noch ganz melancholisch. Man soll nicht ständig nur an sich denken, das hat Tante mir bis zum Überdruß gepredigt. »Komm aus deinem Schneckenhaus, Asta!« – das war ihre stehende Redensart. Die Bücher nehme ich gern, mehr will ich von ihr gar nicht haben.

Statt dessen schreibe ich lieber etwas über Hansine. Sie geht jetzt mit Cropper, an jedem freien Nachmittag trifft sie sich mit ihm, und bestimmt kommt er häufiger her, als ich weiß. Selbst Rasmus, der nie merkt, was die anderen treiben, ja, der andere Leute kaum zur Kenntnis nimmt, hat ihn hier gesehen. Etwas sehr Komisches ist passiert, das muß ich aufschreiben. Zuerst wollte ich nicht, weil ich mir gedacht habe, daß es unrecht ist, an dem Tag zu lachen, an dem ich von Tantes Tod erfahren habe. Aber das ist Unsinn, eine Trauermiene hätte ich vor zwei Wochen machen müssen, als sie gestorben ist, und nicht heute. Ich habe hier schließlich sonst nicht viel zu lachen.

Zuerst hat Rasmus überhaupt nichts gesagt, erst nachdem Cropper ihm dreimal bei uns über den Weg gelaufen war, setzte er diese fromme Miene auf, die mich immer so an den lutherischen Pfarrer aus der Kirche in Hackney erinnert, und fragte: »Wer ist eigentlich dein Freund, Asta?«

»Freund?«

»Der hochgewachsene Gentleman, den ich gestern im Garten gesehen habe.«

Da begriff ich – oder ich konnte es mir zumindest denken. Aber ich ließ ihn zappeln, ich tat, als wüßte ich nicht, was er meinte, und machte ein richtig schuldbewußtes Gesicht. Dann erst sagte ich, als sei mir plötzlich ein Licht aufgegangen: »Ach *den* meinst du… Das war kein Gentleman, Rasmus, das war Hansines Verehrer.«

Er wurde dunkelrot. Erstens will er natürlich nicht, daß ich denke, er, der große, tüchtige, vielbeschäftigte Ingenieur könnte womöglich eifersüchtig sein. Und zweitens weiß er, daß er eigentlich auf den ersten Blick erkennen müßte, wer ein Arbeiter und wer ein Gentleman ist, jeder Engländer kann das. Allerdings sieht Cropper bis auf die Kleidung auch nicht wie ein Mann von der Straße aus. Rasmus dachte wohl, ich wandle auf Mrs. Ropers Spuren, nur hat er von der zum Glück nie was gehört.

6. Juli 1913

Wieder einmal mein Geburtstag. Heute bin ich dreiunddreißig geworden, bald eine Frau in mittleren Jahren, wenn die, wie mein Vater zu sagen pflegte, mit fünfunddreißig anfangen.

Rasmus hat es, wie üblich, vergessen. Meine Nachbarin Mrs. Evans sagt, daß sie ihrem Mann gar keine Chance gibt, ihren Geburtstag oder ihren Hochzeitstag zu vergessen, denn zwei Wochen vorher erinnert sie ihn täglich daran. »Du weißt doch, Schatz, was Freitag in einer Woche ist, nicht?« sagt sie zu ihm und: »Du weißt doch, was nächsten Donnerstag, du weißt doch, was morgen…«

So weit würde ich mich nie erniedrigen. Wenn ihm mein Geburtstag nicht wichtig genug ist, soll er ihn ruhig vergessen. Auf Pflichtgeschenke pfeife ich!

Wahrscheinlich hat Hansine dem Gedächtnis der Kinder nachgeholfen, bei Rasmus würde sie sich das nie trauen. Sie haben mir alle etwas geschenkt: Mogens eine winzige Schere in einem schweinsledernen Futteral, Knud zwei Taschentücher mit dem Anfangsbuchstaben A in einer silbernen Schachtel, Marie einen Fingerhut, weil ich in meinen alten mit der Stopfnadelspitze ein Loch gestochen hatte. Swannys Geschenk kommt zuletzt, weil es etwas Besonderes ist – die einzige handgearbeitete, liebevolle Gabe: ein selbstgenähtes Federläppchen, ein schöner violetter Filz, ganz fein versäumt und mit einer aufgestickten roten Rose – sie weiß, daß rote Rosen meine Lieblingsblumen sind – und »Mor« in rosa Kettenstich. Das nehme ich bestimmt nicht, um Federn abzuwischen, das hebe ich auf, solange ich lebe.

Kurz vor dem Mittagessen kam Rasmus herein, er hatte ein Ding in der Hand, das ich bisher nur von Abbildungen kannte. »So, da ist es endlich«, sagte er. »Ein Telefon. Gefällt es dir?«

»Ist das mein Geburtstagsgeschenk?« fragte ich.

Ich sah ihn förmlich denken. »Natürlich.«

»Und wer soll es benutzen?«

»Selbstverständlich brauche ich es fürs Geschäft, aber du darfst es auch nehmen.«

Ich habe auf der Leinwand des Lichtspieltheaters letzte Woche einen Satz gesehen, den ich schon immer mal verwenden wollte: »Danke für die Blumen.«

Daraufhin spielte er eine Stunde den Beleidigten, und wenn die armen Kinder versuchten, ihn anzusprechen, erging es ihnen schlecht. Bis auf Marie natürlich, die in seinen Augen nichts falsch machen kann. Keins meiner Kinder war so unnütz wie sie, keine Minute kann sie still sitzen, ständig tobt sie herum und spielt einem Streiche. Heute nachmittag hat sie etwas ganz Schlimmes angestellt. Sie lief zu Hansine und sagte: »Mor ist hingefallen und hat die Augen zu, und sprechen kann sie auch nicht.«

Hansine hetzte in heller Aufregung die Treppe hoch und fand mich friedlich in meinem Zimmer sitzen und Tagebuch schreiben, das heißt, inzwischen hatte ich das Heft in der Schublade verschwinden lassen, saß still da und sah aus dem Fenster. Marie wollte sich damit wohl wichtig machen. Kleine Kinder haben es nicht gern, wenn die Erwachsenen schreiben oder lesen, sie kommen sich dabei überflüssig vor, weil sie diese Tätigkeiten noch nicht beherrschen, ja gar nicht begreifen.

Aber diese Flunkereien darf man ihr nicht durchgehen lassen. Ich gab ihr einen tüchtigen Klaps und erzählte Rasmus, was sein kleiner Liebling verbrochen hatte. Aber er sagte nur, wie gescheit von ihr, dabei ist sie doch erst zwei Jahre und fünf Monate. Ich möchte wirklich wissen, weshalb sie ihm die Liebste ist. Sie sieht genauso aus wie ich in diesem Alter, und auch als Erwachsene wird sie mir sehr ähnlich sehen. Sie hat meine pfauenblauen Augen, meine hohen Wangenknochen und schmalen Lippen und dieses Haar, das aussieht wie nasser Sand.

Damit wäre auch dieser Geburtstag überstanden!

20. September 1913

Wir ziehen um. Mein lieber Mann hat es mir heute früh mitgeteilt. Es muß doch auch Ehen geben, in denen Mann und Frau über gewisse Dinge *gemeinsam* befinden. Allerdings weiß ich ja nicht, wie es in anderen Ehen zugeht, ich weiß nur das, was ich bei Paaren beobachte, die Arm in Arm daherkommen, oder bei Leuten, die Motorwagen bei Rasmus kaufen und die wir – ganz selten einmal – besuchen gehen. Vielleicht sprechen diese Männer mit ihren Frauen auch nicht über solche Sachen. Aber ich kann nicht glauben, daß es normal ist, wenn er sich hinstellt und der Frau, mit der er seit sechzehn Jahren verheiratet ist, ohne jede Vorrede verkündet, daß er ein Haus gekauft hat und die ganze Familie nächsten Monat umzieht.

Im Grunde macht es mir nichts, ich ziehe gern um, ich mag die Abwechslung, den Trubel, das Packen und besonders die erste Nacht unter dem neuen Dach. Es ist ein Abenteuer. Aber ich würde bei der Auswahl des Hauses, in dem ich leben soll, auch gern mitreden, ich lasse mich nicht gern wie ein Kind oder eine arme Irre behandeln.

»Wo ist es denn?« fragte ich.

»Highgate.«

Sofort kam mir das alte Dorf mit den scheußlichen alten Häusern rund um die Dorfaue oder am West Hill in den Sinn. Und auch der Gedanke, in unmittelbarer Nachbarschaft zu wohnen, hatte wenig Verlockendes. Aber nein, ausnahmsweise hat er es wohl richtig gemacht.

Es ist ein großes modernes Haus in Shepherds Hill und heißt Padanaram.

9

Ich kenne Cary Oliver seit Ende der sechziger Jahre, als wir beide bei der BBC tätig waren. Sie hat mir meinen Liebsten gestohlen und ihn geheiratet.

Das klingt geschwollen und hochdramatisch, aber sogar Cary würde mir wohl recht geben, daß man es eigentlich gar nicht anders formulieren kann. Ungefähr fünf Jahre lebte ich mit dem Psychiater Daniel Blain zusammen, dessen Vater der letzte und »endgültige« Verlobte meiner Mutter gewesen war. Zu behaupten, er sei der einzige Mann gewesen, den ich je geliebt habe, wäre wohl übertrieben, aber es kommt der Sache schon recht nahe. Cary kam, sah – und stahl.

Natürlich kenne ich die landläufigen Argumente: Menschen sind keine Gegenstände, die man sich ausleiht oder zurückbringt, behält oder wegwirft. Menschen haben einen freien Willen. Hätte er mich aufrichtig geliebt… Aber daran haperte es wohl. Als nichts mehr zu machen war, habe ich den ersten Schritt getan und habe mich von ihm getrennt.

Später haben Daniel und Cary geheiratet, und noch später haben sie sich wieder scheiden lassen, und er hat sich nach Amerika abgesetzt. Von ihr hörte ich hin und wieder, häufiger noch sah ich ihren Namen in einem Abspann, sie produziert inzwischen recht erfolgreiche Fernsehspiele. Ihre Stimme aber hatte ich fünfzehn Jahre nicht mehr gehört, genaugenommen nicht mehr seit dem Abend, als sie mir mit einem verzückten Seufzer ihre Gefühle offenbart hatte: »Er sieht so gut aus.«

Ich rief nicht zurück. Schließlich war sie diejenige, die etwas von mir wollte, ich staunte sowieso über ihre Unverfrorenheit. Fünfzehn Jahre sind in diesem Zusammenhang schließlich rein gar nichts. Natürlich hätte es mich schon interessiert, um was es ihr ging – die Tagebücher waren längst fürs Fernsehen adaptiert und als Lesung in »Ein Buch zur Nacht« im Radio gesendet worden, und gerade jetzt war eine Hörbuch-Fassung geplant –, aber schlaflose Nächte würde mir Carys Anruf wohl nicht bereiten.

Die Flut der Kondolenzbriefe war seit Swannys Tod vor fast zwei Wochen noch nicht abgerissen. Bis vor einem Jahr war dreimal in der Woche eine Sekretärin ins Haus gekommen, die zügig und mit großer Umsicht die sehr umfangreiche Post erledigt hatte, aber nach Swannys erstem Schlaganfall, der sie halbseitig gelähmt hatte, war das sinnlos geworden. Swanny hätte kaum einen Brief unterschreiben, geschweige denn dessen Sinn erfassen können. Und mit welchem Namen hätte sie wohl unterschrieben? Hätte sie, wenn sie in die Haut der »anderen« geschlüpft war, auch deren Unterschrift geleistet?

Es blieb mir also nichts anderes übrig, als die Briefe selbst zu beantworten, und ich machte mich an die Arbeit. Swanny hatte kaum Freunde, aber Tausende von Fans gehabt, genaugenommen waren es Fans ihrer Mutter, die Asta in Swanny verkörpert sahen. Ich war gerade bei der wohl hundertsten Karte an eine Leserin – die Briefe kamen fast ausschließlich von Frauen –, mit der ich mich für ihren Brief bedankte und ihr versicherte, daß noch weitere Tagebücher erscheinen würden, als Cary anrief.

Wie früher überschüttete sie mich sofort mit einem atemlosen Redeschwall. »Du hast meine Nachricht bekommen und du haßt mich, du fühlst dich belagert und willst auflegen, aber bitte, bitte tu's nicht.«

Mein Mund war trocken geworden, meine Stimme heiser: »Ich lege nicht auf, Cary.«

»Du wirst mit mir reden?«

»Das tu ich doch schon.« Was heißt belagert, dachte ich. Als ich aus dem Haus gegangen war, hatte ich den Anrufbeantworter abgestellt, ich war gerade erst wiedergekommen. »Wir haben lange nicht mehr miteinander gesprochen«, sagte ich vorsichtig.

Beredtes Schweigen am anderen Ende der Leitung.

»Das ist ja filmreif. Du könntest den in den Hörer schnaubenden Bösewicht spielen.«

»Hast du mir verziehen, Ann?«

»Jetzt verrat mir erst mal, was du willst. Du willst doch was von mir …«

»Ja, klar, das hab ich ja schon gesagt. Aber ich bin wie ein Kind, das weißt du doch noch von früher, erst möchte ich, daß alles in Ordnung kommt, daß du mir verziehen hast und alles wieder gut ist. Ich möchte … einen neuen Anfang machen. Ohne Altlasten.«

Jetzt müßte Daniel dich hören, dachte ich, aber ich sagte es nicht laut, ich mochte seinen Namen nicht aussprechen. »Okay, ich verzeihe dir, Cary. Zufrieden?«

»Ehrlich, Ann?«

»Ehrlich. Jetzt sag mir, was du willst. Darf man gespannt sein?«

Es war tatsächlich eine Überraschung. Sie machte noch eine kleine Pause, schien die erlangte Verzeihung zu genießen wie ein warmes Bad, in dem man alle viere von sich streckt, und seufzte genüßlich. »Erst muß ich wissen, ob du die Absicht hast, auch den kleinsten Blick auf die unveröffentlichten Manuskripte zu verbieten, ob du ein totales Embargo verhängen willst…«

»Wie bitte?«

»Du weißt ja, daß in dem ersten Tagebuch etwas fehlt. Meinst du, das dürfte man sich mal ansehen?«

»Daß etwas fehlt? Nein, das war mir noch nicht aufgefallen.«

»Ehrlich nicht?«

»Ich weiß gar nicht, wie du das meinst. Eintragungen, die von Rechts wegen da sein müßten, oder was?«

»Wenn du's nicht weißt, fällt mir ein ganzes Fuder Steine vom Herzen. Dann hab ich nämlich noch eine Chance.«

Die unwahrscheinlichste Erklärung war, daß sie sich für Swannys Herkunft interessierte. Swanny war zwar in den letzten Jahren eine bekannte Persönlichkeit geworden, sie war im Radio zu hören, trat im Fernsehen auf und gab Zeitungsreportern Interviews, trotzdem hätte die Frage, ob sie Astas leibliche Tochter war, schon zu ihren Lebzeiten schwerlich die Gemüter in Wallung gebracht. Es war Asta, die im Mittelpunkt des Interesses stand, Swanny war nur ihre Mittelsfrau, ihr Sprachrohr, ihre Dolmetscherin. Und auch jetzt, nach ihrem Tod, interessierte nicht so sehr ihre Person als die Zukunft der noch unveröffentlichten Tagebücher. Trotzdem folgerte ich blindlings, Cary müsse es um Swannys Vergangenheit gehen. Offenbar war ich selbst darauf stärker fixiert, als ich wußte.

»Ich glaube kaum, daß es über die ersten Jahre oder Monate meiner Tante etwas gibt, was noch nicht gedruckt vorliegt.«

»Die ersten Jahre oder Monate deiner Tante? Wer ist denn deine Tante, Ann?«

»Swanny Kjær.«

»Ach Gott, ja, natürlich! Entschuldige bitte. Daß ihr verwandt seid, weiß ich natürlich, mir war nur nicht klar, daß sie deine Tante war. Was ist denn mit ihren ersten Jahren oder Monaten? Haben dir deswegen etwa die Paparazzi zugesetzt?«

Wenn es ihr nicht darum ginge, sagte ich, worum denn?

»Könnten wir uns treffen, Ann? Meinst du, das geht? Könntest du es verkraften?«

Ich überlegte einen Augenblick. Doch, natürlich konnte ich es verkraften. »Und wozu, Cary?«

»Wegen Roper. Ich mache eine Serie über Roper.«

Das sei mir zu hoch, sagte ich und meinte es auch so.

»In Band eins, in *Asta*, steht etwas über dieses Dienstmädchen, wie heißt sie doch gleich...«

»Hansine.«

»Ja, über Hansine, wie sie nach Hause kommt und erzählt, daß sie sich mit dem Mädchen aus einer Pension in der Nähe angefreundet hat...«

Zum erstenmal erlebte ich, daß jemand wie selbstverständlich davon ausging, ich sei mit dem Text der Tagebücher praktisch Wort für Wort vertraut. Bald sollte mir das immer öfter passieren. »Ja, kann sein…«

»Und später schreibt sie, wie dieses Dienstmädchen zu Hansine zum Tee kommt, und etwas über die Leute, bei denen sie in Stellung war. Bei Roper und seiner Frau und seiner Schwiegermutter. Hast du das wirklich nicht gewußt?«

Der Name sagte mir nichts. Im nachhinein wundert es mich, daß ich damals nicht nach Einzelheiten fragte, ich verabredete mit Cary nur ein Treffen in zwei Tagen. Die Neugier regte sich erst, als ich aufgelegt hatte. Ich nahm mir mein Exemplar von *Asta* vor und las die ersten Eintragungen. Von einem Roper war nicht die Rede. Ich fand die Bemerkungen über den Alten, der auf der Straße umgefallen war, über Hansines neue Freundin und deren Herrschaft, ein Ehepaar und die Mutter der Ehefrau. Das Mädchen hatte von ihrer »Dienstherrin, Mrs. Hyde«, nicht von Mrs. Roper gesprochen. Dann kam noch eine Bemerkung über einen Spaziergang, bei dem Asta sich das Haus angesehen hatte, in dem diese Leute wohnten, und eine Frau mit Kind hatte herauskommen sehen.

Das war der Eintrag vom 26. Juli, zwei Tage vor Swannys Geburt. Danach gab es eine Lücke bis zum 30. August, die mir noch nie aufgefallen war und die mich auch jetzt nur mäßig überraschte. Asta hatte nicht täglich, ja nicht einmal jede Woche Tagebuch geführt. Am 15. Oktober fand sich ein Satz über den »Mann, der seine Frau in der Navarino Road ermordet hat«, aber wieder ohne Namensnennung. Das war alles. Keine nähere Erläuterung, keine Einzelheiten. Der Fall hatte Asta offenbar nicht weiter berührt. Mir ging es genauso. Damals.

Als viel interessanter erwies sich der nächste Brief, den ich aufmachte, er war von einem gewissen Paul Sellway, ein Name, der mir irgendwie bekannt vorkam, den ich aber nicht gleich unterbringen konnte. Ich überlegte einen Augenblick. Sellway, Sellway... Hatte eine Verwandte von Maureen, Kens Frau, einen Sellway geheiratet? Es wollte mir nicht einfallen.

Er kondolierte mir zum Tod meiner Tante, die er als Junge kennengelernt hatte, kurz nach dem Tod seiner Großmutter, und an die er sich noch vage erinnerte. Der Brief hatte mehrere Absätze, aber erst im letzten kam heraus, wer er war: der Sohn von Joan (geborene Cropper) und Ronald Sellway, geboren 1943 und somit der Enkel von Hansine Fink. Auf dem Briefkopf standen sein Name – Dr. P. G. Sellway – und eine Adresse in London E8.

Unwillkürlich fragte ich mich, wie wohl Asta reagiert hätte. Sie war versnobt gewesen, grundlos versnobt, wie das bei Menschen ihrer Art meist der Fall ist. Daß Paul Sellway Mediziner geworden war (ein Berufsstand, dem sie große Hochachtung, aber nur geringe Sympathie entgegenbrachte), hätte sie sehr betroffen gemacht. Der Enkel der Analphabetin Hansine ein Doktor? Der Abkömmling dieses Trampels, das gleich der unseligen Karoline nicht mehr war als ein Stück Vieh? Daß auch Morfar aus einem solchen Stall kam (was man fast wörtlich nehmen darf), kümmerte sie dabei nicht. Sie selbst konnte auf die zweifelhafte Ehre verweisen, daß ihre Familie nicht vor einer, sondern schon vor zwei Generationen die Holzpantinen in die Ecke gestellt hatte.

Swanny dachte da ganz anders. Auf der Suche nach ihren Wurzeln hatte sie zwei Jahre nach dem Tod meiner Mutter Hansines Tochter aufgesucht. Sie hatte sich damit abgefunden, daß ihre jüngere Schwester nicht mehr da war, hatte es gelernt, sich am Mittwochnachmittag anderweitig zu beschäftigen, und sich auch an das Ausbleiben des täglichen Anrufs gewöhnt. In diese Leere aber drängten – nach dem Grundsatz, daß die Natur das Vakuum verabscheut – nun wieder die Sorgen und Ängste, die sich mit ihrer Herkunft verbanden.

Hansine war zwar nur ein paar Monate älter als Asta, lebte aber schon seit Anfang der fünfziger Jahre nicht mehr. Ich erinnere mich dunkel, daß Swanny zwar nicht zu Hansines Beerdigung gegangen war – weder sie noch meine Mutter oder Asta waren dort gewesen –, daß sie aber – warum, das weiß ich jetzt nicht mehr – ein paar Tage oder Wochen danach einen Besuch bei Joan Sellway gemacht hatte. Vielleicht hatte Hansine die Tochter gebeten, Swanny eine Kleinigkeit als Andenken zu übergeben. Swanny war nicht nur Astas, sondern auch Hansines Liebling gewesen.

Jetzt wollte Swanny sie erneut aufsuchen, aber das war leichter gesagt als getan, denn Joan Sellway war umgezogen. Unter der alten Nummer meldete sich ein Unbekannter, der nicht wußte, wo die Sellways abgeblieben waren. Swanny war hin und her gerissen. Sie wollte Joan Sellway finden und wollte es auch wieder nicht, sie sehnte die Wahrheit herbei und fürchtete sie gleichzeitig. Wieder steigerte sie sich in einen schrecklichen Zustand hinein. Nun sollte ich sie ausfindig machen. Swanny war nicht die erste, die mir aufgrund meines Berufes detektivischen Spürsinn zutraute. »Du mußt wissen, wie man so was angeht, du wirst ihr auf die Spur kommen.« Im Grunde war es keine Kunst. Joan Sellway beziehungsweise Ronald Sellway, ihr Mann, standen nicht im Londoner Telefonbuch, weil sie aus Großlondon weggezogen waren. Ich fand sie im örtlichen Telefonverzeichnis für Borehamwood.

Ich muß vorsichtig formulieren, wenn ich von Joan Sellway spreche. Ich kannte sie nicht, hatte keine persönlichen Erfahrungen mit ihr, und es wäre unrecht von mir – gerade von mir! –, mich nur vom Hörensagen über ihren Charakter zu äußern. Fest steht, daß sie Swanny einen sehr frostigen Empfang bereitete und sich völlig verständnislos gab.

Sie war eine große blonde Frau, grobknochig und hager, »ein bestimmter dänischer Typ«, wie Swanny sagte, mit großen blauen Augen und kräftigen, zupackenden Händen. »Ich weiß nicht, wovon Sie reden«, sagte sie auf Swannys Fragen, oder: »Ich weiß nicht, was Sie meinen.« Und dann – es war, als müßte sie sich überwinden, Swannys wirres Gefasel ernst zu nehmen –: »Warum fragen Sie nicht Ihre Mutter?«

Das habe sie bereits getan, sagte Swanny und berichtete über das Ergebnis.

»Es wäre mir lieber, wenn Sie mit meinem Sohn reden würden«, sagte Mrs. Sellway immer wieder.

Dabei handelte es sich um jenen Paul, der mir jetzt geschrieben hat. Mit aller Gewalt wollte sie Swanny an ihren Sohn abschieben, der offenbar, nachdem ihr Mann sie verlassen hatte, ihre große Stütze war, und auch Swannys Einwand, er könne es doch nicht wissen, er sei ja nicht dabeigewesen, konnte sie nicht umstimmen.

»Ich war ja auch nicht dabei«, sagte Joan Sellway.

Swanny konnte keine Ähnlichkeit mit Hansine erkennen. Astas Mädchen für alles war eine gemütlich-heitere Frau gewesen, mütterlich – im Gegensatz zu Asta –, fürsorglich und zuverlässig. Zumindest hatte Swanny sie so in Erinnerung.

»Ich dachte nur, Ihre Mutter hätte Ihnen vielleicht von damals erzählt, von der Zeit, als sie bei meiner Mutter war.«

»Nein, nie.«

Swanny spürte, daß Joan Sellway sich immer mehr zurückzog, sie spürte ihre unterdrückte Wut und begriff, daß sie von dem Leben ihrer Mutter vor deren Heirat nichts wissen wollte, sie vielleicht sogar gebeten hatte, vor Mann und Sohn nicht darüber zu sprechen. Ihre Mutter war in Stellung gewesen, hatte bei der Mutter dieser Frau, die jetzt vor ihr saß, Handlangerdienste verrichtet. Und hatte *sie* es nötig, sich all diese bohrenden Fragen stellen zu lassen? Mit dieser Person konnte sie es noch lange aufnehmen, schließlich hatte sie dieses schöne Haus in Borehamwood und einen angehenden Doktor als Sohn. Vermutlich war diese Frau nur hergekommen, um sich mit ihren Fragen über die bescheidene, ja, schimpfliche Herkunft ihrer Mutter lustig zu machen... Swanny wußte, daß sie nichts erzwingen durfte, aber sie wußte auch, daß Joan Sellway ihr nichts zu sagen hatte und ebenso unwissend war wie sie, ohne daß sie den Wunsch oder einen Beweggrund gehabt hätte, mehr zu erfahren.

Swanny schämte sich. Sie wußte (oder ahnte), daß sie sich lächerlich machte, aber sie konnte nicht aus ihrer Haut. Sie war schlimmer dran als vor dem Tod meiner Mutter. Und ständig trieb sie die Angst um, daß Asta ihr bald nicht mehr die Wahrheit würde sagen können, selbst wenn sie es gewollt hätte. Daß ihre Vergreisung fortschreiten würde, bis sie sich an nichts mehr erinnerte oder zumindest nicht mehr zusammenhängend von ihren Erinnerungen sprechen konnte. Für mich allerdings deutete nichts darauf hin, daß Asta in ihrem neunten Lebensjahrzehnt wesentlich anders gewesen wäre als sonst auch – nämlich unberechenbar, starrköpfig, selbstsüchtig, aufreizend und unwiderstehlich charmant.

Es war Torben, der Swanny eingeredet hatte, Asta sei senil, weil dies aus seiner Sicht der Auslöser für »die ganze traurige Geschichte« war, und Swanny war bereit, Asta für senil zu halten, weil dann die »traurige Geschichte« das gewesen wäre, was sie für Torben seit eh und je war, nämlich blühender Unsinn. Konnte aber Asta, wenn sie senil war, ihrer Tochter überhaupt noch die Wahrheit sagen?

Swanny ging zu Onkel Harry, der zwar zwei oder drei Jahre jünger als Asta, aber nicht so gut erhalten war. Er lebte allein und wurde von seinen zahlreichen, sämtlich verheirateten Töchtern betreut, von denen eine im gleichen Haus wohnte wie er.

Asta hatte oft erzählt, wie sehr er Swanny liebte und daß er bei ihrer ersten Begegnung die damals vierzehnjährige Swanny sofort ins Herz geschlossen hatte. Er war gekommen, um Asta von dem Tod ihres Sohnes zu berichten. Das war damals so üblich. Überlebende Kriegsteilnehmer gingen zu den trauernden Eltern und trösteten sie mit Geschichten von den letzten Stunden ihres Sohnes, erzählten von seinem Mut, seinem tapfer ertragenen Leiden und seinem unweigerlich ruhmreichen, edelmütig-tapferen Sterben. Emily ließ ihn ein, und als er in den Salon kam, fand er dort Swanny vor und unterhielt sich mit ihr, bis zehn Minuten später Asta herunterkam.

»Von Ihrem Bruder weiß ich«, sagte er zu Swanny, »daß er eine liebe kleine Schwester hat, aber daß sie eine Schönheit ist, das hat er mir nicht verraten.«

Als Swanny nach Leyton kam – er wohnte in der Essex Road, in der unteren Hälfte eines geräumigen edwardianischen Reihenhauses –, war er allein, die Tochter hatte gerade das Mittagessen abgeräumt, Kohlen im Kamin nachgelegt und ihm eine Zeitung gebracht. Als junger Mann war er offenbar so groß und stattlich gewesen wie Paul Sellways Großvater Sam Cropper, nur blond, jetzt aber war er geschrumpft und ging gebückt. Sein Gesicht war weißlichrosa wie das eines Kindes, das zu lange draußen in der Kälte gwesen ist. Er hatte Parkinson, und seine Hände zitterten stark, aber seinen Humor hatte er behalten, seine ritterliche, heiter-ausgeglichene Art war unverändert. Er nahm Swannys Hand und hob sie an die Lippen. Kein Mensch wußte, woher er diese unenglische Sitte hatte, die Asta so entzückte. Auch ihr küßte er immer die Hand, und sie genoß es sehr. Swanny erzählte ihm alles. Man konnte gut mit ihm reden, und er verstand sich aufs Zuhören, eine für das Zusammensein mit Asta sehr wichtige Fertigkeit. Schließlich sagte er: »Davon hat sie mir nie ein Wort erzählt.«

»Sie will es mir nicht sagen«, jammerte Swanny. »Was meinst du, ob sie es sich nur ausgedacht hat?«

»Ja, also wenn du meine unmaßgebliche Meinung hören willst… ›Das ist ein weises Kind, das seinen Vater kennt‹, heißt es in dem Spruch, aber davon halte ich nichts. Man kann immer die Eltern in einem Kind und ein Kind in den Eltern erkennen. Bei den eigenen fällt es einem schwerer, weil man im Grunde nicht weiß, wie man aussieht, im Spiegel sieht man sich ja nicht so, wie man ist. Aber bei anderen sieht man es immer, wenn man Eltern und Kinder kennt, und wenn man es nicht sieht, stimmt etwas nicht.«

»Du kanntest meinen Vater«, sagte Swanny. Sie verbesserte sich. »Du kanntest Rasmus Westerby, du kennst Asta. Kannst du ihn oder sie – oder beide – in meinem Gesicht erkennen?«

»Verlangst du darauf wirklich eine Antwort?«

Sie müsse es einfach wissen, sagte Swanny.

Er schwieg einen Augenblick und hielt ihre Hand. »Nein«, sagte er schließlich. »Ich konnte es nie, und deshalb wundert es mich ganz und gar nicht, daß du mir die Frage gestellt hast. Seitdem wir uns so nahe stehen, deine Mutter und ich, warte ich darauf, daß sie es mir anvertraut. Der Tag wird kommen, habe ich mir gedacht, an dem Asta mir sagen wird, daß dieses Mädchen, diese kleine Schönheit, nicht ihre Tochter ist, daß sie die Kleine adoptiert haben. Aber sie hat es mir nie gesagt. Ich liebe deine Mutter, das kann ich ja jetzt ruhig sagen, aber du warst zu schön, um ihre Tochter zu sein.«

Er gab ihr zum Abschied einen zärtlichen Kuß und versprach ungebeten, Asta darauf anzusprechen. Falls er das tat, hat er von Asta nichts erfahren oder es jedenfalls nicht an Swanny weitergegeben. Asta reagierte sehr ungnädig.

»Wie konntest du den armen alten Mann so plagen«, sagte sie. »Als er mir davon erzählte, hatte er Tränen in den Augen.«

»Ich habe ihn nur gefragt, ob er weiß, daß du mich adoptiert hast.«

»So was ist ein Schock für einen alten Mann mit einem kranken Herzen. Erreicht hast du damit nur, daß er dich für verrückt hält, *lille* Swanny. Nicht mein Kind und das meines Mannes? Lächerlich…«

»Aber das hast du doch selber gesagt, Mor!«

»Deshalb braucht man es noch lange nicht in die Welt hinauszuposaunen. Sei doch vernünftig, Kind. Als ich ihn kennenlernte, warst du vierzehn. Was kann er schon wissen? Weshalb hast du dich überhaupt an ihn gewandt?«

»Weil er dein bester Freund ist. Darum.«

Mor habe nachdenklich und auch ein bißchen stolz ausgesehen, sagte Swanny.

»Er ist recht einsam, denke ich. Er hat nicht noch einmal geheiratet. Mir hat er mal einen Heiratsantrag gemacht, ich glaube, das habe ich dir nie erzählt, aber es ist schon lange her.«

Swanny war inzwischen von ihrer Mutter so genervt, daß sie aufrichtig wünschte, Mormor hätte Harry geheiratet, denn dann wäre sie jetzt in Leyton und vollauf mit seiner Pflege beschäftigt. »Und warum hast du ihn nicht genommen?«

Wieder der flinke Blick in die eine, die Handbewegung in die andere Richtung. »Es wäre nicht gutgegangen. Du hast einen netten Mann und ein schönes Haus, aber ich habe mit der Ehe andere Erfahrungen gemacht. Warum sollte ich es noch mal riskieren? Die Menschen ändern sich, wenn sie erst verheiratet sind, glaub mir das. Ein guter Freund ist mir allemal lieber als ein Ehemann.«

Wenige Wochen später war Harry tot. Aber er hatte nichts gewußt, er hatte nichts zu erzählen.

Die Jahre vergingen. Swanny sagte mir, sie habe sich die größte Mühe gegeben, nicht immer wieder in Asta zu dringen, aber sie konnte nicht anders. Ständig setzte sie Asta mit ihren Fragen zu, und Asta reagierte unterschiedlich. Ist doch unwichtig, sagte sie, spielt überhaupt keine Rolle, dann wieder, sie habe es vergessen, oder Swanny solle sich keine Gedanken mehr über eine Sache machen, die nur dann von Bedeutung wäre, wenn ihre Adoptivmutter sie nicht geliebt hätte. Daß sie, Asta, Swanny liebhatte, daß sie seit jeher ihr Liebling war, lag doch auf der Hand, was sollten also diese Fragen? Dummes Zeug!

Und dann spielte Asta ihre Trumpfkarte aus, oder vielleicht war sie das Gezerre einfach leid, und von einem Spiel konnte keine Rede sein. Sie mußte sich jetzt häufiger hinsetzen, saß dann allerdings gewöhnlich nur auf der Sesselkante, gleichsam sprungbereit, aber nicht nervös, das war sie nie. Sie legte den Kopf zurück und sah ungehalten zur Decke, es heißt, das sei ein Überbleibsel aus früheren

Zeiten, als die Menschen zum Himmel aufblickten und Gott um Geduld anflehten.

»Und wenn ich dir nun sage, daß alles nicht wahr ist, daß ich es mir ausgedacht habe?«

Swanny fing an zu zittern. Dieses Zittern – manchmal auch ein hörbares Zähneklappern – stellte sich jetzt oft ein, wenn die Mutter sich zu ihrer Herkunft äußerte. »Wollen wir uns darauf einigen, *lille* Swanny?« fragte Asta. »Ich habe mir die ganze Geschichte ausgedacht, weil ich eine garstige alte Frau bin, die Spaß an Hänseleien hat. Und jetzt reden wir nicht mehr darüber, ja?«

»Und den Brief hast dann wohl auch du geschrieben?« fragte Swanny bitter.

Ein leichtes Schulterzucken, der flinke Seitenblick, ein Lächeln. »Wenn du willst. Wenn dich das glücklich macht.«

Swanny rang sich zu einem kühnen Entschluß durch, an den sie zunächst kaum denken konnte, ohne schamrot zu werden. Erst einige Zeit nach Astas Tod brachte sie es über sich, mir davon zu erzählen. Mit leiser Stimme, ohne mich anzusehen. Bei nächster Gelegenheit wollte sie Astas Zimmer durchsuchen und in ihren Sachen stöbern.

Die Gelegenheit kam, als Asta ihren ersten und letzten Logierbesuch bei Ken und Maureen machte. Asta hatte für Ken nicht viel übrig. Daß er seinen Namen geändert hatte, habe sie zu sehr aufgebracht, pflegte sie zu sagen, aber auch Mogens hatte sich einen englischen Namen zugelegt, und das hatte sie offenbar nicht weiter gestört. In Wahrheit war es wohl so, daß sie sich damals, als Ken geboren wurde, eigentlich ein Mädchen gewünscht hatte. Ihr Lieblingssohn war der kleine Mads gewesen, der als Baby gestorben war. Ja meinst du denn, der hätte seinen Namen nicht geändert? hatte Swanny in einem seltenen Anflug von Erbitterung gefragt, aber da hatte Asta angefangen zu lachen und damit Swanny den Wind aus den Segeln genommen.

Ken und Maureen hatten sie schon oft vergeblich eingeladen. Nach Kens Pensionierung hatten sie die Wohnung in der Baker Street aufgegeben und waren nach Twickenham gezogen. Asta hatte nicht viel für Vororte übrig. Hampstead sei etwas anderes, Hampstead würde sie nicht als Vorort bezeichnen, vom Garden Suburb abgesehen, aber den betrachte sie eben gar nicht mehr als Hampstead, sondern als Finchley. Unermüdlich auf Entdeckungsreise, hatte sie seine Entstehung miterlebt. Ken und Maureen machten einen erneuten Anlauf, als Torben ins Krankenhaus kam.

Er hatte eine Herzattacke gehabt, sich aber recht gut erholt. Swanny war fast den ganzen Tag bei ihm in der Klinik. Ken sagte zu Asta, sie müsse sich doch in dem großen Haus einsam fühlen, und zu Swanny sagte er, für sie wäre es bestimmt »ganz erholsam«, die Mutter mal zwei Wochen los zu sein. Dabei war ihr Asta eigentlich keine Last, sie war eben nicht die typische Neunzigjährige, die Betreuung und Pflege rund um die Uhr braucht, sie konnte ohne fremde Hilfe tun und lassen, was sie wollte, und hatte ihre fünf Sinne noch tadellos beisammen.

Swanny konnte es, wie sie mir sagte, kaum erwarten, bis ihre Mutter aus dem Haus war, um sich ungehindert in ihrem Zimmer umzusehen. Sie hatte den Verdacht, daß ihr

Bruder bei seiner Einladung gewisse Hintergedanken gehabt hatte, auch wenn sie nicht hätte sagen können, welche. Asta hatte nichts zu verschenken und wenig zu vererben, jedenfalls nicht »richtiges Geld«, wie Ken es ausgedrückt hätte. Sie sei wohl in ihrem Jammer und durch den ständig nagenden Zweifel kleinlich und mißtrauisch geworden, meinte Swanny, vermutlich hatten Ken und Maureen es einfach gut gemeint. Sie wartete sehnsüchtig darauf, daß Asta die Einladung annahm, hütete sich aber, sie zu drängen. Eines Tages überraschte Asta sie mit der Bemerkung, sie sei noch nie in Kew Gardens gewesen. Von Twickenham aus – da, wo Ken wohnte – käme man zu Fuß hin.

Dabei war sie durchaus nicht das, was man naturverbunden nennt. Sie konnte eine Rose von den anderen Blumen unterscheiden, und irgendwo in den Tagebüchern steht etwas über Buchen, aber auch eine Bemerkung, aus der hervorgeht, daß sie keine Roßkastanien kannte. An Kew reizten sie unter anderem die Bananen, die dort im Glashaus wuchsen. Nachdem Asta in Kens und Maureens Wagen weggefahren war, ging Swanny sofort hinauf in Astas Zimmer im dritten Stock. Es sei wie eine Sucht gewesen, sagte sie – so wie heimliche Trinker, endlich allein, sofort zur Flasche greifen oder andere zu einem Fetisch greifen oder masturbieren (das sind meine Worte, sie drückte sich gewundener aus) –, bei ihr aber führte diese Sucht nur zu Atemnot und Übelkeit. Sie war süchtig danach zu erfahren, wer sie war.

Asta hatte dort oben ein geräumiges Zimmer oder eigentlich zwei Zimmer mit einer Flügeltür dazwischen, die immer offenstand, und ein eigenes Badezimmer. Im Grunde konnte sie in der ganzen dritten Etage schalten und walten, wie sie wollte, denn der Abstellraum war unbenutzt. Ich hatte diese Räume, wie gesagt, vor Swannys Tod nie gesehen. Asta bat niemanden hinauf in ihr Reich, sie interessierte sich für Menschen, brauchte sie aber nicht. Ich sah das Zimmer erst vierzehn Jahre nach dem Tod seiner Bewohnerin, kannte es aber natürlich aus Fotos in Zeitschriften und Sonntagsbeilagen. Das letzte Heim jener Frau, von der die berühmt gewordenen Tagebücher stammten, fand vor allem dann, wenn wieder ein neuer Band herausgekommen war, starke Beachtung in der Öffentlichkeit.

Die Zimmer waren komfortabel, ja sogar mit einem gewissen Luxus eingerichtet wie alle Räume in Swannys Haus, aber auf mich wirkten sie kahl und unbewohnt, und Swanny beteuerte, sie habe nichts verändert, nichts hinzugefügt oder weggenommen. Asta neigte nicht zum Horten, sie interessierte sich für das Leben, nicht für den Erinnerungströdel des Daseins. Die Möbel und der Zimmerschmuck gehörten Swanny, Asta hatte sie beim Einzug vorgefunden. Asta gehörte nur das napoleonische Bett und der dunkel polierte Tisch mit den geschnitzten Früchten und Blättern, die Bücher, die Fotoalben und ein paar gerahmte Fotos, die nicht, wie sonst üblich, auf Möbelstücken standen, sondern an den Wänden hingen: ein düsteres, offenbar an einem trüben Tag aufgenommenes Sepia-Foto von Padanaram, mehrere Porträtaufnahmen von Swanny, das Hochzeitsfoto meiner Eltern und das von Swanny, eine Atelieraufnahme der jungen Asta, mit dem Namen eines Kopenhagener Fotografen quer über der unteren rechten und dem gekrakelten Schriftzug »Asta« in der linken Ecke gleich einem Popstar-Autogramm.

Astas Schreibtisch oder vielmehr den von Asta benutzten Schreibtisch – falls Asta den Schreibtisch benutzte, was Swanny nicht wußte – hatte Swanny schon durchsucht. In den Schubladen lagen Briefpapier und Umschläge, ein leeres Schreibheft und überraschend viele billige Kugelschreiber, was ihr allerdings erst im Rückblick bedeutsam erschien, damals wußte sie ja noch nichts von den Tagebüchern, ahnte nicht, daß die dicke Kladde in der obersten Schublade Astas letztes Tagebuch war, in das sie am 9. September 1967 die letzte Zeile geschrieben hatte. Auch daß der 9. September 1967 der Tag nach Harry Dukes Beerdigung war, kam Swanny erst viel später zu Bewußtsein.

Natürlich schlug Swanny die Kladde auf, auch wenn sie vor Scham fast verging, aber sie ließ keine Möglichkeit aus, sie prüfte alles, was ihr in die Hände fiel. Der Text war dänisch geschrieben, sie hätte ihn lesen können, aber als sie die Jahreszahlen 1966 und 1967 sah, ließ sie es sein. Vor ein paar Jahren war eine Verwandte von Torben gestorben, die ein 1913 in St. Petersburg entstandenes Tagebuch hinterlassen hatte. Ihr Mann war Angestellter bei der Great Northern Telegraph Company gewesen, sie hatte in St. Petersburg ein Jahr lang mit ihm im Hotel gelebt. Torben hatte sich von diesem Tagebuch viel versprochen und es schließlich an sich gebracht. Er erwartete ein Lebensbild aus vorrevolutionärer Zeit mit aufschlußreichen Kommentaren zu Politik und Gesellschaft. Von der Gesellschaft war in den staubtrockenen Notizen der jungen Frau zwar häufig die Rede, aber nur in Form von Empfängen und Bällen und der dazugehörigen Garderobe, garniert mit einem täglichen Wetterbericht. Daran mußte Swanny denken, als sie das letzte Tagebuch ihrer Mutter in der Hand hielt. Sie las einen Abschnitt über einen bösen Sturm und über einen Baum, der im Nachbargarten umgefallen war, und legte das Heft wieder in den Schreibtisch zurück.

Die Türen des Kleiderschranks standen wie immer offen, um Luft hereinzulassen. Dort hatte sie schon ein paarmal gesucht und nichts gefunden. Trotzdem sah sie noch einmal hinein, tastete mit größter Überwindung die Taschen längst nicht mehr getragener Mäntel ab und wühlte in uralten Handtaschen. Aber Asta hatte nichts aufgehoben, anders als viele Frauen ließ sie es nie so weit kommen, daß sich in ihren Handtaschen allerlei Plunder ansammelte. Nicht aus Ordnungsliebe oder Pedanterie, sondern weil ihr der Ballast des Alltagslebens lästig war.

Swanny hatte es vor allem der abgeschlossene Wäscheschrank angetan. Da der Schlüssel nicht steckte, hatte Asta ihn mitgenommen oder verkramt, was aber nicht weiter schlimm war. Im Haus gab es mehrere verschließbare Schränke, und Swanny sagte sich sehr richtig, daß vermutlich ein Schlüssel für alle paßte. Das Schnüffeln sei ihr schrecklich gewesen, sagte sie, andererseits genoß sie es, allein und völlig ungestört zu sein. Ich glaube, von Torben ertappt zu werden wäre ihr ebenso unangenehm gewesen wie eine Entdeckung durch Asta. Torben war ein Mann von hohen Grundsätzen, durchaus nett, aber ein bißchen spießig. Swannys Herumstöbern im Zimmer ihrer Mutter hätte ihn bestimmt ebenso schockiert, als hätte er seine Frau beim Besuch eines Pornofilms ertappt.

Doch der arme Torben konnte sie nicht stören, er lag, wenn auch schon fast genesen und mit der Aussicht, bald heimzukommen, zur Zeit noch im Krankenhaus, und Asta war auf dem Weg nach Twickenham. Swanny öffnete den Schrank. Er war vollgestopft mit getragenen Sachen von derselben Machart wie die im Kleiderschrank, nur älter.

Kräftiger Kampfergeruch stieg ihr in die Nase. Asta hortete grundsätzlich nichts und war völlig unsentimental, deshalb konnte Swanny nur vermuten, ihre Mutter habe die Sachen in der Hoffnung aufgehoben, sie würden früher oder später wieder modern werden. Tatsächlich kamen in Astas Todesjahr knöchellange Röcke in Mode. Die Kleider und Kostüme im Wäscheschrank stammten aus der Zeit des Ersten Weltkriegs und davor, auch ein oder zwei perlenbesetzte Roben aus den zwanziger Jahren waren dabei. Swanny war bitter enttäuscht. Im übrigen hatte sie sich in Astas Absichten geirrt. Asta wollte die Kleider aus dem Wäscheschrank verkaufen, und wenige Monate später fand sie in der High Street von St. John's Wood ein Geschäft, das sich rechtzeitig auf die Nostalgiewelle eingestellt hatte, und bekam eine stattliche Summe für ihre Schätze, was einmal mehr ihren Geschäftssinn bewies.

Mehr hatte Swanny nicht gefunden. Keine Briefe, keine Dokumente. Sie ging in ihr Schlafzimmer und sah sich –

nicht zum ersten, eher zum hundertsten Mal, seit jener Brief ins Haus gekommen war – ihre Geburtsurkunde an. Die Geburt war am 21. August 1905 im Standesamt für den Bezirk Hackney Südwest in der Sandringham Road 55 beurkundet. Ihr Name war als Swanhild angegeben (die übrigen, von Rasmus gewünschten Vornamen standen noch nicht dabei), als Vater war genannt Rasmus Peter Westerby, Ingenieur, 31 Jahre alt, als Mutter Asta Birgit Westerby, geborene Kastrup, 25 Jahre alt. Der Standesbeamte hatte die Urkunde als Edward Malby unterzeichnet.

Die Sache war und blieb rätselhaft.

10

Einen Tag vor meiner Verabredung mit Cary fuhr ich in die Willow Road, um mir die Tagebücher selbst anzusehen – das erstemal seit vierzehn Jahren, als mir Swanny die Originale gezeigt hatte.

Nachdem ich in der Umgebung des Hauses vergeblich versucht hatte, den Wagen abzustellen, drehte ich eine Runde nach der anderen, bis ich in der Pond Street, eine halbe Meile weit weg, den einzigen Parkplatz von ganz Hampstead fand. Ich hätte Gordon Westerby in der Menge der Pendler, die aus der U-Bahn-Station Hampstead Heath quollen, wohl kaum erkannt, wenn er nicht von sich aus hocherfreut auf mich zugekommen wäre.

Es war viel wärmer als an jenem tristen Apriltag, an dem wir Swanny begraben hatten, und dem hatte auch Gordon Rechnung getragen; er war leichter, allerdings nicht lässiger gekleidet. Obwohl es weder regnete noch der Wetterbericht uns Regen in Aussicht gestellt hatte – eine ganze Woche schon war kein Tropfen mehr gefallen –, trug er einen Regenmantel von der Art, wie man sie bei Kriminalinspektoren oder in der Fernsehberichterstattung sieht. Der Kragen war so hoch wie der auf der Beerdigung, aber nicht ganz so steif, und saß an einem blauweiß gestreiften Hemd, zu dem er einen korrekten blauen Schlips trug. Auch die spiegelnden schwarzen Schuhe und die Aktentasche bildeten farblich eine Einheit.

»Ich hatte sehr gehofft, dich einmal zu treffen«, sagte er so gewichtig, als wären wir auf derlei Schicksalsfügungen angewiesen, als wären Briefzustellung und Telefon noch nicht erfunden. »Wie schön, dich zu sehen!«

»Was machst du denn hier?« fragte ich halb belustigt, halb verblüfft. Wollte er auch zur Willow Road?

»Ich wohne hier«, sagte er, von meiner Überraschung offenbar leicht irritiert. »In der Roderick Road, mir gehört die Hälfte einer Eigentumswohnung. Dachtest du etwa, ich wohne bei meinen Eltern?«

Ich hatte mir überhaupt nichts gedacht, aber er erwartete wohl auch gar keine Antwort, denn er fuhr in vertraulichem Ton fort: »Es war natürlich ein bißchen peinlich für sie, daß ich gay bin, und da dachte ich mir, es ist die beste Lösung, wenn ich ausziehe. Wohlgemerkt, wir vertragen uns blendend.«

»Selbstverständlich«, sagte ich und überlegte, warum er, wenn er schon in der Nähe wohnte, nie seine Großtante besucht hatte.

»Wir haben ja neulich über den Stammbaum gesprochen«, sagte er, »und da ist mir eine großartige Idee gekommen. Es sind doch weitere Tagebuch-Bände geplant, nicht?«

Ja, sagte ich, für das nächste oder übernächste Jahr.

»Wie wäre es, wenn da auch mein Stammbaum aufgenommen wird, sobald er fertig ist? In das Buch, meine ich. Und in Neuauflagen der früheren Bände. Was hältst du davon?«

Gordon fixierte mich mit einem ernsten, forschenden Blick. Er hatte Astas Augen, aber sie wirkten blasser, wie verdünnt. Ein Unterschied wie Öl- und Wasserfarbe.

»Ich habe mir die Tagebücher in der Taschenbuchausgabe gekauft, ich kannte sie bisher noch nicht und will sie mir dieses Wochenende zu Gemüte führen. Mein Freund und ich, wir lesen uns nämlich gern etwas vor.«

Diesmal bot ich ihm meine Hilfe bei seinem Stammbaum an, da bei weitem nicht alle Angaben über Astas und Rasmus' Vorfahren in den Tagebüchern zu finden waren, vielleicht konnte ich die eine oder andere Lücke schließen.

»Ich zähle fest auf dich«, sagte er. »Mein Vater ist da überhaupt nicht im Bilde. Bei meinem Hobby fällt mir immer wieder auf, daß sich für die Familie immer nur die Frauen interessieren.« Zum erstenmal lächelte er, wobei beachtliche Beißwerkzeuge zum Vorschein kamen. »Bis bald also«, sagte er, fügte noch hinzu, es habe ihn sehr gefreut, und ging rasch in Richtung Gospel Oak davon.

Swannys Haus, wie ich es in Gedanken immer noch nannte, erschien mir heute besonders still, aber es empfing mich mit sanfter Wärme, einem Geruch nach Frische und funkelndem Glanz. Auch heute wieder hatte ich das Gefühl, eine Schmuckschatulle zu betreten. Bei Swanny und Torben gab es so viel Silber und Messing, so viel gläserne Ornamente und Kronleuchterfacetten, daß die Räume stets von kleinen bewegten Lichtern erfüllt waren. Zu jeder Tages- und Nachtzeit sah man dieses Gleißen und Glitzern, mondgleichen Schimmer auf der Rundung einer Vase, satten Glanz von Schalen und Kelchen, das Aufblitzen einer Lüsterfacette, die schwirrenden Punkte, die bei der Spiegelung von Kristallglas entstehen. Wenn keine Sonne schien, waren Glanz und Gefunkel matter, gedämpft, gleichsam im Wartestand, bis der Regen vorbei war, das Dunkel sich lichtete.

Eins der Zimmer im Erdgeschoß hatte Torben sich als Arbeitszimmer vorbehalten. Was er dort arbeitete, las oder schrieb, weiß ich nicht, eigentlich hatte er dafür Platz genug in der Botschaft, doch Männer wie er brauchten ein Arbeitszimmer, Frauen hatten statt dessen ihre Nähstube. Nach seinem Tod stand das Zimmer leer, bis Swanny es übernahm. Mein Zimmer, so nannte sie es stets, mit leichter Betonung auf dem zweiten Wort. Dort hatte sie sich fotografieren lassen, als die *Sunday Times* in der Reihe *Ein Tag im Leben von…* einen Beitrag über sie brachte.

Im Arbeitszimmer war ich oft gewesen. Dort konnten Astas Tagebücher nicht sein. Swanny hatte Torbens recht spartanische Ausstattung – Füllfederhalter, Schreibunterlage und Crown-Derby-Tintenfaß – durch einen PC und einen Fotokopierer ergänzt. Im Haus waren viele Bücher, Tausende von Büchern, die meisten im Arbeitszimmer, dessen Wände mit Büchern fast vollgestellt waren. Die drei bisher erschienenen Bände *Asta, A Live Thing in a Dead Room* und *Bright Young Middle-Age* hatte Swanny in allen bisher erschienenen Sprachfassungen – zuletzt war die isländische Übersetzung erschienen – auf eigens dafür vorgesehenen Regalfächern angeordnet. An einer Wand hing in einem Rahmen aus hellem polierten Holz die (stark vergrößerte) Faksimile-Seite des ersten Heftes. Swanny war mit Verlegern per du, hatte auf Partys berühmte Schriftsteller kennengelernt und war von ihrer Agentin als Ehrengast herumgereicht und auf Promotionstour geschickt worden, aber sie war nie ein richtiger Büchermensch geworden, dem es weniger um das Aussehen eines Buches geht, sondern um das, was zwischen den Buchdeckeln ist. Eine gewisse Ehrfurcht vor dem gedruckten Buch hat sie nie ganz abgelegt, und deshalb standen auf ihrem Schreibtisch Rücken an Rücken eine Erstausgabe von *Asta* im Geschenkschuber und ein Exemplar der reich illustrierten großformatigen Gyldendal-Ausgabe, während gebundene, aber unkorrigierte Leseexemplare in die untersten Fächer des Bücherregals an der Wand vor dem Schreibtisch verbannt worden waren.

Im Arbeitszimmer waren die Originale also nicht, das heißt, sie waren nirgends zu sehen. Als ich vorsichtshalber noch einmal in den Schreibtischfächern nachschaute, konnte ich in etwa nachvollziehen, wie Swanny beim Wühlen und Stöbern in Astas Zimmer zumute gewesen war. Nur war Swanny nicht, wie seinerzeit Asta, auf Besuch bei Verwandten in Twickenham. Swanny war tot. Es gab mir einen Stich. Ich machte die Schubladen wieder zu, starrte auf die limitierten Ausgaben und Geschenkbände, ohne sie wahrzunehmen, dachte an Swannys verzweifelte Bemühungen und an ihr Dilemma, daß die einzige, der die Wahrheit bekannt war, sich nie hatte dazu bewegen lassen, sie preiszugeben.

Ein halbes Jahr später war Torben nach einem zweiten Herzinfarkt gestorben. Mit seinem Tod erreichte Swanny vielleicht den einzigen wirklichen Tiefpunkt ihres Lebens. Sie war an Torbens Seite eine rundum glückliche Frau gewesen, behütet, umsorgt, verwöhnt und geliebt, wie sie im Rückblick erkannte, nachdem ihr Schicksal sich erneut gewendet hatte und ihr Schmerz ein wenig in den Hintergrund getreten war. Abgesehen von dem Verlust ihres Bruders Mogens, den sie als Elfjährige erfahren hatte, war sie von Kummer verschont geblieben.

Daß sie anerkanntermaßen der Liebling der Mutter war, hatte ihr immer viel bedeutet. Dank Torbens tiefer Liebe und anhaltender Leidenschaft war sie in einer beneidenswerten Lage. Täglich durfte sie der Huldigung ihres Mannes sicher sein. Sie wußte, daß er Abend für Abend mit der atemlosen Erregung des frisch Verliebten heimkam, die letzten Meter im Laufschritt zurücklegend, um Sekundenbruchteile früher bei ihr zu sein, daß er, wenn sie sich zusammen in einem Raum voller Menschen befanden, die Gesichter der anderen nur schwach oder verschwommen wahrnahm, während das ihre in leuchtender Klarheit vor ihm stand – denn all das hatte er ihr gesagt.

Weder er noch sie hatten sich unbedingt Kinder gewünscht, und als sich keine einstellten, gestand er ihr, daß er froh darüber war, weil er sonst eifersüchtig gewesen wäre. Seine Abneigung Asta gegenüber aber war nicht Eifersucht, sondern hatte andere Gründe. Weil sie senil war, wie er es nannte (wofür er keinerlei Verständnis aufbrachte), hatte sie Swanny mit ihrem Lügen und Fabulieren unglücklich gemacht, und das konnte er ihr nicht verzeihen.

Er liebte Swanny noch immer mit der hungrigen Begehrlichkeit des Zweiundzwanzigjährigen, der sie am anderen Ende jenes Raumes in Kopenhagen gesehen hatte. In einem der Briefe, mit denen Asta sich gern auf Gesellschaften brüstete, ohne sie je gesehen zu haben, hatte er

Swanny geschrieben, er würde, falls sie ihn nicht erhörte, bis an sein Lebensende keine Frau anrühren. Offenbar hatte er bis dahin keine Erfahrungen mit der Liebe gehabt, er hatte sich für Swanny »bewahrt«, um so »rein« zu bleiben wie sie, wie er es ausdrückte – in einem Stil, der damals wohl üblich war und den wir heute belächeln. Torben Kjær erinnerte nicht nur durch seine Größe und sein nordisches Aussehen an Wagner-Opern.

Swanny holte seine Briefe hervor, las sie immer wieder und ließ so manche Träne darauf fallen, wie sie sagte, nicht nur Tränen des Kummers, sondern auch des schlechten Gewissens, denn sie hatte das Gefühl, Torben zu Lebzeiten nicht so gewürdigt zu haben, wie er es verdiente. Sie hatte ihn nie so geliebt wie er sie, was aber wohl für jede Beziehung gilt, in der ein Partner derart leidenschaftlich und ausschließlich liebt. Der Mensch scheint zwar fast grenzenloser Leidenschaft, nicht aber entsprechend starker Reaktionen fähig zu sein. Swanny pflegte in ihrem Jammer zu sagen, daß es besser sei zu küssen als die Wange hinzuhalten, selbst zu handeln als an sich handeln zu lassen. Man tut sich ja immer leichter mit dem aktiven als mit dem passiven Part. Zuweilen war ihr Torbens Überschwang ein bißchen zu viel geworden.

Jetzt aber trauerte sie um ihn. Erst jetzt wisse sie, wie sehr sie ihn geliebt habe, sagte sie unvorsichtigerweise zu ihrer Mutter – aber mit wem hätte sie sonst darüber reden sollen? – und erntete damit nur Hohn und Spott. Du bist wohl nicht gescheit, Kind, natürlich hast du ihn geliebt. Welche Frau würde einen Mann nicht lieben, der so gut zu ihr war, der ihr so viel gegeben, ihr diese wunderbaren

Briefe geschrieben hat, ein so gutaussehender, großzügiger, gütiger Mann, überglücklich wäre ich gewesen, wenn ich so einen gehabt hätte… und so weiter und so fort.

Um diese Zeit bürgerte es sich ein, daß ich mindestens einmal in der Woche in der Willow Road war. Meist kam ich abends und aß dann mit Swanny. Zu allem Unglück hatte sich gerade jetzt ihre Arthritis verschlimmert (auch etwas, wofür Asta nur sehr wenig Verständnis aufbrachte), die sie mit schmerzhaften Goldinjektionen behandeln ließ. Sie hatte ständig Beschwerden in den Knien, die Fingergelenke waren verdickt, sie wirkte hager und abgezehrt. Niemand, der sie an jenen Mittwoch- oder Donnerstagabenden sah, an denen sie für mich kochte, selbst aber kaum einen Bissen aß, hätte voraussehen können, was aus dieser Frau in ihrem achten Lebensjahrzehnt noch werden sollte.

Ich besuchte Swanny regelmäßig, war aber bis zu ihrer letzten Krankheit kaum einmal in den oberen Räumen gewesen. Als ich jetzt die Treppe hochstieg, überlegte ich, wo ich anfangen sollte. Ich wußte nur, daß Swannys Schlafzimmer der große Raum über dem Salon war, aber daß sie die Tagebücher dort aufbewahrt hatte, war unwahrscheinlich. In Astas Zimmer vielleicht? Im Weitersteigen staunte ich wieder einmal, daß Asta sich ausgerechnet für den dritten Stock entschieden hatte. Wie hatte sie es als Neunzigjährige geschafft, mehrmals täglich diese vielen Stufen zu bewältigen, während ich, die mehr als vierzig Jahre Jüngere, schon diese eine Kletterpartie beschwerlich fand? Sicher hatte ihr die Abgeschlossenheit dort oben gefallen. Wie viele Schriftsteller war sie bald äußerst gesellig, bald hatte sie ein starkes körperliches Verlangen nach Zurückgezogenheit.

Auch dort waren die Tagebücher nicht.

Mit Ausnahme des letzten, unvollständigen, das mit dem 9. September aufhört. Es lag auf dem Schreibtisch, in dessen oberster Schublade Swanny es damals gefunden hatte. Die Fotoalben standen sehr eindrucksvoll »arrangiert« auf dem schwarzen Eichentisch, eins war aufgeschlagen, man sah Mogens und Knud in Matrosenanzügen und mit langem Lockenhaar, am unteren Rand des Fotos konnte man gerade noch den Namen des Fotografen erkennen: H. J. Barby, Gamle Kongevej 178. Es war kurz vor der Auswanderung nach England entstanden. Zwei weitere Alben lagen auf einem Konsolentisch, daneben stand eine Vase mit Trockenblumen.

Ich mußte an den Artikel und die Farbdrucke im *Observer*-Magazin denken. Swanny hatte offenbar solche Arrangements eigens für Journalisten und die Redakteure von Schöner-Wohnen-Zeitschriften komponiert. Das Zimmer hatte etwas von einem Schrein, als Lagerplatz für die übrigen zweiundsechzig Tagebücher schien es mir denkbar ungeeignet. Ich zog den geschnitzten Flansch des Eichentisches heraus, der, wie Swanny geschrieben hatte, ein Geheimfach war. Nähzeug lag darin, Nadeln und ein Nadelkissen, ein silberner Fingerhut und in einer modernen Reißverschlußtasche aus Plastik das rotviolette Federläppchen, das Swanny ihrer Mutter zu deren dreiunddreißigsten Geburtstag bestickt hatte.

Ich ging ins nächste, das letzte Stockwerk, die Zimmer dort oben waren offenbar nie als Wohnräume genutzt worden. Schiffskoffer standen darin und andere Gepäckstücke, alles war ordentlich und peinlich sauber. Im ersten Zimmer fand ich eine Hutschachtel in einer Hülle aus ungebleichtem Leinen und einen ledernen Schrankkoffer mit den goldgeprägten Initialen M. S. K., der demnach Torbens Mutter gehört hatte. Ich öffnete ihn. Die polierten hölzernen Kleiderbügel hingen noch auf der Stange. Alle Gepäckstücke waren leer.

Das zweite Zimmer betrat ich im Vorgefühl einer dramatischen Entwicklung, in Erwartung einer Enthüllung oder eines furchterregenden Fundes. Dabei hatte ich nicht bedacht, daß Sensationen so gar nicht Sache der stets zurückhaltenden und beherrscht wirkenden Swanny waren. Gerade deshalb hatte es sie ja tiefer getroffen als vielleicht eine leichter erregbare, romantischer veranlagte Frau, mit fast sechzig erfahren zu müssen, daß sie nicht das Kind ihrer Eltern war. Das hatte ich, wie gesagt, nicht bedacht, und erwartete nun am Ende ihres Lebens, am Ende meiner Suche in diesem Haus so etwas wie eine letzte dramatische Geste.

Das Zimmer stand voller Bücherkisten, die so gepackt waren, daß man die Buchrücken erkennen konnte, meist schwedische Ausgaben von Bonniers und Hugo Gerber, alte Taschenbuchausgaben mit dünnen, beigefarbenen Buchdeckeln, dazwischen, mit einem Etikett in Torbens Handschrift, das Tagebuch, das seine Tante oder Cousine 1913 in St. Petersburg geführt hatte. Erstaunlich, dachte ich wieder einmal, wie ähnlich alle Europäer vor 1920 geschrieben haben. Die Handschrift war nach vorn geneigt, verschlungen, gefällig anzusehen, aber nicht leicht zu lesen. Ich verstand kein Wort und legte das Heft wieder an seinen Platz.

Blieb nur noch ein Zimmer. Ich schuf mir meine Dramatik selbst, denn dem äußeren Anschein nach war sie durch nichts gerechtfertigt. Hier waren Möbel gelagert, Stühle – Sitz auf Sitz, Stuhlbeine an Lehnen gestapelt –, ein Tisch, zwei Jugendstilsessel, die nicht zur Einrichtung unten paßten. Der zweiteilige Mahagonischrank mit der Doppeltür war die letzte Möglichkeit im ganzen Haus. Und dort lagen sie.

Mir schien, als hätte ich die Tagebücher am Ende der Welt gefunden. Drei Stunden hatte ich gesucht. Dabei begriff ich sofort, wie passend der Ort gewählt war: Weil Wärme nach oben steigt, war dies der wärmste Raum im ganzen Haus, die Tagebücher waren, sicher vor übereifrigen Putzfrauen, zwischen anderer wohlverwahrter, aber kaum benutzter Habe gelagert und so weit von den bewohnten Räumen des Hauses entfernt, daß das Eindringen neugieriger Besucher oder findiger Journalisten nicht zu befürchten stand. Die einzelnen Hefte steckten jeweils in einer Plastiktüte, zehn Hefte in einer größeren Tüte, das ganze Paket war mit zwei Gummibändern zusammengehalten. Durch die doppelte Plastikhülle sah man, daß jeder Band mit dem Jahrgang gekennzeichnet war, und durch die einfache Hülle erkannte ich das Etikett, auf dem vermerkt war, welchen Zeitraum der jeweilige Zehnersatz umfaßte. Nicht ersichtlich war, ob es sich um übersetzte, redigierte oder bereits gedruckte Tagebücher handelte.

Mich überkam so etwas wie Ehrfurcht, und dann

machte ich mir klar, daß die Tagebücher jetzt ja mir gehörten – sofern man das so sagen kann, denn das Copyright läuft noch über viele Jahre auf Swannys Namen. Ich nahm den ersten Zehnersatz heraus, der links oben mit dem Etikett 1905–1914 gekennzeichnet war. Das war die Serie, die als *Asta* gedruckt vorlag, und von der insbesondere das erste Heft Cary Oliver interessierte.

Der Geruch, der mir in die Nase stieg, war nicht L'Aimant von Coty, sondern der süßlich-stumpfe Geruch frühen Verfalls. Die münzgroßen Kreise der Stockflecken waren zu einem hellen Kaffeebraun verblaßt, aber der Text war noch deutlich zu erkennen. Da ich – wie Tausende begeisterter Leserinnen und Leser – die ersten Zeilen auswendig kenne, konnte ich sie auf dänisch lesen, in Astas stark nach vorn geneigter, aber gut lesbarer Schrift: *Als ich heute vormittag aus dem Haus ging, fragte mich eine Frau, ob in Kopenhagen Eisbären auf der Straße herumlaufen.*

Eine leichte Gänsehaut überlief mich beim Lesen des Originals. Ich blätterte weiter und überlegte, wie Cary sich wohl die Lösung des Sprachproblems vorgestellt hatte. Gewiß, ich konnte ihr die Übersetzungen zeigen, aber die wollte sie ja nicht, die konnte man in den bereits gedruckten Tagebüchern nachlesen – oder vielleicht nicht? Hatte sie andeuten wollen, daß nicht nur die Tagebücher, sondern auch die Originalübersetzungen womöglich Bekenntnisse enthielten, die in dem gedruckten Text weggelassen waren?

18. Juli, 21. Juli, 26. Juli... Nicht alles konnte ich auf Anhieb entziffern, der größte Teil des dänischen Textes

blieb mir verschlossen. Ich schlug die Seite um und las mit einiger Mühe den Abschnitt über den Kampf um die neuen Namen der Jungen, den Asta ziemlich unvermittelt abschließt: ... *In Mogens' Klasse gibt es offenbar vier Jungen, die Kenneth heißen. Da müßt ihr euren Vater fragen, habe ich gesagt und damit das Thema erst mal um viele Monate vertagt.*

Man tut sich leicht mit einer Fremdsprache, wenn man weiß, was kommen muß.

Bis zum 30. August konnte jetzt nichts mehr kommen. In den gedruckt vorliegenden Tagebüchern hieß es, daß Swannys Geburt unmittelbar bevorstand, und fünf Wochen später, daß sie glücklich überstanden war. Ich war, wie wohl alle Leser, davon ausgegangen, daß Asta in jenen Wochen zu beschäftigt – oder einfach zu matt – gewesen war, um Tagebuch zu führen.

Aber dem war nicht so.

Ungefähr fünf oder sechs Seiten waren aus dem Heft herausgerissen worden. Es fehlten die Zeit zwischen dem 26. Juli und dem 30. August und offenbar noch ein paar Sätze nach »... um viele Monate vertagt«. Fünf oder sechs Seiten, hatte ich vermutet – aber jetzt zählte ich sie. Ich zählte die kleinen Fetzen, die an der Heftung zurückgeblieben waren. Fünf Blatt Papier, zehn Seiten Text also oder zweitausend Wörter, denn Asta hatte Vor- und Rückseiten mit jeweils fünfundzwanzig Zeilen beschrieben, und auf die Zeilen paßten etwa zehn bis zwölf Wörter.

Vielleicht hatte Swanny die Seiten erst nach der Übersetzung herausgerissen? Als sie die Tagebücher entdeckte, war ich in Amerika, was sich jetzt als Vorteil erweisen konnte, denn sie hatte mir oft und ausführlich geschrieben, und ich hatte ihre Briefe aufgehoben, war also nicht nur auf mein Gedächtnis angewiesen. Vielleicht war in den Briefen irgendwo von verlorenen Seiten die Rede, auch wenn ich mich im Moment daran ebensowenig erinnern konnte wie an sonstige bedeutsame Enthüllungen. Sie hatte mir nur geschrieben, daß sie die Tagebücher gefunden hatte und sich klar darüber war, daß sie einen beträchtlichen Wert darstellten.

Ich beschloß, mir die Übersetzung vorzunehmen, vielleicht gab es hier gar kein Geheimnis oder nur eins, das diesen Namen kaum verdiente. Womöglich war es Swanny nur um Diskretion, nicht um Verschleierung gegangen. Ich packte die Tagebücher von 1905–1914 wieder in den Schrank, nur das erste nahm ich mit nach unten, um es mit der Übersetzung zu vergleichen.

Swannys Systematik und Ordnungsliebe erleichterten mir die Ermittlungen sehr. Die maschinengeschriebenen Übersetzungsmanuskripte lagen chronologisch geordnet im untersten, tiefsten Schreibtischfach in Torbens vormaligem Arbeitszimmer. Für jedes war ein eigener Ordner angelegt, ohne Titel, aber mit Datum und dem Namen der Übersetzerin.

Ich schlug den ersten Ordner auf: *Als ich heute vormittag aus dem Haus ging, fragte mich eine Frau, ob in Kopenhagen Eisbären auf der Straße herumlaufen.*

Der 18. Juli, der 21. Juli. Der 26. Juli bis zu dem Schlußsatz dieses Tages: … *In Mogens' Klasse gibt es offenbar vier Jungen, die Kenneth heißen. Da müßt ihr euren Vater fragen, habe ich gesagt und damit das Thema erst mal um viele Monate vertagt.* Der nächste Eintrag war der 30. August.

Cary war schon da, als ich in den *Hollybush* auf Holly Mount kam, wo wir uns verabredet hatten. Sie war schmaler geworden und sah in ihren Designerjeans und einer pinkfarbenen Tweedjacke – ich tippte auf Ralph Lauren – sehr smart aus. Cary hat ständig eine andere Haarfarbe. Sie sagte mir – nicht bei dieser, sondern bei unserer nächsten Begegnung –, sie habe vollkommen vergessen, was für eine Farbe ihre Haare ursprünglich mal hatten. »Wenn ich mir jetzt meinen Haaransatz ansehe, ist er weiß.« An diesem Abend war ihr Haar braun wie Zartbitterschokolade.

Vor unserem Bruch hatte es immer Küßchen zur Begrüßung und Küßchen zum Abschied gegeben, vom Händeschütteln halte ich nicht viel. An diesem Abend sahen wir uns nur an und registrierten, was die Zeit angerichtet hatte.

»Du siehst gut aus.«

»Du auch.«

»Findest du es sehr verworfen, wenn ich ein Glas Champagner bestelle?«

Wir bestellten. »Ich glaube, ich muß dich enttäuschen«, sagte ich. »Dort, wo deine Information sein könnte, klafft eine große Lücke. Ich zeig es dir nachher in Swannys Haus. Und jetzt erzähl von deinem Mord.«

»Denk bloß nicht, daß es einer dieser schäbigen Feld-, Wald- und Wiesenfälle ist...«

»Ich denke überhaupt nichts. Den Namen Roper habe ich zum ersten Mal von dir gehört.«

»Wir haben es nicht als Serie angelegt, sondern als Dreiteiler. Keine Sensationsstory, eher ein tragisches Schicksal. Ich erfinde nur ein paar Einzelheiten dazu. Es gibt viele offene Fragen. Ein verschwundenes Kind. Und Astas Bemerkungen über Roper in den Tagebüchern.«

Mittlerweile hatte ich sie gefunden. Eine einzige. In dem Eintrag für den 2. Juni 1913, wo Asta darüber spekuliert, Rasmus könne denken, sie wandle auf den Spuren von Mrs. Roper. »Nur eine«, sagte ich. »Wer war der Mann überhaupt?«

»Er war in einer Drogerie angestellt und wohnte in Hackney. Eigentlich war er Apotheker, so würde man heute wohl sagen. Er soll seine Frau ermordet haben. Im Jahre 1905.«

»Und das war nicht weit vom Haus meiner Großeltern?«

»Sie haben die Leiche in einem Haus in der Navarino Road in Hackney gefunden und Roper aus Cambridge zurückgeholt, wo er inzwischen mit seinem Sohn wohnte. Es war ein unglaublich heißer Sommer, über fünfzig Grad angeblich, ich kann mir das kaum vorstellen, und es gab viele Gewalttaten, zahlreiche durch die Hitze ausgelöste Morde, ich habe es in den Zeitungen für Juli und August nachgelesen. Eine Zusammenfassung steht in *Berühmte Prozesse.* Ich gebe dir mein Exemplar. Sehr gut geschrieben, nur leider nicht so ausführlich, wie ich es gern hätte.«

»Wir sollten uns jetzt erst einmal die Tagebücher ansehen«, sagte ich, aber sie würde nichts finden.

»Das kann man nie wissen.«

»Diesmal schon.«

Inzwischen dämmerte es. Dort oben ist die Luft immer klar und frisch wie auf dem Land trotz der langen Reihe der Wagen, die sich bis weit nach Anbruch der Dunkelheit langsam die Heath Street entlangschlängeln. Durch das Licht der Straßenlampen und die Schwärze dazwischen gingen wir über Streatley Place und New End zur Willow Road.

»Hast du vor, hier zu wohnen?« fragte sie.

»Wo denkst du hin? Für eine Einzelperson ist das Haus viel zu groß.«

Ich spürte ihr Unbehagen. »Es bringt dir bestimmt ein Vermögen«, sagte sie etwas zu munter.

»Ich weiß.«

Warum hatte ich die Tagebücher – zumindest das Heft, um das es ging – eigentlich nicht nach unten geschafft? Flößten mir etwa die Originale so viel Ehrfurcht ein, daß ich es nicht gewagt hatte, sie aus ihrer Ruhe zu zerren? Zumindest der erste Packen mußte jetzt her.

Cary keuchte mit dem kurzen Atem der Kettenraucher hinter mir die Treppe hoch. Auch wenn sie Asta nicht die schwärmerische Verehrung entgegenbrachte, die viele Leser für sie empfanden, ließ sie es sich nicht nehmen, im dritten Stock haltzumachen und einen Blick in ihr Zimmer zu werfen. Die Tür stand offen. Swannys Gewohnheit, jedesmal die Tür hinter sich zuzumachen und sorgsam sämtliche Türen zu schließen, ehe sie aus dem Haus ging, hatte ich nicht übernommen.

Cary sagte etwas enttäuscht, sie habe sich Astas Reich »mehr so wie ihre Tagebücher« vorgestellt. Das oberste Stockwerk mit seinen Kisten und Kasten kam mir so trostlos vor, daß ich Cary nur rasch den Stapel 1905–1914 in die Hand drückte und mir selbst die Hefte von 1915 bis 1924 nahm.

Wir waren schon an die fünf Minuten in Swannys Salon, als ich merkte, daß wir noch unsere Mäntel anhatten. Dies war kein Warteraum, sondern ein Wohnhaus, ein Zuhause, und es gehörte mir, auch wenn ich mich an den Gedanken noch nicht ganz gewöhnt hatte. Ich hängte die Mäntel in die Diele.

»Möchtest du was trinken?«

»Hast du denn was?«

»Ich denke schon. In den letzten Jahren hat Swanny nur Champagner getrunken. Nicht im Übermaß, aber eben ausschließlich.«

»Erst mal sehen, ob es was zu feiern gibt.«

Fast ehrfürchtig blätterte sie in dem vergilbten ersten Heft. Als sie zu den fünf herausgerissenen Seiten kam, wurde ihr Gesicht völlig ausdruckslos. Ich hatte sie nicht vorgewarnt.

»Wer war das?«

»Swanny, nehme ich an. Fünf Seiten fehlen.«

»An einer aufschlußreichen Stelle?«

»Ich denke mir, daß sie herausgerissen wurden, weil sie ein bißchen zu aufschlußreich waren.«

Wie ich das meinte, wollte sie wissen.

»Zu persönlich. Zu hautnah. Mit deinem Mord hat es nichts zu tun.«

Sie zuckte die Achseln. »Wiederholt sich das noch an einer anderen Stelle? Daß Seiten fehlen, meine ich.«

»Wir können ja mal nachsehen.«

Wir gingen die beiden Zehnerstapel durch, aber alle Hefte waren vollständig. Sichtlich stolz auf ihre gute Idee sagte Cary, vermutlich seien die Seiten *nach* der Übersetzung herausgenommen worden.

»Das hatte ich mir auch schon überlegt«, sagte ich. »Aber damit kommen wir nicht weiter. Was du hier siehst, ist das, was übersetzt wurde.«

»Das heißt also, daß Swanny Kjær aus dem Tagebuch ihrer Mutter die Seiten herausgerissen hat, auf denen etwas stand, was sie persönlich nicht akzeptieren konnte.«

»Aber würden wir das denn nicht alle so machen? Nur kommen wir meist gar nicht erst in die Verlegenheit. Wer hat schon eine Mutter, deren Tagebücher zu Bestsellern werden? Gibt es nicht auch in deinem Leben Dinge, von denen du ungern in anderer Leute Memoiren lesen würdest?«

Die Anspielung war deutlich genug, aber sie sah mich nicht an, gab durch nichts zu erkennen, daß sie verstanden hatte.

»Meist weiß man ja vorher gar nicht, daß man in einer Autobiographie vorkommt, und wenn man sie dann liest, muß das ein ziemlich scheußlicher Schock sein. Sagen wir so: Swanny hatte die Möglichkeit, diese Autobiographie zu redigieren – und hat sie in ihrem Sinne redigiert.«

»Redigiert? Zensiert!« ereiferte sich Cary. »Sie hatte nicht das Recht, in dem Text herumzupfuschen.«

Ihre Kritik an Swanny fuchste mich. Bei jedem anderen, bei Gordon Westerby zum Beispiel, hätte ich es durchgehen lassen. Aber nicht bei Cary Oliver. Über den Fall Roper würde sie in diesem Heft jedenfalls nichts finden, wiederholte ich. Wie käme Swanny dazu, wichtige Einzelheiten über ein weit zurückliegendes Verbrechen zu unterschlagen? Was hätte sie davon gehabt?

»Können wir uns die anderen Tagebücher ansehen?« fragte Cary.

Noch einmal quälten wir uns die vielen Stufen hoch und holten die restlichen Zehnerpacken herunter. Alle waren komplett bis auf das Jahr 1954, dort fehlte eine Seite. Ich kämpfte mit dem dänischen Text. Offenbar hatte Asta an dieser Stelle etwas über Hansines Tod geschrieben.

»Trinken wir erst mal einen Schluck«, sagte ich.

Cary hob ihr Glas. »Auf die künftige Herausgeberin von *Asta*.«

»Abwarten... Die Tagebücher sind noch nicht alle übersetzt.«

»Weshalb sollte Swanny Kjær einen Eintrag aus dem Jahre 1954 herausreißen? Ich meine, da war sie doch schon ziemlich alt, nicht? Jenseits von Gut und Böse sozusagen.«

Ich konnte nicht widerstehen. »Sie war so alt wie wir jetzt, Cary.«

Cary schwieg einen Augenblick. Im Grunde, dachte ich, geht sie das überhaupt nichts an. Sie interessierte sich für den Fall Roper, und 1954 war der letzte Roper längst tot. Sie wiederholte, was sie am Telefon gesagt hatte: »Hast du mir verziehen?«

Ich mußte lachen, dabei war es nicht komisch. »Wir müßten unseren Mitmenschen verzeihen, hat Asta mal zu mir gesagt, aber nicht zu bald.«

»Nicht zu bald, Ann? Es ist fünfzehn Jahre her. Und es tut mir leid. Ehrlich.«

»Es tut dir leid, daß es nicht gutgegangen ist. Nicht, daß du… wie soll ich es ausdrücken… interveniert und mir meinen Liebhaber weggenommen hast.«

»Es tut mir leid«, wiederholte sie sehr leise.

»Ich glaube, ich würde Daniel jetzt sowieso nicht mehr haben wollen«, sagte ich vorsichtig. »Unter keinen Umständen. Auch nicht, wenn wir weiter zusammengelebt hätten.«

»Du wolltest ihn heiraten. Das hat er mir erzählt.«

»Da bin ich jetzt nicht mehr so sicher. Ich habe nie geheiratet.« Ich musterte Cary, registrierte die Jeans, die zu knapp waren, den Ansatz von Bauch, die Sehnenstränge vom Kinn zum Hals, und war froh, daß kein Spiegel im Zimmer war, in dem ich mein Bild hätte sehen können. »Jetzt sind wir zu alt für die Liebe«, sagte ich.

»Aber Ann! Wie kannst du so etwas sagen!«

»Jenseits von Gut und Böse. Deine Worte. Nimm noch einen Schluck Champagner.«

Sie kicherte – aus Nervosität, was durchaus verständlich, aber trotzdem, wie ich fand, fehl am Platz war. In diesem Moment hätte ich gern ihre Hand genommen, vielleicht sogar die Arme um sie gelegt, aber als leere Geste bringe ich so etwas nicht fertig, und mehr hätte es, so wie die Dinge lagen, bei Cary nicht sein können. Außerdem hatte Cary ihrerseits wahrscheinlich einen Zorn auf mich, so wie wir ja oft gerade den Menschen zürnen, denen wir weh getan haben.

Statt dessen sagte ich: »Du kannst die Übersetzungen mitnehmen, wenn du willst. Vielleicht ist etwas dabei, das nie gedruckt worden ist.«

»Danke«, sagte sie mit schwerer Zunge.

Sie hatte nie viel vertragen, ich durfte ihr nicht mehr nachschenken. Ihr Gesicht war verquollen und hatte einen eigentümlichen Glanz. In Swannys Salon war nicht genug Licht, die intime, goldschimmernde Beleuchtung wollte zu uns und unserem Thema nicht recht passen. Ich knipste den Kronleuchter an. Cary blinzelte in die jähe Helle und erschauerte.

»Gut, ich nehme die Übersetzungen mit, und jetzt muß ich wieder los. Ich habe dir den Bericht über den Fall Roper und den Prozeß mitgebracht und noch das eine oder andere, was ich ausgegraben habe.« Sie beugte sich vor, um den Packen aus der Aktentasche zu nehmen, und ich meinte das Blut in ihrem Kopf rauschen zu hören. »Hier.« Ihre Hand zitterte leicht.

Und da wußte ich, daß sie nicht deshalb so fertig war, weil ihr die Erinnerung an Daniel zu schaffen machte oder ihr das Thema an sich peinlich gewesen wäre, sondern weil ich gesagt hatte, wir seien zu alt für die Liebe. Es stimmte natürlich nicht, wahrscheinlich ist man dafür nie zu alt, und wir waren noch in den Vierzigern, aber ich hatte es gesagt und sie damit bis ins Mark getroffen. Und da tat sie mir – was ich nie für möglich gehalten hätte – plötzlich aufrichtig leid.

»Schwamm drüber, Cary. Wir wollen nie wieder davon sprechen. Okay?«

»Ja, gern!«

Von einer Sekunde auf die andere strahlte sie wieder und drückte die Übersetzungen an sich wie verloren geglaubte Liebesbriefe. Mit ihrem unvermittelten Themenwechsel konnte sie mich immer wieder verblüffen. »Was sie wohl mit den herausgerissenen Seiten gemacht hat?«

»Was?«

»Deine Tante. Wir gehen davon aus, daß sie es getan hat, damit andere Leute nach ihrem Tod nicht sehen, was da steht.«

Ja, davon konnte man wohl ausgehen. Nur war das mit der Swanny, die ich in Erinnerung hatte, nicht recht vereinbar. »Ja – und?«

»Was hat sie damit gemacht? Weggeworfen? Unwahrscheinlich. Eher irgendwo versteckt.«

Ich stellte mir vor, wie Cary und ich die ganze Nacht auf Schatzsuche in Swannys Haus herumkrochen. Oder vielmehr – ich konnte es mir eben nicht vorstellen. Wir meinten offenbar nicht dieselbe Person. Als wir ein Taxi für sie gefunden hatten und sie mit der Zusage, sich bald zu melden, weggefahren war und ich alleine in dem warmen, blitzblanken, leeren Haus zurückblieb, setzte ich mich mit dem restlichen Champagner hin und ließ mir das, was sie gesagt hatte, noch einmal durch den Kopf gehen. Schon um nicht an Daniel Blain denken zu müssen, den meine innere Stimme so gern als den einzigen Mann zu bezeichnen pflegte, den ich je geliebt hatte.

Wollte ich mehr über Swanny wissen? War es mir wichtig? Natürlich nicht so wichtig, wie es ihr gewesen war, aber neugierig war ich schon. Und inzwischen gab es ja weitere Fragen. Hatte Swanny vor ihrem Tod noch die Wahrheit erfahren? Stand diese Wahrheit auf den fehlenden fünf Seiten vom Juli und August 1905, und stand dort auch Entscheidendes über den Fall Roper?

Erst jetzt fiel mir ein, daß Cary mir nicht gesagt hatte, ob Roper gehenkt oder freigesprochen worden war, und gefragt hatte ich sie nicht danach.

11

7. November 1913

> *Igaar flyttede vi ind i vores nye Hus, Rasmus og jeg, Mogens, Knud, Swanny og Marie, Hansine og Emily. Aah ja, og selvfølgelig Bjørn. Der er nok Soveværelser til Børnene, saa de kan have hver sit, og Hansine og Emily oppe i Loftet, saa de behøver ikke mere at dele Værelse. Men Hansine er slet ikke tilfreds med det. Hun er bekymret for, at hendes Cropper ikke vil tage hele Turen fra Homerton, eller hvor det nu er, at han bor.*

Gestern sind wir in unser neues Haus gezogen, Rasmus und ich, Mogens, Knud, Swanny und Marie, Hansine und Emily. Und Bjørn natürlich. Es ist so groß, daß alle Kinder ein eigenes Zimmer bekommen haben und Hansine und Emily sich oben im Dach nicht mehr in eine Kammer zu teilen brauchen. Trotzdem ist Hansine recht unglücklich, weil sie meint, ihrem Cropper könne womöglich der Weg von Homerton, oder wo immer er wohnt, zu weit werden.

Überall herrscht das schönste Durcheinander, die neuen Teppiche sind noch nicht da, und unsere Möbel sehen in diesen vornehmen Räumen reichlich schäbig aus. Heute vormittag ließ ich alles stehen und liegen, um meine neue Umgebung zu erkunden. Hier oben weht ein frischer Wind, beim Einatmen ist es, als wenn man ein Glas eiskalten *snaps* kippt. Der Blick aus den hinteren Fenstern geht über ganz London und die Themse, die in der Sonne glitzert, aber wenn man draußen ist, umgeben von Wäldern und windumwehten Hügelkuppen, kommt man sich vor wie auf dem Land.

Ich bin durch den Wald bis Muswell Hill und nach Hornsey hinunter gegangen, meilenweit, habe mir den Alexandra Palace angeschaut, der einem gewaltigen Gewächshaus ähnelt, und den Bahnhof, von dem aus die Züge nach London fahren. Seit ich in England lebe, bin ich nicht mehr viel Eisenbahn gefahren, aber das will ich jetzt nachholen, und nach Hampstead Heath kann ich zu Fuß gehen.

Als ich zurückkam, wollte Rasmus wissen, wo ich war und was mir einfällt spazierenzugehen, wo so viel im Haus gemacht werden muß. »Jetzt bin ich ja wieder da«, sagte ich, »was soll ich machen?« Und dann fuhren wir in einem seiner Motorwagen zum Möbelaussuchen, und danach zeigte er mir das große Geschäft in der Archway Road, in dem er seine Automobile verkaufen will.

12. Dezember 1913

Ich habe meinen Pelzmantel bekommen. Rasmus hat ihn mir zu Weihnachten geschenkt, zwei Wochen vor der Zeit.

Wenn ich, was hin und wieder vorkommt, in den Tagebüchern blättere, fällt mir auf, daß ich offenbar eine grundschlechte Ehefrau bin, die einen Haß auf ihren

Mann hat. Außerdem schwelge ich geradezu in Selbstmitleid. Irgend jemand hat mal gesagt, das Wichtigste im Leben sei, sich selbst zu erkennen. Das lernt man beim Tagebuchschreiben. Aber lernt man dabei auch, sich zu bessern? Wohl kaum. Man ist, wer man ist. Nur in jungen Jahren können sich die Menschen noch ändern. Sie fassen alberne Vorsätze zum neuen Jahr, an die sie sich allenfalls zwei Tage halten, so sind sie nun mal. Selbst ein großes Unglück macht einen im Grunde nicht anders. Höchstens härter.

Der Pelzmantel war eine bittere Enttäuschung. Ich mußte an ein Erlebnis aus meiner Kindheit denken. Jemand – vielleicht Tante Frederikke – hatte mir einen Malkasten geschenkt, und ich hatte Spaß am Malen gefunden. Mein Vater versprach, daß er mir eine Palette schenken würde. Wie so ein Ding aussah, wußte ich von dem Bild mit der Malerin. Ganz unglaublich schien mir das – eine Frau, die Malerin war und mit ihrer Malerei hatte berühmt werden können. Sie stammte aus Frankreich, hieß Elisabeth Vigée-Lebrun und hatte rotes Haar, wie ich. Auf dem Bild hielt sie in einer Hand eine große ovale Palette mit allen möglichen Farbklecksen darauf und mit einem Loch für den Daumen, und ich stellte mir vor, wie es wäre, so was in der Hand zu halten und zu sein wie sie. Aber Fars Geschenk sah überhaupt nicht so aus, wie ich mir eine Palette vorgestellt hatte, es war ein rechteckiges Blech mit einem Griff dran.

Das habe ich nie vergessen, und natürlich fiel es mir wieder ein, als Rasmus mir den Mantel schenkte. Der dunkelbraune Skunk war Lichtjahre entfernt von meinem

Traum, dem Persianerlamm – so, wie das Stück Blech Lichtjahre von der wunderschönen ovalen Palette entfernt war. Er muß es mir angesehen haben. Dennoch probierte ich den Mantel.

»Sitzt bestens«, sagte er. »Gefällt er dir nicht? Ich denke, du wolltest unbedingt einen Pelzmantel haben?«

Statt einer Antwort fragte ich zurück: »Findest du, daß ich in all den Jahren sehr unfreundlich und undankbar war? Zu hart und kratzbürstig und krittelig, Rasmus?«

Daß ich fragte, weil ich es ehrlich wissen wollte, konnte er sich offenbar nicht vorstellen, er dachte wohl, ich wollte ihm wieder mal was am Zeug flicken, und sagte diplomatisch: »Ich geb mir erst gar keine Mühe, die Frauen zu verstehen. Sie sind ein Buch mit sieben Siegeln, das wird dir jeder Mann bestätigen.«

»Nein, sag mal ehrlich: Hast du genug von mir? Würdest du mich gerne loswerden?«

Was erhoffte ich mir von meiner Frage? Und was um Himmels willen erwartete ich als Antwort?

»Ich weiß nicht, was du meinst.«

»Ich dachte, wir könnten darüber reden.«

»Machen wir doch. Aber was kommt dabei raus? Gar nichts. Ich tausch den Mantel um, wenn er dir nicht gefällt.«

»Nicht nötig«, sagte ich. »Er wird's schon tun.«

18. Dezember 1913

Wenn einem erst mal ein Name eingefallen ist und man sich mit ihm beschäftigt hat, läßt er einen den ganzen Tag nicht mehr los. Ich hatte seit Jahren nicht mehr an die Vigée-Lebrun gedacht, erst im Zusammenhang mit der Palette war sie mir wieder in den Sinn gekommen. Ich hatte sie im Kopf, als ich mit den Kindern zur National Gallery ging, und plötzlich sah ich vor mir an der Wand ihr Selbstporträt. Sie stand mir gegenüber mit ihrem rötlichen Haar, Kleid und Hut auf die Haare abgestimmt, den Daumen durch eine dieser Paletten gesteckt, wie ich sie mir gewünscht hatte, ein Bündel Pinsel in der Hand.

Meine geliebte kleine Swanny sah mich an und sagte: »Die Dame sieht aus wie du, *lille Mor*.«

Die Jungen haben natürlich wieder mal alles verpatzt und gesagt, *ich* sähe aus wie die Dame, weil die Dame zuerst dagewesen sei, und Marie sagte, Mor habe keine Ohrringe wie rosa Tränen (ihre Worte), aber ich sehe wohl wirklich Madame Vigée-Lebrun ein bißchen ähnlich.

Nachmittags war ich dann in der Bücherei – ich habe mir vorgenommen, englische Werke so gut lesen zu lernen wie meine dänischen Lieblingsbücher –, und stieß dort prompt auf ein Buch über die Vigée-Lebrun aus der Serie *Meisterwerke in Farbe,* geschrieben von einem Mann mit dem erfunden klingenden Namen Haldane MacFall. Das habe ich natürlich gleich mitgenommen, ich lese es gerade und sehe mir die Bilder von Marie Antoinette an, traurige Bilder, weil die arme Königin hingerichtet wurde. Zum

Glück entkam Madame Vigée der Guillotine, weil sie Frankreich verließ, bevor es zu spät war.

Apropos: Man denkt immer, Frankreich sei das einzige Land mit einer Guillotine, aber das stimmt gar nicht. Die Schweden besitzen eine, die sie aber nur einmal benutzt haben. Meine Cousine Sigrid hat mir erzählt, daß zwei Querstraßen weiter von ihrer Wohnung in Stockholm ein Mann lebte, der wegen Mordes an einer Frau zum Tode verurteilt worden war. Es war eine ganz sonderbare Geschichte. Er war kinderlos verheiratet, und seine Frau und er wünschten sich sehnlichst ein Kind. Es muß an der Frau gelegen haben, denn von seiner Geliebten, die in Sollentuna wohnte, hatte er ein Kind, die wollte es aber nicht hergeben, sondern verlangte, er solle sich scheiden lassen und sie heiraten. Weil er aber seine Frau liebte, hat er die andere umgebracht und das Kind mitgenommen, das er und seine Frau dann adoptierten.

Er sollte mit dem Fallbeil hingerichtet werden und wäre der erste gewesen, für den die Schweden ihre Guillotine eingesetzt hätten, früher machten sie es mit der Axt, aber dann haben sie seine Strafe doch in Gefängnishaft umgewandelt. Lebenslänglich. Ich glaube, ich würde mir lieber den Kopf abhacken lassen!

Vor drei Jahren haben sie ihre Guillotine dann doch noch benutzt. Wer weiß, irgendwann wird es vielleicht wieder mal einen geben, den sie einen Kopf kürzer machen. Ein Mann, der mordet, verdient den Tod, das ist meine Meinung.

27. Dezember 1913

Unser erstes Weihnachtsfest im neuen Haus. Wir hatten einen zwei Meter hohen Weihnachtsbaum, ich hatte ihn ganz in Weiß und Silber geschmückt, nichts Buntes, nur das reine Weiß von Schnee und Frost. Rasmus hatte verfügt, daß wir jetzt, wo wir ein eigenes Haus haben und richtige Engländer sind, englische Weihnachten feiern müssen, folglich haben wir zweimal gefeiert: mit einem Essen am Heiligabend und einem zweiten am ersten Feiertag, an dem morgens die Bescherung war.

Rasmus hat nie gern den Weihnachtsmann gespielt, deshalb hat es in diesem Jahr zum erstenmal Mogens gemacht, von jetzt ab macht er es immer, sagt er. »Du wirst nicht immer hier sein«, wandte ich ein, »du wirst dein eigenes Haus und eigene Kinder haben.« Das kann ich mir nämlich gut vorstellen, wenn ich sehe, wie groß er schon ist, schließlich wird er nächsten Monat sechzehn.

Die Mädchen fanden an Heiligabend natürlich nicht ins Bett nach dem schweren Essen und in der Vorfreude auf den Weihnachtsmann. Rasmus hätte nie die Geduld gehabt zu warten, bis sie eingeschlafen waren, aber Mogens setzte sich in seinem roten Kapuzenmantel und Wattebart oben auf die Treppe und wartete. Stundenlang. Erst um zwei, sagte er, fielen ihnen die Augen zu, so daß er sich mit seinem Sack in ihr Zimmer schleichen konnte.

Ich glaube, für seine Schwester Swanny würde er alles tun, er liebt sie heiß und innig. Marie ist für ihn nur die Kleine, die ihm manchmal ganz schön auf die Nerven geht, aber Swanny betet er an. Mir geht es ja nicht anders.

Am Weihnachtsmorgen kam sie herunter und fragte ganz beherzt: »Warum hast du dieses Jahr nicht den Weihnachtsmann gemacht, Far?« Erst daran haben wir gemerkt, daß sie nicht mehr an ihn glaubt. Ich vergesse immer, daß sie mit acht eben schon ein großes Mädchen ist, das mir allmählich entwächst. Sie umarmte und küßte Mogens und nannte ihn ihren Weihnachtsbruder.

Noch ein Geschenk von Rasmus: Geld, um mir Kleider zu kaufen. Ich folgte dem Beispiel der kleinen Swanny und gab ihm einen Kuß. Schwer zu sagen, wer mehr gestaunt hat – ich über das Geld oder er über meinen Kuß. Ich werde neuerdings die reinste Heilige. Das kommt wohl daher, daß ich – mehr oder weniger – all das bekomme, was ich mir immer gewünscht habe: ein schönes Haus und Möbel und jetzt das Geld. Ein glücklicher Mensch ist ein besserer Mensch, und Unglück macht den Menschen schlechter, da kann einer sagen, was er will.

Ich werden mir eine französische Trikotjacke kaufen, die ich gesehen habe, und einen Automantel mit Raglanärmeln und vielleicht ein Pagodenkostüm mit einem Dreispitz. Ich mag ausgefallene Sachen, die Furore machen.

3. Januar 1914

Alle Kinder haben einen guten Vorsatz zum neuen Jahr gefaßt, das heißt, den für Marie hat Swanny übernommen. Marie darf am Daumen nuckeln, aber nie mehr an der alten Decke, die sie überall mitschleppt. Ganze zwei Stunden hat sich das arme Kind daran gehalten! Swanny hat sich vorgenommen, nicht mehr in Tränen auszubrechen, Mogens will in Mathematik fleißiger lernen, und Knud will nicht rauchen. Als ich sagte, daß er ja sowieso nicht raucht, weil er dazu noch viel zu jung ist, hat er gesagt, man kann ja nie wissen, wann das Verlangen einen überkommt, und es ist besser, wenn man sich darauf gefaßt macht.

Sicherlich halb im Scherz und den Kindern zu Gefallen (wie er sagt) hat Rasmus sich vorgenommen, Millionär zu werden. Ich glaube tatsächlich, es ist ihm Ernst damit.

30. Juni 1914

Vor zwei Tagen sind der österreichische Erzherzog Franz Ferdinand und seine Frau in einem Ort, der Sarajevo heißt, dem Attentat eines bosnischen Serben zum Opfer gefallen. Wie kommt es, daß wichtige Leute, gekrönte Häupter und dergleichen, Attentaten zum Opfer fallen, während andere einfach umgebracht werden?

Es liegt doch auf der Hand, daß der arme Mann, der Täter, wie von Sinnen war, weil Österreich-Ungarn sein Land geschluckt hat. Meinem Vater war damals wegen Schleswig und Holstein ganz genauso zumute, nur hat er zum Glück keinen umgebracht. Ärgern könnte ich mich über die Hohlköpfe, die behaupten, das Ganze sei ein von serbischer Seite angezetteltes Komplott. Warum wollen sie denn mit aller Gewalt Unfrieden stiften? Ich bin nur froh, daß das alles so weit weg ist.

Als ich mit den Mädchen und Emily zum Picknicken in

Highgate Woods war, fing Marie nach einem Mückenstich an zu weinen. Sie weinte und weinte und wollte sich einfach nicht trösten lassen. Ich hatte sie auf den Arm genommen, was ich nicht sehr angenehm fand – sie ist ein großes Mädchen, das gut und gern seine achtzehn Kilo wiegt –, und Emily schleppte den Picknickkorb, und wen treffen wir, als wir auf die Muswell Hill Road kommen? Mrs. Gibbons, eine unserer Nachbarinnen in der Lavender Grove.

Ich glaube, sie hätte mich nicht erkannt, wenn ich sie nicht angesprochen hätte. Sie beäugte mich von oben bis unten, registrierte mein weinrotes Kleid mit dem Trikoloremuster und meinen weißen Hut mit der roten Kokarde. Ich trage meinen Trauring immer an der linken Hand, seit sie mir gesagt hat, die Leute würden mich sonst nicht für eine anständige Frau halten, und über dem Trauring trage ich jetzt den Smaragd, den Rasmus mir geschenkt hat. Ich fuhr mit der Hand an Maries Rücken entlang, damit sie die Ringe sah, und ihr Blick fiel auch darauf.

»Ist Ihr Mann denn wieder aufgetaucht, Mrs. Westerby?« fragte sie, als hätte sie ihn nicht hundertmal in der Lavender Grove gesehen. Wahrscheinlich war das ihre Rache, weil ich einen so wohlhabenden Eindruck machte und ein Dienstmädchen dabei hatte. Sie selbst, die Ärmste, sah recht dürftig aus.

Ich sagte zu Marie, sie solle guten Tag sagen, obgleich sie ganz verheult war.

»Es soll schon vorgekommen sein, daß Kinder an Mükkenstichen gestorben sind«, sagte sie.

Eigentlich hatte ich sie nach Padanaram zum Tee einladen wollen, aber das ließ ich jetzt natürlich bleiben. Dann müssen wir uns beeilen, sagte ich, damit wir heimkommen und Arnika draufgeben können. Aber hinterher habe ich überlegt, wie das eigentlich mit mir und anderen Frauen ist. Mrs. Bisgaard, die ich in der dänischen Kirche kennengelernt habe und die in Hampstead wohnt, ist ganz nett, ich war schon mal zum Tee bei ihr und sie bei mir, aber sie ist so steif und wohlerzogen, sie redet nur Belanglosigkeiten und interessiert sich ausschließlich für Kinder. Ich wünschte, ich hätte eine Freundin!

29. Juli 1914

Gestern war Swannys Geburtstag. Sie ist neun geworden. Nach der Schule feierten wir, zehn ihrer Freundinnen kamen, das heißt zehn Mädchen aus ihrer Klasse, ob es wirklich Freundinnen sind, weiß ich nicht. Mit meinen Küchenkünsten ist es nicht weit her, aber ihre Geburtstagstorte wollte ich doch selber machen, und sie ist ganz gut geworden, Biskuitteig mit Marmeladenfüllung und Zuckerguß und neun Kerzen, die Swanny in einem Atemzug ausgeblasen hat.

Auch ihr Geburtstagskleid habe ich selber genäht, blaugrüner Changeant mit Pikotkanten an allen Falbeln. Als Hansine den Stoff sah, sagte sie: »Grün und blau dich nicht trau!«, aber ich finde, es kann eine sehr reizvolle Farbkombination sein. Swannys prachtvolles blondes Haar reicht ihr bis zur Taille. Sie war bei weitem die Hübscheste. Dorte, die kleine Bisgaard, hatte das prächtigste Kleid, echter Matelassé in Altrosa, aber sie ist eben doch ein recht unscheinbares Kind. Rasmus hielt sich von den »Lustbarkeiten« fern, wie er das nennt, er steckte die ganze Zeit draußen in seiner Werkstatt. Als ich mich darüber beschwerte, sagte er, ob ich mir eine schmiedeeiserne Jardiniere für die Diele gewünscht hätte, ja oder nein (sehr sarkastisch), und das hätte er nun von seiner stundenlangen Plackerei.

Vor lauter Geburtstagfeiern vergaß ich beinahe, daß die Österreicher Serbien den Krieg erklärt haben. Mr. Housman und seine neue Frau, eigentlich seine Verlobte, kamen abends noch vorbei. In einer Woche, hat Mr. Housman gesagt, ist alles vorbei, und wenn er es sagt, glaube ich es, er ist ein vernünftiger Mann. Rußland, das sich als Beschützer dieser kleinen slawischen Völker sieht, wird, weil es sich einen Krieg nicht leisten kann, in demütigende Bedeutungslosigkeit herabsinken, ohnmächtig zusehen, wie den Teutonen größte Machtbefugnisse winken (ich glaube, der Reim war nicht beabsichtigt).

Mrs. Housman, die sehr korpulent ist, aber trotzdem recht gut aussieht und brandrotes Haar hat (wahrscheinlich Henna), trug ein sehr auffälliges Kleid. Bei ihrer Größe kann sie sich das leisten. Grün-weiß kariert mit hoher Taille, ohne Schärpe, aber mit gewaltigen Hüfttaschen und einer großen schwarzen Busenschleife aus Satin. Sie hat mich und die Mädchen zum Tee eingeladen.

2. August 1914

Ich bin heilfroh, daß ich so junge Söhne habe! Bis sie so weit sind, daß sie in den Krieg müssen, ist bestimmt alles wieder vorüber – wenn es denn überhaupt so weit kommt. Doch es sieht ganz danach aus.

Deutschland hat den Krieg erklärt. Die Deutschen wollen offenbar Frankreich, Rußlands Verbündeten, einnehmen, ehe Rußland zum Gegenschlag ausholen kann. Das ist alles sehr kompliziert. Das britische Empire hat sich bisher nicht sehr stark engagiert, aber das kann jetzt anders werden, besonders wenn Kaiser Wilhelm unsere Seemacht herausfordert. Da habe ich doch tatsächlich »unsere« geschrieben, obgleich ich mich ganz als Dänin fühle.

Rasmus spricht nur noch vom Krieg. Um mich abzulenken, habe ich mir die Bücher vorgenommen, die Tante Frederikke mir vermacht hat. Ich habe mit Dickens' *Weihnachtslied in Prosa* angefangen.

7. September 1914

Hansine ist sehr niedergeschlagen, weil ihr Cropper in den Krieg gezogen ist. Er ist ein bißchen jünger als sie, erst einunddreißig oder zweiunddreißig, also durchaus nicht zu alt, um als Freiwilliger zu gehen. Tränenüberströmt gestand sie mir, daß sie verlobt sind und auf die Heirat sparen. Nächstes Jahr sollte es soweit sein. Ich finde, das hätte sie mir ruhig schon früher sagen können.

Er ist ein sehr gut aussehender Mann. Es wäre entsetzlich schade um ihn!

Eigentlich wollte ich alles aufschreiben, was im Krieg passiert, aber das geht gar nicht, es ist so viel und so kompliziert und passiert an so vielen Orten gleichzeitig. Eins ist sicher – so schnell ist er nicht vorbei. Die Verwundeten, die aus Mons zurückkommen, haben alle Geschichten von der Feigheit und Niedertracht der Deutschen auf Lager. Einer sagte: »Wenn du in der Schußlinie stehst, treffen sie dich nicht. Sie zielen nicht mit dem Gewehr und drücken sich vor dem Kampf mit dem Bajonett. Sie haben Angst vor kaltem Stahl.« Wer hätte das nicht? Daß die Teutonen niederträchtig sind, will ich gern glauben, aber warum haben wir sie nicht aus Belgien vertreiben können, wenn sie so feig und so schlechte Soldaten sind?

Wieder mal bewährt es sich, daß ich Dänisch schreibe, denn ich möchte nicht wissen, was man mit mir machen würde, wenn jemand lesen könnte, was in meinem Tagebuch steht. Man muß schrecklich patriotisch sein und sagen, daß alle Briten edle Helden und die Deutschen feige Ratten sind. Ein Mittelding gibt es nicht.

In unserer Kriegsillustrierten, *War Illustrated*, war ein Gemälde von Belgrad abgebildet. »Die schöne Weiße Stadt« stand darunter. Seit dem Bombardement der Österreicher ist es eine trostlose Trümmerwüste. Ich bin froh, daß wir keine Serben sind, ich und meine Kinder. Angeblich soll Belgien voll wunderschöner alter Kirchen sein. Wie lange mögen die wohl noch stehen?

Ich habe Marie zum Tee bei Mrs. Housman in Hampstead mitgenommen, Swanny war in der Schule. Sie hatte noch sechs Damen und zwei Kinder da, natürlich gab es keine vernünftigen Gespräche, nur Klatsch und Tratsch. Man sollte nicht glauben, daß Krieg ist!

21. Januar 1915

Gestern ist Mogens siebzehn geworden. Wir müssen uns nun wohl damit abfinden, daß er nicht sehr gescheit, sondern einfach ein lieber netter Junge ist. Woher er das wohl hat? Aus meiner Familie fällt mir niemand Liebes und Nettes ein. Meine Mutter war ständig krank, die zählt nicht. Wer kann schon lieb und nett sein, wenn er immer Schmerzen hat? Mein Vater war kalt und unnahbar und angeblich sehr sittenstreng, was ihn aber nicht daran hinderte, mich dem ersten besten Freier zu geben, den meine Mitgift lockte. Und Tante Frederikke und ihre Söhne waren humorlos, stur und ewig unzufrieden. Von wem Mogens seine Nettigkeit hat, bleibt also ein Rätsel. Am Ende von Rasmus, diesem Vorbild an Frohsinn und Sanftmut, und seiner primitiven Sippe?

Mogens will im Sommer von der Schule abgehen, und Rasmus sagt in seiner brummigen Art, daß es ja doch sinnlos ist, für einen Jungen Schulgeld zu bezahlen, der keine Prüfung besteht und es auch gar nicht erst versucht. Ich weiß nicht, was Mogens machen wird, vielleicht geht er zu Rasmus ins Geschäft, wenn das möglich ist. Rasmus sagt, seine einzige geistige Anstrengung bestehe darin, alle Nummern der *Illustrated* zu sammeln, weil er sie binden lassen will. Eine deprimierende Lektüre für die Zukunft.

Gestern nacht sind Zeppeline über die Nordsee gekommen und haben die Küste von Norfolk bombardiert. In King's Lynn und Yarmouth gab es Verwundete und eine Tote, ihr Mann ist an der Front. Wenn das keine Ironie des Schicksals ist! Die Presse nannte die Deutschen »widerwärtige blutrünstige Teufel«, deren Vorgehen im Krieg brutaler sei als das der »niedrigsten den Anthropologen bekannten Rassen«. Darüber mußte ich lachen. Was würde Mrs. Housman sagen, wenn sie Dänisch lesen könnte? In der Zeitung stand, wir sollten Vergeltung üben. Bisher haben unsere Luftschiffe nur deutsche Städte überflogen, ohne Bomben zu werfen.

Mrs. Housmans Bruder hat sich als Freiwilliger gemeldet.

1. März 1915

Mr. H. G. Wells muß viel gescheiter sein als ich, sonst wäre er ja nicht das, was er ist, ein berühmter und angesehener und allseits verehrter Mann. Manchmal aber – ich kann mir nicht helfen! – finde ich das, was er schreibt, ziemlich töricht. Glaubt er denn wirklich, ein ganzes Volk könne sich praktisch von einem Tag auf den anderen ändern? Da schreibt dieser H. G. Wells zum Beispiel über den Engländer nach dem Krieg: »Die alten Gewohnheiten der Vorkriegszeit wird er abgelegt haben, er wird ›in statu nascendi‹ sein, wie die Chemiker sagen, ein kritischer Geist, der nicht kuscht... Er wird keine Geduld haben mit einer Regierung, die nur herumkaspert, denn er will, daß es vorwärtsgeht. Ich glaube deshalb nicht, daß nach Kriegsende die frühere leere Rhetorik wieder in der britischen Politik Einzug hält...« Schön wär's ja!

Bisher und wohl noch auf längere Zeit ist ein Ende des Krieges jedenfalls nicht in Sicht. Ich habe Swanny das Stricken beigebracht, und für eine noch nicht ganz Zehnjährige macht sie ihre Sache wirklich gut. Sie strickt khakifarbene Socken für unsere Jungs an der Front. Der Kommentar ihres lieben Vaters: »Der arme Kerl, der mit diesen Klumpen und Knoten in den Stiefeln herumlaufen muß, tut mir jetzt schon leid.«

Sie ist sehr groß für ihr Alter, aber darüber mache ich mir nach Möglichkeit keine Gedanken. Bei einem Jungen würde es mich natürlich freuen. Sie ist fast so lang wie Emily, und die ist eine erwachsene Frau, wenn auch keine große. Rasmus versäumt nie, mir unter die Nase zu reiben, daß sehr große Frauen keinen Mann finden.

»Wäre das denn so schlimm?« fragte ich.

Er lachte. »Wo wärst du ohne mich, meine Alte?« Und damit hat er natürlich recht. Ohne Mann ist die Frau zu nichts nütze und wird zur Zielscheibe des Spottes, aber irgendwie ist das eine ungerechte Regelung, finde ich.

Ich lese gerade *Der Raritätenladen*. Wußte gar nicht, daß Romane so viel Freude machen können. Ich kann mich richtig in die Figuren hineinversetzen, mit ihnen mitfühlen, und dann will ich natürlich wissen, was weiter aus ihnen wird, so daß ich es manchmal gar nicht erwarten kann, wieder zu meinem Buch zu kommen.

30. März 1915

Mrs. Housmans Bruder ist in Flandern gefallen, drei Wochen, nachdem er als Freiwilliger an die Front gegangen war.

Von den Frauen, die ich kenne und die einen ihrer Lieben im Krieg verloren haben, scheint keine auf den Gedanken gekommen zu sein, er könnte nicht mehr zurückkehren. Der Tod trifft immer nur die anderen, die eigenen Leute haben einen Schutzengel. Ob dann Erschütterung und Schmerz desto schlimmer sind? Vielleicht auch nicht. Auf den Tod kann man sich nicht einstellen, das habe ich schon gemerkt. Man predigt sich Tag für Tag, daß er unausweichlich ist, aber wenn er dann kommt, ist es nicht anders, als wenn man sich eingeredet hätte, der Betreffende habe das ewige Leben.

Warum ich, hat Mrs. Housman immer wieder gesagt, warum ich? Warum mußte es gerade ihm passieren? Als ob es nicht Hunderten, Tausenden passierte. Und dürfte es den anderen passieren, aber nicht diesem einen, weil er ihr Bruder ist?

Die Franzosen haben eine Liste herausgegeben, in der steht, daß die Deutschen *drei Millionen* Menschen verloren haben, aber auf der Liste unserer Opfer an den Dardanellen stehen nur zweiunddreißig Tote, achtundzwanzig Verwundete und drei Vermißte. Ich glaube nicht an die Zahlen, sie können nicht stimmen.

28. Juli 1915

Swannys Geburtstag und Mogens' letzter Schultag. Er wird gleich in Rasmus' Automobilhandel anfangen, wahrscheinlich am Schreibtisch, denn von Motoren versteht er bestimmt nichts. Mir erzählt man ja nie viel, aber ich merke, daß die Geschäfte zur Zeit nicht gutgehen, kein Wunder, wir haben schließlich Krieg. Seit jenem Neujahrsvorsatz sind eineinhalb Jahre vergangen, und Rasmus ist noch immer nicht Millionär!

Zum Geburtstag haben wir Swanny Stunden in klassischem Tanz geschenkt, jeden Freitagabend bis zum Frühjahr. Ich habe den Namen für die Göttin des Tanzes in meinem Lexikon gefunden, in Dänemark hatte ich ihn noch nie gehört: Terpsichore. Wir erwarten von dir, daß du dich in der Kunst der Terpsichore vervollkommnest, habe ich zu Swanny gesagt.

Hansines Cropper wird auf den Dardanellen vermißt. Sie hofft – wir hoffen alle –, daß er in Kriegsgefangenschaft geraten ist. Weil sie nur seine Liebste ist und nicht seine Verlobte, hat sie es von seiner Schwester erfahren müssen, die gestern in aller Heimlichkeit hergekommen ist. Seine Mutter ist eifersüchtig wie eine Tigerin, sie akzeptiert Hansine nicht und nennt sie nur »diese fremdländische Trulla«. Heute bekam die arme Hansine einen natürlich schon mehrere Wochen alten Brief von Cropper, datiert noch vor der Evakuierung des westlichen Gallipoli. Ich glaube, er weiß nicht, daß sie nicht lesen kann, sonst würde er ihr doch nicht schreiben. Er kann nicht wollen, daß ich all diese Vertraulichkeiten laut vorlese, die Zärtlichkeiten und Turteleien, viel mehr war nämlich von dem Brief nicht übriggeblieben, das andere hatte die Zensur geschwärzt. Dabei ist er jetzt vielleicht schon tot. Ein eigenartiges Gefühl, diese vergnügten, hoffnungsvollen Sätze zu lesen und zu wissen, daß sie von einem Toten stammen.

14. März 1916

Mrs. Evans, die unsere Nachbarin in der Ravensdale Road war, kam samt ihrer häßlichen Brut zum Tee. Eigentlich wollte ich sie ja schon zu Maries Geburtstag einladen, damit meine Kleine den zweiten Evans-Sohn, einen dicken, pickligen Jungen namens Arthur, zum Spielen hat, aber dann mußte das verschoben werden, erst hatte eins der Kinder Schnupfen, dann bekam Mrs. Evans ausgerechnet eine Gürtelrose. Viel Freude hatte wohl keiner an dem Besuch. Der Junge schlug auf Marie ein, und die schrie so laut, daß ihr Vater es bis in seine Werkstatt hinten im Garten hörte, ein fürchterliches Theater machte und Arthur eine Tracht Prügel in Aussicht stellte. Ich habe das Gefühl, daß wir Mrs. Evans nicht wiedersehen werden!

Heute abend saß ich mit Rasmus im Salon, ich las die *Geschichte zweier Städte*, er rauchte eine Zigarette und verschlang die *War Illustrated*. Da sah er plötzlich auf und verkündete, er wolle für Marie ein Puppenhaus bauen.

»Zum Geburtstag schaffst du das nicht mehr«, sagte ich ziemlich uninteressiert. »Na gut, dann bekommt sie es eben zu Weihnachten.«

»Bis Weihnachten bin ich damit bestimmt nicht fertig«, sagte er, »dazu brauche ich mindestens zwei Jahre. Ich will Padanaram nachbauen und ihr schenken.«

»Einer Fünfjährigen?«

»Bis ich fertig bin, ist sie sieben. Du könntest einem auch ein bißchen mehr Mut machen, meine Alte. Manche Frauen wären glücklich, wenn sie einen Mann hätten, der solche Sachen kann.«

»Aber warum für Marie?« fragte ich. »Warum nicht für Swanny? Ich denke, du hast alle Kinder gleich lieb?«

»Sie ist zu alt. So, wie sie wächst, ist sie eine Zweimeterfrau, bis das Puppenhaus fertig ist.«

»Mit meiner Hilfe brauchst du dabei nicht zu rechnen«, sagte ich. »Wenn du Teppiche und Vorhänge und Kissen und wer weiß noch was haben willst, wende dich an Hansine. Du weißt ja, wie gut sie nähen kann. Mir brauchst du damit gar nicht erst zu kommen.«

26. März 1916

Swanny und Marie haben beide die Windpocken. Bei Swanny hat es gestern angefangen, und Marie war heute früh ganz rot gepunktet. Es heißt, daß Kinder sich damit bei Erwachsenen anstecken können, die Gürtelrose haben. Sonst glaube ich ja nicht an dieses Altweibergewäsch, aber diesmal scheint doch was dran zu sein. Wir sagen aus Spaß, daß es Mrs. Evans' Rache ist, weil Rasmus ihren Arthur so heruntergeputzt hat, aber meine große Angst ist, daß ihnen vielleicht Narben im Gesicht bleiben.

Swanny ist ein braves Kind und hat hoch und heilig versprochen, nicht zu kratzen, aber was ich mit Marie, diesem Irrwisch, machen soll, weiß ich beim besten Willen nicht. Ich habe ihr gedroht, daß ich ihr die Hände hinter dem Rücken zusammenbinde, und das mache ich wahr, wenn ich sie noch einmal mit den Fingernägeln im Gesicht erwische.

Sam Cropper ist in deutscher Kriegsgefangenschaft. Ich habe keine Ahnung, woher sie es wissen, aber heute nachmittag war seine Schwester hier und hat es Hansine gesagt, und seither lacht und singt sie unaufhörlich.

Rasmus hat heute abend mit dem Puppenhaus angefangen. Das heißt, er hat zunächst Zeichnungen angefertigt. Er zeichnet wunderbar, das muß man ihm lassen, die Skizzen erinnern mich an Fotos, die ich von Leonardos Zeichnungen gesehen habe. »Warum zeichnest du unser Haus, Far?« fragte Swanny, und er sagte in seiner mürrischen Art und auf englisch – er ist stolz, wenn er solche Sprüche auf englisch loslassen kann –: »Wer viel fragt, bekommt viel Antwort.«

Ich habe mir ein neues Kleid gekauft, altrosa Taft mit weißen Tupfen und eine dazu passende Toque in Altrosa, mit weißen Perlen bestickt.

7. Mai 1916

Ich weiß nicht, ob ich es schreiben kann. Vielleicht geht es, weil ich nicht glauben mag, daß es stimmt. Ich möchte aufwachen und dieses herrliche Gefühl haben wie nach einem

Alptraum – daß überhaupt nichts passiert, daß alles in schönster Ordnung ist.

Aber nichts ist in schönster Ordnung. Heute abend kam Mogens nach Hause und eröffnete uns, daß er sich freiwillig gemeldet hat. Er ist jetzt Schütze im Dritten Londoner Bataillon, der Rifle Brigade.

12

Zuoberst auf dem Packen, den Cary mir gegeben hatte, lagen zwei Fotos. Die Porträtierten, Lizzie Roper und ihr Mann, sahen weder besonders gut aus noch scheinen sie besonders intelligent oder feinfühlig gewesen zu sein – sie wirkte gewöhnlich, er wie ein Pantoffelheld –, dennoch ging von den Bildern etwas Faszinierendes aus. Asta mußte die beiden persönlich oder zumindest vom Sehen gekannt haben, hatte miterlebt, wie Mrs. Roper in ihrem feinen Kleid und mit dem großen Federhut durch die Straßen spazierte.

Der Stapel darunter bestand aus Büchern und Fotokopien. Ich habe zeit meines Lebens so viele fotokopierte Buchseiten, so viele maschine- und handgeschriebene Manuskripte lesen müssen, daß ich mich wahrhaftig nicht mehr darum reiße, und zog deshalb erst einmal die Bücher aus dem Materialienstapel. Das eine war ein grünes Penguin-Taschenbuch aus der Serie *Berühmte Prozesse*, ein verschlissenes, zerlesenes Exemplar, das andere sah nach einem Privatdruck aus – ein dünnes Bändchen ohne Schutzumschlag und ohne Titel auf dem vorderen Buchdeckel, der Rückenaufdruck war unleserlich geworden. Auf dem Vorsatzblatt stand: *Eine viktorianische Familie* von Arthur Roper, darunter eine Jahreszahl in römischen Ziffern: MCMXXVI.

Ein Zettel fiel heraus. »Lies zuerst den Ward-Carpenter, dann das Taschenbuch. Wahrscheinlich kannst du dir Arthurs Memoiren schenken.« Der Ward-Carpenter entpuppte sich als ein Packen gewellter, schwarzfleckiger Fotokopien, doch mein Interesse an Roper war erwacht. Zunächst schlug ich ihn in einer *Enzyklopädie wahrer Kriminalfälle* nach, die einer der Autoren, für die ich arbeite, ein Verfasser historischer Krimis, herausgegeben hatte. Viel Platz nahm Roper darin nicht ein:

ROPER, ALFRED EIGHTEEN, geb. 1872 Bury St. Edmunds, Suffolk; gest. 1925 Cambridge. Angeklagt wegen Mordes an seiner Frau Elizabeth Louisa Roper in Hackney, London, Juli 1905. Das Bemerkenswerteste an dem Prozeß, der im Oktober 1905 im Central Criminal Court, London, stattfand, war die spektakuläre Verteidigung durch Howard de Filippis.

Das war alles. Woher die schwarzfleckigen Fotokopien stammten, war nicht ersichtlich, vermutlich handelt es sich um eine Gerichtsreportage aus einer Sammlung wahrer Kriminalfälle. Ganz oben auf der ersten Seite stand handschriftlich die Jahreszahl 1934.

TRAGÖDIE EINES APOTHEKERS

von Francis Ward-Carpenter, M. A., J. P.

Daß große Verbrechen so viel schauderndes Interesse auf sich ziehen, liegt nicht so sehr an dem Anormalen, das ihnen anhaftet, als vielmehr an den ganz normalen Umständen, unter denen sie begangen werden. Außergewöhnliches passiert kleinen Leuten, und es trägt sich nicht in Herrenhäusern oder Palästen zu, sondern in den heruntergekommenen Häusern der armseligen Gassen. Dadurch wird das Banale überhöht, das Gemeine zum Ungeheuerlichen, so daß das Verbrechen, wenngleich nur kurz, dem Unbedeutenden, Schäbig-Niedrigen einen Hauch von Tragik verleiht.

Der Fall Roper mit seinen Hauptdarstellern aus dem untersten Bereich der unteren Mittelschicht, dem Londoner Vorortmilieu als Ort der Handlung und einem Familienleben, wie die Beteiligten es schildern, ist das beste Beispiel für das Vorgesagte. In diesem tristen, vergessenen Großstadtwinkel reagierten die Männer und Frauen, welche gewöhnliche Umstände hier zusammenführten, mit außergewöhnlicher Lasterhaftigkeit und Gewalt und der Mißachtung aller Regeln der zivilisierten Gesellschaft.

Alfred Eighteen Roper war von Geburt und Herkunft her kein Londoner. Seinen eigenartigen zweiten Namen verdankte er der Mutter, deren Mädchenname es bis zu ihrer Hochzeit mit Thomas Edward Roper im Jahre 1868 gewesen war. Eighteen ist ein Familienname, den man in Suffolk häufig findet, und in jener Grafschaft, in der hübschen Kleinstadt Bury St. Edmunds am Fluß Lark, kam vier Jahre später, nachdem seinen Eltern bereits zwei Töchter, Beatrice und Maud, geschenkt worden waren, Alfred, der erstgeborene Sohn und Erbe, zur Welt. Später kamen noch zwei Söhne, Arthur und Joseph, hinzu sowie eine weitere Tochter, die offenbar nur wenige Wochen am Leben blieb.

Thomas Roper arbeitete als Apothekergehilfe – oder eigentlich etwas mehr als das – bei Morley am Butter Market. Er hatte Mitarbeiter unter sich, und heute würden wir ihn wohl als gelernten Apotheker bezeichnen. Er war finanziell offenbar recht gut gestellt, denn statt seine Söhne schon in jungen Jahren arbeiten und Geld verdienen zu lassen, konnte er sie alle drei auf eine Lateinschule schicken, und obwohl Thomas' Mutter wie auch seine eigene Frau in Stellung gewesen waren, kam das für die Roper-Töchter nicht in Frage. Es war offenbar eine glückliche, wohlanständige und nicht unbegüterte Familie, die sich – zumindest für die Söhne – berechtigte Hoffnungen auf sozialen Aufstieg machen durfte. Damit war es vorbei, als der vierundvierzigjährige Thomas (Alfred war inzwischen sechzehn) einem Schlaganfall – wahrscheinlich einer Gehirnblutung – erlag. Morley machte der Familie ein Angebot, das abzulehnen äußerst unklug gewesen wäre: Alfred konnte, wenn er wollte, eine Stellung im gleichen Geschäft annehmen.

Zu seinem Bruder soll Alfred gesagt haben, er habe sich Hoffnungen auf eins der jährlich von der Schule ausgesetzten vier Stipendien gemacht, mit dem er in Cambridge hätte studieren können. Doch diese Träume waren nun ausgeträumt. Er ging von der Schule ab und fing in einer Drogerie und Apotheke auf der untersten Stufe an, verdiente aber immerhin so viel, daß er seine Mutter ernähren und seinen Brüdern eine Fortsetzung des Schulbesuchs ermöglichen konnte. Eine seiner Schwestern war bereits verheiratet, die andere wollte im folgenden Jahr Hochzeit halten.

Alfred arbeitete sich hoch, bis er es – wie seinerzeit sein Vater – zum gelernten Apotheker brachte. Er war pflichtbewußt und fleißig, ein ruhiger, häuslicher junger Mann, der nach Aussage seines Bruders Arthur kaum Freunde und keinerlei Erfahrungen mit dem anderen Geschlecht hatte.

1926 verfaßte Arthur Roper, der Lehrer in Beccles geworden war, einen Lebensbericht über die Familie Roper, den er als Privatdruck herausgab und *Eine viktorianische Familie* nannte, an dem uns heute aber nur noch das interessiert, was wir durch ihn über seinen Bruder Alfred erfahren. Die mehr oder weniger traurige Berühmtheit der Familie gründet ausschließlich auf dem Prozeß gegen Alfred, auf den Umständen, die zu diesem Prozeß führten, und auf dem Urteilsspruch, doch genau dazu äußert sich Arthur mit keinem Wort. Sein Bruder spielt in dem schmalen Bändchen eine bedeutende Rolle, der Verfasser widmet ihm nicht weniger als 250 Zeilen und hat zwei Fotos von ihm hineingenommen, eine Atelieraufnahme und ein Bild mit Frau und Kindern, aber daß ihm wegen Mordes der Prozeß gemacht wurde, erwähnt er nicht, sondern vermerkt nur, daß er 1898 Elizabeth Louisa Hyde heiratet und daß den beiden 1899 ein Sohn und 1904 eine Tochter geboren werden.

Arthur Roper stellt seine Familie in ein so außerordentlich positives Licht, daß bei der Lektüre ein wenig Skepsis angebracht ist. Bei dem Bestreben, eine ganz gewöhnliche und alles in allem respektierliche Familie derart aufzuwerten, bleiben Unkorrektheiten nicht aus. So schreibt er beispielsweise, sein Großvater Samuel Roper sei 1830 Aufseher des Botanischen Gartens von Bury St. Edmunds gewesen, während dieses Amt in Wirklichkeit dessen Gründer, N. S. H. Hodson, innehatte. Samuel dürfte dort als Gärtner gearbeitet haben. Arthurs Großvater mütterlicherseits, William Eighteen, mag bei der Post beschäftigt gewesen sein, war aber 1844 keineswegs der Postmeister von Bury St. Edmunds. Mit dieser Funktion war im Postamt in der Hatter Street laut *White's Suffolk* zu dem von ihm genannten Zeitpunkt vielmehr ein gewisser John Deck betraut.

Seinen Bruder Alfred beschreibt er als einen nachdenklichen und wißbegierigen jungen Mann, ja, fast so etwas wie einen Intellektuellen, der eifrig die Möglichkeiten der Stadtbücherei und auch der großen Bibliothek am Mechanics' Institute nutzte. So lange er zusammen mit seiner Mutter und seinem Bruder Joseph das elterliche Haus in der Southgate Street bewohnte, verbrachte er seine Abende meist über einem Buch, oft las er seiner Mutter vor, deren Sehkraft stark nachließ und die offenbar in dieser und vielerlei anderer Hinsicht auf ihn angewiesen war. Obgleich er nicht eigentlich eine Ausbildung zum Apotheker hatte, interessierte er sich laut Arthur für »Chemie« in vielerlei Form und machte in seinem Zimmer chemische Experimente. Auch Dampfmaschinen baute er, die er auf den Brennern des Gasherdes rauchen ließ.

Über Alfreds Aussehen erfahren wir von Arthur nichts, er schreibt nur, sein Bruder sei, wie alle männlichen Familienmitglieder, sehr groß gewesen, etwas über sechs Fuß. Auf den Bildern erkennt man, daß er mager und offenbar körperlich nicht sehr robust war. Auf dem im Juli 1898 kurz vor seiner Hochzeit aufgenommenen Foto lichtet sich das dunkle Haar bereits. Die Züge sind regelmäßig, er ist glattrasiert und hat dunkle Augen (die genaue Augenfarbe ist nicht bekannt). Eine leichte Druckstelle auf dem Nasenrücken läßt vermuten, daß er die Brille, die er normalerweise trug, für den Fotografen abgenommen hatte.

Etliche Jahre nach seiner Beförderung zum Geschäftsführer in jener Apotheke am Butter Market – genauer sagt Arthur es nicht, wir aber wissen, daß es sich um sechs Jahre handelte – lernt Alfred einen gewissen Robert Maddox kennen. Mr. Maddox war im Angel Inn am Angel Hill abgestiegen und kam zu Morley, um eine Salbe für seinen entzündeten Finger zu kaufen. Statt ihm ein Placebo aufzuschwatzen, öffnete Alfred sachkundig das Geschwür und verband den Finger, woraufhin Maddox am nächsten Tag noch einmal wiederkam, um sich ein Mittel für seinen chronischen Nasenkatarrh empfehlen zu lassen, das ihn ebenfalls sehr zufriedenstellte.

Weshalb er Alfred daraufhin anbot, stellvertretender Geschäftsführer in einer Werbefirma für patentierte Arzneien zu werden, bleibt unklar, zumindest schreibt Arthur nichts darüber, und über viel anderes als dessen Bericht über die frühen Jahre seines Bruders verfügen wir nicht. Wahrscheinlich hatte Robert Maddox einfach Gefallen an ihm gefunden. Gerade durch ihre stille, gesetzte Art vermitteln Menschen vom Typ eines Alfred Roper häufig einen Eindruck, der mit ihren eigentlichen Fähigkeiten nicht im Einklang steht. Kurz – der Posten bei der Supreme Remedy Company in High Holborn, London, deren Teilhaber Maddox war, wurde Roper angetragen, und er nahm ihn an.

Wäre die alte Mrs. Roper nicht vier Wochen zuvor gestorben, hätte Alfred das wohl nicht getan, denn es ist schwer vorstellbar, daß er seine Mutter alleingelassen hätte. In den vergangenen Jahren hatte er den größten Teil der Hausarbeit erledigt, seine Mutter die Treppe hinauf- und hinuntergetragen und oft auch für sie gekocht. Jetzt wollte

Alfreds Bruder Joseph heiraten und mit seiner jungen Frau in die Southgate Street ziehen. Wenn man in Arthurs Buch zwischen den Zeilen liest, kommt man zu dem Schluß, daß Alfred heilfroh war, all dem zu entkommen und anderswo vielleicht sein Glück zu machen.

In London übernachtete er zunächst in einem Hotel für Handelsreisende in der Gray's Inn Road, machte sich aber alsbald auf die Suche nach einer ständigen Unterkunft. Während des Prozesses sagte der Zeuge John Smart, einer seiner Kollegen bei der Supreme Remedy Company, er, Smart, habe Alfred beim Abendessen in einem billigen Eßlokal empfohlen, in Fulham Quartier zu nehmen. Smart selber wohnte dort und sagte zu Roper, in seinem Haus sei, soviel er wisse, noch etwas frei. Die Firma war von dort leicht zu erreichen – von Walham Green nach Charing Cross fuhr man mit der District Line nur eine Viertelstunde und war nach einem kurzen Fußweg von dort durch Strand und Covent Garden am Ziel.

Weshalb Alfred diesem sehr vernünftigen Vorschlag nicht folgte, wissen wir nicht. Hätte er es getan, wären ihm zweifellos der Prozeß und die folgenden zwanzig Jahre, in denen er praktisch wie ein Verfemter lebte, erspart geblieben. Welche Umstände seinen Bruder in die Navarino Road in Hackney führten oder warum er sich gerade in Mrs. Hydes Haus einmietete, verrät Arthur uns nicht. Weil ihm nähere Einzelheiten unbekannt waren oder ihn – und das ist wahrscheinlicher – im Lichte der darauffolgenden Ereignisse zu schmerzlich berührten, sind die Fakten, die er uns über Alfreds Leben zu bieten hat, bis zum Jahre 1906, als die kritische Phase vorbei war, denkbar dürftig.

1895 mietete der dreiundzwanzigjährige Alfred in der Villa Devon in der Navarino Road ein Schlaf- und ein Wohnzimmer in der ersten Etage. Das Haus hatte vier Geschosse und ein Souterrain. Für die beiden großen und ansprechenden Räume mit hohen Decken und fast bis zum Boden reichenden Fenstern zahlte er 25 Shilling mit Frühstück, Nachmittagstee und Abendessen. Bei einem Jahresgehalt von 120 Pfund war das für ihn durchaus erschwinglich. Die Räume waren angemessen, wenn auch nicht üppig möbliert, vom Wohnzimmerfenster ging der Blick über die grünen Gärten von London Fields, und ums Putzen und Kochen brauchte er sich nicht zu kümmern.

Hackney war »vormals wegen zahlreicher Herrensitze des hohen und niederen Adels sehr bekannt«, ein Dorf, in dem sich bis zum 18. Jahrhundert so viele Kaufleute und Personen von Stand angesiedelt hatten, daß es »in Reichtum und Opulenz der Einwohner alle anderen Dörfer des Königsreiches übertrifft, was man schon an der großen Zahl der Personen ersieht, die sich hier eine Kutsche halten«.

Vor der Verkürzung der Fahrzeiten durch die Eisenbahn war Hackney der äußerste Punkt, von dem aus ein Geschäftsmann, der Wert darauf legte, etwas außerhalb zu wohnen, bequem seinen Arbeitsplatz in der Innenstadt erreichen konnte, und so waren dort zwischen Gemüsegärten und Viehweiden ansehnliche Vorortvillen entstanden. Ihren Bewohnern verdankt Hackney die stattlichen Kirchen und so manche Stiftung zum Wohle der ärmeren Klassen.

Denn die Armen haben wir bekanntlich allezeit bei uns, und Slums hatte es um die Homerton High Street herum schon lange gegeben. In der zweiten Hälfte des 19. Jahrhunderts wurde Hackney nach und nach immer ärmer. Als Alfred Roper im letzten Jahrzehnt des vorigen Jahrhunderts nach Hackney zog, herrschten dort erhebliche Not und eine auffallend starke Wohndichte. So zeigt die Statistik, daß in den zwanzig Jahren zwischen 1881 und 1901 die Bevölkerungszahl von 163681 auf 219272 angestiegen war. 1891 lebten über dreitausend Menschen zu viert, fast achttausend zu dritt oder mehr in einem Raum.

Mare Street war eine der Grenzlinien zwischen dem letzten in den vornehmen alten Villen angesiedelten Mittelstand und den Behausungen einer zunehmend verarmenden Arbeiterklasse. Die Gegend um London Fields war zum Tummelplatz zwielichtiger Gestalten geworden, um Homerton High Street und Wells Street herum lebten die in Hackney seit eh und je ansässigen Armen. Im Norden, hinter South Mill Fields, Hackney Wick und All Souls, Clapton, herrschte das nackte Elend, das sich immer weiter an den äußeren Rand verschob, so daß aus dem Zentrum Verdrängte nun in morschen Hütten an den feuchten Ufern des Lea-Flusses hausten.

Die Navarino Road lag auf der westlichen, der »schlechten« Seite der Mare Street, einem lebhaften Einkaufsviertel mit einem Markt. Mrs. Hydes Haus hatte früher einem Kaufmann aus der Innenstadt gehört, der sich nach Stamford Hill »verbessert« hatte. Der Bahnhof London Fields, von dem aus die Arbeiter in die Stadt strömten, war nur einen Steinwurf entfernt. Es gab Pferdestraßenbahnen und -busse; Hackney Common und der Victoria Park mit Cricket- und Bowlingplatz und einem kleinen Teich, auf dem man rudern konnte, waren nicht weit. Alles, was das

Herz begehrte, konnte man in den großen Kaufhäusern der Mare Street und der Kingsland High Street erstehen, das Warenhaus von Matthew Rose & Sons bot Dienstleistungen aller Art, unter anderem einen Erfrischungsraum.

Unterhaltung gab es in vielerlei Form – Varietévorstellungen, Theater und Musik. Das Hackney Empire präsentierte berühmte Stars der Music Halls, unter anderen Mary Lloyd, Vesta Tilley und Little Tich. Ein Lichtspieltheater eröffnete erst 1906, aber das New Alexandra Theatre in der Stoke Newington Road, das Dalston Theatre und das Grand in Islington boten Melodramen und Komödien. Die meisten Bühnen brachten zur Weihnachtszeit eine der traditionellen englischen *Pantomimes*.

Dies also war der expandierende Londoner Vorort, in den Alfred Roper zog, eine Welt, in der es nebeneinander Armut und Entbehrungen, relatives Wohlleben und Mittelstandswerte gab, kirchenfromme Bürger mit ihren Frauen und zu viert in einem Raum hausende heidnische Habenichtse. Dort sollte er die nächsten zehn Jahre verbringen.

Es ist nun wohl an der Zeit, etwas über Mrs. Hyde, ihre Familie und das Haus zu sagen, in dem Roper untergekommen war.

Maria Sarah Hyde war Witwe, oder nannte sich zumindest so, und war 1895 an die siebenundfünfzig Jahre alt. Von einem Ehemann sprach sie nie, und woher sie kam, als sie fünf Jahre zuvor in die stattliche Villa Devon zog, die einst bessere Tage gesehen hatte, scheint niemand so recht gewußt zu haben. Alles in allem hatte das Haus zwölf Zimmer und die üblichen Nutzräume. Die beiden Empfangszimmer im Erdgeschoß waren hoch und geräumig, der Salon ließ sich nach Bedarf in der Mitte durch eine Falttür unterteilen. Zumindest in den unteren Etagen war das Treppenhaus sehr ansehnlich, die Diele war mit ziegelrotem Marmor ausgelegt. Eine schmale Treppe führte ins Souterrain, wo sich die Küche, der Spülraum und das fensterlose Loch befanden, in dem das Dienstmädchen hauste. Allgemein nahm man an, daß Mrs. Hyde das Haus als Lohn für geleistete Dienste erhalten hatte – oder anders gesagt: Sie war von dem Mann, der sie ausgehalten hatte, damit ausgezahlt worden.

Daß das Haus ihr rechtmäßiges Eigentum war, steht fest. Sie hatte einen älteren Mann, einen gewissen Joseph Dzerjinski, mitgebracht, einen polnischen oder russischen Emigranten, der in der zweiten Etage wohnte, sowie ihre Tochter Elizabeth Louisa, Lizzie genannt, die in der ersten Etage schlief. Mrs. Hyde hatte dazu noch zwei Mieter aufgenommen. Miss Beatrice Cottrell, eine ältere Dame, die sich als ehemalige Hofschneiderin bezeichnete, bewohnte ein Zimmer im ersten Stock, und George Ironsmith, Reisender in Dosenfleisch, hatte direkt darüber zwei Zimmer neben denen von Mr. Dzerjinksi. Mrs. Hyde selbst bewohnte den ganzen dritten Stock.

Fast die gesamte Hausarbeit lastete auf der Dienstmagd, einer gewissen Florence Fisher. Sie hatte im Jahr zuvor die Schule beendet und war noch fast ein Kind, als sie wenige Monate vor Ropers Einzug in die Villa Devon kam. Vor ihr hatte Maria Hyde eine etwas ältere Dienstmagd beschäftigt, die ihre Stellung aufgegeben hatte, um zu heiraten. Nur zwei Prozent der Haushalte in Hackney hatten überhaupt

Dienstpersonal, so daß die dreizehnjährige Florence Fisher vermutlich froh war, diese Stellung bekommen zu haben, die überdies nicht weit von der Behausung ihrer Mutter an der Desinfektionsanstalt von South Mill Fields entfernt war. Zu ihren Aufgaben gehörte es, das Haus sauberzuhalten, die Kohlen hochzutragen, Treppe und Hof zu fegen und das Geschirr abzuwaschen. Häufig erledigte sie auch die Einkäufe. Ins Kochen teilten sich damals Maria und Lizzie Hyde.

Unter Hinweis auf eine angeblich schwere Herzschwäche betätigte sich Mrs. Hyde möglichst wenig und beschränkte sich weitgehend darauf, mit Joseph Dzerjinski im »Grünen Delphin« in der Mare Street zu zechen. Gin scheint ihr Lieblingsgetränk gewesen zu sein, aber sie konnte einiges vertragen, und offenbar hat man sie nie betrunken gesehen. Laut Miss Cottrell pflegte sie zu sagen, Alkohol sei gut fürs Herz.

Manche Leute meinten, sie habe eifrig Ausschau nach einem Mann für ihre Tochter gehalten. Andere wieder behaupteten, besagte Tochter sei »auch nur so eine« und habe, obwohl unverheiratet, mindestens ein Kind zur Welt gebracht. Was aus diesem Kind – oder diesen Kindern – geworden ist, bleibt ihr Geheimnis. George Ironsmith, der Reisende in Dosenfleisch, der neben Dzerjinski wohnte, galt zunächst als Lizzie Hydes Verlobter, und es war von einer Heirat im folgenden Jahr die Rede, doch aus unbekannten Gründen wurde die Verlobung gelöst, und Ironsmith ging nach Amerika, wo die Firma, für die er arbeitete, ihren Sitz hatte. Nach seinem Auszug wurden die Räume an ein Ehepaar namens Upton vermietet.

Lizzie Hyde behauptete 1895, vierundzwanzig Jahre alt zu sein. Vermutlich aber hat sie mindestens sechs Jahre unterschlagen und war somit sieben Jahre älter als Alfred Roper. Die wenigen erhaltenen Fotos zeigen eine Frau, deren zweifellos vorhandener Schönheit die Jahre und eine wohl wenig solide Lebensweise einigen Abbruch getan haben. Sie hat ein volles, ovales Gesicht, regelmäßige Züge, eine gerade Nase und einen kleinen Mund mit vollen Lippen, große klare Augen und kräftige, wohlgeformte Augenbrauen. Ihr Haar ist üppig und hell, ihr Hals sehr schlank, und sie ist gut gebaut, dabei aber nicht dick. Aus einem von einer Nachbarin verfaßten Zeitungsartikel und den Memoiren von Miss Cottrell geht hervor, daß sie als Verkäuferin in einem Tuchwarengeschäft und später als Putzmacherin tätig gewesen war; in ihrer Jugend hatte sie eine Schneiderlehre gemacht. 1895 ging sie keiner bezahlten Tätigkeit mehr nach, sondern half ihrer Mutter im Haus.

In diesem Haushalt nun avancierte Alfred Roper sofort zum Lieblingsmieter. Sogleich hatte man erkannt, daß es sich um einen wohlanständigen Mann und höchst wünschenswerten Hausgenossen handelte, und begegnete ihm entsprechend. Laut Miss Cottrell stand das Essen nun pünktlich auf dem Tisch, und das Haus war sauberer. Ein »Bekannter« von Lizzie Hyde, der sie häufig besucht und angeblich auch bei ihr übernachtet hatte, wie Miss Cottrell schreibt, erschien nun nicht mehr.

Dennoch gab Miss Cottrell Roper nach einer Woche den guten Rat, nicht länger als nötig dort wohnen zu bleiben, sondern sich schnellstens nach einer neuen Bleibe umzusehen. Dieses Haus sei vielleicht gut genug für eine alte Frau wie sie, die keinen Ruf zu verlieren habe, aber für ihn nicht das richtige. Natürlich schlug Alfred diese Warnung in den Wind. Ob er tatsächlich so naiv war, wie Mr. Howard de Filippis, sein Verteidiger, ihn später darstellte, oder ob er seiner Eitelkeit erlag, steht dahin. Die Frauen verwöhnten ihn auf eine nie gekannte Art. Er durfte sich auf seinem Zimmer mit chemischen Versuchen beschäftigen und den Gasherd in der Küche für seine Dampfmaschinen nutzen. Sicher empfand er eine gewisse Befriedigung darüber, daß er zum erstenmal in seinem Leben in einem stattlichen Haus wohnte – auch wenn es nicht das seine war – und freute sich an seinen geräumigen Zimmern und der Aussicht.

Vielleicht hatte er zu dieser Zeit auch schon Gefallen an Mrs. Hydes Tochter gefunden. Außerdem kam man von dem nahe gelegenen Bahnhof London Fields ebenso leicht in die Stadt wie von Fulham aus, auch der Fußweg am Ende der Fahrt war der gleiche, nur in südlicher statt in nördlicher Richtung.

Über das, was Alfred in den nächsten drei Jahren widerfuhr, wissen wir wenig. Bekannt ist, daß er sich in seiner Firma, der Supreme Remedy Company, zum Geschäftsführer hocharbeitete und eine Gehaltsaufbesserung von einem Pfund in der Woche erhielt. In dieser Zeit fuhr er nur einmal, zur Beerdigung der Frau seines Bruders Joseph, die im Kindbett gestorben war, in die alte Heimat Suffolk. Als nächstes Faktum haben wir im August 1898 die Trauung mit Elizabeth Louisa Hyde, ledig, in der Pfarrkirche St. John, South Hackney.

Eine gewisse Überraschung ist das Geburtsdatum seines

Sohnes, der am 19. Februar 1899, ein halbes Jahr nach der Hochzeit, zur Welt kam. Es sieht ganz danach aus, als sei Alfred Roper seiner Lizzie auf den Leim gegangen, und fest steht, daß ihr Glück – wenn sie denn vor der Hochzeit und bis zur Geburt ihres Sohnes glückliche Tage miteinander verlebt hatten – nicht von Dauer war.

Beatrice Cottrell schrieb später einen recht skurrilen Bericht über ihr Leben in der Villa Devon, den sie auf eigene Kosten drucken ließ und in dem sie entschieden für Alfred Partei ergriff. Damals vergötterte Alfred seine Frau, und Lizzie konnte sich nicht genug tun, ihn zu verwöhnen, sie überschüttete ihn mit Kosenamen und beteuerte, nichts sei ihr zu viel für ihn. Doch diese Aufopferung war kurzlebig. Alfred war ein idealer Gatte und seinen Mitbewohnern weit überlegen. Eine Nachbarin, Cora Green, die mit Maria Hyde befreundet war und in der Villa Devon ein und aus ging, schilderte nach Alfreds Freispruch einer Zeitung die ganze Geschichte aus ihrer Sicht und erklärte, für ihren Geschmack sei Lizzie Roper manchmal zu überschwenglich gewesen, ständig sei sie ihrem Mann um den Hals gefallen und habe ihn in aller Öffentlichkeit geküßt. Zu viert – Maria und Dzerjinski, Alfred und Lizzie – ging man nun ins Varieté und häufig ins Hackney Empire. Auch im »Grünen Delphin« wurde Alfred mit seiner Frau und Schwiegermutter gesehen – gewiß für ihn eine ebenfalls neue Erfahrung.

All das hörte schlagartig auf, als Edward Alfred, ihr Erstgeborener, zur Welt gekommen war. Cora Green gesteht Lizzie keinerlei Muttergefühle zu und sagt, sie sei unfähig gewesen, sich um ein Neugeborenes zu kümmern. Der

Kleine wurde weder saubergehalten noch richtig ernährt und kümmerte dahin. Lizzie machte schlimme Szenen, drohte, das Kind und sich selbst umzubringen, und legte sich danach tagelang ins Bett. Florence Fisher hatte so viel mit dem Haushalt zu tun, daß sie nicht auch noch die Betreuung eines Säuglings übernehmen konnte. Außerdem war ihre Mutter schwer krank, so daß die Sechzehnjährige ihre spärliche freie Zeit in dem ärmlichen Loch von Mrs. Fisher an der Lea Bridge Road verbrachte. Beatrice Cottrell bemerkt, daß das Haus zu dieser Zeit immer mehr verkam. Alfred mußte ein Kindermädchen einstellen, was er sich eigentlich nicht leisten konnte, zumal Maria Hyde jetzt, da sie einen Verdiener in der Familie hatte, das Zimmervermieten bald aufzugeben hoffte, wie sie in Miss Cottrells Beisein immer wieder sagte.

Es war vor allem das unablässige Greinen des Babys, das die Uptons aus dem Haus trieb, darüber hinaus beschwerten sie sich aber auch über das Essen, das sich merklich verschlechtert hatte, nachdem Lizzie nicht mehr in der Küche stand. Cora Green gegenüber beklagte sich Mrs. Upton über Ungeziefer im Schlafzimmer. Nach ihrem Auszug machte Mrs. Hyde keine Anstalten, neue Mieter zu finden. Sie ließ Dzerjinski mit Lizzie und Alfred die Zimmer tauschen und zog selbst in die Räume neben Dzerjinski, der jetzt unten wohnte, mit der Bemerkung, ihrem kranken Herzen sei das ständige Treppensteigen nicht mehr zuzumuten. Die dritte Etage schloß sie ab, es lohne nicht, dort oben zu putzen und zu lüften, sagte sie.

Alfred hatte nun Frau und Kind, war aber räumlich schlechter gestellt als vor seiner Heirat. Er war genötigt, sich mit den Mietern die Aufenthaltsräume zu teilen und alle Mahlzeiten mit ihnen einzunehmen. Seine Schwiegermutter hatte ihm zunächst ziemlich ungnädig ein Zimmer im Obergeschoß für seine chemischen Versuche zugebilligt, doch diese Erlaubnis wurde hinfällig, als sie die oberste Etage ganz abschloß. Schlimm war auch der Lärm. Dzerjinski war ein begeisterter Akkordeonspieler, der öfter auch im Varieté auftrat und häufig bis spät in die Nacht übte. Außerdem gab er in seinen Räumen russischen und deutschen Einwanderern Englisch-Unterricht. Das gutturale Gemurmel und die Akkordeonklänge, die durch Wände und Decke drangen, waren manchmal schier unerträglich.

Miss Cottrell blieb noch weitere vier Jahre dort wohnen. Laut Cora Green zeigte Lizzie Roper keinerlei Interesse an ihrem Kind, sondern überließ den Kleinen dem Kindermädchen und später, als dieses das Haus verlassen hatte, nach Möglichkeit ihrer Mutter. Der »Bekannte«, der sie laut Miss Cottrell offenbar vor Alfreds Einzug häufig besucht hatte, tauchte wieder auf; er oder vielleicht auch ein anderer – in den nächsten zwei oder drei Jahren war es mit Sicherheit mehr als einer – ließ sich nun wieder oft dort sehen.

Laut Cora Green wurde Lizzie häufig von einem gewissen Bert mit der Kutsche abgeholt. Es handelte sich dabei wohl um Herbert Cobb, Geschäftsführer in einem Herrenausstattungsgeschäft. Miss Cottrell kannte ihn gut und konnte von Glück sagen, daß er sie, als ihr Buch herauskam, nicht wegen übler Nachrede verklagte. Sie nennt ihn voll moralischer Entrüstung einen »Ehezerstörer« und »Satan in Menschengestalt«, einen Besucher liederlicher Weiber, verlogen, respektlos, unflätig und gotteslästerlich.

Ein weiterer Verehrer von Lizzie war Percy Middlemass, ein nicht mehr ganz junger und sehr wohlhabender Geschäftsmann und Stammgast im Wirtshaus »Federbusch«. Er kam ebenfalls in die Villa Devon und blieb jeweils mehrere Stunden allein mit Lizzie. Ironsmith, der Reisende in Dosenfleisch, war laut Mrs. Green auch wieder auf der Bildfläche erschienen. Im Spätsommer 1903 traf Mrs. Green ihn eines Tages in unmittelbarer Nähe der Villa Devon und erkannte ihn sofort, obschon er vorgab, sie nicht zu kennen.

Alfred selbst war jeden Tag zwölf Stunden außer Haus, so daß Lizzie sich nach Belieben vergnügen konnte. Ob er von ihrem Treiben wußte, ist nicht bekannt, aber daß er unglücklich aussah und es um seine Gesundheit nicht zum besten stand, fiel unter anderem auch jenem John Smart auf, der ihm Fulham als passende Wohngegend empfohlen hatte. Alfred sei sehr mager geworden, sagte er, und sei gebückt gegangen, wie um sich kleiner zu machen. Manchmal habe er über Verdauungsbeschwerden und Schlafstörungen geklagt.

Im Mai 1904 brachte Lizzie Roper eine Tochter zur Welt, die zwei Monate danach in der St. John's Church auf die Namen Edith Elizabeth getauft wurde. Von Anfang an hatte Lizzie zu diesem Kind ein ganz anderes Verhältnis als zu ihrem Sohn Edward. Sie stillte Edith selbst, fuhr sie im Kinderwagen aus und zeigte sie stolz den Nachbarn. Cobb, Middlemass und Genossen ließen sich fürs erste nicht mehr blicken.

Nach Smarts Aussage hob sich in dieser Zeit Alfreds Stimmung, und er setzte große Hoffnungen auf einen Familienurlaub in Margate, den er im August antreten wollte. Er war stolz auf seine Tochter, aber seine ganze Liebe galt wohl doch seinem Sohn Edward. Als der Junge klein war, hatte sich Alfred wegen der Versäumnisse seiner Frau mehr um den Sohn gekümmert, als unsere Gesellschaft es gemeinhin von Vätern gewohnt ist, und daraus mag sich erklären, daß er so sehr an ihm hing. In Briefen an seine Schwester Maud (die dem Verfasser vorliegen) berichtet Alfred eingehend über Edward, sein gutes Aussehen, seine tadellosen Manieren, seine guten Fortschritte in der Schule und seine altklugen Bemerkungen, manche Briefe handeln von nichts anderem. Von Lizzie und der kleinen Edith heißt es nur, sie schickten ebenfalls liebe Grüße – was eine leere Formel gewesen sein dürfte, da sie und Maud sich, soweit wir wissen, überhaupt nicht kannten.

John Smart vertraute Alfred an, er hoffe, seine Familie würde sich nicht noch weiter vergrößern, denn was er verdiene, brauche er, um Edward die Ausbildung an einer gediegenen Schule zu ermöglichen. Er sollte auch nicht auf ein Studium verzichten müssen, weil sein Vater – wie es in Alfreds Fall geschehen war – nicht ausreichend vorgesorgt hatte. Alfred hielt Edward für ein außergewöhnliches Kind und hob in seinen Briefen an Maud hervor, daß der Junge schon mit viereinhalb Jahren lesen und einfache Rechenaufgaben lösen konnte. Auch daß er mit neun Monaten laufen und mit eineinhalb Jahren verständlich sprechen konnte, sah er als Anzeichen künftiger besonderer Geistesgaben an.

Ob die Urlaubsreise, auf die er sich so gefreut hatte, stattfand oder nicht, läßt sich nicht mehr feststellen, bekannt ist aber, daß im August zwei schwerwiegende Ereignisse eintraten. Miss Cottrell zog aus der Villa Devon aus, nachdem sie, wie Mrs. Green jener Zeitung offenbarte, in einer heftigen Auseinandersetzung Mrs. Hyde beschuldigt hatte, ihr Haus sei eine Absteige und sie verkupple die eigene Tochter. Außerdem verlor Alfred Roper seine Stellung.

Laut Mrs. Green hatte Miss Cottrell schon seit geraumer Zeit Anspielungen auf Lizzie Ropers unsittliches Verhalten gemacht, obschon die früheren »Bekanntschaften« offenbar nicht mehr ins Haus kamen. Jetzt aber begnügte sie sich nicht mehr damit anzudeuten, Maria Hyde habe sich an ihrer Tochter einen Kuppelpelz verdient, sondern ließ anklingen, Edith Roper sei nicht Alfreds Kind.

Eines Tages kam es – wieder laut Mrs. Green – zu einem heftigen Streit, in dessen Verlauf Miss Cottrell erklärte, das Haus sei schmutzig und voller Ungeziefer, Lizzie sei nicht besser als ein Straßenmädchen, und sie, Beatrice Cottrell, sei entschlossen, Alfred Roper »die Augen zu öffnen«. Maria warf sie kurzerhand aus dem Haus und wies Dzerjinski an, Miss Cottrells Möbel auf die Straße zu stellen. Damit hatte Maria Hyde ihre Tätigkeit als Vermieterin endgültig beendet – sofern man nicht Dzerjinski als Mieter ansehen will, der allerdings keine Miete zahlte.

Alfreds Firma, die Supreme Remedy Company, stellte Anfang August von einem Tag auf den anderen ihre Geschäftstätigkeit ein. Man war mit beträchtlichen Zahlungen in Rückstand geraten, und die Gläubiger versammelten sich auf der Straße und forderten lautstark die Begleichung der Schulden. Es hieß, Robert Maddox habe sich mit sämtlichen Firmengeldern auf den Kontinent abgesetzt, doch diese Firmengelder gab es gar nicht – zumindest wurden sie nie gefunden –, und Maddox hatte sich auch nicht nach Frankreich abgesetzt, sondern nur nach Dover, wo er ein Hotelzimmer nahm und sich eine Kugel durch den Kopf schoß. Die neun Angestellten des Unternehmens, darunter auch der Geschäftsführer, waren arbeitslos geworden.

Für Alfred Roper war das zweifellos ein schwerer Schlag. Er mußte ein großes Haus unterhalten und fünf Erwachsene und zwei Kinder ernähren. Zusätzliche Einnahmen waren nicht zu erwarten, es sei denn, man nähme die ehrenrührigste von Miss Cottrells Behauptungen für bare Münze, und so weit kann man vermutlich doch nicht gehen. Alfred tat sich sofort nach einer neuen Arbeitsstelle um und erhielt schließlich einen Posten als Handelsgehilfe bei einem Hersteller von Brillengläsern, der Imperial Optics Limited, wo er nur halb so viel verdiente wie zuvor. Als Vorteil mochte allenfalls gelten, daß Alfred jetzt zu Fuß ins Kontor gehen konnte, denn die Imperial Optics Limited war in der Cambridge Heath Road in Bethnal Green.

Wenig später zog Cora Green nach Stoke Newington. Sie besuchte zwar hin und wieder ihre alte Freundin Maria Hyde, hatte aber nun keine Möglichkeit mehr, das Kommen und Gehen im Nachbarhaus zu beobachten. Fast ein Jahr ist die Villa Devon in geheimnisvolles Dunkel gehüllt. Zwar gab es da noch Florence Fisher, deren Aussage bei Alfreds Prozeß so großes Gewicht hatte, aber sie war keine gute Beobachterin. Wenn sie nicht zum Putzen in den oberen Etagen war, hielt sie sich hauptsächlich in der Küche, dem Spülraum und ihrem engen Verschlag auf und war überdies mit sich selbst beschäftigt. Ihre Mutter war gestorben, so daß die Besuche bei ihr entfielen, aber sie »ging« nun mit einem jungen Mann, den sie später als ihren Verlobten bezeichnete. Ernest Henry Herzog, dessen Großeltern nach England eingewandert waren und der eine gute Stellung bei einer Familie in Islington innehatte, war ein Jahr jünger als seine Liebste und stand gesellschaftlich eine Stufe über ihr. Er heiratete sie schließlich doch nicht und braucht uns hier nicht weiter zu interessieren. Immerhin hatte Florence nun auch so etwas wie ein Privatleben. Wenn oben Vorwürfe, Beschuldigungen und Widerrede laut wurden, kümmerte sie sich nicht weiter darum.

Im Frühjahr 1905 zeichnete sich eine Veränderung ab. John Smart, der in Kontakt mit Alfred geblieben und praktisch sein einziger Freund war, traf sich im April mit ihm zum Tee in einem ABC Teashop. Alfred hatte seinen Sohn Edward mitgebracht und machte bei dieser Gelegenheit Smart zwei sehr bedeutsame Mitteilungen. Zum einen eröffnete er ihm, er sei inzwischen überzeugt davon, nicht Ediths Vater zu sein, seine Frau habe das bei einer ihrer Auseinandersetzungen mehr oder weniger zugegeben, auch wenn sie später behauptete, sie habe ihn nur »angeführt«. Er habe schon längere Zeit an seiner Vaterschaft gezweifelt, sagte Alfred, so wie er auch bezweifelte, der Vater des Kindes zu sein, das Lizzie jetzt erwartete.

Smart war sehr bestürzt und beteuerte unaufgefordert, seiner Meinung nach sei Edith seinem Freund Alfred sehr ähnlich, der aber beharrte auf seinem Standpunkt. Es sei nicht einzusehen, sagte er zu Smart, warum er sich »abrackern« solle, um eine Familie mit Kind und Kegel durchzufüttern, die ihm nichts bedeuteten. Er sei ein Narr gewesen, sich auf diese Ehe überhaupt einzulassen, aber zumindest verdanke er ihr seinen Edward. Zum zweiten erzählte er Smart, daß er Kenntnis von einer Vakanz in einer großen, florierenden Apotheke in Cambridge erhalten habe. Nein, nicht durch eine Stellenanzeige, sondern durch einen Kollegen bei Imperial Optics, den Vetter des derzeitigen Apothekers, der in Kürze in den Ruhestand treten wollte. Der Kollege, ein gewisser Hodges, habe ihm versichert, Alfred habe größte Chancen, er müsse sich nur noch in diesem Monat bewerben. Auch wohnte Maud, die Schwester, mit der Alfred von seinen vier Geschwistern seit jeher am engsten verbunden war, mit ihrem Mann in dem Dorf Fen Ditton vor den Toren von Cambridge.

Smart befürwortete dieses Vorhaben aufs lebhafteste und riet Alfred, unverzüglich sein Bewerbungsschreiben auf den Weg zu bringen. So könne er Frau und Kinder den womöglich schädlichen Einflüssen von Mrs. Hyde entziehen und ein neues Leben anfangen. Nein, nein, erwiderte Alfred, so habe er sich das nicht gedacht. Er wolle vielmehr Lizzie und ihre Tochter verlassen und sich bei seinem neuen Arbeitgeber in Cambridge als Witwer mit einem Sohn ausgeben, denn Edward wolle er natürlich mitnehmen.

Smart gab sich bei dieser wie auch bei späteren Begegnungen die größte Mühe, Alfred von seinem Vorhaben abzubringen. Und es schien tatsächlich, als höre Alfred auf seine Einwände, er betonte aber, Lizzie würde sich von Grund auf ändern müssen, wenn sie bei ihm bleiben wolle. Zur Zeit »behandle« er eine Krankheit bei ihr, sagte er geheimnisvoll zu Smart, dank seiner Erfahrungen als Apotheker wisse er, was dagegen zu tun sei. Als Smart bei einem späteren Zusammentreffen erneut nach der Art der Krankheit fragte, bezeichnete Roper seine Frau als Nymphomanin. Er behandle sie mit Hyoscin, einem Mittel zur Unterdrückung des Geschlechtstriebes, um die Ansprüche, die sie an ihn stellte, und ihr Verlangen nach anderen Männern zu dämpfen. Die Situation in der Villa Devon reibe ihn gänzlich auf, zumindest sei er jetzt entschlossen, Maria Hyde und Joseph Dzerjinski so bald als möglich seine Unterstützung zu entziehen.

Bei einer dieser Personen erübrigte sich wenig später jede weitere Hilfeleistung. Anfang Juli 1905 brach Joseph Dzerjinski, von einem Besuch bei seiner Schwester in Highbury kommend, in der Navarino Road zusammen und starb auf dem Weg ins Krankenhaus. Ende des Monats wäre er achtundsiebzig geworden. Nach der gerichtlichen Untersuchung befand man auf einen Unglücksfall mit tödlichem Ausgang. Die Obduktion ergab eine schwere Herzkrankheit sowie fortgeschrittene Leberzirrhose. Alfred übernahm – wie die Familie dies offenbar von ihm erwartete – die Bestattungskosten.

Der Sommer des Jahres 1905 war ungewöhnlich heiß, es wurden Temperaturen von bis zu 50° Celsius gemessen. In den Zeitungen häuften sich die Meldungen über Menschen, die durch die Hitze in den Wahnsinn getrieben worden waren, und die Zahl der Morde und Kindstötungen stieg steil an. In der Villa Devon standen tagsüber alle Fenster offen, und trotzdem war die Hitze geradezu unerträglich.

Außer John Smarts Aussage gibt es keinerlei Hinweise auf Lizzies Schwangerschaft, abgesehen davon, daß sie häufig über Mattigkeit und Morgenübelkeit klagte und behauptete, sie fühle sich »schwummerig« und benommen. Doch diese Symptome treten auch bei der regelmäßigen Einnahme von Hyoscin auf. Florence Fisher sagt nichts von einer Schwangerschaft; auch in einem Brief, den Maria um diese Zeit an Marta Boll, die Schwester des verstorbenen Joseph Dzerjinski, schreibt, ist davon nicht die Rede. Auch Cora Green wußte nichts davon. Bei Ropers Prozeß wurden keinerlei Beweise für eine Schwangerschaft vorgelegt. Es ist deshalb anzunehmen, daß Lizzie – vielleicht durch die große Sommerhitze – eine Fehlgeburt erlitt. Denkbar ist allerdings auch, daß es diese Schwangerschaft nie gegeben, sondern Lizzie sie nur vorgetäuscht hat, um ihren Mann an sich zu binden.

Sein Entschluß, sie zu verlassen, stand offenbar fest. In dem Brief, den er am 15. Juli an Mrs. Maud Leeming in Fen Ditton schreibt, heißt es auch wieder nur, Lizzie schicke liebe Grüße; und Edith wird mit gar keinem Wort erwähnt. Die Stellung bei Jopling in Cambridge war Roper ab 1. August zugesagt, und in diesem Brief bittet er seine Schwester, ihn und Edward ab dem 27. Juli bei sich aufzunehmen, bis er eine eigene Unterkunft gefunden habe. Andererseits spricht er in diesem Zusammenhang davon, sich »wieder ein neues Heim« zu schaffen und »zum Familienleben zurückzukehren«.

Anfang der zweiten Juliwoche kündigt er (und nicht seine Frau) Florence Fisher die Stellung. Nach dem 31. Juli brauche man sie nicht mehr, da er, Mrs. Roper und die Kinder nach Cambridge ziehen würden. Mrs. Hyde würde als alleinstehende Frau wohl kein Dienstmädchen benötigen. So, sagte Florence Fisher, habe er es wörtlich gesagt.

Florence wandte sich an Maria Hyde, die von all dem keine Ahnung hatte und mit ihrer Tochter sprach, wobei sich herausstellte, daß auch Lizzie nicht eingeweiht war. Weshalb Florence sich an diese Stelle klammerte, die ja durchaus kein Ruheposten, sondern schlecht bezahlt und mit viel Mühe und Arbeit verbunden war, bleibt unklar. Der enge Verschlag, in dem sie hauste, war schmutzig und unhygienisch. Sie war zu jener Zeit eine kräftige junge Frau von zweiundzwanzig Jahren, die – von Alfred mit einem guten Zeugnis versehen – gewiß auch anderswo Arbeit gefunden hätte. Vielleicht wollte sie sich nicht für so kurze Zeit eine neue Stellung suchen, denn ihre Verehelichung war ja damals noch für das kommende Frühjahr geplant.

Sie war jedenfalls – aus welchen Gründen auch immer – fest entschlossen, in der Villa Devon zu bleiben, und Roper bestand dann offenbar nicht mehr darauf, daß sie gehen müsse. Am Nachmittag des 27. Juli sagte Mrs. Hyde zu Florence, sie fühle sich unwohl, habe Schmerzen im rechten Arm und in der Brust und müsse sich hinlegen. »Mein Herz spielt wieder mal verrückt«, bemerkte sie. Dann kam Alfred und sagte ihr, er und Edward würden »in Kürze« nach Cambridge fahren und Mrs. Roper und Edith »sehr bald« nachkommen. Florence ging davon aus, daß er danach das Haus verließ, auch wenn sie ihn nicht mit eigenen Augen hat weggehen sehen.

Eine Dreiviertelstunde später klingelte er unten an der Haustür und sagte, er habe seine silberne Münzdose mit den Sovereigns, die gewöhnlich an seiner Uhrkette hing, im Haus vergessen. Florence erbot sich, ihm beim Suchen zu helfen, aber er sagte, sie solle nur weitermachen, und öffnete ihr die Tür ins Eßzimmer, wo sie die schmutzige Tischwäsche holen wollte. Sie hörte ihn nach oben gehen, wo sich seine Frau, Edith und Maria Hyde aufhielten.

Eine halbe Stunde vor Ropers Rückkehr war Maria Hyde in der Küche gewesen. Ihr sei jetzt besser, hatte sie gesagt und Florence gebeten, Tee zu brühen und ein leichtes Abendessen zu bereiten. Ihre Tochter sei unpäßlich und läge im Bett. Florence tat wie geheißen, und Maria brachte das Tablett nach oben, auf dem neben Dosenlachs und Butterbroten eine Kanne Tee, die Zuckerschale und Milch für Edith standen. Die Zuckerschale nebst Inhalt sollte ein Vierteljahr später bei Ropers Prozeß ein wichtiges Beweisstück sein. Roper selbst nahm ebensowenig wie seine Schwiegermutter oder Florence Fisher Zucker in den Tee oder sonstige Getränke.

Roper hielt sich lange oben auf. Wie er selbst vor Gericht aussagte, fand er die gesuchte Münzdose (ein Erbstück seines Vaters) endlich auf dem Kaminsims im Eßzimmer, steckte sie ein und begab sich zu dem ziemlich weit entfernten Droschkenstand in der Kingsland High Street. Unterwegs sei er über eine lockere Bordschwelle gestolpert und gestürzt und habe sich dabei die rechte Hand aufgeschürft. Ein Zeuge behauptete, Blut an Ropers Hand und seinem Jackenärmel gesehen zu haben, konnte Roper aber später nicht eindeutig identifizieren.

Endlich war Roper wieder an der Liverpool Street Station, wo er seinen kleinen Sohn und sein Gepäck in der Obhut eines Dienstmannes zurückgelassen hatte. Ursprünglich hatte er den Zug um 17.15 Uhr nach Cambridge nehmen wollen, den er, wäre er nicht noch einmal in die

Navarino Road gefahren, auch bequem erreicht hätte. Inzwischen war es fast halb sieben. Zwar ging um 19.32 Uhr ein Zug bis Bishops Stortford, aber der nächste durchgehende Zug nach Cambridge kam erst um 20.20. Uhr Roper und sein Sohn mußten fast zwei Stunden warten.

Eins der ungelösten Rätsel in diesem Fall ist die Frage, warum Roper seine Fahrt nach Cambridge erst so spät abends antrat. Seine Arbeitsstelle in Bethnal Green hatte er aufgegeben, und auch zu Hause hatte er nichts Dringendes mehr zu erledigen. Der Sommerfahrplan der Great Eastern Railway für das Jahr 1905 weist im Lauf des Tages zahlreiche Verbindungen nach Cambridge aus. Er hätte beispielsweise mit dem Zug um zwölf Uhr mittags fahren oder, wenn er nicht umsteigen wollte, den Zug von St. Pancras um 12.20 Uhr nehmen können, der um 13.01 Uhr in Cambridge war, oder aber den Zug um 14.30 Uhr, der mit nur zweimaligem Halt zehn vor vier sein Ziel erreichte.

Obgleich er ein Kind bei sich hatte, das normalerweise um halb sieben zu Bett geschickt wurde, hatte er sich für einen Zug entschieden, der erst vier Minuten nach halb sieben an seinem Bestimmungsort war, und kam dann noch zwei Stunden später weg, so daß er zwanzig vor zehn in Cambridge eintraf. Er wird seine Gründe gehabt haben.

Am nächsten Morgen um acht kam die kleine Edith nach unten, und Florence machte ihr das Frühstück. Das war nicht ungewöhnlich, wenn auch wenig angenehm für Florence, die mit der Hausarbeit und den Einkäufen schon genug zu tun hatte. Daß Mrs. Roper und Mrs. Hyde nicht erschienen, wunderte Florence nicht weiter, da die beiden häufig bis zum Mittag im Bett lagen, aber nachdem sie Edith gewaschen und angezogen hatte, schickte sie die Kleine wieder hinauf – ein blondes kleines Mädchen, das in der Villa Devon, Navarino Road, Hackney, die Stufen zum ersten Stock erklomm. So sah Florence sie zum letzten Mal, ja, es war, soweit wir wissen, das letzte Mal, daß ein menschliches Auge Edith hier auf Erden erblickte.

Gegen zehn ging Florence einkaufen. Es war schwül, allerdings nicht mehr ganz so heiß. Dennoch scheint die Wärme der Dienstmagd arg zugesetzt zu haben, denn als sie nach zwei Stunden, sicherlich schwer beladen mit ihren Einkäufen, zurückkam, fühlte sie sich sehr schlecht.

Das Haus machte einen verlassenen Eindruck. Sie schleppte sich in das Zimmer im ersten Stock, in dem Ediths Bettchen stand, und in dem – auch das war nichts Ungewöhnliches – erhebliche Unordnung herrschte, und zog (vermutlich mit einem resignierten Seufzer) die Bettwäsche und das eingenäßte Laken ab. Wie selbstverständlich ging sie davon aus, daß mittlerweile auch Mrs. Roper und Edith nach Cambridge gefahren waren. Hätte sie sich nicht selbst so schlecht gefühlt, hätte Florence sich vielleicht Gedanken über Maria Hydes Verbleib gemacht, und es wäre ihr womöglich verdächtig vorgekommen, daß Lizzie Roper und ihre Tochter das Haus verlassen hatten – nicht zu einem Urlaub, sondern für immer –, ohne etwas von Ediths Sachen mitzunehmen. Aber sie war krank, vielleicht hatte sie eine Art Hitzschlag erlitten, jedenfalls mußte sie sich im Souterrain der Villa Devon zu Bett legen, wo sie die nächsten beiden Tage blieb.

Danach war Florence Fisher über eine Woche allein in

der Navarino Road. Sie ging nach wie vor davon aus, daß Mr. und Mrs. Roper und die Kinder in Cambridge waren, und machte sich weiter keine Gedanken um sie. Bedenkenswerter erschien ihr die Frage, was aus ihr werden sollte. Würden Mr. oder Mrs. Roper noch einmal herkommen, um ihr den Lohn zu zahlen? Oder galt in deren Augen das Dienstverhältnis als beendet, so daß sie auf Lohn keinen Anspruch mehr hatte? Und wo war Mrs. Hyde? In den zehn Jahren, die Florence hier wohnte, hatte sie es noch nie erlebt, daß Mrs. Hyde eine Nacht außer Haus verbracht hätte. Da sie aber, soweit Florence wußte, immer mit ihrer Tochter zusammengelebt hatte, war die naheliegendste Erklärung, daß auch sie mit nach Cambridge gefahren war und sich dort bei ihrer Tochter und ihrem Schwiegersohn aufhielt.

Florence hatte sich bald soweit erholt, daß sie wieder ihrer Arbeit nachgehen konnte. Der 28. Juli war ein Freitag, und aus den Unterlagen der Agentur von Miss Elizabeth Newman in der Mare Street geht hervor, daß sie sich am Donnerstag, dem 3. August, dort einfand, um sich eine neue Stellung vermitteln zu lassen. Sie dürfte mit ihrem Verlobten in Verbindung gestanden haben. Lieferanten kamen. Der Messerschleifer wurde um diese Zeit erwartet und ist wohl auch gekommen. Der Bäcker machte seine tägliche Runde.

In der obersten Etage der Villa Devon war Florence seit Monaten nicht mehr gewesen, aber in die Zimmer darunter ging sie regelmäßig einmal in der Woche zum Fegen und Staubwischen. Als sie am Freitag, dem 4. August, mit Mop und Staubwedel die Treppe hochstieg, schlug ihr ein durchdringender, nie gekannter Geruch entgegen. In der zweiten Etage blieb sie bestürzt stehen. Der Geruch war hier noch zehnmal schlimmer. Florence band sich das saubere Staubtuch vor Mund und Nase und öffnete die erste Tür.

Es war dies die Tür zum Schlafzimmer von Lizzie und Alfred Roper. Doch war es Mrs. Hyde, die – vollständig bekleidet, die Haare teilweise auf Papilloten gewickelt – mit dem Gesicht nach unten entseelt auf dem Boden zwischen Bett und Tür lag. Lizzie Roper lag in einem dünnen weißen Baumwollnachthemd auf dem Bett, über das eine weiße Tagesdecke gebreitet war. Die beiden Toten, das Bett, die Bettücher, die Kleidung der Frauen, der Teppich und teilweise auch die Wände waren blutbedeckt. Man hatte Lizzie Roper die Kehle durchgeschnitten.

Auf einem Tisch stand das Tablett mit den beiden Tassen, in denen Tee gewesen war, daneben die halb leere Zuckerschale, eine zu drei Viertel leere Flasche Gin und zwei Gläser. Inzwischen war eine Woche vergangen, und die Lachsreste, die noch dort standen, faulten. Die Vorhänge waren vorgezogen, die Luft war stickig und übelriechend, ein Fliegenschwarm umsummte die Leichen und das verdorbene Essen.

Florence machte die Tür schleunigst wieder zu, ohne etwas anzurühren. Sie ging die Treppe hinunter, setzte ihren Hut auf und machte auf der Polizeiwache in der Kingsland Road Inspektor Samuel Parlett Meldung von ihrem Fund. Zwei Polizisten begleiteten sie zurück zur Navarino Road.

Ein Bericht über Alfred Ropers Prozeß folgt im nächsten Kapitel. Hier sei nur so viel gesagt, daß bei der gerichtlichen Untersuchung auf vorsätzlichen Mord befunden und am Tag darauf Alfred Roper in Fen Ditton, Cambridgeshire, verhaftet und des Mordes an seiner Frau angeklagt wurde. Am nächsten Morgen führte man ihn im Polizeigericht Nordlondon dem Untersuchungsrichter Edward Snow Fordham vor, der ihn zur Hauptverhandlung an den Central Criminal Court, den obersten britischen Strafgerichtshof, überstellte.

Überraschenderweise erwies sich, daß Maria Hyde keines gewaltsamen Todes gestorben ist. Todesursache war ein Herzstillstand aus natürlichen Gründen. Seit Jahren hatte man Maria Hyde jammern hören, ihr krankes Herz könne sie jeden Augenblick das Leben kosten, und damit hatte sie offenbar recht behalten. Man nahm an – und das ist wohl die plausibelste Erklärung –, daß sie entweder den Mord an ihrer Tochter mit ansehen mußte oder die Leiche fand, woraufhin das Herz ihr den Dienst versagte.

Hatte Maria Hyde auch die Ermordung der vierzehnmonatigen Edith mit ansehen müssen? Das Kind war unauffindbar. Man leitete eine Fahndung ein, befragte zwischen Graham Road, Queensbridge Road, Richmond Road und Mare Street sämtliche Anwohner, der Teich im Victoria Park und ein Teil des Grand Union Canal wurden mit Schleppnetzen abgesucht und – obgleich die Erde unberührt schien – der Garten der Villa Devon vier Fuß tief umgegraben. Anwohner beteiligten sich an der Suche in London Fields und Hackney Downs, ja die Fahndung nach Edith wurde bis zu den Hackney Marches ausgedehnt.

Doch alle Mühe blieb vergebens. Edith Roper war verschwunden und ist weder tot noch lebendig je wieder aufgetaucht.

13

Ob das in Aussicht gestellte nächste Kapitel je geschrieben wurde, steht dahin, in Carys Packen war es jedenfalls nicht. Auf einen Prozeßbericht brauchte ich aber trotzdem nicht zu verzichten. Er war – vielleicht weil der Freispruch Ropers eine der ersten Großtaten des Strafverteidigers Howard de Filippis gewesen war – in den Penguin-Band *Berühmte Strafprozesse* aufgenommen worden. Das grüne Taschenbuch, das auch die Fälle Crippen, Oscar Slater, George Lamson, Madeleine Smith und Buck Ruxton behandelte, hatte keine Abbildungen. Auf dem vorderen Buchdeckel aber war eine Fotocollage der Straftäter, über die in dem Band berichtet wurde, und dort schwebte zwischen Crippen mit seinem hohen, steifen Kragen und der hübschen, grausamen Madeleine wie der Geist bei einer Séance ein dunkler, ausgezehrter Alfred Roper, der auffällige Ähnlichkeit mit Abraham Lincoln aufwies. Zunächst aber legte ich den Band und Arthur Ropers Memoiren ungelesen zur Seite. Schließlich mußte ich mich neben der Beantwortung der vielen Beileidsbriefe auch noch um meine eigene Arbeit kümmern.

Die Antwort auf Paul Sellways Brief wurde nicht sehr lang, aber ich erwähnte die Tagebücher, und weil man ja irgend etwas schreiben muß, fügte ich an, ich wünschte jetzt, meine Mutter hätte in meiner Kindheit Dänisch mit mir gesprochen. Dann stellte ich die eher rhetorisch gemeinte Frage, ob es ihm auch so ginge oder ob er das Glück gehabt habe, mit dieser Sprache aufzuwachsen. Dieser Brief sollte Folgen haben.

Eine Woche nach unserer Begegnung meldete sich Gordon Westerby, mein Neffe zweiten Grades, und zwar nicht telefonisch, sondern brieflich.

Es war ein bildschöner, formeller Brief, der offensichtlich nicht aus der Schreibmaschine, sondern aus dem Computer kam und den er mit »freundlichen Grüßen« unterschrieb. Er habe die Tagebücher mit großem Gewinn gelesen und sei jetzt mehr denn je davon überzeugt, daß ein nach dem Vorsatzblatt eingeschobener Stammbaum diese Aufzeichnungen aufs glücklichste ergänzen würde. Ob ich meinte, der Verlag würde sich vielleicht dafür erwärmen (seine Worte).

Könnte ich ihm die Vornamen von Morfars Eltern nennen? Wäre es zuviel verlangt, auch noch um ihre Geburts- und Sterbedaten zu bitten? War Tante Frederikke die Schwester von Astas Mutter oder von Astas Vater? Und wer war Onkel Holger? Er und Aubrey würden mich gern zum Abendessen in die Roderick Road einladen. Welcher Tag würde mir passen, der 5., 6., 7., 12., 14. oder 15. ...?

Ich überlegte, warum er seine Fragen nicht Swanny selbst gestellt hatte. Zu Mormors Lebzeiten hatte sie über die Familiengeschichte der Westerbys nichts gewußt, aber nach der Entdeckung der Tagebücher hatte sie sich darangemacht, selbst Rätsel zu lösen, forschte, wenn sie in Dänemark war, in alten Unterlagen und suchte den Pfarrer der Kirche auf, in der Asta und Rasmus getraut worden waren.

In den Tagebüchern fehlten diese Angaben. Mormor hatte sich nicht für ihre Vorfahren interessiert, sich nie auch nur die Mühe gemacht, unter die Fotos in den Alben Namen oder Daten zu schreiben. Wenn sie früher einmal gewußt hatte, wer Rasmus' Großmutter war oder warum ihre eigene Familie nicht nur über Dänemark, sondern auch über ganz Schweden verstreut war, hatte sie es vergessen. Im hohen Alter konnte sie sich an fast nichts mehr erinnern.

Ihr letztes Lebensjahr verbrachte Mormor allein mit Swanny in der Willow Road. Sie war dreiundneunzig und noch sehr rüstig, nach wie vor brauchte sie die Brille nur zum Lesen, und sie hörte gut. Aber sie hatte das Gedächtnis verloren.

Sehr betagte Menschen erinnern sich häufig nicht mehr an Dinge, die gerade erst passiert sind, wissen aber noch ganz genau, was sich vor sechzig oder siebzig Jahren zugetragen hat. Asta dagegen war die Vergangenheit entweder ganz abhanden gekommen oder nur in völlig entstellter Form erinnerlich, so daß sie etwa die Geschichte vom Waisenhaus mit der von der Pilzvergiftung verquickte, wobei dann ein wirres Gefasel von einer Cousine herauskam, die allein ins Waisenhaus geht und bei der Heimkehr feststellt, daß ihr Mann an vergifteten Pilzen gestorben ist.

Torben hatte ja schon vor Jahren behauptet, Asta sei senil. Damals stimmte das nicht, aber nach seinem Tod wurde es wahr. Asta redete fast nur noch Unsinn. Das mitzuerleben wäre bei einer augenfällig gebrechlichen alten Dame weniger schmerzlich gewesen, Asta aber sah aus wie höchstens siebzig, konnte noch mühelos eine

Meile zu Fuß gehen und die Treppen zu ihrem Zimmer hochsteigen, ohne zu verschnaufen. Sie las noch immer Dickens, machte ihre feinen Nadelarbeiten, ihre Hohlsaum- und Petit-Point-Stickereien und hatte neuerdings damit angefangen, Swannys Wäschevorräte mit Monogrammen zu versehen. Von dieser Arbeit sah sie hin und wieder auf, um eine Anekdote zu erzählen, die frei erfunden war, aber einen winzigen wahren Kern enthielt. So war die Eisbärengeschichte, mit der das erste Heft der Tagebücher beginnt, für sie zu einer Tatsache geworden, und sie erzählte von dem Spaziergang mit ihrer Mutter auf der Østerbrogade, wo sie an einem bitterkalten Wintertag eins dieser Tiere ins Schaufenster eines Fleischers habe starren sehen.

Bei dem letzten Gespräch mit ihr, an das ich mich erinnere, war sie überraschend klar und erzählte eine mir unbekannte Geschichte. Swanny saß dabei, und ich glaube, auch ihr war sie unbekannt.

Ich machte einen meiner Abendbesuche – die seltener geworden waren, seit Daniel Blain bei mir wohnte –, und Asta lag wie gewöhnlich auf dem Sofa und las. Mag sein, daß das gerade Gelesene die Erinnerung ausgelöst hatte, vielleicht hatte sie die Geschichte aber auch nur erfunden.

Sie begann leise zu lachen, hob den Kopf und nahm die Brille ab. »Wir hatten – neben Hansine natürlich – dieses Dienstmädchen, das Emily hieß, sie war Engländerin und sehr dumm, aber gutwillig. Du erinnerst dich doch noch an Bjørn, *lille* Swanny?«

Swanny machte ein verdutztes Gesicht. Natürlich, sagte sie.

»Wenn wir Bjørn fütterten«, sagte Asta, »sagten wir immer *Spis dit brød.*«

»Friß dein Futter«, erklärte Swanny mir, aber so weit reichte mein Dänisch gerade noch.

»Und eines Tages komme ich dazu, wie diese dumme Trine Bjørn füttert und ihm den Futternapf hinstreckt und sagt: *Bist du blöd!*«

Asta lachte in sich hinein, und Swanny lächelte etwas skeptisch. Mag sein, daß *spis dit brød* ein ganz klein wenig nach *Bist du blöd* klingt, besonders wenn diese Emily sich an Morfars Aussprache orientiert hatte. Danach erzählte Asta eine weitschweifige Geschichte aus ihrer Kindheit, und ich fuhr nach Hause zu Daniel. Daniel aber war nicht da, er steckte irgendwo mit Cary zusammen, und kurz danach war zwischen uns alles aus. Er hatte sich Cary zugewandt.

Anfangs habe ich gesagt, daß dies nicht meine Geschichte ist, aber weil ich sie erzähle, ist das, was mir geschah, dabei nicht ganz unwichtig. Daniel war der einzige Mann, mit dem ich je zusammengelebt – nicht nur das Wochenende oder mal eine Nacht verbracht – habe, was Asta, ehe sie senil wurde, als völlig selbstverständlich ansah, während Swanny überhaupt nicht damit einverstanden war. Sie wollte, daß alles seine Ordnung hatte und ich Daniel heiratete, und das wollte ich ja auch, Cary aber hatte sich zum Ziel gesetzt, ihn mir abzujagen, plante dies auch geradezu generalstabsmäßig, völlig skrupellos, und wenn sich eine attraktive Frau so ein Ziel setzt, erreicht sie es gewöhnlich auch.

Das Ende vom Lied war, daß ich die Flucht ergriff. Man

kann nämlich seinem Schicksal sehr wohl davonlaufen. Wenn einen dreitausend Meilen von dem verlorenen Liebsten und seiner neuen Frau trennen, empfindet man den Schlag als nicht mehr ganz so schmerzlich. Eine amerikanische Schriftstellerin hatte mich gebeten, ihr Material über die Stadt Cirencester im 19. Jahrhundert zu beschaffen, und mich eingeladen, ein paar Monate bei ihr zu verbringen, sie über die Verhältnisse in Gloucestershire zu viktorianischer Zeit zu informieren und ihr auch bei den amerikanischen Teilen des historischen Romans zu helfen, den sie in Arbeit hatte. Sie war sehr überrascht, als ich die Einladung annahm.

Deshalb war ich in Massachusetts, als Asta starb.

Ich wußte – soweit man so etwas wissen kann –, daß sie sterben würde. Ich wußte auch, wie einsam und unglücklich Swanny war und daß sie zunehmend an ihrer Mutter verzweifelte, das stand in den vielen Briefen, die sie mir schrieb. Sie hätte es gern gesehen, wenn ich heimgekommen wäre. Vielleicht konnte sie einfach nicht nachempfinden, wie mir zumute war, oder sie meinte, es sei mir nicht so nahegegangen, weil Daniel und ich ja nicht verheiratet gewesen waren, manche Frauen aus ihrer Generation sahen das so. Aber die Vorstellung, im gleichen Land, auf der gleichen Insel wie Daniel und Cary zu sein, war mir unerträglich. Nicht, daß ich Angst gehabt hätte, ihnen in die Arme zu laufen, aber überall in England hätte ich ihre Nähe gespürt, und das blieb mir drüben in Amerika erspart.

Swanny schrieb mir, daß Asta ins Krankenhaus gekommen war, es sei »kein richtiger Schlaganfall«, habe der

Arzt gesagt, eher »eine Art Krampf«. Ich hätte sie vielleicht fragen müssen, ob ich kommen sollte, aber ich redete mich vor mir selbst damit heraus, daß Asta ja nur meine Großmutter und eine sehr alte Dame war, die überdies noch mehr Enkel und Urenkel hatte. Dabei war es natürlich Swanny, die mich brauchte. Später jedoch sollte es sich noch als ein Segen für Swanny erweisen, daß ich nicht nach England zurückkam.

Am traurigsten war der Brief, in dem sie mir schrieb, sie wisse nun, daß sie die Wahrheit nie erfahren, nie eine Antwort auf ihre Frage bekommen würde, die sie zum letztenmal wenige Tage vor Astas »Krampf« gestellt hatte, als sie abends zusammen im Salon saßen. Die Vorhänge waren vorgezogen, ein Gasfeuer brannte in dem sauberen Messingkamin. Asta hatte den ganzen Tag einen recht klaren Eindruck gemacht.

Sie ruhte auf dem Sofa, das man ihr vor den Kamin gerückt hatte, eine Stickerei lag auf dem Beistelltisch, *Martin Chuzzlewit* aufgeschlagen und umgedreht auf dem Kissen neben ihr, darauf ihre Lesebrille. Das weiße Haar wirkte blond im goldenen Lampenlicht, und wenn man sie durch halb geschlossene Augen ansah, hätte man meinen können, eine junge Frau dort liegen zu sehen. Und Swanny (die in ihren Briefen mehr Phantasie verriet als im wirklichen Leben) fragte, ob ich einmal die Novelle von Edgar Allan Poe gelesen hätte über den kurzsichtigen jungen Mann, der zu eitel ist, um eine Brille zu tragen, und eine verrunzelte, aber sonst sehr muntere Alte umwirbt und um ein Haar heiratet, weil er sie für ein junges Mädchen hält, während sie in Wirklichkeit seine Ururgroßmutter ist. Ihr war diese Geschichte immer weit hergeholt vorgekommen, schrieb Swanny, aber mit einemmal sei sie ihr gar nicht mehr so unwahrscheinlich erschienen.

Spontan und als stellte sie die Frage zum erstenmal, sagte sie: »Wer bin ich, *moder*? Woher hast du mich?«

Asta habe sie, schrieb Swanny, so zärtlich und liebevoll angesehen wie nie zuvor – und völlig verständnislos. »Du bist mein, *lille* Swanny, ganz mein. Muß ich dir sagen, woher die kleinen Kinder kommen?«

Als habe sie eine Schülerin vor sich, die im Sexualkunde-Unterricht gefehlt hat. Astas Augen schlossen sich, und sie nickte ein wie häufig in letzter Zeit, wenn sie abends ihr Buch aus der Hand legte und die Brille absetzte.

Als Swanny anrief, um mir zu sagen, daß Asta tot war, und merkte, daß ich mein Kommen von mir aus nicht anbieten würde, bat sie mich inständig zu bleiben, wo ich war. Asta war ja schon sehr betagt, sagte sie, dreiundneunzig, da muß man immer mit dem Tod rechnen. Natürlich sei es ein Schock, wie jeder Tod.

Eine Woche später schrieb sie:

In Mutters Testament steht, daß sie keine Beerdigung will. Sie hatte schon das eine oder andere Mal so etwas erwähnt, aber richtig ernst genommen hatte ich es nicht. Außerdem dachte ich, eine Beerdigung sei vorgeschrieben, aber das ist sie offenbar nicht. Man kann einfach zu dem Bestattungsunternehmen gehen und sagen, daß die Leiche verbrannt werden soll, und das habe ich trotz meiner Beden-

ken dann auch getan, und sie fanden offenbar gar nichts dabei.

Moder war eine erklärte Atheistin. Sie hat mir oft erzählt, nach dem Tod ihres kleinen Mads habe sie aufgehört an Gott zu glauben. Danach hat sie nie wieder gebetet. Bei einer unserer Gesellschaften hat sie weithin hörbar verkündet, sie halte es mit Nietzsche, der gesagt habe, Gott sei tot. Wo sie das aufgeschnappt hatte, weiß ich nicht, aber sie hatte sich im Lauf ihres Lebens allerlei Wissen angeeignet. Sie mußte also darüber nachgedacht haben, und so respektierte ich ihren Wunsch.

Sie hat mir alles vermacht, was sie besaß, was nicht viel ist, aber mehr, als ich brauche. »Meiner Tochter Swanhild Kjær« – so stand es im Testament, und natürlich hat das niemand in Frage gestellt, sie wollten nicht einmal meine Geburtsurkunde sehen, in der im übrigen alles seine Ordnung hat: Mor und Far sind als meine Eltern genannt, mein Name ist als Swanhild angegeben. Ein bißchen komisch zumute war mir trotzdem, ich überlegte sogar, ob ich die Erbschaft ausschlagen und sagen sollte, ich hätte kein Recht darauf.

Natürlich habe ich nichts dergleichen getan. Schließlich soll ja ein Testament sicherstellen, daß die Hinterlassenschaft wirklich derjenige bekommt, dem man sie zugedacht hat, und Mor hat sie eben mir zugedacht. Ich fühle mich sehr verloren ohne sie. Bisher war ich ja praktisch nie von ihr getrennt bis auf die Zeit in Dänemark 1924, als ich neunzehn war und Torben kennenlernte. Den Rest meines Lebens habe ich Mor jeden Tag gesehen oder mit ihr telefoniert. Seit Fars Tod wohnten wir unter einem Dach, zwan-

zig Jahre in demselben Haus. Ich kann es nicht fassen, daß sie nicht mehr da ist. Sie war so sehr Teil meines Lebens, sie war *mein Leben. Ich höre ihre Schritte auf der Treppe, ich höre sie* lille *Swanny sagen, ich rieche noch ihren L'Aimant-Duft. Als ich neulich eine Kommodenschublade aufmachte, schlug er mir entgegen, das tat mir so weh, daß ich weinen mußte.*

Ich weiß, eigentlich dürfte ich Dir das alles gar nicht schreiben, müßte heiterer, abgeklärter sein. Ihr Tod hat mich befreit, und früher habe ich mir manchmal überlegt, was ich alles tun würde, wenn ich frei wäre, aber jetzt kann ich mich zu nichts aufraffen, ich bin zu deprimiert. Zumindest schlafen kann ich, der Arzt hat mir Tabletten gegeben. Irgendwann werde ich wohl das Haus verkaufen, damit ich nicht ständig mit all diesen Erinnerungen leben muß. Schreib mir eine Zeile, um mich aufzuheitern, ja?

Mit vielen lieben Grüßen verbleibe ich wie immer

Deine Tante Swanny.

Ich nannte sie schon lange nicht mehr Tante, als Fünfzehnjährige hatte ich keck verkündet, »Tante« ließe ich nun weg, sie habe doch sicher nichts dagegen. In ihrem Elend hatte sie wohl vergessen, daß ich sie seit Jahren nur Swanny nannte wie alle anderen auch.

Viele waren es allerdings nicht mehr, die sie mit ihrem Vornamen ansprachen. John und Charles taten es, mit denen sie aber kaum zusammenkam. Und die Freunde aus Botschaftstagen, falls sie, was fraglich war, noch in Verbindung mit ihnen stand. Daniels Vater, den meine Mutter hatte heiraten wollen, hatte Swanny hin und wieder besucht, aber seit sie Witwe war, hatte er sich nur noch selten blicken lassen.

Wäre ich damals heimgefahren, was, wie ich mir sagte, wohl eigentlich meine Pflicht und Schuldigkeit gewesen wäre, hätte ich mich wohl bei Swanny einquartiert. Alles in mir sträubte sich dagegen, wieder in meine alte Wohnung zu ziehen, wo ich fünf Jahre mit Daniel gelebt hatte, wo ich ihn in allen Räumen spüren würde, die wahrscheinlich noch nach seiner Seife und seinen Zigarren rochen so wie Astas Zimmer nach L'Aimant. Ich spielte ernsthaft mit dem Gedanken, keinen Fuß mehr in die Wohnung zu setzen, fürs erste in die Willow Road zu ziehen, jemanden mit der Räumung und einen Makler mit dem Verkauf meiner Wohnung zu betrauen.

Swanny wäre diese Lösung bestimmt recht gewesen, und ich überlegte sogar schon, ob es möglich wäre, ihr Haus in zwei separate Wohnungen zu unterteilen, als ihr nächster Brief kam. Sie war mir mit dem Beschluß, ihr Haus bald verkaufen, offenkundig zuvorgekommen.

Du hast wahrscheinlich schon andere Pläne, und deshalb mag ich eigentlich gar nicht fragen, aber es wäre wunderbar, wenn Du Weihnachten hier sein könntest. Erinnerst Du Dich noch an unsere schönen Weihnachtsfeiern? Es ist für die Dänen ein so wichtiges Fest, mit dem schön geschmückten Haus, dem Essen am Heiligabend… Selbst letztes Jahr, als die arme Mor kaum noch wußte, wo sie war, haben wir uns an die Tradition gehalten, es gab die Reisspeise mit der darin versteckten Mandel, eine Kalt-

schale, Gans und æblekage. *Auch uns beiden würde ich es schönmachen.*

Danach will ich endgültig umziehen. Das Haus kommt mir so riesengroß vor. Ehe ich einen Makler einschalte, muß ich natürlich gründlich Ordnung schaffen, viel Arbeit, aber es lenkt mich wenigstens von meinem Kummer ab. Ich wußte gar nicht, wieviel Zeug wir haben.

Ich habe ganz oben angefangen, in den Bodenkammern, da stehen Unmengen alter Bücher von Torben und riesige Schrankkoffer, kein Mensch würde heute noch so etwas herumschleppen, aber früher hatte man dafür ja Dienstmänner. Die Koffer sind aus dickem Leder und bleischwer, ehe man auch nur ein Stück hineingelegt hat – für Flugreisen vollkommen ungeeignet!

In Mors Zimmer – wenn ich mich erst bis dahin vorgearbeitet habe – wird das Ausräumen am leichtesten sein. Ich wußte gar nicht, wie wenig Sachen sie zum Schluß noch besaß. Sie muß mit ihren alten Kleidern und Mänteln immer wieder zu einem dieser Secondhandshops gegangen sein. Ob die Leute dort begriffen haben, was für eine außergewöhnliche Frau sie war? Oder war Mor für sie einfach eine schrullige Alte?

An diesem letzten Satz siehst Du, wie düster meine Stimmung ist. Wie kann ich mir nur einbilden, jemand könne von meiner Mutter, meiner geliebten Mutter schlecht denken! Denn ich habe sie geliebt, Ann. Viel mehr, glaube ich, als die meisten Menschen in späteren Jahren den gealterten Vater, die gealterte Mutter lieben. Ich habe immer zu Gott gebetet, *er möge ihr ein langes Leben schenken. Wie hätte sie mich dafür ausgelacht!*

Jetzt aber Schluß damit! Ich habe mich, wie gesagt, durch die Bodenkammern gewühlt und nehme mir jetzt die Schlafzimmer vor. Bitte schreib mir, ob Du gern irgend etwas von meinen Sachen hättest. Das klingt, als ob ich nun auch täglich mit dem Tod rechne, aber Du weißt schon, wie ich es meine. Wenn ich eins dieser kleinen Häuser auf dem Holly Mount kaufen will, muß ich viel Ballast abwerfen.

Wie läuft Deine Arbeit? Bist Du zu dem Thanksgiving-Essen gegangen, zu dem Du eingeladen warst? Laß mich wissen, ob ich in den nächsten drei Wochen mit Dir rechnen kann.

Alles Liebe
Swanny.

Ich fuhr über Weihnachten nicht nach Hause. Mehr noch als Daniel belasteten mich Cary und ihr Verrat. Und ihr Entzücken über Daniels gutes Aussehen.

»Er sieht so gut aus, Ann!« – als könne sie gar nicht fassen, daß das Schicksal so einen Mann gerade mir beschert hatte. Und später, wenn sie uns besuchte und er kurz aus dem Zimmer gegangen war, fing sie wieder davon an, mit einem tiefen Seufzer, wie überwältigt: »Er sieht so gut aus…«, als sei Daniels gutes Aussehen sein einziges Plus. Ich dagegen hatte in unseren gemeinsamen Jahren zumindest den Eindruck gewonnen, daß er außerdem empfindsam und rücksichtsvoll war, gut zuhören und manchmal witzig sein konnte, ein Mann, der viel lachte und andere zum Lachen brachte. Cary aber, die nach siegreich beendetem Feldzug ganz offen mir gegenüber war, entschuldigte sogar ihren unverzeihlichen Raub mit einem: »Er sah so gut aus, Ann.«

Es entging mir nicht, daß sie diesmal die Vergangenheitsform benutzt hatte, als sei sein gutes Aussehen nur ein einmaliger Einsatz gewesen, um sie zu gewinnen. Mir schien er, wenn ich voll schmerzlicher Eifersucht sein vertrautes Gesicht betrachtete, unverändert, aber sie sprach nie wieder von seinem Aussehen, jedenfalls nicht in meinem Beisein.

Sie hatten ein Haus in Putney gekauft, das erfuhr ich von einer Studienfreundin, die mit ihnen in Verbindung geblieben war. Heutzutage hätten sie es gemeinsam gekauft, aber vor fünfzehn Jahren war das für unverheiratete Paare noch nicht so einfach. Etwas später erzählte mir diese Freundin, daß sie geheiratet hatten, und ich war – im Gegensatz zu Kleopatra, als der Bote ihr sagt, Antonius und Oktavia seien ein Paar geworden – wie von einer schweren Last befreit. Nicht, daß ich nun weniger unglücklich, weniger eifersüchtig gewesen wäre, aber etwas so Endgültiges mußte sogar ich akzeptieren. Mit der Hoffnung war auch die quälende Unruhe gewichen. Nie mehr würde ich in der Nacht aufwachen und denken: Vielleicht hat er sie verlassen, vielleicht versucht er mich zu erreichen… Darüber, was ich tun würde, falls die Ehe scheitern sollte und er wieder frei wäre, stellte ich keine Spekulationen an. Ich war nie verheiratet, deshalb habe ich wohl eine altmodische Einstellung zur Ehe. Oder es liegt daran, daß die Ehen in meiner eigenen Familie alle Bestand hatten. Jedenfalls sah ich die Ehe als etwas Dauerhaftes, Unauflösliches, ich sah (fälschlicherweise, wie sich herausstellte) Daniel und Cary für ein ganzes Leben aneinander gebunden.

Was blieb, war dumpfe Trauer, ähnlich der, die wohl Swanny empfinden mochte, und es drängte mich plötzlich heimzufahren, bei ihr zu sein. Inzwischen war es Februar geworden, in der Gegend um Boston herrschte eisige Kälte, alles war verschneit, der Flughafen geschlossen. Ich hatte zwar noch viel Arbeit vor mir, aber bis Ende des Monats konnte ich fertig sein. Ich schrieb an Swanny und fragte, ob ich, ehe ich wieder in meine Wohnung ziehen würde, »ein paar Tage« zu ihr kommen könne. Die Antwort traf erst zwei Wochen später ein. Natürlich, gern, schrieb Swanny, sie freue sich jederzeit über meinen Besuch, aber es klang merkwürdig vage und unbeteiligt. Sie hatte inzwischen eine Beschäftigung, eine Ablenkung gefunden. Von Umzug war in ihrem Brief nicht mehr die Rede.

Ich kann nicht guten Gewissens schreiben, Swanny sei sich, als sie die Tagebücher fand, über die Tragweite ihrer Entdeckung sofort im klaren gewesen. Sie selbst stellte es später so dar. Den Journalisten erzählte sie in Interviews stets, sie habe gezittert vor Erregung, als sie das Heft aufschlug, den ersten Satz las und begriff, daß sie ein bedeutendes Stück Literatur vor sich hatte.

Die Wirklichkeit sah – wenn die Darstellung in ihren Briefen zutrifft, was ich glauben möchte – anders aus. Sie schrieb mir noch zweimal, ehe ich nach England zurückfuhr, und in beiden Briefen erwähnte sie die Hefte, die sie beim Auf- und Ausräumen gefunden hatte. Da sie sich vom obersten Stock nach unten vorarbeitete, stieß sie zuerst auf das Heft, das auf Astas Schreibtisch lag. Am Ende ihres langes Briefes hieß es:

Gestern habe ich mir Mors Zimmer vorgenommen. Wußtest Du, daß in dem schwarzen Eichentisch ein Geheimfach ist? Er hat rundum eine Kehlleiste, die an einer Stelle etwas vorspringt. Als ich daran zog, kam eine Schublade heraus. Vielleicht hat auch Mor nichts davon gewußt, denn es war nichts drin außer einer uralten Sepiafotografie, offenbar noch vor Mors Geburt aufgenommen, von einer auffallend häßlichen dicken Frau mit Krinoline, die mit bösem Gesicht in die Kamera schaut.

Auf ihrem Schreibtisch lag ein Heft. Als ich ihre Handschrift erkannte, machte ich mir plötzlich wieder ganz große Hoffnungen. Ich dachte wirklich, es stünde vielleicht etwas über meine Herkunft darin. Eigentlich widerstrebte es mir, etwas so Privates zu lesen, aber dann überflog ich doch eine Seite, sah die Jahreszahl – 1967 – und wußte, daß mich das nicht weiterbrachte.

Es war ein Tagebuch, soviel hatte ich erkannt. Da plagte mich mein Gewissen, Ann. Die arme Mor, dachte ich, hatte sie das Gefühl, in unserem Haus so was wie das fünfte Rad am Wagen zu sein? Wir gingen so ganz ineinander auf, Torben und ich, daß sie sich vielleicht ausgeschlossen fühlte und ihre Gedanken diesem Heft anvertraute…

In ihrem zweiten Brief faßte sie sich sehr kurz, einen ausführlichen Bericht über die Entdeckung in der Remise bekam ich erst nach meiner Rückkehr. Sie schrieb:

Ich habe einen riesigen Stapel von Schreibheften gefunden, die Mor offenbar als Tagebücher benutzte. Wer hätte das von ihr gedacht? Ich habe sie gezählt, es sind dreiundsechzig, alle auf dänisch, das erste beginnt 1905, vor meiner Geburt!

Sie waren feucht und verzogen und voller Stockflecken. In diesen dicken, beidseitig beschriebenen Kladden müssen buchstäblich Hunderttausende von Wörtern stehen. Was sagst Du dazu?

Das Telefon läutete, als ich gerade zu Gordon in die Roderick Road fahren wollte. Paul Sellway. Ich mußte einen Augenblick überlegen, ehe ich den Namen unterbringen konnte.

In meiner Antwort auf sein Kondolenzschreiben hätte ich gefragt, ob er Dänisch könne.

Ich hätte gar keine Antwort auf meine Frage erwartet, sagte ich.

Er stutzte, dann sagte er sehr folgerichtig: »Warum haben Sie dann gefragt?«

»Weil man doch irgendwas schreiben muß. Ich habe es immer bedauert, daß meine Mutter mir kein Dänisch beigebracht hat. Es muß da irgendeine unbewußte Sperre gegeben haben. Und Sie? Haben Sie von Ihrer Mutter oder Großmutter Dänisch gelernt?«

»Leider nein. Meine Mutter sprach kein Dänisch, meine Großmutter durfte es nicht sprechen. Meine Mutter hat ihr ziemlich zugesetzt. Wenn man in England lebt, hat sie gesagt, muß man sich auch benehmen wie die Engländer.«

Es gab eine kleine Pause, und während ich noch nach

einem neuen Thema suchte, fuhr er fort: »Aber ich spreche, lese und schreibe es. Das ist mein Beruf. Ich habe es studiert.«

»Ich denke, Sie sind Arzt.«

Er lachte. »Ach so, der Doktortitel... Nein, ich bin promovierter Philologe, obwohl meine Mutter es tatsächlich lieber gesehen hätte, wenn ich Arzt geworden wäre. Ich bin Dozent für skandinavische Sprachen und Literatur an der London University. Und deshalb rufe ich auch an: Ich hatte das Gefühl, daß Sie Hilfe bei den noch nicht veröffentlichten Tagebüchern brauchen. In Ihrem Brief war ein so drängender Ton, fand ich. Aber vielleicht irre ich mich.«

»Nein«, sagte ich. »Nein, Sie irren sich nicht.«

Wir verabredeten uns für die nächste Woche. Er lud mich zum Abendessen zu sich nach Hause ein, aber ich lehnte ab. Seine Frau würde zugegen sein, und beim Essen mit einem Paar komme ich mir als Unverheiratete immer reichlich überflüssig vor – wie vermutlich heute abend bei Gordon. Dann würde er in die Willow Road kommen, entschied er, weil dort die Tagebücher waren.

Ich überlegte, warum mir eigentlich so viel daran lag, daß er sich die Übersetzungen ansah, sie mit den Tagebüchern verglich und mir bestätigte, daß die fehlenden Seiten nicht *nach* Anfertigung der Cooper-Übersetzung herausgerissen worden waren, und kam zu dem Schluß, daß ich Cary zuvorkommen, ihr den Boden unter den Füßen wegziehen wollte. Nicht aus Bosheit, nein, darüber war ich längst hinaus, sondern einfach, um ihr (möglichst mit der Post) einen abgeschlossenen Fall präsentieren zu können und sie nie wiedersehen zu müssen.

Mit diesen Gedanken fuhr ich zu Gordon und seinem Freund Aubrey, und der Abend wurde gar nicht so mühsam, wie ich ihn mir vorgestellt hatte.

Das Essen war traumhaft und der Wein phantastisch. Hätte ich ihm nicht ziemlich reichlich zugesprochen, hätte ich wahrscheinlich jene Frage nicht gestellt, die man mir als Vorwurf hätte auslegen können: »Warum hast du sie eigentlich nie besucht?«

Ich erwartete als Antwort, es sei ja nur seine Großtante gewesen, sie hätten seit dem Tod seines Großvaters keinen Kontakt mehr gehabt, vielleicht sogar, er habe die genaue Adresse nicht gewußt. Er sah mich verdutzt an.

»Aber ich habe sie besucht, wußtest du das nicht?«

»Du warst in der Willow Road? Du hast mit Swanny gesprochen?«

Er sah Aubrey an, aber Aubrey hob nur lächelnd die Schultern.

»Ich dachte, das wüßtest du. Hat sie es dir nicht erzählt?«

Er sprach so überdeutlich und gab sich derart spröde (wie Asta gesagt hätte), daß man ihn glatt für fünfzig halten konnte. Er hüstelte trocken. »Moment… das erstemal war ich vor etwa einem Jahr da. Es war Hochsommer, stimmt's, Aubrey? Eine Frau kam zur Tür, die Haushälterin, nehme ich an – sie war auch auf der Beerdigung –, ließ mich aber nicht vor. Mrs. Kjær ginge es nicht gut, sagte sie, aber sie wollte ihr ausrichten, daß ich dagewesen sei.«

Daß es Mrs. Kjær »nicht gut« ging, war natürlich ein Euphemismus. An jenem Tag war Swanny wohl als die »andere«, in Pantoffeln und Falten schlagenden Strümpfen und mit einem Strickbeutel bewaffnet, im Haus herumgeschlurft. Kein Wunder, daß Mrs. Elkins ihn weggeschickt hatte.

»In der Woche darauf habe ich es noch einmal versucht. Wieder wurde ich abgewiesen, und ich muß sagen... nun ja, ich war nicht direkt beleidigt, mußte aber zu dem Schluß kommen, daß ich nicht gern gesehen war. Und dann passierte etwas ganz Erstaunliches, nicht wahr, Aubrey?«

»Ja, ich ging ans Telefon und war völlig überrascht.«

»Tante Swanny rief an. Ich hatte bei meinem ersten Besuch der Haushälterin meine Telefonnummer gegeben. Es täte ihr leid, daß sie mich neulich nicht hatte empfangen können, sagte sie, aber jetzt ginge es ihr besser, ob ich zum Tee kommen wolle.«

»Genau das, was man von einer Großtante erwartet«, sagte Aubrey. »Eine Einladung zum Tee...«

»Bist du hingegangen?«

»Ja, natürlich, es gab einen richtig schönen altmodischen Tee, sogar Sandwiches mit Brunnenkresse. Sie hätte selbst schon mal eine Art Stammbaum ausgearbeitet, sagte sie, den würde sie heraussuchen und mir schicken.«

»Was sie aber nie getan hat«, ergänzte Aubrey.

»Nein. Und jetzt kommt das Allerschönste! Sie rief mich an und fragte, ob ich mit ihr auf Entdeckungsreise gehen wolle, wie sie es ausdrückte. Natürlich sagte ich zu und fragte, ob ich einen Freund mitbringen könnte. Bei einer Freundin oder Frau macht man es ja genauso. Für uns sind diese Dinge selbstverständlich, und damit bringen wir auch die anderen dazu, sie als selbstverständlich zu sehen, stimmt's, Aubrey?«

Aubrey nickte, aber er lächelte dabei und blieb, im Gegensatz zu dem gravitätisch ernsten Gordon, ganz locker.

»Ich würde gern den Freund mitbringen, mit dem ich zusammenlebe, sagte ich, und sie sagte ›Einverstanden‹ oder etwas in der Art, und wir verabredeten einen Tag und holten sie ab. Sie hatte ein Taxi nehmen wollen, aber wir dachten es uns netter, in Aubreys Wagen zu fahren.«

»Fahren? Wohin denn?«

»Zu diesem Haus in Hackney. Es war ein richtiges Abenteuer. Sie sei dort zur Welt gekommen, sagte sie, und ihre Eltern hätten dort gelebt, und das hat uns Eindruck gemacht, denn es war ein ziemlich großes Haus, allerdings jetzt in Wohneigentum umgewandelt und reichlich aufgemotzt, wie man wohl sagt. Sie sprach mit dem Mann, der im Erdgeschoß wohnte und offenbar auch die oberen Wohnungen betreute. Er erzählte uns eine Spukgeschichte, die wir nicht recht ernst nahmen. Damit gab sie sich dann zufrieden, und wir fuhren wieder nach Hause.«

»Wann war das, Gordon?« fragte ich. Eine ganz unangemessene Erregung hatte mich erfaßt.

»Am 12. August, einen Tag vor Aubreys Geburtstag, einem Mittwoch.«

Swanny hatte im August den ersten Schlaganfall erlitten, es konnte gut der dreizehnte gewesen sein, Mrs. Elkins hatte damals etwas von einem Unglückstag gesagt. Warum hatte Swanny nicht mich gebeten, mit ihr in die Lavender Grove zu fahren? Warum hatte sie sich an Gordon gewandt?

Ich trank – ganz gegen meine Gewohnheit – den Kognak, den Aubrey anbot. Sie erzählten von ihrem Sommerurlaub, den sie in Dänemark auf den Spuren der Westerbys und Kastrups verbringen wollten, und baten mich, nach dem Stammbaum zu suchen, von dem Swanny gesprochen hatte. Ich meinerseits bemühte mich, Gordons Fragen nach bestem Wissen und Gewissen zu beantworten.

Es war noch nicht spät, erst Viertel vor elf, als ich mir ein Taxi kommen ließ. Nach dem vielen Wein und Brandy schlief ich sofort ein und wachte Schlag drei mit einem Brummschädel und hämmerndem Herzen auf.

Ich machte Licht, schluckte drei Aspirin und las, im Bett sitzend, Donald Mockridges Bericht über den Prozeß gegen Alfred Eighteen Roper im Central Criminal Court.

14

DER PROZESS ALFRED ROPER

Der Mordprozeß gegen Alfred Roper war mit der letzte, bei dem Strafverteidiger Howard de Filippis in dem alten Justizgebäude, dem sogenannten Old Bailey, auftrat. Am 16. Oktober 1905 leitete die Verhandlung Richter Edmondson, Vertreter der Anklage war Richard Tate-Memling. Roper war angeklagt, am oder um den 27. Juli 1905 herum seiner Frau Elizabeth Louisa Roper die Kehle durchgeschnitten zu haben, und beteuerte seine Unschuld.

Vor De Filippis, einem ungewöhnlich großen, kräftigen Mann mit hellen, durchdringenden Augen, betraten drei Gerichtsdiener den Saal. Einer trug einen Stoß Taschentücher, der zweite eine Karaffe mit Wasser und zwei Gläser, der dritte ein aufblasbares Sitzkissen. Dieser »Requisiten« pflegte sich der große Advokat für Kunstgriffe und Ablenkungsmanöver zu bedienen, und selten wurden sie so wirkungsvoll eingesetzt wie im Fall Roper.

Tate-Memling war sehr viel kleiner, doch über seinem achtunggebietenden Auftreten und der imponierenden Macht seiner Stimme war im Saal seine kleine Statur rasch vergessen. Vor allem seine wohltönende, fast verführerische Stimme war weithin berühmt – die Stimme eines Schauspielers auf einer Bühne, die Leben heißt.

Die Besonderheit des Richters und früheren Staatsanwalts Lewis Wilford Edmondson war sein beharrliches Schweigen in den von ihm geleiteten Prozessen. Er enthielt sich bewußt der bei vielen Vorsitzenden sonst so beliebten teils witzigen, teils nur lästigen Fragen und Einwürfe, verbreitete vielmehr kraft seiner stummen Beobachterrolle eine bedrückende Kälte.

Die Jury wurde vereidigt, und nachdem Staatsanwalt Tate-Memling einen Augenblick schweigend in den Saal gesehen und den ebenfalls schweigenden und düster blickenden Richter kurz angeschaut hatte, begann er mit seinen Ausführungen.

Es handle sich, so sagte er, um ein schweres Delikt, mit dem sich die Geschworenen eingehend auseinandersetzen müßten. Am Morgen des 4. August, einem Freitag, waren in einem Zimmer im zweiten Stock der Villa Devon in der Navarino Road, Hackney, Mrs. Elizabeth Louisa Roper und in ihrer unmittelbaren Nähe deren Mutter, Mrs. Maria Sarah Hyde, tot aufgefunden worden. Mrs. Hyde war, wie sich herausstellte, eines natürlichen Todes gestorben, so daß ihr Fall die Geschworenen hier nicht beschäftigte. Mrs. Roper lag mit durchgeschnittener Kehle da. Sie war, als man sie fand, seit mindestens einer Woche tot.

Er schilderte das Leben des Angeklagten in der Villa Devon mit seiner Frau, seiner Schwiegermutter, seinen Kindern und den übrigen Hausbewohnern. Der Angeklagte sei von Beruf Apotheker und wünsche diesen Beruf auch in Zukunft auszuüben, und sei mithin im Besitz spezieller Kenntnisse über gewisse Drogen. Im Frühjahr und Sommer 1905 habe er, wie dem Gericht noch im einzelnen dargelegt werden solle, regelmäßig und über einen Zeitraum von sechs Monaten eine bestimmte Menge Hyoscinhydrobromid verabreicht, eine bei nicht überaus sorgsamer Dosierung hochgiftige Substanz.

Zweifellos sollte auf diese Weise Mrs. Ropers Tod herbeigeführt werden. Die Ehe war nicht glücklich, und Roper hatte die Absicht geäußert, mit seinem Sohn in eine andere Gegend zu ziehen und dort ohne seine Frau zu leben. Trotz der fortgesetzten Verabreichung von Hyoscin aber starb Mrs. Roper nicht. Der Tag der Abreise kam, und noch immer erfreute Mrs. Roper sich bester Gesundheit, ja, sie rechnete fest damit, ihrem Mann eine Woche später nach Cambridge zu folgen und dort weiterhin in ehelicher Gemeinschaft mit ihm zu leben.

Nach Überzeugung der Staatsanwaltschaft war der Angeklagte am 27. Juli etwa um 16.30 Uhr mit einer Droschke von der Villa Devon zum Bahnhof Liverpool Street gefahren, um dort mit dem Zug um 17.15 Uhr nach Cambridge zu reisen. Auf dem Bahnhof aber sagte der Angeklagte zu seinem Sohn, er habe seine silberne Münzdose mit vier goldenen Sovereigns vergessen, die müsse er noch holen. Die gleiche Darstellung gab er einem Dienstmann, dem er seinen Sohn anvertraute, und dem Droschkenkutscher, der ihn zum Bahnhof gebracht hatte. Der Angeklagte kehrte dann noch einmal in die Navarino Road, Hackney, zurück und ging nach oben, um die Münzdose zu holen. Im Schlafzimmer lag seine Frau unter dem Einfluß der von ihm verabreichten Droge in tiefem Schlaf. Er schnitt ihr mit einem Brotmesser die Kehle durch und kehrte – wieder mit einer Droschke – eineinhalb Stunden später zur Liverpool Street Station zurück. Da sein Zug inzwischen abgefahren war, nahmen Vater und Sohn den um 20.20 Uhr, der um 21.40 Uhr in Cambridge eintraf. Planung und Durchführung des Verbrechens legten, so der Staatsanwalt, Zeugnis von der gefühllosen Kaltblütigkeit des Täters ab, die in jener Fahrt in ein neues Leben gipfelte, bei der ihn der leibliche Sohn der unglücklichen Ermordeten begleiten sollte.

Zeugen der Anklage

Dr. Thomas Toon bezeichnete sich dem Gericht gegenüber als praktischer Arzt und Gerichtsmediziner. Er hatte am Freitagvormittag, dem 4. August, die Leiche der Elizabeth Roper in der Villa Devon, Navarino Road, untersucht.

Die Körperlage war normal, die Tote hatte wie im Schlaf dagelegen. Der Kopf ruhte auf dem Kissen, das Gesicht war still und friedlich. Überall war Blut, das Bettzeug war mit inzwischen vollständig getrocknetem Blut getränkt.

Der Schnitt ging vom linken bis zum rechten Ohrläppchen und nach hinten bis zur Wirbelsäule, er war so tief, daß dem Opfer danach kein Schrei mehr möglich gewesen wäre. Hauptschlagader und Luftröhre wie auch Jugularvene und Rachen waren durchtrennt.

Aufgrund des Mageninhalts folgerte Dr. Toon, daß die Tote mehrere Stunden nach der letzten Nahrungsaufnahme ermordet worden war. Der Tod mußte unverzüglich eingetreten sein. Seiner Meinung nach handelte es sich um eine sehr scharfe Waffe, die mit großer Kraft geführt worden war. Eine selbst beigebrachte Wunde schloß er aus. Die genaue Todeszeit konnte er nicht angeben, sondern nur so viel sagen, daß sie etwa eine Woche, ehe ihm die Leiche zur Untersuchung vorgelegen hatte, gestorben war.

Später, in der Leichenhalle des St. Bartholomew's Hospital, hatte er noch eine eingehendere Untersuchung durchgeführt. (An dieser Stelle erklärte Dr. Toon, daß die inneren Organe der Toten keine Anzeichen von Erkrankungen aufwiesen und daß Mrs. Roper mindestens ein Kind geboren hatte. Zur Todeszeit sei sie nicht schwanger gewesen.) In Magen, Leber, Galle und Nieren hatte er eine Gesamtmenge von knapp unter einem Gran Hyoscin festgestellt. Seiner Meinung nach hatte Hyoscin bei Mrs. Ropers Tod keine Rolle gespielt.

Die Anklage rief dann den Pharmakologen Dr. Clarence Pond in den Zeugenstand und bat ihn, dem Gericht die Eigenschaften von Hyoscin zu erläutern. Er nannte die chemische Formel und beschrieb die Substanz, die nur in großen Dosen toxisch sei. Als tödliche Dosis seien fünf Gran anzusehen.

Die Polizei hatte ihm eine Zuckerdose gezeigt. (Die Zuckerdose wurde dann als Beweisstück A registriert, und Dr. Pond bestätigte, dies sei die Schale, die man ihm gezeigt und deren Inhalt er analysiert habe.) Der Inhalt der Schale bestand nach seinen Feststellungen aus etwa 220 Gramm Zucker und etwas über fünf Gran Hyoscin.

Mr. de Filippis, der an den ersten Zeugen keine Fragen hatte, erhob sich jetzt, um den Pharmakologen ins Kreuzverhör zu nehmen.

»Findet nicht Hyoscin als sexuelles Sedativum in Fällen

akuter Nymphomanie Verwendung, zum Beispiel bei Insassen von Irrenhäusern?«

»Dem ist so.«

»Ist dies nicht das Hauptanwendungsgebiet von Hyoscin?«

»Es ist eines der Anwendungsgebiete.«

»Ich will meine Frage einfacher formulieren und bitte die Geschworenen um Nachsicht wegen meiner notwendigerweise grobschlächtigen Ausdrucksweise. Hyoscin wird hauptsächlich eingesetzt, um starke sexuelle Triebe zu unterdrücken, nicht wahr?«

»So ist es.«

Detective Sergeant Arthur Hood sagte aus, daß er sich aufgrund einer am Freitag, dem 4. August, in der Polizeiwache Hackney von Miss Florence Fisher gemachten Meldung zur Villa Devon begeben und in einem Schlafzimmer im zweiten Stock Mrs. Ropers Leiche gefunden habe. Die Schlafzimmerfenster gingen nach hinten, auf den Garten hinaus, den er später in Begleitung von Detective Constable Dewhurst abgesucht habe. In einem Blumenbeet habe er ein langes Brotmesser gefunden, an dessen Klinge sich getrocknetes Blut befand. Das Messer lag – als sei es aus einem der oberen Fenster geworfen worden – in einem Beet in Hausnähe, am Zaun zum Nachbargrundstück.

Das Brotmesser wurde als Beweisstück registriert, und Detective Sergeant Hood identifizierte es als das von ihm gefundene Messer. Am Dienstag, dem 8. August, hatte er Detective Inspector Lawrence Poole in das Dorf Fen Ditton in Cambridgeshire begleitet, wo der Angeklagte wohnhaft war. Der Angeklagte fuhr mit den beiden Polizeibeamten zurück nach London, wo er auf der Polizeiwache Hackney unter Mordverdacht in polizeilichen Gewahrsam genommen wurde. Detective Inspector Poole nahm ihn ins Verhör und diktierte im Beisein von Sergeant Hood ein Protokoll, das der Angeklagte später unterschrieb.

Samuel William Murphy, Droschkenkutscher, wohnhaft in der Judd Street, King's Cross, sagte aus, er habe sich am Donnerstag, dem 27. Juli, nachmittags um halb fünf an dem Droschkenstand in der Kingsland High Street befunden, als ein Junge, den die Droschkenkutscher als Boten beschäftigten, ihm einen Auftrag übermittelte. Er fuhr daraufhin zur Villa Devon in der Navarino Road und holte einen Fahrgast ab, den er zum Bahnhof Liverpool Street bringen sollte. Ja, antwortete er auf Befragen, sein Fahrgast befände sich im Gerichtssaal. Es sei der Gefangene Alfred Roper. Der Gefangene habe einen Jungen bei sich gehabt. Am Bahnhof sei dem Angeklagten eingefallen, daß er seine Münzdose vergessen hatte, und er habe den Jungen in die Obhut eines Dienstmanns gegeben und ihn, Murphy, gebeten, noch einmal zur Navarino Road zu fahren. Er habe den Angeklagten zur Villa Devon zurückgebracht und dort abgesetzt, man habe ihn nicht gebeten zu warten.

Robert Grantham, Droschkenkutscher, wohnhaft in der Dalston Lane, Hackney, sagte aus, abends gegen sechs habe ihn am Droschkenstand in der Kingsland High Street ein Mann angesprochen und sich zur Liverpool Street Station fahren lassen, wo er im Bahnhofsgebäude verschwunden sei.

Staatsanwalt Tate-Memling: »War irgend etwas Auffälliges an dem Mann?«

«Er hatte sich in die Hand geschnitten.«

»Welche Hand?«

»Das kann ich nicht sagen.«

»Haben Sie den Schnitt gesehen?«

»Nein, er hatte ein Taschentuch um die Hand gewickelt. Das Blut war durchgekommen, und er hatte Blut am Jackenärmel.«

Tate-Memling (ohne viel Hoffnung auf die Frage zu setzen): »Würden Sie Ihren Fahrgast wiedererkennen, Mr. Grantham?«

»Erkennen wär zu viel gesagt. Ich könnt sagen, wer's nicht war. Ich könnt sagen, daß nicht Sie es waren oder Ihre Lordschaft.«

Richter Edmondson machte eine für ihn untypische Zwischenbemerkung: »Negative Identifizierungen dieser Art können Sie sich schenken, Mr. Grantham.«

»Danke, Euer Lordschaft.«

»Sehen Sie Ihren Fahrgast vom 27. Juli im Gerichtssaal?«

»Vielleicht, aber genau weiß ich es nicht. Er war nicht mehr ganz jung, aber auch nicht alt. Wer so viele Leute herumkutschiert wie ich, schaut sich die Gesichter seiner Fahrgäste nicht weiter an.«

Das war das Stichwort für De Filippis' Kreuzverhör: »Ihre Hände aber wohl?«

»Manchmal schon.«

»Sie können sich nicht an ein Gesicht erinnern, aber Sie erinnern sich, daß er sich ein Taschentuch um die Hand gewickelt hatte?«

»Ja, daran erinnere ich mich.«

»War Ihr Fahrgast Alfred Eighteen Roper?«

»Das weiß ich nicht. Es ist lange her.«

In diesem Moment nieste De Filippis weithin hörbar, bat halblaut um ein Taschentuch und bekam das zuoberst auf dem Stapel liegende sowie ein Glas Wasser, das aus der Karaffe gefüllt wurde.

»Ich bitte um Verzeihung, Mylord. Würden Sie das bitte wiederholen, Mr. Grantham?«

»Was soll ich wiederholen?«

»Ich fragte, ob Ihr Fahrgast der Angeklagte Alfred Roper war.«

»Nach bestem Wissen und Gewissen kann ich nur sagen, daß er es gewesen sein könnte.«

John Smart, Handelsgehilfe, wohnhaft in der Lillie Road, Fulham, und Alfred Ropers bester Freund, war der letzte Zeuge der Anklage. Smarts Erscheinen führte zu einiger Unruhe unter den Zuhörern, empörtes Gezischel wurde laut, als Mr. de Filippis ihn fragte, ob er nicht der engste Freund sei, den der Angeklagte habe. »Waren Sie nicht derjenige«, fragte Mr. de Filippis, »dem er immer wieder sein Herz ausschüttete?«

Das mußte Mr. Smart zugeben. Vorher hatte er ausgesagt, daß ihm Roper wiederholt von seiner unglücklichen Ehe erzählt habe. Im April 1905 hatten sie sich in einem ABC-Teeshop am Leicester Square getroffen.

Bei dieser Begegnung, sagte Smart, habe ihm der Angeklagte von der vakanten Stelle in einer Apotheke in Cambridge erzählt, und er, Smart, habe ihm zugeredet, sich unverzüglich zu bewerben. Alfred könne so seine Familie dem verderblichen Einfluß seiner Schwiegermutter entziehen und ein neues Leben beginnen. Doch Alfred hegte andere Absichten. Er wollte Frau und Tochter verlassen und seine Stellung in Cambridge als Witwer mit einem einzigen Sohn antreten. Er hatte Smart anvertraut, daß die kleine Edith seiner Meinung nach nicht sein Kind sei und seine Frau ihn betrüge. Sie stelle Ansprüche an ihn, denen er nicht genügen könne, weshalb es sie wohl ständig zu anderen Männern treibe.

Auf Befragen sagte Mr. Smart weiter aus, sie hätten sich im April 1905 noch einmal getroffen, um nach ihrer Gewohnheit die Stadt unsicher zu machen. Dem aufkommenden Gelächter machte der Richter streng ein Ende und bat Smart fortzufahren.

Seine Frau Lizzie, habe der Angeklagte zu ihm gesagt, werfe sich jedem an den Hals, aber sie sei nicht eigentlich schlecht, sie sei krank und werde von ihm behandelt.

»Und welcher Art war diese Behandlung?«

»Das hat er mir an dem Tag nicht gesagt.«

»Zu einem späteren Zeitpunkt aber hat er es Ihnen gesagt?«

»Ja, Mylord. Er hat gesagt, daß er ihr Hyoscin gab. Er tat das Hyoscin in den Zucker, den sie in den Tee nahm, weil sie es nicht merken sollte.«

»Was nicht merken sollte?«

»Daß er ihr Medizin gab, Mylord.«

»Kannten Sie die Eigenschaften von Hyoscin?«

»Ich wußte, daß es ein Gift ist.«

»Wußten Sie, daß es den Geschlechtstrieb dämpft?«

»Nein. Er hat es mir gesagt, aber vorher wußte ich es nicht.«

De Filippis erhob sich langsam, trank noch einen Schluck Wasser und fragte dann nach der Stellung, die Mr. Smart als der beste Freund des Angeklagten einnahm. Das Gericht hatte ein rigoroses Kreuzverhör mit besonderer Bezugnahme auf das von dem Zeugen als Gift bezeichnete Hyoscin erwartet, aber De Filippis fragte nur: »Kannten Sie Mrs. Elizabeth Roper?«

»Ja.«

»Sie sind ihr mehrmals begegnet?«

»Ja.«

»Und waren sicherlich hin und wieder auch mit ihr allein?«

»Ja, ein- oder zweimal, wenn der Angeklagte noch nicht zu Hause war.«

»Hat sie – lassen Sie mich die Frage möglichst taktvoll formulieren – hat sie Ihnen gegenüber jemals die angeblich für sie so typische Liebesglut erkennen lassen?«

»Nein, nie.«

Wieder wurde Gelächter laut, wieder griff der Richter scharf durch und drohte, im Falle einer Wiederholung den Saal räumen zu lassen. Mr. de Filippis' Beweisführung aber war klar: Die Frau, die sich angeblich jedem an den Hals warf, hatte an John Smart nicht genug Gefallen gefunden, um ihm Avancen zu machen, und auch deshalb mochte er sich – in seiner Männlichkeit gekränkt – als Zeuge der Anklage zur Verfügung gestellt haben.

Damit war die Beweisaufnahme der Anklage im Strafprozeß Alfred Eighteen Roper abgeschlossen.

De Filippis: »Mylord, ich behaupte, daß hier gar kein Fall für eine Jury vorliegt. Bekanntlich ist nach unseren Gesetzen bis zum Beweis der Schuld von der Unschuld des Angeklagten auszugehen. Zum ersten fehlt es völlig an Beweisen, daß der Beschuldigte jemals die Tatwaffe in Händen hielt. Zum zweiten fehlt es völlig an Beweisen, daß diese Straftat am frühen Abend des 27. Juli begangen wurde, dafür stand schlechterdings nicht genug Zeit zur Verfügung, überdies war unmittelbar nach der angeblich begangenen Tat dem Angeklagten äußerlich nichts davon anzusehen. Zum dritten läßt sich bei dem Angeklagten nicht die Spur eines Motivs erkennen. Für die Schwierigkeiten mit seiner Frau hatte er durch seine Behandlung Abhilfe geschaffen. Ich bitte Euer Lordschaft dafür zu sorgen, daß der Angeklagte nicht länger aufgrund von aus der Luft gegriffenen sogenannten Beweisen behelligt wird – und nichts anderes liegt dem Gericht bislang vor. Es ist an Euer Lordschaft zu entscheiden, ob die Geschworenen einberufen wurden, um hier aufgrund eines bloßen Verdachtes zu urteilen.«

Richter Edmondson: »Ich vermag Ihrer Ansicht, die Jury habe keine Handhabe für ihren Urteilsspruch, nicht zu folgen.«

Man sah, wie De Filippis lautlos die Lippen bewegte und kaum merklich den Kopf senkte. Er nahm das nächste saubere Taschentuch vom Stapel und hielt es sich vor den Mund. Nach einigen Sekunden erklärte er: »Ich werde jetzt den Angeklagten und weitere Zeugen aufrufen. Roper soll im Zeugenstand seine Sache vertreten, und Sie, meine Herren Geschworenen, sollen sich Ihre eigene Meinung über seine Aussage bilden. Sie werden einen Mann sehen, dem Unrecht geschehen ist, der zwei der härtesten Schläge einstecken mußte, die das Schicksal in unserer verderbten Zeit einem Verdiener und Familienvater versetzen kann: den Verlust einer gut dotierten, befriedigenden Arbeitsstelle und die Flatterhaftigkeit einer Ehefrau, die ihm eigentlich als treue Gefährtin hätte zur Seite stehen müssen. Sie werden einen gramgebeugten, durch Nachstellungen und Heimsuchungen nahezu gebrochenen Menschen erblicken, doch einen nicht minder Unschuldigen, der Ihnen offen und ehrlich Auskunft geben wird über die jüngsten Ereignisse in seinem Leben.

Doch zunächst noch ein Wort zu seiner Vorgeschichte. Alfred Eighteen Roper war von jeher ein aufrechter, arbeitsamer Mensch. Kein Flecken trübt seine Ehre, nicht der kleinste Flecken, meine Herren Geschworenen. Alles, was Alfred Roper betrifft, liegt klar und deutlich vor uns – wie ein aufgeschlagenes Buch. In diesem Buch gibt es keine verschlüsselten Passagen, keine unaufgeschnittenen Seiten. Es handelt sich um ein Werk, das jeder von Ihnen bedenkenlos den weiblichen Mitgliedern seiner Familie in die Hand geben könnte. Es ist rein und ohne jeden Schandfleck. Lassen Sie uns einen Blick in die ersten Kapitel werfen.

Nach dem allzu frühen Tod seines Vaters war der damals erst sechzehnjährige Roper die einzige Stütze seiner Familie. Mit fast fraulich-liebevoller Zuwendung umsorgte er seine alte, kranke Mutter, in brüderlich-mannhaftem Pflichtgefühl kümmerte er sich um das Wohlergehen seiner jüngeren Geschwister. Erst nach dem Tod seiner Mutter verließ er das Elternhaus in Bury St. Edmunds und suchte anderswo sein Glück. Man bot ihm eine vielversprechende Position als Geschäftsführer in einem pharmazeutischen Unternehmen, und so verließ er das heimische Suffolk und begab sich nach London. Was Wunder, daß er nach seinen bisherigen Erfahrungen in der Großstadt zunächst eine fast rührende Arglosigkeit an den Tag legte.

In London suchte und fand er eine Unterkunft, die er sich, jung und naiv wie er war, als behagliche Bleibe nach des Tages Mühen vorstellte. Und in diesem Hause suchte und fand er schließlich auch seine Ehefrau. Wer könnte ihm einen Vorwurf daraus machen, daß die Frau, die er gefunden hatte, sich nicht als so rein und tugendhaft erwies, wie es sich ein redlicher Mann mit Fug und Recht erhoffen darf?

Sei dem, wie es wolle – er heiratete diese Frau und lebte mit ihr im Haus ihrer Mutter in der Villa Devon in der Navarino Road, Hackney. Mrs. Roper brachte einen Sohn und später eine Tochter zur Welt. Mittlerweile war Ropers Vertrauen stark angeschlagen, sein Glück getrübt. In der Nachbarschaft tratschte man ungeniert über Mrs. Roper, die sich so bedenkenlos über ihre ehelichen Pflichten hinwegzusetzen pflegte, daß Roper zu der Ansicht gekommen war, das zweite Kind sei nicht von ihm.

Statt aber um eine Scheidung nachzusuchen, die man ihm zweifellos gewährt hätte, begann er, in der Meinung, die Ursache der Pflichtvergessenheit seiner Frau erkannt zu haben, den von ihm großherzigerweise als Krankheit bezeichneten Zustand zu behandeln. Er konnte dabei offenbar gewisse Erfolge verzeichnen, denn statt der Trennung von seiner Frau plante er nun ein neues Leben für die ganze

Familie. Aus der Großstadt wollte er mit den Seinen nach Cambridge ziehen, in gesündere Luft und eine ländliche Umgebung, wo ihn eine seiner Ausbildung gemäße Stellung als Apotheker erwartete.

Ich komme jetzt zu dem, was sich am Donnerstag, dem 27. Juli, zutrug.

Roper hatte vorgesehen, in Begleitung seines Sohnes mit der Eisenbahn nach Cambridge zu fahren und bei seiner Schwester unterzukommen, die in dem nahe gelegenen Dörfchen Fen Ditton wohnte, bis er für sich und seine Familie eine Bleibe in der Stadt gefunden hatte. Mrs. Roper sollte ihm etwa eine Woche danach folgen, bis dahin hoffte er ihr ein angemessenes Heim bieten zu können. Am späten Nachmittag verabschiedete er sich von seiner Frau und deren Mutter und ließ sich mit seinem Sohn und einigem Gepäck in einer Droschke zur Liverpool Street Station fahren. Dort angekommen, merkte er zu seinem Verdruß, daß er eine von ihm hochgeschätzte silberne Münzdose mit Goldsovereigns vergessen hatte. Die Münzdose war ein Erbstück seines Vaters, überdies benötigte er auch das Geld, das sich darin befand. Er gab Sohn und Gepäck in die Obhut eines Dienstmannes und kehrte mit der Droschke zur Navarino Road zurück.

Selbstverständlich besaß er einen Hausschlüssel, meine Herren Geschworenen, doch er machte keinen Gebrauch von ihm, wie er es sicherlich getan hätte, wäre er in verbrecherischer Absicht zurückgekehrt; er klingelte vielmehr an der Haustür. Diesem Mann, der hier unter dem schwersten Vorwurf, der einen Menschen in unserer Gesellschaft treffen kann, dem Vorwurf des Mordes an einem Mitmenschen, vor Ihnen steht, kommt es gar nicht in den Sinn, seine Anwesenheit geheimzuhalten. Statt daß er, wie der Barde sagt, gespenstisch leis dem Ziel entgegenschreitet, betätigt er ohne Umschweife die Klingel und wird von Miss Florence Fisher, der Dienstmagd, in sein eigenes Heim eingelassen. Er sagt, er sei noch einmal zurückgekommen, um seine Münzdose zu holen, und geht nach oben.

Vernimmt sie gleich darauf Schreie, lautes Flehen um Gnade, heftige Bewegung? Nichts dergleichen! Alles blieb ruhig und friedlich, bis Miss Fisher etwa zwanzig Minuten später hörte, wie die Haustür leise ins Schloß fiel.

Roper begab sich zu dem Droschkenstand in der Kingsland High Street. Unterwegs stolperte er über eine Bordschwelle und streckte die Hand aus, um sich im Fallen abzustützen. Als Rechtshänder nimmt man zum Abstützen die Rechte, und so geschah es, daß Roper sich an der rechten Hand verletzte. Er wickelte sein Taschentuch um die verletzte Hand, setzte seinen Weg zum Droschkenstand fort und ließ sich zum Bahnhof fahren. Dieser Mann, der sich hier verantworten muß, weil er angeblich seine Frau auf grausame Art zu Tode brachte, kehrte zu seinem Sohn und dem Dienstmann, in dessen Obhut er ihn gegeben hatte, nicht erregter zurück, als man von einem Mann erwarten darf, der einen unangenehmen Sturz getan und durch eigene Schuld den Zug verpaßt hat.

Zwanzig Minuten nach zehn kam er glücklich in Cambridge an und begab sich zum Haus seiner Schwester in Fen Ditton. Daß sich in der Villa Devon in der Navarino Road etwas Ungewöhnliches zugetragen hatte, erfuhr er erst, als am Dienstag, dem 8. August, nachmittags zwei Polizeibeamte im Haus seiner Schwester erschienen und nach ihm fragten.

Ich darf an dieser Stelle bemerken, daß mir das Verhalten der Polizei unbegreiflich ist. Man hat nirgendwo sonst ermittelt, hat keine Anstalten gemacht, den möglichen Täter dieses grauenvollen Verbrechens auch anderswo zu suchen. Nein, meine Herren Geschworenen, man hat schlicht und einfach gefolgert – und das wirft ein bezeichnendes Licht auf den Zustand unserer Gesellschaft –, bei dem Mord an einer Frau sei es am naheliegendsten, die Schuld bei demjenigen zu suchen, der von Rechts wegen ihr Beschützer und ihr Halt sein müßte, nämlich beim eigenen Mann.

Man hat es gefolgert, sage ich, aber man hat es nicht bewiesen. Die Anklage ist weit davon entfernt, den Beweis dafür erbracht zu haben. Auch wenn sie Beweismaterial manipuliert oder gar nicht zugelassen hat, ist es ihr nicht gelungen, Roper eines der gräßlichsten Verbrechen der Moderne zu überführen.«

Zeugen der Verteidigung

Das Hausmädchen in der Villa Devon war ohne Frage die wichtigste Zeugin der Verteidigung. Allerdings hätte sie ebensogut für die Anklage auftreten können. Ihre Aussage war neutral. Falls sie Roper nicht mochte, ließ sie sich das ebensowenig anmerken wie irgendwelche Sympathien für ihn oder eine Abneigung Lizzie Roper und ihrer Mutter gegenüber. Sie gab sich freimütig, ernsthaft und bereit, die ganze Wahrheit zu sagen.

Zur Zeit der Verhandlung war Florence Fisher fünfundzwanzig Jahre alt. Mit dreizehn – kurz vor Alfred Ropers Einzug in die Villa Devon – war sie zu Maria Hyde gekommen. Sie war groß und gut gebaut, hatte rote Locken und blaue Augen. Diese Angaben verdanken wir einem Bericht, den eine Nachbarin, Cora Green, der Zeitung *Star* über die Familie Hyde/Roper lieferte. Laut Mrs. Green war sie gesund und kräftig, ein fleißiges, williges Mädchen. Im übrigen sei Florence Fisher zu diesem Zeitpunkt – was vielleicht mit Rücksicht auf das für Herz- und Schmerzgeschichten bekannte Presseorgan angeführt wurde, aber auch der Wahrheit entsprach – verlobt gewesen und habe in Kürze heiraten wollen.

Der Verteidiger fragte Miss Fisher, wie lange sie in der Villa Devon gearbeitet habe und mit welchen Aufgaben sie dort betraut gewesen sei. Dann bat er sie zu schildern, was sich am Vormittag des 10. Juli zugetragen hatte.

»Mein Dienstherr, Mr. Roper, hat mir zum Ende des Monats gekündigt. Die Familie würde in den Norden ziehen, hat er gesagt, bis auf Mrs. Hyde, und die würde allein wohl kein Dienstmädchen brauchen.«

»Was taten Sie daraufhin?«

»Ich wollte nicht weg. Ich ging zu Mrs. Hyde und fragte, ob ich nicht bleiben könnte, und sie sagte ...«

»Sie sollen uns nicht sagen, was Mrs. Hyde sagte, sondern nur, was Sie taten. Was taten Sie aufgrund von Mrs. Hydes Antwort?«

»Ich blieb in der Villa Devon und suchte mir keine neue Stellung, weil ich ja sowieso Anfang des nächsten Jahres heiraten wollte.«

»Trifft es zu, daß Ihre Verlobung gelöst wurde und Sie jetzt bei Mr. und Mrs. Sumner in Stamford Hill im Norden Londons in Stellung sind?«

»Ja, Sir.«

»Sie müssen das Wort an Seine Lordschaft richten, Miss Fisher. Sie blieben also in der Villa Devon und waren am 27. Juli im Haus?«

»Ja, Mylord.«

»Bitte schildern Sie dem Gericht, was am Donnerstag, dem 27. Juli, geschah.«

»Nachmittags kam Mr. Roper zu mir und schenkte mir eine halbe Krone. Wir würden uns nicht wiedersehen, sagte er, denn ich würde ja weggehen, und er habe eine neue Stellung in Cambridge, dahin würde er jetzt mit Edward fahren. Mrs. Roper und die Kleine würden bald nachkommen. Er hat nicht gesagt, wann, er hat ›bald‹ gesagt.«

»Haben Sie gesehen, wie er das Haus verließ?«

»Nein, ich war mit Mrs. Hyde in der Küche. Sie sagte mir, daß Mrs. Roper sich nicht wohl fühlte und sie die Kleine nehmen würde, wie meist um diese Zeit, damit Mrs. Roper…«

De Filippis ließ Miss Fisher ziemlich lange reden, ohne sie zurechtzuweisen, und die Geschworenen mögen sich darüber gewundert haben, Tate-Memling aber wußte genau, was sein verehrter Kollege tat, und begann sich bereits zu erheben, als der Verteidiger sagte: »Sie dürfen uns von dem Gespräch zwischen Mrs. Hyde und Ihnen nichts erzählen, sofern der Angeklagte nicht dabei war. War er dabei?«

»Nein.«

»Was haben Sie aufgrund von Mrs. Hydes Äußerungen getan?«

»Ich habe Brot geschnitten, eine Dose Lachs aufgemacht und die Dose und noch ein paar Eßsachen auf ein Tablett gestellt, dazu Milch für die Kleine und eine Kanne Tee und die Zuckerdose.«

»Haben Sie das Tablett zu Mrs. Roper hinaufgetragen?«

»Nein, Mrs. Hyde hat es mitgenommen.«

»Um welche Zeit war das, Miss Fisher?«

»Kurz nach fünf.«

»Sie schnitten das Brot für die Butterbrote mit dem Brotmesser?«

»Ja, Mylord.«

An dieser Stelle wurde das Brotmesser, mit dem Mrs. Roper die Kehle durchgeschnitten worden war, Miss Fisher gezeigt, die sichtlich erblaßte. De Filippis füllte das zweite Glas aus der Wasserkaraffe. Er fragte die Zeugin, ob sie einen Schluck Wasser haben und ob sie sich hinsetzen wolle.

»Nein, danke, es geht schon wieder.«

»Dann sagen Sie bitte Seiner Lordschaft, Miss Fisher, ob das Messer, das Ihnen soeben gezeigt wurde und dessen Anblick Sie, wenn ich das sagen darf, mit bemerkenswerter Seelenstärke ertrugen, eben jenes Messer ist, mit dem Sie an jenem Abend kurz nach fünf das Brot für Mrs. Hyde schnitten.«

»Ja, es ist dasselbe.«

»Was haben sie mit dem Messer gemacht, nachdem Sie es benutzt hatten?«

»Ich habe es unter den Wasserhahn gehalten, es abgewischt und in die Schublade getan.«

»In die Schublade, wo es immer lag?«

»Ja, zusammen mit dem Schneidbrett.«

»Was geschah dann?«

»Es klingelte an der Haustür. Ich ging zur Tür, und da stand Mr. Roper und sagte, er hätte seine silberne Münzdose vergessen.«

»Wußten Sie, was er meinte?«

»Ja, Mylord. Er hing sehr daran, sie hatte seinem Vater gehört. Ohne die wäre er nie weggefahren.«

»Ging er in die Küche?«

»Ich glaube nicht, dazu hätte er keine Zeit gehabt. Ich ging ins Eßzimmer, um schmutzige Tischwäsche herauszuholen, und hörte dort, wie Mr. Roper die Treppe hochstieg. Ich ging mit der Tischwäsche in die Küche.«

»Wann verließ Mr. Roper das Haus?«

»Ungefähr fünfzehn oder zwanzig Minuten danach. Ich habe ihn nicht weggehen sehen, aber ich habe gehört, wie die Haustür zufiel.«

Florence Fisher schilderte den Verlauf jenes Abends und des folgenden Vormittags. Von Lizzie Roper und Maria Hyde hatte sie nichts mehr gehört oder gesehen. Abends war es sehr warm gewesen, und sie hatte einen Stuhl genommen und sich in den Garten gesetzt. Am nächsten Morgen gegen acht war Edith allein nach unten gekommen, was nicht ungewöhnlich war. Florence machte ihr in der Küche im Souterrain das Frühstück. Edith konnte erst ein paar Worte sprechen und sagte nichts von ihrer Mutter und ihrer Großmutter.

Der Richter: »Sie dürfen uns nicht erzählen, was das Kind zu Ihnen sagte.«

Florence Fisher: »Sie hat ja überhaupt nichts gesagt.«

De Filippis: »Besten Dank, Mylord. – Miss Fisher, haben Sie sich gewundert, daß Mrs. Roper und Mrs. Hyde nicht nach unten kamen?«

Miss Fisher: »Nein, Mylord, ich habe mich nicht gewundert. Sie sind oft erst am späten Vormittag oder zum Mittagessen aufgestanden.«

»Haben Sie die beiden an diesem Tag überhaupt gesehen?«

»Ich habe die zwei den ganzen Tag nicht gesehen. Die Kleine habe ich wieder nach oben zu ihrer Mutter geschickt, weil ich einkaufen wollte. Danach habe ich sie alle nicht wiedergesehen.«

Tate-Memling begann mit dem Kreuzverhör. Geschworenen und Zuhörern wurde wohl erst in dessen Verlauf klar, weshalb Richter Edmondson trotz der Ausführungen des Verteidigers über den Fall weiterverhandeln ließ.

»Miss Fisher, Sie haben Seiner Lordschaft und den Geschworenen gesagt, daß Sie auf Mrs. Hydes Geheiß ein Tablett mit Teekanne, Milchkännchen und Zuckerdose und gewiß auch mit Teetassen zurechtstellten.«

»Jawohl.«

»Wer trug das Tablett nach oben?«

»Mrs. Hyde.«

»Wußten Sie nicht, daß Mrs. Hyde ein krankes Herz hatte?«

»Ja, Mylord.«

»Sie wußten – oder sahen – auch, daß sie eine alte Dame war. Wie alt sind Sie, Miss Fisher?« – »Ich bin dreiundzwanzig.«

»Ganz recht. Sie sind dreiundzwanzig, und Mrs. Hyde war siebenundsechzig, nicht wahr? Miss Fisher, haben Sie, als Sie am 27. Juli gegen halb sechs den Angeklagten einließen, mit ihm wegen der verlegten Münzdose gesprochen?«

»Ich hab zu ihm gesagt, daß ich ihm gern suchen helfe.«

»Und was hat er geantwortet?«

»Daß es nicht nötig sei, ich hätte doch sicher genug Arbeit, und ich habe gesagt, ja, ich muß die Tischwäsche holen. ›Dann tun Sie das‹, hat er gesagt und mir die Eßzimmertür aufgemacht.«

Wohl um den Zuhörern die Bedeutung dieser Aussage deutlich zu machen, legte Mr. Tate-Memling eine längere Pause ein. Nach einer guten halben Minute räusperte er sich und fuhr fort: »Miss Fisher, nehmen Sie Zucker in den Tee?«

»Wie meinen Sie, Sir?«

»Ich will die Frage wiederholen und kann Ihnen versichern, daß sie durchaus ernst gemeint ist. Nehmen Sie Zucker in den Tee, ja oder nein?«

»Nein«.

»Nahmen die anderen Hausbewohner Zucker in den Tee?«

»Nur Mrs. Roper. Mr. Roper nahm keinen Zucker und Mrs. Hyde auch nicht. Und Edward hat gar keinen Tee bekommen.«

»Aber die verblichene Mrs. Roper nahm immer Zucker?«

»Ja, Mylord, manchmal drei gehäufte Teelöffel.«

»Sie aber, Miss Fisher, nehmen keinen Zucker in den Tee. Geht Ihr Enkratismus so weit, daß Sie auch Butterbrot verschmähen?«

Tate-Memling, der gehofft hatte, mit diesem Witzchen auf Kosten der bescheidenen Dienstmagd die Gebildeteren unter den Geschworenen zu einem Lächeln zu bewegen, hatte sich einen Bärendienst erwiesen. Er stieß auf restlose Verständnislosigkeit. Richter Edmondson raffte sich aus seiner Lethargie auf und machte eine seiner seltenen Zwischenbemerkungen.

»Darf ich Sie bitten, die Frage in verständlichem Englisch zu wiederholen, Mr. Tate-Memling. Ich für mein Teil kann mir unter Enkratismus beim besten Willen nichts vorstellen und habe leider kein Wörterbuch zur Hand.«

De Filippis stieß eine Art wiehernde Lache aus, die in einen lauten Nieser mündete, woraufhin er mit einem weiteren Taschentuch versorgt werden mußte. Dann nahm er das Luftkissen vom Tablett und machte sich daran, es aufzublasen.

»Bitte um Vergebung, Mylord«, sagte Tate-Memling sehr steif. »Lassen Sie es mich anders formulieren. Miss Fisher, nachmittags um fünf übergaben Sie Mrs. Hyde das Tablett mit Butterbroten und anderen Eßwaren. Sicher sind Sie doch danach nicht gleich zu Bett gegangen. Haben Sie denn den ganzen Abend über nichts gegessen?«

»Ich hab Butterbrot gegessen. Als ich das Brot für Mrs. Hyde schnitt, hab ich gleich was für mich runtergeschnitten. Dann hab ich das Messer gespült und abgewischt und hab es weggeräumt.«

»Haben Sie morgens zum Frühstück Brot gegessen?«

»Nein.«

»Haben Sie dem Kind Brot gegeben?«

»Nein, die Kleine hat Porridge bekommen.«

»Haben Sie die Schublade geöffnet, in der das Brotmesser war?«

»Zu der Zeit noch nicht.«

»Wann haben Sie die Schublade geöffnet?«

»Das weiß ich nicht. Ich kann es nicht sagen. Nicht an dem Tag jedenfalls.«

»Nicht am 28. Juli?«

»Nein, das weiß ich genau. Ich hab mich nicht wohl gefühlt und nichts gegessen. Als ich vom Einkaufen zurückkam, war ich krank. Es war ein heißer Tag. Ich hab ja gedacht, es ist niemand im Haus. Ich hab mich hingelegt.«

»Es mag Ihnen exzentrisch vorkommen, Miss Fisher, aber das Gericht interessiert sich nicht im mindesten für Ihre Somnolenzen.«

»Mr. Tate-Memling!« sagte der Richter in einem für ihn scharfen Ton.

»Bitte um Vergebung, Mylord. – Wann haben Sie das Brotmesser danach wiedergesehen, Miss Fisher?«

»Überhaupt nicht, Mylord. Die Polizei hat es gefunden. Ich glaube, es war draußen im Garten.«

De Filippis legte das aufblasbare Sitzkissen auf seinen Sitz und ließ sich mit einem deutlich vernehmbaren Seufzer darauf nieder. Tate-Memling warf ihm einen Blick zu und fuhr fort.

»Wann merkten Sie, daß das Brotmesser nicht da war?«

»Ich weiß nicht. Ich hab es am Sonntag gesucht, am Sonntag, dem dreißigsten, und da war es weg.«

»Aber Sie hatten vorher nicht danach gesucht, nicht wahr? Sie hatten seit dem 27. Juli um fünf nicht mehr danach gesucht.«

»Nein, ich hatte nicht danach gesucht.«

»Brot ist, wie wir alle wissen, meine Herren Geschworenen, ein Grundnahrungsmittel der Menschheit. Schon in der Bibel steht, daß der Mensch nicht vom Brot allein lebt, sondern vom Geiste, womit impliziert wird, daß unabhängig davon, nach welcher Nahrung seine Seele verlangt, sein Körper nur des Brotes als Nahrung bedarf. Sie, meine Herren Geschworenen, würden zweifellos bereitwillig zugeben, daß Sie, soweit Sie sich erinnern können, nicht einen Tag lang ohne Brot ausgekommen sind. Miss Fisher aber will Ihnen weismachen, daß ihr drei Tage lang – vom 27. Juli abends bis zum 30. Juli – kein Krümel Brot über die Lippen kam. Verhält es sich nicht so, Miss Fisher?«

»Mir war nicht gut, ich hatte keinen Appetit.«

Tate-Memling legte eine bedeutungsschwere Pause ein, dann sagte er: »Wo war der Angeklagte, als Sie im Eßzimmer die Wäsche holten?«

»In der Diele, nehme ich an.«

»Sie nehmen es an. Sie konnten ihn natürlich nicht sehen.«

»Ich hab ihn nach oben gehen hören.«

»Wie lang war die Phase – äh, wieviel Zeit lag zwischen dem Moment, als Sie ins Eßzimmer gingen, und demjenigen, als Sie Mr. Roper nach oben gehen hörten?«

»Sehr wenig.«

»Wie wenig, Miss Fisher? Eine Minute? Eine halbe Minute? Fünfzehn Sekunden?«

»Das kann ich nicht sagen.«

»Darf ich Euer Lordschaft um Geduld bitten und alle Anwesenden ersuchen, eine Schweigeminute einzulegen, damit Miss Fisher – und die Geschworenen – die Länge dieses Zeitraums ermessen können.«

»Wenn es sein muß.«

»Verbindlichen Dank, Euer Lordschaft.«

Nach der Schweigeminute sagte Florence Fisher, so lange sei es nicht gewesen.

»Mehr als die Hälfte?«

»Weniger als diese Minute hier allemal, aber mehr als die Hälfte.«

»Sie gingen erst am Freitag, dem 4. August, in den zweiten Stock der Villa Devon, nicht wahr, Miss Fisher?«

»Ja, erst am Freitag.«

»Ihre Aufgabe in der Villa Devon war es, das Haus sauberzuhalten, nicht wahr?«

»Und zu kochen und die Kleine zu versorgen.«

»Aber Ihnen oblag die Reinigung des Hauses?«

»Ja.«

»Dennoch haben Sie sieben Tage lang nicht über den ersten Stock hinaus geputzt?«

»Ich hab gedacht, sie sind alle in Cambridge.«

Wieder wurde im Saal etwas gelacht, diesmal aber griff der phlegmatische Richter Edmondson nicht ein.

James Wood, Dienstmann bei der Great Eastern Railway, wohnhaft in der Globe Road, in Bow, betrat den Zeugenstand. Am Donnerstag, dem 27. Juli, sei er fünf Minuten vor fünf am Bahnhof Liverpool Street gewesen, sagte er aus. Ein Mann, der, wie er jetzt wußte, der Angeklagte war, sei auf ihn zugekommen, habe ihm Sixpence gegeben und ihn gebeten, auf einen etwa fünf- oder sechsjährigen Jungen und einiges Gepäck aufzupassen. Er habe zu Hause etwas vergessen, was er brauche, das würde er schnell holen und dann wiederkommen.

De Filippis: »Ist er wiedergekommen?«

»Ja. Er war ungefähr eine Stunde oder eher eineinhalb Stunden weg.«

»Welchen Eindruck machte er danach auf Sie?«

»Er war ein bißchen ärgerlich, weil er den Zug verpaßt hatte. Zappelig, würd ich sagen. Er hätte lange laufen müssen, um eine Droschke zu finden, hat er gesagt. Er hatte einen Verband an der rechten Hand.«

»Einen Verband oder ein Taschentuch?«

»Irgendwas Weißes.«

»Was ist Ihnen an seiner Kleidung aufgefallen?«

»Soweit ich mich erinnern kann, war seine Kleidung ganz genau so wie vorher, als er mich gebeten hat, auf den Jungen aufzupassen.«

»Seine Kleidung wies keine Flecken oder sonstige Spuren auf?«

»Ich kann mich nicht erinnern.«

Im Kreuzverhör fragte Tate-Memling: »Fanden Sie nicht, daß eineinhalb Stunden sehr lang sind, um mit einer Droschke vom Bahnhof Liverpool Street nach Hackney und zurück zu fahren? In dieser Zeit hätte er ja geradesogut zu Fuß…«

»Ich protestiere, Mylord!«

De Filippis war entrüstet aufgesprungen. »Mylord, welche Qualifikationen, welches Vorwissen berechtigen den Staatsanwalt zu so einer Einschätzung? Ist *er* die Strecke selbst einmal zu Fuß gegangen? Ich möchte bezweifeln, daß er den Geschworenen auch nur sagen könnte, um welche Entfernung es sich handelt. Es kann doch wohl nicht seine Aufgabe sein, Vermutungen darüber anzustellen, welcher sportlichen Leistungen Mr. Roper fähig ist.«

»Gut, die Bemerkung ist aus dem Protokoll zu streichen. Fahren Sie fort, Mr. Tate-Memling, falls Sie weitere Fragen haben. Ich darf Sie bitten – um in dem von Ihnen so geschätzten Stil zu sprechen –, ambulatorische Kalkulationen dabei auszusparen.«

Tate-Memling aber hatte keine weiteren Fragen an den Zeugen. Offenbar war er davon überzeugt, daß er ungeachtet des richterlichen Verweises in der Frage der Entfernung von der Navarino Road zum Bahnhof ein wirkungsvolles Argument geliefert hatte. Zufrieden setzte er sich, während Alfred Roper in den Zeugenstand trat.

15

Der Journalist Robert Fitzroy, der den Prozeß von Anfang bis Ende verfolgte, gibt in seinem Artikel auch eine ausführliche Beschreibung von Alfred Roper. *Er wirkte*, schreibt er, *bedeutend älter, als er war, mit seinem graumelierten, stark gelichteten Haar, das die gefurchte Stirn besonders hoch erscheinen ließ. Von übergroßer, fast ausgemergelter Gestalt…* – hier drängt sich die Vermutung auf, daß Mr. Fitzroy selbst wohl eher kleinwüchsig war – *…ging er mit gebeugten Schultern und tief gesenktem Kopf, so daß sein Kinn die Aufschläge seines Jacketts an den Körper drückte. Er trug Schwarz, was seine extreme, geradezu krankhafte Blässe unterstrich. Seine Augen mit dem flackernden Blick waren von dunklen Ringen umrandet, die Wangen unter den hohen Backenknochen wirkten hohl, der Mund breit, aber nicht fest, und die Lippen zitterten so stark, daß er sie in einer nervösen Bewegung immer wieder zusammenpreßte. Bei der Beantwortung der ihm von Howard de Filippis gestellten Fragen erwies sich seine Stimme als überraschend schrill, fast quieksend. Bei diesen vergrämten Lippen, diesen zerklüfteten Zügen hätte man gedehnte Laute, gerundete Vokale erwartet, statt dessen hörte man einen ländlich gefärbten Provinzdialekt und eine hohe Altweiberstimme.*

Im nachhinein läßt sich leicht sagen, daß Roper sich selbst der ärgste Feind war und daß seine äußere Erscheinung nicht für ihn einnahm. Nicht ein einziges Mal redete er den Richter mit dem korrekten Titel an, nie gab er unaufgefordert eine Ergänzung zu dem, was er gefragt worden war. Vielleicht hatten sein Leben, der Tod seiner Frau, die Umstände seiner Verhaftung und der Prozeß ihn gebrochen, aber man konnte nicht umhin, ihn für einen unerträglichen Langweiler zu halten. Mit diesem Mann, darüber war sich die öffentliche Meinung weithin einig, hätte keine Frau leben können, ohne den Verstand zu verlieren oder sich mit anderen Männern einzulassen.

Die Fragen des Verteidigers nach seiner Ehe und Lebensführung beantwortete er einsilbig, erst beim Thema Hyoscin wurde er beredter. Man hörte ihn tief aufseufzen.

»Sie haben sich Hyoscin beschafft?«

»Ich habe es gekauft und dafür im Giftbuch unterschrieben.«

»Haben Sie Ihrer Frau Hyoscin gegeben?«

»Ich hab's in den Zucker gemischt, den sie zum Tee nahm.«

»Wieviel haben Sie ihr gegeben?«

»Ich habe mich sehr vorgesehen, damit es nicht zuviel wird. Zehn Gran auf ein Pfund Zucker.«

»Bitte erläutern Sie Seiner Lordschaft, warum Sie Ihrer Frau Hyoscin verabreicht haben.«

»Sie litt an einer Krankheit, die wir Nymphomanie nennen. Hyoscin unterdrückt einen stark ausgeprägten Geschlechtstrieb.«

»Hatten Sie jemals die Absicht, Ihre Frau zu töten?«

»Nein.«

Vom Verteidiger danach befragt, was sich am 27. Juli in

der Villa Devon zugetragen hatte, bis Roper das Haus verließ, wurde dieser wieder wortkarg. Er sprach halblaut, mit tief gesenktem Kopf, und mußte gebeten werden, die Stimme zu heben.

»Sie haben, als Sie noch einmal zum Haus zurückkehrten, den Kutscher nicht warten lassen.«

»Nein.«

»Warum nicht?«

»Ich dachte, es könnte länger dauern.«

»Weshalb meinten Sie, es könnte länger dauern?«

»Ich konnte mich nicht erinnern, wo die Münzdose war.«

Damit hatte er immerhin einen Satz von neun Wörtern herausgebracht. Mr. de Filippis fuhr fort: »Bitte erläutern Sie Seiner Lordschaft, warum Sie nicht Ihren Schlüssel benutzten.«

»Ich hatte keinen Schlüssel. Den hatte ich dagelassen. Ich habe ja nicht gedacht, daß ich noch mal hin muß.«

»Sie wollten mit diesem Lebensabschnitt endgültig abschließen.«

»Ja.«

»Miss Florence Fisher ließ Sie ins Haus. Was taten Sie dann?«

»Ich bin nach oben gegangen.«

»Gleich?«

»Nein, erst habe ich in der Ablage des Garderobenständers nach der Münzdose gesucht.«

»Sie meinen den Garderobenständer in der Diele?«

»Ja.«

»Dazu brauchten Sie ein paar Sekunden, eine halbe Minute vielleicht…«

»Ja.«

»Dann gingen Sie nach oben?«

»Ja.«

»Was machten Sie oben?«

Mittlerweile hatte Roper offenbar begriffen, daß es für ihn um Kopf und Kragen ging. Nach einem Schuldspruch hatte er in drei Wochen, von heute oder morgen an gerechnet, den Tod durch den Strang zu erwarten. Er riß sich am Riemen, wie man heute sagen würde.

»Was machten Sie oben?«

»Ich bin in den zweiten Stock gegangen und in das Schlafzimmer meiner Frau – das heißt unser gemeinsames Schlafzimmer. Meine Frau war da und ihre Mutter und ihre Tochter Edith. Meine Frau war im Nachthemd, aber sie war nicht im Bett. Auf einem Tablett standen Eßwaren und Teesachen.«

»Kam es zu einem Gespräch?«

»Ich fragte meine Frau nach der Münzdose. Die hätte ich doch immer an der Uhrkette, meinte sie. Meine Sachen waren fast alle eingepackt, aber im Kleiderschrank hing noch ein Anzug, den meine Frau nach Cambridge mitbringen wollte. Ich sah in den Taschen nach, aber da war die Münzdose auch nicht.«

»Sahen Sie sonst noch irgendwo nach?«

»In der Kommode. Ich weiß noch, daß meine Frau gesagt hat, jetzt hätte ich bestimmt den Zug verpaßt. Dann habe ich mich noch mal verabschiedet, und ich war noch nicht ganz aus dem Zimmer, da fiel mir ein, daß ich die Münzdose frühmorgens auf den Kaminsims im Eßzimmer gelegt hatte. Da war sie auch. Ich hab sie eingesteckt und bin gegangen.«

»Wie lange waren Sie im Haus?«

»Eine Viertelstunde vielleicht oder etwas länger.«

»Waren Sie in der Küche?«

»Nein.«

»Sie sind nicht in die Küche gegangen und haben dort ein Brotmesser aus der Schublade genommen?«

»Bestimmt nicht.«

»Sie gingen dann zum Droschkenplatz in der Kingsland High Street. Was geschah unterwegs?«

»Ich stolperte in der Forest Road über eine lockere Bordschwelle. Als ich mich abstützen wollte, schürfte ich mir die Hand auf. Es blutete, und ich habe mein Taschentuch um die Hand gewickelt. Dann ließ ich mich in einer Droschke zum Bahnhof fahren, wo mein Sohn auf mich wartete.«

»Haben Sie Ihre Frau umgebracht?«

»Ganz gewiß nicht.«

»Sie haben Ihrer Frau nicht die Kehle mit einem Brotmesser durchgeschnitten?«

»Nein.«

Das Gericht vertagte sich, und am vierten Verhandlungstag nahm Tate-Memling den Angeklagten ins Kreuzverhör. Auch mit seiner peinlich genauen Befragung zu den frühen Jahren der Ehe, zu Ropers Überzeugung, daß Edith nicht seine Tochter war, und zu den vertraulichen Mitteilungen, die er John Smart gemacht hatte, holte er aus dem Angeklagten hauptsächlich einsilbige Antworten heraus. Als es um die Art und die Verabreichung des Hyoscins ging, fragte er Roper, woher er wisse, welche Eigenschaften dieses Präparat habe, und Roper erwiderte bereitwillig, er habe sich während seiner Tätigkeit bei der Supreme Remedy Company darüber kundig gemacht. Tate-Memling hob besonders die toxischen Eigenschaften des Hyoscins hervor.

»Fünf Gran sind die tödliche Dosis, nicht wahr?«

»Ich glaube, ja.«

»Sie haben Dr. Ponds Aussage gehört und werden sie kaum bestreiten wollen. Sind Sie auch der Meinung, daß fünf Gran tödlich sind?«

»Ja.«

»Sie haben dem Gericht gesagt, daß Sie zehn Gran in die Zuckerschale gaben, aus der sich nur Ihre Frau bediente?«

»Ja, aber mit einem Pfund Zucker vermischt.«

»Zucker hin, Zucker her – Sie gaben von dieser toxischen Substanz das Doppelte der tödlichen Dosis in ein Nahrungsmittel, von dem nur Ihre Frau nahm.«

Zum erstenmal wirkte Roper ungehalten. »So würde ich das nicht ausdrücken«, sagte er.

»Sie nehmen also für sich in Anspruch, sich in toxischen Substanzen besser auszukennen als Dr. Pond?«

»Nein, aber ...«

»Danke, das genügt. Warum haben Sie nicht Ihren Hausschlüssel benützt, als Sie am 27. Juli gegen halb sechs noch einmal in die Villa Devon zurückkehrten?«

»Da hatte ich ihn nicht bei mir. Er war im Haus.«

»Vielleicht dort, wo die Münzdose lag?«

»Ich weiß nicht, wo er war.«

»Miss Fisher ließ Sie ein und ging dann ins Eßzimmer?«

»Ich weiß nicht, wohin sie gegangen ist.«

»Sie ging ins Eßzimmer, und Sie gingen in die Küche, um das Brotmesser zu holen?«

»Nein. Ich habe in der Ablage des Garderobenständers nach meiner Münzdose gesucht und bin dann nach oben gegangen.«

»Geben Sie zu, daß Sie im Schlafzimmer Ihre Frau allein und im Bett schlafend vorfanden!«

»Sie hat nicht geschlafen.«

»Geben Sie zu, daß sie, wie häufig um diese Zeit, aufgrund der einschläfernden Wirkung des Hyoscins in tiefem Schlummer lag!«

»Sie hat nicht geschlafen, und sie war nicht im Bett.«

»War es nicht so, daß vor Ihnen im Bett ein betäubtes, im Tiefschlaf befindliches Opfer lag?«

»Nein.«

»Ihr Schlaf war so tief, daß sie sich nicht regte und nicht schrie, als Sie ihr die Kehle durchschnitten…«

»Das habe ich nicht getan.«

»Obwohl Sie Ihren Körper mit der Tagesdecke schützten, geriet Blut auf Ihre rechte Hand und Ihren Jackenärmel…«

»Das Blut kam von der Schürfwunde, die ich mir bei meinem Sturz zugezogen hatte.«

Immer wieder befragte Tate-Memling den Angeklagten zu dieser Viertelstunde im Haus, aber Roper gab nicht nach und wich nicht von seinen Antworten ab. De Filippis schneuzte sich und trank einen Schluck Wasser. Von seinen Taschentüchern war nur noch eines unbenutzt. Zum dramatischen Höhepunkt kam es, als der Staatsanwalt dem Angeklagten eine zwangsläufig emotionsgeladene Frage stellte. Nicht bei der Frage, sondern bei der Antwort ging ein Raunen durch die Reihen der Zuhörer.

»Liebten Sie Ihre Frau?«

»Nein, ich liebte sie nicht mehr.«

Schlußplädoyer der Verteidigung

»Meine Herren Geschworenen, ich danke Ihnen, daß Sie dem Fall bis hierher mit ungebrochener Aufmerksamkeit gefolgt sind. Ich möchte Ihnen in Erinnerung rufen, daß Sie gehalten sind, Ihren Urteilsspruch – für den Sie allein die Verantwortung tragen – nicht aufgrund der Plädoyers von Anklage und Verteidigung oder aufgrund der abschließenden Zusammenfassung des verehrten Herrn Richters, sondern allein aufgrund der Beweislage zu fällen.

Noch hat die Krone die gesetzliche Vermutung der Unschuld bis zum Beweis des Gegenteils, die das Fundament unseres Strafrechts bildet, nicht abgeschafft. Ich hatte eigentlich gehofft, man werde meiner Bitte um Einstellung des Verfahrens stattgeben, da sich die Anklage nur auf Verdachtsmomente stützt. Doch ist es mir jetzt fast lieber, daß Sie die Darstellung der Verteidigung gehört haben, denn ich behaupte, daß Sie aufgrund dieser Ausführungen keinen anderen Spruch als ein ›Nicht schuldig‹ werden fällen können.

Ist es vorstellbar, daß ein Mann so einen Mord bei hellichtem Tag in einem Haus ausführen würde, in dem sich außer der eigenen noch zwei Frauen und ein Kind befanden? Ist es vorstellbar, daß er klingelte, um sich Einlaß zu verschaffen, obgleich er einen Schlüssel besaß? Und daß er, statt das Blut an seiner Hand und seinem Jackenärmel zu entfernen, die blutige Hand einfach in ein Taschentuch wickelte?

Ist es vorstellbar, daß er einen Mord geplant, die Beschaffung der Tatwaffe aber dem Zufall überlassen hätte, noch dazu dem sehr unwahrscheinlichen Zufall, daß seine Dienstmagd sich gerade nicht an ihrer gewohnten Wirkungsstätte befand?

Vergeblich habe ich bisher darauf gewartet, daß auch nur die Andeutung eines Motivs genannt wurde. Es gibt Morde, die ohne jeden Anlaß geschehen, und solche, denen ein Motiv zugrunde liegt. Bei einem Mord ohne Motiv dürfte es sich immer um die Tat eines Geistesgestörten handeln. Wo, so frage ich Sie, meine Herren Geschworenen, ist hier das Mordmotiv?

Ermordet ein Mann seine Frau nur deshalb, weil er aufgehört hat, sie zu lieben? Wäre dies der Fall, wäre – so traurig sieht es in unserer Gesellschaft hier und da schon aus und so unbekümmert mißachten bereits viele ihrer Mitglieder althergebrachte Tugenden – Gattinnenmord so gut wie an der Tagesordnung. Nein, solch ein Mann denkt an seine Pflicht und Schuldigkeit und fügt sich in das Unvermeidliche – oder aber er wendet sich an die Gerichte, die ihm in diesem Fall gewiß sehr schnell zu seiner Freiheit verholfen hätten. Wird die Not unerträglich, vielleicht noch angefacht durch Eifersucht und Leidenschaft, kann es natürlich geschehen, daß er in einem Ausbruch spontaner Gewalt über seine Frau herfällt und ihren Tod herbeiführt. Doch wird dabei die Tat nicht in allen Einzelheiten geplant – bis hin zum absichtlichen Verlegen von Schlüsseln und Münzdosen und der Betäubung des Opfers, wobei überdies noch

Sorge dafür getragen wird, daß mögliche Zeugen des Verbrechens in anderen Räumen beschäftigt sind.

Wo sind die Hinweise auf den seelischen Zustand, der eine Erklärung für ein solches Verbrechen wäre? Hat der Angeklagte Zeugen beigebracht, die bestätigen könnten, daß Roper seine Frau bedrohte? Lieferte sie Beweise für Streitigkeiten zwischen dem Angeklagten und seiner Frau? Ist der Angeklagte vor jener Tat, durch die seine Frau zu Tode kam, ihr gegenüber auch nur ein einziges Mal gewalttätig geworden? Nein, nein und nochmals nein. Uns liegt nur Alfred Ropers eigene Aussage vor, die Sie als human empfindende, lebenserfahrene Männer erschüttert, vielleicht sogar zu Tränen gerührt haben mag. ›Nein‹, erwiderte er, ›ich liebe sie nicht mehr.‹ Und das, meine Herren, war alles, was er zu jahrelangem Leiden, zu seiner eigenen Gemütsverfassung zu sagen htte: ›Ich liebe sie nicht mehr.‹

Ob er als Nichtmediziner die Behandlung des von ihm als Krankheit diagnostizierten Zustandes hat selbst übernehmen dürfen, darüber steht weder Ihnen noch mir ein Urteil zu. Eins aber können wir alle, die wir seine schlichte Aussage hörten, wohl feststellen: Mit dem, was er tat, bewies er mehr Güte, Großherzigkeit und Nachsicht als jemand, der aufgrund weit fadenscheinigerer Beweise seine Frau vor den Scheidungsrichter zerrt oder sie und seine Kinder verläßt.

Ich kann Ihnen nicht eindringlich genug vor Augen führen, meine Herren Geschworenen, daß dieser Mann wegen Mordes angeklagt ist, und nicht wegen einer Fehldiagnose oder wegen Amtsanmaßung. Bitte behalten Sie das im Gedächtnis. Mag sein, daß hier von Torheit oder Unbesonnenheit gesprochen werden kann, nicht aber von Mord, und den möchte ich sehen, der aufgrund der Ausführungen der Anklage bereit wäre, diesen Mann an den Galgen zu bringen.

Ich möchte Ihnen in Erinnerung rufen, daß nicht genau bekannt ist, wann Mrs. Roper zu Tode kam, und daß dies jetzt auch nicht mehr feststellbar ist. Ihr Tod kann am Abend des 27. Juli, ebensogut aber auch am nächsten Tag eingetreten sein. Es gibt weder medizinische noch Indizienbeweise für die eine oder die andere Annahme. Nach meinem Dafürhalten kann die Anklage gegen meinen Mandanten nur vorbringen, daß man einen Verband an seiner Hand gesehen hat, als er zum zweiten Mal zum Bahnhof kam. Wohlgemerkt – nicht Blut, meine Herren Geschworenen. Nicht Blut. Mag sein, daß der Mann, den Mr. Grantham zum Bahnhof brachte, Blut an der Hand hatte. Bedenken Sie aber bitte, daß Mr. Grantham zwar ausgesagt hat, sein Fahrgast habe Blut an einer Hand gehabt, doch wußte er nicht an welcher und konnte diesen Fahrgast nicht identifizieren. Er hat ihn hier im Saal nicht eindeutig erkannt.

Mr. Wood, der Dienstmann vom Bahnhof Liverpool Street, sah einen Verband an Ropers rechter Hand. Er sah kein Blut. Der Mann, den Mr. Grantham mit Blut an der Hand sah, kann ebensogut Roper gewesen sein wie irgendein anderer Fahrgast, den er an jenem Abend zur Liverpool Street Station brachte.

Darüber hinaus kann die Anklage gegen den Beschuldigten nur vorbringen, daß er ein Ehemann war, dessen Frau ermordet wurde und der jetzt Witwer ist. *Ergo*, sagt die Anklage, muß er diesen Mord begangen haben. Jene anderen, höchstwahrscheinlich zahlreichen Männer, die in den

Jahren vor und leider auch nach ihrer Eheschließung im Leben dieser unseligen Frau eine Rolle spielten, wurden nicht berücksichtigt. Sie wurden nicht gefunden. Ja, man hat nicht einmal nach ihnen gesucht.

Wenn Sie jenseits allen Zweifels davon überzeugt sind, daß der Mann, der dort steht, am Abend des 27. Juli Elizabeth Roper ermordet hat, müssen Sie ihn, auch wenn es Ihnen das Herz bricht, schuldig sprechen und aufs Schafott schicken. Wenn Sie aber, geführt von einer Macht, die höher ist als alle irdischen Mächte, aufgrund der Ihnen vorliegenden Beweise nicht ehrlichen Herzens und mit voller Überzeugung erklären können, daß die Anklage die Schuld dieses Mannes eindeutig bewiesen hat, muß es Ihnen eine freudige Pflicht sein zu erklären – und damit rechne ich fest –, daß Alfred Roper des Mordes an seiner Frau für nicht schuldig zu befinden ist.«

Schlußplädoyer der Anklage

»Ich muß Sie bitten, meine Herren Geschworenen, dem scheinbaren Fehlen eines Motivs keinerlei Bedeutung beizumessen. Ein Motiv ist für die Entscheidungsfindung der Jury äußerst hilfreich, aber nicht unabdingbar. Es gibt Zyniker, die behaupten, keinem Ehemann mangle es an Motiven für den Mord an seiner Frau. Dieser Meinung möchte ich mich nicht unbedingt anschließen, aber immerhin muß ich Ihnen sagen, daß von allen Personen im Umkreis der Elizabeth Roper niemand ein stärkeres Motiv dafür hatte, sich ihrer zu entledigen, als ihr Ehemann.

Wie immer sie in Wirklichkeit gewesen sein mag, für ihn war sie – und hier muß ich leider deutliche Worte wählen – eine triebhafte, zügellose, unmoralische Person mit unersättlichen geschlechtlichen Begierden. Können wir wirklich davon ausgehen, daß er sie für den Rest ihres Lebens mit Medikamenten ruhigstellen wollte? Und wäre andererseits ohne diese Maßnahme für ihn ein Leben mit ihr noch weiterhin vorstellbar gewesen?

Doch ist es nicht zwingend erforderlich, ein Motiv aufzuzeigen, zumal bei einem Verbrechen mit derart singulären Begleitumständen. Ehe wir uns diesen Umständen noch einmal zuwenden, frage ich Sie: Liegt es im Bereich des Denkbaren oder gar des Wahrscheinlichen, daß ein anderer Täter – aus welchem Anlaß auch immer – über die Möglichkeiten und das Wissen verfügt hätte, dieses Verbrechen zu begehen? Hätte ein zufälliger Besucher gewußt, wo das Brotmesser seinen Platz hatte? Hätte er gewußt, daß Mrs. Roper häufig um diese Zeit, nachdem sie ihren reichlich mit Hyoscin versetzten Nachmittagstee getrunken hatte, in tiefen Schlummer fiel? Hätte er damit rechnen können, sie allein und schlafend vorzufinden? Hätte er gewußt, daß zu dieser Zeit die Mutter der Toten die Enkelin gewöhnlich zu sich nahm, damit die Tochter ungestört ruhen konnte?

All das, meine Herren Geschworenen, war dem Angeklagten bekannt. Da er nur zu genau wußte, wo das Brotmesser lag, sagte er sich, daß es eine Sache nicht von Minuten, ja, nicht einmal einer halben Minute, sondern von fünfzehn Sekunden sei, es zu holen. Sie werden bemerkt haben, daß er seine Dienstmagd ins Eßzimmer schickte, weil sie nicht sehen sollte, wie er sich das Brotmesser nahm.

Mit einer für ihn ganz unüblichen Hilfsbereitschaft öffnete er ihr sogar noch die Tür.

Die Verteidigung hat viel Wesens um das Wort ›Verdacht‹, gemacht. Sie hat versucht – groteskerweise, wie ich sagen muß –, eine Einstellung des Verfahrens zu erreichen, doch dieser Versuch ist an dem verehrten Herrn Richter gescheitert.

Welcher ehrenwerte Mann könnte in Anbetracht der Ihnen vorliegenden Fakten bestreiten, daß das Blut an der Hand des Angeklagten und die Tatsache, daß er Miss Fisher während der kaltblütigen Suche nach der Tatwaffe absichtlich wegschickte, schwerwiegende Beweise sind? Kann sich ein auch nur mit einigem Scharfblick begabter Mann, der erfährt, der Angeklagte habe seiner Frau über lange Zeit eine toxische Substanz verabreicht, wohl mit der harmlosen Erklärung zufriedengeben, er habe nur die leidenschaftlichen Triebe dieser Unglücklichen dämpfen wollen?

Sind das Verdachtsmomente? Eine der Definitionen des Wortes ›Verdacht‹, meine Herren Geschworenen, ist die auf Einbildung oder Vermutungen beruhende Vorstellung, daß etwas Schlechtes oder Unrechtes vorgefallen ist, ohne daß Beweise dafür vorhanden sind. Sie ist hier nicht anwendbar. Verdachtsmomente in diesem Fall gibt es durchaus: den Verdacht, daß der Beschuldigte ein Komplott schmiedete; daß er hoffte, seine Frau würde an dem Gift sterben; daß er seine Münzdose absichtlich vergaß, als er zum erstenmal zum Bahnhof fuhr.

Kein Verdacht aber ist es, daß er über viele Monate seiner Frau eine toxische Substanz verabreichte, daß er am Nachmittag des 27. Juli seine Frau mit einer starken Dosis dieser

Substanz betäubte, daß er Miss Fisher wegschickte, um unbeobachtet die Tatwaffe an sich nehmen zu können. All das ist beweisbar.

Ich fordere Sie auf, nicht aufgrund eines Verdachts, sondern aufgrund des Ihnen vorliegenden Beweismaterials Ihren Urteilsspruch zu fällen.«

Belehrung der Jury

Wenn es an der Zeit war, den Fall zusammenzufassen, war Richter Edmondsons Phlegma regelmäßig wie weggeblasen, und wer gemeint hatte, er habe nicht zugehört oder die Verhandlung habe ihn gleichgültig gelassen, wurde eines Besseren belehrt. Es war nicht so, daß er mit einem Schlag hellwach geworden wäre oder sich in weitschweifigen oder wohlklingenden Phrasen ergangen hätte, vielmehr zeigte er, daß er sehr genau erfaßt hatte, worum es ging, daß er einen Überblick über die Fakten hatte und sehr wohl imstande war, zwischen den subtilen Andeutungen von Verteidigung und Anklage und hieb- und stichfesten Beweisen zu unterscheiden.

Bedächtig und mit großem Ernst setzte er zur Belehrung der Jury an.

»Ich freue mich, Ihnen sagen zu können, meine Herren Geschworenen, daß die Tage Ihrer Mühen und Plagen sich dem Ende zuneigen. Es mag für Sie keine Entschädigung, aber immerhin vielleicht eine gewisse Genugtuung sein, daß Sie an einem der bemerkenswertesten Prozesse in den Annalen der englischen Strafjustiz beteiligt waren. Daß jene unglückliche Frau zu Tode kam, steht außer Frage. Sie wurde auf höchst bemerkenswerte Weise ermordet. Es besteht kein Zweifel, daß der Mord von einem Täter begangen wurde, der sich auf rasches Töten verstand.

Ich habe in vielen Mordprozessen den Vorsitz geführt, nie aber in einem, bei dem eine Frau offenbar im Schlaf und offenbar ohne Gegenwehr auf einen einzigen, mit großer Kraft, Kaltblütigkeit und Entschlossenheit ausgeführten Streich ermordet wurde.

In der Verhandlung war viel vom Fehlen eines klar erkennbaren Motivs die Rede, und die Anklage hat kein Motiv deutlich machen können. Es ist meine Pflicht, Ihnen zu sagen, daß es in diesen Fällen keine Entscheidungshilfe ist zu fragen, was wohl einen Menschen dazu bewegt, eine solche Tat zu begehen. Niemand vermag menschliches Denken, menschliches Fühlen zu steuern und zu lenken, niemand vermag zu ergründen, was im Hirn eines Menschen vorgeht. Ich darf Sie daran erinnern, daß die brutalsten Morde häufig ohne ein für gewöhnliche Sterbliche verständliches oder nachvollziehbares Motiv begangen wurden. Man darf deshalb nicht davon ausgehen, der Angeklagte sei nur deshalb nicht schuldig, weil ihm kein Motiv nachgewiesen werden konnte.

Ihnen obliegt es, diesen Fall aufgrund der Beweislage zu beurteilen, und wenn die Beweise Sie davon überzeugen, daß der Angeklagte die Tat beging, müssen Sie ihn schuldig sprechen. Von beiden Seiten ist der Prozeß auf die bestmögliche Art und Weise und in bester Tradition englischer Gerichtsbarkeit geführt worden. Mr. de Filippis hat seine Verteidigung meisterlich angelegt. Er behauptet, daß der

Angeklagte nicht nur das Urteil ›Nicht schuldig‹ verdient, sondern daß es keinerlei Beweise gegen ihn gibt. Und wenn Sie der Aussage des Angeklagten vorbehaltlos Glauben schenken, hat er diesen Mord nicht begangen. Es gibt effektiv nicht die Spur eines eindeutigen Beweises gegen ihn, denn wann der Mord begangen wurde, wissen wir nicht und werden wir auch nie mehr erfahren. Bedenken Sie bitte, daß die Tatzeit zwischen Donnerstag, dem 27. Juli, abends und dem 28. Juli bis gegen zwölf Uhr mittags liegen kann.

In der Tat ist die Zeitfrage in diesem Fall das größte Problem für die Anklage. Wenn ich mir das Beweismaterial ansehe, muß ich sagen, daß wir zu der Annahme, Elizabeth Roper sei am Abend des 27. Juli zu Tode gekommen, nicht mehr Grund haben als zu derjenigen, ihr Tod sei in der Nacht oder am folgenden Morgen eingetreten. Und wir haben nicht mehr Grund zu der Annahme, der Angeklagte habe die Waffe am Abend des 27. Juli aus der Küche geholt, als zu derjenigen, daß dies am Morgen des 28. Juli jemand anderes besorgte. Im übrigen ist die Zeit, die der Beschuldigte für seine zweite Fahrt von der Villa Devon zur Liverpool Street Station benötigte, für Sie nicht von Belang. Er stolpert über eine Bordschwelle und stürzt. Er verbindet sich die Hand. Er wird aufgehalten. Sie haben keinen Grund, an diesen Angaben zu zweifeln.

Was den Angeklagten am meisten belastet, ist die unbestreitbare Tatsache, daß er seiner unglückseligen Frau eine toxische Substanz verabreichte. Ob er damit ihren Tod herbeiführen oder ein weniger finsteres Ziel, nämlich die Unterdrückung ihrer sinnlichen Triebe, erreichen wollte, steht dahin. Entscheidend ist nicht das, was er beabsichtigte, sondern das, was er erreichte, und Mrs. Roper starb nicht, weil jemand sie mit Hyoscin vergiftet hätte, sondern weil jemand ihr die Kehle durchgeschnitten hat. Das haben Sie bei Ihrer Urteilsfindung zu bedenken.

Beide Seiten haben viel Wesens davon gemacht, daß das Hyoscin von einer dafür nicht qualifizierten Person verabreicht wurde. Sie dürfen der Tatsache, daß zehn Gran eine tödliche Dosis darstellen und daß der Beschuldigte nach eigenem Geständnis zehn Gran mit einem Pfund Zucker mischte, keine Beachtung schenken. Er wußte ebensogut wie wir, daß sie ein Pfund Zucker nicht ›auf einen Schlag‹, sondern allmählich, über viele Tage verteilt, in Mengen von vielleicht dreißig Gramm pro Tag, zu sich nehmen würde.

Es ist zwar meine Pflicht, alles in meiner Macht Stehende zu tun, um die Interessen der Justiz zu wahren, damit Verbrecher ihrer gerechten Strafe und einem angemessenen Urteil zugeführt werden, doch ist es auch meine Pflicht, Ihnen – wie jeder Jury – zu sagen, daß Ihr Urteilsspruch auch bei der heftigsten Abneigung gegen den Angeklagten nur dann auf ›Schuldig‹ lauten darf, wenn es keine Lücke in der Beweisführung mehr gibt, durch die er entschlüpfen kann. Nach meinem Dafürhalten hat die Anklage, so stark die Verdachtsmomente auch sein mögen, die Schuld des Angeklagten nicht hinreichend beweisen können.

Ich bin der Ansicht, daß die Beweislage nicht ausreicht, um den Angeklagten schuldig zu sprechen. Sofern Sie nicht Miss Fishers Aussage über die ihr von dem Angeklagten geöffnete Eßzimmertüre mehr Gewicht beimessen, als sie in meinen Augen verdient, sofern Sie nicht der Meinung sind, Miss Fisher habe damit absichtlich von der Küche ferngehalten werden sollen, läßt sich keine Verbindung zwischen dem Angeklagten und der Tatwaffe herstellen. An dieser Stelle müssen Sie auch den Zeitfaktor berücksichtigen und sich fragen, ob ein Mann in seiner Situation – angeblich kurz vor der Ausführung seiner schrecklichen Tat – das Risiko eingegangen wäre, mit dem Messer in der Hand auf dem Korridor Miss Fisher zu begegnen. Sie müssen sich auch fragen, ob ein Mann, der nach einem so grauenvollen Verbrechen Blut an der Hand und am Jackenärmel hatte, sich die Hand verbunden hätte, statt das Blut abzuwaschen.

Bei einem Indizienprozeß haben Richter und Geschworene einen Schuldspruch besonders sorgfältig abzuwägen. Es ist deshalb meine Pflicht, Sie darauf hinzuweisen, daß Sie, sofern die Beweislage Sie nicht gänzlich überzeugt und sofern nicht sämtliche Bedenken Ihrerseits ausgeräumt sind, im Zweifel für den Angeklagten entscheiden und auf ›Nicht schuldig‹ befinden sollten. Sie sind natürlich nicht verpflichtet, sich meiner Meinung anzuschließen, doch sind wir zur größten Sorgfalt verpflichtet, ehe wir einen Menschen für schuldig befinden. Selbstverständlich liegt die Entscheidung darüber ganz allein bei Ihnen, meine Herren.

Ich bitte Sie jetzt, sich zurückzuziehen, um über Ihren Urteilsspruch zu beraten. Wägen Sie die von beiden Seiten vorgebrachten Argumente sorgfältig ab. Wenn Sie der Meinung sind, daß die Anklage hinreichende Beweise gegen den Beschuldigten vorgebracht hat, muß Ihr Urteil auf ›Schuldig‹ lauten. Wenn das nicht der Fall ist, wenn es irgendeine Lücke in der Beweiskette gibt, und sei sie noch so klein, müssen Sie auf ›Nicht schuldig‹ befinden.«

Zwei Justizbeamte wurden vereidigt, um die Geschworenen in ihre Obhut zu nehmen, und um 14.35 Uhr zogen sie sich zur Beratung zurück. Sie dauerte zweieinhalb Stunden. Offenbar waren die Geschworenen nicht ohne Diskussion zu ihrer Entscheidung gekommen.

Schriftführer: »Meine Herren Geschworenen, sind Sie sich über Ihren Urteilsspruch einig?«

Obmann: »Ja, das sind wir.«

Schriftführer: »Befinden Sie den Angeklagten schuldig oder nicht schuldig des vorsätzlichen Mordes an Elizabeth Louisa Roper?«

Obmann: »Nicht schuldig.«

Schriftführer: »Ist das Ihr einstimmiger Urteilsspruch?«

Obmann: »Ja, so ist es.«

De Filippis: »Ich fordere Euer Lordschaft auf, den Angeklagten auf freien Fuß zu setzen.«

Der Richter: »Ja, gewiß. Meine Herren Geschworenen, ich bin Ihnen sehr verbunden für die Sorgfalt, die Sie auf diesen Fall verwandt haben. In Anerkennung der Zeit und Mühe, die Sie ihm gewidmet haben, sind Sie vom Geschworenenamt für die nächsten zehn Jahre freigestellt.«

16

Roper war nun frei und konnte zurück nach Cambridge oder auch in die Villa Devon. Wenn zwei Menschen sterben, ohne daß Zeugen vorhanden sind oder die Todeszeit anderweitig festgestellt werden kann, ist nach dem Gesetz davon auszugehen, daß der Jüngere den Älteren überlebt hat, und deshalb fiel Alfred Roper als dem rechtmäßigen Erben seiner Frau das Haus in der Navarino Road zu. Er zog zunächst mit seinem Sohn dort ein und versuchte, sich mit dem Vermieten von Zimmern über Wasser zu halten. Doch wollten sich keine Mieter einstellen, und bald bekam er die unverhüllte Ablehnung seiner Nachbarn zu spüren.

Jeder wußte, wer er war. Die meisten glaubten an seine Schuld. Immer wieder wurden ihm die Fensterscheiben eingeschlagen. An einem Sommerabend wurde er in seinem Vorgarten von einem Mann mit einem Luftgewehr beschossen. Die Kinder riefen ihm auf der Straße Schmähungen nach, und ihre Eltern sahen bestenfalls betont an ihm vorbei. Dann kam er als Handelsgehilfe in einer Firma in Shacklewell unter, aber kaum hatten seine Arbeitgeber erfahren, wer er war, stand er wieder auf der Straße.

Schließlich zog er mit seinem Sohn nach Cambridge, wo sein Schwager, Thomas Leeming, sich seiner erbarmte und ihn als Lageristen beschäftigte. Diese Arbeitsstelle behielt er bis zu seinem Tod fünfzehn Jahre später. Edward meldete sich 1915 mit sechzehn Jahren – er hatte sich zwei Jahre älter gemacht – freiwillig zur Armee und fiel in den letzten Tagen des Ersten Weltkrieges, im Herbst 1918, in den Argonnen. Nach dem Tod des Sohnes gab Roper sein kleines gemietetes Haus auf und zog zu seiner Schwester und ihrem Mann in das Dorf Fen Ditton. Dort starb er sieben Jahre später an Leberkrebs.

Nicht ein einziges Mal in den zwanzig Jahren nach dem Mord an seiner Frau soll er nach dem Kind gefragt haben, das seinen Namen trug, das er aber nicht als seine Tochter anerkannte. Er wußte natürlich von Ediths Verschwinden und von der intensiven Suche nach ihr. Von der Polizei wurde er in dieser Angelegenheit eingehend – schikanös, wie er sagte – verhört, und zwar auch dann noch, als er schon mit Edward nach Cambridge gezogen war.

Nichts ließ auch nur andeutungsweise darauf schließen, daß er wußte, was aus ihr geworden war. Vielleicht war er ja wirklich so ahnungslos wie alle anderen auch.

Sie war ein gesundes, kräftiges Kind von vierzehn Monaten, das nicht nur allein laufen konnte, sondern auch schon ohne Hilfe Treppen hinaufkam. Nach den Unterlagen der Londoner Polizei hatte sie fünfzehn Zähne, flachsblondes Haar und blaue Augen, keine Narben, aber als besonderes Kennzeichen ein ziemlich großes Muttermal auf dem Wangenknochen unterhalb des linken Auges. Sie war siebenundsechzig Zentimeter groß und wog 11,3 kg.

Es gibt keine Fotos von ihr und gab wohl auch nie eines. Den Beschreibungen nach war sie drall und hellhäutig und hatte ein rundes Gesicht, so daß die Ähnlichkeit mit Roper, die John Smart angeblich festgestellt hatte, wenig wahrscheinlich ist. Laut Florence Fisher konnte sie noch nicht richtig sprechen, immerhin aber ein paar Worte wie »Mama«, »Eddy« und »Fo« (für Florence) sagen. Am 28. Juli 1905, dem Tag, an dem sie für immer verschwand, trug sie eine blau-weiß gestreifte Kinderschürze über einem blauen Flanellkleid oder -röckchen und hatte ein rotes Band im Haar. Florence Fisher sah sie als letzte. So viel – oder so wenig – ist bekannt.

Florence Fisher war ihr letzter Kontakt mit der Welt. Wir wissen, daß es Florence war, die ihr an jenem Morgen, als Edith gegen acht allein nach unten kam, das Frühstück machte – Porridge (aber kein Brot, wenn man Florence glauben darf) und vielleicht den damals sehr beliebten Kakao. Gegen Milch hatten um die Jahrhundertwende viele Mütter Bedenken, weil man davon Tuberkulose oder »Auszehrung« bekommen konnte.

Mit vierzehn Monaten konnte sie vermutlich noch nicht allein essen, wohl aber aus einer Tasse trinken, und das bedeutete, daß Florence sie füttern, ihr Gesicht und Hände waschen, sie auf den (außerhalb des Hauses gelegenen) Abort bringen oder auf den Topf setzen mußte, und sie war es, die Edith das blaue Flanellröckchen anzog und die gestreifte Schürze umband. Dabei hatte sie schon mit ihrer eigenen Arbeit genug zu tun. Arme Florence!

Sie schickte Edith – wer wollte sie deswegen tadeln! – wieder hinauf zur Mutter. Es war heiß, und sie fühlte sich nicht wohl. Trotzdem mußte sie das Haus putzen und einkaufen gehen. An Kühlgeräte war damals noch nicht zu denken, und einen Eisschrank gab es in der Villa Devon nicht, so daß bei warmem Wetter die Vorräte fast täglich aufgefüllt werden mußten. Wahrscheinlich stand Florence unten in der Diele und sah dem Kind nach, das die Treppe hochstieg. Wenn sie mit leiser Schadenfreude daran dachte, daß Edith ihre Mutter und vielleicht auch ihre Großmutter im Schlaf stören würde, wird ihr auch das niemand verargen können.

Um zehn ging sie zum Einkaufen, obgleich das nicht unbedingt nötig gewesen wäre, denn ein Kolonialwarenhändler lieferte täglich ins Haus. Vielleicht aber fiel ihr in der Villa Devon hin und wieder einfach die Decke auf den Kopf und sie nutzte diese Gelegenheit, um ins Freie zu kommen. Sie mag den Markt am Broadway, südlich von London Fields, aufgesucht haben oder den in der Wells Street, vielleicht ging sie auch auf den in der Mare Street, wo es ebenfalls Lebensmittelgeschäfte und Kaufhäuser gab. In der Kingsland High Street war eine Sainsbury-Filiale. Wohin sie ging, wissen wir nicht, fest steht nur, daß sie zwei Stunden wegblieb.

Was geschah in ihrer Abwesenheit?

Lizzie und Maria waren höchstwahrscheinlich bereits tot, als Edith frühmorgens nach unten ging, steif und kalt lag die Mutter des Kindes im Bett, die Großmutter auf dem Boden. Roper war in Cambridge, was durch zahlreiche Zeugen belegt ist. Nachdem Florence zum Einkaufen das Haus verlassen hatte, war die kleine Edith das einzige lebende menschliche Wesen in der Villa Devon.

Wir sehen sie die Stufen erklimmen, ein kleines Kind, nicht viel älter als ein Jahr, hören sie hin und wieder »Mama! Mama!« rufen, obgleich sie weiß, wo die Mutter zu finden ist. Ein beschwerlicher Weg, diese zwei langen Treppenabsätze, wenn man nur siebenundsechzig Zentimeter groß und jede Stufe zwanzig Zentimeter tief ist, was für einen Erwachsenen einer Stufenhöhe von sechzig Zentimetern entsprechen würde; er müßte, wie Edith es tat, in Bergsteigermanier die Hände zu Hilfe nehmen, sich hochhangeln, kurz rasten, weiterklimmen. Sie wird geweint haben, noch ehe sie ihr Ziel erreicht hatte, weil wider Erwarten niemand gekommen war, um ihr zu helfen.

Fand sie die beiden toten Frauen? Begriff sie, daß die beiden nicht schliefen, daß dies etwas anderes war als Schlaf, und bekam sie es mit der Angst zu tun? Bemerkte sie das viele Blut? Trat sie an das Schreckenslager heran, sah sie die klaffende Wunde? Niemand vermag es zu sagen.

Nehmen wir an, sie geht wieder nach unten, zu Florence, die inzwischen das Haus verlassen, sicher aber, da sie Lizzie Roper und Maria Hyde im Haus glaubte, wie so oft in diesen heißen Tagen die Haustür nur angelehnt hatte. Edith tritt auf die Straße, um nach Florence Ausschau zu halten, gerät unter die Räder eines Pferdefuhrwerks; der Kutscher greift sich in seinem Schreck über die Tat, für die es keine Zeugen gibt, das Körperchen und bringt es weit weg, um es zu beseitigen... Oder nehmen wir an, die Kleine wurde das Opfer eines Wahnsinnigen, eines Kinderschänders...

In beiden Fällen ist zu fragen, was aus der Leiche wurde – selbst wenn man berücksichtigt, daß sich ein etwas über elf Kilogramm schwerer Kinderkörper viel leichter beseitigen läßt als eine siebzig Kilo wiegende tote Frau. Für ein Feuer im Ofen oder Boiler war es zu heiß. In der Gegend gab es ziemlich viel Industrie, unter anderem auch Schmelz- und Hochöfen. Daß einer von ihnen Ediths Mörder zugänglich war, scheint eher unwahrscheinlich.

Eine andere Möglichkeit wäre gewesen, die Leiche zu vergraben. Im Garten der Villa Devon geschah das nicht, denn den hatte die Polizei in der zweiten Augustwoche vier Fuß tief umgeschaufelt, obwohl deutlich zu sehen war, daß hier in jüngerer Zeit nichts umgegraben worden sein konnte; der Boden war hart und trocken. Vergebens suchte man in den umliegenden Parks und Grünflächen nach Anzeichen frisch aufgeworfener Erde. Im Umkreis der Navarino Road, Richmond Road und Mare Street meldete sich niemand, der am 28. Juli oder danach Edith Roper gesehen hatte. Das Geheimnis ihres spurlosen Verschwindens ist bis heute ungelöst.

Anwärterinnen allerdings gab es genug. Immer wieder traten, angeregt durch konkrete Ereignisse, Kinder, junge und später auch ältere Frauen auf den Plan, die sich als Edith Roper ausgaben.

Eine Tageszeitung in Cambridge brachte einen rührseligen Beitrag über Ediths Bruder Edward, der in den letzten Wochen des Ersten Weltkrieges in den Argonnen gefallen war, in dem gleichzeitig der ganze Fall Roper – der Mord an Lizzie Roper, der Tod der Maria Hyde, Alfred Ropers Freispruch und Ediths Verschwinden – noch einmal aufgerollt wurde. Daraufhin meldete sich auf der Polizeiwache von Cambridge eine Mrs. Catchpole aus King's Lynn, die ein halbwüchsiges Mädchen mitbrachte, von dem sie behauptete, es sei Edith, die sie im September 1905 einem Handelsreisenden für siebenundzwanzig Pfund, zwei Shilling und einen Sixpence abgekauft und als ihr eigenes Kind aufgezogen habe. Mrs. Catchpole hatte, wie sich später herausstellte, gerade zwei Jahre in einer privaten Irrenanstalt verbracht, und das Mädchen war zweifelsfrei ihre leibliche Tochter.

Zur gleichen Zeit meldete sich auf der Polizeiwache Hackney eine Fünfzehnjährige, die unter dem Namen Margaret Smith bei einer Familie in Hampstead in Stellung war. Alfred Roper wurde gefragt, ob er bereit sei, sie sich anzusehen und gegebenenfalls zu identifizieren, was er – wie auch im Fall aller anderen Anwärterinnen – strikt ablehnte.

»Sie interessiert micht nicht«, sagte er zu einem Journalisten. »Sie war nicht mein Kind.«

Mehrere überregionale Zeitungen nahmen die Gelegenheit wahr, den Fall Roper aufzugreifen, sie brachten Beiträge über Menschen, die bereit waren zu beschwören, sie oder ihre Kinder seien mit Edith zur Schule gegangen, Fotos junger Mädchen, die vorgaben, Edith zu sein, und Briefe von Pseudo-Ediths mit den unterschiedlichsten Familiennamen, die aus so fernen Städten wie Edinburgh, Penzance oder Belfast kamen.

Nach einer Weile legte sich der Wirbel. Es hieß, Margaret Smith habe versucht, sich als Edith auszugeben, weil sie gehört hatte, auf die echte Edith warte in einer Bank in der Lombard Street eine Erbschaft von hundert Pfund. Dann herrschte Ruhe, bis 1922 ein vorgeblich auf dem Fall Roper basierender Roman erschien, *Der Liebe ein Viktoria!* von Venetia Adams, in dem die kindliche Heldin, die Viktoria heißt, mit ansehen muß, wie ihre Mutter von einem eifersüchtigen Liebhaber ermordet wird, selbst dem Tod entrinnt und von einem exzentrischen Maler aufgezogen wird, der sie vor seinem Atelier in der Tite Street, Chelsea, herumirren sieht.

Nach Erscheinen dieses Buches meldeten sich, obwohl es durchaus kein Bestseller wurde, weitere – natürlich mittlerweile ältere – Ediths. Alle gaben sich als so alt aus, wie Edith zu jener Zeit gewesen wäre, nämlich achtzehn. Keine konnte ihre Identität beweisen oder auch nur glaubhaft machen. Eine war Mulattin.

Zwei weitere Anwärterinnen meldeten sich, nachdem Alfred Roper 1925 in Fen Ditton gestorben war. Auch diesmal scheint der Anreiz finanzieller Art gewesen zu sein. Roper hatte kein Testament hinterlassen, und die wenigen hundert Pfund, die er besaß, waren unter seinen Geschwistern aufgeteilt worden. Auch die neuesten Bewerberinnen konnten keine Beweise für ihre Identität vorlegen. Eine war in Wahrheit sieben oder acht Jahre älter, als Edith zu jener Zeit gewesen wäre, die andere hatte leibliche Eltern, die noch lebten und die Behauptung ihrer Tochter nachdrücklich bestritten.

Danach schwand das Interesse an Roper, und lange erschienen keine neuen Kandidatinnen mehr auf der Bildfläche. In den vierziger Jahren schrieb eine Edith Robinson einen Artikel für die *News of the World*, in dem sie behauptete, sie sei im Juli 1905 von einem gewissen Robinson aus der Navarino Road verschleppt und von ihm und seiner Lebensgefährtin in Middlesbrough mit der erklärten Absicht aufgezogen worden, sie später mit dem gemeinsamen Sohn der beiden zu verheiraten. Seit fünfzehn Jahren, schrieb sie, sei sie nun Harold Robinsons Frau, von dem sie vier Söhne habe.

Der Artikel erschien in einer Serie über Menschen, die als Kinder als verschwunden gemeldet worden waren. Zwei

Wochen später machte Mrs. Robinson einen Rückzieher und erklärte die Geschichte für frei erfunden.

Sie war die letzte in einer langen Reihe und dürfte es auch bleiben, es sei denn, daß die eine oder andere Anwärterin noch Rechte geltend macht, wenn der vorliegende Prozeßbericht in Buchform erscheint. Doch ist es höchst unwahrscheinlich, daß eine von ihnen jenes Kind ist, das zuletzt gesehen wurde, wie es auf der Suche nach der Mutter mühsam eine Treppenstufe nach der anderen erklimmt.

An jenem Sommertag vor zweiundfünfzig Jahren verschwand Edith Roper für immer.

Donald Mockridge
Moreton-in-Marsh

1957

17

11. November 1918

Her i Morgenavisen var der nyt om, at Kejseren var stukket af til Holland. Det hedder sig, at da han blev født, blev hans Skulder flaaet i Stykker af Lægerne, da de forsøgte at hale ham i Land fra Kejserinde Frederick. I den senere Tid har jeg undret mig over, om det var Aarsagen til hans Ondskab, om det var det, der gjorde, at han hadede Kvinder, fordi han gav sin Moder og Mænd Skylden for, at de havde beskadiget ham.

Heute stand in der Zeitung, daß der Kaiser nach Holland geflohen ist. Man erzählt sich über ihn, daß die Ärzte ihm bei seiner Geburt die Schulter kaputtgemacht hätten, als sie versuchten, ihn aus seiner kaiserlichen Mutter herauszuziehen. Und nun überlege ich schon die ganze Zeit, ob das vielleicht der Grund für all seine Schlechtigkeit ist. Ob er die Frauen haßt, weil er meint, daß seine Mutter an allem schuld ist, und die Männer, weil sie ihm weh getan haben?

Als Mogens geboren wurde, war sein einer Arm ein bißchen krumm, aber ich hatte in Stockholm einen guten Arzt, der mir gezeigt hat, was für Übungen ich mit ihm machen muß, und die haben geholfen. Bei der Musterung hatten sie jedenfalls nichts zu beanstanden, für den Krieg war er gesund genug. Ich denke jetzt wieder viel an

Mogens, meist an die Zeit, als er noch klein war, mein Erstgeborener, ein lieber, guter Junge, so ganz anders als sein Bruder. Für mich war er nie »Jack«, obgleich er ein richtiger Engländer geworden ist. Gestern habe ich nochmals den Brief seines Kommandeurs gelesen, in dem er schreibt, wie tapfer der Schütze »Jack« Westerby war und daß er – was ja für eine Mutter viel wichtiger ist – ohne Schmerzen gestorben ist.

Daß einem ein Kind stirbt, läßt sich allenfalls noch ertragen. Unerträglich aber ist die Vorstellung, daß es bluten und leiden mußte. Sie hat mich heimgesucht, ehe der Brief von Oberst Perry kam, und auch jetzt noch plagen mich Zweifel. Kann es denn wahr sein, frage ich mich, ist es denn möglich, daß Mogens eben noch gesund und munter ist, ein tapferer Soldat, der seine Waffe auf den Feind richtet oder auf die feindlichen Linien zustürmt, und im nächsten Augenblick friedlich einschläft? Ich möchte die Wahrheit wissen – so bin ich nun mal. Darüber zu schreiben macht es ein bißchen leichter, alles liegt mir weniger auf der Seele, wenn ich es aufschreibe, darum wohl mein Tagebuch.

Knud kann jetzt nichts mehr passieren, das spüre ich, auch wenn ich keine Ahnung habe, wo er steckt. Rasmus behauptet, er wüßte es, weil Knud in den Brief, der gestern kam, angeblich ein Kodewort eingeschmuggelt hat. Er schrieb irgendwas von dem dummen Puppenhaus, und dann fragte er: »Hast Du eigentlich das Muranoglas bekommen, das Du für Maries Fenster haben wolltest?« Wenn Rasmus recht hat, ist damit die italienische Front gemeint, und da ist jetzt alles vorüber, nachdem die Österreicher letzte Woche ihren Waffenstillstand geschlossen haben. Neulich dachte Rasmus irrtümlich, Knud sei in Palästina, weil er einen Freund als guten Samariter bezeichnete. Wir werden ja sehen.

Die Alliierten setzen sich zur Besprechung der Waffenstillstandsbedingungen in einem Eisenbahnwaggon in Frankreich zusammen. Warum muß es ausgerechnet ein Eisenbahnwaggon sein? Wenn ich mit meinem Feind über die Beendigung des Krieges zu verhandeln hätte, warum nicht gleich in einem Luxushotel mit französischer Küche, bei viel Champagner (davon gibt es ja in Paris genug), wo sie die Rechnung doch ohnedies nicht selbst bezahlen müssen! Doch ich bin nur eine Frau und weiß es nicht besser, wie mein lieber Mann feststellte, als ich bei einem unserer so innigen ehelichen Gespräche den Vorschlag machte.

Abend für Abend arbeitet er an dem Puppenhaus, und weil es jetzt draußen in der Werkstatt zu kalt ist, hat er es in mein Eßzimmer gebracht. Vor dem Schlafengehen schleppt er es mühsam wieder nach draußen, damit Marie es nicht sieht, wenn sie morgens aufsteht. *Joking apart* (das schreibe ich auf englisch hin, weil mir der Ausdruck so gut gefällt: »Scherz beiseite«...), ich fürchte ernstlich, ohne die Arbeit an dem Puppenhaus hätte er, nachdem Mogens gefallen war, den Verstand verloren. Das habe ich bisher nicht zu erwähnen gewagt, warum, weiß ich nicht recht. Als ich neulich etwas aus der Werkstatt holen wollte, stand er da und hobelte an einem Stück Holz herum, während ihm die Tränen übers Gesicht liefen.

Leise, ohne mich bemerkbar zu machen, ging ich

wieder. Mir ergeht es anders als ihm. Als die Nachricht kam, habe ich nicht geweint, und auch danach nicht. Ich weine nie.

10. Februar 1919

Als wir heute früh Marie das Puppenhaus schenkten, brachte sie kein Wort heraus. Sie war wie betäubt, ganz blaß und den Tränen nah. Anfangs traute sie sich nicht, es anzufassen, erst nach einer Weile streckte sie einen Finger aus, stupste es kurz an und zog den Finger schnell wieder zurück, als hätte sie sich verbrannt.

Dann drehte sie sich um und fiel mir um den Hals. Rasmus traf das tief, er war sehr verletzt und tat mir richtig leid.

»Und ich? Krieg ich keinen Kuß? Wer hat das Ding denn gemacht?«

Es wollte ihm nicht in den Kopf, daß sie ja noch ein ganz kleines Mädchen ist – heute ist sie acht geworden – und daß dieser prunkvolle Palast – mehr ein Idealbild als ein Nachbau von unserem Haus – einfach zu viel für sie ist. Ich wußte von dem Puppenhaus ja nun schon lange und fand die Idee von Anfang an verrückt, deshalb kann ich wohl auch nicht recht würdigen, wie wunderschön es geworden ist.

Marie hatte sich sehr schnell wieder gefaßt, sie ist nicht so empfindsam wie Swanny. Fünf Minuten später herzte und küßte sie ihren Vater, öffnete alle Türen im Puppenhaus, nahm Kissen und Bilder heraus und tat sie verkehrt wieder hinein, und rief, Swanny solle kommen und es sich ansehen. Swanny kannte es natürlich schon und mag sich gefragt haben – ich an ihrer Stelle hätte es getan –, warum Far so etwas nicht für sie gebaut hatte.

Sie war sehr, sehr lieb zu Marie. Keine Spur von Neid oder Groll. Sie hat ihrer Schwester zum Geburtstag zwei kleine Puppen eingekleidet, sie passen mit knapper Not in das Haus hinein und sollen Mor und Far darstellen, für Mor hat sie mein rauchblaues Musselinkleid nachgeschneidert, und Rasmus trägt einen schwarzen Anzug und hat einen lebensechten braunen Bart.

Nein, keine Spur von Neid bei Swanny, aber es tut mir in der Seele weh, daß sie so bedrückt ist. Sie trauert um Mogens wie eine Erwachsene, und das liebe Gesicht ist voller Gram. Ich habe Rasmus gebeten, besonders nett zu ihr zu sein – oder zur Abwechslung einfach mal *nett* –, aber er sagt nur: Und ich? Wer hat Mitleid mit mir, weil ich meinen Sohn verloren habe? Und dann: Was wissen Kinder schon von Schmerz?

9. Mai 1919

Gestern abend waren wir bei Mr. und Mrs. Housman zum Essen. Die Witwe ihres Bruders war auch da, das heißt, inzwischen ist sie nicht mehr Witwe, sondern hat wieder geheiratet, noch ehe ihr Mann richtig unter der Erde war. So drückt Mrs. Housman es aus, allerdings nicht im Beisein ihrer Schwägerin, die jetzt Mrs. Cline heißt, was auf das deutsche Klein zurückgeht. Der Urgroßvater des

Mannes war Deutscher und ist schon vor hundert Jahren hergekommen, aber im Krieg haben sie ihm auf der Straße trotzdem Beschimpfungen nachgerufen. Sie haben ihm die Fensterscheiben eingeschlagen, und jemand hat mit roter Farbe an sein Haus geschrieben: »Das Blut der britischen Tommys komme auf dich nieder.«

Ausgerechnet er ist gestern abend ärger über die Deutschen hergezogen als alle anderen. Immer wieder hat er gesagt, wir müßten Deutschland zerstören und in den Staub treten, damit so was nicht noch einmal passiert. Dann haben alle über das geredet, was in Versailles passiert, und Mr. Cline meinte, Deutschland sollte alle Kolonien herausgeben und sein Heer verlieren, und der Kaiser gehörte eingesperrt und hingerichtet. Mrs. Cline hat Beifall geklatscht und Bravo gerufen – sie hatte zuviel getrunken – und erklärt, wenn die Deutschen sich über die Vertragsbedingungen beschwerten, könne sie nur laut lachen.

Ich hatte mein neues hellgraues Hängerkleid aus Charmeuse und altrosa Crêpe de Chine an, es ist das kürzeste Kleid, das ich je hatte, und zeigt sehr viel Bein. Schließlich bin ich ja noch nicht einmal vierzig!

3. August 1919

Wie ich gerade merke, habe ich noch gar nicht festgehalten, daß Cropper zurück ist. Seit zwei Monaten ist er wieder da, er sieht noch genauso gut aus wie früher, kein Wunder, er war ja auch nicht im Schützengraben, sondern in Kriegsgefangenschaft.

Angeblich haben sie ihn an diese Fräuleins oder Mademoiselles gar nicht herangelassen, jedenfalls ist er offenbar Hansine treu geblieben und will sie nun endgültig heiraten.

»Warum erst im Februar?« habe ich sie gefragt. »Warum nicht morgen? Du wirst schließlich nicht jünger.«

Sie ist ein paar Monate älter als ich, wenn sie Hochzeit halten, ist sie vierzig.

»Wer sagt denn, daß man zum Heiraten jung sein muß«, fragte sie.

»Kommt drauf an, was man von der Ehe erwartet«, antwortete ich.

Sie wußte natürlich, was ich meinte, denn sie entgegnete: »Ich will keine Kinder.«

Ich mußte lachen. Ja, glaubt sie denn, man wird gefragt, ob man sie will oder nicht? Wenn sie meint, daß mit vierzig das alles aufhört, ist sie reichlich naiv. Aber was sie dann sagte, verblüffte mich doch: »Ich hab die Nase voll von Kindern.«

Von Respekt vor mir kann keine Rede sein, und zu Rasmus, vor dem sie früher solche Angst hatte, ist sie nur mit knapper Not noch höflich. Sie meint wohl, daß sie jetzt nichts mehr zu befürchten hat. Cropper arbeitet wieder bei der Bahn, er verdient gut und scheint sich fast noch mehr aufs Heiraten zu freuen als sie. Ich werde die Menschen nie verstehen.

1. Oktober 1919

Gerade habe ich zum drittenmal gelesen, was mir der Mann schreibt, der Mogens aus dem Niemandsland zurückgeholt hat. Am 1. Juli 1916 war das, eigentlich suchte er seinen Offizier, und den hat er dann auch tot gefunden, aber vorher hat er noch fünf Verwundete in Sicherheit gebracht, das heißt zumindest hinter die britischen Linien. Einer war Mogens. Sie haben Sergeant E. H. Duke einen Orden dafür verliehen, das Victoria Cross. Die meisten, die damit ausgezeichnet wurden, sind nicht mit dem Leben davongekommen, er hat Glück gehabt.

Der Sergeant, wie ich ihn bei mir nenne, will herkommen, um mir von Mogens zu erzählen. Er wohnt in Leyton, nicht allzuweit von hier. Mir scheint – natürlich kann ich das im Englischen nicht so beurteilen –, daß der Brief für einen einfachen Mann sehr gut geschrieben ist. Ganz anders als die Briefe des verliebten Cropper an seine Hansine.

Ich habe ihn Rasmus gezeigt, und er hat gesagt: »Ich will diesen Sergeanten nicht sehen.«

»Warum nicht?«

»Wenn er Jack das Leben gerettet hätte, wär's was anderes.«

Ich wandte ein, daß er sich doch die größte Mühe gegeben hätte, aber Rasmus, unlogisch und unvernünftig, wie er ist, sagte nur: »Das hat eben nicht gereicht.«

Früher, als ich jung war, hätte ich dem Sergeanten sofort geschrieben, er solle kommen, aber ich bin nicht mehr jung und habe gelernt, über gewisse Dinge eine Nacht zu schlafen. Schlaf drüber und warte ab, wie dir am nächsten Morgen zumute ist, sage ich mir immer. Notfalls kann er auch eine Woche warten, das tut ihm nicht weh.

15. November 1919

Ich frage mich, ob meine Bitterkeit Hansine gegenüber daher kommt, daß sie – im Gegensatz zu mir – ein Liebesabenteuer erleben wird.

Ich mußte mich dazu überwinden, diesen Satz hinzuschreiben. Es ist nicht leicht, sich die Wahrheit einzugestehen, und sie niederzuschreiben ist nicht minder schwer. Was man aufgeschrieben hat, ist nicht vorbei und vergessen wie etwas, was man so dahinsagt, man kann es nachlesen, und es gibt einem immer wieder einen Stich.

Die Ehe kann ein Liebesabenteuer sein, die einzige Art von Liebesabenteuer, die eine anständige Frau sich leisten kann. Ganz früher habe ich mir das von meiner Ehe auch erhofft, aber daraus ist nichts geworden, da gab es nur jähe Ernüchterung und ein langes, stetiges Dahinschwinden.

Wenn ich es recht bedenke, ist das, was ich schreibe – eben weil ich es auf dänisch schreibe, in *meiner* Sprache, der ersten, die ich je gesprochen habe, und die mir so innig vertraut ist (meinen Dickens lese ich immer noch auf dänisch) –, genauso eine Geheimschrift für mich wie das Geschreibsel, das Mogens als Kind produziert hat. Er und Knud hatten nämlich herausgefunden, daß etwas, was man mit Zitronensaft schreibt, unsichtbar bleibt, bis man das Papier erwärmt. Was ich schreibe, ist fremden Blicken erst recht entzogen, denn die Engländer könnten mein Tagebuch vors Kaminfeuer halten, so lange sie wollten, und würden es doch nicht lesen können.

Und deshalb kann ich wohl gefahrlos niederschreiben, daß ich hin und wieder, wenn ich einen gutaussehenden Mann, einen richtig hübschen Mann sehe wie Cropper oder Mr. Cline (der immerhin ein Gentleman ist), eine ganz eigenartige Sehnsucht empfinde, die ich nicht benennen kann oder mag. Lebte ich in einer anderen Welt, denke ich mir dann, oder in einer anderen Zeit oder in einem Traum, könnte ich dich – oder dich – zum Liebsten haben. Aber in dieser Welt kann ich es nicht und würde es auch nie tun.

Die arme kleine Swanny hat die Röteln, die hier in England auch Deutsche Masern heißen. Ich hab gedacht, der Krieg ist vorbei, hat Rasmus gesagt, aber offenbar haben die Deutschen ihn nur auf einen anderen Schauplatz verlagert!

30. November 1919

Heute war Sergeant Duke da.

Ich hatte ihn zur Teezeit erwartet, aber er kam ein wenig früher. Swanny war wegen der Röteln noch zu Hause und öffnete die Tür, als er klingelte. Es war Hansines freier Nachmittag, ich war noch beim Umziehen. Für Mogens hatte ich damals keine Trauer getragen, aber jetzt hatte ich das schwarze Crêpe de Chine mit den Satinpaspeln angezogen, das schien mir irgendwie passender und würdiger. Und dann fand ich es plötzlich albern, diesem Mann, diesem ganz gewöhnlichen Arbeiter, der nur zufällig tapferer war als manch anderer, ein falsches Bild vorzugaukeln, und zog wieder meinen dunkelblauen Rock und den Häkelpullover an. Mein einziger Schmuck war die Schmetterlingsbrosche.

Er sieht sogar noch besser aus als Cropper. Blond, hochgewachsen, militärisch straffe Haltung. Wieso hatte ich ihn eigentlich in Uniform erwartet? Der Krieg ist schließlich vorbei. Er trug einen dunklen Anzug mit sehr hohem, steifem Kragen und einen schwarzen Schlips. Mein erster Gedanke war natürlich: Du hättest doch das schwarze Kleid anbehalten sollen.

Ich ging auf ihn zu und streckte ihm meine Hand entgegen, die er mit beiden Händen umschloß, eine irgendwie erstaunliche Geste. Meist achte ich nicht auf Augenfarben, manche Menschen kenne ich seit Jahren, ohne die Farbe ihrer Augen zu kennen. Bei ihm war mir, noch ehe das erste Wort gefallen war, bewußt, daß er graue Augen hat, kein eintöniges Grau, sondern mit lauter kleinen Glitzerpunkten durchsetzt wie Granit.

Er sagte »Madam« zu mir. »Es ist sehr freundlich, daß Sie mich eingeladen haben, Madam«, sagte er, und dann: »Diese bezaubernde junge Dame und ich haben uns über ihren Bruder unterhalten.«

Ich schickte Swanny weg. Inzwischen hatte ich das Gefühl, daß ich Dinge erfahren würde, die nicht für ihre Ohren taugen. Er setzte sich erst, als ich ihn dazu aufforderte, er ist sehr ehrerbietig, aber keine Lakaienseele. Er gehört nur sich selbst, und ganz genauso geht es mir.

Emily brachte das Teegeschirr, den Tee bereitete ich selbst in dem Messingsamowar zu, den ich ganz besonderen Gästen vorbehalte. Er entschuldigte sich, weil er mich angestarrt hätte, wie er sagte. Er habe eine ältere Dame erwartet. Und wieder sagte er »Madam«.

»Bitte sagen Sie doch Mrs. Westerby zu mir«, sagte ich. »Sie sind ja jetzt ein bedeutender Mann geworden mit Ihrer hohen Auszeichnung. Zeigen Sie mir Ihr Victoria Cross?«

Zu meiner Überraschung hatte er es nicht mitgebracht. Er trägt es nie. Ob er Mogens schon vor der Schlacht gekannt hatte, wollte ich wissen.

»Mogens?« fragte er.

In diesem Moment habe ich wohl zum erstenmal begriffen, wie komisch dieser Name für englische Ohren klingen muß. »Jack«, sagte ich. »Alle außer seiner Mutter haben ihn Jack genannt«, und ich erklärte die Geschichte mit den Namen und den Sprachunterschieden, und wie schwierig es ist, sich in einem neuen Land zurechtzufinden. Er hörte mit offenbar echtem Interesse zu, was ich bei Männern noch kaum erlebt habe, die meisten hören überhaupt nicht hin, wenn eine Frau ihnen etwas erzählt. Doch dieses Gespräch über Namen hatte uns auf ein Nebengleis gebracht, und ich kam wieder auf unser eigentliches Thema zurück.

»Kannten Sie ihn?« fragte ich. »Wie war er denn… davor?«

»Guten Mutes«, sagte er. »Er war ein tapferer Junge.«

Sie hatten sich offenbar recht gut gekannt und sich oft miteinander unterhalten, nachdem sich herausgestellt hatte, daß sie in London früher einmal in der gleichen Gegend gewohnt hatten. Mogens hatte ihm erzählt, daß wir 1905 in Hackney gewohnt hatten, und ihm die genaue Adresse genannt, und der Sergeant hatte gesagt, so ein Zufall, denn er kannte die Gegend gut und hatte zur gleichen Zeit dort Freunde gehabt.

Ich bat ihn, mir von jenem 1. Juli an der Somme zu erzählen. Wieviel ich denn schon wüßte, fragte er. Oberst Perry hätte mir geschrieben, sagte ich, daß Mogens sofort tot gewesen sei, und ich könne das nicht glauben.

»Bitte sagen Sie mir, was in jener Nacht wirklich geschehen ist.«

»Der Krieg ist nicht so, wie die Leute in der Heimat ihn sich vorstellen«, sagte er. »Wenn die Leute wüßten, wie er wirklich ist, gäbe es keine Kriege mehr. Und deshalb legen die Politiker gar keinen Wert darauf, daß sie es erfahren.«

»Was haben Sie gemacht?« fragte ich.

Er hatte mich mit seinen granitgrauen Augen angesehen, aber jetzt wandte er seinen Blick ab, als wollte er sagen: Solange wir uns über höfliche Nichtigkeiten unterhalten, kann ich deinem Blick standhalten, aber nicht, wenn von der nackten Wahrheit die Rede ist. Er sei ins Niemandsland gegangen, um nach einem Offizier zu suchen, erzählte er, einem Leutnant Quigley, nachdem dessen Bursche, der auch schon nach ihm gesucht hatte, von einer Mine zerrissen worden war. Aber zunächst fand er nicht Quigley, sondern einen Verwundeten nach dem anderen, und trug sie alle zu den britischen Linien. Er sprach sehr bescheiden und zurückhaltend – wie einer, der erzählt, wie er nach der Jagd die abgeschossenen Enten zusammenträgt.

Als er im Morgengrauen endlich Quigley fand, lag dieser tot am deutschen Stacheldraht. Er ließ ihn liegen und trat, für den Feind deutlich sichtbar, den Rückweg an.

»Sie haben nicht geschossen«, sagte er. »Ich weiß auch nicht, warum. Vielleicht konnten sie es kaum glauben. Als ich zu ihnen hinsah, wäre ich fast über Jack gestolpert. Ich gab ihm aus meiner Feldflasche zu trinken und hob ihn auf, aber das war ihnen dann doch zuviel, sie fingen an zu schießen und erwischten mich am Arm. Ein Kamerad, der viel tapferer war als ich, hat uns beide auf einer Zeltbahn in Sicherheit gebracht.«

Ich hätte zehn Jahre meines Lebens darum gegeben, die Frage nicht stellen zu müssen, aber auf so einen Handel läßt das Schicksal sich nicht ein. Manchen Menschen ist es gegeben, den Kopf in den Sand zu stecken, und manchen nicht. Ich sehe lieber den Tatsachen ins Gesicht und bin sterbensunglücklich, als mir etwas vorzumachen. Rasmus mag bei seiner Vogel-Strauß-Politik bleiben, ich will darüber nicht rechten, aber ich bin nun einmal, wie ich bin, und für mein Handeln selbst verantwortlich.

Mir war übel, der Tee, den ich getrunken hatte, stieg mit Galle vermischt in meiner Kehle wieder hoch, aber ich stellte meine Frage: »Da war Mogens noch am Leben, da hat er noch gelebt?«

»Ich könnte Ihnen jetzt sagen, was Oberst Perry Ihnen geschrieben hat.«

»Sie sollen mir die Wahrheit sagen.«

Das tat er. Hinschreiben kann ich es nicht. Ich wollte es wissen und habe nun, was ich zu wollen glaubte. Rasch weiter, nichts mehr davon. Mogens starb zwei Tage später im Krankenhaus am Quai d'Escale in Le Havre.

Der Sergeant hatte wohl Tränen erwartet, aber ich weine ja nie. Dieser Mann hat versucht, meinem Sohn das Leben zu retten, dachte ich. Warum? Er war kein Blutsverwandter, er hat ihn noch nicht einmal lange gekannt, und trotzdem hat er das eigene Leben aufs Spiel gesetzt, um Mogens zu retten. Ich werde die Menschen nie verstehen.

»Wollen Sie bald einmal wiederkommen? Dann können wir ausführlich darüber reden«, sagte ich.

Er versprach es. In Wirklichkeit wollte ich nie wieder darüber reden, aber *mit ihm* wollte ich reden. Bin ich übergeschnappt? Als er ging, gab ich ihm die Hand, und er führte sie an seine Lippen. Noch nie zuvor hat mir ein Mann die Hand geküßt.

18

Swanny wischte die Deckel feucht ab und stapelte die Kladden in Zehnerbündeln aufeinander, beschwerte sie mit Telefonbüchern und lagerte sie in einem warmen Raum. Ob das die richtige Behandlung für feucht gewordene alte Bücher ist, weiß ich nicht, aber in diesem Fall hat sie sich offenbar bewährt. Als ich gleich nach meiner Rückkehr aus Amerika Swanny aufsuchte, hatte sie bereits sämtliche Tagebücher gelesen, von den frühesten eine Rohübersetzung gemacht und war sich zumindest in Ansätzen ihres Wertes bewußt.

Ich weiß noch, daß für mich die Kladden, die sie mir in die Hand gab, weniger Bücher als vielmehr bloße Gegenstände waren. Sie verströmten, obgleich sie inzwischen längst getrocknet waren, einen deutlichen Modergeruch. Die Umschläge sahen, mit untilgbaren Stockflecken getüpfelt, wie rosagrau marmoriert aus. Der Text war deutlich zu erkennen, wenn man Dänisch konnte, man durfte sich beim Lesen nur nicht daran stören, daß Asta offenbar eine unüberwindliche Abneigung gegen Absätze gehabt hatte. Ich konnte nur hier und da ein Wort entziffern. Welche Jahrgänge ich mir damals angesehen habe, weiß ich nicht mehr, Reste herausgerissener Seiten waren mir nicht aufgefallen. Das erste Heft aber war mit Sicherheit nicht dabeigewesen.

»Sie lagen in der Remise«, sagte Swanny. »Im Regal,

neben Torbens *National Geographic*. Für mich ist der Fall klar. Es muß an dem Tag gewesen sein, als der Gärtner mir erzählte, sie habe Bücher verbrennen wollen, aber sein Feuer sei schon ausgegangen gewesen. Sie wollte das Ganze nicht wieder nach oben schleppen, hat alles auf dem Regal abgelegt und einfach vergessen.«

Die Kladde, die ich in Händen hielt, sah so wenig einladend aus, daß ich fragte, warum Swanny sie überhaupt gelesen hatte.

»Weil ich meinen Namen darin gesehen habe«, sagte sie etwas kleinlaut.

»Und du unbedingt wissen wolltest, was sie über dich geschrieben hat...«

»Ich fing an zu lesen, Ann, und ich konnte nicht mehr aufhören. Es las sich wie ein Roman. Nein, es las sich wie der Roman, den du immer lesen wolltest, aber nie hast auftreiben können. Glaubst du mir das?«

Viel einleuchtender war (aber das sagte ich nicht laut), daß Swanny, nachdem sie ihren Namen gesehen hatte, feststellen wollte, ob in diesem frühen Tagebuch etwas über ihre Herkunft stand. Ich konnte ihre jähe Erregung nachvollziehen, als sie jenes Datum – Juli 1905 – gesehen hatte. Sie errötete. Vielleicht hatte ich sie zu scharf angesehen.

»Ich war mir nicht sicher, ob ich sie überhaupt lesen dürfte. Wenn Mor sie hatte verbrennen wollen, sagte ich mir, dann vielleicht deshalb, weil niemand sie sehen sollte. Aber sie kann natürlich auch andere Gründe gehabt haben, ich glaube sogar bestimmt, daß sie andere Gründe hatte. Auf den ersten Seiten heißt es, daß sie nicht möchte, daß Far ihr Tagebuch liest. Hansine konnte gar nicht lesen, Jack und Ken und ich sind darüber immer möglichst taktvoll hinweggegangen. Aber daß andere Leute nicht wissen sollen, was in diesen Heften steht, darüber schreibt sie eigentlich sehr wenig, nur daß Dänisch so etwas wie eine Geheimschrift ist. Und da kam mir der Gedanke, ob sie die Tagebücher nur verbrennen wollte, weil sie Angst hatte, ausgelacht zu werden? Wenn sie sich dachte, Leute wie du und ich könnten sie nach ihrem Tod finden und sich lustig darüber machen?«

Das klang eigentlich nicht nach Mormor, die sich um die Meinung anderer Leute immer herzlich wenig scherte. Wahrscheinlicher schien mir, daß sie die Tagebücher hatte verbrennen wollen, weil sie keine Verwendung mehr dafür hatte. Sie waren passé, ein abgeschlossenes Kapitel im wahrsten Sinne des Wortes. Alter Kram war ihr seit jeher zuwider, sie war weder sammelwütig noch sentimental. Asta führte Tagebuch, weil sie eine geborene Schriftstellerin und Schreiben für sie eine Art Therapie war, Seelenmassage, ein Ersatz für die Couch. So verhält es sich bei den meisten Tagebuchautoren. Das Urteil der Nachwelt kümmert sie nicht.

»Da hast du sicher recht«, sagte Swanny erleichtert. Sie hatte offenbar das Gefühl, sich rechtfertigen, sich dafür entschuldigen zu müssen, daß sie in die Intimsphäre ihrer toten Mutter eingedrungen war. »Das sähe ihr ähnlich. Wie damals mit den alten Kleidern. Und als sie herkam, hat sie fast all ihre Möbel verkauft, obgleich wir weiß Gott Platz genug für alles gehabt hätten. Die Tagebücher hat sie sich vom Hals geschafft, weil sie Platz wegnahmen. An eine künftige Veröffentlichung hat sie bestimmt nicht im Traum gedacht.«

»Veröffentlichung?«

»Ja, sicher, Ann. Warum nicht?«

»Aus den verschiedensten Gründen. Es ist nicht so einfach, ein Buch herauszubringen.«

»Ich meinte im Selbstverlag.« Sie sah mich fast bittend an. »Mir geht es finanziell nicht schlecht, das weißt du ja, leisten könnte ich es mir. Ein paar hundert Exemplare, sieh doch…«

Ich begann ihr auseinanderzusetzen, wie teuer das wäre, es sei ja nicht damit getan, den Text zu drucken und das Tagebuch mit einem Umschlag zu versehen, ein Buch will ja auch verkauft, ausgeliefert, beworben werden… Sie unterbrach mich, sie hatte gar nicht zugehört.

»Ich habe eine echte Übersetzerin aufgespürt, darauf bin ich richtig stolz. Im High Hill Bookshop habe ich sämtliche Romane durchgesehen, bis ich ein Buch fand, das aus dem Dänischen übersetzt war, sie hatten nur das eine. Die Übersetzerin war eine gewisse Margrethe Cooper, ich dachte mir, daß sie wahrscheinlich Dänin und mit einem Engländer verheiratet ist. So war es dann auch. Ich habe über den Verlag an sie geschrieben und sie gebeten, das erste Tagebuch für mich zu übersetzen. Sie hat zugesagt und schon angefangen. Deshalb ist das erste Heft nicht da, das vor meiner Geburt beginnt.«

Kein Wort von Enthüllungen. Harmlos, mit arglosem Blick sah sie mich an, so wie alle Westerby-Frauen einen ansahen, wenn sie am meisten zu verbergen hatten. Ohne eine Spur von Unruhe oder Anspannung. Sie wirkte ausgeglichener als vor meiner Reise. Jünger. Und ich begriff, daß ich ihr dieses auf den ersten Blick recht abenteuerliche Vorhaben nicht ausreden durfte. Es tat ihr gut und gab ihrem Leben wieder einen Inhalt. Vielleicht glaubte sie auch, es würde ihr die ersehnte Antwort liefern.

Ich blieb zwei Wochen. Mit dem Großaufräumen war sie offenbar fertig, alles stand wieder an seinem Platz. Als ich sie fragte, ob sie nach wie vor die Absicht habe, das Haus zu verkaufen, sah sie mich ziemlich fassungslos an, ja, sie schien fast verletzt, der Gedanke an Umzug hatte sich so spurlos verflüchtigt, als habe es ihn nie gegeben. Sie sprach viel von Asta. Noch immer meinte sie ihre Schritte auf der Treppe zu hören und ihre Frage: »Rieche ich den guten Kaffee?« Swanny forderte mich auf, die Nase in eine bestimmte Schublade zu stecken, um den typischen Asta-Duft zu erleben. Über ihre Herkunft aber oder die quälende, zeitweise zur Obsession gewordene Suche nach der Wahrheit fiel kein Wort.

Wenn die Herausgabe der Tagebücher teuer werden würde, sagte sie einmal zu mir, habe sie ja dafür das Geld, das Asta ihr vermacht habe, und dabei lächelte sie, als sei das ein sehr tröstlicher Gedanke. Von Zweifeln an ihrem Recht auf das Erbe ihrer Mutter war keine Rede mehr.

Danach fuhr ich in meine Wohnung in West Hampstead. Der Entschluß, die Wohnung zu verkaufen und umzuziehen – also den Schritt zu tun, den Swanny geplant, aber nicht ausgeführt hatte – half mir, die Geister der Erinnerung an Daniel zu bannen.

Die Wohnung in Camden Town kaufte ich nicht nur deshalb, weil sie Platz für das Puppenhaus bot, aber das zusätzliche Zimmer war durchaus eine (für die Verkäufer natürlich nicht vorhersehbare) Entscheidungshilfe. Seit Asta durch die Tagebücher eine Frau von Format geworden war, eine Frau mit einem geheimen Leben, erschienen auch die Sachen, die sie für das Puppenhaus gemacht hatte, in neuem Licht. Bisher waren es einfach Minivorhänge, winzige Kissen und mit kleinen, zierlichen Stichen genähte Tischtücher gewesen; jetzt steckte ein Stück ihres Lebens darin. Als ich sie zum Umzug ausräumte und in Schachteln und Tüten verstaute, fühlten sie sich ganz anders an als vorher, weil sie das Werk einer Frau waren, die sich die Zeit dafür von einer völlig anderen Tätigkeit abgeknapst hatte, die ein dickes Heft nach dem anderen mit einer Chronik ihres täglichen Lebens vollgeschrieben hatte.

Sie war nun nicht mehr die mir vertraute Asta oder Mormor, nicht mehr die Frau des Puppenhausbauers, sondern eine eigenständige Persönlichkeit. Es war, als hätte sie in einem der Zimmer in Swannys Haus gesessen, mit dem Rücken zu mir, vielleicht in ihren Dickens vertieft, sich unvermittelt umgewandt und mir das Gesicht einer fremden Frau gezeigt. Was für ein Gesicht oder wessen Gesicht das sein mochte, fragte ich mich vergeblich.

Paul Sellway hatte sich für halb sieben in der Willow Road angesagt. Ich kam viel früher, umgetrieben von der Sorge, daß es dort vielleicht nicht warm genug sein könnte oder Mrs. Elkins nicht zum Putzen gekommen war. Als ich dann aber in der Diele stand und anfing, Licht zu machen, war alles so, wie es sein sollte und wie es immer gewesen war: schöne, stille Räume, sommerlich temperiert, mit einem Geruch nach Frische und sonst nichts, und – ganz wie früher – überall auf Flächen und Kanten die gleißenden, glitzernden Lichtreflexe.

Die Chelsea-Uhr auf dem Dielentisch war stehengeblieben. Swanny hatte sie sicher jeden Abend aufgezogen. Jetzt standen die vergoldeten Zeiger des kleinen runden Zifferblattes (auch sie sandten dieses Blinken und Blitzen aus) auf zehn nach zwölf. Als Kind hatten mich an dieser Uhr besonders die beiden Porzellanfiguren auf einem Blumenhügel fasziniert, der beturbante Sultan in seinem gelben Rock und die Odaliske, die allein für ihn den Schleier lüftet. Der letzte Bing & Grøndahl-Weihnachtsteller trug die Jahreszahl 1987. Der Schriftzug *juleaften 1899* zog sich um den Rand des ersten mit dem Bild der zwei Krähen, die auf einem Zweig sitzen und eine Stadtansicht betrachten. Rechtzeitig zu Weihnachten würde der nächste Teller herauskommen. Ich ging ins Arbeitszimmer, in das ich Paul Sellway führen wollte, und drehte, obgleich es dort so warm war wie in der sommerlauen Diele, die Heizung an.

Eigentlich gehörten die Tagebücher hierher, und ich machte mich daran, sie nach unten zu bringen, ehe er kam. Sie waren überraschend schwer, und zahlreicher, als ich sie in Erinnerung hatte, oder vielmehr – ich hatte vergessen, wie schwergewichtig jedes einzelne der dreiundsechzig Hefte war. Vier Gänge die Treppen hinauf und hinunter brauchte ich für den Transport. Und dann erhob sich die Frage: Wohin damit? Im Schreibtisch war kein Fach frei, auf dem Regal kein Winkel unbelegt. Ich hätte sie gern so verwahrt, daß sie vor neugierigen Blicken ebenso wie vor Staub geschützt waren. Strenggenommen gehörten sie –

wenn man ihren derzeitigen und künftigen Wert bedachte – in ein Schließfach. Doch andererseits: Wer sollte sie schon stehlen? Wer hätte einen Nutzen davon?

Swanny hatte das Arbeitszimmer nicht gleich nach Torbens Tod übernommen – da hatte sie noch keine Verwendung dafür gehabt –, sondern erst zur Übersetzung der Tagebücher. Sein Schreibtisch wurde der ihre. Sie sei sich sehr wagemutig vorgekommen, sagte sie zu mir, als sie eine Schreibmaschine gekauft und sich das Tippen beigebracht habe, nach der Dreifingermethode, die in vielen Fällen immer noch die schnellste und beste ist. Als sie das Maschineschreiben im Griff hatte, ging es mit ihrer Rohübersetzung auch ganz gut voran. Pünktlich um zehn setzte sie sich mit den Tagebüchern hin und übertrug auf der Olivetti den Text ins Englische.

So nahm auch ich nun an dem Schreibtisch Platz und versuchte mir vorzustellen, wie Swanny die Seiten des ersten Tagebuchs umgeblättert hatte und zwangsläufig auf die Enthüllung gestoßen war. Oder hatte sie die Entdeckung schon vor dem Kauf der Schreibmaschine, in der mühevollen Phase der handschriftlichen Übersetzung gemacht? Es mußte sehr bald gewesen sein, soviel stand fest, noch vor meiner Rückkehr aus Amerika. Hier hatte sie gesessen, als plötzlich die Antwort vor ihr lag, nach der sie seit zehn Jahren suchte. Oder war es eher ein Gefühl der Enttäuschung gewesen, Ernüchterung? Vielleicht hatte sich in diesem Moment für sie das bestätigt, was Torben immer gesagt hatte: Asta war senil, Asta schwindelte oder faselte, sie hatte alles frei erfunden. Unter dem 28. Juli (oder einem der vorangehenden oder folgenden Tage) hatte sie gelesen, daß sie in der Tat Astas leibliche, am 28. Juli in der Lavender Grove geborene Tochter war, Astas Kind von ihrem Ehemann Rasmus.

Aber warum hatte sie dann die fünf Seiten herausgerissen?

Als ich mir die Bücherregale ansah und überlegte, ob ich die Taschenbücher anderswo unterbringen könnte, um Platz für Astas Kladden zu schaffen, blieb mein Blick an einem grünen Buchrücken hängen. Grün ist die Kennfarbe der Penguin-Krimis. Es gab nur eines davon. Ich konnte mir denken, was für ein Buch es war, noch ehe ich es in der Hand hielt.

Es war besser erhalten als Carys Exemplar. Die Ecken hatten keine Eselsohren, und auf den teils leicht verschwommenen, teils gestochen scharfen Gesichtern, aus denen sich die Collage zusammensetzte – Madeleine Smith, Hawley Harvey Crippen, Oscar Slater, Dr. Lamson, Buck Ruxton und Alfred Eighteen Roper – lag noch ein wenig Glanz. Swanny und Torben schrieben stets ihre Namen und das Datum aufs Vorsatzblatt, was heutzutage kaum mehr üblich ist. Ich schlug das Penguin-Buch mit dem grünen Rücken auf. Am oberen Rand der Titelseite stand in Astas Schrift: A. B. Westerby, Juli 1966.

An Krimis besaß Swanny nur zwei von Agatha Christie und *The House of the Arrow* von A. E. W. Mason, das heißt, es waren Torbens Bücher gewesen, sein Name stand darin. Diesen Band mußte Swanny unter Astas Sachen gefunden haben, wahrscheinlich hatte sie ihn durchgeblättert und sich festgelesen, als sie auf die Navarino Road und auf den Namen Roper stieß, den sie aus Astas Tagebuch kannte. Sehr bald war sie dann auf die verschwundene Edith gestoßen.

Allerdings kam der Name Roper in den Tagebüchern nur ein einziges Mal vor. Ich hatte den ersten Band dreimal gelesen – einmal als Übersetzung im Manuskript, dann die Fahnen und schließlich das gedruckte Exemplar –, und trotzdem hatte mir der Name, als Cary ihn nannte, nichts gesagt. Doch dann ging mir ein Licht auf. Das, was Swannys Aufmerksamkeit geweckt hatte, stand offenbar auf den fehlenden Seiten. Cary hatte schon recht: Auf diesen Seiten hatte Swanny Sätze über Alfred und Lizzie Roper gelesen, die Asta im August 1905 niedergeschrieben hatte, und die für Swanny wesentlich gewesen sein mußten.

Ich war dabei, in dem Artikel über Roper nach einem Eselsohr oder – besser noch – einer Bleistiftmarkierung, vielleicht sogar einer Unterstreichung zu fahnden, als es unten klingelte. Paul Sellway. Ich erwartete einen hochgewachsenen blonden Mann mit einem dieser glatten Dänengesichter, sanften blauen Augen und der typischen Oberlippe. Ich kannte zwar Hansine nicht persönlich, wohl aber von Fotos – besonders das Bild, in dem sie Schürze und Häubchen trägt, war mir in Erinnerung geblieben –, und Swanny hatte mir erzählt, daß Joan Sellway groß und blond war. Ich stellte ihn mir so vor, wie ich in meiner Phantasie Hansine und ihre Tochter gesehen hatte. Er war schlank und dunkel, hatte den nach oben gebogenen Mund, die Abenteureraugen, das spitze Kinn und die schwarze Lockenfülle des Iren.

»Ich bin ein bißchen früh dran«, sagte er. »Ich konnte

es nämlich kaum noch erwarten, die Tagebücher zu sehen.«

Trotzdem kam es mir ein bißchen abrupt vor, ihn gleich ins Arbeitszimmer zu führen. »Möchten Sie etwas trinken?«

Zum erstenmal hatte ich echte Freude an meinem Haus, ja, an *meinem* Haus, was ich noch gar nicht recht begriffen hatte, als ich mit Cary hier gewesen war. Vielleicht hatten mich die durch diese Begegnung ausgelösten widersprüchlichen Gefühle auch zu sehr abgelenkt. Als Paul Sellway mir in den Salon folgte, erfüllte mich plötzlich ein leiser, kindlicher Stolz. In Swannys Haus brachten nur Zimmerschmuck und Bilder ein wenig Farbe in die Räume, die ganz in Hell-Dunkel gehalten waren, mit goldenen und silbernen Glanzpunkten. Er hatte den Larsson gesehen und ging näher heran.

»Ein ganz ähnliches Bild hängt im Stockholmer Kunstmuseum«, sagte er. »Zuerst dachte ich, es wäre das gleiche, aber auf dem in Stockholm ist kein Hund, dafür aber eine zweite Birke.«

Ich sagte ihm nicht, daß Swannys Bild schon deshalb nicht das aus Stockholm sein könnte, weil es ein Original war. Reproduktionen, hatte Torben erklärt, kämen ihm nicht an die Wand. Ganz schön versnobt, hatte ich damals gedacht – und dachte es jetzt erst recht.

Ich reichte ihm sein Glas. »Wenn Sie auch ein paar Fotos sehen wollen... Von Ihrer Großmutter sind viele da.«

»In Dienstmädchentracht?«

Ich stutzte. »Ja, eins. Aber ich glaube, das war mehr so eine Art Kostümierung, meine Großmutter hat wahrscheinlich Ihre Großmutter dazu überredet, weil es sich gut für das Foto machte.«

Er lachte, es klang herzlich und ansteckend, ich stimmte unwillkürlich ein und fragte erst dann: »Warum lachen Sie?«

»Ich habe meine Doktorarbeit über Strindberg und seine Autobiographie geschrieben, die *Der Sohn einer Magd* heißt, was er ja war und was ihm sehr nachgegangen ist. Meine Mutter war gar nicht erbaut über meine Themenwahl.«

Ich fragte nach dem Grund.

»Meine Großmutter war lange in Stellung gewesen, an die zwanzig Jahre, und erzählte gern davon. Es war schließlich ihre ganze Jugend. Meiner Mutter war das unerträglich, sie schämte sich, weil ihre Mutter Dienstmädchen gewesen war, und meine Großmutter hat ihr – ich muß es leider sagen – mit ihren Geschichten das Leben ziemlich sauer gemacht. Ich war damals noch klein, aber daran kann ich mich noch erinnern. Ständig erzählte meine Großmutter von ihrer schönen Tracht, wie sie ihre Hauben gestärkt und eine frische Schürze umgebunden hat, wenn Gäste kamen, und so weiter…«

Ich mußte an Swannys Besuch bei Joan Sellway denken, an die Ausflüchte, den frostigen Empfang. Ich fragte ihn, wie er Hansine in Erinnerung hatte. Hatte er sie gern gehabt? War sie so lieb und herzlich gewesen, wie ich sie mir nach den Tagebüchern vorstellte?

»Eigentlich nicht«, sagte er. »Im Rückblick denke ich, daß sie sich nicht viel aus Kindern machte. Sie wohnte bei uns, und zwischen meiner Mutter und ihr gab es oft Streit.

Meine Großmutter hatte offenbar Spaß daran, meine Mutter gegen den Strich zu bürsten, und umgekehrt war es genauso. Meine andere Großmutter war mir bedeutend lieber. Sie hat mich als eigenständige Person gesehen, das spürte ich, und mich nicht als Pfand benutzt im Machtspiel der Erwachsenen. Fragen Sie und denken Sie, sie sei lieb und herzlich gewesen, weil sie immer mit Mogens und Knud gespielt hat?«

Ich war so verblüfft, daß ich herausplatzte: »Sie haben die Tagebücher gelesen?«

»Natürlich, das hätten Sie sich doch denken können.«

»Wenn man Männer danach fragt, sagen sie meist: nein, ich nicht, aber meine Frau.«

»Ich habe keine Frau. Ich war schon nicht mehr verheiratet, als der erste Band von Astas Tagebüchern herauskam. Und die würde ich jetzt sehr gern sehen...«

Ehrfürchtig und beglückt zugleich hielt Paul das Heft in beiden Händen, wie ein Kind sein heißersehntes Weihnachtsgeschenk. Er fragte nach den Flecken und den braunen Punkten auf den Seiten und schüttelte staunend den Kopf, als ich ihm sagte, wo Asta ihre Tagebücher versteckt hatte.

Ich brachte ihm ein Exemplar von *Asta*, eine unberührte Erstausgabe. Er verglich sie mit dem Original, bestätigte, daß die fehlenden fünf Seiten in dem gedruckten Buch ebenso wie in dem übersetzten Manuskript fehlten, und sagte, für einen eingehenderen Vergleich würde er einige Zeit brauchen. Ich wäre wohl nicht bereit, das Tagebuch aus der Hand zu geben? Nur das Heft von 1905?

Noch vor einer Stunde hätte ich dieses Ansinnen weit von mir gewiesen. Natürlich könne er das Heft mitnehmen, hörte ich mich jetzt sagen, anders ginge es ja gar nicht, bei ihm sei es schließlich gut aufgehoben. Mir war, als drehte sich Swanny im Grab herum, aber ich schob den Gedanken entschlossen beiseite.

»Sagt Ihnen der Name Roper etwas?« fragte ich.

»Bräute in der Badewanne«, sagte er prompt, verbesserte sich aber rasch: »Nein, Arsen. Ein Giftmischer, eine Art Crippen...«

Ich erklärte ihm, worum es mir bei dem Namen Roper ging. Oder vielmehr: Ich erklärte ihm, worum es Cary ging. Was ich wollte, wußte ich zu diesem Zeitpunkt ja selber noch nicht genau. Ich gab ihm Astas *Berühmte Strafprozesse* mit. Jetzt hatte ich ja zwei Exemplare.

»Darf ich die Tagebücher für die nächsten zwei Jahre auch mitnehmen?«

Ich verneinte und wußte, daß ich ihn damit zum Wiederkommen zwang. Er lächelte, und ich begriff, daß auch er es wußte. Und dann lud er mich zum Essen ein, das heißt, es war keine formelle Einladung, wir hatten einfach beide Hunger, es war weit über unsere übliche Essenszeit, und in South End Green gibt es eine Reihe von Eßlokalen. Gewiß, der Vorschlag ging von ihm aus, aber mehr nach Art guter alter Freunde.

»Gehen wir was essen?«

»Ich hole nur meinen Mantel«, sagte ich.

Als ich mir spätabends noch einmal den ersten Teil von *Asta* vornahm, merkte ich überrascht, wie schmerzlich mich viele Sätze berührten. Astas Seitenhiebe gegen Hansine, ihre verächtlichen Bemerkungen, die fast einen doppelten Boden entstehen ließen, sprangen mich so gewalttätig an, daß ich zusammenzuckte. Zum erstenmal machte ich mir Gedanken darüber, wie Hansines Nachkommen wohl auf Astas unfreundliche Bemerkungen reagiert hatten. Was mochte Joan Sellway empfunden haben, als sie ihre Mutter als dumm »wie ein Stück Vieh« beschrieben sah, als dick und rotgesichtig, gierig und faul, und als keine passende Gesellschaft für ihre Herrin?

Hätte Paul mir nicht gesagt, daß er das Buch bereits gelesen hatte, wäre mir noch viel elender gewesen, und ich dankte dem Himmel (oder wer immer da oben zuhört), daß ich ihm im Zusammenhang mit den Tagebüchern diese ungeschickte Frage nach seiner Frau gestellt hatte. Und nun würde er das alles nochmals lesen. Ich wußte, daß er sich, gewissenhaft, wie er war, wieder melden würde, aber es hätte mich auch nicht gewundert, wenn er mir die Unterlagen nur mit einer kurzen Zeile zurückgeschickt hätte.

Lange blieb ich in dieser Nacht noch auf, blätterte in den Tagebüchern, suchte nach Hinweisen auf Roper, nach Hinweisen auf Swannys Identität – und stellte nur fest, daß Asta sich ziemlich lange bei Rasmus' Fragen nach dem Neugeborenen und seinen Bemerkungen über das Aussehen der Kleinen aufgehalten hatte, – länger als nötig, wenn man nichts zu verbergen hat, und das beunruhigte mich. Ich hatte, wie gesagt, nie geheiratet und wußte nicht viel vom Eheleben, trotzdem schockierte mich die Vorstellung einer Beziehung, in der ein Partner so ein Geheimnis vor dem anderen haben kann. Die beiden waren meine Großeltern gewesen, hatten über fünfzig Jahre miteinander ausgehalten, die ganze Zeit in einem Bett geschlafen und Kinder miteinander gehabt. Allmählich freundete ich mich mit der Erkenntnis an, zu der gegen Ende ihres Lebens auch Swanny gekommen war: Asta hatte sich die Geschichte von der Adoption tatsächlich nur ausgedacht.

Was war dann aber mit dem anonymen Brief? Torben hatte offenbar geglaubt, Asta habe ihn selbst verfaßt. Sie hatte ihn Swanny rasch aus der Hand genommen, in tausend Fetzen gerissen und verbrannt. Damit niemand die Druckschrift als die ihre erkennen konnte?

Einen solchen Brief zu schreiben wäre eine – wenn auch recht weit hergeholte – Möglichkeit gewesen, Swanny über ihre Herkunft aufzuklären. Swanny soll vor meinem Tod die Wahrheit erfahren, mag sich Asta gesagt haben. Mit dem Brief war die erste, schwerste Hürde genommen, war die notwendige Diskussion eröffnet, die Asta immer noch die Möglichkeit offenließ, sich für Beichte oder Widerruf zu entscheiden.

Bekanntlich hat sie das eine getan, ohne das andere zu lassen.

19

Die Übersetzung der Tagebücher kostete Swanny viel Geld. Nachdem sie einmal angefangen hatte, gab es kein Halten mehr: Sie bat Margrethe, alle zehn Kladden von 1905 bis 1914 zu übersetzen.

Mrs. Cooper war als Übersetzerin nicht nur für Dänisch, sondern für alle drei skandinavischen Sprachen sehr gefragt. Sie besaß die seltene Begabung, in beide Richtungen übersetzen zu können, das heißt, sie übertrug für dänische Verlage Texte aus dem Englischen ins Dänische und für englische Verlage dänische Texte ins Englische. Als Dänin mit einem englischen Ehemann war sie wie Swanny mit zwei Muttersprachen aufgewachsen, die sie beide gleich souverän beherrschte. Im Gegensatz zu Swanny aber (was diese neidlos anerkannte) verfügte sie außerdem über literarisches Gespür und ein natürliches Gefühl für den Rhythmus der Sprachen, mit denen sie arbeitete.

Sicher aber hatte sie ursprünglich nicht die Absicht gehabt, viele Monate, vielleicht Jahre ihres Lebens auf ein Vorhaben zu verwenden, das in ihren Augen letztlich nur der Laune einer reichen Frau entsprungen war. Anfangs konnte sie ja nicht ahnen, daß ihre Übersetzung je im Druck erscheinen würde. Es ging ihr auch nicht ausschließlich – oder nicht in erster Linie – um das Geld. Vor allem aber erkannte sie sehr bald, daß die Tagebücher etwas ganz Besonderes waren, in Stil und Inhalt himmelweit entfernt von dem, was Torbens St. Petersburger Cousine hervorgebracht hatte. Zu Swanny sagte sie damals, sie mache teils deshalb weiter, weil sie so fasziniert von Astas Text war, teils aber auch, weil ihrer Meinung nach die Chancen für eine Veröffentlichung durchaus gut standen.

Das ermutigte Swanny sehr. Was in ihr vorging, als sie las, was Asta anläßlich der Geburt meiner Mutter über Morfars Ablehnung seiner Ältesten geschrieben hatte, verriet sie nicht. Vielleicht hatte sie sich nach so langer Zeit damit abgefunden. Mittlerweile hatte sie die fünf Seiten, die Hinweise auf ihre eigene Herkunft gaben, ja schon herausgerissen.

Hat sie sich gefragt, ob Morfar Bescheid wußte? In den Tagebüchern findet sich kein diesbezüglicher Hinweis, und Asta selbst steht anscheinend ratlos vor der Frage, warum er Swanny nicht mochte. Vielleicht spürte er ja irgendwie, oder hatte den Verdacht, daß sie nicht sein Kind war, auf der anderen Seite aber traute er Asta keinen Seitensprung zu. Swannys Schönheit, ihr blondes Haar, ihre Größe, ihre helle Haut sprachen gegen sie. All das war weder ein Erbteil seiner brünetten, vierschrötigen Bauernsippe noch eine Hinterlassenschaft der rothaarigen, sommersprossigen Vorfahren seiner Frau, von denen keiner auch nur Rasmus' Größe von eins fünfundsiebzig erreichte, während Swanny mit siebzehn schon fast eins achtzig groß war. Doch Asta wäre ihm nie untreu gewesen, Asta hätte ihn nie betrogen.

Ob Swanny sich diese Fragen gestellt hat oder nicht, kann ich nicht sagen, denn sie erwähnte mir gegenüber ihre Geburt und ihre Adoption nie wieder. In ihrem späteren Verhalten finden sich Hinweise darauf, daß Spekulationen über ihre Herkunft noch immer eine große Rolle in ihrem Leben spielten, aber sie sprach nicht mehr darüber, nicht mit mir und vermutlich auch nicht mit anderen. Außerdem begann sie sich zu jener Zeit, Mitte der siebziger Jahre, eine Position auf- und auszubauen, die absolut unangreifbar sein mußte – die der Tochter von Asta Westerby.

Nur als Asta Westerbys Tochter konnte sie all das erreichen, was noch auf sie wartete: Sie wurde die Hüterin und Herausgeberin von Astas Tagebüchern, die Vertraute der Lebenden und die Sprecherin der Toten.

Swanny schickte Teil 1 der späteren *Asta*, das heißt den Jahrgang 1905, an zwei englische Verlage. Beide lehnten das Manuskript ab, der zweite behielt es nur ein bißchen länger. Man schrieb das Jahr 1976, und *The Country Diary of an Edwardian Lady* sollte erst ein Jahr später erscheinen. Es war reiner Zufall, daß Swanny ihr Manuskript *The Diary of a Danish Lady* genannt hatte.

Die Ablehnungen scheint sie nicht sehr schwer genommen zu haben. Von Anfang an hat sie an die Tagebücher geglaubt, und Margrethe Cooper, die ihre Freundin geworden war, bestärkte sie in diesem Glauben. Sie war es auch, die den dänischen Verlag Gyldendal dazu brachte, sich das von ihr mühsam auf einem alten Roneo-Kopierer vervielfältigte Original anzusehen, und so kam es, daß die von Asta in dänischer Sprache abgefaßten Aufzeichnungen den Lesern zuerst in Astas Heimatland vorgestellt wurden. Die großformatige, reich illustrierte Gyldendal-Ausgabe erschien 1978 unter dem Titel *Astas Bog*.

Als im gleichen Jahr Swanny einen Verlag in London fand, wurden diese Illustrationen in die englische Ausgabe übernommen. Fast die Hälfte waren Federzeichnungen und Aquarelle – der Markt in Hackney aus dem ersten Jahrzehnt dieses Jahrhunderts, ein Modekupfer, auf dem eine Dame im Motormantel zu bewundern ist, und vieles mehr. Hinzu kamen Familienfotos. Auf dem Schutzumschlag ist in einem Medaillon das Foto der sehr jungen Asta zu sehen, aufgenommen von einem gewissen Berzelius in der Nackströmsgatan in Stockholm. Sie trägt ein Kleid mit buntseidenem Besatz im V-Ausschnitt und Mandarinkragen, das Haar ist bis auf ein paar gelockte Ponyfransen straff nach hinten genommen, aber dieses Bild paßt im Grunde nicht recht zu jenem ersten Tagebuch. Asta war auf dem Foto, auch wenn sie recht erwachsen wirkt, erst vierzehn, damals war sie auf Besuch bei dem Vetter ihrer Mutter und seinen Kindern Bodil und Sigrid gewesen.

Über *Asta* brauche ich eigentlich kein Wort mehr zu verlieren. Wer das Buch nicht gelesen hat, hat es zumindest gesehen oder kennt das Umschlagbild aus Zeitungen, Zeitschriften und Warenhausschaufenstern. Swanny, sonst keine besonders gute Geschäftsfrau, war so klug gewesen, auf der Streichung jener Vertragsklausel zu bestehen, die eine Verwendung der Fotos für Kalender, Geschirrtücher, Marmeladengläser, Bettwäsche, Topflappen, Notizbücher und Geschirr gestattet hätte.

Mit diesem Wunsch kam sie vermutlich auch deshalb

durch, weil der Verlag sich damals nie hätte träumen lassen, daß er mehr als zweitausend Exemplare verkaufen, geschweige denn, daß *Asta* zum Kultbuch werden würde. *Asta* sollte im Oktober, rechtzeitig zum Weihnachtsgeschäft, herauskommen. Inzwischen war Swanny als Gast von Gyldendal in Kopenhagen und warb für ihre Ausgabe von *Astas Bog*. Sie wohnte in einem zum Hotel umgebauten Lagerhaus in dem wieder wohlanständig gewordenen Nyhavn, wo vor Jahren – wenn man einer von Astas Geschichten glauben durfte – ein betrunkener Verwandter von ihr in einer Schenke eine Bierflasche nach einem anderen Gast geworfen und die Nacht in einer Ausnüchterungszelle verbracht hatte.

Swanny fühlte sich wohl in Dänemark. Als sei sie nach Hause gekommen, schrieb sie, obgleich sie sich in Wirklichkeit nur einmal – mit neunzehn, als sie Torben begegnet war – drei Monate am Stück dort aufgehalten hatte. Danach war sie noch ein paarmal mit Torben dort gewesen, aber nie länger als zwei Wochen, und war kaum aus Kopenhagen herausgekommen, während sie jetzt durchs ganze Land reiste, von Aarhus nach Odense und bis nach Helsingør. Für die Werbeabteilung ihres Verlages muß sie eine Idealbesetzung gewesen sein: eine Ausländerin, die Dänisch sprach, die Dänen kannte und bereit war, überall hinzugehen und alles mitzumachen. Man konnte sie ohne Untertitel oder Dolmetscher im Fernsehen auftreten lassen. Keine Lokalzeitung war ihr zu gering für ein Interview.

Sie besuchte ihre Vettern, oder vielmehr die von Torben, denn die Söhne ihrer Großtante Frederikke waren beide kinderlos gestorben. Sie verbrachte ein Wochenende mit Torbens Nichte und ihrem Mann in Roskilde. Sie ging ins Theater und in die Oper, sie besichtigte die Schlösser Frederiksborg und Fredensborg und Andersens Haus in Odense. Man machte in Kopenhagen neben Andersens Kleiner Meerjungfrau eine Aufnahme von ihr. Seither ziert dieses Foto die hintere Umschlagseite aller Ausgaben der Taschenbücher. Swanny trägt darauf ein Tweedkostüm und einen kleinen Filzhut wie die Queen, die unvermeidliche Handtasche hat sie über den linken Arm gehängt. Groß und schlank, wie sie war, mit den hübschen Beinen und zierlichen Fesseln und in ihren eleganten Stöckelschuhen sieht sie jünger aus, als sie damals war. Jedenfalls jünger, als sie sich sehr bald ausgeben sollte.

Ihre Briefe an mich waren die einer zufriedenen Frau, die ihr Leben genießt – oder zumindest die einer Frau, die es allmählich lernt, zufrieden zu sein, und der sich neue Möglichkeiten auftun. Vielleicht hatte sie begriffen, daß sich ihr Dasein bis jetzt immer im Schatten anderer abgespielt hatte. Erst hatte sie mit und für Asta, dann für Torben, dann wieder für Asta gelebt. Ihnen hatte sie als Lieblingstochter und gute Ehefrau ihr Privatleben untergeordnet. Beide waren gütige Despoten gewesen, hatten sie aber doch in einer gewissen Abhängigkeit gehalten. Ihre Mutter behandelte sie wie ein Kind. Ihr Mann stellte sie auf ein Podest, betete sie an, las ihr jeden Wunsch von den Augen ab, beriet sich aber nie mit ihr, bat sie nie um ihre Meinung. Selbst ihre Gesellschaften gab sie ausschließlich für *seine* Freunde und Bekannten aus der diplomatischen Welt. Von sich aus wäre Swanny wohl kaum auf die Idee gekommen, mit Aase Jørgensen, einer Professorin für Seegeschichte, gesellschaftlichen Umgang zu pflegen.

Was sie jetzt tat, tat sie für sich, aus freien Stücken. Weil sie es so wollte. Und wurde dadurch zu einer prominenten Persönlichkeit, die eigenes Geld verdiente – zum erstenmal, seit sie vor der Heirat mit Torben als Gesellschafterin bei einer alten Dame in Highgate Blumen arrangiert und deren Schoßhündchen spazierengeführt hatte.

Erstaunlicherweise geriet sie durch all das nicht aus dem Gleis. Journalisten, die sie interviewten, nachdem *Asta* erschienen war, fragten hartnäckig – und zwar noch jahrelang –, ob der Erfolg der Tagebücher sie nicht überrascht habe. Hätte sie sich so etwas in »ihren kühnsten Träumen« vorstellen können?

»Sowie ich die ersten Seiten gelesen hatte, wußte ich, daß ich etwas Besonderes vor mir hatte«, erklärte sie dem *Observer* gegenüber.

Der *Sunday Times* gegenüber äußerte sie sich schärfer. »Eigenartig finde ich es allenfalls, daß ich von Anfang an gewußt habe, daß die Tagebücher Bestseller werden würden – ganz im Gegensatz zu den Herren Verlegern, immerhin erfahrenen Fachleuten, denen ich die Manuskripte geschickt hatte…«

»Glauben Sie, daß Sie selbst eine gute Verlegerin geworden wären?«

»In meiner Jugend gingen Frauen nicht ins Verlagsgeschäft«, sagte Swanny.

Für die jungen Journalistinnen, die sie interviewten, war es schier unfaßbar, daß Swanny nicht studiert hatte. Wo hatte sie dann ihre Bildung her? Und wieso konnte sie

Dänisch lesen? Und so weiter. Swanny nahm das alles mit Humor. Sie erzählte mir von ihrem ersten Auftritt im Rundfunk, der live gesendet wurde, sie hatte mächtiges Lampenfieber, aber als das Interview begann, war sie die Ruhe selbst und fand sogar Spaß daran. Dann fragte der Moderator, wieviel ihr Buch koste. Sie wußte es nicht und griff nach dem Exemplar, das auf dem Tisch lag, aber sie hatte Pech, es war ein Buchklub-Exemplar ohne Preisangabe.

»Da habe ich gesagt, das weiß ich leider nicht, aber mit Sicherheit ist es seinen Preis wert, und er hat gelacht, und ich habe gelacht, und damit war die Sache erledigt.«

Sie war wie umgewandelt. Sie war zum Profi geworden. Täglich arbeitete sie an den noch nicht veröffentlichten dreiundfünfzig Heften. Sie traf sich zu Besprechungen mit Margrethe Cooper und ging mit ihrem Verleger zum Essen. Sie legte sich eine elektronische Speicherschreibmaschine zu. Statt populärer Romane und sogenannter besserer Zeitschriften las sie jetzt berühmte Tagebücher: Pepys, *The Paston Letters*, Fanny Burney, Kilvert, Evelyn und *The Journal of a Disappointed Man*.

An zwei Nachmittagen in der Woche kam eine Sekretärin, um die Post zu erledigen. Im Frühjahr 1979 bekam Swanny zwei Leserbriefe pro Woche, am Ende jenes Jahres im Durchschnitt vier pro Tag. Sandra, ihre Sekretärin, hatte ein kompliziertes Ablagesystem allein für *Asta* ausgearbeitet: einen Ordner für Swannys Agentin, die sie sich in jenem Jahr zugelegt hatte, einen für Kontakte mit Film und Fernsehen und Verfilmungsrechte, einen für ausländische Verlage, einen dicken Ordner für ihren amerikanischen Verlag, andere für Leserbriefe, Illustrationen, Umschlagentwürfe für Taschenbücher, Zeitungs- und Zeitschriftenrezensionen, Termine.

Sie wurde immer öfter in die Jury von Wettbewerben gebeten, zu Veranstaltungseröffnungen und Preisverleihungen eingeladen, zu Referaten, einem Vortrag, einem Literatenlunch. Doch all das entwickelte sich erst allmählich. Als *Asta*, sehr hübsch anzusehen, in den Schaufenstern aller Buchhandlungen lag und im Eiltempo die Sachbuch-Bestsellerliste erklomm, bis sie im April die Spitze erreicht hatte, waren es meist Zeitungen und Zeitschriften, die sie um Interviews baten und sich damals nie einen Korb holten. Ein Leben lang hatte Swanny nur selten Gelegenheit gehabt, über sich zu sprechen; jetzt war sie gern bereit, der Welt nicht nur zu erzählen, wie sie die Tagebücher gefunden und daß sie sofort erkannt hatte, welchen Wert sie darstellten, sondern auch, was sie gern aß und trank, trug und las, wo sie ihren Urlaub und ihre Abende verbrachte, welche Fernsehsendungen sie sich ansah und welche Medienpersönlichkeiten sie am meisten schätzte. Und natürlich erzählte sie von Asta.

In all diesen »Porträts« gibt es keinen einzigen Hinweis darauf, daß sie etwas anderes gewesen wäre als die Lieblingstochter der Tagebuchautorin. Lange hatte sie, wenn sie von Asta sprach, nur ihren Vornamen genannt oder sie mir gegenüber als »Mormor« oder »deine Großmutter« bezeichnet. Für Presse und Fernsehen war Asta jetzt ausnahmslos »meine Mutter«. Viele Artikel behandelten das Familienleben der Westerbys, das die Leser der betreffenden Zeitschriften angeblich – und vielleicht tatsächlich –

mit unersättlicher Neugier erfüllte. Swannys Geschichten waren voller »meine Mutter hat dies…« und »mein Vater hat jenes…« und »meine Brüder haben dies und das…« und »als meine Schwester zur Welt kam…« Als Band II – *Ein lebendes Wesen in einem toten Raum* – herauskam, der mit dem Jahr 1915 einsetzt, erzählte sie im Radio von dem Puppenhaus, das ihr Vater für die kleine Schwester gebaut hatte, und bemerkte in diesem Zusammenhang, sie sei für so ein Spielzeug inzwischen viel zu alt gewesen.

Daraufhin schickte mir *Woman's Own* eine Fotografin, die das Puppenhaus – es stand mittlerweile in dem bewußten Zimmer im Zwischengeschoß – von innen und außen ablichtete. Zu diesen Fotos brachte die Zeitschrift ein Interview mit Swanny (in blauem Tweed mit blauem Filzhut), die über Asta im Ersten Weltkrieg und über den Tod von Mogens alias Jack an der Somme sprach. Oder vielmehr in einem Krankenhaus in Le Havre, zwei Tage, nachdem ihn Onkel Harry aus dem Niemandsland geholt hatte.

Etwa um diese Zeit traten in dem, was sie von sich und ihrer Familie erzählte, kleine, kaum merkliche Veränderungen ein. Ob das etwas mit der Veröffentlichung des zweiten Tagebuches zu tun hatte, kann ich nicht sagen, auf den ersten Blick ist kein Zusammenhang erkennbar, andererseits gibt es sonst keine Erklärung für ihr absonderliches Verhalten.

Sie war sechsundsiebzig. Ich erwähne das nicht, um eine Parallele zu dem zu ziehen, was nach Torbens Ansicht mit Asta geschehen war. Ich bin nicht der Meinung, daß

Swanny senil wurde. Sie war sechsundsiebzig, behauptete aber immer öfter, siebenundsiebzig zu sein. Wenn die Presse etwas über die Tagebücher brachte (was häufig der Fall war), stand nun dieses neue Alter dabei – sogar schon kurz bevor sie überhaupt erst sechsundsiebzig wurde.

Sogar einen Eintrag im *Who's Who* gab es mittlerweile über Swanny. Als ihre Eltern waren Rasmus Westerby und Asta Kastrup angegeben, als Geburtsort London und als Geburtstag der 28. Juli. In einem Interview mit einem Astrologen – für eine Frauenzeitschrift – aber nannte sie Stier als Sternkreiszeichen, das aber von Ende April bis zum dritten Viertel Mai geht.

Zuerst hielt ich dies alles für Journalistenpfusch. Dann zeigte man mir den Text für die Umschlagseite der Taschenbuchausgabe von *Ein lebendes Wesen in einem toten Raum* – eine Kurzbiographie sowie Zitate aus früheren Rezensionen –, und dort war als Swannys Geburtsjahr 1904 angegeben.

»Nein, ich möchte es nicht richtigstellen«, sagte sie, als ich sie darauf ansprach.

Es sei eine Kleinigkeit, sagte ich. Deshalb bekäme sie ja den Text noch einmal. Um ihn zu überprüfen.

»Die ändern es ja doch nicht.« Ihr Gesicht hatte einen verschlagenen Ausdruck, den ich an ihr noch nie gesehen hatte.

»Aber Swanny! Natürlich würden sie es ändern.«

»Als ich die Sache mit Mors Tagebüchern anfing, habe ich mir vorgenommen, nie falsche Angaben über mein Alter zu machen. Es ist würdelos, sich jünger zu machen, als man ist.«

»Aber du machst dich nicht jünger, sondern älter, und das ist nicht würdelos, sondern grotesk.«

»In meinem Alter spielt das doch im Grunde keine Rolle mehr«, sagte Swanny mit entwaffnender Unlogik. »Man bemüht sich eben, bei der Wahrheit zu bleiben. Sei wahr und klar in all deinem Tun, danach hat Mor uns erzogen, und daran versuche ich mich zu halten.«

Ich konnte meine Heiterkeit nicht verbergen, und sie sah mich gekränkt an. »Zu behaupten, daß du im Mai 1904 geboren bist – das nennst du wahr und klar?«

»Diese Presseleute verdrehen immer alles.«

Ich stand vor einem Rätsel. Ein paar Wochen später las ich, daß sie dem *Sunday Express* gesagt hatte, der Bruder, den sie im Ersten Weltkrieg verloren hatte, sei 1918 in den Argonnen gefallen. Hätte die Journalistin, die sie interviewte, sich die Mühe gemacht, in *Asta* nachzuschlagen, hätte sie gesehen, daß Swanny um zweihundert Meilen und zwei Jahre danebengegriffen hatte.

Die naheliegendste Erklärung war, daß sie, um mit meinem Vetter John zu reden, nicht mehr ganz dicht war. Um mir das mitzuteilen, hatte er mich eigens angerufen. Er und sein Bruder hatten sich, vielleicht neidisch auf Swannys prominente Position in der Unterhaltungsliteratur, zu Hütern von Onkel Mogens' (Jacks) Erinnerungen aufgeschwungen. Irgendwann, vielleicht anläßlich Astas Umzug nach Morfars Tod, hatten sie die Briefe an sich gebracht, die Jack ihr aus Frankreich geschrieben hatte. Wahrscheinlich hatte Asta sie ihnen sogar bereitwillig überlassen, sie wäre die letzte gewesen, die sich tränenreich an die Briefe eines toten Sohnes geklammert hätte.

Dann hatten die beiden versucht, für die Briefe samt einer von John verfaßten Einführung und einigen verbindenden Texten einen Verleger zu finden, um als Trittbrettfahrer an Swannys spektakulärem Erfolg teilzuhaben. Aber die Verlage bissen nicht an, was bei dem Briefstil des armen Jack – »Mir geht es gut, hoffe, bei Euch läuft alles leidlich« – nicht weiter verwunderlich war.

Nun schrieb John an den *Sunday Express* und verlangte eine Richtigstellung des Todesortes, die aber nie erfolgte, auch sein Brief wurde nicht abgedruckt. Die Journalistin hatte das bewußte Interview auf Band aufgenommen und konnte, wenn sie es abspielte, Swannys klare Stimme sehr bestimmt sagen hören, ihr Bruder sei in den letzten Monaten des Ersten Weltkrieges in den Argonnen ums Leben gekommen.

Ausnahmsweise war ich mit John einer Meinung. Ich fand auch, daß Swanny »verwirrt« war, so drückte ich es ihm gegenüber aus. Sie hatte zuviel unternommen, hatte sich in den Promotionsrummel einspannen lassen, den nach Verlegermeinung selbst Bestseller nötig haben. Ihre Arthritis machte ihr wieder zu schaffen. Ich atmete auf, als sie mir sagte, sie brauche Erholung und würde mit den Verwandten aus Roskilde auf eine Kreuzfahrt gehen.

20

Ein Anruf von Paul. Er habe Astas Originalheft, Margrethe Coopers Übersetzung und die gedruckte *Asta* verglichen und würde sich gern mit mir treffen, um über seine Erkenntnisse zu sprechen.

Ich war im Grunde nicht enttäuscht, daß diese Erkenntnisse praktisch gleich Null waren. Es freute mich, daß er sich so beeilt, daß er es in nur vier Tagen geschafft hatte, offenbar hatte er jeden Abend über den Tagebüchern gesessen. Seinem Gesicht, seiner Haltung war nicht anzusehen, ob das Gelesene ihn gekränkt hatte, aber ich hatte mir vorgenommen, das, was ich zu sagen hatte, möglichst schnell loszuwerden.

»Ich wünschte, meine Großmutter hätte sich nicht so harsch und beleidigend über Ihre Großmutter geäußert. Wenn ich daran denke, was sie alles geschrieben hat, werde ich schamrot, und ich möchte mich in ihrem Namen bei Ihnen entschuldigen.«

»Dann muß ich mich entschuldigen, weil meine Großmutter so oft aufdringlich und ungeschickt war und so viel Porzellan zerschlagen hat.«

Es käme wohl nicht oft vor, sagte ich, daß zwei Menschen erfahren, was die Großmutter des einen von der fast gleichaltrigen Großmutter der anderen gehalten hat.

»Äußert man sich im Tagebuch offener als im Gespräch?«

»Ja, wenn man glaubt, daß es niemand zu Gesicht bekommt.«

»Und Sie meinen, daß eine Frau ihr ganzes Leben im Tagebuch festhält und hofft, niemand werde es je lesen?«

»Bei Asta war es offenbar so. Mehr noch – sie hat das Geschriebene kurzerhand ausrangiert.«

»Aussortieren heißt noch nichts«, wandte Paul ein. »Wenn man etwas wirklich vernichten will, findet man dazu auch eine Möglichkeit. Sind Sie sicher, daß die Tagebücher nicht gefunden werden sollten?«

Wir waren in der Willow Road, und ich war schon länger dort, hatte aus meiner Wohnung nur ein paar Sachen dabei. Es ging mir wie Swanny nach dem Fund der Tagebücher: Ich hatte schon fast vergessen, daß ich eigentlich das Haus verkaufen wollte. Vielleicht hatten die Tagebücher diese Wirkung: Man konnte sich nicht von ihnen trennen.

Paul legte die Kladden, das Manuskript und sein Exemplar von *Asta* auf den Tisch. Zwischen einigen Seiten lagen Lesezeichen, die aber nur seiner Meinung nach interessante oder aufschlußreiche Stellen markierten. Die von Margrethe Cooper angefertigte Übersetzung war Wort für Wort jenes Heft, in dem fünf Seiten fehlten. *Asta* in der Erstausgabe war die gedruckte Cooper-Übersetzung ohne Kürzungen, ohne Ergänzungen.

Das erste Lesezeichen fand sich beim Eintrag für den 2. November 1905, als Morfar aus Dänemark zurückgekommen war. Mit Roper habe es natürlich nichts zu tun, sagte Paul, aber daß Asta die Bemerkung ihres Mannes festgehalten hatte, das Neugeborene sähe weder ihm noch ihr ähnlich, sei doch recht interessant. Im Februar des folgenden Jahres tauchte eine weitere Bemerkung in diesem Sinne auf, die Paul ebenfalls gekennzeichnet hatte. Warum machte Asta so viel von ihrer Treue her und ließ sich eine ganze Seite lang darüber aus, was sie von Frauen hielt, die ihr Ehegelübde nicht ernst nahmen? Warum darauf herumreiten, wenn es sie gar nicht betraf?

Das war mein Stichwort, um ihm von Swanny zu erzählen und von jener Frage, die sie in fortgeschrittenem Alter verfolgt hatte, einer Frage, die sich nicht etwa mit der Entdeckung und Veröffentlichung der Tagebücher erledigt hatte, sondern sie noch bis wenige Jahre vor ihrem Tod beschäftigte – bis sie nach der Lektüre eines gewissen Prozeßberichtes zu ihrer eigenartigen Schlußfolgerung gekommen war.

Paul hörte aufmerksam zu. Er schenkt einem beim Zuhören, den Kopf auf eine Hand gestützt, die Stirn leicht gerunzelt und völlig stumm, seine ungeteilte Aufmerksamkeit, vermeidet aber jeden Blickkontakt. Es ist sehr spannend, einen Mann zu beobachten, der so schlank, so athletisch und vital ist und gleichzeitig die Fähigkeit besitzt, sich über lange Zeit völlig still zu verhalten und schweigend zuzuhören.

Ich erzählte ihm alles. Manchmal hat man, wenn man eine sehr lange Geschichte erzählt, das Gefühl, man müßte sich beeilen, rasch über das eine oder andere hinweggehen, anderes raffen, aber das tut bei Paul nicht not. Wenn er etwas wissen will, kann er, wenn es sein muß, endlos zuhören. Als ich endete, stellte er eine Frage: »Wie hat sie denn erfahren, daß sie nicht Astas Kind ist?«

»Ach, habe ich das nicht gesagt? Sie hat einen anonymen Brief bekommen, einen primitiven Schrieb in Druckbuchstaben.«

Es ist eine nachträgliche Erkenntnis, wenn ich sage, daß sein Gesicht sich veränderte, daß er blaß wurde oder erstarrte oder etwas in der Art. Damals merkte ich nichts. Ich erzählte weiter, und zum Schluß sagte ich ihm, für wen sich Swanny meiner Meinung nach hielt.

Die Tagebücher brachten Swanny viel Geld ein. Sie wurden weltweit verkauft, waren 1985 in zwanzig Sprachen übersetzt, und es gab eine ziemlich schlechte, aber lukrative Filmbearbeitung von ihnen. Die Fernsehfassung von *Asta* in fünf Teilen, die in dem Moment einsetzt, als Rasmus von Astas Mitgift erfährt und um sie anhält, und die damit endet, daß sich kurz nach Jacks Tod Asta und Onkel Harry kennenlernen (Anthony Andrews mit Bart, Lindsay Duncan mit roter Perücke und Christopher Ravenscroft in Uniform) bekam einen Preis als beste Fernsehserie des Jahres 1984. Sie lief in Amerika und ganz Europa.

Swanny verdiente viel Geld, ging aber ebenso sparsam damit um wie zu Torbens Lebzeiten. Nur einen Teil davon steckte sie vernünftigerweise in ihren Haushalt. Mrs. Elkins, die bislang dreimal in der Woche ein paar Stunden gekommen war, avancierte zur Wirtschafterin, sie schlief zwar nicht in der Willow Road, war aber jetzt den ganzen Tag – bis auf Sonntag – von neun bis fünf im Haus. Zweimal in der Woche ging ihr eine junge Frau aus Kilburn bei der Hausarbeit zur Hand. Swannys klügste Entscheidung aber war es, für die Nacht – ab neun Uhr abends bis zum nächsten Morgen, wenn Mrs. Elkins kam – eine Pflegerin einzustellen.

Nicht, daß sie gemerkt hätte, wie wunderlich sie geworden war. Nichts deutete darauf hin, daß sie sich ihrer wachsenden geistigen Verwirrung bewußt war. Die Pflegerin wurde eingestellt, weil Swannys Arthritis sich mit quälenden Schmerzen in Nacken, Rücken und Händen zurückgemeldet hatte. Auch schlief sie schlecht und lag nachts stundenlang wach. Wenn sie – was meist der Fall war – im Lauf der Nacht einmal aufstehen mußte, fürchtete sie, auf der kurzen Strecke zwischen Bett und Badezimmer zu stürzen.

Ihre Zeit als vielbeschäftigte, hochgeehrte Herausgeberin der Tagebücher war vorbei. Noch vor Weihnachten machte sie Lesereisen, erschien zu diesem oder jenem Literatenlunch und gab Interviews. Im Juni des folgenden Jahres war sie geistig und körperlich eine alte Frau.

Der Unterschied zwischen ihr und Asta im Alter war erheblich, aber sie sprach nicht darüber. Nie sagte sie (wie sie es früher vielleicht getan hätte): »Wenn ich denke, was Mor in meinem Alter noch alles unternommen hat…« Asta war für sie inzwischen nie mehr »Mor« oder »Mutter«, sondern immer nur »Asta«. Die Figuren aus den Tagebüchern waren nicht mehr »mein Bruder«, »meine Großtante«, sondern wurden mit ihren Vornamen bezeichnet. Und sie selbst war keine Dänin mehr, sondern Engländerin. Sie war ein anderer Mensch geworden.

Zumindest privat, in ihren eigenen vier Wänden. In meinem Beisein. Im Beisein derer, die sie für ihre Arbeit bezahlte. Für ihre Agentin aber, ihren Verleger, die Welt draußen war und blieb sie Astas Tochter. Es war, als habe sie spät im Leben gelernt, mit einer gespaltenen Persönlichkeit zu leben. Natürlich forderte diese Fähigkeit ihren Tribut und führte immer tiefer in den Wahn.

Es wäre nicht übertrieben zu behaupten, daß Asta sie in den Irrsinn getrieben hat. Das Verlangen, unsere Herkunft zu kennen, geht an die Wurzeln unserer Persönlichkeit. Meist gibt es damit keine Schwierigkeiten. Wir wachsen auf in der selbstverständlichen, unerschütterlichen Gewißheit, daß dieser Mann unser Vater war und diese Frau unsere Mutter und daß diese anderen deshalb unsere Vorfahren sind. Auch Swanny lebte fast bis ins Alter mit dieser Gewißheit. Dann wurde ihr dieser Teil ihres Lebens, ihr eigentliches Fundament zusehends entzogen, so wie ein Spaten rasch ein Loch aushebt, das zum Abgrund wird. Asta hatte das Fundament gelegt, Asta grub das Loch, in das Swanny stürzte. Dabei hat Asta sicher nicht gewußt, was sie tat. Hätte ihre eigene Mutter ihr eröffnet, sie sei ein adoptiertes Kind, und sich geweigert, Einzelheiten preiszugeben, hätte Asta nur mit den Fingern geschnippt und wäre zur Tagesordnung übergegangen.

Wenn Swanny zu ihrem anderen Ich wurde, merkte man das auch an der Redeweise. Normalerweise sprach sie – wie ihre Nachbarn in Hampstead – ein kultiviertes, »gebildetes« Englisch. Doch Dänisch war ihre erste Sprache gewesen, die Sprache, in der Asta mit ihr als kleines Kind gesprochen hatte, und es ging ihr wie den vielsprachigen Dänen ganz allgemein – in ein oder zwei englischen Wörtern schlug die eigene Sprache durch. Alle Dänen sagen »lidd'l« statt »little«, Swanny war keine Ausnahme. Ihr *alter ego* aber hatte beim Sprechen andere Eigenheiten, verschliff die Worte, machte Grammatikfehler, sprach so wie die Arbeiter im Norden Londons, was insofern peinlich war, als es sich anhörte, als äffe sie Mrs. Elkins nach.

Von ihren Bekannten aus dem Verlags- und Werbebereich, mit denen sie wegen der Tagebücher Kontakt hatte, hat zum Glück niemand sie je so erlebt. Sandra, die treue Sekretärin, vermittelte geschickt zwischen Swanny und der Außenwelt. Sie kannte sich bald bestens mit Swannys Stimmungen aus und sagte, wenn das andere Ich im Kommen war, Interviews, Autogrammstunden, Besprechungen mit Verlegern oder sonstige Verpflichtungen ab. Immerhin war Swanny inzwischen eine sehr alte Dame. 1985 (oder 1984, je nach Betrachtungsweise) war sie achtzig geworden. Daß sie erschöpft war oder »sich nicht gut fühlte«, war eine Ausrede, gegen die niemand ankam.

So sahen denn ihr anderes Ich nur Sandra, ich, Mrs. Elkins und die beiden Pflegerinnen, Carol und Clare. Ich habe niemandem etwas von Swannys gespaltener Persönlichkeit gesagt, und sollten die anderen sich verplappert haben, ist es jedenfalls nie an die Öffentlichkeit gelangt. Für den Rest der Welt blieb Swanny als Hüterin der Tagebücher »bemerkenswert«, »wundervoll«, »erstaunlich« – und was die Presse noch an Adjektiven für alte Menschen bereithält, sofern sie nicht bettlägerig oder verkalkt sind. Als Jane Asher *Asta* auf Kassette aufnahm, war auf dem Werbefaltblatt das Foto von Swanny neben der Kleinen Meerjungfrau in Kopenhagen zu sehen – das letzte Foto, das je von ihr gemacht wurde.

Zu Hause wandelte sich immer öfter auch ihre Erscheinung. Sie war stets peinlich sauber und gepflegt gewesen, hatte – worüber sich Asta gern lustig machte – zweimal täglich gebadet oder geduscht, kleidete sich sorgfältig und korrekt und ging zweimal in der Woche zum Friseur. Wie meine Mutter verwandte sie viel Zeit auf ihre Garderobe und kaufte sich leidenschaftlich gern Neues. An den Tagen, in denen sie sich in ihr anderes Ich verwandelte, weigerte sie sich zu baden, auch durch gutes Zureden konnten Carol und Clare sie nicht dazu bewegen. Sie lief in einem alten Tweedrock und einer wollenen Strickjacke herum, obwohl sie früher Jumper und Röcke als schlampig verurteilt hatte. Das kurze dichte Haar fiel von Natur aus ordentlich. Um Unordnung zu erzeugen, verzichtete sie nach dem Aufstehen einfach aufs Kämmen. Mit nackten Beinen und in alten Hausschuhen sah sie aus wie die alte Obdachlose, die mit ihrer Schubkarre über die Heath Street schlurfte.

Swanny hatte, seit ich sie kannte, ein kleines rotes Mal auf dem linken Backenknochen unter dem Auge, ein geplatztes Äderchen, das sie nun gezielt in ein Muttermal verwandelte. Zuerst dachte ich, sie hätte sich schmutzig gemacht, und machte sie darauf aufmerksam, aber sie lächelte nur geheimnisvoll, und bei meinem nächsten Besuch war das Mal kreisförmig und von der Größe eines Hemdknopfes mit Augenbrauenstift aufgetragen. Danach war es immer da, ob sie nun Swanny war oder die »andere«.

Und dann bat sie mich eines Tages, ihr Strickwolle und ein Paar Nadeln zu kaufen. Astas feine Handarbeiten kannten wir alle, und meine Mutter hatte gut genäht, eine Zeitlang hatte sie alle Sachen für sich und auch für mich selbst geschneidert. Im ersten Heft der Tagebücher notiert Asta, daß sie Wolle für Babysachen gekauft hat, aber als es ihnen finanziell besser ging, hat sie offenbar das Stricken aufgegeben. Und Swanny hatte ich noch nie mit einer Nadel in der Hand gesehen.

»Ich wußte gar nicht, daß du stricken kannst«, sagte ich.

»Was blieb mir anderes übrig«, sagte sie mit Mrs. Elkins' Stimme. »Früher hab ich alles gemacht, wo ich getragen hab – alles aus Wolle, mein ich.«

»Welche Farbe hättest du denn gern? Und wieviel? Wolle kauft man doch nach Gewicht, nicht?«

»Flieder oder Pink, 'n hübsches Pastell eben, zweifädig, Nadeln Nummer acht. Dann hab ich abends beim Fernsehen was zu tun, ich leg nicht gern die Hände in den Schoß.«

»Heute nachmittag besorge ich dir rosa oder lila Wolle«, versprach ich, »dann kannst du noch heute abend beginnen.«

Tut den Verrückten ihren Willen und weicht Zusammenstößen aus, riet man früher allen, die mit solchen Menschen zu tun hatten – ein im Grunde überflüssiger Rat, denn Ausweichen ist unsere normale Reaktion, der leichtere Weg. Einen gestörten Menschen zu reizen, wie es Daniel manchmal in der Therapie machte, ist so beängstigend, daß wir davor zurückschrecken und lieber Zuflucht zu Placebos und lächelnder Duldung nehmen. Lieber gehen wir auf die Wahnvorstellungen einer alten Frau ein, als uns dem unbekannten, aber womöglich beängstigenden Resultat gezielter Fragen zu stellen: »Warum redest du so, benimmst dich so, kleidest dich so? Wer ist diese Person, zu der du geworden bist? Wo bist du selbst?«

Ich hatte mit einem Psychotherapeuten zusammengelebt und kannte seine Methoden. Ich wußte, was er raten würde, aber ich handelte nicht danach. Ich fragte sie nicht einmal, für wen sie sich hielt. Sie hatte sich in eine Großmutter aus der Arbeiterklasse verwandelt, die Babysachen strickt, und ich tat, als sei das völlig normal, und heuchelte sogar Bewunderung für das schlapp von den Nadeln hängende wirre rosafarbene Gestrick und das komplizierte Fadenspiel aus Wolle, das sich zwischen den arthritischen Fingern spannte.

Natürlich gab es auch die anderen Tage, an denen sie wieder Swanny Kjær war. Das Strickzeug verschwand – wo wohl, und aus welchen Überlegungen, mit welchem Vorsatz? –, die Kleidung war wieder normal, das Haar frisiert, das Gesicht (jetzt aber immer mit Muttermal) diskret geschminkt. So gerüstet, damenhaft redend, wie es einer Lady aus Hampstead geziemt, im Tweedkostüm, bestrumpft und in hochhackigen Schuhen fuhr sie mit dem Taxi nach Covent Garden oder Kensington zur Signierstunde in einer Buchhandlung oder zum Essen mit ihrer Agentin, und Sandra brauchte nicht abzusagen, wenn *Woman's Hour* live mit ihr gesendet wurde.

Doch die »andere« drängte sich immer mehr vor. Jene namenlose, unbekannte, sich verselbständigende Person brachte nach und nach jene Swanny, die ich gekannt hatte und die nun immer seltener sie selbst war, zum Verschwinden. Wenn ich sage, daß ich, daß wir alle ihr ihren Willen ließen, soll nicht der Eindruck entstehen, wir hätten nichts unternommen. Sie war seit Beginn dieser Entwicklung unter ärztlicher Beobachtung. Und da sie dem Arzt als Privatpatientin gutes Geld brachte, kam er jede Woche zur Visite.

»Ich könnte ihr einen Psychiater vermitteln«, sagte er zu mir. »Dann müßte man ihr aber erklären, wer und was der Mann ist und warum er herkommt. Mit anderen Worten, man müßte offen aussprechen, daß wir sie für geistig verwirrt halten.«

Auch er schien zur Schule der Ausweichler zu gehören. »Sie macht doch einen recht zufriedenen Eindruck«, sagte er.

Ich war mir da nicht so sicher, aber mir fehlte der Mut zum Widerspruch. Daß ihr Gesicht manchmal unendliche Verzweiflung verriet, behielt ich für mich.

»Wollen wir sie in ihrem Alter unbedingt aus dem Gleichgewicht bringen? Sie ist schließlich schon sehr alt.« Ich sagte ihm nicht, daß ihre Mutter in Swannys Alter meilenweit über die Hampstead Heath gewandert und zu Partys gegangen war, ihre altertümliche Garderobe verkauft, Dickens gelesen und Tagebuch geführt hatte. Es tat nichts zur Sache, die Menschen sind eben verschieden. »Vielleicht ist es das Beste«, sagte er, »wenn ich ihr etwas zur Beruhigung gebe.«

So schluckte denn Swanny die Beruhigungsmittel ihres Hausarztes, obwohl sie früher einmal die Ruhe und Gelassenheit in Person gewesen war. Bäte man mich, sie mit einem einzelnen Adjektiv zu charakterisieren, würde ich dieses wählen – sie war gelassen, von Natur aus, und ich vermute, daß es ebenso ihre ruhevolle, abgeklärte Art, ihre sanfte Gelassenheit wie ihre nordische Schönheit gewesen waren, die Torben seinerzeit so angezogen hatten. Ruhe und Gelassenheit bedeutet nicht zwangsläufig auch ein zufriedenes Gemüt, allenfalls auch ein friedvolles Hinnehmen oder ein Sichfügen in ein trauriges Geschick.

Ich habe sie, wie gesagt, nie gefragt, wer sie war. Soweit ich weiß, hat ihr diese Frage niemand gestellt. Die anderen, Sandra und Mrs. Elkins und die Pflegerinnen, machten gern einen Bogen um sie, wenn die »andere« sich ihrer bemächtigte, das heißt, sie sprachen Swanny an, wenn es unbedingt nötig war, und erledigten ihre Aufgaben, aber man merkte, daß sie Angst vor ihren Reaktionen hatten.

Wahrscheinlich wollten sie gar nicht wissen, in wen sie sich verwandelte. Wir alle fürchten die Manifestationen des Wahns, weil seine Unwägbarkeiten und Enthüllungen uns zeigen, was unter der Decke in unserer eigenen Seele lauern mag. Ich hatte manchmal genauso viel Angst wie die anderen, aber ich wollte es wissen. Um ein Haar hätte ich Swanny gefragt. Ein paarmal lag mir die Frage auf der Zunge, und dann war mir wohl ähnlich zumute wie ihr, wenn sie all ihren Mut zusammengenommen hatte, um Asta nach der Wahrheit zu fragen. Immer wieder machte ich einen Rückzieher. Vielleicht hätte sie es mir ja auch gar nicht gesagt, sondern zu einer List gegriffen und einen Namen und eine Identität für die strickende Alte mit den Hausschuhen erfunden.

Erst ein halbes Jahr nach Swannys Tod fiel es mir wie Schuppen von den Augen: Swanny glaubte, Edith Roper zu sein.

Ich las noch einmal die Schlußsätze des Artikels von Donald Mockridge, die auch Swanny gelesen hatte. Edith war im Mai 1904 zur Welt gekommen. Edith war blond, blauäugig, groß für ihr Alter. Sie hatte ein Muttermal auf der linken Wange. In ihrer verbogenen Logik muß Swanny sich gesagt haben, daß Edith, wäre sie nicht von Asta adoptiert worden, wäre sie vielmehr in dem Milieu aufgewachsen, aus dem sie kam, mit einundachtzig sehr wahrscheinlich ein Typ wie Mrs. Elkins' Mutter gewesen wäre, die als mehrfache Urgroßmutter in Walthamstow wohnte, vor dem Fernseher emsig strickte und dem Seniorenklub ihrer Gemeinde angehörte.

So verwandelte Swanny sich in sie. Vielleicht, weil sie oder ihr Unterbewußtsein glaubte, damit das Richtige, das Angemessene zu tun. Das Schicksal war überlistet worden, und sie wollte den Fehler wiedergutmachen. Oder sie wollte bewußt Edith Roper werden, um endlich eine Identität zu haben, und daß es nicht die war, die sie selbst sich ausgesucht hätte, mochte sie sich sagen, war eben ihr Pech.

Ihre Phantasie, die begrenzte Phantasie einer behüteten Frau, deren Erfahrungen mit der Arbeiterklasse sich auf Haushaltshilfen beschränkten, ordnete Edith dem Pöbel zu. Der gelegentliche Anblick der Obdachlosen auf der Heath Street führte dazu, daß sie als Edith ungekämmt und in Hausschuhen an den nackten Füßen herumlief. Und die Ausdrucksweise ihrer Edith ahmte unbewußt Mrs. Elkins' Sprechrhythmus nach.

»Dabei ist es unmöglich«, sagte Paul.

»Ja, unmöglich. Asta hat um den 28. Juli 1905 ein Baby

adoptiert. Um diese Zeit war Edith vierzehn Monate alt und konnte laufen.«

»Und wenn ich mich recht erinnere, schrieb sie ein Vierteljahr später, daß sie die Kleine stillte. Außerdem konnte sie Rasmus, als er im November heimkam, schwerlich ein Kind von achtzehn Monaten als Neugeborenes unterschieben.«

»Wie gut Sie die Tagebücher kennen«, sagte ich.

»Ich habe sie gerade erst noch einmal gelesen, in einer Woche ist es mit meiner Kunst wahrscheinlich auch nicht mehr so weit her. Ihre Tante wollte glauben. In ihrem leidenschaftlichen Verlangen nach einer Identität flüchtete sie sich in diese Möglichkeit.«

»Aber es kann doch nicht sein …«

»Daß sie Edith war? Dazu müßte schon Asta sämtliche Tagebucheintragungen über ihre Tochter Swanhild in den nächsten drei oder vier Jahren gefälscht, sie müßte falsch über das berichtet haben, was sie zu Rasmus und was Rasmus zu ihr gesagt hatte, sie müßte ihren Mann dazu überredet haben, ein Kind aufzunehmen, das für ihn die Tochter eines Mörders und einer besseren Prostituierten gewesen sein dürfte. Nein, ich glaube, das können wir ausschließen. Außerdem würde das doch bedeuten, daß Asta, die um den 28. Juli herum entbunden hatte, am gleichen Tag auf der Straße herumlief und das herumirrende Kleinkind anderer Leute aufgriff.«

»Was mag sich an dem Tag abgespielt haben? Ist ihr Kind tot zur Welt gekommen? Kurz nach der Geburt gestorben? War es noch ein Junge oder endlich das ersehnte Mädchen? Das werden wir wohl nie mehr erfahren.«

»Es dürfte in den fünf fehlenden Seiten aus dem ersten Heft stehen«, sagte Paul. »Ihre Tante hat sie herausgerissen, aber vielleicht nicht weggeworfen.«

»Sie meinen, ich sollte das Haus durchsuchen?«

»Wenn Ihnen so sehr daran liegt, die Wahrheit zu erfahren…«

Doch, sagte ich, daran läge mir sehr viel. Swanny allerdings würde es nichts mehr nützen, Swanny war als Opfer einer ungeheuerlichen Verblendung, war in dem Glauben gestorben, eine Frau zu sein, die sie selbst bei großzügigster Auslegung der Fakten nie hätte sein können. Swanny hatte nicht ausgesehen wie die Westerbys, aber daß die Familienähnlichkeit versagt, kommt oft vor. Asta hatte Swanny gesagt, sie sei ein adoptiertes Kind, aber Beweise dafür hatte es nie gegeben. Für den genetischen Fingerabdruck waren sie alle ein Jahrhundert oder viele Jahrzehnte zu früh geboren.

Sie war Astas leibliche Tochter, Asta hatte sich die ganze Geschichte ausgedacht. Torben hatte recht gehabt; Asta hatte den anonymen Brief selbst geschrieben und abgeschickt. War er nicht in Hampstead abgestempelt? Hatte sie ihn nicht verbrannt?

»Das kann ich nicht glauben«, sagte Paul. »Bedaure.«

»Bedaure?«

»Nur so eine Redensart.«

Damit mußte ich mich zufriedengeben. Aber ich war nicht zufrieden. Er hat, wie alle Menschen mit irischen Zügen, ein so offenes Gesicht, diese Augen, die Spiegel der Seele sind, und eine ausdrucksvolle Mimik. In diesem Moment hatte sein Gesicht etwas Leeres und Starres. Der

Ausdruck wich allmählich, während ich mich, überlegend und spekulierend, wie man das nach einer komplizierten Enthüllung gern tut, mit Swannys Bemerkungen über den Tod ihres Bruders in den Argonnen beschäftigte, wo Ediths Bruder gefallen war; und mit Swannys wilder Entschlossenheit, sich ein Jahr älter zu machen.

Daß er nicht mehr über den anonymen Brief sprechen mochte, fiel mir damals nicht weiter auf, ich nahm fälschlich, wie sich zeigen würde, an, er sei des Themas überdrüssig, und wechselte es möglichst rasch und unauffällig.

Auch die Suche nach den fehlenden Seiten unterblieb. Statt dessen fuhren wir in sein Haus in Hackney, nicht weit von Astas früherem Zuhause, und an jenem Abend war von den Tagebüchern oder von Swanny Kjær nicht mehr die Rede.

21

17. Januar 1920

> *Det er mærkeligt, men sidste Gang Sergeanten kom paa Besøg, var det igen Hansines Frieftermiddag. Jeg kan sværge paa, at jeg ikke arrangerede det med Vilje, men det var bare helt tilfældigt.*

Als der Sergeant das letzte Mal hier war, hatte Hansine zufälligerweise wieder ihren freien Nachmittag. Ich hatte es nicht darauf angelegt, wirklich nicht, es hatte sich einfach so ergeben, aber natürlich war es mir lieber so. Womöglich hätte sie sonst mit ihrer Schürze herumgespielt und gesagt, wie gut er aussieht, oder gar abfällige Bemerkungen gemacht, und nun ist sie ganz aus dem Haus, und ich habe nichts mehr von ihr zu befürchten.

Bis zur Hochzeit im nächsten Monat ist sie zu Croppers Eltern gezogen, worum ich sie wahrhaftig nicht beneide. Angeblich läßt Mrs. Cropper sich keine Gelegenheit entgehen, ihr unter die Nase zu reiben, daß sie Ausländerin ist, sie krittelt an ihrem Englisch herum und hat herausgekriegt, daß Hansine empörenderweise *ganze sechs Monate* älter ist als Cropper. Was ist das alles für dummes Zeug!

Jetzt schwebt die arme Hansine in tausend Ängsten, ihre künftige Schwiegermutter könnte erfahren, daß sie nicht lesen und schreiben kann. Wie sie das geheimhalten will, ist mir ein Rätsel.

12. Februar 1920

Hansine hat geheiratet. Rasmus und ich waren zur Hochzeit eingeladen, sind aber natürlich nicht hingegangen. Ich habe dem glücklichen Paar eine Vase von Royal Copenhagen verehrt, die ich selber von Onkel Holgers Schwester zur Hochzeit bekommen hatte. Ich habe sie nie gemocht und hatte sie so gründlich verräumt, daß Hansine sie bestimmt nie gesehen hatte. Aber so, wie sie mich angesehen hat, als ich ihr die Vase überreichte, bin ich mir jetzt doch nicht mehr sicher. Hoffentlich läßt sie das gute Stück nicht fallen wie so viel meines besten Porzellans.

Ihre Nachfolgerin heißt Elsie. Emily und Elsie, da kommt man ganz durcheinander. Die frischgebackene Mrs. Cropper wird mit ihrem Mann in Leytonstone wohnen. Sollte sie mich einladen, lasse ich mich irgendwann mal von dem Sergeanten hinfahren. Oder nein, vielleicht doch nicht. Da gibt es reizvollere Ziele.

Rasmus hat eingewilligt, daß der Sergeant (ich muß mir merken, daß ich ihn ja Harry nennen darf) mich chauffiert. Wer hätte das gedacht! Eigentlich hatte ich erwartet, Rasmus würde wieder mal, wie neuerdings immer öfter, seine Wut bekommen, und hörte ihn schon sagen: »Wenn *meine* Frau in *meinem* Automobil ausfährt, chauffiere *ich* sie.« Aber er sagte nur, daß ich dann den Mercedes nehmen müßte, den er am wenigsten schätzt.

Harry hat sich sehr gefreut. Er würde mich jeden Samstag ausfahren, hat er gesagt, und nach Feierabend auch in der Woche. Er arbeitet jetzt beim städtischen Wasserwerk, früher mal war er Kutscher. Zunächst wollen wir es bei den Samstagen belassen, sagte ich. Ihre Frau und Ihre Töchter wollen doch auch was von Ihnen haben. Er lächelte nur und sagte, seine Familie würde schon nicht zu kurz kommen, und dann unternahmen wir unsere erste Fahrt nach Hertfortshire, wo wir uns die Landschaft und ein paar hübsche Dörfer ansehen wollten.

Mir war eine Weile ziemlich beklommen zumute. Leute aus dieser Schicht, so hatte ich es gelernt, nehmen sich gern etwas heraus, wenn man nicht aufpaßt, aber er ist immer sehr ehrerbietig. Ich hatte ein Picknick mitgebracht, und Harry trug mir den Korb zu einem wunderschönen Fleckchen unter Bäumen an einem stillen Landweg. Er breitete das Tischtuch im Gras aus, legte mir eine Decke zurecht und arrangierte die Kissen, aber ich merkte schon, daß er sich nicht hinsetzen und mit mir essen wollte. Er würde ein Stück spazierengehen, sagte er.

Das kam natürlich nicht in Frage. Er solle sich ruhig zu mir setzen, sagte ich. Zuerst war er etwas verlegen, aber das gab sich schnell, und ich machte plötzlich die erstaunliche Erfahrung, daß ich in meinem fortgeschrittenen Alter noch einen Menschen gefunden hatte, mit dem ich reden konnte. Das mußt du festhalten, sagte ich mir, laß es nicht davonfliegen, diese Chance kommt nicht wieder.

Er fragte nach Dänemark und wie es sei, in der Fremde zu leben, und dann sah ich, daß die Bäume, unter denen wir saßen, Buchen waren, und mich überkam eine solche

Sehnsucht nach meiner alten Heimat, daß mir ganz weh ums Herz wurde. Das hat er wohl gemerkt, aber statt das Thema zu wechseln, ermunterte er mich, immer weiter über Dänemark zu sprechen, und das ungezwungene Reden und die Erinnerungen taten mir gut, und schließlich konnte ich sogar wieder lachen.

Er hat ein beachtliches Wissen »... für einen Mann aus der Arbeiterklasse«, wollte ich schreiben, aber das ist gar nicht wahr, er hat ein Wissen, auf das sich jeder was einbilden könnte. Zum Beispiel kennt er sich sehr gut in der Geschichte aus, er hat mir aufgezählt, welche Mitglieder der englischen Königsfamilie dänische Prinzessinnen geheiratet haben. Später habe ich im Lexikon nachgesehen, und es stimmte alles. Auch die Gegend hier kennt er gut, er erzählte mir von einem englischen Maler, von dem ich noch nie gehört hatte, ich wußte gar nicht, daß England solche Maler hat. Er heißt John Constable und hat Wälder und Felder in Suffolk und Essex gemalt, aber gelebt hat er in Hampstead, und dort liegt er auch auf dem Friedhof begraben. Irgendwann würden wir uns mal das Grab ansehen, meinte ich.

Nächste Woche nehmen wir die Kinder mit. Harry hat Swanny sehr gern und sagt immer, wie hübsch und wie lieb sie ist. Es freut mich natürlich, daß Swanny so gewürdigt wird, wie sie es verdient, aber andererseits fühle ich mich auch ein bißchen unbehaglich dabei. Ich glaube, ich bin ein klein wenig eifersüchtig auf meine eigene Tochter!

29. Juli 1920

Gestern ist Swanny fünfzehn geworden. Sie wollte keine Geburtstagsgesellschaft, dazu steht ihr von den Schulkameradinnen keine nahe genug. Richtige Freundinnen hat sie nicht. Sie tut sich schwer, Anschluß zu finden – genau wie ich. Eltern sagen immer von ihren Kindern: »Wo die Sowieso das nur her hat? Nicht von mir oder ihrem Vater, in unserer Familie gibt es so was nicht« – als ob das alles nur eine Frage der Vererbung wäre. Ich glaube aber, ganz so ist es nicht, ich denke mir (auch wenn diese Vorstellung nicht in Mode ist), daß Kinder ihre Eltern nachahmen und sich letztlich deshalb so benehmen wie sie.

Mit der Geburtstagsgesellschaft, sagt Swanny, wäre es etwas anderes gewesen, wenn Mogens hätte dabeisein können. Dagegen kann man natürlich einwenden, daß er inzwischen zweiundzwanzig und wahrscheinlich gar nicht mehr im Haus wäre, aber ich sagte nur, es sei freilich schlimm, daß Mogens hätte sterben müssen, aber das Leben müsse trotzdem weitergehen, und wir sollten lernen, an ihn zu denken, ohne traurig zu sein. Viel geholfen hat es nicht. Ich möchte nicht, daß sie sich mit Seufzen und Jammern um einen toten Bruder ihr junges Leben verpfuscht.

Ich lese zum drittenmal *Bleakhaus*.

4. September 1920

Wir sind auf dem Sprung nach Dänemark, Rasmus und ich. Merkwürdig, ich habe Ferien in Paris und in Wien gemacht, noch nie aber in meiner alten Heimat, und ich bin sehr aufgeregt. Ein, zwei Tage werden wir bei seiner garstigen Schwester in Aarhus verbringen müssen, aber die übrige Zeit sind wir dann bei Ejnar und Benedicte in Kopenhagen. Sie haben vor zwei Jahren nur kurz bei uns übernachtet, aber Benedicte scheint recht nett zu sein, nicht so verbittert und kleinlich, so dünkelhaft, prüde und pingelig wie die übrige Sippe. Die Dänen, sagt man immer, sind ein fröhliches Volk, das immerfort Bier trinkt und lacht und feiert, aber davon habe ich bisher noch nicht viel gemerkt.

Die Mädchen bleiben inzwischen bei Mrs. Housman. Es wäre nicht gut, wenn sie so lange in der Schule fehlen würden. Eigentlich hätte ich schreiben müssen: Die Mädchen bleiben bei Mrs. Housman, falls Rasmus sich nicht vorher noch mit ihrem Mann verkracht. Er erzählt allen, die es hören oder auch nicht hören wollen, daß Housman ihn be-sswindelt hat, und ich hoffe, Mr. Housman erfährt es erst nach dem zwölften, dann sind wir nämlich weg.

Ich habe mir für die Reise zwei neue Kleider gekauft, ein blauschwarzes Chanelkostüm und ein blauviolettes Teekleid mit Kimonoärmeln aus schwarzlila Samt. Blautöne und Schwarz sind in diesem Jahr die Modefarben, zum Glück stehen sie mir. Ich habe neue Schuhe, schwarzes Lackleder, mit hohen Absätzen und doppelten Fesselriemchen, ein Stil, der mir besonders gut gefällt. Beide Kleider sind sehr kurz. Ich hätte nie gedacht, daß ich mal Röcke tragen würde, die zwanzig Zentimeter Bein sehen lassen.

Als Emily heute früh nach unten kam, lag Bjørn kalt und steif in der Spülküche. Er hatte ein gutes und für seine Rasse langes Leben, der arme alte Köter. Rasmus hat doch tatsächlich geweint, als ich es ihm sagte. Er, der kaum je Gefühle zeigt, wenn es um Menschen geht – das mit Mogens war eine Ausnahme –, hat dicke Kullertränen um eine dänische Dogge vergossen.

»Wer um Verlorenes weint, verschwendet seine Tränen«, habe ich zu ihm gesagt.

20. März 1921

Harry hat mir etwas Überraschendes erzählt. Wir hatten eigentlich nach Kew Gardens fahren wollen, aber weil es in Strömen regnete, gingen wir statt dessen in eine Matinee. Es war kein gutes Stück, schon jetzt, ein paar Tage später, ist mir kaum noch etwas davon im Gedächtnis geblieben. Beachtlich daran war eigentlich nur, daß ich Harry dazu überreden konnte, sich auch eine Karte zu kaufen und mitzukommen. Es stellte sich heraus, daß wir genau dieselbe Meinung von diesem miserablen Stück hatten, bei rührseligen Stellen mußten wir lachen, und bei den weitschweifigen Monologen haben wir gegähnt. Heutzutage handeln die meisten Theaterstücke vom Krieg oder von der Nachkriegszeit, von trauernden Eltern und

Kriegsversehrten und Mädchen, die alte Jungfern werden, weil die jungen Männer zum Heiraten fehlen.

Nach einigem guten Zureden ist Harry hinterher mit mir noch in eine Teestube gegangen. Wir sprachen von Swanny und dem Mädchen in dem Stück, dessen Verlobter gefallen war, und ich faßte mir ein Herz und sagte, wie schrecklich es doch wäre, wenn sich kein geeigneter Mann für Swanny fände. Junge Männer sieht man nämlich wirklich wenig, nur Männer in mittleren Jahren oder halbe Kinder. Die passenden Jahrgänge hat sich der Krieg geholt.

Ich habe zurückgeblättert und festgestellt, daß ich ziemlich lange gebraucht habe, um zu dem zu kommen, was Harry mir erzählt hat. Wir sprachen davon, daß die Engländer so ausländerfeindlich sind, und er sagte, wir hätten Glück, daß wir einen englisch klingenden Namen haben. Er habe auch einen deutschen Namen gehabt. Sein Großvater, ein Deutscher, sei um 1850 eingewandert, und sein Vater und er seien in London geboren, aber schon damals habe er so ein ungutes Gefühl gehabt, wie es wohl wäre, diesen Namen zu tragen, wenn es mal Krieg gäbe. Das, fand ich, war sehr gescheit von ihm, und sagte es auch und dachte an Mr. und Mrs. Cline, die ihren Namen nicht genug verändert und später so viele Scherereien damit hatten.

Wie er darauf gekommen ist, sich Duke zu nennen, das war richtig raffiniert. Er konnte kein Deutsch, aber lesen konnte er natürlich, und da hat er seinen Namen in einem deutschen Lexikon nachgeschlagen und herausgefunden, daß er ins Englische übersetzt Duke heißt. Kurz danach hat er dann seine spätere Frau kennengelernt und seinen Namen offiziell ändern lassen.

Apropos Leute, die lesen oder auch nicht lesen können: Hansine hat eine Tochter. Sie soll Joan heißen. Das kommt dabei heraus, wenn man keine Kinder will…

Zu meiner Überraschung möchte Swanny die Kleine gern sehen, Harry wird uns hinfahren. Wir verstehen uns gut, Harry und ich, und mir scheint, daß mit jeder Woche die Klassenschranken weniger wichtig werden. Mit denen zwischen den Geschlechtern ist das etwas anderes. Obwohl er genaugenommen in einem Dienstverhältnis zu mir steht (auch wenn wir ihm nichts zahlen), empfinde ich ihn sehr stark als Mann, als einen unerhört gut aussehenden Mann, und ich bin eine Frau, die das Kribbeln sexueller Spannung wohl stärker spürt als manche andere. Überall um mich herum spüre ich diese Liebe, die zwischen Mann und Frau schwingt, eine Liebe, die ich nie hatte und nach der ich – ja, nach der ich mich sehne. Noch in meinem fortgeschrittenen Alter habe ich Sehnsucht nach Liebe. Ach was, wenn sie ungestillt bleibt, habe ich bestimmt bald wieder meine Ruhe.

In diesem Sommer werde ich einundvierzig, aber ich habe noch nicht ein einziges graues Haar. Heute früh habe ich mir meinen Kopf ganz genau angesehen, alle Haare sind noch von der gleichen rötlichen Farbe. Der arme Rasmus hat schon einen ganz grauen Bart, nur sein Kopfhaar ist noch braun.

23. Juni 1923

Rasmus und ich sind gestern abend aus Paris zurückgekommen. Ich führe nie Tagebuch, wenn ich verreist bin, und das fehlt mir. So ein Urlaub ist schon etwas Sonderbares. An sich soll er Abwechslung und Erholung bringen – aber was macht man wirklich in dieser Zeit? Wenn man nicht miteinander reden kann, weil man sich nicht für dieselben Sachen interessiert, sind die Tage endlos. Wir waren im Louvre und auf dem Eiffelturm, wir sind nach Versailles gefahren und über die Champs-Elysées geschlendert, aber Rasmus interessiert sich sowieso nur für Automobile.

Davon gibt es natürlich in Paris mehr als genug, und praktisch bei jedem hat er den Hals verdreht und große Augen gemacht und mir alles mögliche daran gezeigt, was ich nicht verstehe und auch nicht verstehen will. Zusammen haben wir, so verrückt sich das auch anhört, eigentlich nur Spaß, wenn wir neue Sachen für mich kaufen, und dann schaut er nicht aufs Geld, das muß man ihm lassen.

Paris hat verfügt, daß die Chemise aus der Mode und die gerade Linie angesagt ist. Die Taille ist auf die Hüften gerutscht, Gürtel sind verschwunden. Bei Patou haben wir einen Plisseehänger in Schwarzweiß mit Cape gekauft und bei Chanel ein Jackenkleid aus bedruckter Foulardseide. Die Mode hat viele Anleihen bei der Nationaltracht Indochinas gemacht, aber diese Richtung liegt mir nicht, ich mag nicht wie eine kambodschanische Bäuerin herumlaufen. Für Swanny habe ich ein Crèpe-de-Chine-Kleid mit Zipfelrock gekauft, sehr helles Schilfgrün, und Rasmus dachte, es wäre für mich. Glaubt er im Ernst, ich würde knöchellange Sachen tragen?

Ich sehnte mich in Paris nach meinem Tagebuch und noch viel, viel mehr nach Harry. Wenn ich mit Rasmus aus war, mußte ich immer daran denken, wie anders es mit Harry wäre, wir würden reden und lachen und uns an denselben Dingen freuen, an Bildern zum Beispiel, besonders Bildern, auf denen Menschen zu sehen sind, und an reichlichen, delikaten Mahlzeiten, die sich lange hinziehen. Für Rasmus ist Essen eine bloße Notwendigkeit.

Morgen werde ich Harry sehen und ihn um Rat fragen wegen Swanny. Eigentlich müßte ich mit Rasmus darüber sprechen, aber der sagt ja doch nur, ich soll es halten, wie ich denke. Zu Hause fand ich einen Brief von Benedicte vor, in dem sie fragt, ob ich nicht eine Zeitlang auf Swanny verzichten und sie ihnen schicken könne. Nicht auf ein paar Wochen, sondern auf mehrere Monate, die Rede war von einem halben Jahr. Ich weiß nicht, ob ich es ertragen könnte, so lange von ihr getrennt zu sein, aber ich werde Harry fragen, was er dazu meint.

12. April 1924

Rasmus ist überglücklich. Heute hat er erfahren, daß ihm die sogenannte Cadillac-Konzession für Großbritannien zugesprochen worden ist, und das bedeutet, wenn ich es recht verstanden habe, daß hier im Land nur er Cadillac-Automobile verkaufen darf, das heißt er und Mr. Cline, mit dem er sich zusammengetan hat, nachdem er sich endgültig mit Mr. Housman überworfen hatte, weil er von dem angeblich um Tausende be-sswindelt worden ist.

Sie wollen einen großen Ausstellungsraum in der King's Road in Chelsea eröffnen. Fehlt nur noch, daß er verlangt, ich soll mich von Padanaram trennen und etwa in die Cheyne Walk ziehen, was natürlich überhaupt nicht in Frage kommt. Seit damals, vor dem Krieg, als von einem Monat zum anderen der Umzug beschlossene Sache war und ich sehen durfte, wie ich damit zurechtkam, bin ich doch ein ganzes Stück selbstbewußter geworden.

Erst gestern habe ich mich wieder durchgesetzt, als er mir seine Urlaubspläne präsentierte. Zwei Wochen in Bognor Regis (wo immer das sein mag) mit den Mädchen, danach zwei Wochen in Brüssel, nur er und ich. Ich will nicht nach Brüssel, was soll ich vierzehn lange Tage allein mit ihm dort anfangen? Es gab den ärgsten Krach, den wir je hatten, und zu allem Unglück bekam Marie ihn mit und fing zu weinen an.

Ich hätte Rasmus umbringen können. Er zog sie auf die Knie und drückte sie an sich – ein großes Mädchen von dreizehn Jahren! – und fragte sie, ob sie als seine kleine Haushälterin zu ihm kommen würde, wenn er das Leben mit Mor nicht mehr ertragen könnte. Ich fuhr ihn an, was ihm einfiele, so mit den Kindern zu reden. Das Schlimmste aber war, daß Marie wissen wollte, ob dann Mor Onkel Harry heiraten würde. Wenn sie erst sechs wäre, würde ich ja nichts sagen, aber um solche Dinge daherzuplappern, ist sie entschieden zu alt. Rasmus hatte sie auf dem Schoß und drückte ihre Wange an seinen Bart und feixte mich über ihren Kopf hinweg an.

»Soso, Mor will also den Chauffeur heiraten ...«, sagte er und zu mir: »Da siehst du, was dabei herauskommt, wenn du mit diesem Mann allein in der Gegend herumfährst.«

Aber er meint es nicht so, er weiß, daß ich mich nie danebenbenehmen würde, auch wenn ich es gern täte. Vielleicht täte auch Harry es gern und weiß wie ich, daß es sinnlos ist, daran auch nur zu denken, weil wir so etwas eben nicht fertigbringen. Hin und wieder küßt er mir die Hand, das ist alles. Aber ich verreise nicht mehr allein mit Rasmus, nur um im Ausland herumzusitzen und den ganzen Tag an Harry zu denken und daß, wenn die Welt anders eingerichtet wäre, er an meiner Seite sein könnte.

Mrs. Duke, Harrys Frau, hat noch ein Kind bekommen, wieder ein Mädchen, jetzt haben sie vier. Als er es mir erzählte, merkte ich, daß alle Farbe aus meinem Gesicht wich, es überlief mich eiskalt, aber ich nickte und lächelte, gratulierte ihm und sagte, wie schön für ihn. In Wirklichkeit bin ich eifersüchtig. Eifersüchtig auf die Frau, die Harrys Kinder hat. Ich hätte auch gern ein Kind von Harry und fühle mich, während ich das hinschreibe, ganz elend vor Sehnsucht.

2. Juni 1924

Heute früh ist Swanny in der Obhut von Mrs. Bisgaard nach Dänemark gefahren. Dorte Bisgaard heiratet einen sehr reichen jungen dänischen Aristokraten, und deshalb können die Hochzeitsfeierlichkeiten natürlich nicht in dem brav-bürgerlichen Haus der Bisgaards in der West

Heath Road vonstatten gehen. Was ist das alles für dummes Zeug! Trotzdem: Einer so durch und durch zuverlässigen Frau vertraue ich Swanny gern an.

Sie ist zum erstenmal Brautjungfer, eine von sechs. Die Mädchen tragen Kleider aus grünblauem Seidenjersey mit Überröcken aus türkisfarbenem Satin. Ich mußte Swanny gut zureden, denn sie fühlte sich so viel größer als die anderen, meinte sie, daß sie bestimmt lächerlich aussehen würde, was natürlich nicht stimmt, aber sie ist immer so bescheiden. Zu bescheiden.

Mrs. Bisgaard bringt sie direkt zu Ejnar und Benedicte, von dort aus fährt sie dann zu der Hochzeit. Mir ist nicht wohl, wenn sie mal hier, mal da ist, ich will wissen, wo sie steckt. Noch lieber wäre es mir ja, wenn sie selbst die Braut wäre und einen reichen, gutaussehenden Mann bekäme, der sich um sie kümmert.

Das Haus ist wie tot ohne sie, die Räume sind muffig und leblos. Aber ich bin sehr lebendig. Ein lebendes Wesen in einem toten Raum.

16. März 1925

Wir erholen uns allmählich von Knuds Hochzeit. Diesmal hat Swanny zum zweitenmal Brautjungfer gespielt, und ich möchte nicht, daß sie es ein drittes Mal tut. Aberglaube ist etwas sehr Törichtes, und ich bin nicht abergläubisch, aber der Spruch »Dreimal Brautjungfer, niemals Braut« geht mir doch nach.

Maureen hat Swanny ihren Brautstrauß zugeworfen,

ein Brauch, den ich nicht kannte, es heißt, die nächste Braut ist das Mädchen, das den Strauß fängt. Gewiß, sie ist noch nicht zwanzig und hat durchaus ihre Verehrer. Der junge Mann, den sie bei Dortes Hochzeit kennengelernt und der sich so in sie verliebt hat, bombardiert sie mit Briefen. Er ist Däne und bestimmt eine gute Partie, aber der Pferdefuß ist, daß er sie nach Südamerika mitnehmen will. Gleich nach der Hochzeit soll es nach Santiago gehen oder nach Asunción, das habe ich vergessen. Swanny sagt vernünftigerweise, sie will erst mal abwarten. Sie schreibt ihm auch, aber nicht sehr oft und nicht sehr ausführlich.

16. April 1927

Ich bin Großmutter geworden, fühle mich aber keine Spur anders und sehe auch nicht anders aus, und für meinen Enkel empfinde ich überhaupt nichts. Wir haben Mutter und Kind heute vormittag besucht. Er sieht Maureen ausgesprochen ähnlich – ein sehr gewöhnlicher, dicklicher Säugling –, aber Knud ist ja auch keine Schönheit. Sie wollen ihn John Kenneth nennen.

Die Männer gingen nach unten, um »das Baby zu begießen«, wie Knud sagt, und sie waren kaum draußen, als sich Maureen in allen Einzelheiten über die Geburt ausließ, wie schrecklich sie war und wie lange sie gedauert hat. Ich fiel ihr ins Wort. Das ist nichts Neues, sagte ich, wir haben schließlich alle Kinder gekriegt, bis auf die armen »Überzähligen«, deren Verlobte im Krieg gefallen sind, wir haben alle mehr oder weniger dasselbe durchgemacht. Ich erinnerte sie daran, daß ich fünf hatte, ganz zu schweigen von den beiden Fehlgeburten, mir kannst du nichts erzählen, habe ich zu ihr gesagt.

Diese schauderhafte Wohnung muß sie ausgesucht haben. Oder vielleicht auch nicht. Knud gerät nicht nach mir, soviel steht fest, nach seinem Vater aber auch nicht. Das Komische ist, daß er englischer ist als die Engländer, und die wohnen bekanntlich lieber im eigenen Haus, während die Europäer Etagenwohnungen vorziehen. Aber die Menschheit ist nun mal inkonsequent, das müßte ich eigentlich inzwischen wissen.

Jetzt, da die Abende länger werden, fährt Harry mich nach dem Abendessen wieder aus. Irgendwas ist mit dem Mercedes nicht in Ordnung, Rasmus hat erlaubt, daß wir den Cadillac nehmen. Ich sitze nicht mehr hinten, sondern vorn neben Harry, das ging ganz sonderbar zu. Anfangs saß ich hinten, und wenn wir dann gehalten und uns etwas angesehen oder einen Spaziergang gemacht hatten, setzte ich mich nach vorn. Vorgestern wollte ich mich gerade wieder nach hinten setzen, da wurde mir klar, daß ich das nur tat, weil ich Angst hatte, die Nachbarn könnten über mich reden, und schämte mich in Grund und Boden. Seit wann kümmert es mich, was die Leute denken? Und deshalb schüttelte ich den Kopf, und Harry hat wohl, wie so oft, meine Gedanken gelesen und mir gleich die Beifahrertür aufgemacht. Wir haben nie etwas Unrechtes getan und werden es auch nie tun. Vor bösen Mäulern kann sich niemand hüten.

Er lachte, als ich ihm gestand, ich wäre gar nicht recht glücklich darüber, Großmutter zu sein, und erzählte zu meiner Überraschung, daß seine Älteste heiraten will und er mich deshalb vielleicht bald eingeholt hat. Sie ist erst sechzehn, 1911 geboren, und wohl ein bißchen früher gekommen als beabsichtigt. Ein hübscher Gedanke, daß wir zusammen Großeltern sein werden.

Wir haben uns im Playhouse *Der Brief* von Somerset Maugham mit Gladys Cooper angesehen, die ich so gern mag, sie ist bildschön, wie sich das für eine Schauspielerin gehört, aber die Handlung war ganz dumm, es ging um eine Frau, die einen Mann erschießt, weil er versucht hat, sie zu vergewaltigen. In Wahrheit aber war er ihr eigener Liebhaber, und sie bringt ihn um, weil ihr zu Ohren gekommen ist, daß er eine chinesische Mätresse hat.

Hinterher fuhren wir, obgleich es schon spät und dunkel war, nach Hampstead und liefen über die Hampstead Heath. Unsere Fahrten werden neuerdings immer kürzer und unsere Spaziergänge oder Expeditionen, unsere gemeinsamen Essen, Theater- oder Konzertbesuche immer länger. Ich weiß, was los ist, und er weiß es auch, aber wir sprechen nicht darüber. Er flirtet mit mir, und ich flirte mit ihm, ohne daß es je zu einem Kuß kommen darf oder auch nur dazu, daß er einen Arm um meine Taille legt, ohne Aussicht, irgendwann mal zusammenzufinden. Uns bleiben nur die Begegnung unserer Blicke über den Tisch hinweg, ein gemeinsames Lachen und seine Hand, die fest die meine hält.

2. November 1929

Heute hat Swanny ihre Stellung angetreten – sehr gegen meinen Willen, aber ich habe ihr ausgiebig die Meinung gesagt, und dabei will ich es bewenden lassen. Torben Kjær würde sie sofort heiraten, sie braucht nur ja zu sagen, und dann gibt es da noch diesen jungen Mann, der so was wie ein Vetter von Maureen und ganz verrückt nach Swanny ist und sie immerfort anruft. Wenn sie statt dessen lieber täglich nach Hampstead pilgert, um den Schoßhund einer alten Dame auszuführen und ihr kitschige Romane vorzulesen, ist das ihre Sache, sie ist schließlich erwachsen. Rasmus läßt die ganze Geschichte natürlich kalt, er freut sich wohl nur, daß er ihre Kleidung nicht mehr zu bezahlen braucht. Der Hungerlohn, den sie bekommt, dürfte für ihre Garderobe gerade reichen.

Ich hatte ganz vergessen aufzuschreiben, daß Knud und Maureen am Montag letzter Woche noch ein Kind bekommen haben, einen kleinen Charles. Und Harrys Älteste erwartet auch ein Baby. Sie ist so alt, wie ich war, als ich Mogens bekam, und – was mir noch mehr zu denken gibt – so alt wie Marie, in der ich immer noch ein Kind sehe.

Der New Yorker Börsenkrach wird Auswirkungen auf Rasmus' Geschäfte haben, sagt er, so ganz verstehe ich es nicht, aber er muß es ja wissen. Alle möglichen schlimmen Dinge drohen, der Verlust dieser sogenannten Konzession, die Möglichkeit, daß wir in ein kleineres Haus ziehen müssen. Heute abend hat er zu mir gesagt, daß Mr. Cline ihn um Tausende be-sswindelt hat.

Ich werde es einmal hinschreiben und dann nie wieder, werde es hinschreiben und nie wieder lesen – aber wann lese ich schon die alten Geschichten in meinem Tagebuch?

Ich bin verliebt in Harry. Nächstes Jahr werde ich fünfzig, und ich bin zum erstenmal im Leben verliebt. Was soll aus uns werden, aus ihm und mir? Nichts wird werden, das ist das Traurige an der Sache, wir werden einfach so weitermachen wie bisher.

22

Wäre dies meine Geschichte, würde ich ausführlich über die Fortschritte in unserer Beziehung berichten, würde die Gespräche aufschreiben, die uns berührten, und dafür jene weglassen, die sich um Asta drehten. Ich würde unseren ersten Kuß registrieren und unsere erste Nacht. So aber muß ich mich auf eine Kurzfassung beschränken. Jedenfalls stellte sich sehr bald heraus, wie falsch es gewesen war, Cary zu sagen, ich sei zu alt für die Liebe, und wie dumm, mir einzureden, meine Fähigkeit zu lieben habe sich in den Jahren mit Daniel erschöpft.

Es wurde wirklich Zeit, daß ich mich wieder um Cary kümmerte. Zwei Wochen war ich zwischen der Willow Road und Pauls Haus hin- und hergependelt und nur ab und zu in meine Wohnung gegangen, um den Anrufbeantworter abzuhören. Dabei konnte ich feststellen, daß sich die Hysterie in Carys Stimme von Mal zu Mal steigerte. Als ich endlich zurückrief, atmete sie spürbar auf.

»Gott, was bin ich froh, mit dir persönlich zu sprechen statt mit dieser verdammten Maschine. Andauernd habe ich überlegt, ob ich vielleicht was verbrochen habe. Noch mehr verbrochen, meine ich. Wollen wir uns zusammen Ropers Haus ansehen?«

Etwas Sonderbares war geschehen: Ich hatte nichts mehr gegen sie. Als sie an einem Samstagvormittag in die

Willow Road kam, hatte sie sich so hergerichtet, daß ich den Eindruck hatte, sie wollte mir – gerade mir! – beweisen, wie flott und jugendlich sie noch war.

Sie trug Leggings mit Steg, eine hellblaue, eng gegürtete Tunika und eine Art Poncho mit Troddeln, aber das vergrämte Gesicht, die unruhigen Augen wollten nicht recht zu diesem Aufzug passen. Damals, als ich sagte, ich hätte ihr verziehen, stimmte es nicht, erst jetzt spürte ich, daß es soweit war. Wir waren einmal Freundinnen gewesen, dann war Daniel gekommen und hatte uns auseinandergebracht, und jetzt hatte irgend etwas plötzlich jene Jahre ungeschehen gemacht, so daß hier gleichsam verjüngt, wie sie es sich gewünscht hätte, die alte Cary und mein früheres Ich standen.

Ich gab ihr einen Kuß. Sie zuckte fast erschrocken zurück, aber an der Schwelle zu Swannys Salon holte sie mich ein und küßte mich auf die Wange. Ich war wohl an jenem Tag ein bißchen schwer von Begriff, denn ich brauchte lange, um mir darüber klarzuwerden, warum ich ihr nicht mehr böse war. Wir waren schon in Hackney, Cary und ich, im Haus der Ropers, gingen durch die Räume, in denen Lizzie gelebt hatte und gestorben war, als mir die Erleuchtung kam.

Die Frage war, ob die Innenaufnahmen für den Roper-Fernsehfilm in der Villa Devon, Navarino Road, oder in einem anderen Haus gemacht werden sollten, das sie für diesen Zweck ausgeguckt hatten. Die Villa Devon steht noch, so wie wohl auch Astas Haus in der Lavender Grove, das ich nie gesehen habe, noch steht. Das Naheliegendste wäre doch wohl, sagte ich zu Cary, den Originalschauplatz zu nutzen, man müsse ja froh sein, daß das Haus nicht abgerissen worden war.

»Du kennst dich beim Fernsehen nicht so aus wie ich«, sagte sie. »Es kann durchaus sein, daß ein anderes Haus geeigneter ist, auch wenn sie da nicht gewohnt haben.«

»Du willst demnach die Geschichte umschreiben?«

»Unsere Geschichte könnte tatsächlich die eine oder andere Korrektur vertragen«, sagte sie. »Manchmal passieren doch die unwahrscheinlichsten Sachen. Und so was kann ich bei meiner Produktion nicht gebrauchen.«

»Und die Villa Devon ist unwahrscheinlich?«

»Keine Ahnung, ich war ja noch nicht da, ich weiß nur soviel, daß sie ziemlich groß und feudal ist und vor Maria Hydes Einzug mal bessere Zeiten gesehen hatte. Es fällt ein bißchen schwer, sich vorzustellen, daß solche Leute dort gewohnt haben sollen.«

Ich würde mitkommen, sagte ich spontan, obgleich ich bis dahin hinhaltend taktiert und behauptet hatte, die Sache interessiere mich nicht sonderlich. Inzwischen hatten sich meine Gefühle für Cary geändert, ich sperrte mich nicht mehr gegen ein Zusammensein, ja, ich freute mich sogar auf den Tag mit ihr. Jetzt, da ich wußte, wessen Identität Swanny in ihren letzten Jahren angenommen hatte, wollte ich das Haus sehen, in dem die kleine Edith gewohnt hatte.

Cary hatte einen Termin mit den Leuten aus der Erdgeschoßwohnung und dem Mann in der Wohnung im ersten Stock abgemacht. Das Ehepaar, dem die Räume im zweiten und dritten Stock gehörten, waren zur Zeit in Marokko, aber der Mann aus dem ersten Stock hatte einen

Schlüssel und würde uns das Zimmer zeigen, in dem man die Leiche von Lizzie und Maria gefunden hatte.

Das Haus war tatsächlich ziemlich feudal. In Hampstead hätte man so etwas als hochherrschaftliche Residenz bezeichnet, hier beeinträchtigte die heruntergekommene Nachbarschaft den Snob-Appeal. Es war eine Häuserzeile, die man eher in Bayswater erwartet hätte, original viktorianische Bauten, hohe Schiebefenster, Stuckfassaden, Stufen, die zu einer von Säulen flankierten, überdachten Haustür führten. Die Villa Devon hieß mittlerweile Devon Court, und an der Haustür waren drei Klingelknöpfe. Ich begriff, was Cary mit Unwahrscheinlichkeiten gemeint hatte, als die Frau, die sich als Brenda Curtis vorstellte, uns in ihre Wohnung bat. Nachdem die Haustür sich vor den Bildern und Geräuschen der Außenwelt geschlossen hatte, hätten wir ebensogut in einer luxusrenovierten Eigentumswohnung in der Willow Road sein können.

Der Hausflur war vielversprechend, denn der bei Ward-Carpenter erwähnte rote Marmorboden und das geschnitzte Treppengeländer waren unverändert. Die Schutzverkleidung an der Wand wie auch die abwaschbare Tapete mit dem Reliefmuster aus stilisierten Blättern und Blüten war gut und gern hundert Jahre alt und jetzt natürlich weiß gestrichen – was Maria Hyde vermutlich nur mit Badezimmern assoziiert hätte. Auch das Holz- und Balkenwerk war – bis auf das mahagonifarbene Treppengeländer – weiß lackiert. Hier aber, wo Brenda Curtis und ihr Mann die zwei – jetzt drei – Zimmer im Erdgeschoß und drei weitere im Souterrain bewohnten, hätten wir ebensogut in einem Neubau sein können – natürlich einem in neogeorgianischem Stil mit Bogen und Alkoven und Nischen und einer Spindeltreppe ins Souterrain, die zu all dem paßte wie die Faust aufs Auge.

»Im zweiten Stock möchte ich nicht unbedingt wohnen«, sagte sie, während sie uns die Treppe hinunter in Florence Fishers Reich führte. »Die Mannerings sind ja sehr oft auf Reisen, vielleicht stört es sie deshalb nicht weiter. Aber daß bei ihnen alles im Stil der damaligen Zeit sein muß, ist ein regelrechter Tick. Alles ist ein bißchen hergerichtet, aber verändert hat sich nicht viel. Sie schlafen in dem Zimmer...« – sie streifte uns mit einem schrägen Blick – »... in dem sie die Leichen gefunden haben. Na, für mich wäre das nichts.«

»Nein«, murmelten wir diskret, »für uns auch nicht.«

»Vor sieben Jahren, als wir herkamen, war hier unten alles in einem schrecklichen Zustand, es war praktisch noch so wie zu Ropers Zeiten. Im Souterrain hatte eine Frau gewohnt, die mit dreißig Jahren eingezogen war, sie ist uralt geworden und hier gestorben, und ich schätze, daß sie die Räume nicht ein einziges Mal hat tünchen lassen. Die Küche war noch so wie damals bei Maria Hyde und voller Kakerlaken. Da drüben war ein Verschlag, eigentlich nur ein besserer Besenschrank, für das unglückliche Dienstmädchen. Der Spülraum war hier irgendwo an der Außenwand, und sogar der alte Waschkessel war noch da, ein gemauertes Ungetüm mit hölzernem Deckel. Der Makler hat gesagt, es wäre ein Sammlerstück, genau wie der Küchenherd, aber wir haben alles rausgeworfen und radikal umgebaut, damit es hier möglichst hell und geräumig wird, man kann sich gar nicht mehr vorstellen, wie es mal war.«

Eine Terrassentür führte aus der Poggenpohl-Küche in einen gepflasterten, ummauerten Garten. Am Rand eines Fischteichs saß zwischen Buchsbaumkübeln eine Tigerkatze. Nur die über drei Meter hohe Gartenmauer aus braunen Backsteinen, geschwärzt von verbotenen Feuern, schien alt zu sein. Dort, wo die Polizei das Brotmesser gefunden hatte, stand ein Hochbeet mit steinerner Umrandung, das mit Zwergkoniferen bepflanzt war.

In Gedanken war ich bei Edith, aber in dieser Küche konnte man sich nicht vorstellen, wie sie am Tisch gesessen und ihren Porridge gegessen hatte, während Florence ihrer Arbeit nachging, bei Gaslicht wahrscheinlich, denn selbst an einem Julivormittag dürfte hier wenig Licht hereingekommen sein. Vermutlich waren irgendwo ein, zwei Fenster gewesen, aber auch das ließ sich jetzt kaum mehr nachvollziehen.

Am Fuß der Treppe blieben wir erleichtert stehen und dachten an Edith, wie sie sich an jenem letzten Tag auf ihren kurzen Beinchen die Stufen hochgehangelt hatte und oben hinter der Biegung verschwunden war. Wir waren halb die Treppe hinauf, als der Mann aus dem ersten Stock uns hörte und aus seiner Wohnung kam.

»Um diese Zeit sieht man sie nicht«, sagte er.

Wen denn, wollte Cary wissen.

»Edith.«

Er registrierte unsere Reaktion – wir hatten wohl unwillkürlich große Augen gemacht – mit sichtlicher Genugtuung.

»Nur ein Scherz, die Damen! Keine Bange, ich selbst habe sie noch nie gesehen, und ich wohne seit zehn Jahren hier.«

»Ein Gespenst?«

»So heißt es. Mrs. Mannering über mir schwört Stein und Bein, daß sie die Kleine mal gesehen hat. ›Sie sollten mehr Wasser dazugeben‹, hab ich gesagt. ›Reden Sie kein Blech‹, hat sie gesagt, ›Sie wissen ganz genau, daß ich nicht trinke. Ich hab sie auf der Treppe gesehen. Gestern abend, als ich kam, kurz vor Mitternacht.‹« Offenbar hatte er die Geschichte vom Hausgespenst schon oft erzählt, sie kam ihm fließend über die Lippen und mochte für einen älteren, allein lebenden Mann zum Höhepunkt eines sonst recht eintönigen Lebens geworden sein. »›Ich steh am Fuß der Treppe‹, hat sie gesagt, ›und schau nach oben, und da klettert die Kleine gerade hoch.‹«

»Und dann?« fragte Cary.

»Na ja, das war eigentlich alles. Sie verschwand um die Biegung im Schatten. Ganz schön schattig, wenn Sie mich fragen, ja... Mrs. Mannering hat sie dann noch einmal gesehen, und irgendwas hat Mrs. Curtis unter mir auch gesehen, jedenfalls hat sie laut gekreischt, sie wollte nicht mit der Sprache raus, aber nach Anbruch der Dunkelheit geht sie nicht mehr allein in den Hausflur.«

Cary nahm das alles begierig auf, es schien sie noch auf neue Ideen für ihre Sendung zu bringen. Ich freute mich für sie, und in diesem Moment begriff ich, warum wir uns wieder nähergekommen waren. Die Sache mit Daniel, die Erinnerung an ihn oder daß sie ihn mir weggenommen hatte, tat nicht mehr weh. Sein Bild war unscharf geworden, er war nur noch ein Mann, den ich mal gekannt hatte. Ihre Rolle in dem Spiel und das Spiel selbst waren unwichtig geworden, denn jetzt hatte ich Paul.

Ich hakte mich bei Cary unter, die mit einer spontanen, herzlichen Bewegung meinen Arm an sich drückte. Vielleicht dachte sie, mich hätte es bei der Gespenstergeschichte gegruselt. Zusammen betraten wir die Wohnung des alten Mr. Wagstaff und Ediths früheres Zimmer. Er schien geradezu stolz darauf zu sein, daß hier von der Vergangenheit nichts geblieben war. Die Fenster waren unter Doppelverglasung, die Wände unter Prägetapeten mit pfirsichfarbenen Rosen versteckt.

Ein Stockwerk höher sah alles anders aus. Mrs. Curtis hatte recht gehabt: Verändert hatte sich nicht viel. Sehr bewußt und bemüht hatte man das Vorhandene bewahrt oder Originale kopiert. Die Beleuchtungskörper sahen so aus, als würden sie aus den um die Jahrhundertwende üblichen Energiequellen gespeist: Die Tischleuchten waren umgerüstete Öllampen, die Deckenleuchten hatten zylinderförmige Schirme aus geätztem Glas, wie man sie früher über Glühstrümpfe stülpte. Die Bilderleisten waren noch da, aber in den oberen Etagen dürfte es früher an den Decken keine Blüten und Früchte aus Stuck gegeben haben, die hatten die Mannerings anbringen lassen.

Alles war mit einer dünnen Staubschicht bedeckt. Mr. Wagstaffs Betreuung ging, wie Cary mir zuflüsterte, offenbar nicht so weit, die Wohnung sauberzuhalten. Sie war stickig und roch, wie alle lange unbewohnten Räume, nach Muff, staubigen Vorhängen und altem Papier.

Die Mannerings hatten ein paar gute Stücke und jede

Menge Trödel aus der Zeit der Jahrhundertwende. In einem Zimmer stand eins jener Roßhaarsofas, die an Wartesäle aus Großmutters Zeiten erinnern und an deren Armlehnen man sich förmlich festkrallen mußte, um nicht vom Sitz zu rutschen. Der überall reichlich vorhandene rote Samt schrie förmlich nach dem Teppichklopfer einer Florence Fisher. Die Wände hingen voll alter Sepiafotografien in kunstgewerblichen Rahmen, die neuerdings bei trendbewußten Kneipenwirten hoch im Kurs stehen. Auf diesen bei Trödlern zusammengekauften Lichtbildern waren gewiß nicht Vorfahren der Mannerings, sondern wildfremde Leute zu sehen, aber es waren doch wirkliche, lebendige Menschen gewesen, Liebhaber, Ehemänner, Ehefrauen, Väter und Mütter, die sich im Fotoatelier hatten ablichten lassen, das Ergebnis befriedigt, verärgert oder gleichgültig zur Kenntnis genommen und es jetzt, fast hundert Jahre danach, zu einer allerdings recht fragwürdigen Unsterblichkeit gebracht hatten. Denn solche Bilder werden ja nicht gekauft, gerahmt und aufgehängt, weil die Abgebildeten gut, schön, gescheit oder eindrucksvoll wären, sondern weil sie zum Lachen reizen. Weil Besucher bei ihrem Anblick fragen: Wer ist denn bloß dieses wunderliche Weib oder dieser komische Knabe? Sieh dir nur ihre Kleidung an, ihre Frisur. Was meinst du, ob die sich auch noch schön fanden?

Leute, die ihr Umfeld zur Lachnummer stilisierten, sagte Cary hinterher zu mir, seien ihr nicht geheuer. Was macht man mit Menschen, die nicht schön wohnen wollen, sondern »originell«, nicht behaglich, sondern bizarr? Und was ist, wenn sie diese Lebensweise eines Tages leid sind?

Die Mannerings waren sie offenbar nicht leid geworden. Aber sie waren ja auch viel auf Reisen, vielleicht hielt das die Lachnummer am Leben. Besonders »originell« fanden sie offenbar das Schlafzimmer, weil dort der Mord geschehen war. Sie hätten sonst wohl kaum die Wohnung gewissermaßen auf den Kopf gestellt. Die Wohnräume waren in der obersten Etage, die Maria Hyde seinerzeit zugesperrt hatte.

Wir sahen uns an, und Cary schnitt ein Gesicht. An der Wand hingen stark vergrößert und in geschnörkelten Goldrahmen die Fotos von Roper und Lizzie aus dem Ward-Carpenter-Bericht. Das Messing-Ehebett der Mannerings war vermutlich eine Kopie jenes Bettes, auf dem Lizzies Leiche gefunden worden war, und hatte eine weiße Tagesdecke, vor den Fenstern hingen lila Ripsvorhänge und Halbgardinen aus Spitze. Auf den Marmorplatten der Nachttische standen Jugendstillampen mit lilienförmigem Schirm, wie man sie in den Lampenabteilungen großer Kaufhäuser bekommt.

»Wer die beiden da waren, wissen Sie ja…«

Mr. Wagstaff deutete auf die gerahmten Porträts und lachte in sich hinein, offenbar fand auch er sie originell, vielleicht haben ja die meisten Leute Vergnügen an derlei Dingen. Doch über dem, was er dann sagte, vergaß ich alles andere. »Vor zwei Jahren haben sich eine alte Dame und zwei junge Leute die Wohnung hier angesehen. Sie war sehr angetan von den Fotos und hätte sie sofort gekauft, aber ich hab gesagt, daß die Entscheidung nicht bei mir liegt. Ich solle doch bitte Mr. und Mrs. Mannering fragen, hat sie gesagt, und ich hab gesagt, ja, ist gut, wenn sie wieder mal da sind, aber dann hab ich es doch nicht gemacht. Irgendwie hab ich sie nicht ganz ernst genommen, sie war ein bißchen…« Er tippte sich an die Stirn.

»Wie sah sie aus?«

Er musterte mich mit leisem Argwohn. »Groß, sehr dünn. Sie hatte einen Hut auf, das sieht man heutzutage nicht mehr oft bei Frauen. Eine Bekannte von Ihnen?«

Hier waren sie also gewesen, Swanny und Gordon und Aubrey, nicht in der Lavender Grove. Hier, im Hause der Ropers.

»Wie ist die alte Dame denn auf Sie gekommen?«

»Sie wird unten geklingelt haben, und da hat Mrs. Curtis sie hochgeschickt. Kann ich mal die Räume oben sehen, hat sie mich gefragt, und ich hab gesagt, warum nicht. Hier kommen immer mal wieder Besucher her, Mr. und Mrs. Mannering stört das nicht. Mit den Treppen hat sie sich hart getan, wegen ihrer Arthritis, hat sie gesagt, einer der jungen Männer mußte sie stützen.«

Swanny hatte die Fotos für Bilder ihrer Eltern gehalten. Kein Wunder, daß sie sie hatte kaufen wollen. Es gab mir einen Stich, als ich mir vorstellte, wie sie hier gestanden hatte, die eigenen Züge mit einem Mund, einer Nase, mit den Augen, dem Haar der verblaßten, körnigbräunlichen Gesichter verglichen hatte, die ohne Lächeln auf sie heruntersahen. Aber sie hatte die Bilder nicht bekommen. Mr. Wagstaff hatte Swanny nicht ernst genommen.

Mir kam ein erschreckender Gedanke. »Haben Sie ihr die Gespenstergeschichte erzählt?«

Er lächelte. »Klar. Die wird ihr gefallen, hab ich mir gedacht.« Offenbar erzählte er sie »immer mal wieder«, jedem, der kam, ganz in der Tradition des Fremdenführers von Schloß Holyrood, der einen braunen Flecken am Boden als die Reste des von Rizzio im Sterben vergossenen Blutes ausgibt.

»Und was hat sie dazu gesagt?«

»Sie wollte es nicht glauben. ›Edith lebt‹, hat sie gesagt, ›und wenn jemand noch am Leben ist, kann er nicht als Gespenst herumgeistern.‹« Wir gingen die vielen Stufen hinunter, die Edith so mühsam erklommen hatte. Wie weit sie gekommen war, wußte niemand. Vielleicht nur bis zum ersten Stock. Sie war in ihr Zimmer gegangen… und dann? War sie aus dem offenen Fenster gefallen? Aber hätte dann nicht jemand Alarm geschlagen?

Oder hatte sie es doch bis zur zweiten Etage geschafft? Ich versuchte mir eine Version auszudenken, bei der die Großmutter noch am Leben war und sich mit der kleinen Edith in Sicherheit zu bringen suchte, sie jemandem anvertraute, ehe sie dann gestorben war.

Mr. Wagstaff war sichtlich enttäuscht, daß Cary ihm für die Nutzung seiner Wohnung nicht sofort 500 Pfund pro Woche auf unbestimmte Zeit bot. Ich bewunderte ihre energische Weigerung, sich oder ihre Arbeitgeber auf irgend etwas festzulegen. Wir kennen ja unsere Freunde selten von ihrer beruflichen Seite. Diese Cary – höflich lächelnd und von eiserner Unnachgiebigkeit – hatte ich noch nie erlebt.

»Wir haben uns noch nicht endgültig entschieden. Gegebenenfalls melden wir uns wieder.«

»Das ist nichts für uns«, sagte sie, als sich die Tür hinter uns geschlossen hatte. »Es ist alles so vermurkst. Das

Schlafzimmer ist fast echt und stimmt trotzdem hinten und vorn nicht.«

»Wo ist das andere Haus?«

Das bewußte Haus war in der Middleton Road, wo Paul wohnte. Es war Samstag, da war er zu Hause und würde uns vielleicht sehen. Wir hatten uns für den Abend verabredet, er und ich, aber trotzdem hatte ich ganz kindische Hemmungen, in seiner Straße von ihm mit Cary gesehen zu werden.

»Wir können hingehen, wenn du willst. Ins Haus selbst kommen wir nicht, ich habe nichts verabredet, aber du kannst mir sagen, wie du es von außen findest.«

»Das muß aber nicht sein…«

»Ach komm, jetzt sind wir schon mal hier. Hackney liegt einem ja sonst nicht gerade auf dem Weg.«

»Hör mal, Cary«, sagte ich. »Sie waren doch angeblich alle krank, Maria Hyde, Lizzie Roper und Florence Fisher. Lizzie hat sich nachmittags um fünf ins Bett gelegt, am nächsten Tag fühlte Florence sich nicht wohl. Was hatten sie eigentlich? Etwas Ansteckendes? Ist dieser Frage mal jemand nachgegangen?«

»Maria Hyde ist an Herzstillstand gestorben, das wissen wir. Lizzie war von Roper mit diesem Bromzeug vollgestopft worden, das zu Übelkeit führt und einschläfert, wenn man zuviel davon nimmt. Und genau konnte er das ja nie berechnen. Florence hat ausgesagt, daß Lizzie manchmal drei Teelöffel Zucker in eine Tasse Tee gab. Und wenn sie mal zwei oder drei Tassen trank?«

Florence nahm keinen Zucker, wandte ich ein, Florence war nicht mit Hyoscin vollgestopft.

»Ich denke mir, daß Florence mit ihrer Krankheit ein bißchen dick aufgetragen hat. Tate-Memling hat sie nicht umsonst gefragt, warum sie erst nach einer Woche wieder in die zweite Etage zum Putzen gegangen ist. Wahrscheinlich hat sie sich, als die Herrschaft aus dem Haus war, einfach einen schönen Lenz gemacht, aber das konnte sie dem Gericht nicht sagen. 1905 galten Dienstboten, die ihre Arbeit nicht ordentlich oder nicht gern machten, fast als unmoralisch.«

»Merkwürdig, daß sie das Tablett nicht selbst hochgetragen, sondern das Maria überlassen hat. Offenbar hatte doch Maria am Morgen einen Herzanfall gehabt.«

»Nachmittags ging es ihr wahrscheinlich schon besser. Ich weiß auch nicht alles, Ann.«

»Hat die Polizei mal daran gedacht, daß Florence Fisher die Kleine umgebracht haben könnte? Wie eingehend ist sie vernommen worden? Immerhin war sie die letzte, die Edith lebend gesehen hat.«

»Das habe ich mir auch schon überlegt, aber soweit ich es habe feststellen können, ist nie auch nur der leiseste Verdacht auf sie gefallen. Vielleicht, weil sie so redlich und rechtschaffen wirkte, und sie hatte wohl auch kein Motiv für den Mord an dem Kind, sie scheint Edith gern gehabt zu haben.«

»Was mag aus ihr geworden sein?«

»Aus Florence Fisher? Das kann ich dir sagen, wir haben ein ganzes Team darüber recherchieren lassen. Sie ist ledig geblieben. Wir haben eine ganze Akte über Florence, die kannst du dir gern ansehen, aber viel gibt sie nicht her.«

Ich fragte, ob Florence noch lebte.

»Schwerlich, Ann, dann wäre sie jetzt weit über hundert. Nein, sie ist 1971 gestorben, glaube ich, aber vielleicht irre ich mich auch, in letzter Zeit habe ich ein Gedächtnis wie ein Sieb. Eine Großnichte ist noch da, die Enkelin einer Schwester, aber die hat nur die üblichen Lobeshymnen auf Tantchen gesungen, was für ein wundervoller Mensch sie war, wie gütig und selbstlos und und und. Florence Fisher war nicht immer in Stellung, irgendwie brachte sie das Geld für einen Tabakladen zusammen, den sie viele Jahre betrieb. Im Frauenhilfskorps ist sie ein ziemlich hohes Tier geworden, es gibt ein Foto mit ihr und der Marquise von Clovenford – die Großnichte ließ sich nicht davon abhalten, es mir zu zeigen. Interessant daran ist allenfalls, daß der Schwiegervater von Lady Clovenford der erste Marquis von Clovenford war, und der erste Marquis von Clovenford war jener Kronanwalt Richard Tate-Memling, der im Roper-Prozeß die Anklage vertreten hat.«

»Ob Florence das wußte?« Ich holte tief Atem und deutete auf das Eckhaus. »Dort wohnt mein Freund Paul.«

Cary stieß einen leisen Schrei aus. »Warum hast du das nicht gleich gesagt, Ann? Jaja, stille Wasser sind tief! Können wir bei ihm klingeln? Vielleicht bittet er uns auf einen Kaffee herein, ich könnte einen gebrauchen, du nicht?«

Wie Schulmädchen. Da wohnt also dein Freund? Kann ich ihn mir mal ansehen?

»Wo ist dein Haus?« fragte ich.

Widerstrebend führte sie mich hin, und ich überlegte, ob Paul uns wohl beobachtete. Das Haus hatte bis auf die

Tatsache, daß es ebenfalls viergeschossig war und ein Souterrain hatte, keine Ähnlichkeit mit der Villa Devon. Es stammte aus einer späteren, weniger noblen Epoche, in der Wohnhäuser schon zur Massenware geworden waren. Wie so oft bei Häusern aus der Zeit um 1890 stimmten die Proportionen nicht ganz. Es war ein billiger, häßlicher Bau aus braunem Backstein mit plumpen Stuckverzierungen, die Türfüllung der Eingangstür war aus rotem und grünem Glas. Daß Maria Hyde eigentlich eher in so ein Haus gehört hatte, leuchtete mir durchaus ein.

Wir kehrten um. Paul hatte uns gesehen und wartete im Vorgarten.

»Wie gut er aussieht«, sagte Cary.

Ich mußte lachen.

»Was hast du denn?«

»Diesen hier bekommst du nicht«, sagte ich und machte Cary mit Paul bekannt. Dann gingen wir ins Haus.

23

Ein neuerlicher Raubzug Carys war, wie sich herausstellte, nicht zu befürchten. Paul sagte etwas zaghaft, ich möge es ihm nicht übelnehmen, aber er fände sie nicht sehr sympathisch. Weniger erfreulich für mich war seine Weigerung, sich weiter mit den Tagebüchern zu beschäftigen.

»Weigerung« ist ein zu starkes Wort. Es war eher ein Sichsträuben. Er diskutierte bereitwillig den Fall Roper mit mir, las den Prozeßbericht von Ward-Carpenter und die Gerichtsreportage von Mockridge und besorgte mir sogar aus der Senate Library das ungekürzte Gerichtsprotokoll aus der Reihe *Notable British Trials*. Auch die Frage, was wohl aus Edith geworden war, ob sie überlebt hatte, schien ihn durchaus zu interessieren. Mit den Tagebüchern aber, die ihn zuerst so fasziniert hatten, wollte er offenbar nichts mehr zu tun haben, das Thema schien ihm geradezu peinlich zu sein. Die geliehenen Hefte gab er mir kommentarlos zurück, und als ich ihm die für die zwanziger und dreißiger Jahre anbot, schüttelte er nur den Kopf und sprach von etwas anderem. Wären es beliebige Aufzeichnungen gewesen, die mir jemand aus meiner Familie vermacht hätte, wäre es nicht weiter von Belang gewesen. Sich zu verlieben, eine Beziehung einzugehen bedeutet ja noch nicht, daß man mit dem Partner alles gemeinsam machen muß. So spielt beispielsweise Paul Golf und Schach, wofür ich mich überhaupt nicht interessiere. Astas

Tagebücher aber waren für mich mehr als ein in irgendeinem Schrank vergrabenes Erbstück. Ich war in Swannys Nachfolge mehr oder weniger ihre Herausgeberin geworden. Das Recherchieren für Autoren – meine eigentliche Arbeit – litt darunter, und ein Jahr nach Swannys Tod gab ich sie ganz auf.

Die Tagebücher wurden mir nie so zum Lebensinhalt, wie sie es Swanny gewesen waren, spielten aber dennoch eine wichtige Rolle in meinem Alltag. All das, worum Swanny sich gekümmert hatte – Verhandlungen über neue Bände und über die Gestaltung von Taschenbüchern mit dem Verlag, die Auswahl von Illustrationen, Bewertung von Auslandabsätzen und vieles mehr mußte nun ich übernehmen. Die Tagebücher für die Jahre 1935–1944 sollten im nächsten Jahr zeitgleich in England und bei Gyldendal erscheinen. Das bedeutete viel Arbeit, und natürlich hätte ich mit einem Menschen, der mir so nahe stand, manchmal gern über meine Probleme gesprochen.

Paul, der sonst so herzlich, begeisterungsfähig und großzügig ist, wimmelte mich jedesmal freundlich, aber bestimmt ab. Ich konnte mir das nur damit erklären, daß die Tagebücher ihn langweilten, was ja vielleicht auch begreiflich war. Womöglich hätten sie auch mich weniger fasziniert, wenn ich die Verfasserin nicht so gut gekannt hätte, wenn nicht so viele mir vertraute Menschen darin vorgekommen wären. Allerdings wurde die nach Millionen zählende Käufer- und Leserschar ihrer offenbar alles andere als müde. Schließlich vermied ich das Thema ganz, was gar nicht so einfach war, denn oft wollte er wissen, was ich tagsüber gemacht hatte, und da mich weder der

Haushalt noch ein Einkaufsbummel oder der Besuch von Freunden, sondern der nächste Band der Tagebücher absorbiert hatte, war ich oft um eine Antwort verlegen.

Wenn ich meinerseits fragte, wie er denn den Tag verbracht hatte, sagte er nach kurzem Zögern, seine Bemühungen, Neunzehnjährigen dänische Literatur nahezubringen, dürften mich kaum interessieren.

»Vielleicht doch. Wenn du dabei etwas Amüsantes oder Kurzweiliges erlebt hast...«

»Kurzweiliges gibt es dabei selten und Amüsantes nie.«

»Wenn ich mit Margrethe oder Swannys Lektorin über die Tagebücher spreche, passieren manchmal die erstaunlichsten Sachen.«

»Erzähl mal«, sagte er dann – aber nur aus Nettigkeit, und ich hörte meist schnell wieder auf, wenn ich sein Gesicht sah, das in solchen Momenten nicht so sehr glasig oder gelangweilt, sondern ausgesprochen traurig wirkte. Ja, traurig. Und ich wußte nicht, warum. Es sprang mir förmlich in die Augen, aber ich erkannte es nicht. Hätte ich seine Mutter gekannt, wäre ich vielleicht darauf gekommen. Aber ich habe nie (und jetzt, als fast Fünfzigjährige, schon gar nicht) von einem Freund erwartet, in aller Form der Familie vorgestellt zu werden. Und von sich aus kam Paul nicht darauf. Wenn er seine Mutter besucht hatte, erzählte er kurz, wie es ihr ging und was sie gemacht hatte, fragte aber nie, ob ich Lust hätte mitzukommen.

Wir lebten nicht ständig zusammen. In unserer Gesellschaft steht festen Bindungen ein Hindernis entgegen, an das die Soziologen offenbar noch gar nicht gedacht haben.

Da sind zwei Menschen, die ihr eigenes Heim besitzen, viel Geld dafür ausgegeben haben und in vielen Fällen daran hängen. Welcher Partner soll nun sein schönes Zuhause aufgeben? Das ist nicht nur eine Geldfrage. Der eine liebt vielleicht Dulwich und schaudert bei der Vorstellung, nach Brondesbury ziehen zu müssen, während es für den anderen völlig unmöglich wäre, südlich der Themse zu leben. Paul hing an seinem Haus in Hackney, ich hatte eine Wohnung und Swannys Haus in Hampstead... wer sollte das Opfer bringen?

Meine Wohnung hatte ich mittlerweile zum Verkauf angeboten, aber noch nicht leergeräumt. Nur mein Padanaram stand in der Willow Road. Ein Umzugswagen brachte es an eben jenem Tag, als Margrethe Cooper mir eine gerade übersetzte Stelle zeigte, in der vom Verkauf des Original-Padanaram Anfang der dreißiger Jahre die Rede ist. In meiner alten Wohnung war ich kaum noch, sondern meist in Swannys Haus in der Willow Road. Paul und ich besuchten uns gegenseitig und verbrachten die Wochenenden zusammen bei ihm oder bei mir.

Die naheliegendste Lösung wäre natürlich gewesen, auch die beiden Häuser zu verkaufen und uns gemeinsam ein neues zu suchen, aber die Willow Road war mir ans Herz gewachsen. Paul liebte sein Haus auch, trug sich aber gelegentlich schon mit Umzugsplänen. Wenn ich ihn dabei bremste oder ihn zumindest nicht ermunterte, dann deshalb, weil ich mir überlegte, wie es wohl wäre, sich ganz mit einem Mann zusammenzutun, den die Tätigkeit des Partners offenkundig langweilte, wenn nicht gar betrübte oder erschreckte.

Cary gab ein Drehbuch in Auftrag, das zu ihrer Zufriedenheit ausfiel, suchte sich einen Regisseur und machte sich an die Besetzung der Rollen für die Produktion, die – gängigem Zeitgeschmack folgend – einfach *Roper* heißt und als Dreiteiler an einem Montag, Dienstag und Mittwoch oder aber in drei aufeinanderfolgenden Wochen ausgestrahlt werden sollte.

Schauplatz der Handlung war nun doch das Haus in Pauls Straße. Cary erzählte mir, daß sechs Leute drei Monate zu tun gehabt hatten, um alles im Stil der Zeit herzurichten. Die glücklichen Besitzer, denen man das Haus später im früheren Zustand oder aber mit einem reizvollen Interieur der Jahrhundertwende übergeben würde, waren zu einem längeren Besuch ihres Sohnes nach Neusüdwales geflogen. Paul und ich verfolgten die Dreharbeiten für die Szene, in der Roper noch einmal zurückkommt, um seine Münzdose zu holen. Es war ein Sonntagmorgen, ich war übers Wochenende nach Hackney gefahren. Die Middleton Road, in der normalerweise die Autos dicht an dicht stehen, war geräumt, und vor dem Haus stand eine Droschke mit einem viel zu dicken, glänzenden Pferd. Einen dürren, lahmenden Droschkengaul hatten sie nicht auftreiben können.

Auf der gegenüberliegenden Straßenseite hatte sich eine kleine Zuschauergruppe versammelt, wir standen da und warteten, bis Paul und ich fanden, daß wir uns das alles ebensogut aus einem seiner Schlafzimmerfenster ansehen konnten. Der Schauspieler, der Roper verkörperte, hatte noch mehr Ähnlichkeit mit Abraham Lincoln als Alfred selbst. Nachdem er fünfzehnmal aus der Droschke gestiegen und die Stufen hochgestürmt war und die Szene immer noch nicht im Kasten war, gaben wir es auf und setzten uns zum Frühstück.

Die gesamten Dreharbeiten dauerten acht Wochen, und noch vor dem Schnitt ließ Cary eine großformatige vierseitige Glanzpapierbroschüre mit Standfotos, kurzen biographischen Angaben über die Schauspieler und einigen Vorschußlorbeeren für sich selbst und ihren Regisseur Miles Sinclair drucken. Auf einem der Fotos war Roper mit Lizzie, auf einem anderen Lizzie mit Maria Hyde zu sehen, eins zeigte die kleine Edith, wie sie die Treppe erklimmt, und eins Florence in der Küche, außerdem waren – und das war wichtig für die weitere Entwicklung – sämtliche Mitwirkenden aufgeführt.

Die Broschüre war hauptsächlich dazu gedacht, ausländische Sendeangebote hereinzuholen, sie ging nach Australien und Neuseeland, nach Kanada und nach Amerika – mit dem Erfolg, daß Cary ihre Produktion täglich überallhin verkaufte und von unerwarteter Seite angesprochen wurde.

Sie habe einen Brief und dann einen Anruf von einer Amerikanerin bekommen, erzählte sie mir, einer gewissen Lisa Waring, die für eine Fernsehgesellschaft in Los Angeles arbeitete und dort für den Sender die Auswahl unter den angebotenen (hauptsächlich britischen) Produktionen traf. Zur Zeit war sie noch in Kalifornien, wollte aber in Kürze nach England kommen.

In der *Roper*-Werbebroschüre war sie auf den Namen ihres Urgroßvaters väterlicherseits gestoßen. Alle Versuche, den Wurzeln ihrer Familie nachzugehen, waren bisher daran gescheitert, daß sie die Herkunft dieses Mannes nicht hatte ermitteln können.

»Wen meint sie denn?« fragte ich.

»Das hat sie nicht verraten. Die Sache ist ein bißchen undurchsichtig, aber wahrscheinlich nicht weiter wichtig.«

»Und was erwartet sie jetzt von dir?«

»Sie will mit mir sprechen und mir ihre Unterlagen zeigen.«

So etwas, sagte Paul, sei bei der Fernsehverfilmung einer dramatischen Geschichte mit wahrem Hintergrund gar nicht anders zu erwarten, nach der Ausstrahlung von *Roper* würden uns noch mehr Anfragen dieser Art beschäftigen.

»Ich wüßte nicht, wie ich ihr weiterhelfen soll«, sagte Cary. »Wenn ihr Urgroßvater ein Roper war, kann es nur Arthur gewesen sein, weil der andere Bruder entweder keine Kinder hatte oder sie gestorben sind. Wie Edward, der im Ersten Weltkrieg fiel. Arthur hatte zwei Töchter, eine von denen könnte ihre Großmutter gewesen sein. Sie sind Jahrgang 1912 und 1914, das steht in seinen Memoiren.«

»Ich kann mir nicht vorstellen, daß es einer dieser Roper war«, sagte Paul. »Roper ist ein ziemlich gängiger Name.«

Ich kenne Cary so gut, daß ich in ihrem Gesicht lesen kann wie in einem Buch. Es wirkte plötzlich sehr ernst und gleichzeitig leicht abwesend, und ich begriff, daß sie Angst vor den Eröffnungen dieser Lisa Waring hatte, weil sie unter Umständen ihren Film gefährden konnten.

Ein paar Tage später sagte Cary, sie habe sich die ganze Zeit schon überlegt, ob es in Ropers Vergangenheit eine Erklärung dafür gab, daß er Lizzie ausgerechnet auf diese Art und Weise umgebracht hatte. Nicht jeder kann mit einem einzigen glatten Schnitt eines scharfen Messers einem Menschen den Hals durchtrennen. Warum hatte bei Roper die natürliche Hemmschwelle versagt, die normale Menschen von einer solchen Tat abhält? Und wo und wie hatte er sich die Fähigkeit erworben, auf diese Art zu töten? Wenn er denn der Mörder gewesen war.

Lisa Waring wollte sich mit Cary treffen, bei ihr zu Hause oder in ihrem Büro, das sei ihr gleich. Exaltiert wie immer hatte Cary mich angefleht dabeizusein, und ich hatte es ihr versprochen, aber dann hörten wir nichts mehr von der Amerikanerin. Vielleicht hatte sie es sich ja anders überlegt. Womöglich war die ganze Geschichte auch von Anfang an ein Schwindel gewesen oder ein Trick, mit dem sie sich hatte interessant machen wollen, unter Umständen arbeitete sie gar nicht für diese Fernsehgesellschaft, sondern das Werbematerial war ihr nur zufällig in die Hände gefallen.

Cary gestand, daß sie das nicht überprüft hatte. Sie machte sich Gedanken, das merkte ich, und war deshalb merklich erleichtert, als ich sagte, Lisa Waring – falls sie wirklich so hieß – habe sich vielleicht nur einen schlechten Scherz geleistet. Für manche Leute habe die Vorstellung, Kontakte zum Fernsehen zu haben, eben einen ganz besonderen Reiz. Sie würde bei der Fernsehgesellschaft anrufen, sagte Cary, und Lisa Waring verlangen.

Inzwischen hatte ich glücklich meine Wohnung verkauft, und Willow Road wurde mein Zuhause. Gordon und Aubrey besuchten mich häufig. Sie waren von ihrer Spurensuche in Dänemark zurück, und Gordon hatte die meisten Lücken in seinem Stammbaum schließen, hatte die Westerbys bis 1780 und die Kastrups weitere fünfzig Jahre zurückverfolgen können. Gyldendal war begeistert von seinem Stammbaum und wollte ihn als Frontispiz dem Text des neuen Bandes voranstellen, und auch der britische Verlag war sehr angetan. Jetzt mußte Gordon nur noch feststellen, wer Astas Urgroßvater gewesen war, wen Tante Frederikkes Großvater um 1790 geheiratet hatte und ob Rasmus' Großmutter mütterlicherseits, wie er vermutete, unehelich gewesen war.

Natürlich hatte ich ihn auf den Besuch in der Villa Devon angesprochen, aber er wußte nicht mehr, als er mir damals erzählt hatte. Swanny habe sehr geheimnisvoll getan.

»Daß sie uns glauben machen wollte, es sei Astas Zuhause gewesen, kann man nicht sagen«, meinte Aubrey. »Nicht direkt jedenfalls. Sie hat nicht ausdrücklich gesagt, wer dort gewohnt hat.«

»Aber sie hat sehr wohl anklingen lassen, ihre Familie – das heißt *meine* Familie – habe dort gelebt. ›Meine Eltern‹ hat sie gesagt«, erklärte Gordon.

Die Spukgeschichte war ihm im Gedächtnis geblieben und auch, daß sie bei Swanny wenig Anklang gefunden hatte, und die Wohnung in der zweiten Etage hatte er ebenso unmöglich gefunden wie ich, aber weder an die Fotos noch daran, daß Swanny sie hatte kaufen wollen, konnte er sich erinnern. »Ich habe nicht gefragt, wer sie waren, es interessierte mich nicht. Ich wußte nur, daß es nicht Asta und Rasmus waren.«

Und dann erzählte ich den beiden von Swannys Suche nach ihrer Herkunft. Gordons erste Sorge galt dem Stammbuch. Ob er hinter Swannys Namen »adoptiert« in Klammern setzen solle, fragte er mich, ließ von dem Gedanken aber wieder ab, als ich ihm klarmachte, welche Probleme sich daraus für künftige und für die schon vorhandenen Tagebuchbände ergeben würden.

Er sah mich mit dem harmlos-aufrichtigen Blick der Westerbys an und verkündete in seiner ernsthaften Art: »Ich werde herausbekommen, wer sie war.«

»Viel Glück«, sagte ich.

Die Fahnen für den nächsten Band, der *Frieden und Krieg* heißen sollte, waren gekommen, und zehn, zwölf Leute, darunter auch ich, lasen Korrektur. Ich muß den Schriftstellern beipflichten, die behaupten, man könne ein Werk erst dann richtig beurteilen, wenn es gedruckt vor einem liegt. Ein maschinengeschriebenes Manuskript oder ein Computerausdruck ist wirklich etwas ganz anderes. Während ich nach Druck-, Sach- und Sinnfehlern fahndete, versuchte ich, gleichzeitig auch zum Vergnügen zu lesen.

Ich kannte Margrethe Coopers Übersetzung schon aus dem Manuskript und wußte, daß in diesem Text keine Hinweise auf Swannys Herkunft zu erwarten waren. Zu Swannys Lebzeiten hatte mich diese Frage nicht allzu sehr berührt, aber seit ihrem Tod, seit *Roper*, seit ich begriffen hatte, welche Identität sie sich zu eigen gemacht hatte, war mein Wunsch, die Wahrheit zu erfahren, immer dringender geworden. Cary wollte unbedingt herausbekommen, wer Edith Roper war, ich wollte herausbekommen, wer Swanny war. Bisher wußten wir nur soviel: Die beiden waren nicht deckungsgleich.

Nachdem ich Arthur Ropers Memoiren ungelesen zurückgeschickt hatte, fragte Cary, ob ich mir nicht mal ansehen wolle, was Cora Green im Herbst 1905 für den *Star* geschrieben hatte.

Ich legte eine Korrekturpause ein und nahm mir den Artikel vor, den nicht Cora Green selbst, sondern ein Ghostwriter verfaßt hatte. Die sogenannten Fakten aber hatte natürlich sie beigesteuert. Der Ghostwriter hatte einen schon für damalige Verhältnisse blumig-preziösen und leicht angestaubten Stil. Da sie von Mrs. Roper keine Verleumdungsklage mehr zu befürchten hatte, war Mrs. Green hemmungslos über Lizzies Liebhaber und Lizzies Lebenswandel hergezogen. Auch Maria Hyde war tot und die Tatsache, daß diese einst Mrs. Greens Busenfreundin gewesen war, praktischerweise vergessen.

Wir lebten in einer durchaus wohlanständigen Straße, bis jene berüchtigte Familie, deren Tun und Treiben jüngst für so viel öffentliches Aufsehen sorgte, in der Villa Devon ihren Einzug hielt. Als eine Frau, die geneigt ist, bis zum Beweis des Gegenteils das Beste von ihren Mitmenschen zu glauben, als vertrauensvolles, vielleicht allzu harmloses weibliches Wesen schloß ich, wie ich gestehen muß, bald Freundschaft mit meiner neuen Nachbarin, Mrs. Maria Hyde.

Trug sie diesen ehrbaren Titel zu Recht? Ich fragte nicht

danach, das versteht sich von selbst, sie ließ sich so anreden, auch von mir, bis wir aufgrund der enger gewordenen Freundschaftsbande zu Vornamen – Maria und Cora – übergingen.

Anfangs hatte Mrs. Hyde drei Mieter gehabt, Mr. Dzerjinski, Miss Cottrell und Mr. Ironsmith. Die kleine Dienstmagd, die, selbst noch ein halbes Kind, fast die ganze Hausarbeit verrichten mußte, hieß Florence und kam aus einer jener Hütten am morastigen Ufer des Lea-Flusses, die ein Schandfleck für die ganze Gegend sind. Mr. Dzerjinski, ein Ausländer, wie man aus dem Namen unschwer erkennen kann, war nicht so sehr Mrs. Hydes Mieter als ihr guter Bekannter. Welcher Art die Beziehung tatsächlich war, welchen Grad verbotener Intimität sie erreicht hatte, vermag ich nicht zu sagen. Mein Bestreben ist es, bei meinen Mitmenschen nach dem Guten und nicht nach dem Bösen zu suchen. Doch selbst ein Heiliger oder ein Engel hätte wohl Mühe gehabt, das Treiben von Mrs. Hydes Tochter, der unseligen Elizabeth oder Lizzie, und der Gentlemen (wenn man sie denn so nennen darf), die in der Villa Devon vorsprachen, mit Nachsicht zu beurteilen.

Mr. George Ironsmith brauchte dort nicht eigens vorzusprechen, er wohnte im Haus. Eines Tages erzählte mir Mrs. Hyde, er sei mit ihrer Tochter verlobt, und Miss Lizzie selbst zeigte mir einen Ring, den er ihr verehrt hatte, billiger Tand aus billigem Metall mit einem Stein, der mir nach Glas oder Simili aussah, der aber nichtsdestotrotz als Unterpfand seiner Absicht gelten mochte, die Verbindung zu legalisieren. Das ihm gegebene Versprechen hinderte Lizzie jedoch nicht daran, auch andere Herrenbesuche zu empfangen, war doch ihr Bräutigam den größten Teil des Tages beruflich außer Haus. Mrs. Hyde selbst stellte mir Mr. Middlemass, einen Gentleman in fortgeschrittenen Jahren, als »Lizzies Freund« vor.

Es fügte sich, daß wir uns begegneten, als sie ihn zur Türe brachte und ich rein zufällig vor meine Haustür trat. Mr. Middlemass war gut und gern fünfzig Jahre alt und machte mit seinem pelzbesetzten Mantel und einem Spazierstock mit Goldknauf einen nicht unbegüterten Eindruck. Ich sah ihn danach noch mehrmals und muß leider annehmen, daß Miss Lizzies Verlobung aufgrund seiner Besuche auseinanderging. Wenig später verließ der glücklose Mr. Ironsmith die Villa Devon. Die freigewordenen Räume bezogen Mr. und Mrs. Upton, ein Ehepaar von untadeligem Ruf. Es dauerte nicht lange, bis Mrs. Upton und ich feststellten, daß wir in vieler Hinsicht den gleichen Geschmack und eine ganz ähnliche Lebensauffassung hatten, so daß wir uns eng aneinander anschlossen, und diese Freundschaft besteht in Treue fest bis auf den heutigen Tag. Es war Mrs. Upton, die mir von den haarsträubenden Zuständen im Haus erzählte, dem »Leben« an den Wänden und in den Matratzen, den Kakerlaken in der Küche sowie weiteren Bewohnern des Insektenreiches.

In diesem salbungsvoll-moralisierenden Ton ging die Beschreibung der Verhältnisse in der Villa Devon weiter. Cora Green schilderte das Aussehen aller Hausbewohner, berichtete von Miss Beatrice Cottrells Auszug und gab Mrs. Uptons Version von dem Streit zwischen Miss Cottrell und Maria Hyde wieder.

Cary hatte mir erzählt, die Memoiren von Beatrice Cottrell seien nicht auffindbar, worüber ich persönlich nicht traurig war. So wie manche Werke des klassischen Altertums, die in der Bibliothek von Alexandria verbrannt waren, wußte man von ihrer Existenz und ihrem Inhalt nur durch Zitate in anderen Werken. Vergeblich hatte Cary sich ans British Museum gewandt.

Ich war sehr froh, als Miss Lizzie dem neuen Mieter, Mr. Roper, ihr Jawort gab. Zunächst hatte ich bedauerlicherweise – im Hinblick auf frühere Erfahrungen vielleicht aber auch verständlicherweise – geglaubt, Mr. Roper sei nur eins von zahlreichen Eisen, die sie im Feuer hatte, und die »Freundschaft« sei nicht darauf angelegt, zu einer dauerhaften, von Kirche und Staat sanktionierten Verbindung heranzureifen. Diesmal aber hatte sich Miss Lizzie offenbar endgültig dazu durchgerungen, in den Stand der Ehe zu treten, und die anderen »Gentlemen« stellten ihre Besuche in der Villa Devon ein.

Gerüchtweise verlautete, Miss Lizzie – will sagen die künftige Mrs. Roper – habe, als die Hochzeitsglocken läuteten, bereits einen Kostgänger gehabt, und in der Tat erblickte Mr. Ropers Sohn und Erbe das Licht der Welt nur sechs Monate, nachdem die beiden den Bund fürs Leben geschlossen hatten.

Es wäre mir eine Herzensfreude, berichten zu können, daß Mrs. Roper nun ein für allemal solide und eine treusorgende Ehefrau und liebevolle Mutter wurde, doch leider war dies nicht der Fall. Dem gesunden Prachtjungen, den sie geboren hatte, brachte sie – so widernatürlich das klingen mag – nichts als Abneigung entgegen. Um zu verhindern, daß er durch Verwahrlosung, Unterernährung oder gar Mißhandlungen jämmerlich zu Tode kam, war Mr. Roper genötigt, eine Kinderschwester einzustellen.

Florence hatte so viel Arbeit im Haus, daß sie unmöglich auch noch die Pflege des Kleinkinds übernehmen konnte. Sie *habe ich oft bemitleidet, denn ich empfand es als unbillig, ihren schwachen Schultern eine so schwere Last aufzubürden. Oft schüttete sie mir ihr Herz aus und enthüllte mir die tiefsten Geheimnisse ihrer jungen Seele. Sie hatte sich mit einem jungen Mann verlobt, der in einem stattlichen Haus in Islington in Stellung war. Das zu hören beruhigte mich ebenso wie die Tatsache, daß der Mann, den ich das Souterrain der Villa Devon hatte betreten sehen, der Verehrer der kleinen Florence war und nicht etwa ein neuer Bewunderer von Mrs. Roper.*

Denn auch an denen mangelte es nicht. Solange ihr Sohn in den Windeln lag, hatte Mrs. Roper einige Zurückhaltung geübt, doch bald fuhr Mr. Middlemass wieder in einer Mietdroschke vor. Ein weiterer Besucher zu jener Zeit war ein junger Mann, der Cobb oder Hobb hieß. Man stelle sich meine Überraschung vor, als ich Mrs. Roper Arm in Arm mit diesem Menschen in London Fields traf. Mrs. Roper pflegte seit jeher ihre Gefühle auf eine Art zu zeigen, die nicht gerade auf feine Lebensart schließen ließ, an der aber, solange diese Gefühle dem eigenen Gatten galten, wohl nur besonders heikle Zeitgenossen Anstoß genommen hätten. Jetzt aber mußte ich mit ansehen, wie sie ihr Gesicht dem von Mr. Cobb (oder Hobb) näherte und ihm gestattete, seinen Arm um ihre Taille zu legen.

Gewiß hätte sie es vorgezogen, mich nicht *zu sehen, da wir uns aber auf demselben Pfad aus verschiedenen Richtungen aufeinander zubewegten, war eine Begegnung nicht zu vermeiden. Sie ließ sich weiter nichts anmerken und stellte mir den jungen Mann als Bert und angeblichen Freund von Mr. Roper vor.*

Wenig später begegnete ich auf unserer Straße noch einem alten Freund von Mrs. Roper. Es war dies kein anderer als der vor einigen Jahren ausgezogene Mr. Ironsmith. Ich erkannte ihn sofort, er aber gab vor, mich nicht zu sehen. Wo er sich in der Zwischenzeit aufgehalten hatte, entzieht sich meiner Kenntnis. Er trug eine auffallend karierte Jacke und einen breitrandigen Hut und rauchte eine Zigarre, und als ich später vor die Haustür trat, um etwas mit einem Lieferanten zu besprechen, konnte ich nicht umhin zu bemerken, daß er sich auf der Schwelle der Villa Devon mit Mrs. Roper unterhielt. Hätte ich ihn nur gehört und nicht vorher auch gesehen, hätten mir Zweifel kommen können, daß es in der Tat Mr. Ironsmith war, denn er sprach mit starkem überseeischen Akzent.

Ich mußte wohl oder übel zu dem Schluß kommen, daß Mrs. Hyde an diesem Treiben nicht unbeteiligt war, will sagen, daß sie ihr Haus als eine Art Etablissement führte, in dem die eigene Tochter zur Arbeit angehalten wurde. Ungeachtet der vorgebrachten Ausflüchte zweifle ich nicht daran, daß ähnliche Überlegungen der Grund dafür waren, daß Miss Cottrell die Villa Devon verließ. Bei diesem Anlaß kam es zu heftigen Worten und sogar Handgreiflichkeiten, die darin gipfelten, daß man der armen Miss Cottrell kurzerhand die Möbel auf die Straße stellte.

Für Mr. Roper stand fest, daß er nicht der Vater der Tochter war, die seine Frau 1904 zur Welt gebracht hatte. Über die wahre Vaterschaft vermag ich nichts zu sagen. Die schockierenden Zustände in der Villa Devon belasteten mich über die Maßen, so daß ich mich glücklich schätzte, im November jenes Jahres eine Unterkunft in Stoke Newington zu finden. Von den Ropers und Mrs. Hyde hörte ich nichts mehr, bis ich durch die Presse von dem gräßlichen Mord an Mrs. Roper in einem Haus erfuhr, in dessen unmittelbarer Nachbarschaft ich so viele Jahre meines Lebens verbracht hatte.

In ihren Tagebüchern aus den Jahren vor und während des Zweiten Weltkriegs schreibt Asta mehr als in den zehn Heften von 1925–1934 über sich und ihre Gefühle. In dieser Phase ist weniger von Häuslichkeit, Möbeln und Mode die Rede, dafür um so mehr von Unabhängigkeit, Politik und konkreten Ängsten. Gegenüber der »Achtundneunzig« war eine Bombe gefallen. Ein Freund der Familie in Dänemark war von den Nazis erschossen worden, weil er einem Juden Obdach gewährt hatte.

Das Älterwerden beschäftigte sie sehr, auch wenn sie es eher von der humorvoll-philosophischen Seite nahm. Es scheint ihr gelungen zu sein, ihren Mann stunden- oder sogar tageweise völlig zu ignorieren, obgleich sie unter dem gleichen Dach wohnten und in einem Bett schliefen, dem Bett mit den Sphinxen, in dem ich nun seit einem halben Jahr – oft zusammen mit Paul – meine Nächte verbrachte. Sie war immer häufiger mit Onkel Harry zusammen, auf jeder Seite konnte man nachlesen, was Harry getan und gesagt, manchmal auch, was Harry gegessen, getrunken und angehabt hatte. Sie gab offen zu, daß sie ihn liebte, aber zu einer sexuellen Beziehung kam es nicht.

Asta wäre sich mit fünfzig oder sechzig dafür viel zu alt vorgekommen, aber 1919, als sie Harry kennenlernte, war sie noch nicht zu alt gewesen. Gewiß, da war die von beiden Seiten errichtete Klassenschranke. Aber weder das Alter noch die Klassenunterschiede hinderten sie offenbar daran, zusammen Spaziergänge zu machen, sich zum Tee zu besuchen, in den Zoo, die Parks, ins British Museum, ins Kino und ins Theater zu gehen. Die eigentliche Schranke war eine der Moral, war das Tabu, daß sie beide verheiratet waren. Sie waren Gefährten und Freunde, aber sie konnten nie ein Liebespaar werden.

Von diesem Punkt abgesehen, interessierte Harry mich wenig. Mir ging es um die Lösung eines Rätsels, nicht um die Chronologie einer Freundschaft. Ich hatte in mehr als einer Hinsicht Swannys Erbe angetreten. Gleich ihr wollte ich die Wahrheit erfahren, wenn auch nicht mit so leidenschaftlicher Hartnäckigkeit, und ohne mich an die unmöglichsten Strohhalme zu klammern. Und während ich überlegte, wie sacht und fast unmerklich dieses Verlangen, Swannys Herkunft zu ergründen, in mir gewachsen war, begriff ich, daß es auch bei meinen Versuchen, mit Paul über die Tagebücher zu sprechen, immer mehr in den Vordergrund getreten war. Ich hatte nie ein allgemeines Gespräch über die Tagebücher mit ihm geführt, sondern im Grunde war es mir auch dabei immer um Swannys Herkunft gegangen. Was immer der Auslöser gewesen war – immer war ich auf dieses eine Thema zurückgekommen.

Das also war das Thema, über das er nicht sprechen wollte! Am liebsten hätte ich sofort in der Uni angerufen, mich für meine Begriffsstutzigkeit entschuldigt und nach den Hintergründen gefragt. Aber das war nicht so einfach. Er gehört nicht zu den Hochschullehrern, die ständig im Dozentenzimmer herumsitzen, er steht entweder im Hörsaal und hält seine Vorlesungen, oder er hat ein Tutorium in seinem Dienstzimmer, in dem kein Telefon steht. Für den Abend hatten wir uns diesmal nicht verabredet. Seine Mutter hatte vor einer Woche einen schweren Herzanfall gehabt und lag auf der Intensivstation einer Herzklinik am anderen Ende der Stadt. Paul besuchte sie täglich, und an diesem Tag hatte er einen Termin mit dem behandelnden Arzt.

Ich legte die Fahnenabzüge beiseite und fing an zu grübeln. Warum sträubte sich Paul so hartnäckig dagegen, über Swannys Herkunft zu sprechen? Weil er Bescheid wußte? Eine reizvolle Idee, aber völlig ausgeschlossen. Wie sollte er es erfahren haben? Und hätte er es mir dann nicht erzählt?

Die Tagebücher der letzten Jahre – zwischen 1955 und 1967 – hatte Margrethe Cooper noch nicht übersetzt. Paul hatte sie zu lesen begonnen, dann aber plötzlich das Interesse verloren. War er auf etwas gestoßen, wovon er mir aber nichts sagen mochte?

Seine Großmutter… es mußte etwas mit Hansine zu tun haben. Sie war 1954 gestorben, was Asta damals nur ganz kurz erwähnt hatte. Vielleicht hatte sie im Jahr darauf noch etwas dazu angemerkt, was Paul gegen den Strich gegangen war. Oder hatte seine Großmutter ihn doch eingeweiht? Daß Hansine Bescheid wußte, lag nahe. Aber war es vorstellbar, daß sie ihr Wissen an den Enkel weitergab, der bei ihrem Tod erst elf war?

Wohl nicht, aber vielleicht an die Tochter... So weit war ich gekommen und hatte mich damit gründlich in eine Sackgasse manövriert, als Paul anrief. Mittlerweile war es Abend geworden, ich hatte mir wieder meine Fahnen vorgenommen und trug, die Liste aus der *Encyclopaedia Britannica* neben mir, gewissenhaft die Korrekturzeichen ein.

Er sagte mir, daß seine Mutter wenige Minuten vor seiner Ankunft im Krankenhaus gestorben war.

24

4. Juni 1947

> *Det er nøjagtig femten Aar siden idag, at vi maatte tage fra Padanaram og komme hertil. Jeg skrev ikke Datoen ned nogen Steder, men jeg kan huske den. Hvis jeg var den Slags Kvinde, der er dramatisk anlagt, saa vilde jeg sige, at den var skrevet i mit Hjerte.*

Heute vor genau fünfzehn Jahren mußten wir Padanaram aufgeben, seitdem wohnen wir hier. Ich habe das Datum nirgends notiert, aber ich habe es mir gemerkt. Hätte ich mehr Sinn fürs Dramatische, würde ich sagen, daß es sich in mein Herz eingebrannt hat.

Ein sonderbarer Zufall: Als Marie heute nachmittag zum Tee kam, erzählte sie mir, sie wolle Padanaram an ihre Tochter Ann zu deren siebtem Geburtstag weitergeben. Ich müßte nachsehen, ich glaube, sie wird im Dezember sieben. Ich hing an dem Haus, dem großen Haus meine ich, nicht an dem dummen Ding, das Rasmus zu meinem Ärger nicht für Swanny gemacht hat. Die »Neunundachtzig« ist so übel nicht, aber das Viertel ist heruntergekommen und erinnert mich immer mehr an die Lavender Grove.

Ich war froh, daß Marie ihr Padanaram nicht in Swannys Beisein erwähnte, sondern das Thema schon erledigt war, als Swanny kam. Vielleicht irre ich mich, aber ich habe immer noch das Gefühl, daß Rasmus' Ablehnung ihr weh getan hat. Das Komische ist, daß er jetzt ganz reizend zu ihr ist, fast ebensoviel Zeit bei ihr wie bei Marie verbringt und Torben mit seinem endlosen Geschwätz vom Be-sswindeltwerden anödet. Alter Narr! Wenn Swanny irgendeinen armen Schlucker geheiratet hätte und irgendwo in Hornsey wohnte, sähe es wohl anders aus.

Inzwischen ist es schon eine kleine Ewigkeit her, daß *Westerby Autos* in Konkurs gegangen sind, aber noch immer erzählt er tagtäglich, wer ihm dies und jenes gestohlen und wer ihn reingelegt hat und wie er heute dastehen würde, wenn nicht alle so gemein zu ihm gewesen wären. Weiß er eigentlich, was er für eine Figur macht, wenn er mit steifem Kragen, Homburg und Gamaschen in seinem alten schwarzen Fiat daherkommt? Aber selbst eine so hartgesottene Person wie ich ist wohl nicht gegen zärtliche Gefühle gefeit. Wenn er ein alter Narr ist, bin ich ein sentimentales altes Weib. Ich sehe ihn an und erinnere mich… an dies und das. Hundert Jahre ist das her. An den Abend, als er zurückkam, aber nicht an das, was ich damals geschrieben habe. Das stimmte nicht ganz, soviel weiß ich noch, ganz so war es nicht. Tatsache ist, daß mir nichts mehr an ihm liegt.

Die Mädchen kamen, um die Feier zur goldenen Hochzeit zu besprechen, die sie uns bei Frascati ausrichten wollen. Was ist das alles für dummes Zeug! Es fängt schon damit an, daß es nichts Vernünftiges zu essen geben wird, es ist ja nichts da, mit dem Essen ist es jetzt fast schlimmer als im Krieg. In den Restaurants gibt es nur

Blätterteigpasteten mit einer Füllung, die wie Gemüse in Dosensuppen schmeckt (und es wahrscheinlich auch ist) und Glibberpudding. Aber das mit dem Essen ist nicht weiter problematisch, wir wissen ja alle, daß damit heutzutage kein Staat zu machen ist. Probleme wird es mit der Gästeliste geben.

Daß Hansine eingeladen wird, kommt überhaupt nicht in Frage. Eine unmögliche Idee, die natürlich Marie ausgeheckt hat. »Der Krieg hat mit diesen versnobten Vorstellungen aufgeräumt, *mor*«, verkündete sie. Um Snobismus geht es hier überhaupt nicht, aber das habe ich ihr nicht gesagt. Joan Cropper hat einen Mann geheiratet, der eine gute Stellung hat und ein gutes Gehalt bezieht, ihr Haus ist viel besser als die »Achtundneunzig«, und seit Sams Tod lebt Hansine bei ihnen. Sie hat es im Leben weiter gebracht, als sie sich je hätte träumen lassen, während es mit uns bergab gegangen ist. Nein, ich mag sie einfach nicht, ich habe sie nie gemocht. Nicht nur, weil sie mich an alte Zeiten erinnert. Wenn ich dieses breite, fleischig-rote Gesicht, diese Glotzaugen, dieses blöde Grinsen sehe, überkommt mich manchmal ein Gefühl, das mir sonst ganz fremd ist, ein Gefühl der Angst.

Mit wem ich feiern will, entscheide immer noch ich! Jedenfalls nicht mit Hansine, dafür muß Harry dabeisein – und seine Frau natürlich, das läßt sich nicht vermeiden. Wenn Marie das nicht paßt – Swanny wird es freuen, sie liebt Harry –, kann sie von mir aus die Feier ganz abblasen. Ist es denn wirklich ein Anlaß zum Feiern, daß mein Mann und ich, die sich neunundvierzig Jahre kaum etwas zu sagen hatten, jetzt seit fünfzig Jahren zusammen sind?

15. September 1954

Ich habe zu Lebzeiten von Rasmus nie bei irgend jemandem Klage über ihn geführt, dafür hatte ich ja mein Tagebuch. Nicht mal bei Harry, obgleich der natürlich nie darüber gesprochen hätte.

Wenn man über viele Jahre regelmäßig Tagebuch führt, kommt es einem vor wie lebendig, ist es das einzige lebende Wesen, dem man rückhaltlos alles anvertrauen kann, was man auf dem Herzen hat, auch wenn es noch so schlimm ist. Oder das, was die Welt schlimm nennt. Es gibt tausenderlei, was ich Harry nie sagen könnte. In meinem Tagebuch aber habe ich alles festgehalten – bis auf eins.

Auch wenn ich nie Klage über Rasmus geführt habe, bekam ich immer wieder zu hören, wie sehr er mir fehlen würde, wenn er nicht mehr wäre. Vielleicht hat man mir angemerkt, daß ich mir nicht viel aus ihm mache. Sogar Marie hat in den letzten Monaten, als er so krank war, zu mir gesagt, ich würde unter dem Verlust mehr leiden, als ich denke. Jetzt ist er tot, aber er fehlt mir nicht. Ich fühle mich frei, es ist ein schönes Gefühl.

Als Harrys Frau starb, drei Jahre muß das jetzt her sein, hat er sie offenbar sehr vermißt. Dabei hat er mal zu mir gesagt, daß er sie eigentlich gar nicht hatte heiraten wollen, und damals hätte ich ihn gern an diese Worte erinnert, ließ es dann aber doch lieber sein. Aus so etwas kann Haß erwachsen, ein, zwei Worte sind genug für ein ganzes Leben. Sie starb, er trauerte, und ich war eifersüchtig. Ich habe es damals auch aufgeschrieben, aber ich mag es nicht nachlesen, das mache ich nie. Was ich geschrieben habe, weiß ich nicht mehr, aber daß ich eifersüchtig war, das weiß ich noch. Eifersüchtig auf eine Tote!

Zu welchem meiner Kinder soll ich ziehen? Zu Swanny natürlich, das stand von vornherein fest, sie wissen es alle, das Gerede nach der Beerdigung war nur noch ein Katz-und-Maus-Spiel. Harry ist dann etwas weiter weg, aber das macht nichts, er hat ja ein Auto.

23. November 1954

Alle sterben sie, einer nach dem anderen. Jetzt Hansine. Joan Sellway geborene Cropper hat mir eine sehr ordinäre Traueranzeige mit schwarzem Rand geschickt.

Ich gehe nicht zur Beerdigung, ich habe schon zu viele Beerdigungen erlebt. Im übrigen haben Harry und ich für den Tag Karten zu einer Matinee. Ich lese zum fünften oder sechsten Mal *Schwere Zeiten.*

3. April 1957

Ich habe nur zwei Heiratsanträge bekommen im Lauf meines Lebens, und zwar im Abstand von sechzig Jahren. Den ersten habe ich dummerweise angenommen, und der zweite war heute.

Er kam unerwartet. Immerhin bin ich fast siebenundsiebzig, und er muß um die fünfundsiebzig sein. Er fuhr mit mir in die Stadt zum Mittagessen, in ein sehr nettes französisches Restaurant in der Charlotte Street. Wir essen seit jeher gern zusammen, wir mögen beide die gleichen Sachen – und davon reichlich!

Der Kaffee kam und Kognak für uns beide. Harry raucht neuerdings Zigarren – ich sehe Männern gern dabei zu, persönlich mache ich mir allerdings, anders als viele Däninnen, nichts daraus. Er zündete sich seine Zigarre an und sagte ohne jede Vorrede und ohne eine Spur von Unsicherheit: »Asta, willst du mich heiraten?«

Ich wußte nicht, was ich sagen sollte – ein ungewohnter Zustand für mich – und wurde auch nicht rot. Vielleicht verlernt man das mit dem Alter. Ich glaube, ich bin statt dessen blaß geworden, mich fror.

»Ich liebe dich«, sagte er. »Und ich weiß, daß du mich liebst.«

»Ja« sagte ich. »Ja, natürlich, das ist doch selbstverständlich.«

»Nichts ist selbstverständlich, Asta«, sagte er sehr sanft.

»Also gut: Ich liebe dich.«

Und dann gab es eine lange Pause, in der wir uns ansahen und wieder wegsahen und uns wieder ansahen. Ich dachte daran, wie ich mich nach ihm gesehnt hatte, als wir jünger waren, und wie gut er aussah, und daß er sich auch nach mir gesehnt hatte, und jetzt bin ich ein vertrocknetes altes Weib, ja, buchstäblich vertrocknet, auch wenn sonst niemand so was schreiben würde. Außer mir. Ich glaube nicht, daß ich diese Dinge im Bett mit einem Mann jetzt machen könnte, rein körperlich nicht. Ich bin nur noch eine leere, vertrocknete Hülse. Und wenn ich meinen nackten Körper sehe und die vielen Falten, würde ich am liebsten zum Bügeleisen greifen und sie wegbügeln. Es wäre mir peinlich, mich so von einem Mann ansehen, von ihm berühren zu lassen.

Bestimmt hat er bei seinem Antrag nicht an so was gedacht. Aber wozu dann überhaupt heiraten? Es ist das einzige, was ich mir in der Ehe immer gewünscht und nie bekommen habe. Das übrige sind die Sachen, die mir immer mißfallen haben: daß man dem Partner so nah ist, viel zu nah, daß man ihn von seiner schlechtesten Seite kennenlernt und immer geringer schätzt. Das könnte uns nie passieren, würde er sagen, ich hörte es förmlich, und deshalb fing ich von all dem lieber gar nicht an und sagte einfach nein.

»Nein, Harry, ich will dich nicht heiraten.«

»Komisch, das habe ich mir schon gedacht...«

»Früher einmal hätte ich es gern gewollt«, sagte ich. »Aber da ging es nicht.«

»Was haben wir eigentlich von all unserer Anständigkeit und Moral gehabt? Daß wir bei den uns Angetrauten blieben, meine ich. Honette Haltung hätte man das in unserer Jugend genannt...«

»Du hättest es nie fertiggebracht, Mrs. Duke zu verlassen«, sagte ich. Merkwürdigerweise habe ich mir nie merken können, wie sie mit Vornamen hieß, ich habe sie immer nur Mrs. Duke genannt. »Das war mir von Anfang an klar. Und ich hätte meinen Mann auch nicht verlassen. Wahrscheinlich aus Sturheit. Abgemacht ist abgemacht, das war immer mein Grundsatz. Obgleich das eigentlich alles dummes Zeug ist, nicht?«

Er habe auch keine Lösung, sagte Harry, er wisse nur,

daß es zu spät war, immer schon, auch wenn er mich kennengelernt hätte, als ich in der Lavender Grove gewohnt und er in Islington gearbeitet hatte und noch ledig gewesen war. »Aber wir werden uns nie trennen, nicht? Wir bleiben Freunde, bis eins von uns stirbt...«

Ich nickte. Einen Augenblick brachte ich kein Wort heraus und nickte nur immer weiter, wie ein mechanisches Spielzeug oder eine Puppe. Er nahm, wie er es manchmal macht, meine Hand und küßte sie.

16. Juni 1963

Ich habe zwei Dutzend Karten für die Schokoladenparty gekauft, die nächsten Monat stattfinden soll, zu meinem fünfundachtzigsten Geburtstag. Natürlich werden Swanny und Marie dabei sein, und ich werde Ann einladen, auch wenn man heutzutage bei den jungen Leuten nicht mehr so recht weiß, woran man ist. Wo wohnt sie denn nun eigentlich? Bei ihrer Mutter jedenfalls nicht.

Knud und Maureen muß ich anstandshalber eine Einladung schicken, aber wahrscheinlich scheuen sie den langen Weg. Knud hat angeblich irgendwas mit der Prostata, eine dieser Männersachen. John und seine Frau lade ich gar nicht erst ein, sie sind mir fremd, ich glaube, John habe ich seit Rasmus' Beerdigung nicht ein einziges Mal gesehen. Mrs. Evans natürlich und Mrs. Cline und Margaret Hammond, die jetzt verheiratet ist, deren Nachnamen ich aber nicht behalten habe. Ich habe den Eindruck, daß Frauen sich nie so lange zerstreiten wie Männer. Rasmus hätte

Mr. Housman wahrscheinlich bis an sein Lebensende gehaßt, aber zum Glück für alle Beteiligten (wie man ehrlicherweise sagen muß) ist er an der Grippe gestorben, so daß Mrs. Housman, die ich immer gern hatte, Mr. Hammond heiraten konnte. Irgendwie habe ich das Gefühl, daß ich das alles schon mal geschrieben habe, in meinem Alter wiederholt man sich leicht. Ich darf nicht vergessen, Swanny zu fragen, wie Margaret jetzt mit Nachnamen heißt und wo sie wohnt.

Sehr gern würde ich diese Mrs. Jørgensen einladen, mit der ich mich damals bei Swannys Mittagessen so interessant unterhalten habe, aber sie soll inzwischen wieder in Dänemark sein. Ob sie ihr Versprechen hält und mir das Buch schickt, an dem sie gerade schreibt und in dem es ein Kapitel über die ›Georg Stage‹ gibt?

Harry ist zum Glück noch da. Eine Schokoladenparty ohne ihn wäre undenkbar. Ich werde auch seine Älteste einladen, sie kann ihn chauffieren. Seit er dieses Zittern in den Händen hat, fährt er nicht mehr gern.

Ich habe es mir bis zum Schluß gelassen, am liebsten hätte ich gar nichts darüber geschrieben: Swanny hat einen anonymen Brief bekommen. Sie war in einem schrecklichen Zustand, die Ärmste, konnte kaum sprechen und zitterte an allen Gliedern. Ich begreife das nicht. Weil ich gerade aus dem Haus wollte, um die Karten zu kaufen, und überlegte, wen ich einladen sollte, hörte ich gar nicht richtig hin, aber als sie sich immer mehr aufregte und mir den Schrieb unter die Nase hielt, habe ich ihn einfach zerrissen und verbrannt. Das ist die beste Lösung. Und dann bin ich gegangen. Der Schock kommt ja immer erst mit ein paar Minuten Verspätung. Ich zitterte ein bißchen, als ich die Willow Road hinunterging, und dann sagte ich mir, was soll's? Was soll das alles jetzt noch?

5. Oktober 1964

Ann rief nicht an, sie kam heute nachmittag selbst vorbei, um uns zu sagen, daß Marie gestorben war. Wir hatten damit gerechnet, aber es war trotzdem ein schwerer Schlag.

Es ist schlimm, ein Kind zu verlieren, vielleicht das Schlimmste, was es gibt, aber schon vor langer Zeit habe ich mir vorgenommen, nie Gefühle zu zeigen, ruhig zu bleiben, die Zähne zusammenzubeißen, wie Torben immer gesagt hat. Kummer ist im eigenen Herzen am besten aufgehoben – oder im eigenen Tagebuch. Mittlerweile mache ich den anderen vor, ich hätte keine Gefühle mehr, und das nehmen sie mir auch ab, ich glaube, sie wollen es mir abnehmen, weil sie dann keine Verantwortung für mich haben. Ich tue so, als ob mein Herz durch die vielen Schicksalsschläge verhärtet ist.

Mein Tagebuch liest sich stellenweise wie eine Sterbechronik, einer nach dem anderen tritt ab, und daß ich meine Jüngste verlieren würde, erst dreiundfünfzig, aus meiner Warte noch eine junge Frau, hätte ich nicht gedacht.

21. April 1966

Die Zeitungen sind voll von einem Mordprozeß, Ian Brady und Myra Hindley sind angeklagt, mehrere Kinder in Lancashire ermordet zu haben – faszinierend, aber grausig. Die Frau ist erst in den Zwanzigern, aber auf den Fotos wirkt sie viel älter, und der Mann scheint ein ganz gewöhnlicher Schlägertyp zu sein. Sie sieht sehr deutsch aus, finde ich, sie muß deutsche Vorfahren haben.

Wer kann schon von sich behaupten, daß er persönlich mit einem Mörder bekannt war? Es muß ein eigenartiges Gefühl sein, wenn man hinterher erfährt, daß jemand, den man kannte, einen Menschen umgebracht hat. Der Fall erinnert mich an die Sache in der Navarino Road, als wir gerade nach London gekommen waren. Wie schlecht es um mein Gedächtnis bestellt ist, merke ich daran, daß ich nicht mehr weiß, wie das Haus hieß oder wie die Leute hießen, sondern nur, daß ich die Frau einmal gesehen und mir gewünscht habe, das Haus gehörte mir.

4. Juni 1966

Diese Vergeßlichkeit ist ein wahrer Fluch! Jahrzehnte meines Lebens sind mir einfach entglitten, von einer ganzen Dekade bleibt nur ein verschwommener Eindruck – gleich einem fast verblichenen Glasbild. Ich erinnere mich an meine Kindheit, die Sommer in dem Häuschen am Strandvej, den Urlaub auf Bornholm, als ich sieben war, an meine bettlägerige Mutter, wegen der ich immer auf

Zehenspitzen gehen mußte. Daß Tante Frederikke mich anhielt, mit einem Buch auf dem Kopf herumzulaufen, der Haltung wegen, und mir Buttermilchsuppe vorsetzte, die mir so gräßlich war, und daß ich am Tisch sitzenbleiben mußte, bis ich aufgegessen hatte – das alles weiß ich noch. An ganze Tage aus jener Zeit kann ich mich klar und deutlich erinnern, aber die mittleren Jahre sind weg.

Wenn Swanny nur mit ihrer Fragerei aufhören wollte! Sie glaubt mir nicht, daß ich es nicht mehr weiß. Manches weiß ich natürlich noch. Die Tatsache selbst – aber nicht wer und wann und wie. Ich habe mir damals vorgenommen, nie darüber zu schreiben, und jetzt ist dieser Vorsatz fast zum Lachen, weil ich, auch wenn ich wollte, nicht darüber schreiben könnte, denn ich habe so gut wie alles vergessen.

2. Oktober 1966

Abends werde ich jetzt immer bald müde, das kannte ich früher gar nicht, und ich habe den Eindruck, daß die Eintragungen in meinem Tagebuch immer kürzer werden. Statt dessen habe ich angefangen, Briefe an Harry zu schreiben. Wir sehen uns zwar ein- oder zweimal in der Woche, aber weil er ans Haus gefesselt ist und nicht mehr fährt und ich, wenn ich mir ein Taxi nehmen will, auf Swanny angewiesen bin, geht das nicht so einfach.

Taxis sind unheimlich teuer. Ein bißchen Geld hat mir der Verkauf meiner alten Sachen gebracht, ich war wieder bei dieser Frau in der High Street von St. John's Wood und habe ihr das blauschwarze Deux-pièces von Chanel und das plissierte Patoukleid gebracht. Habe ich die eigentlich in Paris gekauft oder in London? Ich weiß es nicht mehr. Sie geriet richtig ins Schwärmen, nie hätte sie gedacht, daß sie mal etwas so Schönes sehen würde, und noch dazu so gut erhalten…

Jetzt mache ich Schluß und schreibe einen Brief an Harry. Mein schriftliches Englisch ist immer noch miserabel, aber ihn stört das nicht. Es sind die ersten Liebesbriefe, die er bekommt, sagt er.

»Und was war mit dem Mädchen, in das du dich verliebt hattest, als du fünfundzwanzig warst?«

»Vierundzwanzig. Ja, ich war verliebt und wollte heiraten, aber plötzlich mochte sie nicht mehr, irgendwas hatte sie von den Männern und vom Heiraten abgebracht. Aber das hat sie mir gesagt und nicht geschrieben.«

»Im Ersten Weltkrieg hat dir doch aber sicher deine Frau nach Frankreich geschrieben.«

»Ja, natürlich, sie hat sehr lieb geschrieben. Wie es zu Hause läuft und wie es den Töchtern geht und daß sie alle Sehnsucht nach mir haben. Aber nicht so, wie du schreibst, Asta, das sind wunderbare Liebesbriefe wie… wie die von Robert Browning.«

»Meinst du nicht *Mrs.* Browning?« sagte ich, um ihn nicht merken zu lassen, wie ich mich freute. Daß ich gut schreibe, hat mir noch niemand gesagt, es hat ja auch sonst niemand wissen können.

Wir haben die Browning-Briefe zusammen gelesen – das heißt, nicht zusammen, ich habe sie in der Bücherei ausgeliehen und dann an ihn weitergegeben.

2. September 1967

Es ist alles vorbei. Auch mein Leben, so scheint es mir, aber das muß weitergehen. Ich werde Marys lieber Tochter immer dankbar sein, daß sie nach mir geschickt hat, als ihr Vater im Sterben lag. Gestorben ist er in der Nacht im Schlaf, aber ich war da, als er auf das Ende wartete. Er hatte Lungenentzündung, und die Medikamente schlugen nicht mehr an, die Krankheit war stärker. Eine seiner Töchter meinte, er habe im Winter immer diese schlimme Bronchitis gehabt, weil er im Krieg mal eine Gasvergiftung hatte. Das war mir neu, aber ich habe nichts gesagt, soll sie es ruhig glauben. Ich weiß nur, daß er beim Zigarrenrauchen immer so husten mußte.

Er war fünfundachtzig, und das ist ein schönes Alter. Ein langes Leben, aber nicht lang genug für mich. Wenn es nach mir gegangen wäre, hätte er mich überlebt, da bin ich egoistisch. Er hat nichts Großartiges zu mir gesagt im Krankenhaus, nichts von ewiger Liebe oder dergleichen. Er hat nur meine Hand gehalten und mir in die Augen gesehen, für einen Handkuß war er schon zu schwach.

Nun ist er tot. Swanny hatte mich ins Krankenhaus gefahren und brachte mich abends heim, als Torben gerade nach Hause kam. Ich sagte nichts. Ich aß mit ihnen zu Abend, wie sonst auch, und ging zur gewohnten Zeit schlafen. Heute früh kam der Anruf, daß er die Nacht nicht überlebt hatte. Swanny war lieb zu mir, aber ich ließ nicht zu, daß sie mich in die Arme nahm, schließlich war Harry nicht mein Mann, sondern nur mein bester Freund. Den ganzen Tag und die ganze Nacht bin ich auf meinem

Zimmer geblieben und habe an ihn gedacht und das hier geschrieben. Nicht eine meiner besten literarischen Leistungen! Zumindest aber habe ich nicht geweint.

Ich weine nie.

9. September 1967

Ich bin zu Tode erschöpft. Ich war auf Harrys Beerdigung. Swanny hätte mich gefahren, aber das wollte ich nicht, ich mußte allein hin. Sie sah meine Blumen an, als wär's ein Bund Rhabarber, aber auch wenn ich ein Gedächtnis wie ein Sieb habe – daß Harry Canna-Lilien gern hatte, das weiß ich noch genau. Wenn wir im Park spazierengingen, blieb er immer vor den Beeten mit den Cannas stehen. Das seien doch wenigstens richtige Blumen, hat er gesagt.

Ich werde immer an ihn denken, aber schreiben mag ich nicht mehr darüber, ich bin zu müde. Das ist die letzte Eintragung in meinem Tagebuch. Es ist sinnlos, etwas aufschreiben zu wollen, wenn man nicht mehr weiß, was vor fünf Minuten war. Am besten verbrenne ich meine Kladden. Wie ich das Tagebuch verbrannt habe, das ich als kleines Mädchen führte. Ich erinnere mich noch daran, als sei es gestern gewesen.

Nein, nicht, als sei es gestern gewesen, denn eben das Gestern vergesse ich ja immer gleich wieder.

25

Joan Sellway steht mir zu nahe – oder hätte mir zu nahe gestanden, wäre sie am Leben geblieben –, um über sie den Stab zu brechen. Paul aber, der zu seiner Mutter Lebzeiten nie ein böses Wort über sie gesagt hätte, hält nichts von dem berühmten Spruch *De mortuis nihil nisi bene*, und eigentlich hat er recht. Es ist klüger, die guten Seiten eines Menschen zu dessen Lebzeiten zu sehen und sich die Kritik für später aufzuheben. Und ich bekam ja auch keine Verurteilung seiner Mutter zu hören. Wohl aber eine Erklärung.

Ich hatte ihm nichts von dem gesagt, was mich an dem Sterbetag seiner Mutter beschäftigt hatte, er brachte selbst die Sprache darauf.

»Du hast mir doch von dem anonymen Brief erzählt, den deine Tante Swanny bekommen hatte und mit dem das ganze Elend anfing. Erinnerst du dich?«

Was für eine Frage! Nicht nur für Swanny, sondern auch für uns hatte das ganze Elend mit diesem Brief angefangen. Ich sah wieder sein verschlossenes Gesicht vor mir, seinen ausweichenden Blick, spürte seinen inneren Rückzug.

»Er war von meiner Mutter.«

Ich sah in fassungslos an.

»Ich weiß es nicht hundertprozentig, das heißt, ich könnte es nicht beweisen. Aber ich wußte, sobald du mir das von dem Brief erzählt hattest, und es war wie ein

Schlag. Ich war außer mir. Ich konnte kaum sprechen. Du mußt es gemerkt haben, aber ich konnte nichts machen, mein Abscheu und meine Angst waren einfach zu groß.«

»Woher wußtest du es?«

»Daß sie den Brief geschickt hat? Ich sage absichtlich nicht ›geschrieben‹, sie waren immer in Druckbuchstaben.«

»Hat sie denn noch mehr verschickt?«

»Jede Menge. Nein, ich will nicht übertreiben. Vier oder fünf vor dem an deine Tante. An eine Frau, deren Mann ein Verhältnis hatte. An eine Mutter, die nichts von der Homosexualität ihres Sohnes ahnte. Eines Tages, als sie sich über irgend etwas geärgert hatte, hat sie es meinem Vater gesagt. Sie betrachte es als ihre Pflicht, ihre Mitmenschen aufzuklären. Etwas in der Art muß wohl immer als Rechtfertigung herhalten. Als mein Vater sie verließ, waren sie beide schon nicht mehr jung, sie hatten fünfundzwanzig Ehejahre hinter sich. Er hat mir ausführlich seine Beweggründe erläutert. Auch die Briefe spielten dabei eine Rolle.«

»Sie selbst hat es dir nie erzählt?«

»Nein, aber ich habe ihr wohl auch nie Gelegenheit dazu gegeben. Die Gespräche mit meiner Mutter waren immer sehr oberflächlich, ich wollte gar nicht in die Tiefe gehen, ich fürchtete wohl die Folgen.«

Wir sahen uns eine Weile stumm an. Dann fragte ich ihn, wovor er denn Angst gehabt habe.

»Angst davor, dich zu verlieren«, sagte er schlicht.

»Wegen dieser Sache?«

»Man geht gern davon aus, daß Kinder den Eltern nachschlagen. Auch mit ihren Charakterfehlern. Kinder müssen, so bedauerlich das ist, häufig für ihre Eltern büßen. Es ist kein Vergnügen, der Sohn einer Frau zu sein, die anonyme Briefe verschickt hat. Hätte es dich damals wirklich nicht gestört? Mal ehrlich, Ann!«

Doch, natürlich hätte es mich gestört. Ein wenig jedenfalls – oder vielleicht sogar mehr als das. Und jetzt?

»Was für ein guter Psychologe du bist«, sagte ich, stand auf und gab ihm einen Kuß. Nun war alles gut. Im Rahmen des Möglichen jedenfalls.

Der Brief hatte Swannys letzte zwanzig Lebensjahre verdüstert, hatte mit all seinen Folgen von ihrem Dasein Besitz ergriffen und ihr den Zugang zu viel Schönem und Erfreulichem verstellt, was sie vielleicht noch hätte erleben können. Mit ihm begannen jene fruchtlose Suche und letztlich der Wahn, die Zerstörung dessen, was sie einst gewesen war. Natürlich konnte man einwenden – und das sagte ich auch zu Paul, als kleinen Trost –, daß ohne diesen Brief die Tagebücher höchstwahrscheinlich nicht ans Licht gekommen, nie gedruckt und zu Bestsellern geworden wären, die ihr ein Vermögen eingebracht hatten. Vermutlich hätte sie sich gar nicht die Mühe gemacht, Astas Aufzeichnungen zu lesen, geschweige denn sachkundig übersetzen zu lassen und für ihre Veröffentlichung zu sorgen.

Doch dann dachte ich an die letzten Stunden ihres Lebens. Sie war zu Hause gestorben, in den frühen dunklen Morgenstunden eines Wintertages.

Wir hatten sie an jenem Tag auf Empfehlung, ja auf Drängen des Arztes in ein Pflegeheim bringen wollen. Seit dem schweren Schlaganfall, der sie linksseitig gelähmt und ihr den Mund krummgezogen hatte, verharrte sie in Unbeweglichkeit und dumpfem Schweigen. Alle Bemühungen der Physiotherapeutin, alle Aufmunterungsversuche, die ja Teil der Postthrombose-Therapie sind, scheiterten an ihrer Apathie. Sie lehnte es ab, das Gehen oder den Gebrauch des linken Arms wieder zu erlernen. Nachts lag sie im Bett; solange es hell war, saß sie im Rollstuhl. Ich besuchte sie fast täglich, manchmal blieb ich übers Wochenende.

Bei einem meiner Besuche empfahl der Arzt die Verlegung ins Heim. Eine Pflegerin hatte gekündigt, es war schwierig, Ersatz zu bekommen. Swanny brauchte Betreuung für den Tag und Betreuung für die Nacht und Vertretungen, wenn eine der Pflegerinnen frei hatte. Ein Einzelzimmer im Pflegeheim würde allen das Leben erleichtern, nicht zuletzt Swanny, wie der Arzt sagte, denn sie lehnte es ab, sich nach unten tragen zu lassen, und mußte daher oft viele triste Stunden allein verbringen.

Die Persönlichkeitsspaltung war zu Ende, Edith Ropers Herrschaft vorbei. Swanny muß den ersten Schlaganfall kurz nach ihrem Besuch in Hackney erlitten haben, nach der Besichtigung von Ropers Haus, nachdem sie die Spukgeschichte gehört hatte. Das war wohl zuviel für ihr Blut, für ihr Hirn gewesen.

Mit diesem Schlaganfall verschwand Edith ein für allemal – oder verschmolz mit der wirklichen Swanny. Eine große Angst hatte von ihr Besitz ergriffen und drohte sie zu überwältigen. Wenn sie den Kopf hob und versuchte, die verzogenen Lippen zusammenzupressen, sah ich manchmal in ihren Augen statt der früheren Ruhe und Gelassenheit oder der Verzweiflung der letzten Jahre nackte Furcht. Und ich konnte nichts dagegen tun, konnte nichts sagen, nicht helfen.

An jenem Morgen weckte mich die Nachtschwester, und ich ging zu Swanny. Sie konnte sprechen, hatte aber seit dem Schlaganfall kaum ein Wort gesagt, obgleich ihre Lippen ständig in Bewegung waren. Die rechte, nicht gelähmte Hand lief unruhig am Rand der Bettdecke entlang und zupfte daran herum. Ein Zeichen, daß »es zu Ende geht«, hatte die Schwester mir zugeflüstert.

Tote hatte ich schon gesehen, aber sie war der erste Mensch, den ich sterben sah. Ich hielt ihre gesunde Hand, die sich fest um meine Finger krampfte, eine gute Stunde lang. Ganz allmählich wurde der Druck schwächer.

Clare, die Nachtschwester, hätte bereits Dienstschluß gehabt, die Tagschwester war auch schon gekommen, aber sie blieb noch da. Wir wußten alle drei, daß Swanny im Sterben lag. Ihre Lippen bewegten sich unablässig, wie beim Brotkauen, aber die Bewegung wurde immer matter, ihr Griff lockerte sich. Und dann – hinter mir hörte ich einen leisen Laut, eine der Schwestern hatte nach Luft geschnappt – sagte Swanny: »Niemand.« Und noch einmal: »Niemand.«

Das war alles. Hatte es irgend etwas zu bedeuten? Hatte sie sagen wollen: Niemand begreift, wie es ist, niemand weiß es, niemand kann mich begleiten? Oder meinte sie, daß sie selbst ein Niemand war wie Melchisedek, ohne Vater, ohne Mutter, ohne Nachkommen? Ich werde es nie erfahren. Rasselnd kam der letzte Atemzug aus ihrer

Kehle, die Hand erschlaffte, der Mund schloß sich und stand still. Aus den Augen wich der Glanz.

Carol, die Tagschwester, trat an ihr Bett und legte ihr die Hand auf die Stirn. Sie fühlte den Puls, schüttelte den Kopf, schloß Swanny die Augen – und dann sah ich Swannys Gesicht wieder jugendlich werden, die Falten verschwanden, Wangen und Stirn glätteten sich. Das ist immer so, sagte Carol später zu mir, von einer Minute zur anderen sehen sie wieder ganz jung aus.

Clare und Carol ließen mich mit ihr allein, aber ich blieb nur noch einen Moment. Schon spürte ich, wie die Wärme des Lebens wich, und es widerstrebte mir, Swanny zu berühren, wenn sie kalt geworden war.

»Weshalb, glaubst du, hat deine Mutter mit dem Brief so lange gewartet?« fragte ich Paul. »Sie war über vierzig, als sie ihn schrieb, und Swanny war achtundfünfzig.«

»Es muß da irgendeinen Auslöser gegeben haben. Gewöhnlich war es bei ihr Eifersucht oder Groll. Oder eine Kränkung. Der Homosexuelle hatte kein anderes Verbrechen begangen, als daß er auf der Straße ohne Gruß an ihr vorbeigegangen war.«

»Ich war schon damals der Meinung, daß Swannys Foto im *Tatler* den Anstoß zu dem anonymen Brief gegeben hat.«

»Gut möglich. Sah sie darauf schön und glücklich aus, gut gekleidet und reich?«

Ich nickte. Und dann lachte er, und ich lachte auch, es war nicht komisch, aber lachen wir denn nur, wenn uns etwas komisch vorkommt?

Woher wußte seine Mutter, daß Swanny nicht Astas Kind war? Vermutlich von seiner Großmutter, meinte Paul. Asta und sie lebten unter einem Dach. Asta konnte unmöglich ein totes Kind zur Welt gebracht, ein lebendes als Ersatz auf der Straße gefunden oder sich auf andere Art beschafft haben, ohne daß Hansine das ganz oder teilweise mitbekommen hatte. In ihrem Tagebuch schreibt Asta einmal, sie und Hansine hätten viel zusammen durchgemacht. Sie hatte zweifellos eine besondere, wenn auch durchaus keine besonders innige oder auch nur freundschaftliche Beziehung zu Hansine.

»Und warum soll Hansine es deiner Mutter erzählt haben?«

»Die meisten Menschen empfinden Geheimnisse als eine Bürde, die sie im Alter immer stärker belastet. Außerdem hatten meine Mutter und Großmutter ja so gut wie keinen Kontakt mehr zu deiner Familie. Die Gefahr, daß meine Mutter das Geheimnis weitertragen könnte, war in den Augen meiner Großmutter minimal. Aber da kannte sie ihre Tochter schlecht. – Man kann sich doch vorstellen, daß irgendwann über Adoption gesprochen wurde und meine Großmutter gesagt hat, früher sei das leichter gewesen, da brauchte man sich nur ein unerwünschtes Kind zu suchen und mitzunehmen, so wie Mrs. Westerby es gemacht hatte.«

»Ob Asta wohl deshalb auf Distanz zu deiner Familie gegangen ist?« überlegte ich. »Asta hat es abgelehnt, deine Großmutter zu ihrer goldenen Hochzeit einzuladen. Ich hatte das bisher für puren Snobismus gehalten.«

»Da sind Adoptionen heute doch besser geregelt«, sagte

Paul. »Auf dem Weg über die Gerichte hat wenigstens alles seine Ordnung. Aber wir würden ja sowieso kein Kind adoptieren, nicht?«

»Nein, danke bestens«, sagte ich.

Paul und ich gingen zu einer Privatvorführung von *Roper*, die Presse war nicht geladen, es waren vor allem Mitglieder der britischen Film- und Fernsehakademie da, aber natürlich auch Cary und Miles Sinclair und der Roper-Darsteller und die junge Frau, die Florence Fisher spielte.

Vorher trafen wir uns mit Cary auf einen Drink in der Bar. Sie sah sehr gut aus in dem Chanelkostüm, das ihr jemand, wie sie geheimnisvoll sagte, im Ausverkauf hatte zukommen lassen und das trotzdem noch tausend Pfund gekostet hatte. Doch mich interessierte mehr, ob sie mit dem Film zufrieden war.

»Ja, sehr, ich bin ganz begeistert. Nur wer der wirkliche Täter war, habe ich bisher leider immer noch nicht rausbekommen.«

»Hast du denn damit nach fünfundachtzig Jahren wirklich noch gerechnet?« fragte Paul.

»Ach, ich weiß nicht recht, manchmal bin ich wohl wirklich albern, irgendwie, habe ich mir gedacht, kommt die Wahrheit vielleicht doch ans Licht.«

Sie drückte uns eine Broschüre mit der Besetzungsliste und einem Foto von Clara Salaman in die Hand, die als Lizzie unter einer Gaslaterne steht. Die Zahl der Darsteller war beachtlich: die Ropers und Florence, Lizzies Liebhaber, Polizisten, Richter, Staatsanwalt und Verteidiger, Florence Fishers Freund, Droschkenkutscher, Ladenbesitzer, der Dienstmann von der Liverpool Street Station, Ropers Schwester und Schwager. Edith war mit Zwillingen besetzt, weil das Gesetz bei so kleinen Kindern nur extrem kurze Drehzeiten zuläßt.

Dann gingen wir in den Vorführraum, und ehe pünktlich um halb sieben der Film anfing, kam Cary auf die Bühne. Sie wolle dem Publikum die beiden Männer vorstellen, sagte sie, denen das Zustandekommen des Films vor allem zu verdanken sei, den Drehbuchautor und den Regisseur. Sie bat die beiden aufzustehen, was sie verlegen taten. Miles Sinclair war ein großer, breitschultriger Mann mit buschigem grauen Bart. Er saß sehr dicht neben Cary, und als das Licht ausging, legte er seinen Arm auf die Rückenlehne ihres Sitzes. Ich überlegte, ob er wohl der Käufer des Chanelkostüms war.

Was kann ich zu *Roper* sagen?

Es war ein sehr guter, unterhaltender, ja faszinierender Film, nicht billig oder sensationell, sondern sensibel, fast intellektuell gemacht, mit einem guten Gespür für die Zeit, in der er spielte, und bestimmt ohne Anachronismen. Viele meiner Leserinnen und Leser haben nicht nur Astas Tagebücher gelesen, sondern auch *Roper* gesehen, so daß ich mir weitere Ausführungen dazu sparen kann. Ich selbst hatte Probleme damit, daß der Film so gar nicht den Vorstellungen entsprach, die ich mir nach dem, was ich gelesen hatte, vom Leben in der Villa Devon, Navarino Road, gemacht hatte. Die Schauspieler sahen nicht aus wie die Ropers, und das Haus war ein anderes als das von Maria Hyde. Irgendwie, fand ich, schwebte auch über diesem Film der Geist von Jack the Ripper – aber das ist wohl bei jeder Verfilmung eines um die Jahrhundertwende in London spielenden Kriminalfalls ein Problem.

Den Mord selbst bekamen wir nicht zu sehen, sondern nur die tote Lizzie mit durchgeschnittener Kehle. Sicher war es meine eigene Schuld, daß ich ständig – und natürlich vergeblich – darauf wartete, eine finstere Gestalt mit blutigem Messer aus einer Gasse stürmen zu sehen. Cary und ihr Drehbuchautor boten keine Lösung an, vermittelten allerdings dem Zuschauer das Gefühl (das auch die Leser von Ward-Carpenter und Mockridge gehabt haben dürften), daß Roper seine Frau tatsächlich umgebracht hatte und straffrei davongekommen war.

Cary hatte Arthur Ropers Memoiren, den Briefwechsel zwischen Roper und seiner Schwester aus der Ward-Carpenter-Sammlung und die zeitgenössischen Artikel über den Prozeß gelesen und aufgrund dieser Informationen noch ein paar Figuren einführen, aber kaum mehr Licht in das Dunkel bringen können. Trotz allem aber hatte mir der Film gefallen, und das sagte ich ihr auch. Hoffentlich treibt er den Preis für mein Haus tüchtig in die Höhe, meinte Paul, dann kann ich es um so teurer verkaufen. Ehe ich dazu etwas sagen konnte, machte uns Cary mit Miles Sinclair bekannt – und zwar auf eine Weise, die keinen Zweifel an der Art ihrer Beziehung aufkommen ließ.

Jeden, der mir vor zwei, drei Jahren vorausgesagt hätte, ich würde mich einmal an Cary Olivers Glück freuen, hätte ich glatt für verrückt erklärt. Heute aber freute ich mich ehrlich für sie. Wir verabredeten uns für ein Essen zu viert. Miles Sinclair schrieb uns seine Telefonnummer auf eine der Broschüren mit der Besetzungsliste – offenbar war Cary häufiger bei ihm als in ihrer eigenen Wohnung –, ich faltete das Blatt zusammen und steckte es in die Tasche.

»Du hast mir ja noch gar nicht erzählt, daß du dein Haus verkaufen willst«, sagte ich auf dem Rückweg zu Paul.

»Es war eine spontane Entscheidung.«

»Und wo willst du hin?« Einen Augenblick konnte ich kaum atmen vor Schreck.

«Bis ich es los bin, kann gut und gern ein Jahr vergehen.«

»Aber wo willst du hin?«

»Ich habe an die Willow Road, Hampstead, gedacht. Wenn du mich nimmst.«

Lisa Waring hatte ich inzwischen völlig vergessen. Als Cary ihren Namen nannte, mußte ich sie fragen, wen sie meinte. Wir hatten mit ihr und Miles gegessen und waren beim Kaffee, als sie unvermittelt sagte, Lisa Waring habe sie angerufen. Sie sei in London und wohne in der Frith Street, ganz in der Nähe von Carys Büro, und das klang, als sei dadurch die Amerikanerin jetzt erst recht als Spionin oder eine Art Rachegöttin ausgewiesen, obgleich Cary noch immer nicht wußte, was Lisa Waring von ihr wollte.

»Wann trefft ihr euch?« fragte ich.

»Am Mittwochvormittag. Du kommst doch, nicht? Du hast es versprochen.«

Miles betrachtete sie nachsichtig, als sei sie ein übererregtes Kind, aber ich ärgerte mich ein bißchen. Der Mittwoch paßte mir schlecht, aber es ist immer klüger, Cary nicht zu provozieren – eine Erkenntnis, auf der ihre erfolgreiche Karriere beruht. Eine gereizte Cary reagiert mit öffentlichen Szenen, wüsten Beschuldigungen, Tränen und weiteren Komplikationen.

Sie nahm meine Hand: »Ich muß dich dabei haben für den Fall, daß sie mich zerstört.«

Lisa Waring sollte zunächst einmal nur eine Schabe zerstören. Als eins dieser Tiere in Carys altem, schmutzigem Büro in Soho über den Fußboden krabbelte, trat sie entschlossen zu, schob das zerquetschte Insekt mit der Spitze eines schwarzen Laufschuhs beiseite und fragte, ob der junge Mozart bei seinem Besuch in London tatsächlich im Nachbarhaus gewohnt habe.

Cary, die vor einer Woche erst aufgehört hatte zu rauchen, war schon wieder rückfällig geworden und hatte sich gerade die nächste Zigarette angezündet, als ihre Sekretärin den Besuch meldete. Das kleine Zimmer war blau vor Rauch. Carys Stimme klang rauh, sie mußte husten und konnte nicht wieder aufhören. Endlich brachte sie heraus, das Haus, in dem Mozart gewohnt hatte, sei jetzt der Eingang zum Londoner Spielkasino. Lisa Waring nickte weise.

Es stellte sich heraus, daß sie keinerlei Unterlagen, ja nicht einmal eine Handtasche bei sich hatte, über Jeans und Pulli trug sie nur einen Mantel mit Taschen. Sie war klein und mochte Ende Zwanzig sein, hatte schwarze Haare, fahle Haut und leicht schräg stehende Augen, die einen asiatischen Einschlag verrieten. In diesem Moment fiel mir ein, daß ja sie es war, die etwas von Cary wollte. Irgendwie hatten wir oder hatte zumindest Cary das aus den Augen verloren, wir sahen sie als Bedrohung, fast als eine Erpresserin.

Stumm ließ sie ihren Blick zwischen uns hin und her gehen, während Cary mich bekannt machte, und schlug dann die Augen nieder.

»Was möchten Sie denn nun genau wissen?« sagte Cary.

»Alles über meinen Vorfahren. Den Großvater meines Vaters. Woher er kam und wer er war.«

Bestimmt hat Cary in diesem Moment – genau wie ich – bei sich gedacht, daß sich das ja leicht feststellen ließ. Alfred Ropers Leben war, wie wir beide wußten, gut dokumentiert. Wahrscheinlich war diese Lisa Waring wie Pauls Studenten, die ihn zur Verzweiflung bringen, weil sie trotz gewissenhafter Anleitung und Beratung keine Ahnung vom Recherchieren haben, nicht wissen, wo man nach Quellen zu suchen, wo man etwas nachzuschlagen hat, und überhaupt solche Dinge lieber anderen überlassen.

Sie belehrte uns schnell eines Besseren. »Ich komme einfach nicht weiter, dabei hab ich mir die größte Mühe gegeben. Den Namen hab ich erst in Ihrer Besetzungsliste gefunden.«

Jetzt dämmerte mir, daß wir aneinander vorbeiredeten. »Demnach meinen Sie gar nicht Roper?«

Das war natürlich ungeschickt formuliert. Sie sah mich etwas verdattert an. »So heißt Ihr Film, ich weiß. Aber mir geht es um meinen Urgroßvater, er hieß George Ironsmith, und ich möchte wissen, ob es derselbe ist.«

26

Mir wollte nicht gleich einfallen, wer George Ironsmith war. Eine von Carys Broschüren lag auf dem Schreibtisch, und ich warf einen Blick auf die Liste der Mitwirkenden. Ah ja – Lizzies einstmaliger Verlobter, der ihr den Ring mit dem falschen Stein geschenkt hatte. Cary suchte den Ward-Carpenter-Artikel, Arthur Ropers Memoiren und Cora Greens Artikel für den *Star* heraus und schob alles über den Schreibtisch, und Lisa Waring zückte einen Füller, fragte »Darf ich?« und fing an, Worte oder Namen zu unterstreichen.

»Ein George Ironsmith war also der Liebhaber der Lady, richtig?«

»Er war 1895 mit ihr verlobt«, sagte Cary, »aber die Verlobung wurde gelöst, und er ging ins Ausland.«

»Wohin?«

»Keine Ahnung. Er habe einen ›überseeischen Akzent‹ gehabt, schreibt Cora Green, was immer man sich darunter vorzustellen hat.«

Lisa Waring machte ein ziemlich unzufriedenes Gesicht. »Wie alt war er?«

»Zur Zeit des Mordes? Zwischen dreißig und vierzig, davon sind wir jedenfalls für unseren Film ausgegangen. Wir haben die Rolle mit einem Sechsunddreißigjährigen besetzt.«

»Mein Urgroßvater George Ironsmith war neunundvierzig, als er 1920 starb, ich habe seinen Grabstein gesehen. Er ist 1871 geboren, war 1905 also vierunddreißig.«

Cary wirkte sehr erleichtert. »Demnach könnte er es sein.«

»Und wie erfahre ich, woher er stammt?«

Cary schlug ihr vor, die britischen Telefonbücher durchzuarbeiten. Beide empfahlen wir ihr das Archiv in St. Catherine's House, und ich sagte, wahrscheinlich könne sie ihre Vorfahren auch über die Liste der Taufregister in *Mormon's World* ausfindig machen. Für mich war diese Lisa Waring eine Enttäuschung. Ich hätte mir eine sensationelle Enthüllung gewünscht, die aber Carys Rekonstruktion nicht gefährdete.

Doch Cary atmete auf. Sie wird – wie viele Menschen, wenn ihnen eine Last von der Seele genommen ist – gern überschwenglich. Hätte ihr Lisa Waring beispielsweise gesagt (ich phantasiere), Arthur Roper sei ihr Urgroßvater gewesen, habe früher als Gehilfe eines Feldschers gearbeitet und sich am 28. Juli 1905 in London aufgehalten, hätte Cary ihren Wunsch, »den Film zu sehen«, vermutlich geflissentlich überhört. Nachdem nun aber feststand, daß ihr Vorfahr nur eine Nebenfigur war, sagte Cary bereitwillig, sie würde ihr die drei *Roper*-Kassetten schicken.

Sobald Lisa Waring weg war, sprang Cary auf, fiel mir um den Hals und sagte, sie würde mit mir »irgendwo toll essen« gehen. Bei diesem Essen, das sich länger hinzog und den halben Nachmittag verschlang, stellte sie mir eine Frage, die sie schon lange hatte stellen wollen, wie sie sagte. Wie war ich darauf gekommen, eine Verbindung zwischen Astas und Ropers Familie herzustellen?

»Das war doch deine Idee«, sagte ich. »Du wolltest wissen, ob in den Tagebüchern noch mehr über Roper steht, und dann stellte sich heraus, daß Swanny jene Seiten herausgerissen hatte.«

»Ja, aber nachdem wir wußten, daß die Seiten fehlten, habe ich den Gedanken nicht weiterverfolgt. Ohne neue Hinweise werden wir die Wahrheit nie erfahren. Du hast doch kaum etwas in der Hand. Nur daß Hansine dazukam, als Dzerjinski auf der Straße im Sterben lag. Und noch zwei; drei Bemerkungen von Asta.«

»Es sind sechs«, sagte ich, »und ich kenne sie auswendig. Erstens die Bemerkung über Hansine und Dzerjinski, zweitens Hansines Frage, ob sie Florence Fisher zum Tee einladen darf, drittens Astas Spaziergang, der sie durch die Navarino Road führt, wo sie zufällig Lizzie Roper mit Edith aus dem Haus kommen sieht. Sie schreibt, daß Edith hübsch ist und wie eine kleine Fee aussieht und daß sie das eigenartige Gefühl hat, Edith habe irgendwie telepathischen Kontakt mit ihrem ungeborenen Kind aufgenommen. Viertens der Hinweis – ohne Namensnennung – auf den ›Mann, der seine Frau in der Navarino Road ermordet hat‹, eine Bemerkung übrigens, die man geradezu erwartet, wenn jemand in dieser Gegend wohnt und Tagebuch führt. Fünftens eine Bemerkung, die etwas aus dem Rahmen fällt, weil sie sich erst acht Jahre später findet, im Jahre 1913. Als Rasmus denkt, Sam Cropper sei Astas Verehrer, schreibt sie, er glaube wohl, ›ich wandle auf Mrs. Ropers Spuren‹. In einem der letzten Hefte erwähnt sie die Lancashire-Morde und daß der Fall sie ›an die Sache in der Navarino Road‹ erinnert.«

»Demnach hat Lizzie Roper sie stark beschäftigt, meinst du?«

»Ja. Vielleicht schon deshalb, weil Asta noch nie einem sogenannten ›gefallenen Mädchen‹ begegnet war.«

»Eben, und sie hat ja Lizzie mit eigenen Augen gesehen, erwähnt sie nicht den auffälligen Hut? Sogenannte ›brave‹ Frauen wie Asta fanden die anderen oft ungeheuer aufregend, vielleicht ist ihr die Geschichte auch deshalb nach so langer Zeit noch in Erinnerung geblieben. Aber all das beweist doch nur, daß es keine richtige Verbindung zwischen Astas Familie und der Villa Devon gab. Diese Flausen habe ich dir in den Kopf gesetzt, und du hast auch dann nicht davon abgelassen, als sich herausstellte, daß die bewußten Seiten fehlen.«

»Und zwar deshalb, weil das Entscheidende möglicherweise auf diesen Seiten stand.«

»Was wir gar nicht mit Sicherheit wissen. Wir wissen nur, daß Swanny Kjær darin einen Hinweis fand, der ihr nicht in den Kram paßte, und sie deshalb die Seiten entfernt hat. Was bin ich froh, Ann, daß diese unsympathische kleine Amerikanerin – furchtbar, wie kühl sie war, nicht? –, daß diese Person mir nicht eröffnet hat, ihr Urgroßvater sei Arthur Roper gewesen und habe ihr auf dem Sterbebett den Mord schriftlich gestanden.«

Ich hatte mir zwar vorgenommen, das Haus, das jetzt mir gehörte, nach den fehlenden Seiten abzusuchen, aber bisher war es bei dem Vorsatz geblieben. Erst nachdem Cary zu mir gesagt hatte, die Verbindung zu Roper gäbe es wohl hauptsächlich in meiner Phantasie, fing ich damit an. Ich arbeitete mich systematisch von oben nach unten vor, ließ nichts aus, hob Teppiche hoch und klopfte Schränke auf doppelte Wände ab.

Ich war etwa zur Hälfte durch, als ich mich fragte, warum Swanny sich eingeredet hatte, sie sei Edith, wenn auf den herausgerissenen Seiten doch die lang gesuchte Wahrheit stand. War diese Wahrheit so schlimm, daß sie sich lieber dafür entschieden hatte, Edith zu sein?

Andererseits hatte es lange gedauert, bis sie, nachdem sie die Seiten herausgerissen hatte, in die Rolle der Edith geschlüpft war. Ich überlegte hin und her, kam keinen Schritt weiter, setzte aber meine Suche fort.

Der vierte Tagebuchband sollte in Kürze herauskommen. Wir hatten noch nicht entschieden, ob die hintere Umschlagseite auch diesmal mit Swannys Foto erscheinen sollte. Sie hatte die Tagebücher ja nicht verfaßt, sondern nur herausgegeben. Jetzt war sie tot. Sollte man, da sie die Tagebücher von 1935 bis 1944 nicht mehr selbst bearbeitet hatte, nicht vielleicht besser auf ihr Bild verzichten?

Swannys Foto durch ein Bild von mir zu ersetzen wurde gar nicht ernsthaft diskutiert. Für Astas Enkelin, die am Ende dieses Bandes erst vier war, würden sich die Leser gewiß nicht interessieren. Andererseits war es doch recht unbefriedigend, nur Auszüge aus positiven Rezensionen früherer Ausgaben zu bringen. Astas Gesicht in vier verschiedenen Lebensabschnitten, in ovale Rahmen gefaßt, beherrschte die vordere Umschlagseite.

Swannys Verlag – ich konnte es mir nicht abgewöhnen, ihn so zu nennen – machte immer neue Vorschläge. Man konnte die frühere Gestaltung beibehalten oder das Foto verkleinert auf der hinteren Klappe statt auf der hinteren Umschlagseite bringen oder ein anderes Bild von Swanny aussuchen, vielleicht ein Kinder- oder Jungmädchenbild.

Material gab es genug, ich brauchte mir nur Astas Alben vorzunehmen. Sie hatte Swanny häufiger als die anderen Kinder fotografieren lassen, vielleicht einfach deshalb, weil sie hübscher war. Zu jedem Geburtstag war ein sogenanntes Künstlerfoto angefertigt, dazwischen waren immer wieder Schnappschüsse gemacht worden. Sie füllten in ihrem früheren Zimmer ganze Schubladen. Als ich die Alben herausnahm, kam mir der Gedanke, daß Swanny die verschwundenen Seiten vielleicht in einem von ihnen versteckt hatte – aber natürlich fand ich sie auch dort nicht.

Zum erstenmal hatte Swanny die Tagebücher ihrer Mutter im Arbeitszimmer gelesen. Ich schlug sämtliche Bücher auf und suchte nach Briefen oder losen Zetteln zwischen den Seiten. Bei so einer Suche wird man immer fündig. Ich fand einen uninteressanten Dankesbrief, fand Rezepte, Ansichtskarten von Freunden aus einem Seebad, Zeitungsausschnitte, fast alles in dänischer Sprache, nicht aber die verschwundenen Seiten. Sie aufzuheben war zu schmerzlich gewesen, dachte ich, sie waren längst in Rauch aufgegangen.

Wenn man etwas vernichten will, macht man das sofort, man bewahrt es nicht für die Nachwelt auf. Ich mußte an jene Kriminalfilme denken, in denen der Schurke den edlen Helden in seine Gewalt gebracht hat, ihn aber nicht kurzerhand abknallt, sondern vorher noch verhöhnt und den eigenen Sieg auskostet. Bis er damit fertig ist, sind die

Retter da. Swanny hätte nicht auf die Retter gewartet, sie hätte die herausgerissenen Seiten sofort verbrannt.

In der Zeitung stand eine halbe Spalte über die bevorstehende Versteigerung eines Victoria Cross bei Sotheby's. Der Verkäufer war ein gewisser Richard Clark, Enkel jenes Mannes, dem es verliehen worden war. Sein Name sagte mir nichts, der seines Großvaters dafür um so mehr.

Die Meldung wäre natürlich sehr viel kürzer ausgefallen, wenn besagtes Victorica Cross nicht eine gewisse Berühmtheit erlangt hätte. Nicht wegen seines Mutes an der Somme am 1. Juli 1916 interessierte der verstorbene Sergeant Harry Duke die Zeitungsleser und -leserinnen, sondern weil er sich, wie aus den Tagebüchern bekannt, bemüht hatte, Astas Sohn das Leben zu retten und später Astas platonischer Liebhaber geworden war.

Ich las den Artikel, der auch eine ziemlich unpräzise Zusammenfassung der entsprechenden Tagebuchstellen enthielt, gerade Paul vor, als Gordon die Stufen zur Haustür hochkam und, als er uns sah, ans Fenster klopfte.

Er war gekleidet wie ein Bestattungsunternehmer – dunkler Anzug, grauer Schlips mit schwarzem Muster –, der gekommen ist, um die Nachricht von einem Todesfall oder einem schweren Unglück zu überbringen.

Man muß mir diesen Gedanken angesehen haben, denn er sagte in seiner gravitätischen Art: »Du brauchst nicht zu erschrecken, es ist nichts Schlimmes. Vielleicht freust du dich sogar.«

Paul dachte offenbar, Gordon meine seinen unvermuteten Besuch, denn er beteuerte, daß wir uns natürlich sehr freuten, und erzählte ihm gleich von der Versteigerung und von Harry Dukes Victoria Cross. Gordon hörte höflich zu, aber in die nächstbeste Pause hinein sagte er zu Paul: »Zeigen Sie mir doch bitte mal ein Foto Ihrer Mutter.«

»*Meiner* Mutter?«

»Ann sagt, daß Sie Fotos haben. Ich möchte gern etwas überprüfen.«

Sie stand im Garten, in einem geblümten Kleid. Es war ein windiger Tag, ihr Haar war verweht, mit einer Hand hielt sie den Rock fest. Von ihrem Gesicht war nicht viel zu erkennen, man sah nur, daß sie groß und schlank und blond war. Paul hatte das Bild in dem kleinen Stapel von Fotos und Papieren gefunden, die er nach ihrem Tod mitgenommen hatte. Gordon hatte sein Exemplar von *Asta* mitgebracht und zeigte uns Swannys Foto: Blaues Tweedkostüm, blauer Filzhut, eine große, schlanke blonde Frau, die neben der Kleinen Meerjungfrau steht.

»Was fällt euch auf?« fragte er nach einer kleinen Pause in gemessen-dramatischem Ton. Manchmal denke ich, daß an Gordon ein Schauspieler verlorengegangen ist.

»Sie sehen beide dänisch aus«, sagte ich.

»Nicht wie… Schwestern? Halbschwestern?«

»Wenn wir davon ausgehen, daß Schwestern, besonders Halbschwestern, sich selten sehr ähnlich sehen.«

Paul war ein wenig unruhig geworden. »Was wollen Sie damit sagen, Gordon?« fragte er, um einen lockeren Ton bemüht.

»Ich möchte Ihnen keinen Schock versetzen, aber wahrscheinlich ist es gar keiner, Sie dürften sich eher freuen, weil Sie und Ann dadurch gewissermaßen Vetter und Base werden.«

»Willst du damit sagen«, fragte ich, »daß Hansine Swannys Mutter war?«

»Es würde vieles erklären«, sagte Gordon. »Asta schreibt, wie dick Hansine ist. Eine boshafte Bemerkung, haben wir bisher gedacht, die typische Einstellung einer schlanken Frau der etwas fülligeren Geschlechtsgenossin gegenüber. Auf dem berühmten Foto, auf dem die Familie im Garten Tee trinkt und sich von Hansine bedienen läßt, ist sie nicht dick, und auch später ist bei Asta davon nie mehr die Rede. 1905 war sie dick, weil sie ein Kind erwartete.

Möglich, daß Asta es zunächst gar nicht gewußt hat. Unter der damaligen Kleidung ließ sich eine Schwangerschaft gut kaschieren. Fachleute für Modegeschichte sagen, daß bei der Frauengarderobe viele Jahrhunderte lang Rücksicht auf die ständigen Schwangerschaften genommen werden mußte. Die schmale, anliegende Linie, die in den zwanziger Jahren aufkam und sich seither im Grundsatz nicht groß verändert hat, konnte sich unter anderem auch deshalb durchsetzen, weil die Frauen nicht mehr so viele Kinder bekamen. Vielleicht hat Hansine ihr die Schwangerschaft erst im siebten oder achten Monat gestanden, und da war es zu spät, sie wegzuschicken. Außerdem hat man den Eindruck, daß Asta in diesen Dingen toleranter war als Rasmus, und der war nicht da.«

»Demnach wären Asta und Hansine zur gleichen Zeit schwanger gewesen? Ist das nicht ein etwas unwahrscheinlicher Zufall?«

»Nein, warum? Hansines Baby kann durchaus einen Monat, nachdem Asta ihr Kind verloren hatte, oder sogar noch sechs Wochen danach zur Welt gekommen sein. Es ist ja gar nicht gesagt, daß Swanny am 28. Juli Geburtstag hatte, wir wissen nur, daß Asta es immer behauptete, weil sie an diesem Tag ein totes Kind zur Welt brachte.«

»Und wer war der Vater?«

»Der naheliegendste Kandidat wäre Rasmus, aber der scheidet natürlich aus. Nach den Tagebüchern haben wir ihn uns als streng und prüde vorzustellen, er war nicht sehr an Asta, aber auch nicht sehr an anderen Frauen interessiert und beileibe kein Schürzenjäger. Nicht der Typ, der die Magd aufs Kreuz legt, wenn die Frau aus dem Haus ist. Eher einer, der die Zeit nutzt, um an einem Motor herumzubasteln.«

»Außerdem«, sagte ich, »mochte er Swanny nicht. Falls er es nicht wußte, hat er wohl gespürt, daß sie nicht seine Tochter war.«

»Hansine hatte früher schon mal einen Schatz. Asta erwähnt es, als Hansine sie um die Erlaubnis bittet, Pauls Großvater zum Tee einzuladen. Sie schreibt etwas wenig Schmeichelhaftes über Hansines Aussehen und dann, daß Sam Cropper nicht der erste ist, der ihr den Hof macht.«

»Wer das wohl gewesen sein mag...«

»Irgendein Kopenhagener Arbeiter oder ein junger Mann, der in Stellung war wie sie und von dem sie sich trennen mußte, als deine Großeltern nach England gingen.«

»Sie hätte ja nicht mitzugehen brauchen.«

»Vielleicht wollte oder konnte er sie nicht heiraten. Womöglich war er schon verheiratet oder konnte sie nicht ernähren.«

Hansine, sagte ich, habe Swanny von den Westerby-Kindern immer am liebsten gehabt... Allmählich kam nun also die Wahrheit ans Licht. Asta hatte ihr eigenes Kind verloren. Bei der Geburt hatte sie keinen Arzt gehabt, mehrmals betont sie, wie sehr es ihr widerstrebt, einen Arzt bei der Entbindung dabeizuhaben, einen männlichen Zeugen bei diesen intimen und aus ihrer Sicht entwürdigenden Vorgängen. Irgendwo schreibt sie, wie schön es wäre, wenn es Ärztinnen gäbe. Den Tod ihres Babys hat sie gar nicht erst gemeldet, weil sie ja Hansines Kind als Ersatz in Aussicht hatte. Vielleicht hat sie sogar gesagt, sie würde es nur nehmen, wenn es ein Mädchen wäre. So etwas wäre Asta zuzutrauen.

»Sie müssen wie auf Kohlen gesessen haben«, sagte Gordon. »Rasmus konnte ja jederzeit zurückkommen.«

Wann das Kind zur Welt gekommen war, ließ sich jetzt nicht mehr feststellen. Was, wenn es ein Junge gewesen wäre? Daß Asta einem Neugeborenen etwas zuleide getan hätte, konnte ich mir nicht vorstellen, wohl aber, daß sie nachts mit einem Bündel auf dem Arm aus dem Haus gegangen wäre und es beispielsweise auf der Schwelle des Deutschen Krankenhauses abgelegt hätte.

Doch Hansines Kind war ein Mädchen gewesen, das sie wohl oder übel Asta hatte überlassen müssen. Sie hatte sich zwar nie zu ihrer Tochter bekennen können, ansonsten aber jahrelang Mutterfreuden und Mutterleiden mit ihr erlebt. Sie hatte ihr Kind täglich gesehen, versorgt, gebadet und ins Bett gebracht, es auf dem Schoß gehalten und sich an seiner Zuneigung gefreut, bis sie 1920, wenige Monate vor Swannys fünfzehntem Geburtstag, die Familie verließ, um Pauls Großvater zu heiraten.

»Irgendwann muß sie es deiner Mutter erzählt haben«, sagte ich zu Paul.

Er schwieg. Seit Gordons Eröffnung hatte er kaum einmal den Mund aufgemacht. Ich dachte an seine Mutter, die unselige Verfasserin anonymer Briefe. Wahrscheinlich hatte Hansine es ihr erst gesagt, als sie erwachsen war, und wahrscheinlich hatte das die Tochter tief getroffen. Daraus mochte sich unter anderem auch erklären, daß sie nichts davon hören wollte, wenn die Mutter von ihrer früheren Tätigkeit erzählte. Wäre meine Mutter nicht in Stellung gewesen, mag sie sich gesagt haben, hätte sie ihr Kind nicht hergeben müssen. Dienstboten waren ihrer Herrschaft auf Gedeih und Verderb ausgeliefert und hatten keine Rechte, keine eigene Entscheidungsmöglichkeit, so mochte sie es sehen. Und welche Ironie des Schicksals, daß ihr uneheliches, ungewünschtes Kind ein privilegierteres Leben gehabt hatte als das eheliche, erwünschte!

Sie war Swanny nie begegnet, dann aber sah sie das Foto im *Tatler*, Groll und Bitterkeit brachen sich Bahn, und sie setzte sich hin und verfaßte ihren anonymen Brief. Ich dachte an Swannys Besuch, Swannys Fragen nach ihrer Herkunft und Joan Sellways gespielte Verständnislosigkeit.

In Gordons Beisein konnte ich davon nichts sagen. Die ganze Geschichte war mir um Pauls willen plötzlich sehr peinlich. Würde diese Peinlichkeit sich je tilgen lassen? Dann sah ich ihn lächeln.

»Vetter und Base können wir nicht sein, Gordon«, sagte er. »Falls Swanny die Tochter meiner Großmutter war, war sie natürlich meine Tante, aber Anns Tante war sie nur, wenn sie die Schwester von Anns Mutter war. Wir haben nur die Tanten getauscht.«

Gordon, der Pauls Betroffenheit wohl gespürt hatte, war sichtlich erleichtert, daß er die Sache schon wieder von der spaßhaften Seite sah. Da er verständlicherweise stolz auf seine erfolgreiche Detektivarbeit war, ließ er es sich nicht nehmen, die frühesten Tagebucheintragungen mit uns durchzugehen. Im Juni schreibt Asta, daß Hansine dick ist und immer dicker wird, und im Juli: *Sie hielt mit beiden Händen ihren Bauch fest, der beinah so dick ist wie meiner*.

War nicht Hansines gleichzeitige Schwangerschaft die einfachste, ja, im Grunde die einzige Möglichkeit für Asta gewesen, einen Ersatz für ihr totes Kind zu finden? Gleich nach der Geburt hätte sie unmöglich das Haus verlassen und sich irgendwo ein unerwünschtes Kind holen können. Hansine aber lebte unter ihrem Dach. So wie Hansine am 28. Juli 1905 bei Asta Hebamme gespielt hatte, war Asta ein paar Tage oder ein, zwei Wochen später Hansine bei der Entbindung behilflich gewesen.

Wir akzeptierten seine Erklärung. Die Einzelheiten standen vermutlich auf den fehlenden, für immer verschwundenen Seiten. Hansine, die Analphabetin, hatte keine Aufzeichnungen hinterlassen. Dies also war die Antwort, nach der Swanny fünfundzwanzig Jahre lang gesucht hatte. Und Asta hatte ihr die Wahrheit deshalb nicht gesagt, weil sie auf Hansine herabsah und nicht zugeben mochte, daß ihr Liebling die Tochter einer Dienstmagd und eines einfachen Arbeiters oder Handwerkers aus Kopenhagen war.

Damals war so etwas vermutlich gang und gäbe. Großeltern zogen die unehelichen Kinder der Töchter als ihre eigenen auf, kinderlose Ehepaare übernahmen die heimlich zur Welt gebrachten Babys ihrer Dienstboten. Es war eine Art inoffizielles Adoptionsbüro. Warum hatte Hansine geschwiegen? Sicher doch, weil es ihr sehr viel lieber sein mußte, wenn ihr Kind nicht in einem Waisenhaus, sondern geliebt und umsorgt in einer wohlsituierten Mittelstandsfamilie großgezogen wurde. Und sie war ja von der Tochter nicht getrennt, sondern sah sie täglich – so wie die Mutter im Märchen, als Dienstmagd zur Knechtschaft verurteilt, die Tochter als Prinzessin aufwachsen sieht, unerreichbar fern und doch räumlich ganz nah.

Solche Frauen fanden Eingang in die Märchenwelt, weil es sie wirklich gegeben hat. Kinder waren damals weniger kostbar, erfreuten sich geringerer Wertschätzung als heutzutage. Paul und ich akzeptierten, wie gesagt, Gordons Erklärung. Oder zumindest ich akzeptierte sie. Leider hatte sie einen Schönheitsfehler: Sie stimmte nicht.

27

An Lisa Waring dachte ich nicht mehr, und auch Cary sagte sich wohl allenfalls, daß sie inzwischen längst wieder in Amerika war. Deshalb empfand sie nur einen leisen Anflug von Unbehagen, als das Päckchen kam, ein dicker Umschlag mit den Lisa überlassenen Unterlagen und den drei Kassetten. Die Absender-Adresse stand auf der Rückseite, wie es in Amerika üblich ist, aber es war keine amerikanische Adresse, sondern eine in Battersea. Lisa Waring war höchstens ein, zwei Meilen weitergezogen.

Es kommt selten vor, daß Fernsehspiele an den ursprünglich vorgesehenen Tagen gesendet werden, meist gibt es Verzögerungen und Verlegungen. Die Ausstrahlung von *Roper* war eigentlich für Februar geplant, wurde dann aber auf den April und schließlich den Mai verschoben. Fast zwei Jahre waren vergangen, seit Cary mit den Vorarbeiten begonnen hatte, und genau zwei Jahre, seit ich bemerkt hatte, daß im ersten Heft von Astas Tagebüchern fünf Seiten fehlten.

Die Pressevorführung Anfang April fand – wie damals die Privatvorführung, in der Paul und ich gewesen waren – in den Räumen der Britischen Film- und Fernsehakademie statt. Um neun war sie zu Ende, um halb zehn rief Miles Sinclair an. In letzter Minute war Lisa Waring hereingekommen, hatte ihren Blick kurz über die Zuschauer schweifen lassen, war dann langsam – bedrohlich langsam, wie er sagte – durch den Mittelgang nach vorn gegangen und hatte sich auf den einzigen freien Platz in der ersten Reihe gesetzt. Miles hat eine fast ebenso überzogene Ausdrucksweise wie Cary, so daß ich seine Schilderung Lisas als böse Fee, die ungebeten bei der Taufe erscheint, oder als Ate, die den goldenen Apfel unter die Gäst wirft, zunächst nicht weiter ernst nahm.

Dann aber, als alle in der Bar saßen und Miles gerade ein Interview gab, war Lisa zu Cary gegangen und hatte unverblümt gesagt, wenn sie mit dem, was sie wisse, an die Presse ginge, würde Cary mit ihrem Film ganz schön alt aussehen. Cary war wie vor den Kopf geschlagen, weil Lisa bei unserem Gespräch zu dritt durchaus zugänglich gewesen war, und auch der Begleitbrief, mit dem sie die Unterlagen zurückgeschickt hatte, war in freundlichem Ton gehalten. Sie sei noch in London, hatte sie geschrieben, weil sie hier eine freiberufliche Tätigkeit gefunden habe. Jetzt verhielt Lisa sich ausgesprochen feindselig. Sie störte sich – zumal jetzt, da sie den Film auf der Kinoleinwand gesehen hatte – an der Darstellung ihres Urgroßvaters.

In den vergangenen Wochen war sie der Herkunft von George Ironsmith nachgegangen. Er war, 1871 in Whitehaven geboren, mit vierzehn zu einem Handwerker in Carlisle in die Lehre gekommen und 1897 nach Amerika ausgewandert und hatte im Herbst 1904 ihre Urgroßmutter geheiratet. Hauptsächlich machte sie Cary zum Vorwurf, daß sie sich nicht vor weiteren Voraufführungen mit Lisa Waring beraten hatte.

Laut Miles war Cary immerhin so schlagfertig gewesen

zu fragen, was um Himmels willen das alles denn mit ihrem Film zu tun habe. Man hätte Ironsmith, sagte Lisa, nicht mit einer Nebenrolle abspeisen dürfen, er sei die zentrale Figur das Dramas. Sie sei bereit, sich mit Cary darüber zu unterhalten, ehe sie an die Presse ginge. Letzteres verkündete sie mit schallender Stimme, ohne allerdings viel Beachtung zu finden, denn die Journalisten interessierten sich vor allem dafür, was wohl aus Edith Roper geworden war.

Kinder sind immer interessant, vor allem kleine Mädchen, und ganz besonders verschollene kleine Mädchen. Obgleich die Geschichte sechsundachtzig Jahre zurücklag, konnte die Presse gar nicht genug bekommen von Ediths Verschwinden, den falschen Edith-Anwärterinnen und Ediths möglichem weiteren Schicksal. Wer Lizzie umgebracht hatte, sagte Miles, war für sie Schnee von gestern. Daß sich da eine überkandidelte, schwarz gekleidete junge Frau mit Chinesenaugen weithin hörbar über die Rechte ihres Urgroßvaters ereiferte, empfanden sie deshalb nur als eine vorübergehende Störung.

Cary wäre es zweifellos am liebsten gewesen, wenn Lisa auf dem Piccadilly unter einen Bus geraten wäre und ihr Film unbeanstandet hätte auf Sendung gehen können, aber sie würde sich wohl oder übel mit der Urenkelin von Ironsmith zusammensetzen müssen, und ich sollte dabei sein. Ich versuchte gar nicht erst, Cary noch einmal darauf anzusprechen. Aus leidvoller Erfahrung wußte ich, daß sie, sobald ein Mann an ihrer Seite war, peinliche oder heikle Anrufe an ihn delegierte. Sogar Daniel hatte sich dafür einspannen lassen.

Ein paar Tage waren vergangen, seit Gordon uns eröffnet hatte, Swanny sei Hansines Kind. Sobald er weg war, hatte Paul sehr nachdrücklich erklärt, das sei die falsche Lösung, er wisse es genau, er *spüre* es, und Gefühle, Intuitionen seien bei so etwas sehr wichtig. Er könne es zwar nicht beweisen, aber er wisse, daß Hansine vor der Geburt seiner Mutter kein Kind gehabt hatte und daß seine Mutter nicht Swanny Kjærs Halbschwester gewesen war. Den Beweis hoffe er in den Tagebüchern zu finden, in dem dänischen Original von Astas erstem Heft.

Ich hatte niemandem etwas von Gordons Enthüllung gesagt. Wen hätte sie schon interessiert? Gordons Vater vielleicht und seinen Onkel Charles, aber denen konnte er es, wenn er wollte, selbst sagen. Mir ging es um die Tagebücher. Wenn Gordons Behauptung stimmte, beruhte ein Großteil des Interesses an *Asta* und den Fortsetzungsbänden auf einer Täuschung. Swanny, die geliebte Tochter einer Frau, deren Name hierzulande inzwischen jedes Kind kannte, war gar nicht ihre Tochter, sondern das uneheliche Kind einer ebenfalls aus den Tagebüchern wohlbekannten Dienstmagd. – Man sieht an diesen Überlegungen, daß Pauls Intuition mich nicht überzeugte. Ich hielt sie für eine typische Abwehrhaltung.

Irgendwann würden ich und Swannys Lektorin entscheiden müssen, ob in den nächsten Band der Tagebücher ein entsprechender Hinweis aufgenommen werden sollte. Eine peinliche Situation, die die Glaubhaftigkeit der bereits erschienenen Tagebücher beeinträchtigte, ja, man konnte uns sogar gezielte Irreführung unterstellen. Solange Swanny zwar gewußt hatte, daß sie nicht Astas

Tochter war, über ihre wahre Herkunft aber nur Vermutungen hatte anstellen können, war Schweigen vertretbar gewesen. Jetzt aber kannten wir die Wahrheit. Konnten wir *Frieden und Krieg, 1935–1944* kommentarlos herausgeben, obwohl wir wußten, daß es sich mit der Herkunft jener Frau, die auf fast jeder zweiten Seite vorkam und auf Gordons Stammbaum als älteste Tochter von Asta und Rasmus ausgewiesen war, ganz anders verhielt?

Noch blieben ein paar Wochen, um in die zwanzigtausend Exemplare, die der Verlag als Hardcover meinte absetzen zu können, eine Seite mit Erläuterungen einzuschieben. Aber so lange brauchte ich gar nicht zu warten. Paul hatte seinen Beweis sehr schnell gefunden. Er bat mich zunächst, den Abschnitt in der gedruckten Fassung zu lesen: *Hansine bringt Mogens zur Schule in die Gayhurst Road, zwei Straßen weiter. Er würde natürlich lieber allein gehen, und das soll er auch bald, aber jetzt noch nicht. Sie ist ziemlich brummig, denn wenn sie ihren Besucher im Haus hat, bekommt sie immer furchtbare Bauchschmerzen. Ich bleibe mit Knud zu Hause und nehme ihn auf den Schoß und erzähle ihm eine Geschichte. Früher habe ich beiden Kindern Andersen-Märchen erzählt, aber der Abschied von meiner Heimat Dänemark war auch ein Abschied von H. C. Andersen. Ich begriff mit einemmal, wie grausam manche dieser Märchen sind.*

»Ein Ausdruck ist mir unklar«, sagte ich, »aber so was passiert mir in den Tagebüchern immer mal wieder.«

»Du meinst den ›Besucher‹«, sagte Paul. »Gordon hat ihn bestimmt auch nicht verstanden. Ihr seid zu jung.«

Ich sei älter als er, sagte ich, und er lachte und meinte, vielleicht sei es keine Frage des Alters, sondern mehr eine Frage des Interesses für Euphemismen, und weil das bei ihm stark ausgeprägt war, hatte er sich den Ausdruck gemerkt, er war wohl auch der eigentliche Auslöser für seine Intuition.

»Daraufhin habe ich mir noch mal das Dänische vorgenommen. Auch die Dänen haben diese Hüllwörter oder Beschönigungen, allerdings lange nicht so viele wie wir. So freimütig sich Asta über vieles äußert – bei der Menstruation hört ihre Offenheit auf. Diese letzte Bastion der Prüderie ist erst in den letzten zwanzig Jahren gefallen. Margrethe Cooper hat Astas Ausdruck als ›Besucher im Haus‹ übersetzt, weil es keine idiomatische Entsprechung für Astas *den rode blomst* gibt, wörtlich ›*ihre rote Blume*‹.

Hätte Asta geschrieben *hun har det maandelige* (sie hatte ihre Tage) oder *hun har sit skidt* (sie schmutzte), hätte man das allenfalls wörtlich übersetzen können, selbst der in der weiblichen Physiologie vermutlich nicht sehr bewanderte Gordon hätte gewußt, was gemeint war. Margrethe Cooper brauchte einen entsprechenden englischen Ausdruck und übernahm einen, den sie von einer 1970 schon sehr betagten Dame gehört hatte: ›Sie hat einen Besucher im Haus.‹«

»Swanny muß es gewußt haben«, sagte ich.

»Sie wußte es, seit sie die erste Kladde zum erstenmal gelesen hatte, und konnte deshalb Hansine als ihre Mutter ausschließen. Wenn Hansine am 5. Juli ihre Regel gehabt hatte, kann sie nicht am 28. Juli und auch nicht einen Monat danach ein Kind zur Welt gebracht haben.«

Cary sagte später, Lisa Waring hätte wenigstens ein Jahr früher auftauchen sollen. Mit welcher Begeisterung hätte sie da deren Enthüllungen aufgenommen! Lisa Waring wäre als Beraterin eingestellt worden – daß dies unterblieb, war der Hauptgrund für Lisas derzeitige unsinnige Verärgerung –, und Cary hätte den Ruhm für sich in Anspruch nehmen können, fast hundert Jahre nach der Tat einen Mordfall gelöst zu haben.

Lisas Verärgerung hatte noch einen anderen, recht bizarren Grund. Wer hat schon gern einen Mörder in der Verwandtschaft? Ein Vater in dieser Rolle wäre eine Katastrophe, ein Großvater beunruhigend, ein Urgroßvater schlimm genug. Eben das aber beanspruchte Lisa Waring: Der ansonsten unaufällige George Ironsmith, behauptete sie, habe Lizzie Roper umgebracht, und sie verlangte Anerkennung für diesen seinen Ruhm oder seine Ruchlosigkeit, wie immer man es nennen wollte.

Lisa hatte ein blasses, herzförmiges Gesicht und eine ziemlich lange Nase. Nur das schwarze, glatte Haar, zu einem Pagenkopf geschnitten, und die Augen mit der Mongolenfalte hatten etwas Fernöstliches. Beim Sprechen wurden ihre Augen glasig und richteten sich auf einen fernen Punkt. Sie hatte die ihr von Cary überlassenen Unterlagen gründlich studiert.

»*Sie waren an einem der bemerkenswertesten Prozesse in den Annalen der englischen Strafjustiz beteiligt,* hat der Richter gesagt, ich zitiere aus dem Prozeßbericht von Mockridge, und er fährt fort: *Daß jene unglückliche Frau zu Tode kam, steht außer Frage. Sie wurde auf höchst bemerkenswerte Weise ermordet. Es besteht kein Zweifel, daß der Mord von einem Täter begangen wurde, der sich auf rasches Töten verstand.* Das hört sich doch an, als ob er den Täter bewundert, nicht? Sagen Sie mal selber…«

Das Gespräch fand diesmal in Carys Wohnung statt, und Miles war dabei. Er sagte: »Okay, Ihnen geht's also um einen postumen Glorienschein für den Urgroßpapa. Bißchen abartig, aber manche Leute wollen eben um jeden Preis in die Schlagzeilen kommen.«

»Deshalb brauchen Sie noch lange nicht pampig zu werden.«

Ich sah Miles an, was er dachte: Daß sie nach dem, was sie ihrerseits vom Stapel gelassen hatte, eine so relativ zahme Bemerkung geradezu als schmeichelhaft hätte empfinden müssen. Aber er sagte es nicht laut.

»Das ist ja alles schön und gut«, meinte er, »aber haben Sie denn Beweise dafür, daß George Ironsmith Lizzie die Kehle durchgeschnitten hat?«

Ja, die hatte sie. Wenn man bereit war, ihr zu glauben. Angesichts ihres seltsam stumpfen Blicks, der rastlos hin und her ging, während sie ansonsten völlig unbeweglich dasaß, hatte ich Mühe, ihr auch nur ein Wort abzunehmen.

»Es gibt eine Familienüberlieferung, daß er einen Mord begangen hat. Deshalb konnte er nicht wieder nach England. In unserer Familie wußten das alle. Seine Frau wußte es, und er hat es seiner Tochter – meiner Großmutter – erzählt, als sie sechzehn war. Kurz vor seinem Tod.«

Sie hatte einen primitiven Stammbaum gezeichnet, eine direkte Linie der Nachkommen von George Ironsmith, der natürlich mit den komplizierten Verästelungen von

Gordon Westerbys Werk gar nicht zu vergleichen war. Sie gab den Zettel herum. Ironsmith hatte 1904 eine gewisse Mary Schaffer geheiratet, sie hatten eine Tochter, die ebenfalls Mary hieß und im gleichen Jahr zur Welt gekommen war. Mary Ironsmith hatte 1922 Clarence Waring geheiratet, und das jüngste ihrer vier Kinder, Spencer Waring, geboren 1933, hatte 1959 Betty Wong Feldman geheiratet, und diese beiden waren Lisas Eltern.

Eine »Familienüberlieferung« war natürlich noch kein Beweis dafür, daß Ironsmith einen Mord begangen hatte. Lisa hatte sich, nachdem sie Carys Video gesehen hatte, mit ihrem Vater in Verbindung gesetzt, und der hatte ihr einen Packen mit Unterlagen seiner Mutter geschickt. Das einzig aus meiner Sicht relevante Dokument war eine Postkarte, die Ironsmith 1905 an seine Frau geschickt hatte. Als Absenderadresse war nur London, als Datum der 28. Juli angegeben. London-Besucher schicken an ihre Lieben daheim meist Karten vom Buckingham Palace oder dem Parlament, aber diese hier zeigte in dem bräunlichen Sepiaton jener Zeit den Bootsteich im Victoria Park, das einzige landschaftlich reizvolle Fleckchen in ganz Hackney.

Ironsmith teilte seiner »lieben Mary« mit, er würde am nächsten Tag, also am Samstag, dem 29. Juli, die Heimreise antreten, fügte noch eine Bemerkung über das Wetter hinzu – es sei heißer als zu Hause – und schloß mit »Alles Liebe, George«. Über der Adresse war ein sonderbares Zeichen zu erkennen, das wie ein Sternchen aussah oder ein mit einem Multiplikationszeichen übermaltes Plus. Damit war belegt, daß Ironsmith sich zur

Zeit von Lizzies Tod in London, vermutlich auch in Hackney aufgehalten, aber noch nicht, daß er sie umgebracht hatte.

»Was bedeutet dieses Zeichen?« fragte Cary.

»Es sollte meiner Urgroßmutter sagen, daß er Lizzie umgebracht hat.«

Das war nun derart grotesk, daß es uns vorübergehend die Sprache verschlug, aber Lisa lieferte uns die Erklärung auch ungefragt. Mary Schaffer Ironsmith sei eifersüchtig auf ihre vermeintliche Rivalin und erst dann zufrieden gewesen, als diese endgültig beseitigt war. Lisas Vater erinnerte sich, daß seine Mutter ihm erzählt hatte, wie sehr ihre Eltern aneinander gehangen hatten. Ironsmith habe seine Frau »angebetet« und ihr jeden Wunsch von den Augen abgelesen.

Was sonst noch in den Unterlagen sei, wollte Cary wissen. Nichts Besonderes, meinte Lisa, nur ein Briefwechsel zwischen ihren Urgroßeltern und langweiliger Papierkram. Immerhin sollte man sie sich mal anschauen, sagte Cary. Lisa stand auf, rieb sich den Rücken, als sei das Sitzen im Sessel für sie anormal und unbequem, und ließ sich im Schneidersitz auf dem Fußboden nieder.

Unter dem »langweiligen Papierkram« fand sich die Geburtsurkunde von Mary Schaffer, nicht aber die von George Ironsmith.

»Hätte ich die gehabt, wäre ja klargewesen, wo er herkommt«, sagte Lisa in ihrer patzigen Art.

Auf dem Trauschein der Ironsmiths, ausgestellt im Februar 1904 in Chicago, war das Alter von Mary Schaffer als achtunddreißig und ihr Familienstand als Witwe angegeben. George Ironsmith selbst war vierunddreißig, als Beruf war Handelsreisender eingetragen. Die Briefe, die sie – vor allem während ihrer Verlobungszeit – gewechselt hatten, waren ähnlich fade und nichtssagend wie die des armen Mogens aus Frankreich, die meine Vettern vergeblich den Verlagen angedient hatten, und an neuen Fakten erfuhren wir lediglich, daß Mary Schaffer fünfzehn Jahre mit ihrem ersten Mann verheiratet gewesen und daß die Ehe kinderlos geblieben war.

Der Sprengsatz war dann auch nicht einer der Briefe, sondern die Kopie von George Ironsmiths Lehrvertrag. Ab 1885 hatte er sieben Jahre bei einem Fleischhauer und Schlachter in Carlisle gelernt.

»Die hat Paps gefunden«, ließ sich Lisa aus ihrem Buddhasitz heraus vernehmen. »Ich hatte sie noch nie gesehen.«

Wir starrten auf das gelblich-verblaßte Schriftstück, und Lisa beobachtete uns sichtlich zufrieden.

»Denken Sie an das, was der Richter gesagt hat: ›Sie wurde auf höchst bemerkenswerte Weise ermordet.‹ Und dann hat er noch gesagt, daß sie von einem Täter umgebracht worden ist, der sich auf rasches Töten verstand. Mußte er ja wohl, wenn er jahrelang die armen Kühe und Schafe abgemurkst hat.« Lisa kniff die Augen zusammen. »Ich persönlich esse nur vegetarisch.«

»Aber warum sollte er so was tun?« fragte die arme Cary.

»Hab ich doch schon gesagt: Um seiner Frau eine Freude zu machen. Um Lizzie endgültig loszuwerden.«

»Hätte er wirklich sein Leben riskiert, um eine abgelegte Freundin umzubringen, die seine Frau nie gesehen, von der sie kaum einmal gehört hatte? Damals wurden Mörder noch aufgehängt, nicht zu ein, zwei Jahren gemeinnütziger Arbeit verurteilt.«

»Aus Liebe«, sagte Lisa kühl. »So was soll's geben. Es war eine große Leidenschaft. Ich weiß, mit welchem Schiff er nach Amerika zurückgereist ist, falls Ihnen das was nützt.« Sie lächelte katzenfreundlich. »Mit der ›Lusitania‹ von Plymouth nach New York, irgendwo hat sie zwischendurch noch angelegt, in Boston, glaube ich.«

Vielleicht, sagte Miles, gäb es ja noch die Passagierlisten.

»Sie glauben mir nicht, was?« sagte Lisa. »Aber in Wirklichkeit glauben Sie es schon. Sie hätten Ihren Film nie gedreht, wenn Sie gewußt hätten, was Sie jetzt wissen. Und wie geht's jetzt weiter?«

»Wir bleiben in Kontakt«, versprach Cary.

»Worauf Sie sich verlassen können«, sagte Lisa.

Als sie weg war, wurde Cary hysterisch. Buchstäblich. Sie heulte, sie kreischte, sie trommelte mit den Fäusten an die Wand, sie raufte sich das Haar, starrte Miles mit weit aufgerissenen Augen an und erklärte, sie würde nun wieder anfangen zu rauchen. Jawohl, sie brauche einen kräftigen Schluck und zwanzig Zigaretten.

Wir setzten uns ins Pub.

»Was soll ich machen?«

»Ein bißchen recherchieren, ehe du dich festlegst«, sagte ich. »Am besten fängst du mit dem Schiff an.«

Im Recherchieren sind wir beide unschlagbar. Wir wissen, wie man Informationen aufspürt und wie man sie weiterverfolgt. Nicht mal zwei Tage, geschweige denn Jahre, hätten wir gewartet, um herauszubringen, wer unsere Urgroßeltern waren. Und wir hätten es herausgebracht.

Allerdings geht es einem beim Recherchieren normalerweise darum, die Wahrheit zu erfahren. Wenn sie nicht zu einer Theorie passen will, muß man eben diese Theorie opfern und eine Möglichkeit nach der anderen eliminieren. Bei Cary hingegen verhielt es sich so, daß sie sich energisch, ja fast neurotisch gegen die Wahrheit sperrte. Am liebsten hätte sie die ganze Geschichte verdrängt und sich auf das nächste Projekt geworfen. Aber sie hatte nicht nur Angst, Lisas Enthüllungen könnten ihr den ganzen Film kaputtmachen, sondern von ihrer ganzen Ausbildung her war Verdrängen für sie keine gangbare Lösung. Die Freude an *Roper* wäre ihr durch eine fehlerbehaftete Dokumentation verdorben gewesen. So fing sie denn an zu recherchieren, aber sie war kreuzunglücklich dabei.

Zunächst stellte sie fest, daß Lisa Waring oder – was wahrscheinlicher war – Spencer Waring sich bei dem Namen des Schiffes vertan hatte, auf dem George Ironsmith am 29. Juli 1905 nach Amerika und zu seiner Frau Mary zurückgekehrt war. Vermutlich war ihm der Name ›Lusitania‹ eingefallen, weil dieser britische Dampfer in der Geschichte der Schiffskatastrophen fast so berühmt geworden ist wie die ›Titanic‹. Die Versenkung der ›Lusitania‹ durch ein deutsches U-Boot im Jahre 1915 beschleunigte den Eintritt der Vereinigten Staaten in den Ersten Weltkrieg.

Welche Schiffe hatten Anfang des Jahrhunderts zwischen Großbritannien und den Vereinigten Staaten verkehrt?

Cary besorgte sich bei Cunard die entsprechenden Angaben. Es war eine stattliche Zahl. Da gab es unter anderen die ›Hibernia‹, die ›Arabia‹, die ›Umbria‹ und die ›Etruria‹. Die ›Cephalonia‹, ›Pavonia‹, ›Catalonia‹, ›Bothnia‹ und ›Scythia‹ bedienten einmal wöchentlich die Boston-Route. Donnerstags erfolgte die Hinreise ab Liverpool, samstags die Rückreise ab Boston mit einem Zwischenstopp in Queenstown. Diese Linien hatte Ironsmith demnach nicht genommen.

Auch die alle vierzehn Tage dienstags von der ›Aurania‹, ›Servia‹ und ›Gallia‹ bediente Route hatte er, wenn man seiner Ansichtskarte glauben durfte, nicht gewählt. Diese Schiffe legten alle in Liverpool ab und ließen ihre Passagiere an den zentral gelegenen Kais 51 und 52 (North River), New York, und am New Pier am Ende der Clyde Street, East Boston, von Bord.

Cary strich Plymouth und konzentrierte sich auf die jeweils am Samstag auslaufenden Postdampfer Liverpool – New York. Dort hatte Ironsmith die Wahl zwischen der ›Campania‹, der ›Lucania‹, der ›Etruria‹ und der ›Umbria‹ gehabt. Die Hin- und Rückreise zweiter Klasse hätte ihn zwischen 75 und 110 Dollar gekostet. Sie wandte sich an die Cunard Steamship Company, wo es zu ihrer Überraschung tatsächlich noch Passagierlisten gab, die allerdings jeweils im Bestimmungsland, in diesem Fall im Nationalarchiv in Washington, D. C., aufbewahrt wurden. Es dauerte seine Zeit, aber schließlich erfuhr sie, was sie wissen wollte – oder wissen mußte.

George Ironsmith war am Samstag, dem 15. Juli, von New York nach Liverpool und am 29. Juli von Liverpool zurück nach New York gereist.

Die Überfahrt nach England hatte er allein gemacht, aber auf der Rückreise war er in Begleitung gewesen.

28

Es war alles so lange her.

Der Passagierliste der ›Lucania‹ war nur zu entnehmen, daß unter den Passagieren der zweiten Klasse am Samstag, dem 29. Juli 1905, George Ironsmith und Mary Ironsmith gewesen waren, letztere war zum halben Preis gereist und mußte deshalb ein Kind zwischen zwei und zwölf gewesen sein.

Daß Ironsmith ein Kind gehabt hatte, war nirgends aktenkundig. Als er im Februar 1904 heiratete, war er Junggeselle. In der Familie Waring hatte niemand auch nur andeutungsweise etwas davon gehört, daß ihm und seiner Frau vor der Hochzeit ein Kind geboren worden wäre. Aus dem Briefwechsel zwischen ihm und Mary Schaffer ging hervor, daß sie aus der ersten Ehe keine Kinder hatte.

Von Cary darauf angesprochen, sagte Lisa, sichtlich verärgert über diese Abschweifung, sie habe keine Ahnung, wer dieses Kind sei. Ihr ging es nur um die Anerkennung ihres Urgroßvaters als Lizzies Mörder. Vielleicht habe jemand Ironsmith gebeten, sich während der Überfahrt um die Kleine zu kümmern, ob Cary an diese Möglichkeit denn schon gedacht hätte, wollte sie wissen.

Weshalb habe dann aber das Kind Mary Ironsmith geheißen, wandte Cary ein. Und welcher Vormund, welche Eltern würden auf den Gedanken verfallen, für eine sechstägige Seereise einem wildfremden jungen Mann ein kleines Mädchen anzuvertrauen?

Es war Cary selbst, die schließlich den Gedanken aussprach, den wir beide schon gehabt und als mehr oder weniger unmöglich wieder aufgegeben hatten. Sie hatte den ersten Tagebuchband noch einmal gelesen, war dabei auf eine von Astas berühmten Geschichten gestoßen und rief mich an. Unter dem 18. Dezember 1913, also Jahre nach dem Roper-Prozeß, stand: *Meine Cousine Sigrid hat mir erzählt, daß zwei Querstraßen weiter von ihrer Wohnung in Stockholm ein Mann lebte, der wegen Mordes an einer Frau zum Tode verurteilt worden war. Es war eine ganz sonderbare Geschichte. Er war kinderlos verheiratet, und seine Frau und er wünschten sich sehnlichst ein Kind. Es muß an der Frau gelegen haben, denn von seiner Geliebten, die in Sollentuna wohnte, hatte er ein Kind, die wollte es aber nicht hergeben, sondern verlangte, er solle sich scheiden lassen und sie heiraten. Weil er aber seine Frau liebte, hat er die andere umgebracht und das Kind mitgenommen, das seine Frau und er dann adoptierten.*

»Das ist doch nur eine Anekdote«, sagte ich, »die Asta zum Thema Guillotine eingefallen ist.«

»Ja, sicher, ich sage ja auch nur, daß Asta sich auf etwas bezog, was ihr vor zehn oder mehr Jahren erzählt worden war. Immerhin beruht das Szenario auf einer tatsächlichen Begebenheit, die sich um die Jahrhundertwende in Schweden zugetragen hat und sich genausogut 1905 in England zugetragen haben könnte.«

Jene Mary Ironsmith, die zusammen mit George Ironsmith die Überfahrt auf der ›Lucania‹ gemacht hat, sagte ich, könne schon dem Alter nach nicht Edith Roper gewesen sein. Wäre sie unter zwei gewesen, hätte er nicht für sie zu zahlen brauchen.

»Edith war zu alt, um Swanny Kjær zu sein«, sagte Cary, »und jetzt behauptest du, sie war zu jung, um Mary Ironsmith zu sein. Aber überleg doch mal... Er mußte um jeden Preis Aufsehen vermeiden. Edith war groß für ihr Alter, sie konnte laufen, sah vermutlich wie eine Zweijährige aus. Ironsmith wußte ja nicht, wann man Lizzies Leiche finden würde. Und daß Maria auch tot war und keine Fragen mehr stellen konnte. Er hatte unglaubliches Glück, daß die Toten erst nach einer Woche gefunden wurden. Inzwischen war er in New York angekommen und saß vermutlich schon im Zug nach Chicago.«

»Hätte er ihr keine Fahrkarte gekauft, willst du sagen, hätte man ihn gefragt, wie alt sie war, und dafür konnte er keine Belege beibringen.«

»Ja, und außerdem brauchte niemand zu wissen, daß er mit einem vierzehn Monate alten Mädchen reiste. Nach den Unterlagen von Cunard war auf allen Passagierschiffen der Marconi-Funktelegraf installiert. Ich lese dir mal vor, was da steht: ›Neuigkeiten aus aller Welt und Wetterberichte werden auf diesem Wege auf den Atlantikrouten ausgetauscht, und Mitteilungen von Passagieren können von hoher See aus wortgetreu an die Empfänger auf dem Festland übermittelt werden...‹«

Ich hatte gelesen, daß Crippen der erste Mörder war, der 1910 mit Hilfe des Funktelegrafen auf See gefaßt worden war.

»Ironsmith wollte ihm eben nicht fünf Jahre zuvorkommen«, sagte Cary.

Nach dem Szenario, das im Gespräch zwischen Cary und Miles, Paul und mir entstand, hatte Ironsmith, sobald er verheiratet war, von Lizzie die Tochter verlangt. Seine Frau konnte kein Kind bekommen, wünschte sich aber eins. Cary sagte, er sei wahrscheinlich eigens nach England gekommen, um Edith zu holen, habe Lizzie gebeten, ihm die Tochter zu überlassen, ihr Geld geboten und sie, als auch das nichts half, massiv bedroht. Vielleicht hatte Lizzie inzwischen ihrem Mann gebeichtet, daß Edith nicht seine Tochter war, weil sie fürchtete, Roper könne es sonst direkt von ihrem früheren Liebhaber erfahren.

Miles meinte, daß Lizzie vermutlich schon so gut wie nachgegeben hatte. Wenn sie darauf bestand, ihr Kind bei sich zu behalten, würde sie ihren Mann verlieren. Er war mit dem gemeinsamen Sohn nach Cambridge gegangen und hatte ihr gesagt – so Miles –, er erwarte sie eine Woche später. Allein. Das Kind könne sie bei Maria Hyde lassen. Er, Miles, habe nie verstanden, weshalb Roper mit seinem Sohn nach Cambridge gegangen war, ohne Lizzie gleich mitzunehmen. Er habe es ja offenbar nicht auf eine endgültige Trennung angelegt. Wenn sie in London geblieben war, um eine Unterkunft für Edith zu suchen oder ihre Mutter zu überreden, die Kleine zu nehmen, war alles klar.

Aber Lizzie hing doch an diesem Kind, wandte Cary ein, und hätte es nie aufgegeben, auch wenn sie damit rechnen mußte, dann von ihrem Mann verlassen zu werden und völlig mittellos dazustehen. Wenn eine Frau der »schuldige Teil« war, hatte sie damals keine Alimente,

Unterhaltszahlungen oder dergleichen zu erwarten. War es da nicht doch besser, zu Roper nach Cambridge zu ziehen und den Schein der Wohlanständigkeit zu wahren, zumal sie ja wußte, daß Edith liebevoll betreut und gut versorgt sein würde und eine bessere Zukunft als bei ihrer Mutter zu erwarten hatte?

»Ja, aber sie hat Ironsmith die Tochter dann doch nicht gegeben«, meinte Paul.

»Wenn sie es ihm nun versprochen hat und im letzten Moment wortbrüchig geworden ist?« schlug Cary vor.

Wir überlegten. Wer weiß schon, was sich in der Woche vor dem Mord abspielte. Vielleicht war ja Ironsmith täglich in der Villa Devon gewesen, hatte mit Lizzie diskutiert, ihr geschmeichelt und gedroht, bis sie irgendwann, möglicherweise an dem Dienstag oder Mittwoch vor Ropers Abreise, nachgegeben hatte. Am Donnerstag, dem 27. Juli abends, sollte Ironsmith Edith abholen.

Als er – mit Hilfe des Schlüssels, den er seinerzeit als Mieter bekommen hatte – das Haus betrat, eröffnete ihm Lizzie, sie habe es sich anders überlegt. Sie würde Edith behalten, bei ihrer Mutter in Hackney bleiben und sich irgendwie durchschlagen. Wie früher, als es noch keinen Roper gegeben hatte. Ironsmith hat vermutlich alles versucht, um sie zur Vernunft zu bringen, aber sie gab nicht nach. Sie haßte Roper und empfand nichts für ihren Sohn. Die kleine Tochter war ihr einziger Lebensinhalt.

Ironsmith hatte für Samstag, den 29. Juli, zwei Tage später also, eine Passage auf der ›Lucania‹ gebucht. Er hatte seiner Frau versprochen, das Kind mitzubringen. Ich dachte an Astas Geschichte von dem Mann, der seine

Geliebte ermordet, um seiner Frau das Kind zu sichern. Gut möglich, daß solche Geschichten, die einen wahren Kern haben, in Anekdotenform weitergegeben und manchmal vielleicht auch in die Tat umgesetzt werden. War Ironsmith so eine Geschichte zu Ohren gekommen, hatte er sie verwirklicht?

Am nächsten Morgen kam er wieder. Es war Freitag, der 28. Juli. Florence Fisher war um zehn zum Einkaufen gegangen. War er schon mit der Absicht gekommen, Lizzie umzubringen, oder wollte er ihr mit dem Messer, das er aus der Küchenschublade nahm, nur Angst machen?

Maria Hyde ließ sich nicht blicken. Edith schlief im Zimmer ihrer Mutter, vielleicht erschöpft von den vergeblichen Bemühungen, die durch das Hyoscin betäubte Lizzie zu wecken. Und da beschloß er, Edith einfach mitzunehmen. Sie galt als Lizzies und Ropers leibliches Kind. Hätte er Lizzie am Leben gelassen, hätte sie der Polizei gesagt, er habe Edith entführt und sei mit ihr nach Liverpool gefahren, um nach Amerika zu fliehen.

Also wickelte er sich in die Tagesdecke und schnitt Lizzie die Kehle durch. Sie spürte nichts davon. Als gelernter Schlachter verstand er sich auf schnelles Töten. Er fuhr mit Edith zur Euston Station und bestieg einen Zug nach Liverpool, wo er eine einfache Schiffskarte nach Amerika für ein Kind zwischen zwei und zwölf löste. Seiner Frau schickte er eine in Hackney gekaufte Ansichtskarte und signalisierte ihr mit einem Sternchen, daß er die Kleine mitbringen würde. Sie übernachteten in Liverpool und gingen am nächsten Tag an Bord der ›Lucania‹.

Zuerst war Lisa Waring ganz unverhältnismäßig böse. Sie wollte ihren Urgroßvater als Menschenschlächter bestätigt wissen. Daß ihre Großmutter dessen leibliche Tochter war, paßte ihr nicht ins Konzept. Sie warf Cary und mir romantische Spinnerei und übertriebene Phantasie vor, telefonierte endlos mit ihrem Vater in Amerika und holte schließlich aus ihm heraus, daß seine Mutter, soweit er wußte, keine Geburtsurkunde besessen hatte. Mary Ironsmith Waring war in Chicago aufgewachsen, hatte einen Mann aus New Jersey geheiratet und danach ihr ganzes Leben in dem kleinen Küstenort Cape May verbracht.

Eins der Fotos, die Spencer Waring an Lisa schickte, lieferte den Beweis. Mary Waring in ihrem Hochzeitskleid von 1922 hätte ebensogut Lizzie Roper bei ihrer Hochzeit im Jahre 1898 gewesen sein können; nur die Mode hatte sich geändert.

Von Mary Warings linker Gesichtshälfte ist auf diesem Bild kaum etwas zu sehen, das Gesicht ist – wie auf dem Foto von Lizzie – zu drei Vierteln abgewandt. Lizzie aber hatte, soweit wir wissen, kein Muttermal auf der Wange unter dem linken Auge. Lisa konnte sich fast gar nicht an ihre Großmutter erinnern, bei ihrem Tod 1970 war sie sieben gewesen. Auf den anderen Fotos sieht man das Muttermal nicht mehr, aber Spencer Waring schrieb, er könne sich gut an das Mal erinnern und auch an die kosmetischen Tricks und Kniffe, mit deren Hilfe seine Mutter es täglich abgedeckt hatte.

Daß George Ironsmith Lizzie Roper umgebracht hatte, konnte nicht schlüssig bewiesen werden, Edith aber war gefunden.

Auch wenn jetzt die ärgste Panik vorbei war, machte sich Cary große Sorgen um ihren Film. Da *Roper* aber keine Antworten auf die ungelösten Fragen lieferte und auch nicht für sich in Anspruch nahm, Edith entdeckt zu haben, ging der Dreiteiler wie vorgesehen auf Sendung. Noch vor der Ausstrahlung des ersten Teils begannen Cary und Miles mit der Arbeit an einer Dokumentation über die Entstehung von *Roper* und die Waring-Enthüllungen.

Lisa Waring wurde ihre Beraterin, worauf sie ja von Anfang an hingearbeitet hatte. Sie fand das alles sehr spannend. Am liebsten hätte sie es wohl gesehen, wenn in einer wahrheitsgetreuen Serie Roper entlastet und Ironsmith als Täter entlarvt worden wäre, aber an so etwas traute sich Cary nicht recht heran, zumal Lisas Vater und zwei seiner Geschwister noch lebten. Dafür zeigte sie in ihrem zweiten Film, wie sich, nachdem *Roper* abgedreht war, Lisa gemeldet und Ediths Schicksal geklärt hatte. In eingeblendeten Ausschnitten aus *Roper* sah man die kleine Edith die Treppe hochklettern und in der Dunkelheit verschwinden, es folgte ein Überblick über Ediths Leben – die Jugend bei den Adoptiveltern, Ironsmiths Tod, die Ehejahre in Cape May.

Diese neue Aufgabe machte Cary noch mehr Spaß als die Arbeit an *Roper*. Sie brauchte nun keine Angst mehr zu haben, weitere Enthüllungen waren nicht zu befürchten, und wenn es doch mal ein Problem oder eine offene Frage gab, sprang Lisa ein und brachte alles wieder ins Lot. Lisa war unersetzlich und sollte Carys Assistentin auch für künftige Produktionen werden.

Sie flogen nach Amerika, um dort vor Ort zu drehen. Der letzte Drehtag war Lisas 27. Geburtstag, und bei der Geburtstagsparty, die das Team ihr ausrichtete, gab sie bekannt, daß sie schwanger war. Cary war nicht sehr erbaut, weil sie fürchten mußte, ihre Assistentin gleich wieder zu verlieren, aber sie hatte keinen Verdacht, sie war völlig ahnungslos.

Am nächsten Tag flog Lisa zurück nach Los Angeles. Cary hatte sie nicht zum Flugplatz gebracht und merkte erst nach einigen Stunden, daß Miles mitgeflogen war.

Nachdem Paul Gordons Theorie über Swannys Herkunft zunichte gemacht hatte, gab ich die Hoffnung auf, je die Wahrheit zu erfahren. Es war alles zu lange her, es war zu spät, zu viel war vernichtet oder nie schriftlich festgehalten worden.

Zwei kinderlose Frauen, Cary und ich, hatten beide ein kleines Mädchen adoptiert, auch so konnte man es wohl sehen. Cary hatte herausgefunden, wer ›ihre‹ Tochter war, und hatte dabei ihren Liebsten verloren. Ich hatte den meinen behalten und mich dafür aller Chancen begeben, die wahre Identität der kleinen Swanny zu erfahren.

Ich habe das Haus von oben bis unten abgesucht, jedes Buch aufgeschlagen und ausgeschüttelt, die Tagebücher gelesen, Wort für Wort, in der Hoffnung, einen einzigen Hinweis, die Andeutung einer Spur zu finden. Wo konnte ich noch suchen?

Asta hat außer jenem Roman von einer Million Worten, ihren Tagebüchern, wenig geschrieben. Onkel Harrys älteste Tochter hatte mir die Liebesbriefe zurückgegeben, wie er sie genannt hatte, die ihn an den Browning-Briefwechsel erinnerten. Nach Erscheinen des ersten Tagebuchbandes hatte Swannys Vetter zweiten Grades ihr die Briefe geschickt, die Asta an seinen Vater geschrieben hatte. Sie enthielten keinen Hinweis darauf, daß Swanny nicht Astas Kind gewesen wäre.

Fotos, wie sie uns die Identifizierung von Edith Roper erleichtert hatten, geben Swannys Herkunft nicht preis. Und doch, wenn ich mir das Bild auf dem Schutzumschlag ansehe, das ich anstelle des Fotos mit der Kleinen Meerjungfrau für den neuen Band ausgesucht habe, wenn ich die vertrauten Züge, das schöne, starke nordische Gesicht betrachte, kommt es mir manchmal vor, als sähe ich darin jemanden, den ich einst kannte. Vor langer Zeit, als ich noch klein war.

Vielleicht ist es aber nur mein Großvater Rasmus, der mich aus diesem Bild ansieht. Oder meine Mutter, die Swanny jahrelang für ihre Schwester hielt. Ich weiß es nicht.

Es ist kein befriedigendes Ergebnis, das ist mir klar.

29

Es sollte 1991 werden, bis das Gesuchte schließlich in einer Sendung aus Kopenhagen kam. Genau vor drei Wochen. Ich habe sie noch nicht einmal am gleichen Tag ausgepackt, sondern erst an einem der Nachmittage, die ich für die Beschäftigung mit umfangreicheren Sendungen vorgesehen habe.

Als ich in Swannys Nachfolge die Herausgabe der Tagebücher übernahm, hatte ich nicht gedacht, daß daraus eine Vollzeitbeschäftigung werden würde. Wenn der vierte Band erschienen ist, sagte ich mir, wird das Asta-Fieber noch einmal hochschnellen, dann aber nachhaltig sinken. Mit der stetig anschwellenden Postflut, den immer zahlreicher werdenden Interview-Wünschen, Einladungen zu öffentlichen Veranstaltungen und Presseterminen, Bitten um Stellungnahmen zu jedem nur denkbaren Thema unter der Sonne hatte ich nicht gerechnet.

Sandras Nachfolgerin, ebenfalls ein wandelndes Asta-Archiv, hatte mich verlassen, um ihren Verlobten am anderen Ende der Welt zu heiraten. Ich hatte nun die Wahl, entweder abermals eine neue Assistentin anzulernen oder alles selber zu machen. Letztlich entschied ich mich für einen Kompromiß, trotzdem blieben mir täglich noch zehn, zwölf Anfragen und ein Stoß von Briefen, die nur beantworten konnte, wer die Tagebücher so genau kannte wie ich. Es heißt, daß Krimi-Autoren ständig Mordkomplotte zugeschickt werden, den Verfasserinnen von Liebesromanen Herz- und Schmerzgeschichten und Reiseschriftstellern die von irgendeinem Leser ausgegrabenen Aufzeichnungen eines Urahns, der 1852 in einem Ruderboot den Sambesi befahren hat. Mir schickt man mit schöner Regelmäßigkeit Tagebücher ins Haus – alte Manuskripte, sogar Protokolle von Schulkindern über ein Forschungsprojekt auf einer Klassenfahrt, Tagebücher aus allen Herren Länder, viele nicht einmal auf englisch.

Ein Prozent dieser Sendungen gebe ich an meinen Verlag weiter, die übrigen gehen zurück an die Absender, wobei ich mir wünschte, sie würden ihren Sendungen Rückporto oder eine Postanweisung beilegen. In dem gepolsterten Umschlag von Gyldendal vermutete ich auch wieder ein Tagebuch, ein paar Seiten nur, um mir Appetit zu machen, denn es war eine dünne und ziemlich leichtgewichtige Sendung.

Nach fünf Päckchen und zwei A-4-Umschlägen nahm ich mir die Gyldendal-Sendung vor. Sie enthielt ein Tagebuch oder Tagebuchfragment, aber das sah ich nicht gleich, denn es lag in einem Aktendeckel, an dem mit einer Büroklammer ein Brief und der übliche Begleitzettel des Verlags befestigt war. Der Brief war in dem sehr korrekten Englisch einer gebildeten Dänin abgefaßt (aus Kopenhagen, wie der Briefkopf verriet) und laut Datum vor zwei Wochen geschrieben. Offenbar war der Absenderin weder bekannt, daß Swanny tot war, noch daß sie die dänische Sprache beherrscht hatte.

Sehr geehrte Mrs. Kjær,

leider muß ich Ihnen mitteilen, daß meine Mutter, Aase Jørgensen, im November gestorben ist. Soviel ich weiß, kannten Sie meine Mutter von früher, und sie war auch bei Ihnen in London zu Gast.

Bei der Durchsicht ihrer Hinterlassenschaft machte ich beiliegende interessante Entdeckung. Natürlich habe auch ich die berühmten Tagebücher gelesen! Mir war sofort klar, daß die Seiten aus Astas Bog *sein müssen. Sicherlich haben Sie Kopien, aber ich erlaube mir trotzdem, Ihnen den Text zu schicken, es dürfte sich um die Originale handeln, die ja von historischem Wert sind.*

Meine Mutter war bekanntlich Marinehistorikerin und hatte lange Jahre einen Lehrstuhl an unserer Hochschule inne. Ich habe mir überlegt, wie die Tagebuchseiten in ihren Besitz gekommen sein könnten, und kann es mir nur so erklären, daß Mrs. Asta Westerby sie ihr wegen der darin enthaltenen Hinweise auf die ›Georg Stage‹ *überlassen hat. Als meine Mutter 1963 England besuchte, recherchierte sie für ihr Buch über dänische Marinegeschichte gerade diese Schiffskatastrophe und hat wohl mit Mrs. Westerby darüber gesprochen, die ihr daraufhin ihre Aufzeichnungen überließ.*

Ich lege die Seiten bei und hoffe, daß sie von Interesse für Sie sind.

Mit freundlichen Grüßen
Christiane Neergaard

Mir zitterten buchstäblich die Hände, als ich den Aktendeckel aufschlug. Wie lange hatten wir nach diesen Seiten gesucht – immer unter der Prämisse, daß Swanny sie herausgerissen hatte. Auf den Gedanken, Asta selbst könnte es getan haben, waren wir nie gekommen, weil wir uns nicht vorstellen konnten, daß eine Diaristin die eigenen Aufzeichnungen verstümmelt.

Dabei war es typisch für Asta. Ich sah sie förmlich vor mir bei jenem Essen, das Swanny an dem Tag, als der anonyme Brief kam, für Aase Jørgensen gegeben hatte, ich sah sie mit Mrs. Jørgensen zusammenstehen, hörte sie sagen: Ich habe da etwas Interessantes für Sie... ich sah sie nach oben hasten, um das entsprechende Heft herauszukramen, während Swanny verzweifelt nach ihr suchte. Schnell, nur schnell, da unten war es so kurzweilig, und das Essen wartete... ah ja, ganz recht, Juli und August 1905, da waren ja auch die Bemerkungen zu Tante Frederikkes Brief. Rasch die Seiten herausgerissen, was sollte sie noch damit, wer fragte noch danach? Wichtig war nur das Schreiben selbst gewesen, inzwischen waren diese Blätter nur noch lebloses Papier.

Swanny hatte Asta und die Historikerin schließlich im Eßzimmer gefunden, vor dem Royal-Copenhagen-Porzellan. Die Übergabe der Tagebuchseiten war bereits erfolgt, sorgsam gefaltet steckten sie in Aase Jørgensens Handtasche. So leicht ist es, Tragödien in Gang zu bringen, so harmlos nimmt das Unglück seinen Lauf.

Da lagen sie nun vor mir in dem Aktendeckel, diese lang gesuchten Seiten, mit wissenschaftlicher Sorgfalt bewahrt, von keiner Heftmaschine, keiner Büroklammer verschandelt. Auf der ersten Seite stand als Datum der Tag nach Swannys Geburtstag – oder der Tag, den Swanny stets für ihren Geburtstag gehalten hatte. Darüber aber waren noch vier Sätze. Sie gehörten zu der Eintragung vom 26. Juli, die bis jetzt so aufgehört hatte: *Da müßt ihr euren Vater fragen, habe ich gesagt und damit das Thema erst mal um viele Monate vertagt.* Der Eintrag vom 2. August war unvollständig.

Ich brachte die Blätter meinem Mann, der sie ins Englische übersetzte und mir vorlas:

Das Baby hat sich heute nicht viel bewegt. In den letzten Tagen vor der Geburt ist das oft so. Mir ist eine Geschichte aus den Göttersagen eingefallen, in der Swanhild vorkommt.

Ich werde meine Tochter Swanhild nennen.

29. Juli 1905

Ich warte. Noch immer keine Wehen.

Inzwischen beschäftige ich mich, so gut es geht, denke an alles mögliche, nur nicht an das, was in meinem Bauch passiert – oder nicht passiert. Die langen Sommerferien haben begonnen, die Jungen rennen im Haus herum und machen einen Höllenlärm. Zum Glück ist an Regen überhaupt nicht zu denken, so daß sie viel draußen sein können.

Gestern abend fragte mich Hansine, ob sie den Abend freihaben dürfe, und ich habe ja gesagt, dann macht sie mich wenigstens nicht nervös mit ihrer ewigen Fürsorge. Sie blieb dann die halbe Nacht weg. Natürlich konnte ich nicht schlafen, um zwei kam sie glücklich. Ob sie einen

Liebsten hat? Abends hatte ich mir die Jungen ins Wohnzimmer geholt und ihnen gesagt, daß sie eine kleine Schwester bekommen werden. Davon bin ich nämlich fest überzeugt. Diesmal fühle ich mich so anders als sonst, es muß ein Mädchen werden.

In diesem Alter will ich ihnen die unerfreulichen Einzelheiten noch nicht zumuten. Aber statt ihnen diese dummen Märchen vom Storch oder dem Baby im Stachelbeerbusch aufzutischen, sagte ich, Hansine würde das Baby holen, wenn es soweit ist. Natürlich haben sie sofort gefragt, wo sie das Baby denn herholen würde, ob sie es kaufen müßte und so weiter. Das erkläre ich euch genauer, wenn ihr größer seid, sagte ich, und dann verkündete Knud, er wolle keine Schwester, sondern einen kleinen Bruder zum Spielen, mit Mädchen sei doch nichts anzufangen. Das Thema war erledigt, als ich ihnen die Tüte mit Zigarettenbildchen gab, die Mrs. Gibbons mir heute vormittag gebracht hat. Ihr Mann muß von morgens bis abends eine Zigarette nach der anderen rauchen.

Das ganze Haus ist voller Mücken. Früher dachte ich, daß es die nur auf dem Land gibt, aber sie sind überall. Ich finde es schlimm, wenn eine im Schlafzimmer ist und man Angst hat einzuschlafen, weil sie einen in der Nacht stechen könnte. Mogens haben sie schon beide Beine zerstochen. Ich habe Hansine gesagt, sie soll ihn mit Kampfer einreiben und seine Beine in kaltem Wasser baden.

Ich weiß jetzt, was los ist. Ich dachte, es wird ein Mädchen, weil ich mich so anders fühle, weil sie – er? – sich so anders anfühlt. Aber dann war mir plötzlich alles klar, und mir wurde ganz elend. Es fühlt sich anders an, weil es verkehrt herum liegt. Der Kopf ist nicht unten, wie es sich gehört, er drückt gegen meine Rippen, und der Po oder die Füße sind unten, wo es heraus muß.

31. Juli 1905

Hansine sagt, sie kann das Kind drehen, wenn die Wehen einsetzen. Bei ihrer Schwester hat sie das auch gemacht. Mach es jetzt, sagte ich, und sie drückte mit ihren großen fleischigen Händen an mir herum. Das Kind zappelte ein bißchen, drehte sich aber nicht, und das Ende vom Lied war, daß ich jetzt überall blaue Flecken habe. Wenn die Geburt erst angefangen hat, meint Hansine, kann man sie mühelos drehen. Ich will keinen Arzt, ich will nicht, daß es ein Mann macht. Ich muß an etwas anderes denken, um mich abzulenken.

In der Zeitung steht, daß viele Leute mit Mückenstichen im Krankenhaus liegen. In New Orleans ist eine Gelbfieber-Epidemie, aber von den Mücken in Europa bekommt man kein Gelbfieber.

Ein Brief von Tante Frederikke, die des langen und breiten von ihrer Freundin Mrs. Holst erzählt, ihr sechzehnjähriger Sohn Erik war Kadett auf der ›Georg Stage‹, ist aber wie durch ein Wunder davongekommen. So ein Wunder ist das nun auch wieder nicht, schließlich haben sie achtundfünfzig Mann gerettet.

Der Kapitän des britischen Schiffes ›Ancona‹ scheint alles Menschenmögliche getan zu haben, um die jungen Leute herauszuholen. Beim Verhör vor dem dänischen

Marinegericht soll Kapitän Mitchell geweint haben. Der Gerichtspräsident ist sehr rücksichtslos mit ihm umgegangen und hat an allem ihm die Schuld gegeben, daraufhin hat die Verteidigung dem Gerichtspräsidenten Befangenheit vorgeworfen. Mrs. Holst hat Tante Frederikke erzählt, daß keine hundertfünfzig Meter weiter ein anderes englisches Schiff vorbeigerauscht ist, ohne zu helfen. Der schwedische Dampfer ›Irene‹ dagegen hat sofort beigedreht und vierzig Mann gerettet. Das freut mich, weil ich auch Schwedenblut in mir habe und meine Lieblingscousine Sigrid Schwedin ist.

Eriks bester Freund, ein gewisser Oluf Thorvaldsen, ist ertrunken, er war ein Jahr jünger, erst fünfzehn. Die Thorvaldsens wohnen im Strandvejen, wo mein Vater damals das Ferienhaus für den Sommer gemietet hatte. Es ist sehr traurig, er war ihr Einziger und der Beste seines Jahrgangs. Und so kam es zu der Katastrophe: Es war eine sternklare Nacht, und die ›Georg Stage‹ befand sich nur drei Meilen vor dem Kopenhagener Hafen, auf dem Weg nach Stockholm. Die ›Ancona‹ aus Leith, die Kohle aus Alloa in Schottland nach Königsberg in Preußen bringen sollte, fuhr mit zwölf Knoten – was immer das bedeuten mag. Ihr Kurs führte die ›Georg Stage‹ direkt auf die ›Ancona‹ zu, und sie rammte ihren Vordersteven fast 15 Fuß tief in die Seite des Frachters.

Dabei hat es das Schulschiff selbst aber viel ärger erwischt als den Frachter, es ist in knapp eineinhalb Minuten gesunken. Die meisten Kadetten hatten geschlafen, es blieb keine Zeit, die Rettungsboote klarzumachen. In den Zeitungen bei uns und in Dänemark stand, es habe keine

Panik gegeben, alles sei in geregelten Bahnen verlaufen, aber Tante Frederikke schreibt, daß Erik es anders erzählt hat. Das Geschrei und das Grauen müssen schlimm gewesen sein. Die Jungen klammerten sich an Wrackteile und riefen hilfesuchend nach den Matrosen. Und sie riefen nach ihren Müttern. Man sagt, das machen alle Männer im Angesicht des Todes. Die ›Georg Stage‹ liegt jetzt sechs Faden tief auf dem Meeresgrund.

1. August 1905

Ich hatte mir eigentlich vorgenommen, nicht jeden Tag etwas in mein Buch zu schreiben, aber ich habe sonst nichts zu tun. Hansine kümmert sich um den Haushalt und die Jungen. Ich warte. Heute ist der Tag, den ich mir für die Geburt ausgerechnet hatte, aber nichts geschieht. Ich gehe nicht mehr weg, seit Donnerstag war ich nicht mehr aus dem Haus.

Hansine bringt mir die Zeitung. Der Kaiser weilt als Gast von König Christian auf Schloß Bernstorff. Er nennt sich wieder einmal einen Sproß des dänischen Hauses, ich möchte wirklich wissen, wie er darauf kommt. Ein Hohenzoller als König von Norwegen – das wäre unerhört, wo es doch schwedische und dänische Thronanwärter gibt. Aber jetzt wollen sie angeblich das norwegische Volk entscheiden lassen, und das ist ja auch nicht mehr als recht und billig.

Noch etwas zur ›Georg Stage‹. Nicht aus der Zeitung, nein, ein Brief von Mrs. Holst. Ich war sehr überrascht, denn ich kenne sie ja kaum, zu unserer Hochzeit war sie nicht eingeladen, zum Leidwesen von Tante Frederikke, von der sie wahrscheinlich meine Adresse hat.

Mit ihren Geographiekenntnissen kann es nicht weit her sein, wenn sie meint, Leith läge bei London. Sie hat nur einen ganz bescheidenen Wunsch: Ich soll ihr Kapitän Mitchells Adresse beschaffen, damit sie ihm danken kann, weil er ihrem Sohn das Leben gerettet hat.

Warum hat sie sich nicht bei ihm bedankt, als er zu der gerichtlichen Untersuchung in Kopenhagen war? Außerdem ist noch sehr die Frage, wieweit man Mitchell als Retter bezeichnen kann und ob er nicht vielleicht an dem ganzen Unglück schuld ist. Er behauptet, die ›Georg Stage‹ habe unvermittelt ihren Kurs geändert, und er habe keine Schiffsglocken gehört, während Malte Bruns, der Kapitän des Schulschiffes, ausgesagt hat, daß die beiden Schiffe fast parallel zueinander fuhren, bis plötzlich die ›Ancona‹ den Kurs änderte – und dann kam es auch schon zur Kollision. Der Gerichtspräsident scheint Kapitän Bruns geglaubt zu haben, auch wenn Kapitän Mitchell beteuert, er habe sich an den vorher mit dem Lotsen festgelegten Kurs gehalten.

2. August 1905

So viel ist inzwischen passiert! Ich schreibe im Bett, mein Kind liegt neben mir. Wie gut sich alles gefügt hat. Ich habe sie gestillt, bis sie eingeschlafen ist, und jetzt will ich nur rasch aufschreiben, daß sie da ist und daß ich sehr glücklich bin. Gibt es etwas Schöneres, als nach einem großen Kummer, wenn alles wieder gut ist, so richtig glücklich zu sein? Es ist wie das Erwachen aus einem bösen Traum, den man für Wirklichkeit gehalten hat. Meine Kleine, meine Tochter, endlich …

Hier fehlt eine Seite. Die Seite, auf der so viel Vertrauliches oder Bekenntnishaftes stand, daß Asta sie Mrs. Jørgensen nicht hatte überlassen können.

4. August 1905

Am Mittwochnachmittag ging Hansine in die Malvern Road und holte Mogens ab, der dort seit dem Vormittag mit seinem Freund gespielt hatte. Knud blieb solange bei mir. Mogens wunderte sich gar nicht, als er sie mit einem Baby auf dem Arm die Richmond Street entlangkommen sah, er hatte ja damit gerechnet. »Hansine ist ein Storch, Mor«, stieß er atemlos hervor, als er in mein Schlafzimmer stürmte. Knud machte große Augen und sagte kein Wort. Ich schickte die beiden weg und legte die Kleine an die Brust, was für mich eine Erleichterung war und für sie gewiß auch.

Der Sohn der Prinzessin von Wales ist auf den Namen John Charles Francis getauft worden, und Prinz Karl von Dänemark ist einer der Paten. Sie haben ihm wohl die Patenschaft angetragen, weil sie hoffen, er wird König von Norwegen. Ich lasse mein Kind nicht taufen. Wozu? Das ist doch alles nur dummes Zeug. Sie ist ein sehr hübsches Baby, hellhaariger, als die anderen waren. Alle Babys haben dunkelblaue Augen, aber ich denke, bei ihr werden sie so bleiben. Ihr Gesicht ist gut geschnitten und regelmäßig, und sie hat einen wunderschönen Mund.

18. August 1905

Heute nachmittag war ich mit Hansine und den Jungen und Swanhild im Wembley Park, um mir die Flugvorführung eines gewissen Wilson anzusehen. Ist es nicht erstaunlich, daß alle Menschen sich wünschen, fliegen zu können? Auch unsere schönsten Träume handeln davon. Dieser Wilson hat gedacht, er hätte die Schwierigkeiten des Fliegens gemeistert, aber dann ist er leider mit seinem Fluggerät ins Wasser gefallen. Ich hätte mir auch gern die Pygmäen im Hippodrom angesehen, sie kommen aus dem Urwald in Zentralafrika, und vorher hatten nur vier Forscher sie zu Gesicht bekommen. Es sollen winzig kleine Menschen sein, aber normal gebaut, nicht wie Zwerge. Allein konnte ich nicht hin, und Hansine konnte nicht mitkommen, wegen der Kinder. Eigentlich nur deswegen braucht man eben doch einen Mann im Haus.

Ich habe Mrs. Holst auf ihren Brief geantwortet. Mir war die gute Idee gekommen, in den alten Zeitungen nachzusehen, die wir im Sommer nie wegwerfen, weil wir sie im Winter für den Kamin brauchen. Sie hätte das, was ich herausbrachte, genausogut in ihren dänischen Zeitungen finden können. Kapitän Mitchells Privatadresse hätte ich nicht gefunden, schrieb ich ihr, aber sie könne ihn über die Reederei erreichen, der die ›Ancona‹ gehört, James Currie & Company, Leith, Schottland.

Nächste Woche muß ich im Standesamt in der Sandringham Road Swanhilds Geburt anmelden.

Wir sahen uns an, Paul und ich. Ich nahm ihm die Blätter und die Übersetzung aus der Hand. Manchmal empfindet man eine Enttäuschung so intensiv, daß sie sich als Empörung Bahn bricht.

Für mich hatte immer festgestanden, daß diese Seiten die Antwort enthielten und eben deshalb vernichtet worden waren. Nach Christiane Neergaards Brief hätte mir allerdings klarsein müssen, daß unter diesen Umständen die Wahrheit nicht ans Licht kommen konnte. Asta mag unbedacht und an dem künftigen Schicksal ihrer Aufzeichnungen weitgehend uninteressiert gewesen sein – aber einer Fremden hätte sie nie Schriftliches über eine Adoption in die Hand gegeben, von der ihr Mann und die Adoptivtochter nichts gewußt hatten.

»Es steht nichts drin«, sagte ich. »Überhaupt nichts. Ich bin wütend. Das klingt albern, aber ich bin richtig wütend. Kein Hinweis, nicht die leiseste Spur. Als wäre Swanny Astas Tochter gewesen. Vielleicht war sie es wirklich.«

»Die eine oder andere Spur gibt es durchaus«, sagte Paul. »Du mußt bedenken, daß ich den Text länger vor Augen hatte als du, ich habe ihn übersetzt. Als sie ihren Eintrag für den 1. August macht, ist das Kind noch nicht da, obwohl wir wissen, daß Swanhild Kjær ihren Geburtstag am 28. Juli feierte. Am 2. August schreibt sie: *Wie gut sich alles gefügt hat*. Eine eigenartige Formulierung, wenn man gerade ein Kind bekommen hat, findest du nicht?«

Ja, sogar für die mal so fischblütige und dann wieder so leidenschaftliche Asta war das eine ungewöhnliche Ausdrucksweise.

»*Am Mittwochnachmittag ging Hansine in die Malvern Road und holte Mogens ab, der dort seit dem Vormittag mit seinem Freund gespielt hatte*... Demnach hat sich die Mutter des Freundes um ihn gekümmert, es waren ja Ferien. Dann schreibt Asta, daß er sich gar nicht gewundert hat, Hansine mit einem Baby auf dem Arm zu sehen. Das heißt, daß morgens, als er aus dem Haus ging, das Baby noch nicht da war. *Knud machte große Augen und sagte kein Wort*... Er hatte also das Baby auch noch nicht gesehen. Mogens sagt ausdrücklich, Hansine sei der Storch, der die Kleine gebracht hat. Was war geschehen? Irgendwann zwischen Dienstag, dem 1. August, abends und Mittwoch, dem 2. August, morgens hat Asta ein Kind geboren.«

»Ein totes Kind?«

»Vermutlich.«

Ich nahm den Faden auf. »Hansine versucht, während der Wehen das Kind zu drehen, wie sie es Asta versprochen hat, das gelingt nicht, es kommt zu einer Steißgeburt, bei der das Kind erstickt. Aber warum schreibt sie nichts davon? Sie kann doch 1905 noch nicht gewußt haben, daß sie achtundfünfzig Jahre später die Seiten einer Historikerin geben würde, weil sie Bemerkungen über die ›Georg Stage‹ enthielten.«

»Was sie darüber geschrieben hat, steht auf der fehlenden Seite, und die hat sie wahrscheinlich kurzerhand zerknüllt und in den Papierkorb geworfen.«

»Du meinst, auf dieser Seite stand, wer Swanny war?«

»Vielleicht. Vielleicht aber auch nur, was Asta gelitten, was sie verloren hat. Sie schreibt von einem ›großen Kummer‹. Damit meint sie wohl den Tod ihres eigenen Kindes.«

»Dann sind wir der Antwort auf die Frage, wer Swanny war, nicht näher als zuvor.«

»Das würde ich nicht sagen«, erwiderte Paul.

Am nächsten Tag fuhr Gordon mit einem geliehenen Kleinlaster vor, um das Puppenhaus abzuholen. Eigentlich hatten wir es seiner Nichte, Gails Tochter Alexandra Digby, zugedacht. Dann aber erklärte die achtjährige Alexandra, die noch nie besonders gern mit Puppen gespielt hatte, sie wolle Ingenieurin werden und lege keinen Wert auf Padanaram, und wir mußten uns nach einem anderen kleinen Mädchen umsehen, das sich über das Puppenhaus freuen und es in Ehren halten würde. Schon vor unserer Heirat waren Paul und ich uns darüber einig gewesen, daß Padanaram zu schade dazu war, es irgendwo bei uns im Haus zu verstecken und allenfalls einmal im Jahr anzuschauen.

Onkel Harrys Jüngste, deren Geburt in den zwanziger Jahren bei Asta so schmerzliche Eifersucht geweckt hatte, war inzwischen längst Großmutter. Ihre Enkelin Emma hatte irgendwann bei uns das Puppenhaus gesehen und es staunend, ehrfürchtig und – wie wir später erfuhren – voller Begehrlichkeit betrachtet. Nachdem wir uns vergewissert hatten, daß die Eltern genug Platz dafür hatten, beschlossen wir, ihr Padanaram zu schenken, und Gordon war gern bereit, es statt seiner Nichte der kleinen Emma zu bringen.

Asta hätte sich gefreut, daß es an eine Nachfahrin von Harry Duke ging, dachte ich, als wir das Puppenhaus die Treppe hinuntertrugen. Auch Swanny hätte sich gefreut. Und meine Mutter, für die es gebaut worden war, hätte nichts dagegen gehabt. Ehe er sich auf den Weg nach Chingford machte, zeigten wir Gordon noch die vergilbten Blätter, die bei uns inzwischen die Neergaard-Seiten hießen, und die Übersetzung.

Von uns dreien kannte sich Paul in Hackney am besten aus, aber auf das, worauf Gordon uns hinwies, war er noch nicht gekommen. Er schlug die entsprechende Seite im Londoner Stadtplan auf.

»Was hatte denn Hansine in der Richmond Road zu suchen?«

»Die Malvern Road, in der Mogens' Freund wohnte, geht rechtwinklig von der Richmond Road ab und führt nach Süden«, sagte Paul. »Wie heute, es ist dort alles mehr oder weniger beim alten geblieben.«

»Ja, aber die Malvern Road kreuzt die Lavender Grove. Wenn du in die Malvern Road willst, gehst du nicht durch die Richmond Road, das wäre ein großer Umweg, sondern durch die Lavender Grove, und biegst dann nach rechts oder links ab. Wenn das Haus des Freundes an der Ecke war, hätte Hansine vielleicht kurz die Richmond Road berührt, aber sie wäre nicht, wie Asta schreibt, die Richmond Road entlanggekommen.«

Ob wir daraus schließen sollten, fragte ich, daß Hansine das Baby, das sie auf dem Arm trug, bei seiner leiblichen

Mutter in der Richmond Road und auf dem Rückweg Mogens in der Malvern Road abgeholt hatte.

»Möglich. Aber nicht unbedingt in der Richmond Road, sondern in irgendeinem Haus, das leicht zu erreichen war, wenn man die Richmond Road entlangging.«

Er trank seinen Tee aus und setzte sich in den Kleinlaster, um das Puppenhaus dort abzuliefern, wo man es zu schätzen wußte. Paul und ich warteten fünf Minuten, dann fuhren wir in seinem Wagen nach Hackney.

Die Gegend gilt als gefährlich, nachts kann man dort überfallen werden. Paul hatte nie zugelassen, daß ich allein zu ihm fuhr, er hatte mich immer abgeholt. Bei Tageslicht aber wirkt dort alles durchaus erfreulich und gediegenviktorianisch, und die Umweltverschmutzung ist wesentlich geringer als zu Astas Zeiten: keine Pferdeäpfel, kein Rauch, keine gelben Nebelschwaden.

Zum letztenmal war ich mit Cary dort gewesen. Bei unserer Drehort-Besichtigung waren wir bis zu der Straße südlich der Richmond Road gekommen, in der Paul damals gewohnt hatte. Hier waren Cary und ich entlanggegangen, nachdem wir die Villa Devon als möglichen Schauplatz für ihren Film begutachtet hatten. Wir hatten, von der Navarino Road kommend, die Graham Road gekreuzt und die Schule in der Gayhurst Road rechts liegen lassen, waren rechts in die Richmond Road und dann in die Lansdowne Road eingebogen, die jetzt Lansdowne Drive heißt.

Diesmal war unser Ausgangspunkt die Malvern Road,

deren Westseite parallel zur Lansdowne Road verläuft. Das Haus von Mogens' Freund muß oben an der Ecke gewesen sein, und Mogens muß an einem Fenster oder im Vorgarten gestanden haben, sonst hätte er Hansine nicht schon von weitem gesehen. Wenn er sie auf der Richmond Road sah, mußte sie von der Navarino Road gekommen sein, und in der Navarino Road war die Villa Devon.

Paul und ich bogen rechts ab und gingen hin. Es war ein warmer, fast schwüler Nachmittag. Das dichte Laub der Bäume sorgte für schützenden Schatten. In der Nachmittagssonne sah die Straße anmutig und heiter aus. Wenn man die Augen zusammenkniff, die von Säulen flankierte Haustür und die ausgewogenen Proportionen der Fenster betrachtete, konnte man sich fast einbilden, eine Häuserzeile in Belgravia vor sich zu haben.

Wir standen auf dem Gehsteig vor der Villa Devon und sahen hinauf. Am Fenster rechts der Stufen, die zur Haustür führten, stand Brenda Curtis aus der Erdgeschoßwohnung. Sie sah mich an, erkannte mich nicht und sah gleichmütig wieder weg.

An so einem Nachmittag, einem warmen Augustnachmittag, war Hansine hergekommen. Nach vorheriger Terminabsprache gewissermaßen. Am 2. August im Laufe des Nachmittags, so war es verabredet, würde sie hier ein Baby abholen. In der zweiten Etage lagen die Leichen von Lizzie Roper und Maria Hyde, aber das sollte sich erst zwei Tage später herausstellen. Roper war mit seinem Sohn Edward in Cambridge.

»Florence Fisher war allein im Haus«, sagte Paul. »Meine Großmutter muß bei Florence Fisher gewesen sein, mit der sie befreundet war. Sonst kannte sie ja hier keinen.«

»War demnach, wie Roper zu seinem Freund John Smart gesagt hatte, Lizzie doch schwanger? Hatte sie irgendwann, ehe sie ermordet wurde, ein Kind zur Welt gebracht?«

»Warum Lizzie?«

»Es kann doch nur Lizzie gewesen sein.«

»Oder Florence.«

30

Von einer Minute zur anderen gab es keine Alternative mehr, war dies die einzig denkbare Lösung geworden. Plötzlich paßten alle Teile des Puzzles zueinander. Wir drehten uns um und gingen schweigend die Navarino Road hinunter.

Florence Fisher war verlobt gewesen, aber sie hatte nicht geheiratet, weder damals noch später. Sie hatte ein Tabakgeschäft betrieben und sich in der Uniform des Frauenhilfskorps mit der Marquise von Clovenford fotografieren lassen.

Hatte sie Hansine von ihrer Schwangerschaft erzählt, als die beiden sich Anfang Juli kennenlernten? Vielleicht sah man es ihr damals noch kaum an, zumal Florence eine füllige junge Frau gewesen sein soll. Vielleicht hat sie aber doch Hansine ins Vertrauen gezogen oder zumindest zugegeben, was nicht mehr zu übersehen war.

»Ob es bekannt war, was meinst du? Ob die Ropers Bescheid wußten?«

»Ich denke schon. Roper hatte sie vor die Tür gesetzt, Maria die Kündigung rückgängig gemacht, beides haben wir uns nie so recht erklären können. Wenn Florence schwanger war, leuchtet es schon eher ein. Dienstmädchen, die ein Kind erwarteten, flogen raus, das war damals so üblich. Der prüde Roper war vermutlich entsetzt, aber Maria, deren eigene Tochter angeblich vor der Bekanntschaft mit Roper schon ein Kind zur Welt gebracht hatte, sah das wohl nicht so eng. Wenn das Baby da war, hätte Florence natürlich gehen müssen. Daß Dienstmädchen ihr Kind bei sich behielten, kam damals überhaupt nicht in Frage.«

Ich nahm kaum wahr, wohin wir gingen, ich lief neben Paul her, und ehe ich wußte, wie mir geschah, waren wir in der Lavender Grove. Diesen Weg war Hansine, den kleinen Jungen an ihrer Seite, mit dem Kind im Arm gegangen. Es war vermutlich ein heißer Tag gewesen, wärmer als heute, so daß für das Neugeborene, Florences Baby, keine Gefahr bestand.

Zum ersten Mal sah ich das Haus, in dem Asta gewohnt hatte, als sie nach London kam.

Die bekrönten Frauengesichter aus Stein waren noch da, eins über dem Eingang, je eins unter den Fenstern im Obergeschoß. Im Erker hatte Asta gesessen, auf die Geburt gewartet und ihren Söhnen beim Reifenspielen zugesehen. Dort, wo jetzt ein Land Rover stand, hatte Rasmus damals, als noch kaum jemand ein Kraftfahrzeug besaß, das Hammel-Automobil abgestellt. Vor den Scheiben des großen Erkerfensters hingen die Spitzenvorhänge, die Asta immer abgelehnt hatte.

Wir fingen an, uns gegenseitig abzufragen. Paul fing an. »Warum hat Swanny ihren Geburtstag am 28. Juli gefeiert?«

»Wahrscheinlich, weil Asta wußte, daß sie tatsächlich an diesem Tag zur Welt gekommen war. Sie wurde am Freitag, dem 28. Juli, geboren, und vielleicht hat Florence zunächst sogar gedacht, sie könne das Kind behalten.

Schließlich waren ja die Ropers nicht mehr da. Vielleicht wußte sie aber auch nicht, wohin mit dem Baby. Wovon sollte sie leben? Wer würde ihr Arbeit geben? War ihr Freund noch immer gewillt, sie zu heiraten? Daß Asta ihr Kind verloren hatte, war für sie wie ein Geschenk des Himmels. Da gab es einen Menschen – eine feine Dame sogar –, die ihre kleine Tochter haben wollte.«

»Hat Florence das Kind allein zur Welt gebracht? In diesem Loch neben der Küche, in dem sie schlief?«

Wir würden uns noch einmal die Tagebücher und den Ward-Carpenter ansehen, sagte ich. Zurück in der Willow Road, packten wir alles auf den Tisch, die gedruckten Tagebücher, die Originale, die Gerichtsreportage von Ward-Carpenter, den Prozeßbericht, die Neergaard-Seiten und Pauls Übersetzung.

Paul zitierte aus Ward-Carpenter: »›Weshalb Florence sich an diese Stellung klammerte, die ja durchaus kein Ruheposten, sondern schlecht bezahlt und mit viel Mühe und Arbeit verbunden war, bleibt unklar.‹ Es ist nicht mehr unklar, wenn man weiß, daß sie fast im achten Monat war und nicht wußte, wohin. In der Villa Devon hatte sie wenigstens ein Dach über dem Kopf.

Ein paar Seiten weiter schreibt er, Florence habe sich schlecht gefühlt, als sie am 28. Juli vom Einkaufen kam. Diese Bemerkung hat uns von Anfang an Rätsel aufgegeben. Daß Lizzie sich schlecht fühlte, lag vermutlich am Hyoscin, Maria machte das Herz zu schaffen. Bei Florence hatten die Wehen eingesetzt.

Und jetzt wird auch klar, warum sich Florence nicht im mindesten für das interessierte, was oben im Haus vorging. Sie hatte mit sich selbst zu tun. In der Verhandlung hat Tate-Memling viel Wesens davon gemacht, daß Florence drei Tage das Brotmesser nicht benützt hat, ›daß ihr drei Tage lang kein Krümel Brot über die Lippen kam‹. Wenn man weiß, daß sie in dieser Zeit entbunden hat und sich vermutlich miserabel fühlte, ist das nicht weiter verwunderlich. Das Gericht amüsierte sich über seine sarkastischen Fragen an Florence, weil sie die oberen Räume erst wieder am 4. August zum Putzen betreten habe, obgleich es ihre Aufgabe gewesen sei, das Haus sauberzuhalten. Aber der Zustand der Räume in der zweiten Etage war wohl damals ihre geringste Sorge.

Daß sie schwanger war und kurz vor der Niederkunft stand, erklärt auch, daß sie Maria nicht das Tablett hochgetragen hat. Sogar Ward-Carpenter schreibt, sie ›mußte sich zu Bett legen, wo sie die beiden nächsten Tage blieb.‹«

»War sie denn ganz allein?« Eine schreckliche, noch nach sechsundachtzig Jahren geradezu unerträgliche Vorstellung.

»Wohl kaum«, sagte Paul. »Schau dir die Neergaard-Seiten an, den Eintrag für den 29. Juli. Asta schreibt: ›Gestern abend fragte Hansine, ob sie den Abend freihaben dürfe, und ich habe ja gesagt, dann macht sie mich wenigstens nicht nervös mit ihrer ewigen Fürsorge. Sie blieb dann die halbe Nacht weg…‹ Und Asta spekuliert darüber, ob meine Großmutter einen Liebsten hatte. Wir wissen jetzt, wo sie war. Daß Hansine hin und wieder Hebammendienste leistete, muß in der Nachbarschaft bekannt gewesen sein. An diesem Abend war sie in der Villa Devon und half Florence, ihr Kind zur Welt zu bringen.«

»Swanny«, sagte ich.

»Swanny. Meine Großmutter wußte besser als alle anderen, wer sie war, denn sie hat das Baby in die Welt geholt. Somit wissen wir auch, daß Swanny tatsächlich am 28. Juli, wahrscheinlich kurz vor Mitternacht, geboren wurde, denn um zwei war Hansine wieder in der Lavender Grove.«

»Hat Asta es gewußt?«

»Ich denke mir, daß meine Großmutter es ihr erzählt hat, nachdem Astas Kind tot zur Welt gekommen war.«

Mir fiel etwas ein. »Wie hast du sie genannt?«

»Wen?«

»Hansine. Deine Großmutter.«

»Meine Mutter wollte nicht, daß ich sie Mormor nannte. Ich habe Gran zu ihr gesagt. Warum?«

»Sie hat viel gewagt, sie muß eine starke Persönlichkeit gewesen sein. Ob Astas Kind ein Junge oder ein Mädchen war? Und was haben sie mit der Leiche gemacht? Im Garten vergraben?«

»Vermutlich. Du willst doch hoffentlich nicht nachsehen lassen?«

»Asta hat nie etwas davon gesagt. Kein Wort. Sie hat es wohl vergessen. Oder verdrängt. In diesem Haus haben sie nur bis zum Sommer 1906 gewohnt.«

»Und wann kam Astas totes Kind zur Welt?«

»In der Nacht zum 1. August. Am Nachmittag des 2. August hat Hansine das Baby bei Florence abgeholt.«

Kein Wunder, daß Asta Hansine ablehnte – und fürchtete. Hansine hatte so viel für sie getan und wußte so viel. Nur einmal schreibt sie über Hansine etwas auch nur halbwegs Nettes. Als sie sich überlegt, ob sie Hansine entlassen soll, weil sie zu Swanny gesagt hat, ihre Mutter könne manchmal herzlos sein, heißt es: »Wir haben so viel zusammen durchgemacht…«

»Wer war Swannys Vater?« sagte ich. »Roper kann es kaum gewesen sein. Swanny hat Roper für ihren Vater gehalten.«

»Aber nur, weil sie glaubte, Lizzie sei ihre Mutter.«

»Ja, und Florence mochte Roper nicht, auch wenn sie in dem Prozeß als Zeugin für die Verteidigung auftrat. Der Kindsvater muß ihr Bräutigam gewesen sein. Was wissen wir über ihn?«

»Nicht viel. Ward-Carpenter gönnt ihm nur ein paar Sätze.«

»Und Cora Green auch. Bei dem Prozeß wurde er nicht namentlich erwähnt.«

Paul suchte die entsprechende, wirklich recht dürftige Stelle bei Ward-Carpenter heraus. Der Verlobte hieß Ernest Henry Herzog. »›Seine Großeltern waren auch nach England eingewandert…‹«, las Paul vor. »Das ›auch‹ bezieht sich wahrscheinlich darauf, daß Joseph Dzerjinski ebenfalls Einwanderer war. Herzog habe eine gute Stellung in Islington gehabt, schreibt Ward-Carpenter und fügt hinzu, er ›stand gesellschaftlich eine Stufe über ihr‹. Warum sie nicht geheiratet haben, geht aus seinem Text nicht hervor. Möglicherweise hat das außer Florence und Herzog selbst niemand gewußt. Ward-Carpenter schreibt, daß sie Anfang Juli, als Roper ihr kündigte, noch damit rechnete, im Frühjahr zu heiraten.

Warum wurde daraus nichts? Asta hatte immer gesagt,

die Jungfräulichkeit sei für ein junges Mädchen deshalb so wichtig, weil niemand eine Frau heiraten würde, die nicht mehr unberührt war – aber das kann hier keine Rolle gespielt haben. Florence war schon weit im siebenten Monat, als Roper ihr kündigte, rechnete aber trotzdem mit der Heirat. Ihr Verlobter muß demnach gewußt haben, daß sie ein Kind erwartete. Warum hat er sie bei der Geburt in dem leeren Haus alleingelassen?

Weil er wußte, daß sie nicht allein sein würde – Hansine würde ihr beistehen, und Maria Hyde und Lizzie Roper, mag er sich gesagt haben, waren ja auch noch da –, weil er Dienst hatte und sich damals nicht um sie kümmern konnte. Vielleicht«, überlegte Paul, »hat er sie ja auch nach der Geburt des Kindes noch heiraten wollen. Vielleicht hat er – weil er zu jung war? Weil er sonst seine Stellung verloren hätte? – zu ihr gesagt, er würde sie heiraten, aber das Kind würde er nicht nehmen.«

»Aber er hat sie nicht geheiratet«, wandte ich ein.

»Womöglich wollte sie ihn jetzt nicht mehr. Hätte er sie vor der Geburt des Kindes geheiratet, wäre das in Ordnung gewesen. Das Kind war da, war gut untergebracht – und sie war wieder frei. Wir denken immer, damals seien alle Frauen aufs Heiraten erpicht gewesen, sie hätten einfach heiraten müssen, weil es andere Möglichkeiten für sie nicht gab. Nehmen wir einmal an, Florence war eine Ausnahme und wollte ihn ganz einfach nicht mehr. Nehmen wir an, daß etwas sie vom Heiraten abgebracht hatte, nachdem sie nicht mehr auf einen Mann angewiesen war, um ihre Zukunft zu sichern.«

Irgendwo regte sich eine ferne Erinnerung, wie damals,

als ich in Swannys nordischen Zügen auf dem Schutzumschlag schattenhaft die Züge eines Menschen zu sehen meinte, den ich von früher kannte. Den ich, wie mir jetzt einfiel, zuletzt als Vierzehnjährige auf Morfars Beerdigung gesehen hatte.

»Ich überlege«, sagte Paul, »ob es die Entdeckung in der zweiten Etage war, die sie vom Heiraten abgebracht hat: Maria Hyde, tot auf dem Boden, Lizzie mit durchgeschnittener Kehle auf dem Bett liegend... Was mag sie sich dabei gedacht haben? Offenbar hat ja niemand in ihr ein richtiges Menschenwesen mit eigenen Gedanken und Gefühlen gesehen, und deshalb hat niemand sie je danach gefragt. Sie hat als Zeugin für die Verteidigung ausgesagt. Ist sie wie die anderen (allen voran die Polizei) davon ausgegangen, daß Roper der Mörder seiner Frau war? Was sie in der Villa Devon vom Eheleben mitbekommen hatte, war nicht dazu angetan, ihr Lust auf die Ehe zu machen. Gut möglich, daß es ihr endgültig verging, als sie Lizzie mit durchgeschnittener Kehle auf dem Bett liegen sah. Die Sorge um ihr Kind war sie los, Mrs. Westerby hatte es adoptiert, und nun sah sie auch ihre Verlobung in einem anderen Licht. So weit also konnte es kommen, wenn man heiratete – zu einer so schrecklichen Tat, zu so viel Gewalt gegen die Frau. Sie hatte schon eine neue Stellung in Aussicht. Sie beschloß, nach Stamford Hill zu gehen und ihren Verlobten nie wiederzusehen.«

»Das steht irgendwo in den Tagebüchern«, sagte ich nachdenklich.

»In den Tagebüchern?«

»Irgendwo ist da von einer jungen Frau die Rede, die

ihrem Freund den Laufpaß gibt, ich weiß nur nicht mehr, wo. Vielleicht war es Astas Cousine Sigrid oder die Tochter von irgendwelchen Bekannten...«

Wir fingen an zu suchen. In den Neergaard-Seiten, die wir uns zuerst vornahmen, stand nichts. Ich dachte, vielleicht sei es mir im Gedächtnis geblieben, weil ich diese Blätter zuletzt gelesen hatte. Dann arbeitete Paul Astas Originale durch, und ich las die Hefte von 1905 bis 1914, die unter dem Titel *Asta* herausgekommen sind.

Der Band umfaßt Tausende von Wörtern, allein die Neergaard-Seiten haben über tausendsiebenhundert. Ob ich genau wüßte, daß die Stelle, die diese vage Erinnerung ausgelöst hatte, in den Tagebüchern stand, wollte Paul wissen. Und nicht vielleicht bei Ward-Carpenter? Oder in dem Prozeßbericht? Inzwischen war ein ganzer Tag mit Lesen vergangen, ich wußte überhaupt nichts mehr genau.

»Ich würde eher denken, daß es nicht in den Tagebüchern steht«, sagte er, »denn Asta hat ja vermutlich nicht gewußt, wer Swannys Vater war.«

»Ich sage ja auch nicht, daß es so direkt dagestanden hat. Vielleicht war es eine von Astas Geschichten. Hätten wir die gleich gründlicher gelesen, wäre uns das Mordmotiv klargeworden, und wir hätten uns sogar denken können, daß Ironsmith der Täter war.«

Wir lasen uns Astas Geschichten laut vor, aber keine paßte. Ich war mit *Asta* etwas früher fertig als Paul mit seinen Originalen und griff nach dem zweiten Band, *Ein lebendes Wesen in einem toten Raum, 1915–1924*. Paul hatte sich wieder den Ward-Carpenter vorgenommen und überlegte, woher der Mann wohl seine Informationen gehabt hatte. Woher wußte er zum Beispiel, daß der Verlobte von Florence Fisher Ernest Henry Herzog hieß? Beim Prozeß war der Verlobte nicht namentlich erwähnt worden und in Arthur Ropers Memoiren natürlich auch nicht. Aus Cora Greens Beitrag für den *Star*, vermutete Paul.

»Nein«, wandte ich ein. »Den habe ich gelesen. Der Name kommt dort nicht vor. Vielleicht hat er ihn von Florence selbst.«

»Wann ist sie gestorben?«

»1971, meint Cary. Der Ward-Carpenter-Artikel stammt aus den dreißiger Jahren, es ist also gut möglich, daß er mit ihr gesprochen hat, manches kann er gar nicht anders erfahren haben. Woher hätte er sonst die Namen von Lizzies Liebhabern? Nicht aus der Verhandlung gegen Roper jedenfalls. Cora Green erwähnt in ihrem Artikel Middlemass, allerdings nur mit dem Nachnamen, und schreibt über einen anderen Bekannten von Lizzie, er habe Hobb oder Cobb geheißen, während Ward-Carpenter ihn ganz eindeutig benennt. Percy, den Vornamen von Middlemass, muß er von Florence haben.«

»Sie erzählt also, daß sie mal mit einem gewissen Herzog verlobt war, und er sagt vielleicht: ein ungewöhnlicher Name für einen Engländer ... 1934 fiel so etwas natürlich besonders auf.«

»Sie erzählt ihm auch, daß dessen Großvater nach England eingewandert war wie Mr. Dzerjinski und bei seiner Familie in Islington in Stellung war. Und woher weiß er, daß Herzog ein Jahr jünger als Florence war?«

»Wenn es nicht bei Cora Green steht, wohl auch von Florence.«

»Was wollen wir denn eigentlich noch?« fragte Paul. »Ernest Henry Herzog, ein Dienstbote, vierundzwanzig Jahre alt, war Swannys Vater.«

»Wie mag er ausgesehen haben?«

»Groß und blond und hübsch, denke ich mir. Norddeutsch. Herzog ist ein deutscher Name. Neun Jahre später, als es zum Krieg kam, kann das für ihn nicht sehr angenehm gewesen sein. Damals war alles Deutsche verpönt, manche Orchester spielten nicht einmal mehr Mozart und Beethoven.« Paul sah mich an. »Was habe ich gesagt?«

»Ach Paul...«

»Was habe ich gesagt?«

Wo die Geschichte von dem Mann stand, dessen Braut ihm den Laufpaß gegeben hatte, wollte mir noch immer nicht einfallen, aber bei dieser Stelle brauchte ich nicht lange zu überlegen. Sie stand unter dem 20. März 1921, wahrscheinlich war sie mir im Gedächtnis geblieben, weil dort zum ersten Mal Hansines Baby – Pauls Mutter – erwähnt wird. Ich schlug die Seite auf: *»Sein Großvater, ein Deutscher, sei um 1850 eingewandert, und sein Vater und er seien in London geboren, aber schon damals habe er so ein ungutes Gefühl gehabt, wie es wohl wäre, diesen Namen zu tragen, wenn es mal Krieg gäbe*... Wo ist deine Übersetzung der letzten Tagebücher, Paul? Ich brauche 1966 oder 1967, ziemlich am Ende...«

Die letzten dreizehn Hefte waren bei Margrethe Cooper, der Band würde, obgleich er eine große Zeitspanne umfaßte, nicht umfangreicher ausfallen als die anderen, in den letzten Jahren hatte Asta immer seltener Tagebuch geführt. Paul holte sein Manuskript. Unter dem 2. Oktober 1966 stand: »*Damals war ich vierundzwanzig. Ja, ich war verliebt und wollte heiraten, aber plötzlich mochte sie nicht mehr, irgendwas hatte sie von den Männern und vom Heiraten abgebracht…*«

»Wen zitierst du? Wer spricht da?«

»Paul, du kannst doch Deutsch. Was heißt auf englisch *Herzog*? Hat das Wort eine bestimmte Bedeutung, oder ist es nur ein Eigenname?«

»Das englische Wort für Herzog ist *Duke*«, sagte er, und ich merkte, daß er sich überhaupt nichts dabei dachte. Kein Wunder. In den Tagebüchern kommt der Name nicht oft vor.

»Swannys Vater war Onkel Harry«, sagte ich. »Harry Duke.«

Wir saßen stumm da und überlegten. 1905 war Harry vierundzwanzig gewesen, ein Jahr jünger als Florence. Der Mord an Lizzie Roper, Maria Hydes Tod und Ediths Verschwinden – das war es, was sie vom Heiraten abgebracht hatte. Wußte er, daß er eine Tochter hatte, oder hatte Florence ihm erzählt, das Kind sei tot zur Welt gekommen? Nein, er hatte es bestimmt nicht gewußt, und Asta auch nicht. Zu Swanny hatte er gesagt, man könne immer die Eltern im Gesicht eines Kindes erkennen, aber sein eigenes Gesicht in dem ihren hatte er nicht erkannt. Es waren seine Züge, die mir als vage Erinnerung in Swannys Bild begegnet waren, obgleich ich ihn zum letztenmal in den fünfziger Jahren gesehen hatte.

»Wie traurig, daß sie es nicht mehr erfahren hat«, sagte ich. »Sie hatte ihn sehr gern, sie hätte sich gefreut, ihn zum

Vater zu haben. Und Asta hat ihn geliebt. Sie hat einmal geschrieben, daß sie auch gern ein Kind von Harry hätte. Dabei hatte sie es die ganze Zeit.«

Als Harry zum erstenmal nach Padanaram kam, hatte ihm Swanny, »diese bezaubernde junge Dame«, die Tür aufgemacht. Er war vor allem deshalb näher mit Mogens bekannt geworden, weil Mogens früher in einer Gegend von Hackney gewohnt hatte, in der Harry sich gut auskannte. So viele Zufälle waren also gar nicht im Spiel gewesen.

Ich dachte, ich würde in dieser Nacht davon träumen, ich wünschte es mir. Ich versuchte es sogar mit der Umkehrung des Tricks, mit dessen Hilfe man laut Asta verhindern kann, von einem bestimmten Gegenstand zu träumen, indem man nämlich vor dem Einschlafen fest an ihn denkt. Ganz bewußt dachte ich nicht an die alten Geschichten, ich dachte an Paul und an unser gemeinsames Leben und wie glücklich es mich machte, aber auch das half nicht, und so mußte ich mir den Traum vorstellen, den ich vielleicht gehabt hätte.

Die Sonne scheint, die trübe, halb von Staubschichten verdeckte Sonne eines Spätsommertages in der Großstadt. Die Gosse ist voller Schmutz, aber es ist kein Wohlstandsmüll, kein achtlos weggeworfenes Papier, und es riecht nicht nach Abgasen. Hansine kommt mit Swanny im Arm die Stufen der Villa Devon herunter. Sie hat selbst die Tür hinter sich zugemacht, denn Florence hat es nicht mit ansehen können, wie Hansine die Kleine in ein neues Leben trägt. Florence ist allein mit ihrem Verlust in diesem großen Haus. Morgen wird sie sich in Miss Newmans

Agentur eine neue Stellung vermitteln lassen, und tags darauf wird sie dann endlich nach oben gehen, wo unvorstellbares Grauen sie erwartet, wo das einzig Lebendige die Fliegen sind, die sich vom Tode nähren. Doch noch ist es nicht soweit. Zunächst ist sie wieder eine Frau ohne Kind, die eine Entscheidung über ihre Zukunft treffen muß.

Mogens steht am Fenster von Johns Haus und wartet gespannt auf Hansine. Da kommt sie die Richmond Road entlang und bringt das mit, was er erwartet hat. Er läuft zu seinem Freund und dessen Mutter, um ihnen Bescheid zu sagen, und so ist es Johns Mutter, die Swanny, das neue Mitglied der Familie Westerby, als erste sieht, nachdem sie Hansine geöffnet hat.

Die Frauenmode war damals so unpraktisch, besonders für heiße Sommertage. Hansines langer Rock schleift im Straßenstaub, der hohe Kragen reicht bis zum Kinn, und sie schwitzt. Der große Hut ist trotz der Hutnadel ins Rutschen geraten, flachsblonde Strähnen haben sich aus dem Dutt gelöst. Das fünf Tage alte Kind in seinem dünnen Batisthemdchen und dem alten Umschlagtuch von Florence ist besser dran, ebenso Mogens in seinem Matrosenanzug, der jetzt vor Hansine herläuft, um als erster zu Hause zu sein und es Mor zu sagen.

Schon liebt er seine kleine Schwester, die Hansine aus einer geheimnisvollen Babyquelle geholt hat. Natürlich weiß da noch niemand, daß ihm nur noch elf Jahre bleiben, um ihr seine Liebe zu schenken, und das ist gut so. Wer will schon im Buch des Schicksals lesen?

Es ist nicht viel damit gewonnen, daß er fünf Minuten

vor Hansine an der Haustür ist, denn nur sie hat einen Schlüssel. Immerhin kann er mit seiner Nachricht als erster in Mors Schlafzimmer stürmen, und als nun auch Hansine hereinkommt, weiß Mor Bescheid und seufzt erleichtert auf, als sei sie sich nicht ganz sicher gewesen, ob Hansine ein Baby finden würde oder ob das Baby würde mitkommen wollen.

Stolz lächelnd legt Hansine das Kind Asta in die Arme. Dann kommt Knud, um die Kleine zu besichtigen. Er, der seinen Namen geändert hat, will wissen, wie die Schwester heißt.

»Swanhild, aber wir werden sie Swanny nennen.«

Asta sieht zu Hansine auf und sagt danke, es klingt ziemlich frostig, und dann sagt sie, daß sich alles sehr gut gefügt hat. Wie lange wollen sie eigentlich noch dableiben, die drei? Sehen sie den nicht, daß sie mit ihrer Tochter allein sein möchte?

»Nimm die Jungen mit, Hansine, und wirf auch gleich das alte Umschlagtuch weg.«

Als die Tür sich geschlossen hat, legt sie Swanny an die Brust, ein lebendiges Kind, ein Mädchen, ein kräftiges, gierig saugendes Kind. Asta könnte weinen vor Glück, aber sie weint nie. Lange hält sie Swanny im Arm, stillt sie und wartet, bis sie eingeschlafen ist, liebkost die pflaumenkühle, pflaumenglatte Wange, streicht über das feine, blonde Haar.

Nach einer Weile aber legt sie ihre Tochter behutsam neben sich ins Bett und tut das, wozu es sie drängt, das, was sie braucht wie die Luft zum Atmen. Sie nimmt das Heft und den Federhalter und das Tintenfaß vom Nachttisch und fängt an zu schreiben. In ihrer energischen, nach vorn geneigten Schrift schreibt sie sich Schmerz und Verlust und Glück vom Herzen, auf jener Seite, die nur für ihre eigenen Augen bestimmt ist, weil von diesen tiefen Gefühlen nie jemand erfahren, nie jemand lesen soll.

Danksagung

Zu großem Dank verpflichtet bin ich Elizabeth Murray für ihre einfallsreichen Recherchen, die weit über den Rahmen ihrer Pflicht hinausgingen, und Bente Connellan für ihre Übersetzungen ins Dänische sowie ihre Hilfe und Beratung in dänischen Fragen. Auch Karl und Lilian Fredriksson danke ich für ihre Auskünfte zum Thema nordische Sagen und Guillotinen. Die Figur des Mr. de Filippis verdanke ich John Mortimers Einführung zu Edward Marjoribanks' *Famous Trials of Marshall Hall.* Judith Flanders war mir eine unschätzbare Hilfe in meinen Bemühungen um Genauigkeit.

Barbara Vine im Diogenes Verlag

»Barbara Vine alias Ruth Rendell ist in der englischsprachigen Welt längst zum Synonym für anspruchvollste Kriminalliteratur geworden.«
Österreichischer Rundfunk, Wien

»Ihre Romane spüren den finstersten Besessenheiten, den Obsessionen, Zwängen und emotionalen Abhängigkeiten, den Selbsttäuschungen und Realitätsverlusten von Liebes- oder Haßsüchtigen nach. Barbara Vine: die beste Reiseführerin nach Tory-England und ins Innere der britischen Kollektivseele.«
Sigrid Löffler/profil, Wien

Barbara Vine (i.e. Ruth Rendell) wurde 1930 in London geboren, wo sie auch heute lebt. Sie arbeitete als Reporterin und Redakteurin für verschiedene Magazine. Seit 1965 schreibt sie Romane und Stories, die verschiedentlich ausgezeichnet wurden.

Die im Dunkeln sieht man doch
Roman. Aus dem Englischen
von Renate Orth-Guttmann

Es scheint die Sonne noch so schön
Roman. Deutsch von
Renate Orth-Guttmann

Das Haus der Stufen
Roman. Deutsch von
Renate Orth-Guttmann

Liebesbeweise
Roman. Deutsch von
Renate Orth-Guttmann

König Salomons Teppich
Roman. Deutsch von
Renate Orth-Guttmann